Ben Pastor

Stürzende Feuer

W0365163

Ben Pastor

Stürzende Feuer

Kriminalroman

Aus dem Englischen
von Hella Reese

Unionsverlag

Die Originalausgabe erschien 2020 bei Bitter Lemon Press, London.
Deutsche Erstausgabe
Die Übersetzerin dankt dem Deutschen Übersetzerfonds
für die großzügige Förderung ihrer Arbeit.

Im Internet
Aktuelle Informationen, Dokumente und Materialien
zu Ben Pastor und diesem Buch
www.unionsverlag.com

© by Ben Pastor 2018
Diese Ausgabe erscheint in Vereinbarung mit
Piergiorgio Nicolazzini Literary Agency (PNLA)
Originaltitel: The Night of Shooting Stars
© by Unionsverlag 2024
Neptunstrasse 20, CH-8032 Zürich
Telefon +41 44 283 20 00
mail@unionsverlag.ch
Alle Rechte vorbehalten
Umschlagfoto: Willy Pragher
(Landesarchiv Baden-Württemberg, Staatsarchiv Freiburg)
Umschlaggestaltung: Sven Schrape
Umschlaginnenseiten: Pharus-Plan von Berlin 1944,
Mittelere Ausgabe (Pharus Plan GmbH)
Lektorat: Susanne Gretter
Satz: Fotosatz Amann, Memmingen
Druck und Bindung: Pustet, Regensburg
ISBN 978-3-293-00606-5

Der Unionsverlag wird vom Bundesamt für Kultur mit einem
Verlagsförderungs-Strukturbeitrag für die Jahre 2021–2024 unterstützt.

Auch als E-Book erhältlich

Gewidmet all jenen,
die ebenfalls Widerstand geleistet haben,
aber in Vergessenheit geraten sind.

Es brauchet aber Stiche der Fels.
FRIEDRICH HÖLDERLIN, *Der Ister*

Personenregister

MARTIN-HEINZ DOUGLAS VON BORA	Oberstleutnant der Wehrmacht
NINA SICKINGEN-BORA	seine Mutter
BENNO VON SALOMON	Oberst der Wehrmacht
BRUNO LATTMANN	Major der Wehrmacht
MAX KOLOWRAT	Journalist, Reisender und ehemaliger Kriegsberichterstatter
ARTHUR NEBE	Chef des Reichskriminalpolizeiamtes (Kripo)
CLAUS SCHENK GRAF VON STAUFFENBERG	Stabschef des Befehlshabers des Ersatzheeres
WILLY OSTERLOH	Bauingenieur
EMMA »EMMI« PLETSCH	Stabsführerin beim Ersatzheer
MARGARETHA »DUCKIE« SICKINGEN	Martin Boras Schwägerin

FLORIAN GRIMM	Kriminalkommissar bei der Berliner Kriminalpolizei
ALBRECHT OLBERTZ	Arzt und Mitglied der NSDAP
IDA RÜDIGER	Friseuse für die Gattinnen der Parteigrößen
BERTHOLD »BUBI« KUPINSKI	eine lichtscheue Gestalt
GERD EPPNER	Juwelier und Uhrmacher
ROLAND GLANTZ	Verleger des Sternuhr Verlags
GUSTAV KUGLER	ein ehemaliger Kripobeamter
NAMURA	Oberstleutnant in der Kaiserlich Japanischen Armee
SAMI MANDELBAUM, auch bekannt als MAGNUS MAGNUSSON alias WALTER NIEMEYER	Hellseher und Bühnenmagier

Prolog

Deutsche Allgemeine Zeitung
Berlin, Sonntag, 9. Juli 1944

Das Staatsbegräbnis für Prof. Dr. Alfred Johann Reinhardt-Thoma, der am Freitagabend, dem 7. Juli, überraschend in seinem Haus verstorben ist, wird morgen feierlich im Kaiser-Wilhelm-Institut in Dahlem begangen.

Bis 1933 war Prof. Dr. Reinhardt-Thoma Leitender Chirurg im Krankenhaus St. Jakob in Leipzig, bevor er die Klinik für Kindeswohl und Kindergesundheit, eine private Einrichtung in Dahlem, ins Leben rief und ihr als Direktor vorstand. Seine Frau Dorothea Reinhardt-Thoma, geborene Baroness von Bora, Tochter des Feldmarschalls Wilhelm-Heinrich von Bora, Held des Deutschen Bruderkriegs, ist bereits vor zwei Jahren gestorben. Saskia Reinhardt-Thoma, die Adoptivtochter der beiden erlauchten Dahingeschiedenen, kann der Feier aufgrund einer schweren Erkrankung nicht beiwohnen. Seine Schwägerin Nina Baroness von Sickingen, Witwe des verstorbenen Meisterdirigenten Friedrich Baron von Bora seligen Angedenkens, ist aus Leipzig angereist. In Kürze wird auch ihr Sohn Oberstleutnant Martin-Heinz Douglas, Baron von Bora, von der Front erwartet, wo er einen Stoßtrupp kommandiert. Er ist Träger des Ritterkreuzes mit Eichenlaub und Prof. Dr. Reinhardt-Thomas Neffe.

Folgende Persönlichkeiten werden den Verstorbenen mit ihrer Anwesenheit beehren: Seine Exzellenz Martin Bormann, Leiter der Partei-Kanzlei; Dr. Leonardo Conti, SS-Gruppenführer, Staatssekretär im Reichsinnenministerium und Leiter des Hauptamts für Volksgesundheit; SS-Brigadeführer Ludwig Steeg, Oberbürgermeister von Berlin, sowie der ehemalige Oberbürgermeister von Leipzig, Dr. Jur. Carl Friedrich Goerdeler. Folgende weitere Persönlichkeiten werden ihre Aufwartung machen: Dr. Karl

Gebhardt, Präsident des Deutschen Roten Kreuzes sowie beratender Chirurg der SS und der Polizei; Dr. Max de Crinis, Ordinarius für Psychiatrie und Neurologie an der Friedrich-Wilhelms-Universität zu Berlin, außerdem die erlauchten Kollegen des Verstorbenen, die Herren Doktoren Matthias Göring, Karl Bonhoeffer, Hans Gerhard Creutzfeldt, Kurt Blome und Paul Nitsche nebst zahlreichen weiteren. Generaloberstabsarzt Dr. Siegfried Handloser, Chef des Wehrmachtsanitätswesens, wird die Trauerrede halten.

Gemäß der testamentarischen Verfügung des verstorbenen Prof. Dr. Reinhardt-Thoma wird es weder eine kirchliche Zeremonie noch ein Trauergeleit geben. Die Beisetzung im Familiengrab wird zu einem späteren Zeitpunkt auf dem Waldfriedhof Dahlem erfolgen.

Prof. Dr. Reinhardt-Thoma, der 1878 in Halle an der Saale geboren wurde, studierte an den Universitäten zu Leipzig, Jena und Berlin (wo er zudem Ordinarius für Innere Medizin war). Am Firmament medizinischer Forschung und Praxis wird sein Stern besonders hell leuchten, und er wird als herausragende Berühmtheit in Erinnerung bleiben. In den langen Jahren seiner beeindruckenden Karriere als Kinderarzt, Vordenker und Gelehrter hat er für seine Studien zu angeborenen und perinatalen Missbildungen die renommiertesten Auszeichnungen im Vaterland wie auch im Ausland erhalten.

Der Führer und Reichskanzler Adolf Hitler, der stets darauf bedacht ist, dass kein Kamerad, der dem deutschen Vaterland Ehre erwiesen hat, vergessen wird, hat eine persönliche Beileidsbekundung geschickt, in der er seinem Kummer über den schwerwiegenden Verlust, den die Familie erleiden musste, Ausdruck verleiht.

I

Die großen Ereignisse pflegen überraschend zu kommen,
und jede Erwartung bewirkt nur, daß sie zögern.
JOSEPH ROTH, *Hotel Savoy*

Im Anflug auf den Flugplatz Schönefeld,
unweit von Teltow, Montag, 10. Juli 1944, 6.38 Uhr

Die Tinte in seinem Füllfederhalter ging zur Neige. Der letzte Satz in seinem Tagebuch war von einem wässrigen Blau, Bora würde ihn überschreiben müssen, damit er leserlich wurde – sofern er irgendwo Nachschub kaufen konnte. Das Löschpapier war praktisch überflüssig. Er verwendete es als Lesezeichen und legte das Tagebuch auf seinen Knien ab. Er konnte spüren, wie das Flugzeug im Sinkflug durch die Wolkenschichten stieß. Schwerfällig traf der metallene Rumpf auf Luftlöcher und sackte immer wieder durch, um im nächsten Moment erneut Auftrieb zu bekommen. Nun ging das Flugzeug in eine Kurve, richtete sich wohl am Rollfeld aus und gewann noch einmal an Höhe. Im Landeanflug vibrierte die Maschine, die Triebwerke jaulten auf, rumpelnd wurde das Fahrgestell ausgefahren, für einen Moment war der Luftwiderstand spürbar. Dann setzten die Räder mit einem dumpfen Schlag auf grasigem Boden auf.

Bora kam von der Front in Italien und hielt es für einen glücklichen Umstand, dass es keine Fenster gab und er daher keine Ahnung hatte, wie das Gebiet, das sie überflogen hatten, aussah. Natürlich wusste er von den jüngsten Luftangriffen, fand es allerdings durchaus hilfreich, nicht zu sehen, was sie angerichtet hatten. Aus der Luft hatte er also noch nicht mitbekommen, welche Zustände in Berlin herrschten – aber schon bald würde er hinausgehen und sich umsehen müssen.

Während das Flugzeug zum Hangar rollte, las er noch einmal, was er Stunden zuvor rasch in sein Tagebuch notiert hatte. Zu dem Zeitpunkt hatte er noch angenommen, sein Ziel vor Einbruch der Dunkelheit zu erreichen – eine trügerische Hoffnung, wie so viele in diesem Sommer. Da sich feindliche Jagdflugzeuge im Luftraum befanden, musste die Transportmaschine den erstbesten Flugplatz auf deutschem Gebiet für eine Zwischenlandung ansteuern. Und so kam es, dass sie noch immer in der Luft waren, als der Morgen graute.

Eintrag begonnen am 9. Juli auf einem Flugplatz im Norden Italiens, während ich darauf warte, ins Vaterland zu fliegen. Der Anlass ist traurig. Onkel Alfred ist überraschend gestorben. Nina (mit der ich kurz am Telefon gesprochen habe und die ich Gott sei Dank bald sehen werde) hatte zuletzt am Geburtstag meines Stiefvaters im Juni etwas von ihm gehört. Onkel Alfred war sechsundsechzig Jahre alt und, soweit wir wussten, gesund. Er war vollauf mit seiner Klinik beschäftigt, in der man sich um junge Patienten kümmert, die bei Luftangriffen körperliche oder seelische Verletzungen davongetragen haben. Letztere würden seiner Meinung nach länger unter den Folgen zu leiden haben.

Zivilisten und Soldaten verwenden Wörter auf sehr unterschiedliche Weise. Das Adverb »hinterher« versuche ich, so gut es geht, zu vermeiden. Aus Aberglauben? In Stalingrad hat uns einer meiner Kommandeure verboten, in seiner Gegenwart das Wort »morgen« zu benutzen. Wir waren eingekesselt, und schon bald sollten vierundachtzig Prozent von uns dem Feind in die Hände fallen, tot oder als Gefangene – oder verwundet und damit so gut wie tot. Es ist noch keine zwanzig Monate her, dass Oberst von Guzman das Wort »morgen« nicht mehr hören wollte. Man stelle sich einmal vor, welche Wortschöpfungen wir bemühen mussten, wenn wir über den folgenden Tag sprechen wollten. Ich habe keine Ahnung, was aus ihm geworden ist. Ob er Ende 1942 wohl auch in den Fleischwolf von Rschew geraten ist? Womöglich schmachtet er in einem sowjetischen Gefangenenlager, wo es tatsächlich kein Morgen gibt, oder – Gott bewahre! – er hat sich denen angeschlossen, die das Vaterland aus Verzweiflung oder aus Feigheit verraten haben, so wie unser Oberbefehlshaber an jener Front? Den Namen dieses Generalfeldmarschalls werde ich gewiss nicht niederschreiben.

Ich jedenfalls werde weiterhin von »morgen« sprechen, auch angesichts der brutalen Wirklichkeit. Ich bin davon überzeugt, dass ein Morgen kommen wird, in welcher Form auch immer. »Die Sonne geht auf«, so steht es beim Prediger Salomo. Ob ich allerdings den Sonnenaufgang erleben werde, ist mir im Moment weniger wichtig als der Hornknopf an meinem Hemdkragen.

Ich muss mich zwingen, meiner Familie zu schreiben (ich bin »der Einzige, der noch übrig ist«, wie mir meine Mutter Nina gern in Erinnerung ruft, ohne dabei vorwurfsvoll zu klingen – ein Jahr und einen Monat nach dem Tod meines Bruders Peter). Wie kann ich Nina oder meinem vierundsiebzig Jahre alten Stiefvater begreiflich machen, dass mich jeder Brief, ob nun von mir geschrieben oder an mich gerichtet, große Mühe kostet, weil Briefe meine Bindung an sie nur noch stärken? Keine Bindungen zu haben, bedeutet frei zu sein, weil man nicht einmal unbedingt Hoffnung haben muss, wenn man allein ist.

PS: Hinzugefügt am nächsten Morgen, 10. Juli, noch unterwegs. Die Tinte wird knapp. Mit Professor Heidegger und Hauptmann Ernst Jünger wechsele ich immer noch gern Briefe. Die Zwiesprache mit ihnen ist vollkommen abstrakt und bei Weitem nicht so schmerzlich. Ich habe sogar einen Brief von meinem Freund Bruno Lattmann bekommen, der schwer verwundet wurde, aber glücklicherweise am Leben ist. Er erholt sich in der Nähe von Berlin, seiner Heimatstadt. Ihn zu sehen (sofern es überhaupt möglich ist), aber vor allem Nina zu sehen, ist gerade jetzt, nach dem Tod eines Familienmitglieds, tröstlich.

»Wir haben es geschafft, Herr Oberst!«, rief ihm der Co-Pilot zu. »Näher an die Stadt heran ging es nicht, für Tempelhof haben wir heute Morgen keine Freigabe bekommen.«

Dass sie auf einer Graspiste gelandet waren, hatte Bora bereits registriert.

»Wo sind wir denn eigentlich?«

»In Schönefeld.«

»Ich hatte angenommen, dass es hier befestigte Landebahnen gäbe.« Aus seiner Haut als Offizier der Abwehr kam er nicht heraus, Fragen zu stellen war Bora zur zweiten Natur geworden. Davon abgesehen war er zeitlich gebunden.

»Es gibt drei. Aber sie sind zu kurz, um darauf zu manövrieren, und Tante Ju muss schließlich auch wieder abheben.«

»Danke.« Das Tagebuch war inzwischen in Boras Aktentasche verschwunden. »Scheint so, als sei ein Sturm im Anzug. Regnet es vielleicht?«

»Nein.«

Der Wagen, der Bora nach Dahlem im Südwesten der Stadt bringen sollte, erwartete ihn vermutlich am Zivilflughafen Tempelhof, der in der Nacht zuvor für seinen Militärflug ausnahmsweise offen gehalten worden war. Die Zeremonie sollte in zwei Stunden beginnen. Die Planänderung gab wenig Anlass zur Hoffnung, dass er sich hier, auf diesem ländlichen Flecken im Südosten des Großraums Berlin, einen Wagen würde beschaffen können, um noch pünktlich dort zu sein. Bora benutzte das Telefon im Kontrollturm, um seine Verspätung anzukündigen, doch es stellte sich heraus, dass der ihm zugewiesene Fahrer Bescheid wusste und bereits Richtung Schönefeld unterwegs war.

Kaiser-Wilhelm-Institut,
Dahlem, 8.55 Uhr

Eilig betrat Bora das überfüllte Auditorium der Universität, kurz bevor die Regierungsvertreter hereinkamen. Er konnte gerade noch seine Mutter Nina begrüßen, als sich auch schon alle erheben mussten, weil der Leiter der Partei-Kanzlei erschien. Auf dem Weg ins Gebäude hatte Bora hektisch seine Orden angelegt. In dem Moment hielt ihn jemand auf, der sich als Dr. Olbertz vorstellte – und offensichtlich auf ihn gewartet hatte.

Nur einen einzigen Satz hatte er Bora ins Ohr geflüstert, aber den wurde er jetzt nicht mehr los. Angehörige der Wehrmacht und Parteimitglieder zu begrüßen, hier ein Nicken, da ein Händeschütteln, das alles kam ihm nach diesen Worten seltsam und unangebracht vor. Und er stand noch immer unter dem Eindruck, dass sich ein Sturm zusammenbraute: Die Gerüche wurden intensiver und die Farben greller, eine unheilvolle Erwartung lag in der Luft.

Die Kränze mit den Schleifen, die um den Sarg herum aufgestellt waren, verströmten einen fremdartigen Duft, als ob über die Zweige und Blumen, die keinen Eigengeruch hatten, Parfüm versprüht worden wäre, so süßlich, künstlich und kitschig wie Karneval-Konfetti. Boras Platz war in der ersten Reihe, und er war dankbar dafür, hier an der Seite seiner Mutter stehen zu dürfen – jedenfalls mehr als für das Staatsbegräbnis, das zu einem öffentlichen Spektakel geriet. Sie hatte den schwarzen Trauerschleier zurückgeschlagen und verstieß damit gegen die üblichen Gepflogenheiten, wenn nicht sogar gegen die Etikette, indem sie die ruhige Unerschütterlichkeit ihrer Trauer allen Blicken preisgab. Eine typische Nina-Botschaft. *Meinen Schneid hab ich von ihr*, dachte er. Olbertz' hastig hervorgestoßene Enthüllung wäre gar nicht nötig gewesen. Die Andeutungen in dem Zeitungsartikel, den er beklommen gelesen hatte, waren Bora nicht entgangen. Die Aufzählung der Trauergäste aus der Partei hatte mehr Platz eingenommen als die Lebensgeschichte des Verstorbenen. Es hatte ihn nicht weiter überrascht, dass Reinhardt-Thomas Adoptivsohn, der seit acht Jahren in Amerika lebte, nicht erwähnt wurde. Aber der explizite Verweis auf das Jahr 1933, als sein Onkel aus dem Krankenhaus St. Jakob ausgeschieden war, und Saskias Erkrankung gerade zur rechten Zeit (die einen Krankenhausaufenthalt erforderlich machte, kaum zu glauben!) zeichneten ein Bild politischer Unzuverlässigkeit. In Ungnade war sein Onkel zwar nicht gefallen – aber nur, weil man einen angesehenen Arzt nicht in Ungnade fallen ließ, einen Arzt, dem selbst der »großherzige« Führer mit einer persönlichen Botschaft seine Ehre erwies.

Generaloberstabsarzt Dr. Handloser verströmte in seiner Uniform Düsternis. Er las seine Rede von einem maschinenbeschriebenen Blatt

Papier ab, das er wie ein königliches Dekret vor sich hielt. »Lassen Sie uns nun unsere Köpfe neigen und unseren stolzen Geist erheben. Lassen Sie uns unsere unermessliche Trauer um diesen ausgezeichneten Kollegen, Lehrer und Suchenden zum Ausdruck bringen – hier vor dem *medicus amabilis*, dessen Wirken zum Wohle von Wissenschaft und Menschheit über drei Jahrzehnte dem Namen unseres Vaterlands zur Zierde gereicht hat …«

Die Kränze rochen tatsächlich nach Konfetti. Sie wirkten riesig, wie große Räder, die am Streitwagen eines gefallenen Helden lehnten, in diesem Fall an einem luxuriösen Sarg, den die Reichsärztekammer für den Trauerakt besorgt hatte. Die Beisetzung seines Bruders in Russland war vergleichsweise überstürzt und schlicht erfolgt. Heutzutage lernte man, den Grad der politischen Verlässlichkeit eines Verstorbenen am Pomp seines Begräbnisses abzulesen – oder vielmehr umgekehrt. Rechts von Bora stand der Leiter der Partei-Kanzlei höchstpersönlich, sein in den Hemdkragen gepresster fleischiger Nacken ließ ihn wie eine Bulldogge aussehen, die jeden Moment auf jemanden losgehen konnte. In der ersten Reihe saßen außerdem die Mediziner Conti, Steeg, de Crinis und Göring (sämtlich in Parteiuniform). Der alte Professor Bonhoeffer wirkte ergriffen. Goerdeler hingegen, der gerade mit Nina gesprochen hatte, als Bora eingetroffen war, hatte sich noch vor der Trauerrede hinausgeschlichen. Und Albrecht Olbertz stand ganz hinten im Auditorium, noch hinter den Staatsbeamten, den Bürokraten und den Naziärzten, die über einen *»nicht so freien Tod«* tuschelten und damit die Verlogenheit dieses Tages offenlegten. In der Tat: Es schien ein gewaltiger Sturm aufzuziehen.

»Wir alle, seine Mitarbeiter und Freunde, empfinden ehrerbietigen und innigen Dank, denn wir sehen in Alfred Reinhardt-Thoma die Tugenden unserer Rasse und der medizinischen Wissenschaft in höchstem Maße verkörpert …«

»Ein nicht so freier Tod.« Wenn »Freitod« die beschönigende Umschreibung für Selbstmord war, was war dann ein Tod, der »nicht so frei« eingetreten war? Boras gut kaschierte Beklommenheit kam wohl nicht von ungefähr. Ein übergroßer Saal, wuchtige Kränze, einflussreiche

Gäste … Die Dinge (wie auch die Umstände und Ereignisse) schienen dieser Tage größer als sonst. Es sei denn, er irrte sich und war nur überwältigt von den Geschehnissen. Aber eigentlich glaubte er das nicht. Ungeachtet seiner Verwundungen und der militärischen Lage war er tatkräftig wie immer, der kühne und etwas arrogante Draufgänger, dem sein Regiment so großes Vertrauen entgegenbrachte. »Ich diene mit Bora« (oder »unter Bora«, je nach Rang), schrieben die Männer nach Hause oder erwähnten es gegenüber Kameraden aus anderen Einheiten, und die Worte »mein Kommandeur« wurden mit dem unüberhörbaren Stolz ausgesprochen, den alle im Regiment empfanden – außer Martin Bora selbst. Im Sommer 1944, im umkämpften Apennin, wo Deutschland seine letzte Karte in Italien ausspielte, war eine solche Treue nur Ballast für sein Verantwortungsgefühl. Bora sprach es nie laut aus, dachte aber mit einer guten Portion Realismus: *Ich werde mein Bestes geben, aber wir können nicht alle gerettet werden.*

»Die Stiftung, die den Namen seiner ihm ergebenen Gattin trägt, ist heute und für alle Zeiten ein leuchtendes Beispiel für Spitzenleistungen und uns allen ein Ansporn, dem Weg zu folgen, den er uns so selbstlos und meisterhaft gebahnt hat …«

Rückenstärkung – nur das wollen meine Männer, die Offiziere eingeschlossen. Auf alles Übrige habe ich keine Antwort. Onkel Reinhardt-Thoma ist tot, und ein Sturm zieht auf. Dabei hatte er keineswegs die Hoffnung verloren: Ohne Hoffnung wäre er in Stalingrad gestorben oder neben dem Feldweg, nachdem ihm eine von einem Partisanen geworfene Granate seine linke Hand genommen hatte, oder als Dikta über seinen Kopf hinweg ihre Ehe hatte annullieren lassen. In den vergangenen vier Monaten hatte er sich nicht einmal mehr die Mühe gemacht zu beten. Seit dreißig Jahren war er auf der Welt, sieben davon hatte er als Soldat verbracht und fünf im Krieg. Hoffen konnte Martin Bora nur, solange er nicht versuchte, sich vorzustellen, wie seine Zukunft konkret aussehen sollte.

»Der Himmel über uns beherbergt flüchtige Meteore und ewige Fixsterne. Unser Kollege, unser Kamerad Alfred Reinhardt-Thoma hat sich seinen Platz am unveränderlichen Firmament gesichert. Alfred Reinhardt-Thoma ist nicht tot. In seinem Vermächtnis lebt er für immer fort.«

Nach der Zeremonie wurden Bora und seine Mutter voneinander getrennt, als Kollegen und Freunde sich um sie scharten, um höflich zu kondolieren. Nina konnte ihm gerade noch mitteilen, dass jemand angeboten habe, sie zum *Adlon* zu fahren. Dort werde sie auf ihn warten. Als kurz darauf die Menge und die Behördenvertreter – die natürlich als Erste aufgebrochen waren – den Saal verlassen hatten, trat erneut jener Mann, der sich als Dr. Olbertz vorgestellt hatte, an Bora heran. »Bitte entschuldigen Sie, dass ich Sie vorhin angesprochen habe«, sagte er brüsk. »Sie kennen mich nicht, Herr Oberst, aber ich habe mit Ihrem Onkel zusammengearbeitet. Vorhin habe ich mich hinreißen lassen und einfach ausgesprochen, was mir durch den Kopf ging … Es war bloß so ein Eindruck.«

Wir, seine Angehörigen, haben die Möglichkeit eines Selbstmords nie in Erwägung gezogen. Diese Worte lagen Bora schon auf der Zunge, doch er bezähmte sich. Höflich wartete er ab, legte dabei aber keine Freundlichkeit an den Tag, nicht zuletzt deshalb, weil der Arzt keine Uniform trug. Dass von ihm keine Reaktion kam, schien Olbertz zu befremden, denn er machte eine knappe Handbewegung, als wäre er ungehalten über sich selbst. »Was zum Teufel, nein, sehen Sie, Herr Oberst, ich weiß ganz sicher, dass es Selbstmord war. Noch am Vorabend habe ich mit Ihrem Onkel gesprochen.«

»Aha. Und hat mein Onkel geäußert, dass er die Absicht hat, sich das Leben zu nehmen?«

»Nicht ganz aus freien Stücken. Das möchte ich damit sagen. Was Sie daraus machen, überlasse ich Ihnen. Aber ich werde stets abstreiten, mit Ihnen darüber gesprochen zu haben.«

Auch darauf ging Bora nicht weiter ein. In diesen Zeiten war Zurückhaltung angebracht. Man musste stets darauf gefasst sein, dass einem eine Falle gestellt oder man provoziert wurde. Kummer oder Wut zu zeigen, stand außer Frage, ja nicht einmal Entrüstung, das hatte ihn seine Arbeit bei der Abwehr gelehrt. Aber ihm fielen mindestens drei Gründe ein, warum Olbertz richtigliegen könnte: Zunächst einmal hatte sich Reinhardt-Thoma geweigert, Parteimitglied zu werden, und die Konsequenzen, die seit 1933 eine solche Weigerung nach sich zog, auf sich genommen. Wegen seines internationalen Rufes hatten sie zwar nicht gewagt, seine Karriere zu zerstören, aber man hatte ihn von hochrangigen Regierungsämtern ausgeschlossen. Außerdem hatte er die Kinder zweier Kollegen adoptiert, die in Schande gestorben waren, einer von ihnen ein Jude. Der Adoptivsohn war schon vor Jahren zum Studium nach Amerika geschickt worden. Dort lebte er immer noch, in Sicherheit. Im Übrigen dürfte es sich schwierig gestalten, ihn vom Tod seines Adoptivvaters in Kenntnis zu setzen: Möglicherweise würde dies nur Großvater Franz-August gelingen, dank seiner alten Verbindungen in diplomatischen Kreisen. Angesichts von Olbertz' Unbehagen wäre die dritte Möglichkeit die fatalste. Bora verbot sich jeden weiteren Gedanken daran, weil ihm nach seiner Zeit in Polen einige Besuche im Haus seines Onkels nur allzu gut in Erinnerung geblieben waren. *Ballastexistenzen* – diesen Begriff hatte er damals zum ersten Mal gehört, im Zusammenhang mit medizinischen Praktiken, gegen die der alte Herr Widerspruch erhoben und die anzuwenden er sich geweigert hatte. Dabei stellten die hoch angesehenen Ärzte, die heute ebenfalls zugegen gewesen waren, darunter Karl Bonhoeffer und Leonardo Conti, Theorien darüber auf oder unterstützten entsprechende Forschungen. Wer weiß, vielleicht war Olbertz auch ein Gestapo-Mitarbeiter oder ein Informant. Oder er hatte ihn unverhohlen angelogen.

Bedienstete mussten die Tür zu einem an den Saal angrenzenden Hinterzimmer geöffnet haben, denn plötzlich strich ein Luftzug vorbei, der den künstlichen Konfettigeruch von den Kränzen herbeitrug. War dies ein Vorbote des heraufziehenden Sturms? Bora machte es kurz.

»Ich danke Ihnen, Dr. Olbertz.«

»Gut, man sieht sich«, brummelte Olbertz ebenso kühl und drehte ihm den Rücken zu.

»Man sieht sich …« Von Wehrmachtskameraden wusste Bora, dass Soldaten auf Heimaturlaub sich in Berlin heutzutage für gewöhnlich mit dem Satz »Bleib am Leben, ja?« voneinander verabschiedeten. Kaum war Olbertz gegangen, nahm Bora das Ritterkreuz vom Hals und legte auch die anderen Orden ab. Nur die Kampfabzeichen ließ er an Ort und Stelle. Erst dann trat er auf die Straße.

Es war warm und sonnig – ein Wetter, das Speichellecker als »Führerwetter« bezeichneten, so wie sie es zu Zeiten Wilhelms II. »Kaiserwetter« genannt hatten. Im fünften Jahr des Krieges besagte es, dass sich kein Sturm ankündigte und dass die feindlichen Piloten grünes Licht bekamen. Bora, der gerade aus dem Süden Europas eingetroffen war, empfand die Temperatur als angenehm, vor allem im Schatten der voll belaubten alten Linden. Am Thielplatz stieg er in die Schnellbahn. Vom Leipziger Platz aus ging er zu Fuß weiter zum *Adlon*. Er beschloss, so zu tun, als wäre er noch nie in Berlin gewesen und hätte hier nicht einen Gutteil seiner militärischen Ausbildung erhalten und Dikta so häufig getroffen. *Das hier ist einfach ein Ort, den ich zum ersten Mal besuche,* dachte er, *über den ich mir kein Urteil erlaube.* Mehr als die schweren Schäden an kompletten Häuserblocks, mehr als die verwüsteten Ministerien und ausgebrannten Botschaften fielen ihm Kleinigkeiten auf, und er bemerkte jene Narben, die er aus anderen Städten kannte und für die häufig deutsche Bomben verantwortlich waren: In der Sommerhitze wucherte Unkraut zwischen den Ruinen, Trümmer waren sorgfältig beiseitegeräumt worden, Glasscherben schimmerten wie frostige Fangzähne. Statt Blumenbeeten waren Gemüsegärten zu sehen, würdevolle Brüstungen, die das Nichts überragten, hier und da vielleicht eine einzelne herabgefallene Kachel oder gleich ein ganzes Meer von Kacheln, der unverhüllte Himmel. Gestern Abend, als er darauf wartete, dass die zweite Etappe seiner Reise begann, hatte der Co-Pilot, ein Berliner, ausdruckslos vorgetragen, wie viel gänzlich oder teilweise zerstört worden war. »In Mitte und den umliegenden Vierteln lässt sich leichter aufzählen, was alles noch steht. Wir haben getan, was wir konnten, aber wir konnten nicht …« Er hielt inne. »Mein Bruder war auch Pilot«, hatte Bora zu ihm gesagt. »Morgen ist es auf den Tag genau dreizehn Monate her, dass er über Kursk ums Leben gekommen ist. Ich habe keinen Zweifel daran, dass ihr alles getan habt, was in eurer Macht stand.« In diesem Krieg hatte er nicht jeden seiner Aufenthaltsorte leicht abschütteln können, einige hatten ihn fasziniert oder eingeschüchtert. Spanien, Polen, Russland, Frankreich, Italien, sogar die wenigen Tage auf Kreta. Jede Front war ihm im Gedächtnis geblieben, häufig auch in seinem Herzen. Dieser Tage jedoch bewegte er sich nur von seinem Kommandoposten zu diesem oder jenem Abschnitt entlang der Verteidigungslinie wie jemand, der weiß, dass er nur auf der Durchreise ist und kein Gefühl für seine Umgebung entwickeln darf – weder Hass noch Liebe. Alles sehen, jede Einzelheit wahrnehmen, aber nur durchreisen.

Im Grunde genommen zog er sich schon seit einiger Zeit mehr und mehr zurück. Das beunruhigte ihn, weil die Bindung an eine Sache oder an einen Menschen ihn bisher am Leben gehalten hatte. Aber Bindungen brachten auch Kummer mit sich. Ohne Bindungen war es leichter zu kämpfen, Widerstand zu leisten, vorausgesetzt, man rechnete nicht unbedingt damit, am Leben zu bleiben. Er konnte sich nur darum bemühen, nicht aus der Rolle zu fallen, damit die anderen nichts merkten – weder die halbwüchsigen Soldaten, die ihn als Erwachsenen betrachteten, noch die Kommandeure, in deren Augen er noch ein junger Bursche war. Seltsam, dass einige seiner Kameraden ihn immer noch für umgänglich hielten: Bora empfand sich keineswegs als unkompliziert. Er verhielt sich gemäß seiner strengen Erziehung und Ausbildung und gab niemals etwas von sich preis, außer in seinem Tagebuch, aus dem er allerdings schon so manche Seite herausgerissen und vernichtet hatte.

12.15 Uhr

Auf dem Leipziger Platz ging es drunter und drüber. Feuerwehrtrupps und der Bombenräumdienst blockierten sowohl die Hermann-Göring-Straße als auch die Leipziger Straße. Anscheinend war man gerade dabei, einen Blindgänger fortzuschaffen, der bei einem Luftangriff drei Wochen zuvor abgeworfen worden war. Bora musste also einen Umweg über die Saarlandstraße machen, um zur Prinz-Albrecht-Straße zu gelangen. Ein kleiner Vorfall, der sich unterwegs zugetragen hatte, beschäftigte ihn noch immer, und nun musste er ausgerechnet am berüchtigten Gestapo-Hauptquartier vorbeigehen und obendrein auch noch an der Verwaltungszentrale der SS, bevor er die Wilhelmstraße erreichte und sich nach Norden wandte.

Die prachtvollen Gebäude entlang der Paradestrecke waren vom Bombenhagel nicht verschont geblieben. Bora nahm nichts um sich herum wahr. Er starrte vor sich hin, fest entschlossen, seiner Mutter zu verheimlichen, was Olbertz zu ihm gesagt hatte. Wozu sollte er sie unnötig beunruhigen?

Der Ehrenhof des Luftfahrtministeriums lag bereits hinter ihm, und er hatte schon fast die Kreuzung mit der Leipziger Straße erreicht (die auch auf dieser Höhe von einer bewaffneten Streife versperrt wurde), als er hörte, wie sich von hinten jemand eilig näherte. Die Person trug Stiefel. Bora gehörte zu jenen Männern, die an der Front stoisch geworden waren. Also drehte er sich nicht um. Wer auch immer das sein mochte, diese Person würde ihn einfach überholen. Am Ellbogen gepackt zu werden, war jedoch etwas völlig anderes: Auf körperlichen Kontakt reagierte er sofort. Erst einige angespannte Momente später erkannte er den Mann, dessen Uniform ihn als Mitglied des deutschen Generalstabs auswies.

»Bora, wusst ich's doch, dass Sie es sind!«

Irgendwo hatte Bora davon gehört, dass Benno von Salomon inzwischen zum Oberst befördert worden war. Seit ihrer gemeinsamen Zeit in der Gegend von Kursk war ein ganzes Jahr vergangen. Bora salutierte, und nur an dem Blick, mit dem er die Hand bedachte, die seinen linken Arm festhielt, ließ sich seine Verärgerung ablesen. Der Griff wurde gelockert, aber Salomons Kontaktaufnahme war spürbar von Angst geprägt.

»Ich muss dringend mit Ihnen reden. *Mit Ihnen reden*, verstehen Sie?«

»Aber, Herr Oberst –«

»Scht, scht … Bitte, verhalten Sie sich ganz normal.«

Nichts anderes tat Bora. Salomon hingegen starrte ihn verunsichert an, und obwohl Bora bereits in Russland mitbekommen hatte, dass Salomon bisweilen mit seinen »inneren Dämonen« kämpfte, wie er es nannte, wirkte er diesmal nicht einfach nur beunruhigt: Sein Zustand grenzte an Panik. Bora trat einen Schritt zurück.

»Was ist los, Herr Oberst? Was ist passiert?«, fragte er, obwohl er aus irgendeinem Grund bezweifelte, es wirklich wissen zu wollen.

Erneut ergriff Salomon seinen Arm, was Bora ausgesprochen verärgerte.

»Lassen Sie uns weitergehen. Gehen Sie auf dieser Seite. Lassen Sie uns hier die Straße überqueren. Verhalten Sie sich ganz normal. Da hinüber, zur Kaiserhofstraße.« Warum sie die Straße überqueren mussten, erschloss sich Bora nicht. Auf der anderen Straßenseite türmte sich der Schutt. Von dem einst imposanten Hotel *Kaiserhof* war nur noch ein ausgebranntes Gerippe übrig geblieben – alles reif für die Müllhalde, samt dem bogenförmigen überdachten Eingangsbereich. Der vergoldete Schriftzug auf der Fassade hatte mit einem Kaiserhof ebenso wenig gemein wie die Straße und das Etablissement, das einst diesen Namen getragen hatte. Auf der gegenüberliegenden Straße war eine Reihe junger Bäume enthauptet worden, dort standen nur noch Stümpfe.

»Rasch, Bora, sagen Sie mir: Ist Ihnen die volle Bedeutung des Wortes ›Eid‹ bekannt, ist Ihnen *Loyalität* ein Begriff?«

Bora traute seinen Ohren nicht. Die Frage war hier fehl am Platz, aber ihn beunruhigte nicht, dass die Antwort auf der Hand lag; bedenklich war vielmehr, dass Salomon einzelne Wörter mit Nachdruck versehen hatte.

»Ja, natürlich.«

»Diese Begriffe sind nicht eindeutig. Es gibt nicht nur eine Art von Loyalität. Genau das erschwert das Leben von Männern, von Offizieren … von uns allen. Letztlich sind es nur Wörter.«

Ich habe Philosophie studiert – mit Nominalismus kenne ich mich aus, dachte Bora. Wenn Prinzipien zu bloßen sprachlichen Ausdrücken verkamen, lauerte Gefahr für die Moral. Er erwiderte nichts, weil eine Meinungsäußerung nicht zwangsläufig eine Antwort erforderte. Sein Schweigen mochte ihn wie einen politisierten jungen Offizier wirken lassen, der er nicht war, oder zumindest nur teilweise. Aber unverhohlene Angst rief in ihm kein Mitgefühl hervor. Er trat zur Seite und befreite sich dabei aus Salomons Griff.

»Ich möchte –« Der ehemalige Rechtsanwalt mit dem Hundegesicht unterbrach sich mitten im Satz und blinzelte im Sonnenlicht. Nicht einmal im Hochsommer bräunte seine Haut; Bora erinnerte sich gut an diese Eigenheit. Heute jedoch war er eher grün im Gesicht. »Ich muss mit Ihnen sprechen.«

Bora bemühte sich, ihn nicht zu erstaunt anzustarren. Kein Zweifel: Ein Wetterumschwung stand kurz bevor, das spürte er. Dass er nun seinem ehemaligen Kommandeur gegenüberstand, ohne ihn zum Sprechen zu ermutigen, würde den Mann entweder davon abhalten, unerfreuliche Bekenntnisse abzulegen, oder aber ihn dazu verleiten, sich leichtfertig ausführlich zu äußern.

Mit einem gestärkten Taschentuch wischte sich Salomon die Schweißtropfen von der Oberlippe, und als er es wieder einstecken wollte, verfehlte er zunächst die Tasche in seiner Stiefelhose. Wie Bora aus seiner Zeit in Rom wusste, brachten die karmesinroten Lampassen, die einem Generalstabsoffizier zustanden, Vorrechte wie auch Beschränkungen mit sich. Gelegentlich auch Risiken, wenn man bereit war, diese einzugehen.

»Ich muss unbedingt unter vier Augen mit Ihnen reden, Bora. Wann sind Sie angekommen? Wie lange werden Sie in Berlin bleiben? Wo sind Sie untergebracht?«

Eine Lüge war besser als die halbe Wahrheit. »Ich weiß noch nicht, wo ich einquartiert werde. Ich werde nur ein paar Stunden hier sein, also sollten wir besser jetzt gleich reden, Herr Oberst. Wir sind im Freien, und es ist niemand zu sehen. Hier scheint es sicher zu sein.«

»Nein. Nicht hier. Und ›Sicherheit‹ ist nur eine Aneinanderreihung bedeutungsloser Buchstaben.«

Noch mehr Unfug. Bora musste nun einfach eine naheliegende Frage stellen.

»Fühlen Sie sich nicht wohl?«

»Seit drei Tagen schon muss ich mich immer wieder erbrechen. Das ist schlimmer als 1941.« Das gestärkte Taschentuch kam wieder zum Vorschein. »Urteilen Sie selbst.«

Wenn es so um den Mann stand, sollte er auf keinen Fall fragen, ob er irgendetwas tun könne. Er schwieg also. Wo verlief die Grenze zwischen Salomons Erschöpfung und einer echten Bedrohung? Bei einem Mann wie ihm war alles denkbar, von einem kleinen privaten Skandal bis hin zu einer schändlichen Krankheit oder einer ganz und gar unvorstellbaren Extremsituation, in die ein kriegsmüder deutscher Offizier im Jahr 1944 geraten mochte und die Bora gedanklich nicht einmal streifen wollte. *Bitte sagen Sie mir, worum es geht*, wollte er schon drängen.

Doch der Oberst ersparte ihm die Mühe. »Fritz-Dietlof von der Schulenburg ist an mich herangetreten.«

Diese wenigen, scheinbar sachlichen Worte, die leise hervorgepresst wurden, versetzten Bora in höchste Alarmbereitschaft. Bereits 1941 war er (ausgerechnet auf Kreta) vor den linksgerichteten Schulenburgs gewarnt worden. Fritz-Dietlof war damals Regierungspräsident der Provinzen Ober- und Niederschlesien gewesen, sein Onkel Botschafter in Moskau. Bora hatte in seiner Zeit bei der Abwehr in Moskau den Befehl, Schulenburgs Telefonate in der Botschaft zu überwachen – was er auch getan hätte, wenn dieser nicht ungefähr zeitgleich aus der Sowjetunion ausgewiesen worden wäre.

»Der jüngere Graf von der Schulenburg hat durch Oberst Claus von Stauffenberg von Ihnen gehört. Es ist ein Glücksfall, Ihnen heute hier zu begegnen.«

Nun musste er energischer auftreten. »Verzeihen Sie, warum sollte Oberst von Stauffenberg mich Fritz-Dietlof von der Schulenburg gegenüber erwähnen? Ich kenne keinen der beiden persönlich. Claus von Stauffenberg habe ich ein einziges Mal getroffen, bei einem Sportwettbewerb, und das ist Jahre her.«

»Wissen Sie, dass er Stabschef des Befehlshabers des Ersatzheeres ist?«

»Ja, das weiß ich, Herr Oberst, aber mir ist immer noch nicht klar, warum er mich gegenüber Graf von der Schulenburg oder sonst jemandem erwähnen sollte und warum diese Tatsache Sie derart zu beunruhigen scheint.«

Rosiger Staub stieg von dem gespenstisch aussehenden Hotel *Kaiserhof* auf, als ein Ziegelstein lautlos aus einem Fensterrahmen fiel. Salomon gab keine Antwort.

»Ich logiere im *Adlon* – jedenfalls bis heute Morgen noch. Sie doch auch, richtig? Ich hörte, Ihre werte Frau Mutter sei dort ebenfalls abgestiegen.«

»Ihre werte Frau Mutter …« In einer Straße wie dieser, wo es aussah wie auf dem Mond, wirkten derart altmodische Höflichkeitsfloskeln fehl am Platze. Bora verhielt sich ebenso undurchschaubar wie bereits Olbertz gegenüber. »Wie schon gesagt, Herr Oberst, ich werde Berlin sehr bald wieder verlassen. Wenn Sie mir etwas Vertrauliches oder Dringliches mitteilen möchten, dann tun Sie es bitte jetzt. Ich bin in Eile.«

»Nein, auf keinen Fall. Ich werde es Ihnen nicht hier und jetzt sagen. Belassen wir es dabei. Heute Abend ... Sie reisen doch nicht vor heute Abend ab, oder?«

»Ich glaube nicht.«

»Ich werde Sie schon ausfindig machen.«

Bora sah ihm nach, wie er in Richtung der ausgebrannten Dreifaltigkeitskirche eilte. Er schlug Haken wie ein Hase, der vor einem Fuchs flieht. Zu allem Überfluss jetzt auch noch so etwas. Das hatte ihm gerade noch gefehlt. Nun hatte er es umso eiliger, seine Mutter zu treffen, denn auch sie würde bald wieder abreisen, jedenfalls sobald ein Zug halbwegs sicher nach Leipzig fahren konnte.

Bedrückt setzte Bora seinen Weg durch die verwüsteten Straßen fort. Was in dem Viertel von den Luftangriffen Anfang März verschont worden war, hatten die Bombenabwürfe vom 21. Juni vollbracht. Kaum ein Ministerium war unversehrt geblieben, ganz zu schweigen von der Alten und der Neuen Reichskanzlei. Und schon vor über einem Jahr war die St.-Hedwigs-Kathedrale ausgebrannt. Dort hatte die Familie Bora bei ihren Aufenthalten in Berlin immer die Messe besucht.

Hotel Adlon,
Pariser Platz, 13.10 Uhr

Wenigstens stand das *Adlon* noch. Das zugemauerte Erdgeschoss, eine massive Wand, die die berühmten Bogenfenster vollständig verdeckte, ließ das Gebäude wie eine reizlose chinesische Festung wirken, die aus einem Trümmermeer emporragte. Ob sich die heiteren Masken aus Fassadenstuck, die einst die Bögen geziert hatten, wohl noch hinter den Ziegelsteinen erhalten hatten? In Anbetracht der Erinnerungen an Dikta, die für immer mit dem *Adlon* verbunden waren, betrachtete Bora auch das Hotel sicherheitshalber so, als sähe er es zum ersten Mal. Nach Ausbruch des Krieges (zu der Zeit hatte Bora sich gerade der Schulung bei der Abwehr unterzogen und später Gastvorträge in der Kriegsakademie gehalten) hatten sich immer wieder Jungs und Mädchen vor dem Hoteleingang eingefunden, die Autogramme haben wollten. Sie verschlangen die Zeitschriften *Signal* und *Der Adler* und sammelten die signierten Konterfeis der erfolgreichsten Flieger und Soldaten, die mit dem begehrten Ritterkreuz ausgezeichnet worden waren. Wie Pokerspieler blätterten sie durch die Postkarten mit Porträts und spionierten die Offiziere aus, die im *Adlon* ein und aus gingen. Starb der Porträtierte später den Heldentod, gewannen die Karten offenbar an Wert. Diese Mythenbildung war Bora inzwischen zuwider. Es hatte ihn geärgert, dass in sämtlichen Leipziger Tageszeitungen darüber berichtet worden war, als er in Kiew das Ritterkreuz erhalten hatte. Das ließ sich jedoch kaum vermeiden, wenn der eigene Großvater Verleger war – auch wenn es den Journalisten womöglich nur darum ging, diesem zu schmeicheln. Sein Stiefvater pflegte zu predigen, dass ein Ehrenmann nur anlässlich seiner Geburt und seines Todes in einer Zeitung erwähnt werden sollte.

Derzeit allerdings bestand keine Nachfrage nach Autogrammen. Bora bemerkte nur einige Schulmädchen, von denen lediglich eine Handvoll halbwegs gut gekleidet war, und selbst deren Kleidung war entweder zu kurz oder zu eng. Säume und Ärmelaufschläge waren mit Spitze versehen worden, damit die Kleidungsstücke noch eine weitere Saison hielten. Es beeindruckte Bora, dass die Berlinerinnen trugen, was immer sie finden konnten, sogar Stoffe, die eigentlich für Abendkleider gedacht waren, wie Satin und anderes glänzendes Material. Schließlich hatte ein Viertel von ihnen kein Dach mehr über dem Kopf, geschweige denn, dass sie einen Kleiderschrank besaßen. Von den Frauen, die er in der U-Bahn oder in den Schlangen vor Geschäften und Kaufhäusern beobachtet hatte, hoben sich die Huren wie Tropenvögel ab. Strumpfhosen aus Seide oder Nylon, hohe Absätze, das Aufblitzen eines spitzenbesetzten Unterkleids, wenn sie in den Bus stiegen – die schönen Waffen der Frauen, die Männer so mochten (Bora eingeschlossen), sah man nur allzu oft an Mädchen, die frech ihre Zunge über die Zähne gleiten ließen, nachdem sie die rote Farbe auf ihren Lippen aufgefrischt hatten. Sein Stiefvater äußerte sich abfällig über die »Vernuttung« – das Wort hatte er sich selbst ausgedacht – französischer Mädchen im Weltkrieg. Damals war er bereits zum Katholizismus übergetreten und verzehrte sich – ein bigotter frisch Bekehrter – nach der jungen Witwe Bora, die sich Zeit ließ, ehe sie einer erneuten Heirat zustimmte. Für General Sickingen war mit Ausnahme seiner Frau und seiner Schwestern jede Frau eine potenzielle Nutte.

War es denn wirklich so? Obwohl Bora ein Gutteil seines Lebens in Kasernen und an der Front zugebracht hatte, führte er das Wort »Nutte« nur selten im Munde. Vielleicht lag es daran, dass man seiner Meinung nach eine Frau nicht derart bezeichnen konnte, wenn nicht mindestens ein Mann zugegen war.

Obwohl das Innere des Hotels in ein Halbdunkel gehüllt war, vermittelte sich dem Eintretenden doch eine gewisse Kultiviertheit. Den Portier kannte er noch von seinen Aufenthalten mit Dikta her – er war nur stärker ergraut und wirkte wie ein desillusionierter, entschlossener Kapitän, dessen Schiff im Sinken begriffen war, der aber auf keinen Fall die Fahne einholen würde. Er erinnerte sich an Bora. In seinem untadeligen Gruß lag ein Wiedererkennen, dem nichts Unterwürfiges anhaftete. Beide waren insgeheim überrascht, dass der andere in der Zwischenzeit nicht gestorben war. Der Mann beantwortete Boras Nachfrage mit einem knappen soldatischen Nicken und sagte, ja, Baroness Sickingen sei da. Ob er sie auf ihrem Zimmer anrufen solle?

»Ja, bitte.«

»Ihr Schlüssel, mein Herr.«

Dass das Innenministerium ihm dankenswerterweise einen Wagen an den Flughafen geschickt hatte (wenn auch an den falschen) und ihm ein Bett in Berlins führendem Hotel zur Verfügung stellte, war höchst ungewöhnlich. Dahinter mochte tatsächlich das Bestreben stecken, Reinhardt-Thomas Tod natürlich aussehen zu lassen.

»Bitte benachrichtigen Sie mich, sobald ein Anruf vom Schönefelder Flugplatz für mich eingeht«, sagte er.

Das Blaue Zimmer, das früher so lichtdurchflutet gewesen war, wirkte ziemlich düster, weil die französischen Fenster verdunkelt waren. Das konnten auch die Wandleuchten nicht wettmachen. In diesem Raum ging Bora nun auf und ab, während er auf seine Mutter wartete. Bei der Trauerfeier hatten sie bloß nebeneinandergestanden. Aber hier würden sie sich nun wirklich begegnen, und die Kluft, die sich mit dem Tod seines Bruders Peter und seiner eigenen Verstümmelung zwischen ihnen aufgetan hatte, ließ sich nicht mehr ignorieren. Sie musste irgendwie überbrückt werden.

Als Nina eintrat, hatte er das Zimmer gerade halb durchquert. Er blieb abrupt stehen, dann machte er kehrt, um sie zu begrüßen. Sie kam auf ihn zu. Er schlug die Hacken zusammen und küsste ihre Hand. Diesen förmlichen Ablauf brauchte er, damit er sie danach umso ungezwungener umarmen konnte. Glücklicherweise vermochten sie mit Blicken auszudrücken, wofür sie keine Worte fanden. Nina konnte nicht an sich halten und fragte: »Wie geht es dir, Martin?« – »Gut«, sagte er sofort, und sie drang nicht weiter in ihn. Dann folgten einige beflissene Phrasen zu den Neuigkeiten, die unter diesen Umständen zu erwarten waren. Wie es zu Hause gehe – und, ja, wie plötzlich Onkel Reinhardt-Thoma ihnen genommen worden sei. Die Worte trieben wie nutzlose Fremdkörper über ihren eigentlichen Gefühlen. Es stimmte Bora traurig, Nina in Schwarz zu sehen, das sie nicht nur wegen Peter trug, sondern jetzt auch wegen seines Onkels.

Sie ging voran zu einem kleinen Tisch. Die eleganten Lehnsessel von früher ließen ihre Begegnung in dieser zerbombten Stadt weniger absurd wirken.

»Man hat mich wissen lassen, dass die Beisetzung so rasch wie möglich erfolgen soll«, sagte sie. »Bei Nacht, zusammen mit anderen.«

Als sie am Kamin vorbeiging, spiegelten sich in den glänzenden Quadraten über der Feuerstelle flüchtig ihr schlanker Hals und ihre schmale Schulterpartie, und einen Augenblick lang wirkte es, als würde ihre zierliche Doppelgängerin ein angrenzendes Phantomzimmer durchschreiten. »Als Nächstes muss ich Saskia aufsuchen, wenn es möglich ist.«

»Ich komme mit.«

»Ich gehe besser allein hin, Martin. Frau Sommer, die Sekretärin deines Onkels, wird mich in einer halben Stunde mit dem Auto abholen und mich ins Krankenhaus Wilmersdorf begleiten. Saskia liegt auf der Station für Infektionskrankheiten, musst du wissen.«

Bora, der einige Schritte entfernt von ihr stand, ging zur Tür und schloss diese.

»Warum, was ist denn los?«

»Ich vermute, es war die einzige Möglichkeit, die ihr einfiel, um der Trauerfeier fernzubleiben. In der letzten Zeit haben sie es nicht leicht gehabt.«

An dieser Stelle hätte Bora einhaken und von Olbertz' Geschwätz berichten können, unterließ es aber. Er ahnte, dass Nina ihrerseits Getuschel von den Krankenschwestern zu Ohren gekommen war, das sie ihm aus irgendeinem Grund verheimlichte. Er hätte die knappe Zeit mit seiner Mutter in Berlin gern so gut wie möglich genutzt, aber ihm war auch klar, dass sie sich in Dahlem um einiges kümmern musste.

Sie setzte sich und forderte ihn auf, es ihr gleichzutun.

»Martin, vor der Trauerfeier hat mir Dr. Goerdeler eine Botschaft für dich anvertraut.«

»Ach, tatsächlich?«

Normalerweise ließ Bora sich nicht anmerken, wenn er überrascht war, aber in diesem Fall konnte er es sich leisten, seine Gefühle zu zeigen. Nina war die Verschwiegenheit in Person. Ihre kleine Handtasche, die Handschuhe, die zarte Puderschicht auf ihrem Gesicht – ihre elegante Erscheinung speiste sich aus bewusster Zurückhaltung.

»Ja. Heute Abend sollst du dich um einundzwanzig Uhr im Büro von Arthur Nebe, dem Chef der Kriminalpolizei, melden.« Sie atmete einmal durch. »Carl-Friedrich wirkte nicht beunruhigt, also ist es wohl eine reine Routineangelegenheit …«

Diesmal fiel es Bora schwer, ungerührt zu bleiben. *Eine Routineangelegenheit? Was daran könnte Routine sein, wenn mich der Chef der Kripo einbestellt, der zufälligerweise auch SS-Gruppenführer und Direktor des Internationalen Büros der Internationalen Kriminalpolizeilichen Kommission ist?*

»Hat er sonst noch etwas gesagt, Nina?«

»Nur dass du dir keine Sorgen zu machen brauchst und den Personaleingang nehmen sollst.«

Das ergab doch alles keinen Sinn. Wenn seine Mutter sich ängstigte (was gut sein konnte), verbarg sie es ihm zuliebe. Auch Bora bewahrte Haltung.

»Also gut. Wir werden ja sehen, was Gruppenführer Nebe will.«

Dabei war ihm ziemlich mulmig zumute, erst recht nach der Begegnung mit Salomon. Nebe war ihm seit dessen Zeit im Osten bei der Einsatzgruppe B, einer Todesschwadron, ein Begriff. Der Gedanke, aus freien Stücken in Nebes Büro zu marschieren, behagte ihm nicht im Geringsten. Nur zu gern hätte er sich eingeredet, dass er sich mit seinen Ansichten nicht in Schwierigkeiten gebracht hatte, aber das wäre gelogen gewesen – obwohl diese Schwierigkeiten in den Verantwortungsbereich der Gestapo fielen, nicht in den der Kriminalpolizei. Nur eines beruhigte ihn ein wenig: dass Carl-Friedrich Goerdeler der Überbringer war, ein ehemaliger Beamter, der bei der Partei nicht gut angeschrieben war. Wenn Nebe ihm die Botschaft anvertraut hatte anstatt einem seiner uniformierten Schlägertypen, dann musste es einen guten Grund dafür geben. Wieder kamen ihm Olbertz' geflüsterte Worte in den Sinn, und obwohl er sie seiner Mutter verschwieg, sagte er doch: »Das könnte etwas mit Onkel Alfred zu tun haben, Nina. Sofern seine Klinik und sein Wohnhaus noch stehen, wer weiß, vielleicht hat in der Nacht jemand versucht einzubrechen.«

»Meinst du? Ja, vielleicht.«

Sie saßen so nah beieinander, dass sie die Hand des anderen hätten ergreifen können, wenn sie sich ein wenig vorgeneigt hätten. Aber Bora hielt sich bewusst zurück, weil dies Ninas offensichtliche Bemühungen zunichtemachen könnte, ihre Gefühle unter Kontrolle zu halten. Also saßen sie da und sahen einander an – in gegenseitiger Wertschätzung. Dabei war ihm klar, dass er sogar jetzt, selbst in ihrer Gegenwart, weiter auf Distanz ging. Er zwang sich, höflich Konversation zu machen, und erkundigte sich nach seinem Stiefvater, dem General (den Nina als seinen Vater bezeichnete), dem Befinden seiner Großeltern, nach Peters Frau

Margaretha samt Baby sowie nach ausgebombten Freunden, die sich im Haus der Familie in Borna aufhielten. Er war überrascht zu hören, dass seine Schwägerin aus dem Haus in der Birkenstraße ausgezogen war.

»Sie ist ins Haus ihrer Eltern in Esterwegen zurückgekehrt, Martin.«

»Oh. Weiter im Westen auf dem Land ist es sicherer.«

»Wohl wahr.«

»Und wie geht's dem Berliner Ableger des Bora Verlags …?«

Nina zog bedächtig ihre Handschuhe aus und legte sie auf ihren Schoß, wo sich bereits ihre kleine Handtasche befand. »Wie erwartet hat der Luftangriff im Juni den Verlagssitz im Zeitungsviertel völlig zerstört, und auch das Stadthaus von Großvater Franz-August wurde schwer getroffen. Aber die Druckerei draußen in Potsdam läuft weiter. Leopardis *Opera omnia* erscheint in der nächsten Woche, mit einem Vorwort von Ungaretti, dem Dichter.«

»Ungaretti, richtig. Er lehrt inzwischen in Italien, oder?«

»In Rom, glaube ich.«

Bora nickte. Es fiel ihm schwer, seine Schulterpartie zu entspannen oder seinen Blick von Nina zu wenden. »Auf Distanz zu gehen« schützte einen nicht vor dem Schmerz. Von einem Moment zum anderen konnten Worte unerheblich erscheinen oder unerträglich schwer, gingen sie leicht über die Lippen oder gar nicht. Je voller das Herz ist, desto weniger vermag es sich auszuschütten. Sonderbarerweise erschien ihm seine Mutter umso schöner, je mehr er innerlich auf Abstand ging – doch Bora konnte ihr kein entsprechendes Kompliment machen. Er hatte Angst, sie zu verletzen, ganz gleich, was er sagte. Vor allem mochte er sie nicht auf ihre Trauer ansprechen. Der Tod seines Bruders war auch ein Grund dafür, dass er sich nicht öffnete.

»Bitte richte Saskia liebe Grüße aus.«

»Selbstverständlich.«

»Und frag sie, ob sie irgendetwas braucht.«

»Das werde ich tun.«

Seine eigenen Verwundungen, das Ende seiner Ehe, das Wissen darum, dass er mit seiner politischen Einstellung in Gefahr war, wirkte belanglos im Vergleich zu dem Verlust, den Nina, den die ganze Familie erlitten hatte. *Sie hat einen ihrer beiden Söhne verloren, und ich werde für immer »der andere« sein – ich wurde zum »anderen«, als es geschah, und ich werde für immer derjenige sein, der anstelle von Peter hätte sterben sollen. Wenn ich mir das schon nicht verzeihen kann, wie sollten es dann meine Eltern können?* Dieser Gedanke überwältigte Bora, und er wappnete sich gegen eine Gefühlsaufwallung. Er war selten zu Tränen gerührt. Wenn er sich recht entsann, war er zwölf Jahre alt gewesen, als seine Mutter ihn zuletzt weinen sah. Es erstaunte ihn, dass *sie* nicht weinte. Dabei musste es unerträglich für sie sein, ihn hier sitzen zu sehen, während Peter tot war. *Wäre ich an seiner Stelle gestorben, wären sie immer noch eine vollständige Familie – Vater, Mutter, Sohn. Nun sind wir zwei verstümmelte Familien: meine Mutter und der General sowie meine Mutter und ich.*

»Hast du in letzter Zeit etwas von unseren Freunden in Ostpreußen gehört, Nina?«

»Nicht direkt. Einer der Modereggers hat geschrieben, dass es ihnen gut gehe.«

Als Nina ihre Handtasche öffnete, um die Handschuhe wegzustecken, erhaschte er einen flüchtigen Blick auf ein stilvolles Zigarettenetui. Früher hatte sie nicht geraucht, also verstieß sie inzwischen offensichtlich gegen einen der Befehle des Generals, der einer gesunden Lebensführung anhing. Dafür stieg sie gleich noch mehr in Boras Achtung.

Da saßen sie nun also, die Angehörigen eines Mannes, an dessen Tod möglicherweise das Regime schuld war, während einige Häuserblocks weiter eine Fliegerbombe entschärft wurde und er eine Vorladung von Arthur Nebe für den Abend hatte, doch er erkundigte sich bloß höflich nach ihren Freunden. *Jeder von uns schützt sich wohl, so gut es geht. Sie wartet darauf, dass ich etwas sage, und weiß genau, dass ich es nicht kann. Also wartet sie, ohne mich zum Sprechen zu ermuntern.* Mit einem Gefühl der Dankbarkeit, der Erleichterung warf Bora einen bewundernden Blick auf die Hände seiner Mutter. Sie legte nur selten Schmuck an, und dies war weder der rechte Zeitpunkt noch der rechte Ort, ihn zur Schau zu stellen. An ihrer rechten Hand trug sie nur ihren Ehering und einen alten Ring aus Familienbesitz. Diesen Ring hatte sie eigentlich Dikta am Tag der kirchlichen Trauung mit Bora schenken wollen. Doch der General, der die Verbindung nie gutgeheißen hatte, hatte es ihr untersagt. Inzwischen wunderte sich Bora darüber, dass sie sich damals gefügt hatte, weil seine Mutter keine Frau war, die sich etwas vorschreiben ließ. *Wahrscheinlich hatte auch sie Dikta nicht gemocht. Sogar damit habe ich sie enttäuscht, wie ich sie auch damit enttäuscht habe, dass wir keine Kinder bekommen haben …* Dann wurde ihm klar – und es war ein unsanftes Erwachen –, dass Nina möglicherweise von Diktas Abtreibungen gewusst, es ihm gegenüber aber nicht erwähnt hatte. *Ja, Nina muss von den Abtreibungen gewusst oder zumindest eine Ahnung gehabt haben. Als sie mir noch vor Stalingrad schrieb, dass »Dikta sich nicht wohlfühle«, lag das an ihrer Schwangerschaft. Natürlich. Und als daraus schließlich nichts wurde, muss sie geargwöhnt haben, dass Dikta beschlossen hatte, das Kind nicht auszutragen, sofern sie keine Fehlgeburt erlitten hatte. Das hat mir Dikta in Rom erzählt – damit wollte sie mir den Todesstoß versetzen, damit ich mich von ihr trennte und sie freigab. Und nun ist sie frei und ich nicht.*

Bora betrachtete seine Mutter mit dem unrühmlichen Bedürfnis, ihr seinen Schmerz zu gestehen, wollte diesem aber auf keinen Fall nachgeben. *»Je voller das Herz ist …« Was auch immer geschehen mag, was auch immer die merkwürdigen Begegnungen des heutigen Tages bedeuten mögen, für mich geht es danach zurück an die Front. Machen wir uns doch nichts vor: Vielleicht sehen wir uns in diesem Leben nicht mehr wieder.* Im Zwiegespräch mit sich selbst verwendete er dieselben Argumente, derer er sich auch bei Vernehmungen feindlicher Gefangener bedient hätte. Letztlich lief es immer mehr oder weniger auf einen Satz hinaus: »Sie sollten jetzt besser mal den Mund aufmachen.«

In den Kacheln über dem verrammelten Kamin – damit sollte verhindert werden, dass nach einem Luftangriff Rauch und Trümmerteile über den Schornstein ins Zimmer gelangten – spiegelte sich die gegenüberliegende Wand. Darüber hing ein Gemälde, das fast bis zur stuckverzierten Decke reichte und auf dem sich zwei Mädchen in einer unglaublich idyllischen Landschaft räkelten. Bora betrachtete die geschmackvolle Einrichtung und drückte sich weiterhin davor, zur Sache zu kommen. Schließlich setzte er gezwungenermaßen doch an: »Irgendwie bin ich davon ausgegangen, dass Peters Frau bei euch bleiben würde.« Margaretha zog gerade aus dem Haus ihrer Schwiegereltern aus, wo sie genau wie Dikta seit ihrer Eheschließung gewohnt hatte. »Ich hoffe, es hat nichts damit zu tun, dass Dikta abgereist ist. Mir ist bewusst, wie nah sich die beiden standen.« Eigentlich wollte er damit sagen: »Ich hoffe, Dikta hatte keinen schlechten Einfluss auf sie, zumindest nicht in deinen Augen.«

»Ja, die beiden standen sich tatsächlich nah«, stimmte Nina ihm zu. Sie war zu taktvoll, um Boras Worte zu kommentieren, nutzte aber die Gelegenheit, ihm etwas zu sagen, ohne ihn dabei anzublicken: »Als du mir vor einigen Monaten geschrieben und mich gebeten hast, deine Frau zu fragen, ob sie dich liebe, hat Benedikta zuerst nur gelächelt. Du kennst ihr Lächeln. Dann hat sie geantwortet: ›Natürlich.‹ – ›Aber liebst du ihn auch genug, um ein Kind von ihm zu bekommen?‹, wollte ich wissen. ›Nina, ich glaube nicht, dass wir schon so weit sind, Kinder zu bekommen.‹ – ›Martin ist es.‹ – ›Ich bin es nicht. Aber ich liebe ihn wirklich. Liebst denn *du* deinen Ehemann?‹«

Dass sie so schnell am springenden Punkt waren, versetzte Bora einen schmerzlichen Stich – auch diese Reaktion wollte er sich auf keinen Fall anmerken lassen. An Ninas Blick las er ab, dass sie seine leise Erwiderung nicht verstanden hatte, und wiederholte: »Das war respektlos von ihr«, als ob das Gespräch die ganze Zeit um Diktas Unverfrorenheit gekreist wäre und er es nun abbrechen könnte.

»So war Benedikta eben, Martin. Als du im September aus dem Hinterhalt angegriffen und verwundet worden warst, war das für sie der Tropfen, der das Fass zum Überlaufen brachte. Sie war noch verzweifelter als während deiner Zeit in Stalingrad, weil deine Verwundung so schwer war. Ich hatte gehofft, sie würden dich heimschicken. Aber dein Vater hat mich darüber in Kenntnis gesetzt, dass du darum gebeten hattest, nicht nach Deutschland geschickt zu werden, und dich lieber in Italien im Krankenhaus behandeln lassen wolltest. ›Er hat recht. Er ist Soldat und möchte nicht riskieren, nach Deutschland gebracht zu werden, um dann eine Schreibtischarbeit zugewiesen zu bekommen. Ich verstehe ihn, und kann das nur befürworten.‹ Daraufhin ließ uns Benedikta unmissverständlich wissen, dass es so nicht weitergehen könne und sie bereits einen Antrag auf die Annullierung eurer Ehe gestellt habe. Das war der eigentliche

Grund für ihre bevorstehende Reise nach Rom. Dein Vater wurde so wütend, dass er sie geohrfeigt hat.«

»Das hätte er nie und nimmer tun dürfen.«

Geistesabwesend strich Nina über die Manschette ihrer Bluse, als wolle sie Boras Vorwurf ausbügeln.

Wieder hatte er einen Rückzieher gemacht und sich vor dem Wesentlichen gedrückt. Aber dann gestand Nina etwas ein – sei es, weil sie das Gefühl hatte, freier sprechen zu können, oder weil sie ihn ablenken wollte: »Ich kann Benedikta gar nicht genug danken für ihr Verhalten, nachdem Peter über Russland abgeschossen worden war.« Nina richtete sich auf, um sich der Erinnerung zu stellen. »Als vor dreizehn Monaten dein Anruf mit den furchtbaren Neuigkeiten kam, waren Benedikta und Margaretha gerade unten im Garten. Margaretha war hochschwanger, das Baby sollte in wenigen Tagen kommen, wir haben Peter zur Geburt in Leipzig erwartet ... und es reichte, dass dein verzweifelter Vater Benedikta einen Blick durchs Fenster zuwarf. Sie hat sofort verstanden, dass ein Unglück geschehen war und dass es Margaretha betraf. Ich weiß nicht, wie, aber sie schaffte es, sich nichts anmerken zu lassen und auf ihre verständige Art ihre Schwägerin zu einem langen Spaziergang zu überreden. Das tat sie, damit wir eine oder zwei Stunden ungestört trauern konnten. Und so hat sie erst einen Monat später davon erfahren, als keine Gefahr mehr für die Gesundheit von Mutter und Kind bestand.«

»Das wusste ich nicht.«

»In den Wochen danach war Benedikta einfach großartig. Sie war mir so eine große Hilfe, Martin. Sie verschwieg Margaretha, was geschehen war, und erzählte ihr, dass alle Heimaturlaube gestrichen worden seien. Auf diese Weise konnte sie Margaretha geschickt von deinem Vater fernhalten, der schweigsam und in sich gekehrt war.«

Sie wusste immer das Richtige zu sagen. Bora starrte auf den Boden.

»Hat Benedikta dir das nicht erzählt?«

»Nein.«

»Es tut mir leid, dass ihr beide nicht mehr zusammen seid.«

Diese Worte erfüllten Bora mit tiefer Dankbarkeit und brachten seine Entschlossenheit ins Wanken. Er konnte sich aber nicht dazu durchringen zu sagen, dass es ihm auch leidtat. Das Thema bereitete ihm körperliches Unbehagen. Nina bemerkte es und verstummte.

»Ich muss dir noch etwas anderes sagen, weil du dich bestimmt schon gewundert hast: Vor Stalingrad zeigte Benedikta ganz ähnliche körperliche Symptome wie Margaretha … und, nun ja, Margaretha war ja tatsächlich schwanger. Nach einer Auslandsreise, die Benedikta mit ihrer Mutter unternommen hatte, waren diese Symptome verschwunden. Die Gesundheit junger Frauen ist unberechenbar. Du verstehst sicher, dass eine Vermutung nicht genügte … und dann beanspruchte Peters Frau den Großteil unserer Aufmerksamkeit. Du warst in Stalingrad, und da konnte ich einfach nicht …«

»Danke, Nina, dass du es mir damals nicht gesagt hast.«

Kurz darauf wurden sie durch ein leises Klopfen an der Tür abgelenkt. Davor stand kein Hotelpage, nein, der Portier höchstpersönlich öffnete die Tür einen Spalt, um zu verkünden, dass eine Frau Sommer für die Frau Baronin eingetroffen sei.

»Danke«, sagte Nina. »Ich komme gleich zu ihr hinunter.«

Bora sprang auf und bot seiner Mutter an, sie zum Auto zu begleiten. Er wollte die gemeinsame Zeit so lange wie möglich ausdehnen.

Unten im Foyer, als sie schon drauf und dran war, in den blendend hellen Tag hinauszutreten, zögerte sie und drehte sich zu ihm um. Leise sagte sie zu ihm auf Englisch, ihrer Muttersprache: »Dein Vater hat mir dringend davon abgeraten, danach zu fragen, aber – er hat nicht gelitten, oder?« Was so viel bedeutete wie: »Sag mir bitte, dass Peter nicht leiden musste.«

Wie sehr musste es sie in der vergangenen halben Stunde danach verlangt haben, diese Frage zu stellen! Stattdessen hatte sie über den Sohn gesprochen, der noch am Leben war … Ihr zuliebe hätte Bora selbst im Angesicht des Todes gelogen.

»Er hat nicht gelitten, Nina. Wirklich nicht. Man leidet nicht, wenn so etwas geschieht.«

Sorgsam vermied sie es, auf die behandschuhte Faust zu blicken, die seine linke Hand ersetzt hatte. »Aber du musst schrecklich gelitten haben.«

»Wenn es so war, habe ich es vergessen.« Das stimmte. Er erinnerte sich nicht mehr daran, wie es geschmerzt hatte, als es passierte, aber in den Tagen darauf im Krankenhaus waren die Schmerzen unerträglich gewesen. Da Bora zu Hause beigebracht worden war, Schmerzen herunterzuspielen, glaubte sie ihm jedoch möglicherweise nicht.

»Sehe ich dich heute noch einmal, Nina?« Was so viel hieß wie: *Bitte, ich muss dich noch einmal sehen. Es ist noch nicht alles gesagt.*

Beinah lächelte Nina, mehr mit den Augen als mit dem Mund.

»Bis sechs bin ich zurück.«

Bora blieb auf dem Bürgersteig stehen, bis der Volkswagen – den die Charité zur Verfügung gestellt hatte und an dessen Steuer Frau Sommer saß, die seinem Onkel über zwanzig Jahre lang als Sekretärin treu zur Seite gestanden hatte – aus seinem Blickfeld verschwunden war. Seiner Mutter gegenüber hatte er sich schon immer fürsorglich verhalten, auch wenn er seine Zuneigung bei Weitem nicht so offen zeigte, wie Peter es getan hatte. Sein Bruder mochte Umarmungen, was den General verärgert, Nina jedoch vermutlich gefreut hatte. Befangenheit war ein Fehler, wenn es gefährlich wurde im Leben, das hatte Bora begriffen. Trotzdem konnte er seine Zurückhaltung nicht ablegen. Aber er freute sich darauf, noch einmal mit ihr zusammenzusitzen, bevor sich ihre Wege wieder trennen würden.

Der Aufzug im *Adlon* war außer Betrieb, also nahm er die Treppe, um zu seinem Zimmer zu gelangen. Zuvor hatte er den Portier gebeten, für ihn eine Telefonverbindung zu den Beelitz-Heilstätten herzustellen. »Ich werde den Anruf oben entgegennehmen«, sagte er. Beim Verlassen der Rezeption kam es ihm so vor, als hätte der Mann einen Moment lang gestutzt, nachdem er bemerkt hatte, dass Bora keinen Ehering trug und sich nur ein verräterischer heller Kreis von seiner gebräunten Haut abhob. Aber vielleicht hatte er es sich auch nur eingebildet. Bora war deshalb befangen, denn als er beim letzten Mal mit Dikta hier übernachtet hatte, waren sie noch verheiratet gewesen.

Trotz der vielen Stufen machte ihm sein Knie, das bei dem Partisanenangriff verletzt worden war, keine Beschwerden. Im Treppenhaus hing der markante, herbe Geruch frisch geplätteter Laken und Handtücher. Angesichts der immer wieder unterbrochenen Stromversorgung musste das Luxushotel auf Kohlebügeleisen zurückgegriffen haben. Dieser wohlig warme Geruch war ihm vertraut, so hatte es in dem großen Raum hinter der Küche in Borna und in den Vorwerken in Trakehnen gerochen. Ein schwaches Signal aus der Vergangenheit, eine Erinnerung daran, dass einmal Frieden geherrscht hatte, und so Gott wollte, auch einmal wieder herrschen würde. Im nächsten Stockwerk lag die Suite, in der er sich früher mit Dikta getroffen hatte – diese Räumlichkeiten hatte ihre Mutter jahrelang unterhalten (wenn auch nur selten genutzt), und hier hatten Dikta und er wer weiß wie oft … Bora blendete den Gedanken aus und eilte hinauf ins nächste Stockwerk.

Am Türknauf des Nachbarzimmers hing ein Schild: »Bitte nicht stören.« Davor stand ein Paar exzellent gearbeiteter Offiziers-Reitstiefel, die darauf warteten, abgeholt und auf Hochglanz poliert zu werden. Aus japanischer Herstellung, vermutete Bora aufgrund ihrer Größe und Fasson. Geräuschlos betrat er sein Zimmer. Gleich hinter der Tür trat er auf ein gefaltetes Blatt Papier, das ohne Umschlag auf dem Boden lag. Er meinte zu wissen, von wem es kam, noch bevor er es gereizt aufgehoben und entfaltet hatte.

In seiner pedantischen Juristensprache drängte Salomon ihn, sich den Abend frei zu halten, »so wie heute Vormittag vereinbart«.

Ich habe gar nichts vereinbart. Bora schäumte vor Wut. In Russland hatte Salomon Bora regelmäßig darum gebeten, ihm beim Abendessen Gesellschaft zu leisten oder auch am späten Abend, weil er sich langweilte und unter Schlaflosigkeit litt und über den Verlust seines Elternhauses in Ostpreußen jammern wollte. Mehr als einmal hatte Bora gegen den Schlaf gekämpft, während Salomon über die Niedertracht der Polen im Weltkrieg lamentierte. Im Gegensatz zu seinem Kommandeur musste er schließlich im Morgengrauen aufstehen und auf die Russen losgehen.

Dem Portier werde ich ordentlich Bescheid stoßen, dass er meine Zimmernummer ausgeplaudert hat. Bora schickte sich an, einige Worte auf ein Blatt Papier zu werfen, das ins Postfach des Obersten gelegt werden sollte. Er führte bereits bestehende Verpflichtungen ins Feld sowie seinen begrenzten Aufenthalt in Berlin. Dabei war ihm nur allzu bewusst, dass – wann auch immer er aus dem Präsidium der Kriminalpolizei zurückkehren würde (vorausgesetzt, er kehrte tatsächlich zurück, man wusste schließlich nie) – Salomon ihm wahrscheinlich bis tief in die Nacht hinein auf die Pelle rücken würde. Obwohl sich in der Hauptstadt die Flüchtlinge in jedem verfügbaren Raum drängten, hätte er es sogar gewagt, seine bequeme Hotelunterkunft zu verlassen, wenn er nicht so unbedingt vorgehabt hätte, am nächsten Morgen Nina zu verabschieden. Nur ein Erschießungskommando (oder ein Flächenbombardement) würde ihn daran hindern, dieser Verpflichtung nachzukommen.

Er hatte schon seinen Füllfederhalter herausgeholt, als ihm einfiel, dass ja gar keine Tinte mehr darin war. Da es die Etikette verletzen würde, einem höhergestellten Militär eine mit Bleistift geschriebene Notiz zukommen zu lassen, beschloss er, erst das Telefongespräch abzuwarten und dann unten an der Rezeption einen Füller zu borgen.

Kurz darauf war er auch schon mit der Oberschwester im Beelitz-Sanatorium verbunden. Sie bestätigte, dass Major Bruno Lattmann dort tatsächlich noch als Patient geführt werde. »Wenn der Herr Oberst zeitlich wirklich derart eingeschränkt ist«, fügte sie hinzu, »dann ist es möglich, auch außerhalb der Besuchszeiten vorbeizukommen.« Bora bestätigte, dass er Berlin voraussichtlich spätestens am nächsten Vormittag würde verlassen müssen, und bot an, umgehend loszufahren. Wie er das bewerkstelligen wollte, stand auf einem anderen Blatt. Vom Stadtzentrum aus war es eine ganz ordentliche Strecke nach Beelitz hinaus.

Die öffentlichen Verkehrsmittel fuhren zwar, waren aber nicht pünktlich. Ein Taxi erwischte man nur mit Mühe, Kraftstoff war knapp, und daher würde sich kaum ein Fahrer auf eine längere Fahrt einlassen. Bora hatte bemerkt, dass die Menschen Karten unterschiedlicher Farben für alle möglichen Dinge und Dienstleistungen bei sich trugen. Das hier war kein besetztes Land, in dem man einfach das Benötigte beschlagnahmen konnte. In dieser Hinsicht verdarb einen das Leben an der Front. Allerdings hatte er von dem Co-Piloten erfahren, dass man sich die meisten Waren mit Bargeld beschaffen konnte – von französischem Wein, der sorgfältig in den Kellern von Restaurants und Hotels gehütet wurde, über

Versorgungsgüter, die sich in den Warenlagern der Wehrmacht stapelten, bis hin zum Einlass in die exklusivsten Bordelle. Und obwohl der militärische Nachrichtendienst – die Abwehr – nach seiner Auflösung einige Monate zuvor zumindest offiziell wie Schnee in der Sonne geschmolzen war, hatte Bora noch einige Freunde im »Laden«, auf die er zählen konnte.

Als Nächstes rief er den Portier an und beauftragte ihn damit, einen Strauß Rosen zu besorgen (»am liebsten rot und mindestens vierundzwanzig Stück«) und in Ninas Zimmer zu arrangieren. Außerdem möge er in der nächsten halben Stunde »eine Flasche hochwertigen russischen Wodkas und blaue Pelikan-Tinte für einen Füllfederhalter« auftreiben. Seine Bitten lösten bei dem Portier keine Verwunderung aus: Das hier war schließlich das *Adlon*. Dann kam der schwierigste Part an die Reihe. Bora rief einen alten Kameraden von der Abwehr an, der nun als Verbindungsoffizier im Luftfahrtministerium diente: »Hier ist Martin Bora. Wie geht es dir? Wenn ich es auf eigene Faust bis nach Dahlem schaffe, was muss ich tun, um von dort aus schnellstmöglich zum Sanatorium in Beelitz befördert zu werden?«

Nachdem das erledigt war, rief er erneut den Portier an. »Besorgen Sie doch bitte *zwei* Flaschen hochwertigen russischen Wodkas.«

14.40 Uhr

Gut eine halbe Stunde später beschloss Bora, das Mittagessen ausfallen zu lassen, um Bruno Lattmann zu besuchen. Dabei hatte er seit dem Vorabend nichts mehr gegessen, und das war auch nur ein kleiner Happen vor der letzten Etappe auf dem Weg nach Berlin gewesen. An der Rezeption erfuhr er, dass man bis auf die blaue Tinte alles Gewünschte hatte besorgen können.

»Was den Rosenstrauß betrifft, so haben wir nur zwölf ›Crimson Glory‹ bekommen, die allerdings noch nicht aufgeblüht sind, Herr Oberstleutnant, aus einem Gewächshaus hier in der Stadt. Ich war so frei und habe zusätzlich zwölf rote Pfingstrosen bestellt.«

Der Portier legte einen versiegelten Umschlag auf den Tresen. Mit rotem Farbband getippt standen darauf Boras Name und Dienstgrad. »Das wurde für Sie abgegeben, mein Herr.«

Bora trat vom Tresen zurück und öffnete ungehalten den Umschlag. Vermutlich war dies eine weitere Nachricht von Salomon. »Haben Sie einem der Gäste meine Zimmernummer mitgeteilt?«, fragte er über die Schulter hinweg.

»Aber nein, mein Herr.«

Doch selbstverständlich verfügte die Gestapo über aktuelle Verzeichnisse der Hotelgäste und hatte Informanten unter den Kellnern, Hoteldienern und Zimmermädchen. Auch Namen und Indiskretionen konnte man mit Bargeld kaufen.

Die Nachricht stand auf einem Bogen Papier, dessen oberer Teil mitsamt dem Briefkopf entfernt worden war. Sie umfasste zwei maschinengeschriebene schnörkellose Zeilen, die allerdings ausreichten, um Anlass zur Besorgnis zu geben: *Es ist unumgänglich. Arrangieren Sie sich damit wenigstens auf philosophische Weise. Viel Glück.* Unterzeichnet worden war mit einem großen G. Bora faltete den Bogen zusammen und steckte ihn mit gespielter Unbekümmertheit zurück in den Umschlag. *Das kann nur von Goerdeler sein,* sagte er sich. *Was ist bloß in ihn gefahren, erst meine Mutter anzusprechen und dann eine derart undurchsichtige Nachricht zu schicken? Was ist denn so »unumgänglich«? Dass ich mich einem polizeilichen Verhör unterziehe? Vielen Dank auch. Für mich ist das ein Schlag ins Gesicht und alles andere als unumgänglich.*

»Wer hat die Nachricht abgegeben?«, fragte er den Portier.

Der Mann schüttelte bedauernd den Kopf. »Es ist mir ausgesprochen peinlich. Jemand muss den Umschlag in Ihr Fach gelegt haben, als ich damit beschäftigt war, das Blumengesteck zu überprüfen, bevor ich es hochgeschickt habe.«

Boras Freund beim Luftfahrtministerium hatte sich selbst übertroffen. Offiziere der Abwehr hatten es sich zu eigen gemacht, überraschende Anfragen von Kameraden als dringend zu betrachten, weshalb sie sich vor Hilfsbereitschaft geradezu überschlugen. Bora war gerade mit den beiden in Seidenpapier eingeschlagenen Wodkaflaschen in seiner Aktentasche Richtung U-Bahn aufgebrochen, als ein unscheinbarer blau-grauer Wagen mit einem jungen Flieger am Steuer neben ihm hielt. »Oberstleutnant von Bora auf dem Weg zu den Beelitz-Heilstätten? Bitte steigen Sie ein.«

Beelitz lag an der alten Überlandstraße nach Leipzig. Linker Hand ließen sie die Villen in Wannsee und die Filmstudios in Babelsberg sowie die Havelgewässer hinter sich. Fliegen, Mücken und andere kleine Insekten prallten gegen die Windschutzscheibe und fanden dort den Tod, dabei hinterließen sie gelbe und rote Schlieren. Die Landschaft im Süden der Stadt war seit Jahrzehnten durchzogen von Artillerieschießplätzen, militärischen Übungsplätzen, Landepisten und Erholungsheimen, zu denen sich nun auch die Dienststellen des Oberkommandos der Wehrmacht gesellt hatten, die aus den ausgebombten Vierteln Berlins hierher verlegt worden waren. Das Heer – und bis vor Kurzem auch noch die Abwehr – lag nun verhältnismäßig sicher inmitten von Parks und grünen Wäldchen, die Dienststellen waren gut getarnt in Bauernhöfen und Sommerhäusern auf dem Land untergebracht.

Der für einen Soldaten ziemlich redselige Fahrer teilte Bora mit, dass er den Wagen bis 18.30 Uhr wieder zum Ministerium zurückbringen müsse. In dem nervösen, nichtssagenden Geschwätz erkannte Bora eine Nebenwirkung des Amphetaminkonsums – Pervitin oder ein anderes Mittel –, nichts Ungewöhnliches unter den Fliegern, die damit die Erschöpfung nach stundenlangen Einsätzen bekämpften und natürlich auch die Angst. Das stimmte ihn milde, obwohl er den Mann unter anderen Umständen wegen seines Gefasels zur Rede gestellt hätte. Er hörte nur mit halbem Ohr hin, was der Fahrer über diese und jene Villa zu sagen hatte, die Filmschauspielerinnen, Regierungsmitgliedern oder hochrangigen Offizieren gehörten. Das belanglose Geplapper hatte einen beruhigenden Einfluss auf seine Nerven. Gelegentlich waren Krater zu sehen, die die jungen Wälder verschandelt und sich sogleich mit Regenwasser gefüllt hatten. Dort waren Bomben niedergegangen, die ihr Ziel verfehlt hatten oder von den feindlichen Flugzeugen auf dem Rückweg zu ihren Stützpunkten abgeworfen worden waren.

In Michendorf verließen sie die Überlandstraße in westlicher Richtung.

2

Wer in den Schornstein steigt,
darf sich am Rauch nicht stören.
Sprichwort

Beelitz-Heilstätten, 15.45 Uhr

Lattmann trug einen gestreiften Schlafanzug und sah gar nicht gut aus. Er hatte abgenommen, der ehemals wulstige Stiernacken war sehnig geworden, und seine Sommersprossen wirkten auf seiner hellen Haut wie Flecken. Sein Sinn für zotigen Humor hatte indes keinen Schaden genommen. Als Bora sich nach seiner Verwundung erkundigte (»An meinem letzten Tag in Russland hat mir ein verdammter Scharfschütze eine Kugel durch die Lunge gejagt.«), beschrieb er in allen Einzelheiten, wie nah dran er gewesen war, »ins Gras zu beißen«: »Sie hatten mich wegen meiner roten Haare auf dem Kieker, Martin, und mit meinem geschorenen Schädel war es dann nicht mehr ganz so leicht. Ich danke dir sehr, dass du gekommen bist. Was machst du hier in Berlin? Wie lange bleibst du?«

»Staatsbegräbnis für einen Verwandten. In ein paar Stunden bin ich wieder weg.«

Über sich sagte Bora nichts. Er gab seinem Freund den Wodka und nahm ihm gegenüber in dem großen Saal aus der Jahrhundertwende Platz. Früher hätte ihn nicht nur der Geruch nach Reinigungsmitteln und Alkohol, sondern auch das abgeschirmte Tageslicht belastet. Jetzt aber nahm er alles mit einem besonnenen Gleichmut zur Kenntnis, überzeugt davon, schließlich tatsächlich nichts zu fühlen, sofern er keine Gefühlsregung zeigte. Lattmann musterte ihn von oben bis unten, stellte die Wodkaflasche auf sein Knie und drehte sie bedächtig. Sein Blick ruhte auf Boras Prothese. Er würde ihm sein Schweigen nicht durchgehen lassen. »Also, was willst du mir verheimlichen?«

Bora schwieg. Er drehte sich zu den Fenstern, die auf den Garten hinausgingen. Draußen saß ein Mann in einem Rollstuhl, dessen Beine oberhalb der Knie amputiert worden waren. Der Mann starrte verdrossen zu ihm hinüber, als neidete er ihm den Verlust eines Körperteils, der ihm weniger schwerwiegend erscheinen musste. Also kehrte Bora mit seiner Aufmerksamkeit zu Bruno Lattmann zurück.

»Vor fünf Monaten hat Dikta mich verlassen.«

»Verdammt! Das tut mir leid.« Um nicht zu aufdringlich zu wirken, gab Lattmann vor, die kyrillischen Buchstaben auf dem Flaschenetikett zu entziffern. »Vermutlich wäre es taktlos, zu fragen, wie es dazu gekommen ist?«

»Du weißt ja, dass wir nie zusammengelebt haben.« Bora streckte seine Beine aus und schlug sie an den Knöcheln übereinander. »Wir waren uns einig darin, dass wir beide für ein Familienleben nicht geschaffen sind, aber vielleicht waren wir letztlich zufrieden mit dem, was wir einander geben konnten.«

»Habt ihr denn jemals etwas anderes gemacht, als zu bumsen?«

»Wenn die Zeit es zuließ, ja. Aber eigentlich sind wir vor allem ein Liebespaar geblieben. Daran hat Dikta mich in Rom erinnert, als sie im Februar kam, um die Ehe annullieren zu lassen.«

»Ist sie nicht ganz bei Trost, oder was?«

»Nein, das würde ich nicht sagen, ich habe ja auch so meine Schwächen. Als wir uns vor neun Jahren kennengelernt haben, waren wir noch jung.«

»Du warst *zu* jung. Jetzt bist du doch gerade mal dreißig.«

»Einunddreißig in drei Monaten. Egal, wir haben uns immer wieder gefunden und dann erneut getrennt. Erst nach meiner Rückkehr aus Spanien sind wir das Ganze ernsthaft angegangen. Sie hat mich sattbekommen, glaube ich.«

»Und wie steht's bei dir?«

»Keine Ahnung. Hör mal, Bruno, ich erzähle es dir ein anderes Mal.« Bora grinste so zwanglos wie möglich. »Ist es zu fassen, dass heute Morgen in der Straßenbahn tatsächlich ein Berliner aufgestanden ist und mir seinen Platz angeboten hat? Ich konnte keinen Dampf ablassen, weil der höfliche Mann doppelt so alt war wie ich und es gut meinte, aber Allmächtiger, ich bin doch kein Krüppel!«

Da einige Krankenschwestern in Hörweite waren, konnten sie sich keinen ernsthafteren Gesprächsthemen zuwenden.

»Wem sagst du das«, seufzte Lattmann. »Ich hocke hier den lieben langen Tag herum. Die Ärzte lassen mich nicht einen Schritt tun, weil ungemütlich dicht am Herzen noch ein Kugelsplitter sitzt. Früher oder später muss ich operiert werden. In Zukunft kann ich bestenfalls an der Heimatfront Dienst tun, und das nicht unbedingt in Uniform. Macht mir ein bisschen Sorgen. Aber ich bin nicht so wie du, ich habe genug von der Front. Die Gemahlin ist natürlich selig – oh, entschuldige.«

»Nein, schon gut. Ich freue mich, von Eva zu hören. Und eure zwei Kinder …?«

»Drei. Wir haben endlich das kleine Mädchen bekommen, das sie sich so gewünscht hat. Es geht allen gut. In den Außenbezirken sind die einzigen echten Probleme diese lästigen Flüchtlinge, die sich in deinem Haus breitmachen und nicht mal wissen, wie die Toilettenspülung funktioniert, und die Burschen, die sich nachts auf den Straßen herumtreiben – geflüchtete Kriegsgefangene und andere Ausreißer, dazu dann noch die lüsternen Zwangsarbeiter. Ich bringe Eva gerade bei, mit einer Handfeuerwaffe umzugehen.«

Bora konnte ihn gut verstehen. *Wenn alles seine Richtigkeit gehabt hätte, wären Dikta und ich inzwischen auch Eltern von drei Kindern.* Aber wäre es denn richtig gewesen? Es überraschte ihn, dass ihn der Schmerz – anders als bei einer frischen Wunde – nicht mehr so akut peinigte. Inzwischen war er dumpf und stetig, wie nach einem heftigen Schlag. Seit Dikta ihn verlassen hatte, fühlte sich seine Seele an, als wäre sie voller blauer Flecken.

Als die Krankenschwestern verschwunden waren, konnten sie das oberflächliche Geplauder unter Kameraden einstellen. Lattmann, der sorgsam die Flasche hielt, sagte: »Dieser Sprit muss dich einiges gekostet haben. Wann haben wir das letzte Mal zusammen einen gehoben? War das in Borowoje? Schade, dass wir uns aus den Augen verloren haben. Seitdem ist viel Wasser den Rhein hinuntergeflossen – und doch ist es erst ein Jahr her.«

»Vor allem, was den ›Laden‹ betrifft.«

Damit war der freimütige Austausch eröffnet.

»Genau.« Lattmann seufzte. »Die Gestapo hat doch nur darauf gewartet, uns rauszudrängen. Nachdem sie die Abwehr ausgeschaltet hatten, hat die neue Leitung an kaum jemandem aus unserer Truppe festgehalten. Zum Glück hat mir dieser beschissene Russki-Scharfschütze die Entscheidung abgenommen, sofern ich überhaupt eine hätte treffen können. Und wie sieht's bei dir aus?«

»Ich war gerade in Rom, als die Nachricht kam, dass der Chef abgesetzt wurde. ›Onkel Albert‹ Kesselring hat mir in der Ukraine aus der Patsche geholfen, indem er mich nach Italien beordert hat. Dort haben sie mich zwar erst mal kaltgestellt, aber nicht offiziell entlassen. Mich haben die neuen Inhaber auch nie gefragt.«

»Hast du noch Verbindungen dahin?«

»Darüber habe ich ja die Mitfahrgelegenheit hierher bekommen. Wohltätigkeit unter Ausgestoßenen, bis sie uns endgültig ausmerzen.« Bora drehte sich ein wenig zur Seite, um dem Gestarre des Mannes im Rollstuhl zu entgehen. »Wie geht's dem Alten?«

»Sieht so aus, als hätte Canaris nach seiner unehrenhaften Entlassung einen Ruheposten als Chef des OKW-Sonderstabs für Handelskrieg und wirtschaftliche Kampfmaßnahmen bekommen. Davon abgesehen hockt er mit seinen Dackeln zu Hause. Wenn du mal Held der Marine warst, ein Admiral, und jahrelang die deutsche Abwehr geleitet hast, bleibt dir nur das, es sei denn, du jagst dir eine Kugel in den Kopf.«

Das wäre das perfekte Stichwort gewesen, um über Dr. Reinhardt-Thoma zu sprechen, aber Bora hatte noch etwas anderes auf dem Herzen.

»Vor ein paar Stunden bin ich Salomon begegnet.«

»Ach, der Typ, der dem verlorenen Familienstammsitz in Masuren nachtrauert? Ich habe gehört, dass er endlich Oberst geworden ist. Ich dachte eigentlich, das würde nie etwas werden. Er ist also in der Stadt?«

»Offensichtlich. Er hat mich aufgespürt.«

»Warum denn das?«

»Er steht völlig neben sich.«

Lattmann kannte Bora besser als jeder andere, das schloss auch dessen Familie mit ein. Der schneidende Unterton war ihm sofort aufgefallen. »Na ja, Benno von Salomon ist doch immer wegen irgendetwas hysterisch. Sind es wieder seine ›Dämonen‹?«

»Wer weiß. Er will mich heute Abend noch einmal treffen. Nicht, dass es irgendeine Rolle spielte. Geplant ist, dass ich Berlin morgen früh wieder verlasse. Es ist nur so, dass er noch merkwürdiger aussah als in Charkow. Ich weiß nicht, mir kam es unangenehmerweise so vor, als würde er um Hilfe betteln – ich dachte, vielleicht hast du etwas gehört …«

»Du siehst doch, wo ich bin. Was meinst du damit?«

»Keine Ahnung. Vielleicht steckt er irgendwie in der Klemme. Aber ich werde es wahrscheinlich heute Abend erfahren, ob ich nun will oder nicht.«

»Martin, du verschweigst mir doch etwas. Du würdest diesen Kauz nicht erwähnen, wenn da nicht noch etwas anderes wäre.«

»Er hat einige Namen fallen lassen und behauptet, diese Leute hätten ihn an mich verwiesen.«

Im Saal war es warm wie in einem Thermalbad. Der Mann im Rollstuhl schien nun zu dösen. Das entspannte Bora so weit, dass er länger zu ihm hinübersah, und sich plötzlich glücklich schätzte.

»Was kannst du mir über Claus von Stauffenberg sagen?«

Lattmann stellte die Flasche neben seinem Stuhl auf den Boden.

»Dass er Stabschef beim Ersatzheer ist. Dass er in Afrika schwer verwundet wurde, was aber seiner Karriere nicht geschadet hat, weil er von Anfang an als Generalstabsoffizier aufgebaut worden ist. Womöglich hat es ihm sogar genützt. Was noch? Er ist ein helles Köpfchen, und für einen Schwaben hat er ziemlich preußische Züge. Wer ihn kennt, mag ihn oder kann ihn absolut nicht leiden, was sich nur über interessante Menschen sagen lässt. Das war's.«

»Angeblich soll er meinen Namen gegenüber dem jungen Schulenburg erwähnt haben, der dann mit Salomon gesprochen hat.«

In Russland hatte Lattmann die Angewohnheit gehabt, seine Nägel bis aufs Fleisch abzukauen. Ein Monat im Sanatorium, und er war davon kuriert, so wie die Wunde in der Brust ihn vom Pfeiferauchen kuriert hatte. Mit einem nachdenklichen, etwas besorgten Stirnrunzeln lehnte er sich im Polstersessel zurück.

»Keine Ahnung. Schulenburg war doch schon immer so ein Verwaltungshengst. Vor dem Krieg unter Graf von Helldorff Vizepräsident der Polizei in Berlin. Man kann ihn wohl als ›preußischen Sozialisten‹ bezeichnen. Soweit ich weiß, hat er mit einigen von denen gekungelt, die inzwischen ›nicht mehr zu sprechen sind‹, wie es so schön heißt, nachdem die Sache mit dem Devisenfonds aufgedeckt wurde, mit dessen Hilfe Juden das Vaterland verlassen konnten. Das hat uns im letzten Jahr unseren General Oster gekostet. Aber solche Bündnisse haben mehr mit Rang und Status zu tun als mit Politik. Hast du nicht in der Deutschen Botschaft in Moskau gedient, als der alte Schulenburg die Leitung innehatte? Vermutlich kennt dich Fritz-Dietlof daher. Weshalb beunruhigt dich das denn so?«

Bora stellte seine Beine wieder nebeneinander. »Ich wurde für heute Abend ins Präsidium der Kriminalpolizei vorgeladen.«

»Warte mal.« Lattmann machte ein paar rasche Handbewegungen, als ginge es ihm zu schnell. »Nun mal langsam. Ich kann dir nicht folgen. Nein, einen Moment. Schwester!«

Eine sauertöpfische Militärkrankenschwester in einem Kittel aus Seersuckerstoff und einer weißen Schürze kam quer durch den Saal auf die beiden Männer zu und stand dann da, als handle es sich bei ihnen um zwei uninteressante Stauden in einem Blumenbeet. Lattmann bat sie, ihnen Gläser und einen Flaschenöffner für den Wodka zu bringen.

»Sie sollten nicht trinken, Herr Major.«

»Na ja, ich sollte auch nicht verwundet sein.«

»Einen einzigen.«

»Großes Ehrenwort.«

Als die Flasche offen war, blieb die Schwester mit verschränkten Armen neben ihnen stehen, um sicherzustellen, dass die Offiziere sich nicht nachschenkten. Sie nahm ihnen sogar den Wodka weg, kaum dass die Gläser zur Hälfte gefüllt waren.

Der Alkohol in Boras leerem Magen sandte einen heißen Strom durch seinen Organismus. Er leerte sein Glas zügig, um es hinter sich zu bringen.

»Du solltest auch noch wissen, dass mein toter Verwandter – der Mann meiner verstorbenen Tante väterlicherseits – schon immer ein … unabhängiger Geist war, formulieren wir es einmal so. Er ist immer standhaft gegen das Programm zur Vernichtung ›unwerten Lebens‹ eingetreten. Mit seinen Petitionen und Klagen hat er dazu beigetragen, dass es eingestellt wurde. Dafür und noch aus anderen Gründen – wie etwa die Adoption von Dr. Goldsteins verwaistem Sohn im Jahr 1935 – ist er im Laufe der Jahre einer Reihe von Menschen auf die Zehen getreten. Ich will dich nicht mit Einzelheiten langweilen, aber ich war kaum angekommen, als auch schon einer seiner Kollegen mir gegenüber die Möglichkeit eines erzwungenen Selbstmords angedeutet hat. Hier und jetzt kann ich in der Sache nicht viel unternehmen, Bruno. Außerdem ist es in solchen Fällen nahezu unmöglich zu beweisen, ob jemand sich aus freien Stücken umgebracht hat.«

»Na ja, wir Deutschen neigen von Natur aus zur Melancholie: Wenn dann noch politische Ausgrenzung, persönliche Verluste und Bombenhagel dazukommen, kann dich das schon wahnsinnig machen. Wie gut kanntest du denn deinen Onkel?«

»Als Peter und ich klein waren, war er unser Kinderarzt, obwohl ich vermute, dass der General ihn eigentlich für viel zu liberal und freigeistig hielt. Als Erwachsener bin ich ihm nur selten begegnet.«

»Warum also sollte der Kripochef mit dir über ihn sprechen wollen? Wenn bei dem Tod deines Onkels Politik eine Rolle spielte, würde ich keine müde Mark darauf verwetten, dass du deshalb hinzitiert wirst. War es eine schriftliche Vorladung, oder hat Nebe jemanden geschickt?«

»Weder noch. Vor der Trauerfeier hat Carl-Friedrich Goerdeler meine Mutter angesprochen.«

»Was hat der denn mit der Kripo zu schaffen? Ist er nicht Berater bei Bosch?«

»Soweit ich weiß, ja.« Bora zog die Nachricht hervor, die in seinem Fach im Hotel gelegen hatte, und zeigte sie Lattmann. Der las sie schweigend.

»Warum sollte er einer mündlichen Nachricht eine schriftliche folgen lassen, die im Übrigen keine weiteren Informationen enthält?«

»Ganz genau. Ich möchte Nina nicht beunruhigen, aber du verstehst sicherlich …«

»Und wie ich dich verstehe. Nebe ist bei der SS, mit der Gestapo müsste er doch ganz dicke sein.«

Lattmann trank seinen Wodka aus und ließ seine Zunge einmal über die Innenseite des Glases gleiten, um auch noch den letzten Tropfen zu erwischen. »Positiv ist vielleicht das hier: Ich erinnere mich noch gut an gewisse Gerüchte. Als er in Weißrussland Kommandeur war, soll er die Zahl derjenigen, die eine ›Sonderbehandlung‹ bekamen, aufgeblasen haben. Er soll dadurch Leben gerettet haben.«

»Ja, davon habe ich auch gehört. Bitte sieh mir nach, dass ich das nicht so recht glauben kann.«

»Na ja, Nebe kann auch einfach gelogen haben, um mit möglichst wenig Aufwand Anerkennung zu bekommen. Letztlich läuft das aufs Gleiche hinaus, mal abgesehen von den menschenfreundlichen Absichten. Damals waren die Gestapo und die SS wie zwei Hausierer, die sich gegenseitig ausstechen wollten, um Sonderprämien für Tüchtigkeit einzustreichen.«

»Das ändert nichts an der Tatsache, dass die Kripo inzwischen zu Kaltenbrunners Sicherheitsbehörde gehört, genau wie die Gestapo.«

»Zum RSHA? Das gilt doch auch für das, was von unserem ›Laden‹ noch übrig ist. Martin, ist in Italien irgendetwas passiert, was dich so übervorsichtig hat werden lassen?«

»Nichts, was nicht auch anderswo passiert ist. Von der Granate des Partisanen mal abgesehen natürlich.«

»Das meine ich nicht, und das weißt du auch.«

»Und du weißt, dass ich keinen Ton mehr sage, wenn du mich drängst.«

Lattmann verzog den Mund. »Wie üblich. Verdammt! Ich stecke hier fest und kann nur faul herumsitzen. Zur Kripo kann ich dir nicht recht was sagen, aber halt dich bloß von Salomon fern, ganz egal, was ihn umtreibt. Solche verrückten Schwätzer machen nur Unannehmlichkeiten. Ein klares Nein. Schließlich arbeitest du nicht mehr für ihn, Martin. Du bist ihm nichts schuldig. Halt dich bloß fern –« Er hielt inne. »Siehst du die Schwester da drüben? Sie heißt mit Nachnamen Andreas. Das ist eine ganz Hinterhältige, die damit beauftragt ist, hier herumzuspionieren. Wenn sie zu uns herüberblickt, tu so, als warst du guter Dinge, als würden wir einfach miteinander plaudern.«

Schwester Andreas durchquerte gerade den Saal mit einem Haufen blutiger Tupfer auf einem emaillierten Tablett.

»Die gute Schwester«, fuhr Lattmann fort, »ist Schwester Velhagen, die vorhin herumgenörgelt hat. Aber dann hat sie mir ja doch den Schluck gegönnt. Ich sage dir mal was, Martin. Hier vegetieren gerade so viele von uns dahin, dass Gerüchte aufkommen könnten. Man muss nur die richtigen Fragen stellen. Ich habe Zugang zu einem Telefon. Wann sollst du zu Nebe kommen? Heute Abend um neun? Prima. Wenn ich bis dahin etwas herausfinde, sage ich dir vorher noch Bescheid. Und wenn ich dir einen Rat geben darf: Triff dich auf keinen Fall mit Salomon!«

»Danke. Ich werde ihm möglichst aus dem Weg gehen.«

Lattmann hatte durchschaut, dass Boras Gelassenheit nur gespielt war, und machte sich Sorgen um ihn.

»Das will ich dir auch geraten haben.«

Wenn es brisant wurde, neigte Lattmann zu Flapsigkeit, seinem persönlichen Gegenmittel, auch wenn es nicht immer angebracht war.

»Sag mal«, fügte er kumpelhaft hinzu. »Spuck's aus, bevor du gehst, Martin: Jetzt, wo Dikta von der Bildfläche verschwunden ist, hast du schon eine andere?«

»Nein.«

»Ich könnte dich mit jemandem bekannt machen.«

»Nein.«

»Wieso nicht? Ich könnte …«

»Ich möchte nicht *irgendjemanden* treffen. Lass gut sein, Bruno. Ich bin nicht in Stimmung.«

»Oh. Du meinst, du hast keine Lust zu bumsen?«

»Doch, habe ich. Ich bin nur nicht in Stimmung.«

»Was für ein Quatsch! Hat das mit deiner Hand zu tun?«

»Was denkst du denn?«

Lattmann ignorierte Boras Verärgerung. »Damit liegst du falsch, und das tut mir leid. Egal, das fragliche Mädchen müsste mal wieder flachgelegt werden, es sei denn, meine Beobachtungsgabe hat gelitten.«

»Stell dir mal vor, sie hat Glück: Es gibt jede Menge Männer in Berlin.«

»Allerdings würde ich gutes Geld darauf verwetten, dass sie schon länger keine Nummer mehr geschoben hat. Ihr Freund ist hier, er liegt im Koma, dagegen ist so eine kleine Beeinträchtigung ganz und gar unerheblich.«

Bora stand auf, er musste aufbrechen. »Herrgott, hörst du dir eigentlich selber zu? Ich soll also unter die Decke eines wehrlosen Mannes schlüpfen? Du solltest mich besser kennen.«

»Das tue ich. Und ich stimme dir zu: Sich mit einer Frau zu treffen, bedeutet nicht zwangsläufig, sie flachzulegen. So tief sind wir noch nicht gesunken. Aber eine Nacht in Berlin und dann gleich wieder zurück an die Front ohne das geringste bisschen Spaß ... Ein bisschen Kuscheln hat mir immer was gebracht.«

»Nein. Danke trotzdem.« Bora lief die Zeit davon. Das Auto musste in anderthalb Stunden wieder im Luftfahrtministerium sein. Wenn er das schaffen wollte, sollte er nun gehen. »Ich muss los, Bruno. Gute Besserung und liebe Grüße an Eva und die Kleinen.«

Lattmann hielt Boras Hand fest umschlossen. »Richte ich aus. Es war gut, dich zu sehen. Ich wünschte, wir hätten mehr Zeit gehabt, um uns auf den neuesten Stand zu bringen. Pass bloß gut auf dich auf.«

Als Bora zum Auto kam, hing der Fahrer in sich zusammengesunken auf dem Fahrersitz. Er schlief tief und fest. Auch das bewirkte Pervitin: Tagelang funktionierte man und entfaltete eine hektische Aktivität, und dann klappte man zusammen. Das Seitenfenster war heruntergekurbelt, und so klopfte Bora energisch gegen die Windschutzscheibe, bis der junge Mann aus dem Schlaf schreckte und sofort eine Reihe von Entschuldigungen murmelte. Bora wartete nicht ab, bis er ihm die Autotür öffnete. Er stieg in den Wagen und sagte trocken: »Wenn wir nicht pünktlich sind, werde ich Sie dafür verantwortlich machen.«

Das war leichter gesagt als getan. Vor der Abzweigung nach Michendorf wurden sie von einer Gruppe Feldpolizisten auf Streife angehalten, die auf der Suche nach russischen Kriegsgefangenen waren. Diese seien einige Stunden zuvor entwichen, nachdem sie einem Wachmann die Kehle durchgeschnitten hätten.

»Ja, und?«, fragte Bora gereizt. »Wir haben sie gewiss nicht an Bord. Ich werde in Berlin erwartet. Lassen Sie uns durch!«

»Sobald die Spürhunde den Seitenstreifen abgeschnüffelt haben, Herr Oberstleutnant.«

Die Polizisten hatten Schäferhunde dabei, die erst vor Kurzem geschoren worden waren. Geschäftig zerrten sie an ihren langen Leinen und schnüffelten rechts und links der asphaltierten Straße und am Waldrand. Den Fahrer anzuweisen, einfach um die Polizeiwagen herumzufahren, war nicht ratsam. Es war ein heißer Nachmittag. Bora öffnete die Tür und stellte einen Fuß auf den Asphalt. Das Ganze zog sich in die Länge, bis einer der Hunde, der besonders grimmig aussah, Witterung aufnahm und sich von den anderen entfernte. Er riss seinen Hundeführer hinter sich her zum Wagen der Luftwaffe und hätte sich darauf gestürzt, wenn er nicht zurückgehalten worden wäre. Der leitende Unteroffizier war sofort alarmiert.

»Bitte steigen Sie aus, Herr Oberstleutnant«, forderte er Bora auf. »Und Sie ebenfalls.« Er deutete auf den Fahrer.

Widerstand war zwecklos und hätte alles nur schlimmer gemacht. Bora stieg also aus und blieb reglos stehen, während der Hund ihn umkreiste und an seinen gespornten Reitstiefeln schnüffelte. Die staubigen knöchelhohen Stiefel des Fliegers erregten die Aufmerksamkeit eines anderen Hundes, der kurz darauf unbedingt ins Innere des Wagens wollte, um die Pedale im Fußraum vor dem Fahrersitz zu beschnüffeln.

Es war nicht zu übersehen, dass keine weiteren Insassen im Auto saßen, aber die Polizisten rissen trotzdem alle vier Schläge auf, damit die Hunde das Wageninnere absuchen konnten, und wiesen den Flieger an, sowohl den Kofferraum als auch die Motorhaube zu öffnen. Bora fragte sich, was dieser Wirrkopf wohl getrieben haben mochte, während er selbst bei Lattmann im Sanatorium war. Er kam den Fragen der Feldpolizei zuvor.

»Haben Sie während meiner Abwesenheit jemanden getroffen oder den Wagen unbeaufsichtigt gelassen?«

Der junge Mann sah verwirrt aus und verneinte die Frage. Er habe niemanden getroffen und sich auch nicht vom Wagen entfernt. Allerdings sei er einmal ins Gebüsch gegangen, um zu urinieren. »Ich habe heute den ganzen Vormittag lang Kaffee getrunken, Herr Oberstleutnant.«

Das klang glaubwürdig, nötigte den verärgerten Bora allerdings trotzdem, der Feldpolizei zu erläutern, warum er hier war. Daraufhin wurde der Fahrer eingehend befragt, weil sie nun auf einer Karte gezeigt bekommen wollten, wo genau er sich neben der Zufahrt zu den Beelitz-Heilstätten erleichtert hatte.

Es schien endlos zu dauern, bis die Feldpolizisten zu dem Schluss kamen, dass sich die Geflüchteten wahrscheinlich unterwegs getrennt hatten und einer von ihnen im Dickicht rund um das Sanatorium eine Pause gemacht oder dort die Nacht verbracht haben musste.

»Vielleicht hat der Iwan an derselben Stelle gepinkelt«, sagte einer. Ein anderer wandte sich etwas förmlicher an Bora: »Bitte entschuldigen Sie, dass wir Sie aufgehalten haben, Herr Oberstleutnant. Aber hier draußen leben einige alleinstehende Frauen, und wir dürfen sie nicht gefährden, indem wir solchen Abschaum frei herumlaufen lassen.«

Richtig – deshalb bringt Bruno Eva bei, wie man eine Schusswaffe benutzt. Und das mitten im Herzen Deutschlands. Zurück im Wagen, hatte Bora keinen Grund, den Fahrer zu maßregeln. Schnell wie der Blitz fuhren sie los und erreichten das Luftfahrtministerium sogar zwei Minuten vor der Zeit.

»Es gibt nur einen Grund dafür, dass ich Sie nicht melde«, sagte Bora verdrossen. »Ich habe es eilig.« Er ließ die zweite Wodkaflasche mit einigen Dankesworten für seinen alten Freund im Wagen und ging zu Fuß zum *Adlon*.

Die Bombenräumung im Viertel verlief wohl schwieriger als erwartet. Bora beobachtete, wie sich ein weiterer Feuerwehrwagen näherte und langsam nach links in die Vossstraße einbog. Die Fahrzeuge, die die Straßen am Vormittag verstopft hatten, standen vermutlich immer noch hier. Es würde wohl über Nacht weitergearbeitet werden.

Nina war inzwischen aus Dahlem zurück. In Boras Fach lagen keine neuen Nachrichten, auch hatte niemand nach ihm gefragt (nicht einmal Salomon oder Lattmann), sodass er den Portier bat, in der Suite seiner Mutter anzurufen und zu fragen, ob er hochkommen könne.

Normalerweise logierten Boras Eltern in Großvater Franz-Augusts Wohnung in Zehlendorf, wenn sie sich in Berlin aufhielten. Nina war allerdings auch früher schon im *Adlon* abgestiegen, und zufälligerweise bewohnte sie diesmal dieselbe Suite wie bei ihrem letzten Besuch, als sie gekommen war, um Bora zu verabschieden, der damals auf dem Weg nach Moskau in die Deutsche Botschaft war.

Als er die Treppe hochstieg, wusste Bora, was ihn oben erwartete: eine klassische *Adlon*-Zimmerflucht mit einer geschmackvollen Einrichtung, einem großzügigen, in ein Rohrgeflecht eingefassten Türbogen am Übergang vom Schlafzimmer zum Salon, genau wie in dem kleinen Paradies, das Dikta und ihm so vertraut gewesen war. Zärtlich dachte Bora an das Badezimmer zurück, das mit Kacheln aus der Jahrhundertwende verziert war. Dort hatte Dikta gern ein Bad genommen, nachdem sie sich geliebt hatten. Oder auch davor – dann hatte sie sich tropfnass wie eine Meerjungfrau zu ihm ins Bett gelegt.

Oben bemerkte er ein Zimmermädchen mittleren Alters. Sie schob einen Servierwagen von einer Tür am Ende des Korridors zum Speisenaufzug. Sie sah erschöpft aus – lange Arbeitstage, wenig Geld, vielleicht auch Einsamkeit. Ihr Anblick riss Bora aus seinen Erinnerungen, die so kurz vor der Begegnung mit seiner Mutter unangebracht waren. Auf den Tellern lagen Speisereste (und das, obwohl die Rationen heutzutage für alle so schmal ausfielen!) und erinnerten ihn daran, wie hungrig er war: noch so eine beschämende Reaktion, die er unbedingt vor Nina verbergen wollte, falls sie später gemeinsam zu Abend aßen.

Später? Herrgott, später muss ich zur Kriminalpolizei, und zwar zu einer Abteilung desselben Dienstes, der uns gesäubert hat.

Bevor er an die Tür klopfte, strich er über Hemd und Kragen, um sicherzustellen, dass sein Erscheinungsbild makellos war.

19.15 Uhr

Auch wenn Nina ihm herzlich für die Blumen dankte und dabei seine rechte Hand fest umschlossen hielt, wirkte sie besorgter als am Vormittag. Möglicherweise hatte sie von Frau Sommer oder von Saskia gehört, was über den Selbstmord seines Onkels kolportiert wurde, und er bedauerte es, sie nicht gleich davon in Kenntnis gesetzt zu haben.

Er wollte keine Zeit vergeuden und fragte daher ohne Umschweife: »Wie geht es Saskia?«

»Sie ist völlig verstört. Nun ist sie praktisch ganz allein auf der Welt. Sie will noch eine Woche im Krankenhaus bleiben, oder jedenfalls so lange, bis Onkel Alfred beigesetzt wurde. Er war vollkommen gesund, und sie kann einfach nicht begreifen, wie sein Ende so plötzlich kommen konnte. Am Abend davor war sie bei Freunden der Familie zu Gast. Als man sie am nächsten Morgen aus der Klinik anrief und sie erfuhr, dass er nicht zur Arbeit erschienen war, machte sie sich sofort Sorgen. Sie vermutet Herzversagen, weil sie es ja schon seit einigen Jahren nicht leicht hatten.«

»Und was denken Frau Sommer und seine Kollegen in der Klinik?«

»Sie halten sich bedeckt, Martin. Sie haben große Stücke auf den ›Herrn Professor Doktor‹ gehalten, möchten aber lieber keine Spekulationen anstellen.«

Nina setzte sich ans Ende eines kleinen Sofas. Der feine Polsterstoff aus Chintz verblasste neben dem leuchtenden Rot der Rosen und Pfingstrosen, die den Tisch mit den zierlichen Beinen beherrschten, auf dem ihr emailliertes Zigarettenetui den einzigen weiteren Farbfleck bildete.

»Darf ich mich zu dir setzen?«, fragte Bora und nahm am anderen Ende des Sofas Platz. Ernst fügte er hinzu: »Möglich, dass es nicht bloß ein Herzstillstand war, Nina. Ich bitte dich, das als Möglichkeit in Betracht zu ziehen, nichts weiter.«

Einen Moment lang sah Nina müde aus – so müde hatte er sie noch nie gesehen. Nicht älter, nicht weniger schön: einfach nur sehr müde. Sie wandte ihre strahlenden blau-grünen Augen von ihm ab, so lange, bis sie das Gehörte aufgenommen hatte. Sie nickte langsam, wortlos und souverän, ganz die Diplomatentochter und Generalsgattin. Flüchtig schien Kummer in ihrem Gesicht auf. Diese Art von Schmerz kannte Bora aus eigenem Erleben, es war ein Schmerz, den man spürt, wenn man versucht, ihn nicht zu zeigen.

»Das sollte Saskia vorerst besser nicht erfahren«, sagte sie und presste die Lippen zusammen, als wolle sie damit unterstreichen, dass es wichtig war zu schweigen.

Dann nahm er ihre Hand und küsste sie. Diese Geste empfanden beide als so intensiv und zärtlich, dass sie großen Trost daraus schöpfen konnten.

»Ist alles in Ordnung, Nina?«

»Ja.«

»Ganz sicher?«

»Ja, mein Lieber.«

»Ich mache mir keine Sorgen wegen heute Abend.«

»Natürlich nicht.«

»Eine reine Routinesache. Ich werde bestimmt zum Abendessen zurück sein.«

»Ich werde auf dich warten.«

Unschlüssig sahen sie einander an, weil sie ganz offensichtlich besorgt um ihn war. Aber da war noch etwas anderes, das spürte er. Das Ungesagte hielt sie auf ihren Plätzen. Alles hing davon ab, wer als Erster seine

Zurückhaltung aufgeben würde. Bora ganz sicher nicht. Im Gegenteil, er hatte sich wieder ganz in der Gewalt. Er saß ihr leicht zugewandt und taxierte seine schöne Mutter mit dem Gleichmut eines Mannes, dessen Blick unverstellt war, weil er keine sexuelle Anziehung verspürte. Trotz ihrer fünfzig Jahre kam sie ihm erstaunlich jung vor, sogar jünger als er selbst – und nun musste sie in ein leeres Haus zurückfahren, in dem ein alter Mann sich von allem zurückgezogen hatte, weil sein Sohn gestorben und sein Stiefsohn verwundet worden war.

»Ich habe Saskia zu uns nach Leipzig eingeladen, Martin, aber ich bezweifle, dass sie kommen wird. Dank ihrer Leibrente kann sie das Haus in Dahlem behalten. Dort sind all ihre Erinnerungen. Übrigens scheint es so, als hätte Onkel Alfred zumindest einen Teil seiner Unterlagen einem Kollegen anvertraut, dessen Namen sie allerdings nicht kennt.«

»Es ist besser so, Nina.«

»Ein Kollege.« Ob damit Olbertz gemeint ist? Bestimmt hat Onkel Alfred entsprechende Weisungen erteilt. Es könnte kontraproduktiv sein, wenn Saskia sich jetzt nach seinen Unterlagen erkundigte.

Angesichts der Schönheit seiner Mutter fragte sich Bora, wie es ihr wohl mit seinen Unzulänglichkeiten ging, den altbekannten und den neu hinzugekommenen. Einer seiner Schneidezähne stand etwas schief vor dem Nachbarzahn (was Dikta allerdings unwiderstehlich gefunden hatte), die ersten grauen Haare zeigten sich, und dann waren da noch die gut sichtbaren Narben – die aus Polen, die quer über eine Schläfe verlief, und die frischeren in seinem Nacken – und vor allem natürlich der Handschuh, der seine künstliche linke Hand verdeckte. Deutlich war sich Bora seines sinnlosen Schuldgefühls bewusst, ihr den Körper, den sie geformt hatte, nun so beschädigt zu präsentieren. Dabei spielte das für Nina überhaupt keine Rolle – sie empfand nichts als Liebe für ihren Sohn, der überlebt hatte und immer noch in tödlicher Gefahr schwebte. Doch gerade weil er sie so tief bewunderte, konnte sich Bora der Frau, die ihn geboren hatte, nicht öffnen – obwohl er sonst um Worte nicht verlegen war. Aus diesem Grund, und nicht etwa, weil er es für unangemessen gehalten hätte, hatte er ihr anfangs nichts von Dikta erzählt, nicht einmal von der standesamtlichen Trauung. Selbst jetzt, nachdem Dikta ihn abserviert hatte, fand er nicht die richtigen Worte, um ihr zu erklären, wie er sich fühlte. Lieber wollte er ihr vermitteln, dass sie auf seine Stärke bauen konnte, nachdem ihr Ehemann in Trauer versunken war und Peters junge Witwe sich emotional von ihr zurückgezogen hatte. Nach all den Ereignissen der letzten zwei Jahre wollte er nun eigentlich hauptsächlich um Ninas willen weiterleben. Bis zum letzten Jahr hatte dies für Dikta gegolten. Nun saß Bora hier mit seiner Mutter, während sich gleich hinter der Tür die Welt – ihre Welt – im Umbruch befand und zu einem Gutteil schon zerstört worden war. Gern hätte er gesagt: *Ich passe auf dich auf*, hätte er nur daran glauben können, dass die Ereignisse dies zuließen.

Nina umklammerte mit den Händen ihre Knie und starrte vor sich hin. »Gestern Abend habe ich einen alten Freund getroffen. Er hat mich vom Bahnhof abgeholt.«

Nur wenige Worte in ihrem tadellosem Englisch. Bora ließ sie auf sich wirken, wie eine selbsterklärende Formel, einen Code, der keiner Deutung bedurfte. Er hatte eine Eingebung und das Gefühl, ein einzigartiges Privileg zu genießen. Das bescherte ihm eine Gänsehaut.

Er fragte nicht weiter nach. Aber als Nina nervös eine Zigarette aus ihrem Etui fingerte, zog er sein Feuerzeug heraus (es hatte Peter gehört, daher hielt er es fest in seiner Faust, damit sie es nicht erkennen konnte, denn er wollte ihr keinen Kummer bereiten) und gab ihr Feuer.

Sie verstand wirklich nicht zu rauchen. Für sie war es nur ein kleiner Akt der Auflehnung.

»Wenn du erlaubst, werde ich mir auch eine genehmigen«, sagte Bora. Das tat er selten, obwohl in seiner Brusttasche stets eine Packung Chesterfield steckte. An der Front war dies sein einziger Luxus, und mit einem Klicken ließ er die kleine Flamme erneut aufspringen. Er nahm einen Zug und merkte dann an: »Es ist nicht leicht, mit dem General zusammenzuleben. Das weiß ich wohl.«

Damit spielte er natürlich darauf an, dass der General das Rauchen verabscheute. Aber auch auf alles andere. Nina ergriff die Gelegenheit und folgte ihm vorsichtig in seinem ausgeklügelten Balanceakt. »Mit deinem leiblichen Vater wäre es für dich nicht merklich leichter gewesen, Martin.

Was ich an ihm geliebt habe – dass er so temperamentvoll war –, hätte euch im Weg gestanden.«

»Ich bin ein verdammt schwieriger Sohn«, sagte Bora lächelnd. »Und diesmal bin ich sogar zu spät gekommen. Bitte verzeih. Es freut mich, dass du vom Bahnhof abgeholt worden bist.«

»Ja, ich war auch sehr froh.«

Dass sie ihm *fast* mehr erzählte, rührte ihn sehr. Noch nie waren sie einander so nah gewesen, hatten so vertraulich miteinander geredet. Er war zu reserviert, um über sich und seine Angelegenheiten zu sprechen, zu wohlerzogen und zu wortkarg. Dennoch gehörte er zu dem Typ Sohn, der auf die Frage nach seinem Befinden stets antwortete: »Gut.«

»Kenne ich ihn, Nina?«

»Nein.«

»Es freut mich trotzdem.«

Eine Weile rauchten sie schweigend. Dass sie ein derart persönliches Thema mit ihrem Sohn angeschnitten hatte, machte ihm klar, wie einsam sie sein musste. Vermutlich hatte sie nicht einmal ihrer eigenen Mutter, Großmutter Ashworth-Douglas, davon erzählt. Bora nahm für sich nicht in Anspruch, ihr Vertrauen zu verdienen, aber er fühlte sich geehrt und maßte sich kein Urteil an. Er war nicht eifersüchtig, weil er wusste, dass nichts zwischen sie treten konnte.

»Sein Name ist Max Kolowrat.«

Bora nickte anerkennend. Kolowrat war ein bekannter Journalist, der viel herumgekommen war, ein ehemaliger Kriegsberichterstatter, der schon auf der halben Welt gelebt hatte. Zur Zeit der Republik hatte er die Kulturszene heftig kritisiert. Bora kannte seine mitreißenden Reportagen über die italienische Invasion in Abessinien 1935.

»Inzwischen lebt er in Berlin.« Als sie ihn so ansah, den Kopf leicht zur Seite geneigt, wirkte sie betrübt – aber nicht so, als würde sie trauern. »Ich hasse es, mich so hilflos zu fühlen. Und ich sollte dich nicht damit belasten.«

»Doch. Solltest du.«

Errötend wandte Nina sich erneut ab. »Er ist nach Leipzig gekommen, als sie dich in Stalingrad als vermisst – oder Schlimmeres – gemeldet hatten. Ich hatte ihn viele Jahre lang nicht mehr gesehen, es können gut und gern fünfundzwanzig Jahre gewesen sein, vielleicht auch mehr. Er hat mich gefragt, ob er mir helfen könne. Wie denn? Mein Erstgeborener war verschollen: Mir konnte keiner helfen. Aber dass er fragte, habe ich sehr zu schätzen gewusst. Vielleicht habe ich ihm aus Eitelkeit erlaubt, mit mir zu sprechen. Ach, Martin. Nach der Schlacht von Stalingrad hat sich der General tagelang in seinem Arbeitszimmer eingeschlossen und mit niemandem gesprochen. Und Peter war natürlich auch noch in Russland, wir wussten nicht genau, wo, aber … Margaretha hatte gerade erst erfahren, dass sie schwanger war, und ist plötzlich in Panik geraten. Ich habe mich um alles gekümmert, so gut es eben ging. Die Einzige, die nicht den Kopf verloren hat, war Benedikta. Und das lag nicht daran, dass sie sich nicht um dich gesorgt hätte. Sie hat mir dabei geholfen, alles in Gang zu halten und den sozialen Verpflichtungen nachzukommen – und auch, Gelassenheit vorzutäuschen. Solange wir keine amtliche Mitteilung bekommen hatten, konntest du ja schließlich noch am Leben sein. Das führte dann zu einer Auseinandersetzung mit deinem Vater, denn er wusste besser als die meisten, wie es in Stalingrad zuging und wie unwahrscheinlich es war, dass du überlebt haben könntest. ›Wenn Martin zurückkommen soll, dann wird es so sein‹, hat sie bloß gesagt. Sie hat immer darauf geachtet, dass er sie ja nicht weinen sieht.«

Was für ein Durcheinander haben wir zu Hause angerichtet, selbst als wir in Stalingrad waren. Nun musste Bora seinen Blick abwenden.

»Eines solltest du wissen, Nina … Ich wollte nie derjenige sein, der zurückkommt. Ganz im Gegenteil. Das habe ich sehr gehofft.«

»Im Gegenteil? Bitte, so darfst du nicht denken! Glaubst du wirklich, dass Peter verschont geblieben wäre, wenn du dein Leben in Stalingrad gelassen hättest?« Sie brachte es nicht über sich, das Wort »sterben« in Bezug auf ihre Söhne zu verwenden. »Mitnichten. Ich bin ungemein dankbar dafür, dass du zurückgekehrt bist. Als ich dich in Prag im Krankenhaus gesehen habe, war es so, als hätte ich dich noch einmal zur Welt gebracht. Aber in Prag habe ich dich dann Benedikta überlassen, weil ihr zwei zueinander gehört habt und einander brauchtet.«

»Auch wenn es nichts gebracht hat.«

Die Worte seiner Mutter stimmten Bora traurig, und wie Max Kolowrat fragte er sich, wie er ihr wohl helfen könnte. Er sagte: »Ich glaube, du musst die Trauer hinter dir lassen, Nina, und sogar die Gelassenheit, und versuchen, so fröhlich zu leben, wie es dir nur möglich ist.« Ihre Zigarette war heruntergebrannt, und er nahm sie ihr sanft aus den Fingern und drückte sie im Aschenbecher aus. »Du hast schließlich bisher nur ältere Männer gekannt.«

»1915, nachdem ich zwei Jahre lang nur getrauert hatte, war Max da, er erholte sich gerade von einer Kriegsverletzung. Er war höflich, aber auch beharrlich. Niemals allein mit mir. Aber ich hatte dem General bereits versprochen, ihn zu heiraten.«

Wieder dieser Schmerz, diese Selbstbeschränkung, dieses Pflichtgefühl, das auch Bora so gut kannte. »Martin, das kann ich deinem Vater nicht antun.«

»Welchem von beiden? ... Wie auch immer, du kannst es. Dikta hat mir nicht geglaubt, als ich ihr sagte, dass ich ihr immer treu gewesen bin. Du siehst also, es lohnt sich nicht. Es gibt so viele Spielarten des Betrugs.« Bei seinen nächsten Worten musste er ihr in die Augen sehen. »Wofür auch immer du dich entscheidest, Nina, wen du auch wählst, ich bin auf deiner Seite.«

Er konnte ihr so etwas sagen. Peter hätte sie niemals so besonnen ermutigt. Aber Bora hielt allein seiner Mutter die Treue. Er genoss es, auf ihrer Seite zu sein – es war eine heitere und verlässliche Komplizenschaft. Er war nicht böse auf den General, oder jedenfalls nicht so richtig. Doch hätte er zwischen den beiden wählen müssen, so stünde seine Entscheidung fest. *Ihm* hatte er schließlich keinen Eid geschworen.

Leichthin sagte er: »Mein Termin. Ich muss los.« Er drückte seinen Zigarettenstummel im Aschenbecher aus und stand auf. Bedächtig griff er nach seiner Schirmmütze, die er neben sich auf dem Sofa abgelegt hatte, und setzte sie auf. »Ich werde bald zurück sein«, sagte er mit einem Lächeln.

Kaum war er aus der Tür getreten, erfasste ihn Panik. Er blieb auf dem Treppenabsatz stehen und schloss die Augen, um sich möglichst rasch zu beruhigen – Angst kann durch die kleinste Ritze kriechen, wenn man es zulässt. Als er sich seiner Mutter als Gewährsmann und Beschützer angeboten hatte, hatte er sich eine Blöße gegeben und der Angst ein Einfallstor geboten. *Ist dies hier der aufziehende Sturm? Herrgott, ich muss mich distanzieren. Und zwar von allem, sogar von meinem sechsten Sinn. Ich muss wieder Abstand bekommen. Ich bin schon durch andere stürmische Zeiten gegangen. Aber so, wie ich mich jetzt fühle, würde ich mich möglicherweise nicht beherrschen können, sollte Salomon auf den unseligen Gedanken gekommen sein, unten auf mich zu warten, um mich in ein Gespräch zu verwickeln.*

Zum Glück für sie beide war Salomon nirgends zu sehen. Bora fragte an der Rezeption, ob ein Anruf vom Flugplatz für ihn eingegangen oder eine Nachricht für ihn hinterlegt worden sei (beides war nicht der Fall), dann nahm er sein Tagebuch aus der Aktentasche, um es im Safe verwahren zu lassen. Als er ernst und ziemlich angeschlagen aus dem Hotel trat, bog er gleich nach rechts in die Wilhelmstraße ein. Zu Fuß würde er fünfzehn Minuten bis zu Nebes Behörde an der Spree brauchen. In der Zeit konnte er seine Gedanken sortieren.

Trotz der abendlichen Stunde war es noch hell, und es stand kein Wölkchen am Himmel. Die Geschäfte hatten längst geschlossen, und das Viertel wirkte verwaist – doch Bora fragte sich, wie viele Menschen wohl noch in dem Bienenstock der Regierungsbehörden arbeiten mochten: Das war eine Welt für sich, in der es noch einen Rest an stiller, unsichtbarer Geschäftigkeit gab.

Er erreichte den einst prachtvollen Wilhelmplatz. Das Auswärtige Amt wirkte bedrohlich, nachdem es den Flammen zum Opfer gefallen war. Auch die Reichskanzlei war von den Luftangriffen nicht verschont geblieben. Aus dieser Perspektive trogen die wahren Ausmaße: Das Gebäude erstreckte sich entlang der Vossstraße – eine Festung, die aus der Luft unmöglich zu übersehen war. Auf der gegenüberliegenden Seite stand ein provisorischer Ziegelbau, ein Unterstand oder ein Lagerhaus. Dass ein derart imposantes Gebäude mit einem völlig konzeptionslosen Bau zusammengewürfelt worden war, irritierte das Auge des Betrachters. In der abendlichen Stille (Stille – in Berlin!) war der Lärm, den die Männer und die Fahrzeuge verursachten, die einen Straßenzug weiter mit dem Blindgänger beschäftigt waren, nur gedämpft zu hören. Die Straßenbahnschienen durchschnitten die Straße wie Narben. Bora blieb einen Moment stehen, um sich zu sammeln. Er war noch immer viel zu nervös.

Jedes Tor und jeder Eingang wurden bewacht. Ein Wachhäuschen reihte sich ans andere, und dabei wirkte es so, als wäre die Straße von Grabstätten gesäumt, so wie die Römer sie einst außerhalb der Stadttore errichtet hatten. Das Luftfahrtministerium versperrte ihm die Sicht auf den leuchtenden Abendhimmel im Westen. Dahinter lag die Schaltzentrale, in der sich die Büros der unterschiedlichen Behörden – Sicherheitsdienst des Reichsführers SS, Gestapo, Kriminalpolizei, die Abwehrpolizei der Gestapo – förmlich stapelten, und sie alle mussten dem RSHA berichten. *Es hätte schlimmer kommen können: wenn ich in jenes Gebäude einbestellt worden wäre.* Gelegentlich hatten ihn seine Aufträge ins Prinz-Albrecht-Palais geführt, daher kannte er das großzügige Treppenhaus und die Säulengalerie, die den schön gestalteten Innenhof umschloss. Im Keller des Rückgebäudes allerdings waren Gefängniszellen untergebracht, in denen die Insassen starben.

Bora bemühte sich, nicht weiter darüber nachzugrübeln, aber in ihm war jeder einzelne Nerv in Alarmbereitschaft. Wie erwartet – und nur aus dem Grund war er so früh aufgebrochen –, wurde er von einer Streife an der Ecke Vossstraße angehalten.

Es waren SS-Männer, aber auch damit hatte er gerechnet, denn es war schließlich ihre Gegend. Da er nach Osten und damit in die entgegengesetzte Richtung ging, hatte Bora gehofft, um eine Befragung herumzukommen. Nachdem Goerdeler schon ein gewisses Maß an Vorsicht angemahnt hatte (er hatte gesagt, Bora solle den Personaleingang nehmen), schien es einen Grund dafür zu geben. Das musste nicht unbedingt heißen, dass er die Streife *anlügen* sollte, aber –

»Ihre Papiere, bitte.«

Es wäre schön, wenn ich für jede Ausweiskontrolle eine Reichsmark bekäme. Bora kam der Aufforderung nach.

»Wohin gehen Sie, Herr Oberst?«

»In die Französische Straße.«

»Aus welchem Grund?«

»Eine dienstliche Verpflichtung. Ich werde erwartet.«

Vielleicht reichte das schon, vielleicht auch nicht. Tatsächlich führte ihn sein Weg noch darüber hinaus, zum Werderschen Markt. Sie fragten sich wahrscheinlich, warum er nicht die genaue Adresse angegeben oder den Namen des Beamten genannt hatte, der zu so später Stunde eine Zusammenkunft anberaumt hatte. Die SS-Streife machte noch immer keine Anstalten, ihm seine Papiere zurückzugeben, und war drauf und dran, eine nähere Erklärung zu fordern. Bora kannte diese gespitzten Lippen und das langsame Umblättern der Seiten nur zu gut. Reine Schikane. *Sie brauchen nicht einmal einen Grund dafür, um mich am Weitergehen zu hindern. Sie sind wie die geschorenen Polizeihunde bei Michendorf, schnüffeln an mir herum, um Beweise für Fehlverhalten zu finden, und warten nur darauf, dass ich zurückzucke.*

»In welcher Dienststelle werden Sie erwartet, Herr Oberst?«

Eine Detonation irgendwo Richtung Leipziger Platz, die die Erde erbeben ließ, unterbrach das Tun der SS-Männer, Boras Gedanken und alles andere. Unwillkürlich krümmten sie sich zusammen, als ob ihre hochgezogenen Schultern sie vor dem Untergang bewahren könnten. Hoch über ihnen barsten Fensterscheiben, Scherben regneten herab. Metallteile und Putz prasselten wie Hagelkörner auf den Boden, Kacheln fielen herunter und landeten auf Autodächern oder zersprangen auf dem Boden in tausend Stücke. Ein SS-Mann wurde am Helm getroffen, er taumelte zurück und stürzte. Bora war einen Moment lang wie betäubt und wähnte sich wieder in Rom, wo eine andere todbringende Explosion unverzüglich Vergeltungsmaßnahmen und damit noch mehr Tote nach sich gezogen hatte. *Die Bombe ist hochgegangen ... klingt nach einer mittelgroßen, aber trotzdem, das reicht völlig, diejenigen zu töten, die im Umkreis gearbeitet haben.*

»Gehen Sie, gehen Sie.« Plötzlich hatten sie das Interesse an ihm verloren. Der andere SS-Mann bedeutete ihm wie ein Verkehrspolizist, sich in Bewegung zu setzen.

Das tat Bora, aber erst nachdem er seine Papiere wiederbekommen hatte. *Gott sei Dank bin ich nicht so wichtig wie eine Bombe.* Er ging davon, mitten hinein in das kontrollierte Chaos, das stets auf solche Vorkommnisse folgte. Wer um diese Stunde noch im Verkehrsministerium arbeitete, sah aus seinem geborstenen Fenster, man rief einander etwas zu und zeigte auf die Rauchsäule, die hinter den hohen Gebäuden aufstieg, aber von der Straße aus nicht zu sehen war. Bald würde das Sirenengeheul von Krankenwagen ertönen.

Ohne die Explosion wäre Bora einer Überprüfung durch die Streife nicht so leicht entgangen. Aber so, wie die Dinge lagen, kümmerte sich niemand weiter um ihn. In diesen Tagen war man nicht gerade hinter einem Oberst der Wehrmacht her, wenn eine Bombe in die Luft ging.

Als er den skelettartigen *Kaiserhof* passiert hatte, der durch die Detonation noch weiter eingestürzt war und von dem eine puderfarbene Staubwolke aufstieg, war Bora froh, die Prachtstraße verlassen zu können. Er ließ das Sirenengeheul und das ganze Durcheinander hinter sich. In seiner Berliner Zeit war er sonntags oft mit der U-Bahn bis zur Mohrenstraße gefahren und dann zu Fuß weitergegangen bis zu der kleinen Gasse, die zur St.-Hedwigs-Kathedrale führte. In dem Viertel standen einige altehrwürdige Kirchen, die unter den Luftangriffen im Mai gelitten hatten. Weiter nach Osten, wo der Himmel sich zu einem tiefen Blau verdunkelte, lag in Stille gehüllt der Werdersche Markt.

Von dort aus leitete Nebe sein Imperium. Das Präsidium der Kriminalpolizei lag jenseits des Flusses, am Alexanderplatz. Es hieß, sein Büro habe für alle Fälle einen eigenen Ausgang, der auf einen Außenhof führe, aber Bora wusste nicht, welcher Hof dies sein könnte beziehungsweise, ob die Tür des SS-Gruppenführers irgendwie gekennzeichnet war. An den Türen hochrangiger Beamter mit geheimnisvollen Aufgaben stand oft gar nichts. *Was soll ich sagen, wenn man mich fragt, warum ich hier bin? Weiß überhaupt jemand, dass ich komme?*

Paradoxerweise glichen seine Sorgen denen einer Fliege, die befürchtet, das Spinnennetz zu verfehlen. Am Personaleingang stand Arthur Nebe höchstpersönlich in Uniform.

Mit einem Nicken bat er Bora herein, drehte sich um und ging wieder ins Gebäude. Gut zehn Sekunden später hatte Bora die Türschwelle erreicht. Als er sich plötzlich in einem leeren Büro wiederfand, offenbar der Arbeitsplatz eines Sekretärs, kamen ihm Brunos Worte in den Sinn, dass dies eine Falle sein könnte. Doch nun war es zu spät. Also atmete er tief durch und blieb stehen. *Mit ein wenig Glück erschießen sie mich sofort.*

Aber Nebe steckte seinen Kopf aus einer anderen Tür heraus, die zu einem dahinterliegenden Büro führte, als fragte er sich, warum Bora ihm nicht unverzüglich gefolgt sei.

»Worauf warten Sie denn? Treten Sie ein, Oberstleutnant von Bora.«

Kaum hatte Bora den Raum betreten, drehte der Polizeichef auch schon den Schlüssel im Schloss und sperrte die Tür zu. »Das war ein scheußlicher Bums, nicht wahr?«

»Ja.«

Auf den ersten Blick hatte Nebes Gesicht nichts von einem Soldaten oder Polizisten. Soweit Bora wusste, stammte er aus der Mittelschicht, doch seine gramerfüllten Züge erinnerten Bora an gewisse Unteroffiziere aus der Arbeiterklasse, deren schwerer Alltag sich in ihre Mienen eingekerbt hatte. Nebe war hager und dunkelhaarig, und seine auffällige Nase wirkte gequetscht, als ob sie nach einem Bruch ihre ursprüngliche Form nicht zurückerlangt hätte. In diesem Augenblick warf das verformte Knorpelgewebe einen Schatten über die zu einem beinahe schalkhaften Lächeln verzogenen Lippen.

»Bitte.« Nebe deutete auf einen Stuhl und nahm hinter seinem Schreibtisch Platz. Diese Höflichkeitsbekundung, kurz nachdem er in dem Raum eingeschlossen worden war, verstärkte Boras Unruhe nur noch. Wenn er sich setzte, befände sich in seinem Rücken eine weitere Tür, die er dann nicht mehr im Auge behalten konnte. Als er Platz nahm, war er auf alles gefasst. Dieses »alles« konnte bedeuten, dass er Nina nicht mehr wiedersah, und bei dem Gedanken blutete ihm das Herz.

»Herr Oberst, Sie und ich haben etwas gemeinsam.« Nebe drehte

Bora ein Foto zu: Es zeigte ihn zu Pferde, das Tier setzte gerade zum Sprung über ein Hindernis an. »Ein fabelhafter Sport. Hier sehen Sie mich in Aktion. Ich war in der Ewigen Stadt, als Sie aus den Händen des Duce den Großen Preis von Rom entgegengenommen haben und, wenn ich mich nicht irre, auch den Ehrenpreis Arnaldo Mussolini.«

Ja, und? Bora nickte, blieb aber misstrauisch. Nicht zum ersten Mal saß er einem SS-Mann gegenüber, der ihn anlächelte, während er die Falle zuschnappen ließ. 1935, das Jahr, in dem er die Preise gewonnen hatte, war zufälligerweise auch das Jahr, in dem General von Sickingen seiner Abneigung gegenüber dem Regime Ausdruck verliehen hatte: Er hatte sein Kommando über die 14. Infanterie-Division, Gruppenkommando 3 – Dresden, niedergelegt und war aus dem Dienst ausgeschieden. Seine Söhne hatte das ziemlich aus der Fassung gebracht, vor allem Peter, der noch zur Schule ging und vor Zorn und Scham weinend im Zimmer seines Bruders Zuflucht gesucht hatte. Bora hatte von seinem eigenwilligen Stiefvater so etwas in der Art erwartet und die bittere Pille geschluckt. Seine Kameraden auf der Kriegsakademie, die nähere Einzelheiten von ihm hatten wissen wollen, hatte er bloß kurz angebunden beschieden: »Da müsst ihr den General schon selbst fragen«, und damit hatte es sich.

Nebe sah ihn weiterhin unverwandt an. Auf seinem Schreibtisch stand eine Lampe mit grünlichem Schirm, die einen milchigen Schein auf ihn warf. Von draußen war das gedämpfte Sirenengeheul von Löschfahrzeugen und Krankenwagen zu hören, die westwärts zum geräumten und abgeriegelten Ort der Explosion rasten.

Unter Nebes prüfendem Blick fragte sich Bora, wie sehr er, der angespannte Offizier, noch dem Mann glich, der gerade erst mit Nina gesprochen hatte und davor mit Lattmann, Olbertz und dem Berliner Co-Piloten. *Bin ich wirklich noch derselbe, an dessen Absätzen vor gerade einmal vier Stunden ein Polizeihund geschnüffelt hat?* Er war erstaunt darüber, dass sich dies alles an ein und demselben Tag zugetragen hatte, der allerdings noch nicht vorüber war (*Noctem quietam et finem perfectum …* sogar das alte katholische Gebet, mit dem man um eine friedliche Nacht bittet, räumt ein, dass ein Tag bis zur letzten Minute für

Überraschungen sorgen kann). Wenn Nebe nun Dr. Reinhardt-Thomas »nicht so freien Tod« zur Sprache brachte? Würde der Chefermittler des Dritten Reiches sich tatsächlich nach Dienstschluss mit ihm treffen wollen, um darüber zu sprechen? Bora konnte nicht verdrängen, dass im Osten unter der Befehlsgewalt dieses Mannes Todesschwadronen Menschen vernichtet hatten. *Herrgott, im Laufe der zwei Jahre, die ich an der Ostfront verbracht habe, habe ich jeden derartigen Vorfall der Wehrmacht-Untersuchungsstelle gemeldet …*

Pedantisch faltete Nebe ein maschinenbeschriebenes Blatt Papier zusammen und legte es beiseite. Mit derart wohlüberlegten Gesten, das wusste Bora aus seiner Zeit als Vernehmungsoffizier, vermittelte man seinem Gegenüber, dass man alle Zeit der Welt hatte, bis der andere schließlich einknickte und gestand.

»Glauben Sie an die Sterne?«

»An die Sterne, Herr Gruppenführer?« Bora musste ein nervöses Grinsen unterdrücken.

»An die Sterne, ganz recht. An die himmlischen Gestirne. An das Schicksal.«

»Nicht so sehr, offen gestanden.«

»Das ist *ausgezeichnet*.«

Da Bora nicht wusste, wo er hinsehen sollte, ohne unverschämt zu wirken, betrachtete er das Foto, als wartete er darauf, dass Nebes Pferd endlich die Hürde nahm.

»Ich sage Ihnen das, Herr Oberst, weil ich ein Thema zur Sprache bringen möchte, dem man mit Skepsis begegnen muss.«

Bora hob seinen Blick und sah ihn an. »Ich sollte vorausschicken, dass ich nicht unbedingt ein Skeptiker bin, Herr Gruppenführer.«

»Ich weiß, dass Sie katholisch erzogen wurden. Aber Sie glauben nicht an die Sterne.«

»Nein.«

»Dann können Sie im Todesfall Walter Niemeyer ermitteln, von dem Sie wahrscheinlich noch nie gehört haben.«

Nebe saß kerzengerade in seinem Lehnstuhl, er atmete ein wenig angestrengt, wie ein Rekonvaleszent oder wie jemand, der unter großem seelischem Druck steht. Beides war möglich. Bora starrte ihn an. *Ermitteln? Was zum Teufel …?*

»Nein.«

»Sagt Ihnen der Name Magnus Magnusson etwas?«

»Ganz und gar nicht.«

»Was ist mit Sami Mandelbaum?«

»Weniger als nichts, Herr Gruppenführer.«

»Sie sind alle tot.« Nebe stellte das Foto wieder an seinen alten Platz auf dem Schreibtisch zurück. »Doch de facto gehören sie zusammen. Sie sind gewissermaßen drei in einer Person, zwei davon sind Niemeyers Künstlernamen. Also gibt es auch nur eine Leiche. In einem Mordfall vereinfacht dies die Dinge.«

»Ich bin mir nicht sicher, dass ich Ihnen folgen kann, Herr Gruppenführer. Meine Stippvisite in Berlin erfolgte aufgrund eines familiären Trauerfalls.«

»Ich weiß, warum Sie hier sind. Und gerade weil Sie bereits in Berlin sind, habe ich Sie herbestellt.«

Bora stellte keine der Fragen, die auf ihn einstürmten. Er war verwirrt, und doch verspürte er allmählich ein vages Interesse, das hier derart fehl am Platze war, dass seine Besorgnis wieder zunahm.

Hatte Nebe, ein erfahrener Kriminalist, seine Ratlosigkeit bemerkt, oder setzte er schlicht voraus, dass Bora die Aufgabe übernehmen würde? Jedenfalls fuhr er fort: »Für den Fall, dass Sie sich fragen, welchem Beruf das Opfer nachging: Mandelbaum war ein Ostjude, ein drittklassiger Schauspieler aus den Weiten Galiziens. Magnusson stammte aus Skandinavien und kam als Astrologe zu Ruhm. Und Niemeyer schließlich war kein Geringerer als der Prophet von Weimar.«

Der Prophet von Weimar – das sagte Bora etwas. Vielleicht hatte er den Namen auf Plakaten oder in der Presse gelesen, als er die Kriegsakademie in Berlin besuchte. Bora konnte sich kaum eines Gefühls der Erleichterung erwehren. Dass nicht gegen ihn persönlich ermittelt wurde, elektrisierte ihn in einem Maße, das fast schon an Vergnügen grenzte, doch Gott allein wusste, ob sein Eindruck begründet war.

Wusste Nebe, dass er ihn am Haken hatte? Zumindest kniff er die

Augen zusammen, als sei er ganz zufrieden. »Man hat Niemeyer vor einer Woche in seiner großen Villa in Dahlem aufgefunden, tot wie ein Dodo, niedergestreckt von zwei Schüssen in den Oberkörper aus einer zwölfkalibrigen Jagdflinte.« Der Jargon zerrte an Boras Nerven, weil er ihn daran erinnerte, dass er sich in einer Polizeidienststelle befand, in Gegenwart von Deutschlands führendem Kriminalbeamten. »Keine Augenzeugen, trotzdem gibt es einige Verdächtige. Sie, Bora, waren noch zu jung, als unser Mann berühmt wurde, aber über ihn wurden haufenweise Zeitungsartikel geschrieben, und es gibt zwei umfangreiche Autobiografien.«

Ganz gegen seinen Willen wurde Bora allmählich neugierig.

»Und zweifellos diverse Polizeiberichte.«

»Diese stehen jedem zur Verfügung, Herr Oberst. Mir, Ihnen.« Nebe wandte sich zur Sprechanlage und sprach hinein: »Die Akte Niemeyer.«

Der Angerufene musste die Akte bereits griffbereit gehabt haben, denn fast umgehend ging die Tür hinter Bora auf, und ein Unteroffizier betrat den Raum. »Geben Sie dem Oberst die Akte«, sagte Nebe.

Wie eine Speisekarte glitt das Dossier vor Bora auf den Schreibtisch, der allerdings in einem Restaurant stand, in dem man entweder etwas zu essen bekam oder vergiftet wurde. Noch schlug er die Akte nicht auf.

»Ist es mir gestattet, Fragen zu stellen?«

Nachdem der Unteroffizier das Büro verlassen hatte, stand Nebe auf und verschloss auch diese Tür. »Jede, bis auf eine. Fragen Sie.«

»Warum wurde dieser Fall niemandem bei der Kriminalpolizei zugewiesen?«

»Das ist genau die eine Frage, auf die Sie keine Antwort erhalten werden.«

Sieh mal einer an. Bora beobachtete, wie Nebe an seinen Platz zurückkehrte. »Ich vermute, es ist zwecklos zu erwähnen, dass mein Regiment jeden zweiten Tag angegriffen wird, Herr Gruppenführer.«

»So ist es. Außerdem wird eine Woche nicht weiter ins Gewicht fallen. Wen interessiert schon die italienische Front? Italien ist doch ohnehin verloren.«

»Wir wagen zu behaupten, dass dem nicht so ist. Noch nicht, jedenfalls.«

»Lassen Sie es gut sein, Herr Oberst. Tun Sie, was man Ihnen gesagt hat.« Schlagartig war Nebe verärgert. »Was ist los mit diesen jungen Obersten, warum wollen sie wie Schuljungs ihren Dickkopf durchsetzen?«

Dieser übellaunige Tadel gilt jemand anderem, sagte sich Bora. *Nicht mir. Wen er wohl dabei im Sinn hat?* Ohne auf die Bemerkung einzugehen, sagte er: »Verzeihen Sie die banale Frage, Herr Gruppenführer, aber warum haben Sie ausgerechnet mich ausgewählt?«

»Weil Sie mir empfohlen wurden.«

Bora biss sich auf die Zunge. Das konnte dann nicht Goerdeler gewesen sein. Als Goerdeler noch Oberbürgermeister von Leipzig war, hatte er sein Amt niedergelegt, nachdem ein »jüdisches Denkmal« (die Statue des Komponisten Felix Mendelssohn Bartholdy) von einem öffentlichen Platz entfernt worden war. Könnte Oberst Kinzel dahinterstecken, sein Vorgesetzter bei der Abwehr in Leipzig und Paris? Er war praktischerweise inzwischen in Kaltenbrunners RSHA gewechselt. Kinzel kannte keine Skrupel und war niederträchtig, das wusste Bora. Sein Mund wurde ganz trocken bei dem Gedanken, es womöglich wieder mit Kinzel zu tun zu bekommen. *Nein. Kinzel kann es auch nicht gewesen sein, der hätte mich direkt in die Prinz-Albrecht-Straße bestellt.* Dann vielleicht von Helldorff, der Berliner Polizeipräsident? Bora kannte ihn allerdings nicht persönlich. Trotzdem sagte er: »Würde es Graf von Helldorff nicht als unangemessene Einmischung betrachten, einen Wehrmachtsoffizier zu polizeilichen Ermittlungen heranzuziehen?«

»Dies hier ist ein Kriminalfall, Oberstleutnant von Bora. Beschränken Sie sich darauf, Ihre Befehle auszuführen. Gehen Sie diskret vor. Sollten Sie auf erhebliche Hindernisse stoßen, melden Sie sich einzig und allein bei mir.« Nebe schob eine Visitenkarte über den Tisch, auf der seine Durchwahl stand. Dann öffnete und schloss er eine Schublade, ohne ihr etwas zu entnehmen. »Sie haben Glück, denn Sie werden in den Genuss von Privilegien kommen, die sich im heutigen Berlin nicht einmal Millionäre leisten können. Ihnen wird ein Auto zur Verfügung gestellt, dazu ein Fahrer und nahezu unbegrenzter Zugang zu Kraftstoff. Übertreiben Sie es nicht, aber nutzen Sie es so, wie es die Lage erfordert. Der Fahrer ist einer meiner Leute, ein treuer Alter Kämpfer, der Ihnen wie ein Schatten folgen wird.«

Letzteres gefiel Bora gar nicht. »Beschattet« hatte man ihn rund um die Uhr in Moskau, vor dem Krieg gegen die Sowjetunion. Dabei machte es keinen Unterschied, ob ihm nun ein Sowjetbürger oder ein Nationalsozialist auf den Fersen war, stets war jemand hinter ihm her. Und was die Alten Kämpfer betraf, die Straßenschläger aus der Anfangszeit, so gab es kaum einen unter ihnen, der nicht schon einmal einen Mord begangen hatte, sei es aus politischen Motiven oder anderen Gründen.

Sein Blick ruhte weiterhin auf der geschlossenen Akte. *Das muss ein brisanter Fall sein, ein wichtiger. Ist dies der Sturm, der in der Luft zu liegen schien? Sosehr mich auch der Tod meines Onkels schmerzt, irgendwie habe ich doch geahnt, dass es noch um etwas anderes geht: Einen Regimentskommandeur aus einem Kampfgebiet abzuziehen, ist höchst ungewöhnlich.*

»Ich muss meinem Zweiten Generalstabsoffizier eine persönliche Nachricht zukommen lassen.«

Ungeduldig klopfte Nebe mit der flachen Hand auf die Tischplatte. »Jaja, meinetwegen. Benachrichtigen können Sie Ihren Zweiten Generalstabsoffizier oder wen auch immer Sie wollen. Öffnen Sie die Akte.«

Bora fügte sich. Gleich obenauf lag eine Anordnung, unterzeichnet von Generalfeldmarschall Kesselring, Oberbefehlshaber Süd beim italienischen Oberkommando, und gegengezeichnet von keinem Geringeren als Generalfeldmarschall Keitel, Chef des Oberkommandos der Wehrmacht. »Sehen Sie, Herr Oberst? Wir wussten alle Bescheid, nur Sie nicht.«

Bora war fassungslos und hatte außerdem seit nun bald vierundzwanzig Stunden nichts mehr gegessen. Das trübte seinen Verstand, aber nicht so sehr, als dass er nicht noch einen kleinen Anspruch in eigener Sache geltend machen wollte. Er steckte die Visitenkarte in die linke Brusttasche. »Ich werde handeln wie befohlen, Herr Gruppenführer. Natürlich dürfte es nicht so leicht sein, in einer Woche einen Mordfall zu lösen.«

»Aus meiner Erfahrung heraus würde ich sogar sagen, dass es nahezu unmöglich ist. Aber ich erwarte von Ihnen, dass Sie Ihr Bestes geben. Und wenn Ihr Abschlussbericht mich erst erreicht, nachdem Sie Berlin wieder verlassen haben, sei's drum.« Das klang recht rätselhaft: Man gab ihm nur eine Woche Zeit, aber übers Knie brechen sollte er nichts? Im Wortschatz eines Polizisten hatte der Ausdruck »Sei's drum« eigentlich nichts verloren. Und warum hatte Nebe davon gesprochen, dass er Berlin verlassen würde, und nicht gesagt: »wenn Sie auf Ihren Posten zurückgekehrt sind«? Wollte er damit etwas andeuten?

Am Ende des Zusammentreffens wusste Bora, der völlig überfordert war, dass im Kofferraum eines Wagens zwei Kisten mit Unterlagen auf ihn warteten (darunter Ausschnitte aus Zeitungen und Zeitschriften sowie die beiden Autobiografien des Magiers samt nicht näher bezeichneten »sonstigen Dingen«).

»Morgen früh um acht werden Sie weitere Anweisungen erhalten. Dann meldet sich Ihr Fahrer zum Dienst. Sein Name ist Florian Grimm.«

»Ist er überhaupt mit dem Fall vertraut, Herr Gruppenführer?«

»Er hat die Leiche gefunden.«

Nebe begleitete Bora zu derselben Tür, durch die er ihn hereingelassen hatte, und drehte den Schlüssel mit dem geübten Schwung eines Gefängniswärters im Schloss. »Haben Sie alles, was Sie brauchen, Herr Oberst?«

»Für den Augenblick ja.«

»Stimmt nicht.« Aus seiner Jackentasche zog Nebe ein Fläschchen mit blauer Pelikan-Tinte, das er Bora in die Hand drückte.

21.38 Uhr

Zurück zum Hotel gelangte Bora in einem feldgrauen Mercedes, den man ihm trotz der kurzen Entfernung aufgenötigt hatte. Im Kofferraum befanden sich die Kisten mit den Unterlagen und den »sonstigen Dingen«. Dort würden sie auch bis zum nächsten Morgen bleiben, weil noch nicht darüber entschieden worden war, ob er weiterhin im *Adlon* logieren sollte. Hinter dem Steuer saß nicht Florian Grimm, der würde erst am nächsten Tag dazustoßen. Die Sonne war gerade untergegangen, und die ersten Sterne standen am Himmel, der von einem gedämpften Blau war.

Eine gewaltige Lücke klaffte an der Prachtstraße der Ost-West-Achse, die breiter als die meisten Fahrbahnen war, und das mit einem Tarnnetz verhüllte Brandenburger Tor am Pariser Platz wirkte einsam und verlassen. Als sie die Kontrollstelle beim Auswärtigen Amt passierten, hing der metallische Brandgeruch noch wie ein unsichtbarer Nebel in der Luft.

Dank der hochwertigen Ausstattung der Polizei und seiner Sondergenehmigung hatte Bora von Nebes Präsidium aus einen Funkspruch an sein Regiment schicken können. Warum war eigentlich so ein Geheimhaltungs-Schmierentheater um seine Einbestellung aufgeführt worden, wenn er jetzt ziemlich offiziell ins Hotel zurückgefahren wurde und selbst die SS den Wagen passieren ließ, ohne ihn anzuhalten? Da musste doch noch etwas anderes dahinterstecken.

Durch das geöffnete Autofenster warf Bora einen Blick nach oben: Über der Stadt dehnte sich der weite Himmel aus, eines Gemäldes von Caspar David Friedrich würdig, nichts deutete auf Regen hin. Die Sterne waren klar zu sehen, also lag keine Feuchtigkeit in der Luft. Konnte sich ein Sturm auch unbemerkt zusammenbrauen?

Bora fand zu seinem Pragmatismus zurück. Er hatte Befehle, und denen würde er nachkommen. Glücklicherweise hatte Hauptfeldwebel Nagel darauf bestanden, dass er zwei Uniformen mitnahm. Seit Stalingrad war ihm Nagel nicht nur ein getreuer Unteroffizier, nein, er wachte auch persönlich über das untadelige Erscheinungsbild seines Kommandeurs. Das ging über bloße Etikette hinaus: Es war ein Zeichen dafür, dass alles unter Kontrolle war.

In diesem Moment habe ich allerdings nur eines unter Kontrolle: Ich weiß, dass ich zwei Uniformen dabeihabe. Bei ihrer Ankunft am *Adlon* wartete Bora nicht ab, bis der Fahrer ihm die Tür öffnete. Er wies ihn an, den Kofferraum aufzuschließen, nahm rasch aus einer der Kisten die zuoberst liegende Mappe an sich, klemmte sich diese unter den Arm und ging damit ins Hotel.

An der Rezeption waren keine Nachrichten für ihn hinterlegt, weder von Salomon noch von Lattmann. Nicht einmal eine vom Flugplatz Schönefeld – aber inzwischen wusste Bora, warum. Bevor er nach oben zu Nina ging, um mit ihr zu Abend zu essen, verschlang er gierig ein belegtes Brot, weil es ihm zu peinlich gewesen wäre, sich anmerken zu lassen, wie hungrig er tatsächlich war.

Sie hatte sich große Sorgen um ihn gemacht. Als er sagte: »Es ist alles in Ordnung, reine Routine«, nahm sie es hin, dass er nicht weiter ins Detail ging. Stattdessen schnitt Bora während des Essens auf umständliche Weise ein Thema an, das er unbedingt mit ihr erörtern wollte, damit jedoch bis zuletzt gewartet hatte: Er schlug vor, dass die ganze Familie den restlichen Sommer in München verbringen solle.

»Wie lange ist es her, dass du zuletzt in dem Haus dort warst, Nina? Es wäre eine schöne Abwechslung. Und da du mit den Modereggers in Verbindung stehst, könntest du sie doch gleich wissen lassen, dass ihnen besser damit gedient wäre, zu ihren Söhnen nach Königsberg zu fahren – angenehmer wäre es auch –, als da draußen in Trakehnen zu bleiben.«

Diese Andeutung, dass es in Leipzig, ganz zu schweigen von Ostpreußen, nicht mehr »angenehm« sei, war Boras Art, ihr mitzuteilen, wie ernst es um die Lage an der Ostfront bestellt war. In der Regel verließ er sich in militärischen Angelegenheiten auf die Voraussicht des Generals, aber dem Mann mochten in seinem verwirrten Zustand die jüngsten Entwicklungen entgangen sein.

Nina lächelte. Ruhig erwiderte sie, dass ihre Eltern auf keinen Fall ihr Haus in Probstheida verlassen würden. »Nicht wegen der Kunstwerke oder des Grundstücks, Martin. Sie haben schlicht und ergreifend beschlossen, gemeinsam dort zu bleiben. Wir haben Flüchtlinge aufgenommen, und ich habe Irma Moderegger bereits eingeladen, zu uns in die Birkenstraße zu kommen ... vielleicht nimmt sie die Einladung ja an. Und was deinen Vater betrifft: Er ist ein preußischer General.«

»Sag ihm, er soll dich nach München bringen, Nina. Oder fahr allein dorthin.«

»Wir werden sehen.«

Der Abend drohte traurig auszuklingen, also erzählte Bora seiner Mutter von dem verschlafenen Fahrer, der mit ihm nach Berlin gerast sei, als stünde das Heck des Wagens in Flammen, und sprach für den Rest des Abends nur noch über heitere Dinge. Bevor er sich zurückzog, fragte er, ob er am nächsten Morgen mit ihr frühstücken dürfe, und ließ sie wissen, dass er bereits ein Taxi bestellt habe, das sie beide zum Bahnhof bringen würde.

Nina dankte ihm. Sie kam nicht mehr auf ihr Gespräch vom Nachmittag zurück, das sie so taktvoll beendet hatten. Doch Bora, der selbst schon sehr verliebt gewesen war, genügte ein Blick, und er wusste, dass Max Kolowrat ebenfalls darum gebeten hatte, sie zu begleiten. Er würde sich also von seiner Mutter vor dem Bahnhof verabschieden und auf die letzten kostbaren Augenblicke mit ihr verzichten müssen. Als er schon in der Tür stand, sagte er dennoch beiläufig, dass er leider nicht bis zur Abfahrt des Zuges bleiben könne. »Das ist wahrlich unverzeihlich, Nina.«

Sie durchschaute ihn natürlich, aber Bora hoffte, dass er ihr diesen Dienst erweisen durfte. Als Nina ihn bat, sich zu ihr hinunterzubeugen, damit sie ihn auf die Wange küssen konnte – das war ihre Art, ihm ohne Worte zu danken –, schien der richtige Moment gekommen, ihr zu sagen, wie viel Kummer hinter ihm lag und wie bekümmert er immer noch war.

Sie nahm sein Gesicht in ihre Hände und sah ihm in die Augen.

»Martin, wie geht es dir *wirklich?!*«

»Gut, Nina. Es geht mir gut.«

Weitergeschrieben in Berlin, im Adlon, *23.58 Uhr. Westlich vom Hotel haben fünf Bombenräumer bei der Explosion, die anscheinend von einem Zeitzünder ausgelöst wurde, ihr Leben verloren. Man hätte einfach warten können, bis die Bombe von selbst explodiert. Aber das konnte man ja nicht ahnen.*

Ich schreibe mit ganz neuer blauer Tinte, auch wenn ich eine kleine Sauerei veranstaltet habe, als ich den Füllfederhalter mit nur einer Hand befüllt habe. Beim Abendessen hat Nina es fantastisch hinbekommen, nicht dauernd auf die Prothese zu starren, obwohl ich hin und wieder unbeholfen mit dem Besteck hantiert habe und sie das traurig gemacht haben muss. Ich habe versucht, es mit einem Lachen abzutun, aber ich glaube nicht, dass ich damit sehr erfolgreich war.

Einerlei, sie hat mir jedenfalls ein Geschenk gemacht, das wie gerufen kommt: zwei maßgeschneiderte Oberhemden und handgenähte Unterwäsche.

Mit solchen Dingen hat sie mich bis zu meiner Heirat versorgt und mit dem ihr eigenen Takt davon Abstand genommen, solange ich mit Dikta zusammen war. Nun kommt mir die Kleidung gerade recht, weil ich nur für einen kurzen Aufenthalt ausgestattet war. Ich fühle mich so erwachsen, dass ich manchmal vergesse, dass ich ihr Junge bin und sie mich immer noch umsorgt.

Genug davon. Vor zwölf Stunden habe ich die Gedenkveranstaltung zu Ehren Onkel Alfreds verlassen, vor vierundzwanzig Stunden saßen wir in der Nähe von G. fest, weil es über der Grenze zu Deutschland zu Luftangriffen kam. Nicht zum ersten Mal wurde ein bereits erteilter Befehl geändert, während ich schon unterwegs war – aber vielleicht ist das schon passiert, als ich noch auf meinem Posten war. Was weiß ich.

Zu diesem Zeitpunkt des Krieges beurlaubt zu werden, war mir ja von Anfang an unwahrscheinlich vorgekommen. Was mag das für ein Auftrag sein? Natürlich gleichen wir Ehemaligen von der Abwehr derzeit jenen herrenlosen alten japanischen Kriegern, die man als Rōnin bezeichnete. Ob zu Recht oder zu Unrecht, man misstraut uns, aber wir haben nützliche Fähigkeiten.

Gruppenführer Nebe hat mir untersagt, danach zu fragen, warum im Todesfall eines Scharlatans nicht die Polizei ermittelt. Er hat Zugriff auf Personal, Informanten, alle möglichen Hilfsmittel. Das Gleiche gilt für seinen Amtskollegen bei der Berliner Polizei, Graf von Helldorff. Trotzdem soll es zumindest nach außen hin so aussehen, als würde ich unter der Ägide der Kripo arbeiten, die mir Unterlagen und logistische Unterstützung zur Verfügung gestellt hat. In der guten Stunde in Nebes Büro konnte ich mich des Eindrucks nicht erwehren, dass er alles über mich weiß. Es ist kein Geheimnis, dass einige Männer, für die ich gearbeitet habe, genau wie die, mit denen ich Meinungsverschiedenheiten hatte, miteinander sprechen. Wenn sie in der Zwischenzeit nicht gefallen sind, haben Letztere immer noch ein Hühnchen mit mir zu rupfen. Apropos Zerwürfnisse, Oberst Kinzel (inzwischen Obersturmbannführer) hat sein Kriegsbeil mit dem Reichssicherheitsdienst mittlerweile begraben. Weder er noch sonst jemand von dort würde mich empfehlen. Wer also war es?

Es spielt im Grunde genommen auch keine Rolle. Ein Oberstleutnant kann schwerlich Einwände gegen Sonderbefehle erheben, die von zwei Generälen und zwei Generalfeldmarschällen stammen. Anstelle des Passierscheins, den ich für drei Tage wegen eines Trauerfalls in der Familie bekommen habe, kann ich nun einen Sonderausweis zücken, gegen den nicht einmal der heilige Petrus etwas einzuwenden haben dürfte.

Es war ein langer Tag, und eigentlich müsste ich müde sein. Vom Portier habe ich erfahren, dass Salomon seit dem Mittag außer Haus ist. Was für eine Erleichterung. Kameradschaft hin oder her, ich bin nicht in der Stimmung für seine Nörgeleien und Fantasievorstellungen. In Russland neigte er dazu, sich Bedrohungen und Gefahren vorzustellen, wo es gar keine gab. Ich will es einmal so formulieren: Was auch immer er so unbedingt mit mir besprechen wollte, hat er entweder vergessen, oder es hat ihn umgebracht.

Und wennschon. Ich habe Nebe zwar gesagt, dass ich nicht durch und durch skeptisch bin, aber ich kann zynisch sein. Doch nun zurück zu meiner Aufgabe, die ich hier kurz umreißen möchte:

Am vergangenen Montag, dem 3. Juli, demselben Tag, an dem an der Südfront Siena (nicht mein Abschnitt) in die Hände der verdammten Franzosen fiel, wurde Walter Niemeyer, geboren am 11. November 1900, in seinem Luxusanwesen im Libanonzederpfad im südwestlich gelegenen Groß-Berliner Viertel Dahlem erschossen. Es wurden zwei Schüsse aus einer zwölfkalibrigen Jagdflinte abgegeben, die normalerweise für die Jagd auf Rotwild verwendet wird. Aus einem Gewehr also, das man schwerlich einfach so mit sich führen kann, ohne dass es jemand bemerkt. Keine Hinweise auf gewaltsames Eindringen, keine sichtbaren Spuren vor Ort. Die Fotos, die dem Vorgang beigefügt sind, zeigen einen halb nackten Mann, der ausgestreckt auf dem Bauch liegt, vermutlich in der Eingangshalle. Kein Bademantel, nur ein Handtuch um die Hüften. Entweder war er gerade in der Dusche oder hat in der Badewanne gelegen, oder er hat unbekleidet geschlafen und der Mörder hat ihn überrascht, als er nach unten kam, nachdem ihn ein Geräusch aufgeschreckt hatte. Den erheblichen Verletzungen nach zu urteilen, wurde der erste Schuss aus einer Entfernung von höchstens zwei bis drei Metern abgegeben. Als ihn der zweite Schuss erwischte, lag er bereits am Boden.

Niemeyer, der auch als Mandelbaum und Magnusson bekannt war, übte seinen »Beruf« zwischen 1915 und 1941 aus (für Menschen wie ihn haben die Juden eine zutreffende Bezeichnung: »Luftmenschen«). Als Jugendlicher rannte er buchstäblich davon, und zwar zum Zirkus, und als er sich später von der Bühne zurückzog, geschah dies, um »seine übersinnliche Energie zu erneuern« (seine eigenen Worte).

Von 1941 bis zu seinem Tod übte er seine Profession im privaten Rahmen aus, meistens trat er als eine Art Ratgeber in Erscheinung, aber er hielt auch Hypnosesitzungen mit Hysterikern aus den besten gesellschaftlichen Kreisen ab. Ein Auszug aus seinem Klientenverzeichnis enthält Größen aus Politik und Gesellschaft und liest sich wie der Gotha der Republik (und danach). Selbst nach Kriegsausbruch lockten seine verschwenderischen Feiern weiterhin die Crème de la Crème Berlins an, wie schon seit 1930, als er seine Villa hatte bauen lassen.

Er war mindestens zweimal verheiratet, einmal mit einer bulgarischen Akrobatin (die er nach sechs Monaten verlassen hat, mit der Ausrede, er müsse auf eine längere Tournee im Ausland) und später mit einer wohlhabenden Witwe, die fünfundzwanzig Jahre älter war als er. Sie starb bei einem Segeltörn anlässlich ihres ersten Hochzeitstags an einem Asthmaanfall und machte Niemeyer zu einem reichen Mann. Pro forma wurde gegen ihn ermittelt, aber nachweisen konnte man ihm nichts.

Den Lücken in den Unterlagen nach zu schließen, zumindest soweit ich sie bisher durchgesehen habe, muss er Mitte der Dreißigerjahre in Schwierigkeiten geraten sein. Ich habe da so eine Ahnung und vermute etwas Politisches, aber dafür muss ich mehr wissen. Wegen dieser Schwierigkeiten jedenfalls hielt er sich ein Jahr lang im Ausland auf und bereiste Südamerika.

Am Leben dieses Mannes faszinieren mich am meisten seine sonderbaren Künstlernamen. Sich als Skandinavier auszugeben und davor als galizischer Jude! Das übersteigt mein Vorstellungsvermögen. In dieser Mappe gibt es nur ein einziges Foto von Niemeyer (die anderen liegen noch im Kofferraum). Vermutlich ist dieses Porträt eine Vergrößerung seines Passfotos. Es zeigt einen Mann in den Vierzigern mit ziemlich gewöhnlichen Gesichtszügen. Mit einer guten Verkleidung und dem entsprechenden Akzent könnte er sich zweifelsohne als x-beliebiger Mann ausgeben, wenn auch nicht gerade als Afrikaner oder Chinese.

Im Ordner sind die Namen von vier Verdächtigen aufgelistet (drei Männer und eine Frau), sonst weiter keine Details und auch kein mutmaßliches Motiv für den Mord. Ich glaube nicht an die Sterne, wie ich Nebe in aller Deutlichkeit gesagt habe, auch wenn Niemeyer und ich zufälligerweise am gleichen Tag zur Welt gekommen sind – wenn auch mit dreizehn Jahren Abstand.

Zeit, ins Bett zu gehen. Nina reist morgen früh um sechs Uhr ab, und ich werde mir die Gelegenheit, sie zum Bahnhof zu begleiten, nicht entgehen lassen. Sollte Oberst von Salomon mitten in der Nacht an meine Tür klopfen, werde ich es einfach überhören.

PS: Noch ein merkwürdiges Vorkommnis von heute Abend: Als ich auf meinem Stockwerk ankam, habe ich ganz deutlich gehört, dass in einem der Zimmer jemand schluchzte, und zwar ein Mann. Das ist für sich genommen schon höchst sonderbar. Da ich den Gedanken nicht loswerde, dass Salomon versuchen könnte, mich festzunageln, fiel mir wieder etwas ein: An der Ostfront habe ich ihn mindestens zweimal dabei beobachtet, wie er Tränen der Enttäuschung vergoss, beide Male wegen kleinerer Vorfälle, von denen die meisten von uns sich nicht aus der Ruhe bringen lassen würden. Also dachte ich, dass vielleicht er hier irgendwo vor sich hin heult. Aber als ich mich meinem Zimmer näherte, stellte ich zu meiner Überraschung fest, dass die Geräusche aus dem Nachbarzimmer kamen, das meines Wissens von einem japanischen Offizier belegt ist. Ich hatte angenommen, dass Japaner niemals weinen!

PPS: Manchmal wäre es allerdings besser, wenn sie es täten. Und das gilt nicht nur für japanische Männer.

3

Wanderer, Wanderer, bleibe im Haus,
wenn dein Hund jault.
Sprichwort

Hotel Adlon, Dienstag,
11. Juli 1944, 7.38 Uhr

Bora war verstimmt, als er an der Rezeption erfuhr, dass Salomon schon mehrfach versucht hatte, ihn in seinem Zimmer anzurufen, zum ersten Mal um sechs Uhr morgens.

»Er hat außerdem eine Nachricht hinterlassen: Um dreizehn Uhr wird er hier mit Ihnen zu Mittag essen, Herr Oberst.«

Der Portier konnte nichts dafür. Also nahm Bora die Nachricht zur Kenntnis und bemühte sich, seine Verärgerung zu verbergen. Obwohl er seit über zehn Jahren nicht mehr bei seiner Familie lebte, verspürte er nach dem Abschied von seiner Mutter Heimweh. Auch das spielte natürlich in seine derzeitige Verfassung mit hinein. Dabei hätte er eigentlich wissen müssen, dass er in ein oder zwei Stunden sein tröstliches Einzelgängertum wiedererlangt haben würde.

»Wo ist Oberst von Salomon jetzt?«, fragte er.

»Den Vormittag über wird er außer Haus sein.«

Nun ja, für jemanden, der mich unbedingt unter vier Augen sprechen möchte, macht er sich ziemlich rar.

In gut zwanzig Minuten würde der von Nebe bereitgestellte Wagen samt Fahrer vor dem Eingang warten. Im Hotel gab es echten Bohnenkaffee, also bestellte Bora in der Zwischenzeit eine Tasse. Auf dem Weg vom Anhalter Bahnhof zurück zum Hotel hatte er einen Schlenker durch die Kochstraße gemacht – das Herzstück des Zeitungsviertels. Dort hatten die Luftangriffe vom 21. Juni besonders schwere Schäden angerichtet. Das Gebäude, in dem über siebzig Jahre lang der Bora Verlag untergebracht gewesen war, war schlicht und ergreifend nicht mehr da – der Straßenzug sah aus, als wäre aus einer Reihe von Zähnen in unterschiedlichen Stadien des Verfalls ein großer Zahn herausgezogen worden. Nina hatte ihm erzählt, dass die Angestellten am Tag nach dem Luftangriff alles, was verschont geblieben war (darunter auch Schreibmaschinen und Registraturen, die aus Sicherheitsgründen in den Keller geschafft worden waren), bewacht hätten, damit nichts gestohlen würde. Diese Dinge würden nun vorübergehend in der Druckerei in Potsdam zwischengelagert. Das alles sei »höchst unerfreulich« (so lautete die familienübliche Untertreibung), aber zumindest seien keine Menschenleben zu beklagen. Während er seinen Kaffee in kleinen Schlucken trank, fragte sich Bora, welche Stücke aus ihrer Kunstsammlung seine Großeltern wohl diesmal würden verkaufen müssen, um das Gebäude wiederaufzubauen. Nina zufolge wurden sämtliche Gehälter weiterhin bezahlt, weil man die Männer und Frauen, die schon so lange für das Unternehmen arbeiteten, schließlich nicht einfach vor die Tür setzen könne.

Nach der Bombardierung hatte der parteieigene Deutsche Verlag angeboten, die Marke Bora samt den Niederlassungen in Leipzig und München zu kaufen, doch Großvater Franz-August hatte freundlich dankend abgelehnt. Als ehemaliger Diplomat konnte er es sich leisten, freundlich zu sein. Der General hingegen, der nichts vom Verlagswesen verstand und alles andere als diplomatisch war, schnaubte, dass die »Braunhemden alles auf den Kopf stellen und das ganze Programm ausmisten würden, wenn sie das Unternehmen in ihre schmutzigen Finger bekämen«. Genau solcherlei Geschwafel hatte jahrelang zu Reibereien mit seinen Söhnen geführt. Wie musste es den alten Mann quälen, dass seine letzte Begegnung mit Peter in einem Streit geendet hatte! Eigentlich war nämlich Bora der Sturkopf. Zwei Wochen bevor das Flugzeug seines Bruders abgeschossen wurde, hatte Peter in Kiew zu ihm gesagt: »Vater geht mir auf die Nerven, Martin. Ich halte es nicht aus, wenn er so hirnrissige und illoyale Sachen von sich gibt wie beispielsweise, dass das Offizierskorps die Macht ergreifen sollte.« Bora wusste noch, was er darauf geantwortet hatte: »Er gehört zu der Generation alter Männer, die vor zwanzig Jahren die Gelegenheit hatten, die Macht zu ergreifen, und es nicht getan haben.« Nun war Peter tot, und Bora hatte seine Meinung nicht geändert.

Drei Minuten vor acht betrat ein schwerfälliger Kerl in Zivil mit einem auffällig gemusterten Schlips das Foyer, von Kopf bis Fuß ein Handlanger der Partei. Er schickte suchende Blicke durch den gewölbeartigen Raum. Als er Bora entdeckte, ging er auf ihn zu und hob den rechten Arm zum Hitlergruß: »Oberstleutnant Baron von Bora – Leutnant Florian Grimm meldet sich zum Dienst.«

Dem Vornamen nach zu schließen, mochte er aus Österreich oder Bayern stammen, aber er sprach lupenreines Berlinerisch (Treptow? Neukölln?). Ein Polizeikommissar, der vermutlich gerade einmal die Mittelschule besucht hatte. Vom Aussehen her hielt Bora ihn für fähig, einen Mann mit einem Faustschlag niederzustrecken. Sein Körperbau glich dem eines Ringers oder Leibwächters, seine Arme baumelten unbeholfen zu beiden Seiten seines massigen Rumpfes. An seiner linken Hand klemmte ein klobiger Ring so eng an einem Finger, dass man den Goldreif – oder den Knöchel – würde durchtrennen müssen, um ihn abzunehmen. Kein Zweifel, als typischer Berliner betrachtete er sich selbst als *schlagfertig* – und zwar in jeder Hinsicht.

Mit seinen schmalen, schräg stehenden Augen erinnerte Florian Grimm an einen Bullterrier, und ebenso stabil wie dieser stand er mit beiden Beinen fest auf dem Boden. Bora konnte sich gut vorstellen, dass er an der Ostfront unter Nebe gedient hatte. Sie beschnüffelten sich wie zwei Hunde gleicher Abstammung, die zusammen in Russland gewesen, aber nicht zwangsläufig gut miteinander ausgekommen waren. Zwischen einer bewaffneten Aufklärungseinheit und Tötungsmissionen hinter den Linien bestand ein gewaltiger Unterschied. Bora nickte ihm bestätigend zu. Als Grimm ihm anbot, seine Aktentasche zu tragen, lehnte er ab. Bevor er in den Wagen stieg – einen Opel Olympia OL38, der vergleichsweise liebevoll in Schuss gehalten worden war, wenn man an die ramponierten und staubigen Einsatzfahrzeuge und Taxis dachte, deren Fenster oft durch die Druckwelle einer Explosion zertrümmert worden waren –, klopfte er auf den Kofferraum, als Zeichen für Grimm, ihn zu öffnen. Erst nachdem er eine Handvoll Zeitungsausschnitte aus einer der Kisten herausgesucht hatte, nahm er seinen Platz neben dem Fahrer ein. Er hätte sich ohnehin nach vorne setzen müssen, denn die Rückbank war belegt mit Karten, Mappen und dem Berliner Telefonbuch, einem echten Wälzer.

»Wohin soll es gehen, Herr Oberst?«

»Nach Dahlem, in den Libanonzederpfad.«

Grimm warf ihm einen Blick zu.

»Dort wurde doch das Verbrechen begangen, richtig?«

Bora hatte die Aktentasche auf seine Knie gelegt (ohne diese Tasche hätte er im letzten September jede Menge Granatsplitter abbekommen) und nutzte sie als feste Unterlage, um die Ausschnitte durchzusehen.

»Das Haus ist abgebrannt.«

»Wir werden sehen, was davon noch übrig ist. Sie waren als Erster am Tatort, richtig?«

»Ja und nein.«

Grimm ließ den Motor an. Während er den Straßenreinigern auswich, die immer noch damit beschäftigt waren, Mauerwerk zu entfernen, das am Vortag von der Bombenexplosion bis hierher geschleudert worden war, erläuterte er: »Am vierten Juli sollten einige Arbeiter der Gaswerke defekte Rohre im Wohnhaus des Opfers überprüfen, auf seinen eigenen Wunsch. Als niemand öffnete, vermuteten die Männer natürlich, dass das Leck tödliche Folgen hatte, und alarmierten die Feuerwehr. Die Feuerwehrleute brachen ein Fenster auf, um in das Anwesen zu gelangen, konnten jedoch keinen Gasgeruch wahrnehmen. Aber in der Eingangshalle lag eine Leiche, also sind sie nicht weiter ins Haus vorgedrungen. Sie haben von der nächstgelegenen Telefonzelle die örtliche Polizeidienststelle informiert, und die wiederum haben uns angerufen.«

»Und was haben Ihre ersten Beobachtungen ergeben?«

»Dass er am Abend oder in der Nacht zuvor erschossen worden ist.

Und dass er überrascht wurde, als er gerade aus der Wanne gestiegen war. Am meisten hat mich beeindruckt, dass ich den Mann unter einem anderen Namen kannte.«

»Nicht als ›Prophet von Weimar‹ oder ›Magnusson‹?«

»Nicht einmal annähernd. Als ich ihn auf der Bühne gesehen habe, war er ›Sami Mandelbaum, der Sohn Asiens‹.« Wenn Grimm lächelte, kam ein goldener Eckzahn zum Vorschein. »Als Junge bin ich gern zu Zaubervorstellungen im Zirkus gegangen. Wie die meisten Jungs, nehme ich an.«

Bora sagte nichts dazu. Als Peter und er klein waren, hatte man ihnen verboten, in den Zirkus zu gehen, wegen der Art und Weise, wie Zirkusse ihre »in Gefangenschaft gehaltenen wilden Tiere« behandelten. Dieses Verbot war ihnen peinlich, denn all ihre Freunde gingen hin und erzählten hinterher begeistert davon. Martin hätte einiges dafür gegeben, die menschliche Kanonenkugel zu sehen, die bei Zirkus Gleich aus einer Feldkanone aus dem Weltkrieg geschossen wurde. Aber in ihrer Familie hatte das väterliche Veto Gewicht. Der auffallende Schlips um den Hals des Kommissars – gelb mit violetten Wirbeln – wäre nie über die Schwelle eines preußischen Hauses gelangt.

Trotz seiner Massigkeit fuhr Grimm erstaunlich wendig. Er kannte sich mit der Straßenlage aus und wusste geschickt Umwege zu wählen, um gesperrte Straßen und Kontrollpunkte zu meiden. Er fuhr mit seinem Bericht fort.

»Keine Anzeichen dafür, dass sich jemand gewaltsam Einlass verschafft hat, abgesehen von dem Fenster, das die Feuerwehr aufgebrochen hat. Die Haustür hatte ein Riegelschloss. Entweder hat das Opfer seinen Mörder hereingelassen, oder derjenige hatte einen Schlüssel. Er muss Handschuhe getragen haben, weil wir nirgends Fingerabdrücke gefunden haben.«

»Wurde etwas gestohlen?«

»Na ja, das lässt sich nicht so leicht beantworten. In dem Haus war so viel Kram. Wenn irgendetwas davon verschwunden wäre, hätte das lediglich der Besitzer bemerkt. Wir haben den Tresor geöffnet, er war leer. Es war einer von diesen kleinen, in dem man Dokumente verwahrt.«

Sie fuhren Richtung Südwesten. Grimm hielt seinen Blick auf die

Straße gerichtet, wenn Bora ihn ansah, beobachtete ihn aber insgeheim, wenn er annahm, dass der Offizier in seine Unterlagen vertieft war. Bora spürte Grimms Blick. Er war ein wenig gehemmt, weil er sich beim hastigen Rasieren geschnitten hatte. Als sie durch die Kurfürstenstraße fuhren, kam es ihm so vor, als würde der Polizist auf Höhe der Landgrafenstraße das Tempo verringern. Dort beherbergte ein tristes Gebäude die Abteilung IV B des RSHA – zuständig für die Feinde des Regimes – und das gefürchtete Büro von »Gestapo-Müller«. Der Wagen kroch geradezu am Gebäude vorüber. *Möchte Grimm, dass die da drinnen ausreichend Zeit haben, um zu sehen, wer bei ihm im Wagen sitzt und in welche Richtung wir unterwegs sind? Der Kriminalpolizei traue ich alles zu.*

»Sagen Sie, Herr Kommissar, haben sich in der letzten Zeit in dem Viertel oder sonst irgendwo in Berlin ähnlich öffentlichkeitswirksame Morde zugetragen?«

Grimm warf ihm einen Blick zu.

»Nein. Der letzte bedeutende Fall waren die Ogorzow-Morde vor vier Jahren.«

»Der S-Bahn-Mörder? Ich erinnere mich. Damals war ich in Berlin.«

»Das war allerdings etwas völlig anderes. Die Opfer waren allesamt Frauen, und keine davon ist erschossen worden. Das Verrückte daran ist, dass ich Paul Ogorzow kannte, bevor er anfing, bei der Bahn zu arbeiten. Frauen hat er nie gemocht, aber wer hätte gedacht … Es ist sehr befriedigend, wenn man selbst etwas über so einen Burschen weiß, was einem bei der Lösung des Falls hilft.«

Mit seinen Hängebacken, dem Doppelkinn, den schmalen Augen und dem Bürstenschnitt ähnelte Grimm aus dieser Perspektive eher einem glücklichen Schwein als einem Bullterrier. »Mir ist eingefallen, dass Ogorzow in unserer gemeinsamen Zeit bei der Sturmabteilung wegen Tripper behandelt wurde, und so kam er mir immer mal wieder in den Sinn, auch nachdem er aus dem ersten Schwung Verdächtiger aussortiert worden war. Vielleicht war er ja tatsächlich wegen seiner Krankheit auf Frauen losgegangen? Und damit habe ich richtiggelegen. Nein, nein. Dieser Mord hier ist einzigartig.«

Bora fiel etwas ein. »Gab es da nicht noch einen anderen weltberühmten Hellseher, der vor Jahren in Berlin ermordet worden ist?«

»Der Jude Steinschneider, der sich Hanussen nannte?« Grimm schüttelte den Kopf. »Der wurde nicht in Berlin umgebracht. Und als wir ihn Tage später in der Nähe von Zossen gefunden haben, ließ sich kaum noch sagen, was ihm zugestoßen war. Der Fall ist bis heute nicht gelöst.«

»Zwei Opfer aus demselben Metier: Könnten wir es nicht mit dem Mörder von damals zu tun haben?«

»Mit Verlaub, Herr Oberst. Ich weiß nicht, wie es um Ihre Erfahrungen mit strafrechtlichen Ermittlungen bestellt ist« – *Ich sollte nicht einmal hier sein,* wollte Bora schon sagen –, »aber es ist immer heikel, mit einer vorgefassten Meinung zu beginnen.«

»Na ja, mir wurde eine vorgefertigte Liste mit vier Verdächtigen übergeben«, gab Bora zu bedenken. Doch dann fesselte etwas in den Zeitungsausschnitten zu Niemeyers Karriere seine Aufmerksamkeit, und er sprach nicht weiter. Er zog einen längeren Artikel heraus, der mit »Kolo« gezeichnet war. Am Vorabend war ihm in der Liste der Intellektuellen, die in den Zwischenkriegsjahren bei Niemeyer ein und aus gingen, schon ein »M. K.« aufgefallen. In beiden Fällen konnte es sich gut und gern um Max Kolowrat handeln, der häufig unter diesem Pseudonym schrieb. Bora faltete den Ausschnitt zusammen und steckte ihn in die Tasche seiner Uniformjacke.

Es würde Stunden dauern, das gesammelte Pressematerial durchzugehen, das eine ganze Reihe von Alben und Mappen füllte. Das machte seinen Auftrag noch komplexer. Die Artikel reichten zurück bis in die Zwanziger- und Dreißigerjahre. Sie waren nicht sortiert, zeugten aber davon, wie viele Menschen dem Propheten von Weimar begegnet waren. Empfehlungsschreiben von Berühmtheiten waren mit Fotos versehen worden (»Rosa Valetti und Gussy Holl, nach ihren erfolgreichen Kabarett-Vorstellungen«); andere Fotos zeigten Niemeyer im Smoking im *Coq d'Or*, im *Allaverdi* und in anderen Stammlokalen russischer Emigranten, zusammen mit Ernst Krenek, der mit seiner Oper »Jonny spielt auf« berühmt geworden war, und Duke Ellington, als dieser mit der Revue »Chocolate Kiddies« auf Tournee war. Sogar »Seine Königliche Hoheit, der ehemalige König von Albanien« gehörte zur Gruppe derjenigen, die an die Sterne glaubten, wie Nebe sich ausgedrückt hatte.

Jedes Mal, wenn Bora von seinen Unterlagen aufsah, traf sein Blick auf Zerstörung, Trümmer und behelfsmäßige Gebäude, lange Schlangen und schäbig gekleidete junge Frauen. In den Rinnsteinen wuchs Unkraut. Hartnäckig setzte er seine Lektüre fort, bis sie den Grunewald erreichten.

»Also gut«, sagte er. »Dann lassen Sie mal hören. Bringen Sie mich auf den neuesten Stand, was die Steckbriefe der vier mutmaßlichen Verdächtigen betrifft, vorgefertigt hin oder her.«

»Im Kielwasser berühmter Leute, Herr Oberst, schwimmen immer eine Menge Verrückter, die ihnen aus irgendeinem Grund den Tod wünschen.« Grimm lockerte den Knoten seines Schlipses. »So war es bei dem Juden Steinschneider, und so ist es auch in diesem Fall. Die meisten Verrückten setzen ihren Groll nicht in die Tat um oder schaffen es nicht, auch wenn ihnen danach ist. Drei von den vieren auf Ihrer Liste, oder sagen wir mal: mindestens drei, hatten Zugang zum Haus.«

»Wollen Sie damit sagen, dass sie jederzeit das Haus hätten betreten können?«

»Auf jeden Fall zwei von ihnen. Seine ehemalige Geliebte Ida Rüdiger, von Beruf Friseuse, die ein ganzes Bund mit Schlüsseln für die Villa hatte, und der betuchte Uhrmacher Eppner, dessen Gattin mehr Zeit mit dem Opfer verbrachte als mit ihm. Sie ist wohl immer durch eine Hintertür geschlüpft, die man praktischerweise extra für sie unverschlossen ließ ... Aber wenn Sie mich fragen, besaß sie einen Schlüssel für diese Tür. Dann ist da noch Kupinski, eine Schwuchtel mit zweifelhafter Vergangenheit, der sich um den Garten des Magiers gekümmert hat. Die letzte Person von Interesse ist Roland Glantz, Verleger und Inhaber des Sternuhr Verlags. Sein Unternehmen ging pleite, und zwar dank Niemeyer, der einen Vertrag nicht erfüllt hat – für den er allerdings schon bezahlt worden war.«

»Aber hatte denn einer von ihnen Zugang zu einem Jagdgewehr?«

»Sagen wir mal so: Jeder von ihnen kann schießen.«

»Das ist nicht dasselbe. Es fällt mir schwer, mir vorzustellen, dass eine Friseuse oder ein Verleger –«

»Dann ziehen Sie bitte in Betracht, dass die Friseuse vor dem Krieg regelmäßig mit ihrem Gatten auf die Jagd gegangen ist. Der Uhrmacher war jahrelang Mitglied in einem Schützenverein und hat als Füsilier im Weltkrieg gedient. Kupinskis Vater war Kommunist und hat seinerzeit Waffen für die Spartakisten verwahrt. Und was den Büchermann betrifft: Wenn der Geld hatte, hat er es in Safaris in Afrika gesteckt.« Grimms verschwitztes, rosiges Gesicht sah aus, als wollte er fragen: *Na, was fällt Ihnen jetzt dazu ein?*

»Sind sie verhört worden?«

»Noch nicht.«

»Wer hat denn all das Material zu Niemeyer zusammengetragen, das in den beiden Kisten ist?«

»Das stammt alles aus der Villa. Gut, dass wir das gleich mitgenommen haben, weil die Bibliothek ja auch mit in Flammen aufgegangen ist.«

»Das Opfer hatte ein Vorstrafenregister, richtig?«

»Unter allen drei Pseudonymen, das ist richtig.« Als Grimm nach hinten langte, um eine Mappe von der Rückbank zu angeln, kamen für einen Moment eine verdeckte Pistolentasche und die Schweißflecken auf seinem Hemd zum Vorschein. »Hier haben Sie es.«

Bora sah die Mappe rasch durch. »Das ist recht dünn. Einiges darin sind Durchschriften aus der Akte, die ich mir über Nacht angesehen habe.«

»Nicht alles wird erfasst, Herr Oberst.« Plötzlich verzog sich Grimms Gesicht zu einer Miene, die weitere Fragen ausschloss.

Doch mit einem mürrischen Gesichtsausdruck konnte man höchstens Zivilisten während einer Vernehmung einschüchtern. Auch Bora blickte nun finster drein. »Nicht *jeder* wird erfasst, meinen Sie wohl. Es ist mir nicht entgangen, dass in der Akte Initialen anstelle vollständiger Namen vermerkt wurden.«

»Zur Zeit der Republik haben Menschen mit genügend Einfluss erreicht, dass ihre Nachnamen keinen Eingang in die Polizeiakten fanden – oder auch wieder daraus verschwanden. So haben wir die Akte vorgefunden.«

Bora steckte die Mappe in seine Aktentasche. *Na wunderbar. Ich muss mit einer zensierten Akte arbeiten. Und ich möchte wetten, dass in diesen Unterlagen nirgends die Namen von Parteimitgliedern vermerkt sind, sofern sie in der letzten Zeit zu Niemeyers Klienten gehört haben sollten. Irgendwo tauchen sie sicher auf, aber das sind dann Akten, auf die ich keinen Zugriff habe.*

Abgesehen von Bombenschäden an einer Kirche und am Postamt, schien der Krieg in Dahlem weit weg zu sein. Ihr Weg führte sie am Kaiser-Wilhelm-Institut vorbei, wo die Trauerfeier für Onkel Alfred stattgefunden hatte. In der Morgenzeitung hatte Bora gelesen, dass für den kommenden Tag ein Physikvortrag von Professor Heisenberg mit dem Titel »Was sind die Sterne?« geplant war. Irgendwie schien das Thema außerordentlich gut zu seinem Auftrag zu passen. Grimm fuhr weiter, bis sie ein schattiges Sträßchen erreichten. Dem Straßennamen zum Trotz stand im Libanonzederpfad nicht eine einzige Zeder, es war nur ein Name, wie man ihn gern für wohlhabende Wohngegenden verwendete. Die Straßenschilder an den Ecken erinnerten an die exotische Pflanzenwelt und reichten von Sumach bis hin zu Dattelpalmen. Die Kette, die normalerweise Autos die Zufahrt zum Sträßchen versperrte, war nicht gespannt. Als Bora die Fensterscheibe herunterkurbelte, wehte ein mildes Lüftchen aus dem Schatten unter den Bäumen heran. Im Vergleich zum Sommer in Italien wirkte es hier um diese Jahreszeit sehr still – es fehlte der unaufhörliche Gesang der Zikaden. War man im Süden in der freien Natur, hatte man den beinah schmerzhaften Eindruck, als pfiffen sie einem direkt ins Ohr. Bora lauschte aufmerksam. Aber er hörte nichts außer Grillen und Schwalben, die zwitschernd knapp über die penibel beschnittenen Hecken hinwegsausten.

»Sie werden sehen, es ist nichts übrig«, beharrte Grimm.

Einem Artikel in der Zeitschrift *Der Junggeselle* zufolge, den Bora in der vergangenen Nacht gelesen hatte, war Niemeyers Villa vor gut fünfzehn Jahren erbaut worden, aus teurem polnischen Bauholz, das aus dem Białowieża-Urwald stammte. Die Außenwände waren mit äußerster Präzision errichtet worden, ohne einen einzigen Nagel. Auch innen war konsequent auf Eisen verzichtet worden, wenn man der Kolumnistin Glauben schenken durfte: »So wie man es in den Tempeln der alten Götter hielt«, hatte sie geschrieben und sich damit zum Sprachrohr des prahlenden Besitzers gemacht. Stattdessen kamen Bronze, Kupfer und Silber zum Einsatz.

Und so überwog Holz – ein Funke genügte, und alles brannte lichterloh. Und richtig, es war nichts übrig geblieben. Durch die Windschutzscheibe sah Bora, dass das Haus bis auf die Grundmauern aus Beton abgebrannt war. Es hatte etwas abseits der anderen Anwesen gestanden. Man konnte erkennen, dass eine Auffahrt hinter das Gebäude geführt hatte. Hohe Büsche und eine Garage dürften dafür gesorgt haben, dass der Besitzer und seine Gäste völlig ungestört blieben.

Grimm öffnete den Wagenschlag und hievte seinen massigen Körper hinter dem Steuer hervor. Das Feuer, so sagte er, habe mindestens achtzig Prozent des Gebäudes verwüstet. Der Rest sei abgerissen und zur Wiederverwertung abtransportiert oder auf den Schuttabladeplatz gebracht worden. Bora hielt die Aufnahmen vom Tatort in der Hand, während er über den schmalen Pfad auf das Haus zuging und sich umsah. Der verbrannten Vegetation rund um das abgebrannte Gebäude nach zu schließen, hätte man den Brand unmöglich löschen können. Vielleicht war das auch gar nicht weiter verwunderlich: Im *Junggesellen* war die Rede von Mobiliar aus leicht entflammbaren Materialien gewesen: Rattan-Stühle und tibetische Gebetsfahnen aus Papier und überall Wandbehänge aus Seide, hölzerne Gebetsmühlen, Strohmatten und hauchdünne Gardinen. Und dennoch: Eine ganze Villa war einfach verschwunden. Hätte Bora nicht gewusst, wie schwer es war, an Brennstoff, egal welcher Art, heranzukommen, hätte er geargwöhnt, dass Fremdeinwirkung im Spiel war.

»Hat die Feuerwehr einen ausführlichen Bericht angefertigt?«, fragte er.

»Der Brand ist in einer Leitung des Gaskamins ausgebrochen, Herr Oberst. Ein Funke genügt. Bei all den Luftangriffen werden häufig Großbrände durch beschädigte Leitungen ausgelöst. Das kommt andauernd vor.«

»Natürlich würde es auch mit Phosphor funktionieren, den man in Kohlenstoffdisulfid auflöst.«

»Warum hätte man das tun sollen? Wenn der Mörder das gewollt hätte, hätte er nach der Tat alles niederbrennen können. Das Haus war leer.«

»Der Reichstag war auch leer, als das Feuer ausbrach, Herr Kommissar. Bitte beschaffen Sie mir einen Durchschlag des Berichts des Brandmeisters.«

Bora schritt über das, was einmal die Türschwelle gewesen war, und setzte sich rittlings auf eine umgestürzte grob behauene Granitsäule, die wohl einen Troll oder sonst irgendeinen unförmigen Riesen darstellen sollte. Den Bildern im Artikel des *Junggesellen* zufolge hatte dieser einst die gewölbte Decke einer großen Halle voller Farnkraut auf seinen Schultern getragen. Ein Zierrahmen, der die Worte »A POSSE AD ESSE« umschloss und oberhalb der Säule seinen Platz gehabt hatte, war mitsamt dem Rest verschwunden. Auf der Grundfläche hätten mindestens drei Tennisplätze Platz gefunden. Kein Wunder, dass Niemeyers Motto lautete: »Von ›Es ist möglich‹ zu ›Es ist‹.« Von dem, was Boras Quellen zufolge ehemals drei große Jugendstilfenster gewesen sein mussten, waren nur noch Tropfen aus geschmolzenem Blei und Glas geblieben. Sie waren von einem 1938 arisierten Wiener Hotel hierhergeschafft und nach dem mystischen Osten ausgerichtet worden.

Der Schauplatz des Verbrechens konnte ihm tatsächlich nur wenig Aufschluss bieten, da hatte Grimm recht. Der stand da und beobachtete Bora, mit abgespreizten Ellenbogen, die Daumen in den Hosenbund gehakt. Sein aufdringlich gemusterter Schlips sah aus, als wäre das gestrige Abendessen darauf gereihert worden.

»Binnen fünf Tagen«, rief er aus, »haben unsere eifrigen Berliner mit behördlichem Segen alles aufgeklaubt, was nicht niet- und nagelfest war. Erst gestern haben sie noch brauchbaren Steinboden und Fliesen weggeschleppt. Sie sehen ja, wie gründlich hier alles abgeräumt wurde: Man könnte vom Boden essen. Da unten«, fügte er hinzu und deutete auf einen kleinen Haufen Schutt, »war mal ein Kamin, so groß, dass ein Esstisch reingepasst hätte. In einer Urne auf dem Sims hatte der Magier die Asche seiner Mutter aufbewahrt. Wie gesagt, es war ein Gaskamin, und als der in die Luft flog, ist das ganze obere Stockwerk eingestürzt. Brannte alles wie Zunder. Als ich ankam, war die Feuerwehr schon da, und aus den Fenstern schlugen Flammen, die so gewaltig waren, dass die Männer nicht näher herankommen konnten. Da drüben, sehen Sie? Etwa da lag die Leiche. Auf den Fotos sehen Sie, dass die Halle in der Mitte des Gebäudes von Querbalken durchzogen war. Von dort führte eine Treppe nach oben. Das Badezimmer war da, wo die Rohre herausragen. Die Badewanne war halb voll mit Seifenwasser.« Grimm deutete hinüber zu dem Sichtschutz aus blattreichen Gartenpflanzen, die immer noch von einer grauen Puderschicht überzogen waren. »Mamas Asche dürfte sich inzwischen über die ganze Nachbarschaft verteilt haben.«

»Also lag das Badezimmer im Erdgeschoss. Mal angenommen, das Opfer hat ein Geräusch gehört, so traf er auf seinen Mörder, unmittelbar nachdem er aus der Badewanne gestiegen ist. Die Garage befand sich auf der Rückseite?«

»Ja, die Garage war ein separates Gebäude. Sie war morsch und musste abgerissen werden, zusammen mit einem kleinen Geräteschuppen. Glücklicherweise haben die Autos in der Garage das Feuer überstanden. Sie wurden beschlagnahmt. Wegen der Kraftstoffknappheit waren drei von ihnen eine ganze Weile lang nicht bewegt worden. Fünf waren es insgesamt.«

Im hinteren Bereich des Grundstücks, jenseits von Auffahrt und Garage, lag ein von Birken gesäumter künstlich angelegter Teich. Er war von Wasserhyazinthen bedeckt – möglicherweise hatte man sie absichtlich wuchern lassen, um die schimmernde Wasseroberfläche vor den Flugzeugen zu verbergen.

Bora ging zum Teich. Grimm folgte ihm.

»Wir haben ihn nach Waffen abgesucht, aber nichts gefunden. Na ja, nicht direkt. Wir haben das Wrack eines Duesenberg J gefunden, mit den sterblichen Überresten zweier Windhunde darin. Ach, und auch die eines Negers. Ein amerikanisches Nummernschild, lag schon seit mindestens zehn Jahren unter Wasser.« Er blinzelte in dem hellen Sonnenlicht. »Das kam uns merkwürdig vor, bis wir herausgefunden haben, dass früher einmal einige Neger ein Haus ein Stück weiter die Straße entlang gemietet hatten, als sie mit ihrer Revue ›Ein Vogel im Busch‹ auf Tournee waren. Das Stück war so schlüpfrig, dass wir es schließlich abgesetzt haben.

Über den Duesenberg habe ich mich schlaugemacht. Er kostet ein Vermögen, mehr als ein Grundstück mit einem Haus und allem. Und der gehörte einem Neger!«

»Was ist mit den Nachbarn? Hat irgendjemand die Schüsse gehört?«

»Nein. Sie haben ja gesehen, was für Kästen hier stehen. Die anderen Häuser sind aus Ziegelsteinen – sie haben dicke Wände und gehören Menschen, die ungestört sein wollen. Sie können sich das ja auch leisten. Geld ist in dieser Gegend reichlich vorhanden, und jedes einzelne Anwesen wird von nur einer Familie bewohnt.«

Sie waren auf demselben Weg wieder zum Erdgeschoss zurückgekehrt, als eine Frau mit silbergrauem Haar, in eleganten Leinenhosen und einem Leinenblazer ihren Spaziergang unterbrach, um sie vom Rand des Gartens aus anzustarren.

»Sind Sie befugt, sich hier aufzuhalten?«, verlangte sie zu wissen.

Als Grimm seinen Mantel zurückschlug, um die Polizeimarke zu zeigen, hob sie eine mit Juwelen geschmückte Hand, beugte sich ein wenig vor und drehte im Weitergehen ihren Kopf zur Seite, um zu signalisieren: Alles in Ordnung und für mich nicht länger von Interesse.

»Die lebt nebenan«, sagte der Polizist halblaut zu Bora. »Heißt Wirth. Ihr Gatte arbeitet in der Irrenabteilung der Charité, ist ein hohes Tier in der Verwaltung.«

Der Name sagte Bora etwas. Unter Max de Crinis führte Gero Wirth jene Führungskräfte politisch engagierter Krankenhausverwalter an, die sich gegen seinen Onkel verbündet und diesem in den letzten Jahren das Leben schwer gemacht hatten. »Warten Sie hier«, sagte er zu Grimm und lief hinter der älteren Frau her, die auf ein weitläufiges Anwesen zuschlenderte, das hinter Rosenstöcken verborgen war.

»Auf ein Wort, Frau Wirth.«

Sie beachtete Bora nicht und ging weiter, bis sie ihre Gartenpforte erreicht hatte. Erst als ihre Hand auf der Klinke lag, drehte sie sich um und warf ihm einen flüchtigen Blick zu. »Ich habe bereits mit der Polizei gesprochen. Ich habe dem nichts hinzuzufügen.«

Das war typisch. Krieg und Not hatten diese Gegend noch nicht so hart getroffen, als dass diese Akademiker, Partei-Emporkömmlinge und

Neureichen ihre Arroganz eingebüßt hätten. Auf diesen Dachböden, in diesen Kellern kauerten keine Evakuierten. Bora hätte sich ihr aufdrängen können, wenn er Grimm mitgenommen hätte. Stattdessen beschloss er, Frau Wirth über den Rasen zu folgen. Als sie das Haus betrat, schob er seine Kavalleristenstatur in die Türöffnung, sodass sie ihm nicht die Tür vor der Nase zuschlagen konnte.

Ihre mürrischen Antworten brachten ihn jedoch kaum weiter. In letzter Zeit hätten die Nachbarn Professor Magnusson nur selten zu Gesicht bekommen. »Aber kümmert sich heutzutage nicht jeder um seine eigenen Angelegenheiten?« Bis Ende 1942, als er noch große Feiern ausrichtete, hätten in der ganzen Straße unzählige Luxusautos mit repräsentativen Nummernschildern geparkt. »Wir waren *immer* eingeladen. Aber Sie verstehen, mein Gatte ist ein bedeutender Wissenschaftler und hat einen Ruf zu verlieren.«

»Wollen Sie damit sagen, dass Sie auch weiterhin Einladungen von ihm erhalten haben, obwohl Sie stets abgelehnt haben?«

»Bis Ende 1942, ja. Nach der Schlacht von Stalingrad gab es nicht mehr so viele verschwenderische Gesellschaften, dann gar keine mehr. Bestimmt aber haben ihn Klienten und Freunde besucht, vor allem Frauen. Mindestens drei Frauen haben sich seinetwegen umgebracht. Professor Magnusson war ein faszinierender Mann.«

Faszinierend? Vielleicht war Frau Wirth versucht gewesen, zu den Zusammenkünften zu gehen, und hatte sich davon nur wegen der Stellung ihres Mannes an der Charité abhalten lassen. Obwohl sie sich offenkundig über die Befragung ärgerte, war sie doch Klatschweib genug, einem Oberst zu erzählen, was sie einem Lakai der Partei verschwiegen hätte.

»Wie jeder weiß, war er hochgebildet, nur nicht gerade sehr systematisch. Er war Schwede und befasste sich mit Swedenborg, müssen Sie wissen. Wer seine Bücher über Mystizismus gelesen hat, konnte nicht umhin, seinen Scharfsinn anzuerkennen.«

Dass Bora nicht darauf einging, überraschte sie. Kenne er die Bücher etwa nicht? Wo er denn gewesen sei? Jeder in Deutschland habe die Essays verschlungen. »Vor allem die Abhandlung über die Runensymbolik der Tafelrunde.«

»Das hat mit Swedenborg nichts zu tun.«

Sie mokierte sich über ihn, um ihn in seine Schranken zu weisen. »Woher wollen Sie das wissen, wenn Sie nichts von Magnusson gelesen haben?«

»Ich habe Swedenborg gelesen.«

»Jedenfalls, wie ich schon der Polizei gesagt habe, in der Nacht, in der das Verbrechen geschah, haben weder Dr. Wirth noch ich etwas Ungewöhnliches gehört. Bei all den fürchterlichen Russen, Polen und Italienern, die hier im Dunkeln herumschleichen, bewegen wir uns nicht weg von den Fenstern. Als zwei Tage später mitten in der Nacht das Feuer ausbrach, haben wir den Schein durch die Fensterläden hindurch gesehen. Dr. Wirth hat bei der Feuerwache angerufen … aber nicht sofort.«

»Warum nicht?«

»Weil in diesem Frühjahr jeden Tag ein Wagen stundenlang an verschiedenen schattigen Plätzen in unserem Viertel herumstand, sodass wir natürlich angenommen haben, dass Professor Magnusson unter dem Schutz der Regierung stand.«

Oder überwacht wurde, dachte Bora.

»Um auf der sicheren Seite zu sein, hat Dr. Wirth dann doch beschlossen, seine Pflicht zu tun und Alarm zu schlagen. Schließlich stand der Wind in unsere Richtung. Das war's.«

Ihrem gereizten Tonfall nach zu schließen, war sie drauf und dran, ihn kurz angebunden zu fragen: *Gehen Sie jetzt endlich?* Tatsächlich jedoch fragte sie ihn etwas anderes, während sie ihn von oben bis unten musterte: »Kommen Sie hier aus der Gegend? Sie sehen aus, als kämen Sie von hier.«

Bora legte keinen Wert darauf, von ihr als Mitglied dieses eleganten Viertels anerkannt zu werden. »Nein«, antwortete er trocken. »Aber ich kannte Dr. Reinhardt-Thoma, drüben im Dohnenstieg.«

Ein Innehalten, dann ein zurückhaltendes kleines Lächeln. »Ach. Der Doktor mit dem Sohn in Amerika.« Ihr Ton war nun unterkühlt, das hatte Bora auch nicht anders erwartet. »Er ist heimgegangen.«

Oh, diese beschönigenden Umschreibungen der Spießer. Heutzutage konnten sich nur privilegierte Zivilisten so etwas leisten. »Ja, er ist in der letzten Woche gestorben. Ihr Gatte dürfte ihn gekannt haben.«

Auf einmal schlug ihre Reserviertheit in Abwehrhaltung um. »Na ja, nicht direkt. Die beiden waren bloß Kollegen.« Sie versuchte, an Boras unbewegter Miene abzulesen, wo er politisch stand, und fügte mit einem selbstgerechten Kopfschütteln hinzu: »Keine kirchliche Beerdigung. Nicht einmal seine Adoptivtochter war zugegen. Dr. Wirth war nur aus dem Grund anwesend, weil er und die anderen *mussten*. Niemand hatte damit gerechnet, dass die Obrigkeit ihm einen derartigen Abschied bereiten würde, wenn man bedenkt, wie Reinhardt-Thoma sich schon vor Jahren gebettet hat.«

»Mein Onkel hat dies dem Schlaf in schlechter Gesellschaft gewiss vorgezogen, Frau Wirth.«

Bora sah, wie sie errötete. Er trat einen Schritt zurück, gerade so weit, dass sie annehmen mochte, sie könne ihm die Tür vor der Nase zuschlagen. Als die Stahlkappe seines Stiefels dies verhinderte, geriet sie in Panik.

»Wenn Sie nicht … wenn Sie nicht sofort gehen, rufe ich die Polizei!«

»Ich bin mit der Polizei zusammen gekommen, schon vergessen?«

Bora ließ Frau Wirth nur deshalb mit nichts weiter als einem lädierten Ego davonkommen, weil Grimm auf ihn wartete (und weil er wusste, dass seine Cousine Saskia weiterhin in diesem Viertel wohnen bleiben würde). Als er sich wieder zu dem Polizisten gesellte, der in der Auffahrt zur Niemeyer-Villa stand, fragte er: »Wurde das Opfer von irgendjemandem überwacht? Die Nachbarn haben vor Kurzem ein Fahrzeug bemerkt, das in Sichtweite der Villa parkte.«

»Überwacht? Nicht von uns. Nicht mehr jedenfalls. Vor elf Jahren haben wir ihn einige Monate lang beobachtet, nach dem Reichstagsbrand, genau wie andere Hellseher, die damals, mitten im Wahlkampf, fingierte Prophezeiungen unters Volk gebracht haben. Damals wurden Horoskope und anderer Hokuspokus verboten. Offiziell hat unser Mann das alles aufgegeben und ist durch Südamerika gereist. Fünf Jahre später – als sämtliche Astrologen Berlin verlassen mussten – ist er noch gut einen Monat länger irgendwo im Ausland geblieben. ›Psychische Medizin‹ zu praktizieren, ist an und für sich nicht verboten, deshalb konnte er zurückkommen und das Verbot umgehen.« Grimm zog ein speckiges Notizbuch hervor und kritzelte etwas hinein.

»Von einem geparkten Auto hat die Wirth früher nichts erzählt.«

»Sie hat angenommen, dass er behördlicherseits beobachtet wurde.«

»Gut, ich prüfe das und finde heraus, ob irgendeine andere Behörde ein Auge auf ihn hatte. Nun gut, Herr Oberst, ich gehe mal rüber zur Feuerwache, um zu hören, was die zu dem Brand sagen können. Möchten Sie mitkommen?«

»Nein, ich muss noch einiges lesen. Ich warte solange hier.«

In diesem üblicherweise ruhigen Viertel hatte Grimm das Auto unverschlossen gelassen. Sobald er außer Sichtweite war, stieg Bora ein und griff nach dem Telefonbuch auf der Rückbank. Darin war nur ein *Olbertz, A.* aufgeführt, ein praktischer Arzt. Er notierte sich dessen Praxisnummer: 962175. *Seine schwammigen Andeutungen bei der Trauerfeier werde ich ihm nicht durchgehen lassen: Wenn er etwas über Onkel Alfreds Tod weiß, muss er sich mit mir treffen und mir mehr darüber erzählen.* Dann öffnete er das Handschuhfach und sah dessen Inhalt durch. Neben einer Taschenlampe, einem kleinen Schlagstock, sechs Schachteln Zigaretten und einer Packung Büroklammern lag friedlich eine geladene Mauser HSc. Das musste nicht bedeuten, dass der Kommissar nicht auch noch eine ähnliche Pistole in seiner Tasche trug und ein größeres Kaliber – vielleicht eine Walther PPK – in seiner Schultertasche.

Bora legte alles wieder an seinen Platz zurück. Als er dann die Mappen auf der Rückbank durchsah, fiel ihm auf, dass es sich hier um andere Fälle handelte, die mit diesem nichts zu tun hatten. Die weitere Durchsuchung des Wagens förderte nichts Interessantes mehr zutage. Der einzige Gegenstand, den Bora nicht anfasste, war das dünne, durchgeschwitzte Kissen auf dem Fahrersitz.

Mit Polizisten hatte er früher schon zusammengearbeitet – bei denen wusste man nie. Man musste ihnen vertrauen, damit es überhaupt vorwärtsging, aber zugleich war Vertrauen höchst unangebracht. Auf der Fahrt vom *Adlon* hierher hatte Grimm ein Jagdgewehr erwähnt – laut, sperrig, aber von garantiert tödlicher Wirkung –, als ob man in Berlin mitten im Krieg so etwas besitzen könnte. Natürlich hatte die Erfahrung aus ihm gesprochen. Trotzdem war Dahlem für die meisten Großstädter zu abgelegen: Man stieg nicht einfach mit einem Gewehr in der Jackentasche oder der Handtasche in den Zug oder in die U-Bahn. In der Innenstadt markierte nach der Sperrstunde phosphoreszierende Farbe die geisterhafte Präsenz von Bürgersteigen und Straßenecken, aber in den baumreichen Gartenvierteln musste die Sichtweite bei null liegen. Selbst einmal angenommen, er oder sie verfügte über ein Kraftfahrzeug, so müssten Übeltäter früher oder später doch zu Fuß mit geschultertem Gewehr weitergehen, nur mithilfe einer Taschenlampe, deren Schein mit rotem Papier oder roter Farbe gedämpft würde.

Für einen Mörder aus der Gegend wäre es natürlich viel leichter gewesen. Die Nachbarn kümmern sich um ihre eigenen Angelegenheiten und würden sich gegenseitig nur im Notfall decken. Vielleicht hat das Opfer einen Freund eingelassen, aber hätte es ihm splitterfasernackt die Tür geöffnet? Man darf auch nicht vergessen, dass Niemeyers verheiratete Freundin sich durch eine nicht abgeschlossene Hintertür ins Haus geschlichen haben soll. Was also, wenn die Waffe bereits tagsüber auf das Grundstück geschafft worden war und versteckt im Garten lag, bis es an der Zeit war, von ihr Gebrauch zu machen? Unter den Verdächtigen befindet sich schließlich auch ein Gärtner.

Boras Ratlosigkeit wuchs, und er begann, im Kofferraum nach weiteren Unterlagen zu stöbern. Das meiste war Reklame, persönliche Korrespondenz gleich welcher Art war nicht darunter. Dabei wäre gerade davon eine Menge zu erwarten gewesen: Bitten um Ratschläge, Dankesschreiben, Liebesbriefe, vielleicht sogar Drohungen oder Beleidigungen ... Wenn Niemeyers private Post »mit dem Rest«, wie Grimm es formuliert hatte, in Flammen aufgegangen war, könnten damit auch mögliche Ansatzpunkte unwiederbringlich verloren gegangen sein. In einer Papphülse entdeckte Bora einen Grundriss der Villa. Er breitete ihn auf der Motorhaube aus und war darin vertieft, als Grimm zurückkam.

»Sehen Sie einmal, Herr Kommissar: Wenn diese unauffällige kleine Tür gegenüber von der Garage offen gestanden hätte, wäre es ein Kinderspiel gewesen, unbemerkt ins Haus zu schlüpfen.«

»Die Hintertür? Ja. Abgesehen davon, dass sie geschlossen und von innen abgesperrt war, als ich am Tatort ankam. Nehmen wir einmal an, der Mörder hat sie offen vorgefunden: Da sie sich unmöglich selbst von innen hat abschließen können, hätte er das tun müssen, um dann durch die Haustür das Gebäude zu verlassen. Vielleicht. Ich glaube allerdings, dass der Mörder durch die Haustür hinein- und auch wieder hinausgegangen ist. Hier ist der Bericht des Brandmeisters, Herr Oberst.«

Der Bericht war bei Weitem nicht so dürftig, wie Grimm angedeutet hatte. Darin wurde detailliert beschrieben, wann genau die Feuerwehr eingetroffen war und welche Gerätschaften zum Einsatz kamen. Er enthielt außerdem eine Aufstellung der wirkungslosen Löschmaßnahmen und der kleineren Verletzungen, die sich zwei Feuerwehrmänner zugezogen hatten. Als mögliche Brandursache wurde eine undichte Stelle in der Gasleitung angeführt, ohne die Möglichkeit der Brandstiftung explizit auszuschließen: Der Brand hatte derart gewütet, dass keine genauen Aussagen getroffen werden konnten.

Bora äußerte sich nicht dazu. Er faltete den Plan wieder zusammen und stieg in den Wagen. Als Grimm sich hinters Steuer wuchtete und fragte: »Und wohin fahren wir als Nächstes?«, sagte er nur: »Erzählen Sie mir etwas über den Gärtner.«

Ganz unvermutet fasste der Polizist unter sein Gesäß und zog eine Mappe unter dem Kissen hervor. Dort hatte Bora nicht nachgesehen.

»Hier.« Er ließ den Motor an. »Meine Aufzeichnungen über ihn müssen Sie nicht lesen. Berthold ›Bubi‹ Kupinski. Als Jugendlicher hat er für drei Mark pro Mal seinen Schwanz verkauft, um seinen Lebensunterhalt zu verdienen. Ein paar Monate Gefängnis nach der Fritsch-Affäre haben ihn davon kuriert. Damals hat er als Kellner im *Café Mexico* am Alexanderplatz gearbeitet.«

Bora schlug die Mappe auf. *Wie praktisch*, dachte er ungehalten. *Ein anrüchiges Café gleich neben dem Präsidium der Kriminalpolizei, wo sie ihn nur aufzugreifen brauchten, um ihn für eine aus der Luft gegriffene, skandalöse Anklage wegen Homosexualität gegen General Fritsch zu benutzen.*

»Und jetzt?«

»Inzwischen mäht er Rasen und erledigt Gartenarbeiten hier in der

Nachbarschaft. Er kümmert sich auch um die Haustiere der Herrschaften. Niemeyer hatte das ganze Haus voll mit Tieren.«

»Was für Tiere?«

»Federvieh, vor allem Papageien. Die großen, mit der blauen Zunge.« Währenddessen hatte Grimm ein schattiges Plätzchen gefunden, wo er anhalten konnte. »Nun sind sie im Zoo. Kupinskis Name würde eigentlich eher ziemlich weit unten auf der Liste der Verdächtigen stehen, wenn er nicht die geniale Idee gehabt hätte, nach dem Mord unterzutauchen. Klingt nach einem Vögelchen, das sich in einem Busch verkriecht!«

Bora verzog keine Miene. »Seine letzte bekannte Adresse liegt in der Nähe vom Hermannplatz. Wird nach ihm gefahndet?«

»So intensiv wie möglich. Wegen der Luftangriffe haben Hausnummern allerdings keine große Bedeutung mehr. Er hat keine Verwandten, weder in Berlin noch sonst wo. Also könnte er sich überall in der Stadt aufhalten.«

»Weiß er, dass nach ihm gesucht wird?«

»Nur, wenn ihm jemand Bescheid gegeben hat, als wir die Vorladung an die Adresse in Neukölln zugestellt haben.«

»Also wissen wir nicht, wo er ist.«

»Im Moment nicht.«

In den nächsten zehn Minuten erfuhr Bora, dass Kupinskis Eltern während der Republik in Neukölln einen Süßwarenladen und ein heruntergekommenes Kino betrieben hatten. Als Linke wurden sie in die Unruhen der Zwischenkriegsjahre verwickelt, mit dem Ergebnis, dass sie ihre Geschäfte verloren – und damit ihren Lebensunterhalt. Bora konnte sich gut vorstellen, wie die Bonbongläser auf die Straße geworfen und die Fenster mit Schlagstöcken und Pflastersteinen eingeschlagen worden waren. Ein Kino, das den Namen Spartakus trug, musste auf die bulligen SA-Männer wie ein rotes Tuch gewirkt haben. Die Straßengangs hatten es Ende Februar 1930 in Brand gesetzt, ohne einen Gedanken an die Mietparteien in den oberen Stockwerken zu verschwenden. Zu guter Letzt zählte man dreizehn Tote und sechzehn Personen mit Rauchvergiftung. Aber auch einige SA-Mitglieder verloren ihr Leben, als aus dem brennenden Gebäude heraus auf sie geschossen wurde.

»Ende Februar 1930 – hatte das etwas mit dem Tod von Horst Wessel zu tun?«

»Darauf können Sie einen lassen, Herr Oberst. Die Roten haben unseren besten Mann ermordet. Da konnten wir doch nicht einfach nur gute Miene zum bösen Spiel machen.« Grimm rückte seinem Beifahrer auf die Pelle, als er eine Schachtel Zigaretten aus dem Handschuhfach nahm. Er steckte sich eine zwischen die Lippen und bot auch Bora eine an. Doch der lehnte ab. »Jedenfalls ist Kupinski vor gut sechs Jahren wieder aufgetaucht, und wir haben ihn als Zeugen hinzugezogen. Die Fritsch-Affäre, wie gesagt. Man muss allerdings anmerken, dass er den General nicht als einen seiner Kunden identifiziert hat. Aber da war er auch der Einzige.«

»General Werner Baron von Fritsch wurde durch das Reichskriegsgericht von sämtlichen Anklagepunkten freigesprochen.«

Grimm traute sich nicht, darauf etwas zu erwidern, aber seinem Gesichtsausdruck nach zu schließen, war er der Meinung, dass ein Soldat, der von seinesgleichen vor Gericht gestellt wurde, mit einem Freispruch rechnen konnte. Er zündete die Zigarette an und pustete sorgsam das Streichholz aus, bevor er es aus dem Fenster warf.

»Kupinski hat sechs Monate in einer Zelle in Moabit gehockt. Danach hat er alle möglichen Gelegenheitsarbeiten übernommen und zum Beispiel auch Werbeprospekte für Varietévorstellungen und andere Darbietungen verteilt. Auf diese Weise hat er Niemeyer kennengelernt. Sie kennen ja sein Foto: Wenn man ihn ein wenig zurechtmacht, würde man kaum vermuten, dass er ein Perverser ist.«

Ohne zu fragen, steckte Bora die Kupinski-Mappe in seine Aktentasche. »Von Neukölln bis Dahlem ist es eine ganz schöne Strecke. Finanziell hat es sich vermutlich für ihn gelohnt, ganz hier herauszufahren. Wenn man bedenkt, dass er regelmäßig jede Woche kleine Aufgaben für Niemeyer erledigt hat, und wenn man seine Vergangenheit berücksichtigt, ist es nur verständlich, dass er untergetaucht ist.«

Durch eine Wolke Zigarettenqualms starrte Grimm ihn an. »Seine Vergangenheit – meinen Sie Kupinskis oder Niemeyers?«

»Natürlich Kupinskis«, schoss Bora zurück. »Was möchten *Sie* damit andeuten: dass Niemeyers Geschlechtsleben ebenfalls fragwürdig war oder dass es verwerflich war, sich als Jude auszugeben?«

»Mit allem gebotenen Respekt, das ist in der Tat verwerflich, wenn man mich fragt.«

»Was Sie oder ich meinen, Herr Kommissar, ist bei diesem Fall nicht weiter von Belang.«

Aus dem dichten Gebüsch flog ein goldschimmerndes Insekt ins Auto. Bora wedelte es mit einer heftigen Handbewegung weg. »Warum sollte ein Homosexueller mit einem Vorstrafenregister seinen Dienstherrn ermorden?«

»*Warum*, weiß ich noch nicht. Das *Wie* hingegen ... er könnte ein Gewehr aus dem Waffenlager seines Alten beiseitegeschafft haben. Vor Jahren habe ich auch so meine Kontrollgänge an den Orten gemacht, wo sich dieses rote Pack versammelt hat, und einem Perversling würde ich jedes Verbrechen zutrauen.«

»Kupinski sollte besser bald wieder auftauchen.«

»Das wird er schon.«

Ungefragt fügte er hinzu: »Ich komme selbst aus Neukölln, und ich kann Ihnen sagen, vor 1933 war das Viertel ein raues Pflaster. Mein Alter war Schuster von Beruf. Nach dem Weltkrieg ist er mit uns von München nach Berlin gezogen. Alle sieben nach Neukölln. Ich schwöre, damals hatte man dort als Junge nur eine Wahl: Entweder man wurde ein jugendlicher Straftäter, oder man ging zur Polizei.«

»Es ist offensichtlich, welchen Weg Sie eingeschlagen haben.«

»Aber erst nach einem kurzen Zwischenspiel bei der Sturmabteilung. Anfangs hat mich daran gereizt, dass ich glänzende Stiefel tragen konnte.« Er warf einen verstohlenen Blick auf Boras Reitstiefel. »Das ist mir als Erstes an Ihnen aufgefallen, Herr Oberst: erstklassig und von Hand genäht. Nicht aus deutscher Produktion.«

»Sie stammen aus England. Vorkriegsware.«

»Hab ich mir gedacht. Jedenfalls hat mir die SA gutgetan. Als Braunhemd habe ich einen Großteil der Fähigkeiten erworben, die ich brauchte, um mich für eine Stelle bei der Kripo zu bewerben.«

Ja, sagte Bora zu sich selbst, *und du warst in der Lage, wie ein jugend-*

licher Straftäter nach Herzenslust andere zu schikanieren, ohne dafür bezahlen zu müssen.

»Waren das die Russen?« Grimm meinte seine Prothese.

»Nein.«

»Dann also die Amerikaner? Die Engländer?«

»Auch nicht.« Obwohl er aus eher hartem Holz geschnitzt war, reagierte Dora nur selten schroff. Aber er mochte es nicht, danach gefragt zu werden, und musste sich zwingen, nicht nur einsilbig zu antworten. »Das waren Partisanen, an dem Tag, an dem ich in Italien angekommen bin. Sie können sicher sein, dass sie mich seitdem nie wieder überrumpelt haben.« Er sah auf die Uhr an seinem rechten Handgelenk. Es war 10.30 Uhr. Noch zweieinhalb Stunden bis zu seinem späten Mittagessen mit Salomon. Auf jeden Fall sollte er ins Stadtzentrum zurückkehren. »Lassen Sie mal sehen, welchen Verdächtigen wir heute befragen können. Die Rüdiger?«

»Auf jeden Fall. Rüdiger, Ida, siebenundvierzig Jahre.« Grimm rauchte auf. Mit seinem dicken Daumen blätterte er durch die Seiten seines abgenutzten Notizbuchs und las vor: »Friseuse für die Oberschicht. Wohnt in der Landgrafenstraße, gegenüber vom Postamt, in der Gegend vom Zoo. Die hochrangigsten Parteigattinnen schicken ihre Chauffeure, um sie abzuholen, wenn ihre Dienste gebraucht werden.«

»Dann hoffen wir mal, dass sich im Moment keine von ihnen frisieren lässt. Hat sie einen eigenen Salon?«

»Scheint so, als würde sie in ihrer Wohnung arbeiten. Im letzten November ist ihr Salon am Ku'damm ausgebombt worden. Wir haben kein polizeiliches Lichtbild, weil sie noch nie verhaftet wurde.« Grimms Wortwahl – anstatt zu sagen: »weil sie noch nie das Gesetz gebrochen hat« – klang bedeutungsschwanger. »Und obwohl sie sich mit Niemeyer zusammengetan hat, ist sie immer noch mit einem Mitglied des Grenzschutzes verheiratet. Und wie gesagt, mit Schusswaffen kennt sie sich aus.«

Friseuse – Coiffeuse. Die Tür mit dem prächtigen Schriftzug an einer Wohnung im zweiten Stock führte in einen eleganten Warteraum. Dort ließ ein zierliches Mädchen in einem hellblauen Kittel die Besucher wissen, dass sie Madame Bescheid sagen werde.

Natürlich warteten weder Bora noch Grimm einfach nur so. Ein Rundbogen gab den Blick auf ausgesprochen weiblich geprägte Räumlichkeiten frei. Trennwände mit abstrakt gemusterten Tapeten unterteilten die einzelnen Plätze, von denen jeder mit einem großen Haartrockner ausgestattet war: ein metallischer Apparat auf einem Ständer mit einem langen, biegsamen Schlauch. An der Decke war eine Art Lampe befestigt, von der Kabel herabbaumelten – für die Dauerwellen. Es gab eine ganze Reihe von Spülbecken und Wasserhähnen, in den Regalen befanden sich Flaschen und Behälter aller Art sowie Handtücher in sämtlichen Pastelltönen. Kundinnen waren keine da, dafür jedoch drei junge Friseusen, die angesichts der männlichen Eindringlinge gerade noch überrascht aufkreischen konnten, bevor sich eine schimmernde Glastür öffnete und Ida Rüdiger zum Vorschein kam.

»Was hat das hier zu bedeuten?«

Die parfümierte, modisch gekleidete Frau wirkte unbeeindruckt, als Grimm wie gewohnt seine Dienstmarke aufblitzen ließ und »Kriminalpolizei« murmelte.

»Hier entlang«, sagte sie und ging ihnen in ihre privaten Wohnräume voraus.

Dort herrschte eine mondäne, luftige Atmosphäre. Ida Rüdiger machte ihren Besuchern deutlich, dass sie sich weder vom Hüter des Gesetzes noch von militärischem Rang einschüchtern lassen würde. »In Bälde erwarte ich die Gattinnen zweier Ministerialräte und die Schwester eines Generalfeldmarschalls«, verkündete sie. »Ich hoffe, Sie haben einen guten Grund dafür, einfach so hier hereinzuplatzen.«

»Der Grund ist die Ermordung Walter Niemeyers«, sagte Bora ungerührt. Grimm drehte sich um, stieß die Tür auf und ging zurück in den Salon.

»Was ist denn das für ein ungeheurer Blödsinn! Ich warne Sie, mein Herr, das wird Konsequenzen haben.« In ihrem maßgeschneiderten scharlachroten Kleid mit tiefem Ausschnitt erinnerte die gepflegte und angriffslustige Ida Rüdiger an die bemalte Galionsfigur eines Segelschiffes. Sie gehörte zu der Sorte selbstbewusster Geschäftsleute, die in früheren Zeiten ihren Salon mit dem Prädikat »Hoflieferant« beworben hätten. Den Fotos von einigen weiblichen Mitgliedern der ehemaligen Kaiserfamilie an den Wänden nach zu urteilen, hatte sie vermutlich vor Jahren tatsächlich auch deren Haare onduliert.

So leicht ließ sie sich nicht unterkriegen. »Glauben Sie nicht, dass Sie mir Angst einjagen können, Herr Oberst. Ich habe einflussreiche Freunde und kann mir die besten Anwälte leisten.«

Auf einmal war Bora verärgert und belustigt zugleich. Er nahm seine Schirmmütze ab und klemmte sie in seine Armbeuge. »Warum sollte ich mich für jemanden halten, der anderen Menschen Angst einjagt?«

»Als wüssten Sie das nicht! Ihre Größe, Ihre Uniform … mich halten Sie nicht zum Narren.« Mit missbilligend geneigtem Kopf setzte sie hinzu: »Wer schneidet Ihr Haar? Da wurde ein bisschen zu viel gestutzt … aber damit kann ich leben.«

»Der Regimentsbarbier wird begeistert sein.«

»Da gibt es nichts zu schmunzeln! Man ist auf rabiate Weise in meine Räumlichkeiten eingedrungen. Ich verlange eine Erklärung.«

»Frau Rüdiger, erstens halte ich mich wirklich nicht für einen Menschen, der anderen Angst einjagt – ich habe allerdings die Befugnis, dies zu tun. Zweitens bin ich derjenige, der hier etwas verlangt, nämlich zu erfahren, wann Sie Walter Niemeyer zuletzt gesehen haben, ob es zu einem Zerwürfnis zwischen Ihnen beiden gekommen ist – und falls ja: Warum? – und ob Sie Zugang zu Schusswaffen haben.«

Ihre sorgfältig nachgezogenen Augenbrauen hoben sich, höhnisch fragte sie: »Schusswaffen, gleich mehrere? Eine reicht Ihnen nicht?«

»Das kommt darauf an. Sagen Sie es mir.«

»Dazu gibt es nichts zu sagen. Der Besitz von Schusswaffen ist verboten, wie Sie wissen.«

Bora musste an Bruno Lattmann denken, der seiner Frau das Schießen beibrachte. »Manche Frauen beschaffen sich auf illegalem Weg Pistolen und üben damit, um sich selbst schützen zu können.«

»Ha! Lassen Sie Ihren Büttel doch die Räumlichkeiten durchsuchen. Ich brauche keine Pistole. Und sollten Sie sich fragen, ob sich in Walters Haus irgendwelche Waffen befunden haben, so lassen Sie sich von mir eines Besseren belehren. Er verabscheute Jäger und Blutvergießen generell.« Sie legte eine Locke hinter ihrem Ohr zurecht, als würde sie vor einem Spiegel stehen. »Es stimmt, dass mein ehemaliger Gatte alte Schusswaffen gesammelt hat. Aber das war vor dem Krieg, als es in Schlesien noch nicht gesetzwidrig war, auf Moorhuhnjagd zu gehen.«

»Ihr ehemaliger Gatte? Ich hatte den Eindruck, Sie seien noch verheiratet.«

Sie warf ihm einen gehässigen Blick zu. Das scharlachrote Kleid mit den smaragdgrünen Besätzen hatte Mühe, ihrer Empörung standzuhalten.

»So jung und schon so engstirnig.« (»Ich bin nicht engstirnig«, fiel Bora ihr ins Wort.) »Zum letzten Mal habe ich Walter am Sonnabend, den sechsten Mai, im *Kranzler* gesehen. Selbst wenn ich wollte, könnte ich dieses Datum nicht vergessen: Am nächsten Tag wurde das Café bei einem Luftangriff zerstört. Wir haben uns gestritten. Wie immer bemühte er sich, ein bestimmtes Thema zu umschiffen – seine jüngste Flamme. Er beschrieb mir ausführlich, wie er die Verwüstung überall um uns herum spüre, und den gesamten Ku'damm herunter die Scheiben zu Bruch gehen höre. Ich hatte die Nase voll davon, also habe ich ihm meinen Eistee in den Schoß geschüttet. Na und? Es ist schließlich kein Geheimnis, dass ich wütend auf ihn war, weil er mich dauernd betrogen hat, vor allem, wenn man bedenkt, wie unduldsam er war, wenn es einmal andersherum war. Was dem einen recht ist, ist dem anderen billig – wenn Sie verstehen, was ich meine.«

»Ich bin nicht engstirnig«, wiederholte Bora.

»Meinetwegen.«

Plötzlich zog sie etwas aus ihrem tiefen Ausschnitt, das wie eine Perlmutt-Puderdose aussah, sich aber als ein Etui für Visitenkarten herausstellte.

»Das hier ist mein Anwalt. Ich kenne meine Rechte. Ich habe Freunde, sogar in den Kreisen der Strafverfolger.«

Sie löste das Gummiband, das die Karten zusammenhielt, und fächerte sie flüchtig vor ihm auf. Darunter waren auch Nebes und von Helldorffs Namen.

»Hätte ich Walter loswerden wollen, hätte ich ihn dafür angezeigt, dass er unerlaubterweise Horoskope erstellt hat. In der Nacht, in der er gestorben ist, Herr Oberst, war ich mit diesem Herrn zusammen.« Sie zog die Visitenkarte eines Mitarbeiters des Propagandaministers hervor. »Überrascht Sie das? Ich frisiere das Haar von Frau Magda Goebbels, und auch das Haar der reizenden Frau Reichsmarschall Göring. Verschwenden Sie hier nicht Ihre Zeit: Fragen Sie lieber die Hexe, mit der Walter es zuletzt getrieben hat. Oder fragen Sie besser noch ihren Gatten: Er heißt Eppner.« Mit ihrem manikürten Zeigefinger tippte sie an ihr Kinn, wie man es tut, wenn man die Aufmerksamkeit eines anderen auf dessen Gesicht lenken möchte. »Wissen Sie was?«, merkte sie an. »Sie sollten sich nicht selbst rasieren.«

Als Bora und Grimm die Wohnung verließen und die Treppen hinuntergingen, zog der Polizist eine Duftspur aus Balsam und leicht angesengtem Haar hinter sich her, die von seiner Befragung im Salon zurückgeblieben war. »Ich habe den drei jungen Gehilfinnen gesagt, dass sie sich zur Verfügung halten sollen«, sagte er. »Und ich habe in der Dienststelle angerufen und zwei Männer für eine gründliche Durchsuchung der Räumlichkeiten angefordert. Sie werden in einer halben Stunde hier sein, aber ich bezweifle, dass dabei etwas herauskommt.«

Bora fiel auf, dass Grimm in seiner rechten Hand ein zusammengefaltetes Blatt Papier hielt. »Nun, was meinen Sie zu dem Ganzen?«

»Abgesehen davon, dass sie teure italienische Schuhe trägt? Sie ist gut situiert, und in der Wohnung gibt es keine Anzeichen dafür, dass sich dort ein Mann aufhält.« Grimm blieb auf dem Treppenabsatz stehen, ein geöffnetes Fenster ließ dort ein wenig Luft in das stickige Treppenhaus. »Ihre jungen Gehilfinnen haben Angst. Vor ihr, nicht vor uns. Das würden sie zwar nicht laut sagen, aber meiner Meinung nach haben sie nicht den blassesten Schimmer, was Ida Rüdiger treibt, wenn sie Feierabend haben. Zufälligerweise leben die drei Mädchen zusammen, seit zwei von ihnen evakuiert werden mussten. Ihre Wohnungen wurden ausgebombt. Sie wissen nicht, ob oder wann Madame das Opfer besucht hat, obwohl ihnen bekannt ist, dass sie in enger Beziehung zu ihm stand. Die anderen Mieter sind unbescholtene Staatsbedienstete und Pensionäre, und als wir den Blockwart einbestellten, wusste er nichts über sie oder über Ida Rüdiger zu berichten. Käme heraus, dass er etwas verschwiegen hat, würde ihm eine empfindliche Strafe drohen, also muss sie wohl sehr umsichtig sein – oder sauber.«

Bora nickte. Die übertriebene Reinlichkeit des Treppenhauses stand im Gegensatz zu dem fehlenden Putz hier und da, was auf Bombeneinschläge in der Nähe zurückzuführen war. »Sie hat angegeben, in der Mordnacht mit einem Beamten aus dem Propagandaministerium zusammen gewesen zu sein. Hier ist seine Visitenkarte. An den kommen wir nicht heran, fürchte ich. Sie hat offen zugegeben, dass sie mit einem Gewehr umgehen kann, und behauptet, dass der Uhrmacher Eppner unser Mann sei. Was wissen wir über ihren getrennt lebenden Gatten?«

»Er dient an der französischen Front. Es gibt auch noch einen erwachsenen Sohn, der ebenfalls unter Waffen steht und irgendwo im Osten eingesetzt ist.«

Bora nahm die nächste Treppe in Angriff. *»Irgendwo.« So hat man auch über uns gesprochen, als wir in Russland waren. »Irgendwo im Osten.« Warum auch nicht? Wir wussten ja oft genug selbst nicht, wo wir waren.*

»Noch ein pikantes Detail, Herr Oberst: Auch Schwuchteln lassen sich hier die Haare frisieren.« Da Bora ihn beobachtete, behielt Grimm den Zettel in seiner Hand, anstatt ihn in eine seiner Taschen zu stecken. »Jedenfalls die reichen, die Protektion genießen. Ich habe den Mädchen Kupinskis Foto gezeigt, und die haben gleich losgeprustet, wegen seiner Mähne. Den haben sie noch nie gesehen.«

»Wird das Telefon der Rüdiger zufälligerweise abgehört?«

»Wurde es. Der ›Einsatz‹ wurde vor einigen Monaten eingestellt, auf Verlangen von oben. Das hat vermutlich damit zu tun, dass sie Niemeyer mit hochrangigen Regierungstypen betrogen hat. Was die Niemeyer-Residenz betrifft, so waren natürlich alle Anschlüsse angezapft.«

»Und was ist dabei herausgekommen?«

»Reine Zeitverschwendung. Der war zu schlau, um irgendetwas Brisantes am Telefon zu besprechen.« Langsam knüllte Grimm das Stück Papier zusammen. »Ich habe eine Zeit lang den Einbau von Abhörgeräten in Groß-Berlin beaufsichtigt. Vor dem Krieg war es ein Leichtes, sich als Mitarbeiter einer Telefongesellschaft auszugeben. In den letzten fünf Jahren allerdings musste so etwas erledigt werden, wenn der Besitzer oder Mieter nicht da war, weil inzwischen jeder weiß, was los ist, wenn man das Haus in einem Blaumann oder mit einem Werkzeugkasten betritt.«

Für Bora war das nichts Neues. Auf Reisen hatte er stets das Zimmer überprüft, in dem er untergebracht war, und nach versteckten Mikrofonen Ausschau gehalten. Er hatte so einige entfernt oder außer Betrieb gesetzt und wie Niemeyer niemals über Dinge gesprochen, die man hätte gegen ihn verwenden können. Im *Adlon* hatte er Ninas Suite überprüft, bevor er mit ihr plauderte, und sie hatten beide die Stimme gesenkt, als das Gespräch auf Onkel Reinhardt-Thoma gekommen war.

»Wie steht es mit Eppner, Herr Kommissar, ist der zu sprechen?«

»Leider wurde der auch evakuiert. Ich müsste zurück ins Präsidium, um zu ermitteln, wo er abgeblieben ist.« Grimm blieb auf der Stufe stehen, zog eine Taschenuhr heraus und blickte sinnend darauf. »Könnte ich eigentlich gleich tun. Soll ich Sie fürs Mittagessen irgendwo absetzen?«

»Beim *Adlon*, bitte.«

Bora bemerkte, dass Grimm nicht gleich hinterherkam. Er drehte sich um und bekam noch mit, dass der Polizist gerade den Zettel zusammen mit der Uhr in die Tasche schob. Auf frischer Tat ertappt, zog er ihn mechanisch wieder heraus und zeigte ihn Bora.

Es war eine handschriftliche Notiz, die eines der Mädchen in kindlicher Schrift hingekritzelt haben musste. »Wo wir nun schon mal da waren, habe ich eine der Gehilfinnen um eine Rezeptur gebeten. Meine Frau braucht einen Haarfestiger, den man zu Hause herstellen kann.«

Bora las: *2,8 ml hydroalkoholische Lösung – Trinkspiritus, 3,2 ml*

Lavendelwasser, 20 ml Wasser, 20 g Borax, 30 g Glycerin. »Sie hat gesagt, dass es in einer Flasche monatelang hält. Man benutzt dazu eine Pipette.«

Als die beiden Männer das Haus verließen, fuhr gerade eine Limousine auf den Bordstein, die schon bessere Tage gesehen hatte. Ihr entstieg Ida Rüdigers Kundschaft: ein Damentrio mittleren Alters mit unmöglich gefärbten und gekräuselten Haaren. Dass sich Frauen selbst in Zeiten wie diesen derart zurechtmachten ... *Meine Mutter würde so etwas nie tun*, dachte Bora. *Auch in dieser Hinsicht ist sie sehr britisch und trägt ihr natürlich gewelltes Haar seitlich gescheitelt. Dikta war da nicht anders, sie hatte ihre Haare nur offen getragen, wenn sie zu ihm ins Bett kam.* Der Gedanke an die Frauen in seinem Leben hätte ihn melancholisch stimmen können, wenn er nicht von einem Mann in Zivil abgelenkt worden wäre, der auf der gegenüberliegenden Straßenseite direkt vor dem Postamt stand. Seine Haltung, müßig und stocksteif zugleich, deutete darauf hin, dass er nicht einfach nur so in die Gegend gaffte. Hatte er ein Auge auf die Geliebte eines hochrangigen Beamten oder ihre Kundinnen oder ...?

Bora warf einen flüchtigen Blick zu Grimm hinüber, der auf den geparkten Olympia zuging und den Beobachter anscheinend nicht bemerkte. Aber seine vermeintliche Ahnungslosigkeit musste nicht bedeuten, dass er ihn tatsächlich nicht registriert hatte.

Bevor sie losfuhren, machte der Polizist das Radio an. Die Mittagsnachrichten hatten sie um wenige Minuten verpasst. Liszts pompöses *Prélude* verklang bereits im Auftakt des üblichen Berichts zu den Kampfhandlungen: »Das Oberkommando der Wehrmacht gibt bekannt ...«

»Lassen Sie es an«, sagte Bora.

Die Nachrichten von den Kämpfen bei Minsk stimmten ihn beklommen. Er durchschaute die dezenten Beschönigungen und ließ sich nicht täuschen: Die Ortsnamen sprachen eine deutliche Sprache, sie bedeuteten eine Niederlage. Nachdem er ziemlich genau drei Jahre zuvor auf einem Pferd durch Weißrussland gezockelt war, als der deutsche Vormarsch noch unaufhaltsam schien, konnte er sich vorstellen, wo die Frontlinie nach dem Verlust von Bobruisk und nach Durchquerung der

Pripjet-Sümpfe in etwa verlief. *Unser Familiensitz in Ostpreußen ist von Berlin aus doppelt so weit entfernt wie von Minsk.*

»Warten Sie's nur ab, wir lassen sie erst näher herankommen, und dann schnappt die Falle zu«, sagte Grimm, der auf dem weichen Asphalt eine verwegene Kehrtwende hinlegte.

Dazu äußerte sich Bora nicht.

Erwartungsgemäß hatte Salomon es sich anders überlegt. An der Rezeption des *Adlon* fand Bora einen verschlossenen Umschlag vor, der eine rasch hingeworfene Notiz enthielt: die Adresse eines Restaurants in der Nähe des Hotels, in dem man draußen sitzen konnte. Vor Grimm hatte er nun bis vierzehn Uhr seine Ruhe. Bevor er wieder in die Hitze hinaustrat, teilte er dem Portier mit: »Ich weiß nicht, ob ich noch länger hierbleiben werde. Ich erwarte ein Telegramm von meiner Mutter, bitte heben Sie es für mich auf. Und bitte weisen Sie mein Zimmer vorläufig keinem anderen Gast zu. Falls nötig, komme ich später noch einmal, um meine Sachen zu holen.«

Im Foyer waren einige Offiziere des Generalstabs in ein Gespräch vertieft. Da sie keine Kopfbedeckung trugen, mussten sie wohl Hotelgäste sein, die sich zusammengefunden hatten, bevor sie das Mittagessen unten im Speisesaal einnehmen würden. Hatte Salomon sich ihretwegen entschieden, woanders zu essen? Zwei von ihnen warfen Bora ziemlich nervöse Blicke zu, jedenfalls kam es ihm so vor. Sein Nicken erwiderten sie hastig, routinemäßig, und drehten ihm dann augenscheinlich den Rücken zu. Genauso verhielt man sich, wenn man deutlich machen wollte, dass Vertraulichkeit nicht erwünscht war.

Bora kannte diese Art angespannten Verhaltens, sie lag irgendwo zwischen dem dünkelhaften Zusammenschluss von Schulkameraden und der Feindseligkeit eines Wolfsrudels.

Mehr verblüfft als verletzt verließ er das Hotel. *Was geht hier vor sich?* Natürlich konnten schlechte Nachrichten von einer der drei gefährdeten Frontlinien eingetroffen sein, aber die Reaktion der Offiziere hatte einen Beigeschmack, sie hatte etwas Unmittelbares an sich, etwas, was einem sofort auf den Leib rückte. Im »Laden« hatten sie ihm beigebracht, »sich

Tag und Stunde zu merken«, wenn ihm ein ungewöhnliches Verhalten unter Kameraden auffiel, damit man sich später darauf beziehen konnte. Und genau das tat Bora: *11. Juli 1944, 12.30 Uhr.*

12.57 Uhr

Der Unterschied zwischen den Wohlhabenden und den Habenichtsen war seit Jahren nicht mehr so ausgeprägt gewesen.

Die Flusskreuzfahrten für Arbeiter und Auslandsreisen für Jugendliche aus der Unterschicht gehörten der Vergangenheit an – genau wie bezahlbare Vergnügungen und die Teilhabe breiter Schichten am Wohlstand. Nur wenige Straßen entfernt von dem Tisch, an dem Bora Platz genommen hatte, führten Lebensmittelkarten und Menschen, die nach einfachen Nahrungsmitteln Schlange standen, die tägliche Plackerei vor Augen, ein Missklang in diesem Restaurant unter freiem Himmel, das von Tarnnetzen beschattet wurde. Doch selbst auf den Speisekarten der Handvoll Luxusorte, die es in Berlin noch gab, fand sich mehr und mehr Hausmannskost. Dass Kohl, Kartoffeln, Schweinefleisch und der allgegenwärtige Eintopf (der alles enthielt, abgesehen von den Resten aus dem Spülbecken) Eingang in dieses einst bezaubernde Etablissement gefunden hatten, verhieß nichts Gutes.

Boras Gedanken kreisten jedoch nicht ums Mittagessen, sondern um den Anlass für dieses Treffen. Während er auf seinen Tischgenossen wartete, schwankte er zwischen verärgerter Neugier und der Verlockung, nach alter Gewohnheit als Vernehmender die Wahrheit aus seinem Gegenüber herauszukitzeln. Ehrlich gesagt war er gar nicht sicher, ob er wirklich erfahren wollte, was Salomon im Stab mitbekommen haben wollte und vielleicht falsch verstanden hatte.

Der Oberst erschien in einem Sommeranzug auf der Restaurantterrasse – Offiziere in Zivil waren in Berlin ein alltäglicher Anblick. Der mittlerweile in Ungnade gefallene General Oster hatte diese Gepflogenheit eingeführt. Deutlich stärker beunruhigte Bora allerdings, wie übertrieben vorsichtig Salomon sich bewegte. Dadurch fiel er erst recht auf.

Ihm kamen wieder die nervösen Generalstabsoffiziere im *Adlon* in den Sinn. Bora kannte den Stab, seine Regeln und Schwächen, die Gefahr der Auflösung. Unter einigen Mitgliedern des Generalstabs hatte er gedient, andere hatte er bei Anlässen kennengelernt, die nicht immer mit seiner Arbeit zu tun hatten. In all den Jahren bei der Abwehr hatte er mehr über seine Kameraden und Vorgesetzten erfahren, als ihm lieb war. Er war auf rätselhafte Abhör-Mitschriften gestoßen, auf Berichte, Aufzeichnungen, Funkverbindungen (darunter auch verschlüsselte), pikante Details, die wie Wrackteile nach einem Schiffbruch oder Bruchstücke nach einer Explosion wirkten: unkenntlich und belanglos, es sei denn, man behielt sie im Gedächtnis, um sie zu einem späteren Zeitpunkt zusammenzufügen.

Auf diese Weise wusste er über einige von ihnen allzu vieles: über die Schulenburgs etwa, aus seiner Zeit in der Deutschen Botschaft in Moskau 1940/41. Über andere – wie Oster – hörte er seit seiner Rückkehr aus Spanien 1938 Besorgniserregendes, Andeutungen, die bei einem Gläschen Cognac in der Offiziersmesse gemacht worden waren. Doch den Kameraden, gleich welchen Ranges, die oft genug derselben gesellschaftlichen Schicht angehörten, kam kein Wort über die Lippen, an Spekulationen beteiligte man sich nicht. Einige wenige allerdings brachten offen zum Ausdruck, was sie über den Krieg und sogar über die politische Lage dachten. In Russland hatte er einmal mitbekommen, wie ein General seinem Adjutanten zugeraunt hatte: »Dieses Arschloch Hitler ...«, wobei unter Soldaten immer viel genörgelt wurde. Sicherlich hatte sich sogar Titus Labienus während des Gallischen Krieges hin und wieder über Cäsar beklagt. Und ihn schließlich im Stich gelassen.

Er erhob sich von seinem Stuhl. Als Salomon dies bemerkte, bedeutete er ihm mit einem kurzen Nicken, das wie ein nervöser Tick wirkte, sich wieder zu setzen. Bora zählte die Sekunden, während er beobachtete, wie Salomon sich zögernd dem Tisch näherte, bis er, so Gott wollte, endlich den rettenden Hafen erreicht haben würde.

»Stehen Sie bequem«, flüsterte er, um Bora davon abzuhalten, doch noch Haltung anzunehmen. »Ich hatte angenommen, Sie seien bereits auf dem Sprung, Berlin zu verlassen. Haben Sie schon bestellt? Nein? Dann tun Sie es bitte sofort – was Sie wollen. Keinen Wein für mich.« Er setzte sich und zog sofort eine kleine runde Dose hervor, deren Inhalt er auf seinen Teller schüttete: mindestens fünf verschiedene Tabletten, die er der Größe nach in einer Reihe auf dem Tisch anordnete. »Ich weiß nicht, was mir schwerer fällt: das Einschlafen oder das Wachbleiben.«

Es war charakteristisch für den Oberst, andere gar nicht wahrzunehmen, wenn ihn etwas quälte. Sollte er Boras Prothese überhaupt bemerkt haben, so schenkte er ihr zumindest keine Beachtung. Nachdem Bora bestellt hatte, wartete er ungeduldig und schickte fahrige Blicke über die Tischdecke. Als der Kellner mit der Wasserflasche erschien, bat er darum, ihm sofort einzuschenken. Dann schluckte er alle Tabletten auf einmal.

Bora wartete ab. Er ließ sich nichts anmerken, doch in Salomons düsterem Schweigen erkannte er die Anzeichen psychischer Anspannung. Seine Besorgnis wuchs. Der erste Gang wurde aufgetragen, und immer noch schwieg der Oberst. Dabei hielt Bora das Restaurant im Freien für einen ziemlich sicheren Treffpunkt: Man musste natürlich damit rechnen, dass sich unter den Gästen auch Regierungsvertreter befanden, aber die Tische standen weit genug auseinander, um ein freimütiges Gespräch zuzulassen.

»Ich habe genau vierzig Minuten Zeit«, setzte er an. »Bitte sagen Sie mir, was los ist.«

Eigentlich hatte er das Gespräch anders eröffnen wollen, aber sei's drum. Es war besser, gleich auf den Punkt zu kommen.

»Sind Sie wahnsinnig?«, fuhr Salomon ihn an. »Als ob ich Ihnen sagen könnte, was los ist!« Er sprach leise, aber eindringlich, und warf einen Blick über seine Schulter, wie ein Schuljunge, der befürchtet, man könne von ihm abschreiben.

Hat sich seit gestern nicht rasiert, stellte Bora fest, *und hat wahrscheinlich auch nicht in seinem Bett im* Adlon *geschlafen. Was zum Teufel hat er bloß, und wie bringe ich ihn dazu, den Mund aufzumachen?*

»Dann setzen Sie mich einfach in Kenntnis von den Umständen, die dazu geführt haben, dass die gestern von Ihnen erwähnten Offiziere Ihnen meinen Namen genannt haben. Ich habe ein Recht darauf, das zu erfahren.«

»Fritz-Dietlof hat von Ihnen gehört –«

»Das weiß ich, und auch, von wem. Sagen Sie mir, wo und warum.«

Das Essen hätte auch aus Pappe sein können, es hätte dem verstörten Salomon nichts ausgemacht: Er aß eigentlich nur, um seine Haltung zu bewahren. Zwischen teilnahmslosen Bissen verlor er sich in Anspielungen und Gleichnissen, aber nach und nach vermochte Bora, die Spreu vom Weizen zu trennen.

Da er Salomon kannte, wollte er sich noch keine ernsthaften Sorgen machen. Er wusste, welche Wirkung die Miene eines Zuhörers auf einen nervösen Menschen haben konnte, und warf ruhig ein: »Sie haben meine Frage nicht beantwortet. Jedenfalls wird mir nicht klar, wie einige mutlose Worte von Männern, die von langen Arbeitstagen erschöpft sind, Sie in irgendeiner Weise belasten können. Haben Sie schon einmal darüber nachgedacht, Heimaturlaub zu beantragen?«

Salomon, der gerade sein Glas leerte, hätte sich fast verschluckt. »Was reden Sie denn da? Begreifen Sie denn nicht? Es geht ... Es geht um Hochverrat, und die haben mich gesehen!«

Bora fragte eisig: »Die haben Sie gesehen – und wo?«

»Im Allgemeinen Heeresamt.« (*Ja, natürlich,* dachte Bora, *in seiner Funktion führt ihn sein Weg immer wieder von seinem Dienstsitz in Zossen in den Bendlerblock.*)

»Die beiden Offiziere, von denen ich gesprochen habe, sind eingeweiht, sogar mehr als das ...«

Herrgott, ich kann das Ganze nur herunterspielen und mich um einen klaren Kopf bemühen, während er die Nerven verliert. »Und was habe ich damit zu tun?«

Sie verstummten, als der Kellner den zweiten Gang brachte. Salomon wies ihn mit einer entsprechenden Handbewegung angewidert zurück, Bora allerdings nicht, denn er war hungrig und aß unter den verärgerten Blicken des Obersts weiter.

»Genau diese Arroganz«, zischte Salomon, »genau diese Selbstüberschätzung wird unser aller Untergang sein. Aber denken Sie daran: Widerstand ist schlimmer als Mord, und es ist die schlimmste Sünde. Weder Ungerechtigkeit noch Tyrannei rechtfertigen Widerstand.«

Als Protestant berief er sich natürlich auf Martin Luther. Bora schluckte seinen Bissen hinunter, tupfte die Lippen mit der Serviette ab und starrte den Oberst etwa eine Minute lang einfach nur an. Gut möglich, dass er herablassend und überheblich gewirkt hatte, aber im Grunde hatte er diesen kleinen Moment benötigt, um einen Plan zu entwerfen.

»Ich habe keinen Einblick in die *Dinge*, von denen Sie hier sprechen«, erklärte er. »Ich bin Soldat, und meine Pflicht ist es, zu kämpfen.« Als Zeichen seiner Unbekümmertheit erlaubte er sich, einer attraktiven Frau hinterherzuschauen, die gerade vorüberging. »Wünschten Sie mich einfach in Kenntnis zu setzen, oder ist da noch etwas anderes?«

»Treiben Sie keine Spielchen mit mir.« Salomon bebte vor Sorge und Zorn. »Aus welchem Grund auch immer Sie in der Stadt sind, ich *habe Sie durchschaut*. Ist das klar? Schließlich haben Sie in der Ukraine unter mir gedient. Ich bin nicht blind.«

Die Gabel in Boras Hand kam lautlos auf dem Tellerrand zu liegen. »Alles, was Sie über mich zu wissen meinen, Herr Oberst, ist der Gestapo bestimmt bekannt. Da wären wir nun. Sie haben mich ausfindig gemacht, Sie haben gesagt, was Sie sagen wollten. Wünschten Sie mich einfach in Kenntnis zu setzen, oder ist da noch etwas anderes?«

So schnell, wie Salomon die Fassung verloren hatte, gab er jetzt klein bei. Tränen stiegen ihm in die Augen. Er musste einen Hustenanfall vortäuschen, um seinen inneren Aufruhr zu verbergen. Aber er weinte aus Angst, und jetzt musste schnell etwas unternommen werden. Bora rief den Kellner herbei, damit dieser auf den Rücken des Obersts klopfte, wie man es gemeinhin tut, wenn sich jemand verschluckt hat. Dann nahm er die Sache in die Hand. Er stand auf und führte Salomon auf die Herrentoilette. Dort zwang er ihn, sich das Gesicht zu waschen und einige Minuten auf dem Toilettendeckel sitzen zu bleiben. Kaum ein Ort war geeigneter als eine Toilette, um ein Abhörgerät zu verstecken, also gebot Bora ihm zu schweigen, indem er seinen Zeigefinger an die Lippen legte.

Dann wies er Salomon an: »Nun werden wir zurück zu unserem Tisch gehen und einen Schnaps bestellen. Wenn Sie etwas dabeihaben, das gegen

Ihren Heuschnupfen hilft, dann sollten Sie es besser jetzt einnehmen.« Eine weitere Tablette kam aus Salomons Jackentasche zum Vorschein, und er schluckte sie auf der Stelle.

Zusammen mit einem Gläschen Brandy beruhigte der Wirkstoff in diesem Medikament seine aufgewühlten Nerven. Gelassen beendete Bora seine Mahlzeit, lehnte sowohl Kaffee als auch Likör ab, und während sein schläfriger Kamerad auf der Suche nach seinem Portemonnaie noch sämtliche Taschen durchstöberte, bezahlte er für sie beide.

Als sie sich trennten, war er auf alles Mögliche gefasst, aber nicht auf das, was Salomon nun zu ihm sagte: »Sie müssen mir dabei helfen, aus Deutschland zu fliehen.«

4

Kassandra wendete nicht das Schicksal Trojas,
und das Lebendige will sein Recht.
MAXIMILIAN SLADEK, »*Unsere Schau*«

13.59 Uhr

Wie ist es gelaufen, Herr Kommissar? Haben Sie herausgefunden, wo Eppner steckt?«

Als sie sich vor dem *Adlon* trafen, wirkte Bora beherrscht, fast schon unbekümmert. Grimm nickte. Schweiß lief ihm von seinem kurz geschorenen Schädel über die Stirn, lediglich die tabakfarbenen Augenbrauen hinderten die Tropfen daran, ihm in die Augen zu perlen. »Sieht so aus, als wäre er bei seiner Schwägerin gelandet, in Bergholz, wo sich Fuchs und Hase Gute Nacht sagen.«

Bergholz war tatsächlich gar nicht so weit entfernt von den Beelitz-Heilstätten. Die gut zehn Minuten, die Bora damit verbracht hatte, sich wieder in den Griff zu bekommen, nachdem er Salomon zur Rede gestellt hatte, hatten nicht gereicht, um sämtliche Spuren seiner Verärgerung zu tilgen. Er musste sich noch einmal mit Lattmann beraten. »Was du heute kannst besorgen, das verschiebe nicht auf morgen«, sagte er und stieg in den Wagen. »Dann wollen wir mal.«

Er vertiefte sich zunächst wieder in die Unterlagen zu Niemeyer und legte jene Papiere zur Seite, die einer genaueren Auswertung bedurften. Er führte sich vor Augen, dass Salomon ein Pessimist war, mit dem gern einmal die Fantasie durchging. Nach einem Nervenzusammenbruch einige Jahre zuvor war er unter ärztliche Beobachtung gestellt worden. Hochverrat! Zweifellos hatte er unbesonnene Äußerungen von einigen Kameraden aus dem Oberkommando aufgeschnappt, und seine Neigung zu schnellen Schlüssen hatte ihr Übriges getan. Dennoch war er in seinem derzeitigen Zustand eine tickende Zeitbombe, was zu Problemen führen konnte. Nach zwei Jahren Dienst in der Zentrale der Abwehr verfügte Bruno Lattmann vermutlich über vertrauliche Informationen. Vielleicht konnte er ihn davon überzeugen, ihm das ein oder andere mitzuteilen. *Warum hat er so darauf bestanden, dass ich mich von Salomon fernhalte? Und warum muss ich immer wieder an die schreckhaften Offiziere im* Adlon *denken und an den Mann vor dem Postamt in der Landgrafenstraße? Ich sollte nicht wie Salomon aus einer Mücke einen Elefanten machen. Trotzdem muss ich wissen, was Bruno noch so zu sagen hat.*

In der Nähe des Polizeireviers in Schöneberg mussten sie warten, bis irgendwelches schweres Gerät abtransportiert worden war. Grimm stellte den Motor ab und blieb eingezwängt hinter dem Lenkrad sitzen. Mit einer Mappe wedelte er sich Luft zu.

»Gerd Eppner«, informierte er Bora, »ist nur ein entfernter Verwandter der berühmten Uhrmacher-Brüder, die ein Ladengeschäft in der Charlottenstraße hatten, aber er hat sich auch ganz wacker geschlagen. Alles, was Sie über die Affäre seiner Frau mit dem Opfer wissen müssen, steht in dieser Mappe, die uns freundlicherweise von der Polizeidienststelle Dahlem zur Verfügung gestellt wurde.« Er reichte Bora den Inhalt der Mappe und behielt den Pappdeckel in der Hand, um sich weiter Luft zufächeln zu können.

Als der Offizier ihm den Polizeibericht nach der Durchsicht zurückgab, legte Grimm ihn wieder in die Mappe. Dann stieg er aus, um mit den Polizisten zu sprechen, die in einiger Entfernung auf der Straße standen. Bei seiner Rückkehr sagte er: »Es wird noch eine Weile dauern. Wir können es uns also bequem machen.«

»Gibt es keine Ausweichmöglichkeit?«

»Nein. Da vorne wird außerdem gerade ein Haus nach dem anderen durchsucht. Wir müssen warten.«

Dann sagte er, vielleicht zum Zeitvertreib oder weil er mit einer persönlichen Erinnerung etwas zu dem Fall beitragen wollte: »Sie müssen wissen, aus meiner Zeit in Neukölln kann ich Ihnen eine Menge über den Sohn Asiens erzählen.«

»Ich bin ganz Ohr.«

»Später nannte er sich zwar Magnus Magnusson, aber zu Beginn seiner Karriere, also etwa zwischen 1922 und 1932, war er als ›Mandelbaum, der Sohn Asiens‹ bekannt, ein Jude aus Galizien.«

»Davon habe ich gehört.«

»Aha, aber Sie wissen vielleicht nicht, dass er sich als abtrünniger Jude ausgegeben hat, der von seiner Familie verstoßen worden ist, weil er sich nicht an die Schabbat-Regeln gehalten hat und solche Sachen. Einmal hat er erzählt, dass ihn sein alter Herr eines Tages dabei erwischt hatte, wie er mit einem gleichaltrigen Polackenkind zusammen ein Stück Wurst aß. Daraufhin hat der ihn grün und blau geschlagen. Aber das war bloß ein Märchen, verstehen Sie? Alles ausgedacht. Er war gar kein Jude.«

»Das weiß ich auch schon.«

»Können Sie sich einen Arier vorstellen, der vorgibt, Jude zu sein, der sich eine ganze Schtetl-Vergangenheit ausdenkt, samt baufälligen Hütten, lärmenden Nachbarn und einem gottesfürchtigen *Rebbe?* Und wie sie unter diesen niederträchtigen Polacken gelitten haben wollen!« Grimm schnaubte verächtlich. »Sie hätten mal seinen Singsang hören sollen: ›Ich bin der Jüngste von zwölf Geschwistern, wie die Stämme Israels!‹ In der Republik waren jüdische Quacksalber und Magier der letzte Schrei, und mit diesen Geschichten drückte er bei seinem Publikum auf die Tränendrüse. Alles gelogen, aber nach dem Krieg mochten es die fetten Kaufleute, die Profiteure und all jene, die dem Vaterland den Dolch in den Rücken gestoßen haben … also, sie mochten es, in ihren warmen Pelzen der Leidensgeschichte des armen kleinen Juden Mandelbaum zu lauschen, der in der Welt nichts besaß außer seinem ›großen Talent‹. Man hatte fast das Gefühl, selbst dort zu sein, inmitten dieser Handvoll schmutziger Hütten, an einem Ende der Straße die *Schul*, wo die Gänse schnatterten, und am anderen die herrischen Polackenbauern. Ich war damals noch Lehrling und Stammgast in den Zirkussen und Kabaretts, und ich habe all diese Lügen von Armut und Erlösung aufgesogen ... Bei Gott, fast wollte man mit ihm zusammen dort sein, in diesem dreckigen Schtetl, mit einem Vater, der sich als Schneider die Augen an der Nähmaschine verdirbt und sich an den Feiertagen den schäbigen Schtreimel aufsetzt. Wir bescheuerten Arier haben das alles aufgesogen. Mich hat er allerdings nicht allzu lange zum Narren gehalten. Damals habe ich mit meinen Parteigenossen in dunklen Hinterhöfen anderen die Schädel eingeschlagen, wenn es nötig war. Mir jagt man nicht so leicht einen Schrecken ein. Ich habe einen Einsatz in Russland hinter mir und kein Problem damit, zuzugeben, dass ich genug echte Juden im Osten erledigt habe.« Grimm unterbrach sich, weil von Bora keine Reaktion kam. »Sie zucken nicht einmal mit der Wimper, Herr Oberst. Solche Bemerkungen sind wohl nicht ganz nach Ihrem Geschmack? Sie gehören vielleicht zum altmodischen Heer, aber jeder von uns hat nun einmal seine eigenen Erfahrungen gemacht.«

»Es gibt nur ein Heer, und das ist die Wehrmacht.«

»Recht haben Sie. Egal, Sie werden es nicht glauben – oder vielleicht doch –, es waren die Jidden höchstpersönlich, die ihm eines schönen Tages die Maske vom Gesicht gerissen haben. Das ist meine Lieblingsgeschichte! Es muss Ende '31 gewesen sein, in Oppeln. Da hatte mich die Partei hingeschickt. Dort war er schon immer berühmt gewesen und würde bald noch berühmter sein, genau wie er es vorhergesagt hatte. Allerdings hatte er nicht vorhergesehen, dass zwei echte Juden aus Łodz im Publikum saßen. Irgendwann hatten sie genug von der gequirlten Scheiße über das Schtetl, also sind sie aufgestanden und haben ihm ein, zwei Fragen gestellt, die nur ein Jid beantworten kann. Tja, und Mandelbaum kannte die Antwort nicht. Er versuchte es, hat aber elendiglich versagt. Der ganze Saal geriet in Aufruhr, und am Ende der Vorstellung war das Durcheinander so groß, dass die Jidden – stark wie Bullen – ihn zu fassen bekamen und seine Hose herunterzogen, um nachzusehen, ob er tatsächlich von David abstammte. Und nein! Bei Gott, nein! Er war kein *schejner Jid!* Die Leute haben so laut gelacht, dass das Dach fast weggeflogen wäre.

Auch das war eine tolle Vorstellung, und witzig noch dazu. Egal, für unseren Helden ging die Sache schließlich gut aus. Eine Woche lang verkroch er sich in einem billigen kleinen Hotel und leckte sich die Wunden, die ihm seine Eigenliebe zugefügt hatte. Dann bekam er einen Anruf vom Zirkus Kludsky und kurz darauf von einem bekannten Impresario, der sogar damals schon wusste, worin sich Christen und Juden unterscheiden. Der Sohn Asiens hatte die glänzende Idee, vor seinem nächsten Auftritt eine Art Beichte abzulegen. Er hat sie in einem Heftchen veröffentlicht und großflächig verteilt. Seine Erklärung: Die Bekanntheit der jiddischen Sänger und Unterhaltungskünstler aus dem Ansiedlungsrayon hat ihn davon überzeugt, dass dies der einzige Weg war, die Gunst des Publikums zu gewinnen. Und das hat verdammt gut funktioniert! Ich war nicht dabei, aber ich kenne Leute, die diese öffentliche Beichte gehört haben, und das kam so gut an, dass einige Weiber angefangen haben zu heulen. Nachdem wir ein paar Kästen Bier leer gemacht hatten, zogen wir los, um die Jidden im Viertel zu vermöbeln, einfach um ihnen zu zeigen, was man tut und was nicht.« Bei dieser liebevoll gehegten Erinnerung seufzte Grimm auf. »So also haben wir von seiner ›wahren Lebensgeschichte‹ erfahren, die genauso interessant war wie die erste. Magnus Magnusson war der Sohn eines armen Matrosen aus Schweden und hat es bis zu einem Universitätsabschluss gebracht. Abgesehen davon, dass er nicht aus Skandinavien kam. Er hat uns einfach noch mehr Bockmist aufgetischt. Aber damals änderte sich die Lage in Deutschland allmählich, und er hat wenigstens nicht mehr versucht, den Trick mit dem Jüdischsein anzuwenden.« Er sah Bora an, der ungerührt wirkte. »Das hat nun ein bisschen gedauert, um Ihnen zu erklären, was mir so durch den Kopf gegangen ist, als ich von seinem Tod erfuhr. So viele Lügen. Daran ist er gestorben.«

»An Lügen und an zwei Schüssen aus einem Jagdgewehr.«

Nach und nach setzte sich der Verkehr wieder in Bewegung.

Mit seinen abfallenden Giebeln, die sich über der Regenrinne nach oben wölbten, hatte das Landhaus etwas Orientalisches an sich. Ein bogenförmiger, von Efeu gesäumter Vorbau bildete die zweistöckige Vorderseite, deren oberes Geschoss einer besseren Dachgaube mit vier Fenstern ähnelte. Die restliche Fassade war von hellgrünen Kletterpflanzen überrankt. Zur Haustür führten einige Treppenstufen hinauf. In dieser Art geräumigen Vorbaus standen üblicherweise in der warmen Jahreszeit Korbmöbel und Blumentöpfe. Zu sehen war davon allerdings nichts, vielleicht aus Angst vor Dieben.

Als Bora sich dem Eingang näherte, wurde das wütende Kläffen eines kleinen Hundes im Haus lauter. Zu seiner rechten Seite folgte ihm, mit einem halben Schritt Abstand, Grimm. So hielt er es vermutlich auch, wenn er mit einem Partner auf Streife war.

Zu jener Zeit war die Stromversorgung immer wieder einmal unterbrochen, sodass man häufig vergeblich klingelte. Die Eppners hatten das Problem auf ihre Weise gelöst: Neben der Tür war eine altmodische Glocke an einer blanken Messingkette samt einem verschnörkelten Täfelchen mit der Aufschrift *Bitte ziehen* angebracht. Das einmalige Läuten löste einen wahren Bellanfall aus, den eine Frau sanft und mit deutlich hörbarem Akzent zu besänftigen versuchte. Die Tür ging auf: Die junge Frau in der Türöffnung hielt einen Mops auf dem Arm. Sie sah nicht deutsch aus. Ihr rundes Gesicht mit den hohen Wangenknochen rötete sich verwundert, als Bora sie auf Russisch ansprach.

»Zdrawstwujte«, erwiderte sie zögerlich. Auf die Frage, ob die Eppners zu Hause seien, antwortete sie, dass die »Herrin« nicht da sei, der »Herr« hingegen schon.

Die Oktoberrevolution ist siebenundzwanzig Jahre her, und das dürfte in etwa auch ihr Alter sein – und sie nennt die Menschen, für die sie arbeitet, »Herrschaften«. Bora wies sie lächelnd darauf hin, und das verwirrte sie noch mehr.

»Sie brauchen uns nicht anzukündigen«, fügte er hinzu und nötigte sie, einen Schritt zurückzuweichen, damit er das Haus betreten konnte.

Es bestand kein Zweifel daran, dass es sich bei dem etwa sechzigjährigen Brillenträger mit hochgekrempelten Hemdsärmeln und einem Eingriffszirkel in der Hand um Herrn Eppner handelte, der gehört hatte, dass die junge Frau Russisch sprach, und sie dafür schelten wollte. Beim Anblick der Fremden schlug seine Verdrießlichkeit in Besorgnis um.

»Raus mit euch!«, rief er und schickte das Dienstmädchen mitsamt dem Hund weg. »Meine Herren …?«

Aus Prinzip hielt sich Bora für gewöhnlich Zivilisten gegenüber nicht mit Förmlichkeiten auf. Knapp erläuterte er den Grund ihres Kommens, und nachdem Grimm sich ausgewiesen hatte, erhob Eppner keine Einwände mehr. Er führte die Besucher durch einen lichtdurchfluteten Frühstücksraum zu seinem »Laboratorium«.

Der Raum, der früher offensichtlich ein Wohnzimmer gewesen war, stand nun voller Metallregale, auf denen eine Fülle merkwürdiger Instrumente lag: Uhrmacher-Drehmaschinen, Schraubzwingen und Schachteln mit Rädchen, Schrauben, Drehknöpfe, Pinzetten, Vergrößerungsgläser und Miniatur-Ambosse teilten sich den Platz mit bereits fertiggestellten Uhren unterschiedlichster Größe, allesamt totenstill.

Stumm zeigten sie verschiedene Uhrzeiten an, als ob in mehr als einer Beziehung die Zeit stehen geblieben wäre. *Zu jeder der angezeigten Stunden ist mir etwas widerfahren oder wird mir noch etwas zustoßen*, sagte Bora sich. *Als das Auto im letzten September von einer Granate getroffen wurde, war es 16.27 Uhr. Ich hatte gerade erst einen Blick auf meine Armbanduhr geworfen, und das ist das Letzte, woran ich mich erinnere. Als die Schießerei vorüber war, habe ich offenbar meine Armbanduhr im Staub gesucht, weil meine Hand nicht mehr da war. Es stimmt, was ich Nina erzählt habe, ich kann mich nicht daran erinnern, Schmerzen gehabt zu haben.*

»Sie fragen sich vermutlich, warum ich sie nicht aufziehe«, machte Eppner den Anfang, »aber Sie müssen wissen, dass wir hier nur zu Gast sind, und meine Schwägerin hat ziemlich schwache Nerven. Wir sind hier nur vorübergehend untergekommen. Unser Zuhause ist weitaus geräumiger. Ich versichere Ihnen dennoch, dass jede Uhr funktioniert, und zwar sehr gut.«

Machte er Konversation, um Zeit zu gewinnen? Bora sah verdrießlich aus, daher folgte eine unspezifische Entschuldigung: »Ich weiß wirklich nicht, womit ich Ihnen dienen kann, meine Herren. Ich bin nicht einmal mit der Person bekannt, über deren Tod Sie mit mir sprechen möchten.«

»Ihre Frau kannte ihn ganz gut«, lag Bora schon auf der Zunge. Aber er hatte keine Zeit für Spielchen. »Wo ist Frau Eppner?«

»In unserem Geschäft am Breitenbachplatz. Jemand muss sich um den Laden kümmern, während ich mich von einer Kolik erhole. Was hat denn Frau Eppner mit – wie hieß der Verstorbene doch gleich?«

Bora zählte rasch Niemeyers Künstlernamen auf, und da der Uhrmacher weiterhin vorgab, dass ihm keiner davon ein Begriff sei, fügte er hinzu: »Nun gut, Walter Niemeyer wurde umgebracht, und aus Gründen, die Ihnen im Gegensatz zu uns womöglich schleierhaft sind, gehören Sie zum Kreis der Verdächtigen.«

Eppner legte den Eingriffszirkel auf seinem überladenen Arbeitstisch ab. »Wie bitte? Ich lebe hier draußen auf dem Land, wie hätte ich je –« Er hielt inne, weil Bora den Wohnort des Opfers gar nicht erwähnt hatte. Verlegen bemühte er sich, seinen Fehler zu korrigieren. »Wenn man ihn, wie Sie gesagt haben, den Propheten von Weimar genannt hat, dann muss er doch in Weimar gelebt haben, oder?«

»Durchaus nicht.« Bora zog sein Notizheft heraus. »Unseren Informationen zufolge haben Sie zehn Tage in Berlin-Steglitz verbracht, nachdem Sie Ihr ausgebombtes Zuhause in der Innenstadt verlassen hatten.«

»Ach, dann hat sich das Verbrechen in Steglitz zugetragen.«

»Nein, nicht in Steglitz. Im nahe gelegenen Dahlem. Lesen Sie denn keine Zeitungen?«

»Nein.«

Bora starrte auf eine Reihe handgeschnitzter Uhren aus dem Schwarzwald, die mit einer stattlichen Schar toter Hasen und Fasane verziert waren, mit Hirschgeweihen, Jagdtaschen und Jagdgewehren. »Aber Sie hören Radio.«

»Nein.«

»Und Sie gehen nicht einmal zur Post, zum Bäcker oder zum Tabakwarenhändler?«

Eppner erstarrte. Als sich die Kordel um seinen Hausmantel aus Satin löste, fing er sie auf, bevor sie den Boden erreichte. Er schwang sie wie eine Peitsche, während er sorgsam seine Worte wählte: »Klatsch mit Ladeninhabern ist nicht meine Sache. Die Hausarbeiten überlasse ich dem Dienstmädchen und der Dame an meiner Seite, meiner Frau Gemahlin.«

»Eine Fremdarbeiterin ist kein Dienstmädchen«, konterte Bora gereizt, »und ich möchte bezweifeln, dass Ihre Frau eine Dame ist.«

Grimm, der die Instrumente auf den Regalen in Augenschein nahm, brach bei diesen Worten in Lachen aus.

Bora stellte seine Aktentasche auf den Arbeitstisch und brachte damit die winzigen Werkzeuge durcheinander. Er nahm ein maschinengeschriebenes Blatt Papier heraus. »Hier ist eine Beschwerde über eine Ruhestörung, die bei der Polizeiwache in der Cecilienallee eingegangen ist. Ihr Name steht darauf. Sie haben Niemeyer vielleicht nicht so gut gekannt wie andere Mitglieder Ihrer Familie, Herr Eppner, aber Sie haben Ihren Wagen dennoch nicht nur ein Mal, sondern gleich sechs Mal vor dem Grundstück des Opfers abgestellt, wobei Sie, wie Sie hier nachlesen können, ›die als *Schalmei* bekannte Autohupe wiederholt ungeachtet der Uhrzeit betätigt und damit in der ganzen Nachbarschaft nicht nur für Verdruss, sondern für äußerste Beunruhigung‹ gesorgt haben.« Grimm gluckste. Bora wandte sich verärgert um, doch der Polizist bekam einen derart heftigen Lachanfall, dass er den Raum verlassen musste. »Des Weiteren hat ein Zeuge ausgesagt, dass Sie mindestens einmal damit gedroht haben, Ihre Frau *und* Niemeyer umzubringen. Bevor Sie dies abstreiten, bedenken Sie bitte, dass es Ihre Frau war, die einer anderen Person von dieser Drohung berichtet hat, und diese hat es dann auf der Polizeiwache hier in der Straße gemeldet.«

Der pedantische Eppner versuchte, die Ordnung auf seinem Tisch wiederherzustellen. »Diese *andere Person* ist meine Schwägerin, der man nicht trauen kann. Ich bestreite …« Bora brauchte sich gar nicht umzudrehen, allein an Eppners Gesicht konnte er ablesen, dass Grimm leise wieder das Zimmer betreten haben musste. Er lachte nicht mehr, sein Gesichtsausdruck hatte etwas Bedrohliches bekommen. »Ich bestreite *nicht*« – der Ton des Uhrmachers hatte sich verändert –, »dass Fehltritte in der Vergangenheit zu Differenzen mit meiner Frau geführt haben.

Aber es ist mir zuwider, dass müßigem Geschwätz mehr Glauben geschenkt wird als dem Wort eines gewissenhaften Steuerzahlers und Parteimitglieds.« Während er sprach, schlang er sich die Satinkordel wieder um die Taille und zurrte sie mit drei Knoten so fest zusammen, dass es fast unmöglich schien, sie wieder zu lösen. »Was meine familiäre Situation betrifft, so können Sie nicht verstehen, sofern Sie unverheiratet sind, dass –«

Bora schnitt ihm das Wort ab. »Dann klären Sie mich auf.«

Eppner war so fahrig, dass er eine gute halbe Stunde brauchte, um ein Alibi zu liefern und seine Version der Geschichte zu erzählen. Grimm verschwand unterdessen erneut und durchsuchte das Haus. Bora hörte, wie er Schubladen mit einem Ruck herausriss und im oberen Stockwerk hin und her trampelte. Der kleine Hund, der irgendwo im Erdgeschoss in einen Abstellraum verbannt worden war, winselte und kratzte an der Tür. Einmal rief Bora die junge Russin herbei, damit sie einige Details ergänzte.

Die ermüdende Schilderung, die der Uhrmacher zu seiner Verteidigung vorbrachte (»Verwöhnte Gattinnen, deren Männer so hart arbeiten wie ich … allein drei Läden in Berlin … Der sogenannte Prophet war ein richtiger Freimaurer, lassen Sie sich das gesagt sein …«), kam gerade langsam zum Ende, als der Polizist wieder ins Zimmer stiefelte und eine Selbstladepistole der Marke Sauer samt einer Schachtel Munition vor Bora ablegte. »Das steckte beides in einem abgeschalteten Boiler, eingewickelt in Zellophan. Die Waffe ist geladen. Die Munition ist eine bunte Mischung. Eine von den Patronen passt.« Welche, sagte er nicht.

Eppner war plötzlich wie ausgewechselt. »Passt? Passt? Passt *zu was?* Geben Sie her!« Vergeblich versuchte er, dem Polizisten die Waffe zu entreißen. »Vor Ihnen steht ein Leutnant des Berliner Garde-Regiments zu Fuß, der vor dreißig Jahren das Recht erworben hat, Waffen zu tragen! Ich will verdammt sein, bevor ich darauf verzichte, mich selbst zu verteidigen, und zulasse, dass mir und den Meinen ein Leid getan wird, sei es in meinen Läden oder zu Hause!«

Grimm grinste. »Sie Lügner! Bis Sie die Waffe herausgefischt und ausgewickelt haben, hat ein Eindringling Sie längst durchlöchert wie ein Sieb.

Dies hier«, sagte er und wog die Pistole in seiner Hand, »und die Tatsache, dass Sie gegen das Gesetz verstoßen, weil Sie in Ihrem Haus eine Ostarbeiterin beschäftigen, reicht mir, um Sie für ein Gespräch zum Alex mitzunehmen.«

Bora begutachtete die Pistole und gab sie dann dem Polizisten zurück. Mit dieser Waffe war der Mord nicht begangen worden, und solange auf diesem Grundstück kein Gewehr gefunden wurde, hatte er kein Interesse mehr an dieser Spur, was auch an dem Alibi lag, das Eppner in seiner langatmigen Geschichte geliefert hatte. Vom Frühstücksraum aus rief Grimm im nächstgelegenen Polizeirevier an und forderte Männer für eine gründliche Hausdurchsuchung an. Wie wahnsinnig kritzelte Eppner die Namen und Adressen aller Personen, die sein Alibi bestätigen konnten, auf einen Zettel. »Das sind alles Nachbarn, Herr Oberst, sämtlich anständige Menschen: Einer von ihnen ist der Pfarrer der hiesigen Gemeinde ... Glauben Sie, dass man mir gestatten wird, einen Anwalt anzurufen?«

Das wisse er nicht, antwortete Bora.

Keine zehn Minuten später war die Polizei vor Ort. Grimm erteilte ihnen Anweisungen, und während der Mops in der Abstellkammer tobte, begleitete die junge Russin ihn und Bora zur Tür und hinaus in den Garten. Das Treiben musste sie verängstigt haben, aber sie war verständig genug, die Ruhe zu bewahren und sich bedeckt zu halten. An einem Blumenbeet blieb Bora in der prallen Sonne stehen. Er brach das höfliche Gespräch ab und stellte ihr Fragen, auf die sie Antwort gab. *Sie genießt es, in ihrer wohlklingenden Muttersprache mit mir zu sprechen, und doch spiegelt sich Angst in ihren Augen, wegen der Polizei und auch, weil sie aus meinen Russischkenntnissen schließen kann, dass ich zu den Männern gehöre, die in ihr Land einmarschiert sind. Dieses Mädchen hier mit dem klaren Blick – selbst wenn sie den Krieg überleben sollte, was würde mit ihr passieren, sofern die Rote Armee bis nach Berlin käme?* Plötzlich spürte er ein unerklärliches Mitleid mit ihr. Obwohl niemand in der Nähe war, der sie verstehen konnte, senkte er den Kopf, um ihr etwas ins Ohr zu flüstern: »Lass dich von niemandem überzeugen, wieder nach Hause zu gehen. Ich weiß, was denen widerfährt, die zurückgehen.«

Grimm wartete am Tor auf ihn. Er hatte noch immer die Sauer in der Hand und fummelte am Sicherungshebel herum. »Was hat die Russki Ihnen gerade gesagt?«, wollte er wissen.

»Dass Eppner und seine Frau praktisch getrennt unter einem Dach gelebt haben. Die Schwägerin war so angewidert von der angespannten Situation, dass sie sich eine Beschäftigung als Straßenbahnfahrerin gesucht hat, um möglichst häufig außer Haus sein zu können.«

»Und was haben Sie ihr gesagt?«

Gelassen beobachtete Bora, wie Grimms Finger auf dem Stahl spielten. »Dass sie reizend ist. Jedenfalls für eine Russin. Legen Sie das Ding jetzt weg, oder muss ich meine auch rausholen?«

Grimm steckte die Pistole in die Tasche. »Wenn das Jagdgewehr in diesem Haus oder in einem von Eppners Läden gefunden wird, ist er erledigt.«

»Also, wir müssen noch einige Leute aufsuchen, bevor wir der Gegend hier wieder den Rücken kehren. Es gibt drei Personen, die angeblich bei den Eppners waren, als sich der Mord ereignete.«

Zu Grimms Enttäuschung bestätigten die ersten beiden Gäste der Eppners das Alibi des Uhrmachers, eine Geburtstagsfeier, die wegen der Ausgangssperre die ganze Nacht gedauert hatte. Bora überlegte, wie er einen Umweg über die Beelitz-Heilstätten einlegen könnte, ohne Grimms Neugierde zu wecken.

Eines musste er dabei bedenken: Gut möglich, dass die Kriminalpolizei ihn seit der Trauerfeier im Auge hatte. *Sie könnten jemanden im* Adlon *untergebracht haben, der festhielt, wann ich im Hotel ankam und wieder aufbrach, um zu Bruno aufs Land zu fahren. Es ist nichts dabei, einen verwundeten Kameraden zu besuchen. Und sollten sie bei meiner Rückkehr die Uhrzeit vermerkt haben, habe ich anschließend nur Nina im Hotel getroffen und bin von da aus direkt zu Nebe gegangen. Heute Vormittag hat Grimm die Beschattung übernommen. Wenn er wissen will, was ich vorhabe, muss er mich begleiten. Trotzdem, wenn Nebe, aus welchem Grund auch immer, beschlossen hat, mich engmaschig überwachen zu lassen, dann weiß er, dass Dr. Olbertz vor Onkel Alfreds Trauerfeier an mich herangetreten ist, und – leider – dass ich innerhalb von vierundzwanzig Stunden Salomon gleich zweimal getroffen habe. Mit seinem ehemaligen Kommandeur zu verkehren ist per se nicht verdächtig, es sei denn, Nebe als SS-Gruppenführer ist diesem Schwätzer auch auf den Fersen, und zwar aus politischen Gründen. Ich sage »Nebe«: Aber was, wenn die Gestapo dahintersteckt?*

Bei diesem Gedanken erschauderte er. Ihm wurde plötzlich bewusst, dass sein Vorhaben, in Beelitz vorbeizufahren, tollkühn war, und er verwarf die Idee wieder. Bora begnügte sich damit, bei dem Pfarrer ein paar Straßen weiter Eppners Alibi zu überprüfen, während er über einen Vorwand nachsann, eine Weile allein zu sein. In der Zeit musste er Goerdeler ausfindig machen und ihn fragen, worum es hier wirklich ging.

18.50 Uhr

Nachdem der Pfarrer das Alibi der Eppners bestätigt hatte, fuhren die Ermittler nach Berlin zurück. Als sie die Bülowstraße überquerten, sagte Grimm, er müsse telefonieren. »Ich erwarte den Bericht eines Kollegen über Kupinskis Aufenthaltsort und Angaben zu einem Paket, das im Anhalter Bahnhof hinterlegt wurde.«

Bora fragte sich, warum er ihm das nicht schon eher gesagt hatte. »Ist Kupinski der Adressat?«

»Nein, der Verleger Roland Glantz. Er hat die Empfangsbescheinigung postlagernd an sich selbst schicken lassen, aber wir konnten das Paket leicht zu ihm zurückverfolgen.« Grimm bremste, er hatte eine Telefonzelle entdeckt. Als sich herausstellte, dass sie außer Betrieb war, sagte er, er würde von der Polizeiwache in der Linkstraße aus telefonieren. »Das könnte ein bisschen dauern, Herr Oberst. Sie brauchen nicht mit reinzukommen, wenn Sie nicht wollen.«

Die Linkstraße führte zum Potsdamer Platz – und von da aus war es sowohl zum Potsdamer als auch zum Anhalter Bahnhof nur ein Katzensprung. Bora witterte eine Gelegenheit, Grimms wachsamem Blick zu entkommen und Goerdeler aufzuspüren. »Ich muss noch einiges lesen«, antwortete er. »Ich warte hier.«

Er blieb im Wagen sitzen, bis der Polizist um die Ecke gebogen war. Während seiner Zeit im Hauptquartier der Abwehr am Tirpitzufer hatte er die Namen der Gestapo-Informanten bei Polizei und Kriminalpolizei gekannt. Aber inzwischen waren vier Jahre vergangen. Oster und Canaris waren nacheinander hinausgeworfen worden. Die Abwehr, die Bora gekannt hatte, gehörte der Vergangenheit an. Und nun hatte Nebe ihm einen früheren SA-Schläger an die Seite gestellt, einen »treuen Alten Kämpfer«, wie er sich ausgedrückt hatte. Das konnte nur bedeuten, dass Grimm vor zehn Jahren in der Nacht der langen Messer zu den Waffen gegriffen und diese gegen seine eigenen Kameraden gerichtet hatte.

Er stieg aus und ging los. Die Sonne schien noch immer so intensiv, als würde sie eimerweise grelles Licht auf die Straße kippen. In unmittelbarer Umgebung der Bahnhöfe, wo Jahre zuvor die Prostitution floriert hatte, lagen, soweit Bora sich erinnerte, etliche Hotels, mindestens sechs waren ihm in Erinnerung. Aber wie viele mochten nach den Luftangriffen im vergangenen November überhaupt noch stehen? Zu Beginn des Krieges war er Goerdeler einmal zufällig in der Klinik im *Askanischen Hof* begegnet.

Sich am Empfang nach jemandem zu erkundigen, konnte zu Schwierigkeiten führen oder schlichtweg unmöglich sein, das hing ganz von dem Portier ab. Dieser war zwar verpflichtet, der Gestapo Besucherlisten vorzulegen, nicht aber einem Offizier der Wehrmacht. Der Versuch, für eine solche Auskunft Geld anzubieten, konnte eine Anschuldigung nach sich ziehen oder sogar eine Festnahme, sofern Polizisten in Zivil zugegen waren. Bora wollte es auf andere Weise probieren.

Da die Klinik noch in Betrieb war, trat er einfach ein und sagte, er habe einen geschäftlichen Termin mit Dr. Carl-Friedrich Goerdeler. Er möge eine schriftliche Nachricht hinterlassen, wurde ihm gesagt. Das allein belegte noch nicht Goerdelers Anwesenheit, und die Diskretion, die der Portier walten ließ, konnte auch darauf hinweisen, dass Goerdeler nicht gestört werden wollte. Eine Nachricht wollte Bora zwar nicht hinterlassen – aber er konnte hier auch nicht weiter seine Zeit vergeuden. »Das macht nichts«, sagte er leichthin. »Ich komme wieder vorbei.«

In den anderen Hotels in der Nähe lief es nicht besser, obwohl man ihm im *Stuttgarter Hof* immerhin sagte, dass ein Gast dieses Namens nicht verzeichnet sei. Nach drei weiteren knappen und fruchtlosen Vorsprachen (weitere Versuche blieben ihm erspart, da die übrigen Hotelbetriebe zerstört worden waren) kehrte Bora enttäuscht in die Linkstraße zurück, um auf Grimm zu warten.

Dort traf er gerade noch rechtzeitig ein, denn kurz darauf bog der Polizist auch schon mit seinem plattfüßigen Gang um die Ecke und wischte sich den Schweiß von seinem sonnenverbrannten Nacken. »Ist Ihnen gar nicht heiß?«, fragte er, als er sich hinters Lenkrad zwängte. »Sie haben die ganze Zeit hier im Auto gesessen, und Ihnen ist nicht heiß?«

»Nein.«

»Ich fühle mich höllisch unwohl.« Grimm lockerte den schlaff um seinen feisten Hals hängenden Schlips und fuhr sich mit seinem klitschnassen Taschentuch unters Hemd. Dann nahm er seine Dienstmarke ab und warf sie ins Handschuhfach.

Bora sah in die andere Richtung. »Hatte Ihr Kollege was Neues zu berichten?«

»Kupinski ist in seinem alten Viertel in der Nähe vom Busbahnhof am Friedhof aufgetaucht. Der Busbahnhof liegt drüben in Treptow. Freunde von ihm wohnen in der Persiusstraße und arbeiten in der städtischen Reparaturwerkstatt am anderen Spreeufer. Er ist mal hier, mal dort. Ich habe seine Bewegungen durch Horst-Wessel bis zum Zentral-Viehhof festgehalten. Wissen Sie, wo das ist?«

»So ungefähr.«

»Die schieben da im Moment Überstunden, schlachten Rinder aus dem Osten«, fuhr Grimm fort. »Deshalb gibt es in Berlin gerade mehr Fleisch als noch vor einem Jahr.«

Der Gedanke an Schlachthöfe und was dort so vor sich ging, bedrückte Bora. »Was ist, haben wir eine genaue Adresse?«

»Wir haben ihn in einer Mietskaserne in Neukölln ausfindig gemacht. Von dort wird er sich vorläufig nicht wegbewegen.« Grimm wischte sich mit dem auseinandergefalteten Taschentuch übers Gesicht. »Wir sollten uns nun stattdessen die Sache mit dem Paket am Anhalter Bahnhof vornehmen. Genau genommen ist es ein kleiner Koffer, der dort am Freitag, 7. Juli, auf den Namen Roland Glantz hinterlegt wurde.«

Bora steckte die Papiere, in denen er vorgeblich während Grimms Abwesenheit gelesen hatte, in seine Aktentasche. *Ganz sicher hat der Anruf im Präsidium nicht länger als fünfzehn oder zwanzig Minuten gedauert, aber er war beinahe doppelt so lange weg. Was hat er noch auf der Polizeiwache gemacht? Ich wette, er hat aus gutem Grund nicht darauf bestanden, dass ich mitkomme. Bestimmt hat er seinen Vorgesetzten Bericht erstattet, wie unser Tag bisher gelaufen ist, einschließlich meines Gesprächs mit der jungen Russin.*

»In Ordnung, dann gehe ich zu Fuß dorthin«, verkündete er.

Mürrisch verfolgte Grimm, wie der Offizier ausstieg. Bora hörte, dass er den Motor anließ, und nahm an, dass der Polizist zum Bahnhof fahren würde, der nur ein Stück weiter lag. Der Olympia fuhr tatsächlich an ihm vorüber, kam aber kurz darauf an einem schattigen Fleck zum Stehen. Grimm, der sich mit einem Fußmarsch abgefunden hatte, stieg aus und setzte sich in Bewegung.

18.37 Uhr

Der Anhalter Güterbahnhof lag in Schutt und Asche, ebenso wie der Güterbahnhof des nahe gelegenen Potsdamer Bahnhofs. Der noch erhaltene Schalterbereich sah arg ramponiert aus. Dennoch ging es dort ziemlich geschäftig zu. Es waren mehr Uniformierte zu sehen als Zivilisten, von denen die meisten Frauen waren. In der schmierigen Luft hing ein Geruch nach Gips, Farbe, frisch gefälltem Bauholz und Sperrholz – Anzeichen hastiger Instandsetzungsarbeiten. Hinter dem Schalter der Gepäckaufbewahrung wartete schon ein Polizist auf Grimm und Bora, das Packstück lag zu seinen Füßen. Es war über einen halben Meter lang und jeweils etwa halb so hoch und breit. Damit sah es aus wie eine Schuhputzkiste oder ein Werkzeugkasten. Ein Schloss war allerdings nicht zu sehen. Es war mit Draht umwickelt, der hier und da mit einem Bleisiegel befestigt war. Nach einer kleinen Plauderei kamen sie überein, das Paket aus dem Bahnhof zu tragen und eine freie Fläche zu suchen, wo sie es öffnen konnten.

Der Polizist schlug vor, dies einem Bombenräumdienst zu überlassen. Bora musste an die Explosion denken, die er an seinem ersten Abend in Berlin mitbekommen hatte. Ganz gleich, mit wie viel Vorsicht man zu Werke ging, im Krieg konnte sich jederzeit eine Katastrophe ereignen. »Es ist doch auch nichts passiert, als es vom Regal heruntergenommen wurde, oder?«, fragte er ungehalten. »Der Draht ist nicht mit dem Inneren verbunden, also dürfte er keine Sprengladung auslösen, wenn man ihn durchtrennt.« Man könne natürlich nicht ausschließen, dass sich im Paket eine Zeitbombe befinde, musste er einräumen.

Sie einigten sich darauf, das Paket vorsichtig auf die Freifläche südlich vom Bahnhof zu transportieren. Bora, der immer mehr in eine seiner »Es ist mir egal, was passiert«-Stimmungen rutschte und von Übervorsicht die Nase voll hatte, sah unverwandt auf das unverfänglich aussehende Behältnis, das auf der schäbigen Grünfläche stand. Es ärgerte ihn, dass die anderen denken könnten, er wolle sich wichtigmachen, weil er sich mehr als die meisten anderen vor einer Explosion fürchten müsste, aber er sah wirklich keinen Grund dafür, warum ein bankrotter Verleger einen Sprengsatz in einer Gepäckaufbewahrung hinterlegen sollte.

»Was meinen Sie, wie schwer ist es?«, fragte er den Polizisten, der das Paket widerstrebend unter dem Arm hierhergetragen hatte.

»Mit der Verpackung vielleicht viereinhalb, fünf Kilo, Herr Oberst. Wir sollten mit dem Öffnen warten.«

»Nein. Ich werde es jetzt aufmachen. Treten Sie zurück.«

Grimm hakte seine Daumen in die Gürtelschlaufen und zog seine Hose hoch. Er sagte nichts. Seine Miene drückte aus, dass er zwar nicht sagen konnte, worin Boras Bluff bestand, er ihn aber wissen lassen wollte, dass es ihm aber auch völlig egal war. Er nickte dem Polizisten zu. Beide entfernten sich gut zwanzig Meter.

Bora hockte sich neben die Kiste und wickelte den Draht mit den Fingern ab. Wie erwartet, geschah nichts. Mühelos öffnete er den Klappdeckel: Er sah nichts weiter als fest zusammengepresste Sägespäne.

Sie wogen fast nichts, und die Kiste bestand aus dünnem Material, also mussten der Gegenstand – oder die Gegenstände – unter den Sägespänen den Großteil des Gewichts ausmachen. Er steckte seine Hand hinein und tastete umher. Ob Kleopatra wohl auch so eine schicksalsergebene Unbekümmertheit empfunden hatte wie er jetzt, als sie die Hände nach der Natter im Feigenbaum ausstreckte? Er, dem seine Umgebung vermeintlich egal war, nahm plötzlich jede Einzelheit wahr. Die hellen, zarten Späne gefällter Bäume, die Gott weiß wo gestanden hatten, glitten um seine Fingerkuppen. Als sie über den Rand der Kiste quollen und auf das kärgliche Gras fielen, stieg immer noch der Duft nach Wald von ihnen auf. Schwach schwebten die Geräusche der Stadt über ihm, gedämpft wie der Lärm, den man in einem Traum hört. Der Himmel über ihm würde schon bald die Farbe wechseln, wenn der Tag in den Abend überging. *Ich sehe, höre und rieche alles, und dennoch bin ich bereit, das alles hinter mir zu lassen.*

Der Gegenstand war jedenfalls aus Metall. Und aus Holz. Er fühlte sich wie ein eigentümlicher Gewehrlauf an.

Kurz darauf betrachteten alle drei eine zerlegte Waffe, deren Bestandteile ordentlich aufgereiht auf Grimms von der Stange gekauftem Mantel mit den Schweißflecken lagen. Bora war dieser Typ nicht ganz unbekannt, obwohl er noch nie mit einem solchen Gewehr geschossen hatte.

»Nee, so was!« Der Polizist stieß einen Pfiff aus. »Das setzt dem Ganzen die Krone auf. Eine kombinierte Waffe.«

»Ein Drilling, wie ihn Jäger benutzen. Aber nicht für den zivilen Einsatz gedacht.« Mit einem Stock deutete Grimm auf die Basküle, in die Buchstaben punziert waren. »Dort steht L. W.«

Dem hatte Bora nichts hinzuzufügen. Gelegentlich hatte die Crew im Bomber seines Bruders so ein Gewehr mit sich geführt, wenn sie über Südrussland unterwegs waren. Aber eigentlich waren Drillinge zunächst nur Piloten in Afrika und im Mittelmeerraum ausgehändigt worden, damit sie sich gegen wilde Tiere verteidigen konnten, sollten sie nach Beschuss notlanden müssen. Das Besondere an dieser Waffe waren die drei Läufe, zwei im Kaliber zwölf und ein Schrotlauf für 9.3-mm-Randpatronen. Damit konnten Hirsche, Wildschweine und sogar Löwen erlegt werden.

»Beide Munitionstypen gab es auch in Eppners Haus«, murmelte Grimm.

»Sind irgendwo die Fingerabdrücke des Verlegers zu den Akten genommen worden?«, wollte Bora wissen.

Das werde er überprüfen müssen, antwortete Grimm. Die Überraschung in seinen kleinen Augen war einer Art wilder Freude gewichen, dem boshaften Vorgeschmack eines Sieges. »Ich nehme das mit ins Präsidium, Herr Oberst. Spätestens morgen früh werden wir Glantz mit Fug und Recht verhaften können.«

Der Polizist war immer noch mitgenommen, wollte aber auch seinen Senf dazugeben. »Das hätten Sie wirklich nicht riskieren dürfen, Herr Oberst. Es hätte ein Sprengsatz sein können.« Bora nickte, aber seine Aufmerksamkeit galt immer noch Grimms boshaftem Gesichtsausdruck. *Ich hätte den Lauf nicht berühren dürfen, das hätte ich wirklich nicht tun dürfen. Grimm hat die Waffe mit seinem Taschentuch angefasst, und der Polizist gar nicht. Nun sind meine Fingerabdrücke oder zumindest Teile davon auf dem metallenen Lauf, und man kann bei Bedarf darauf zurückgreifen. Himmel. Kein Wunder, dass dieser Lakai so heiter aussieht.*

Grimm brach Richtung Güterbahnhof auf, gefolgt von dem Polizisten, der sich die Kiste wieder unter den Arm geklemmt hatte.

»Soll ich Sie zum Hotel zurückbringen, bevor ich zum Präsidium fahre, Herr Oberst?«

»Ja, bitte.«

Im Gras lag noch eine Handvoll Sägespäne, sie zitterten leicht, als ein warmer Windhauch über die Freifläche zog. Bora bückte sich, um sie aufzusammeln, als müssten sie gerettet werden, aber dann zerdrückte er sie in seiner Faust. Als er den beiden Polizisten gemächlich folgte, dachte er: *Wenn ich ihn töten müsste, würde ich keine Sekunde zögern. Zu wissen, dass man den Mann an seiner Seite beseitigen könnte – und zwar ohne eine Gewissensfrage daraus zu machen –, gibt einem ein Gefühl von Freiheit. Vor allem, wenn dieses Gefühl wie in Grimms Fall auf Gegenseitigkeit beruht.*

Im *Adlon* warteten zwei Nachrichten auf Martin Bora: ein Telegramm von seiner Mutter, in dem sie bestätigte, heil in Leipzig angekommen zu sein, und eine mündlich übermittelte Botschaft, die der ungewöhnlich zerknirscht wirkende Portier ausrichtete. »Herr Oberst, für Sie wurde im *Leipziger Hof* reserviert. Herr Adlon persönlich hat den Anruf entgegengenommen.«

Da also wollte Arthur Nebe ihn unterbringen. Bora sagte nichts dazu. Louis Adlon, der Boras leiblichen Vater von dessen glorreichen Auftritten in Berlin kannte, trat aus seinem Büro und sagte entschuldigend: »Wir sind sehr betrübt, Sie zu verlieren, und bedauern die Unannehmlichkeit, Herr Oberstleutnant Baron von Bora. Selbstverständlich werden wir gleich morgen früh dafür Sorge tragen, dass Ihr Gepäck überstellt wird ...«

»Es ist keine Unannehmlichkeit«, antwortete Bora höflich. »Und es gibt keinen Grund, mein Gepäck zu überstellen. Ich werde mich morgen darum kümmern.«

Der *Leipziger Hof* war ein kleines, elegantes Hotel, das es gar nicht erst darauf anlegte, mit den großen Etablissements konkurrieren zu wollen. Bora hatte angenommen, dass es ausgebombt sei, weil es so dicht an der wichtigen Bahnlinie nach Süden lag, aber tatsächlich stand es noch und war bereit, Gäste aufzunehmen. In genau so einem Hotel könnte Goerdeler abgestiegen sein. Es lag ganz in der Nähe des Heinrich-von-Kleist-Parks, mit Blick auf die Potsdamer Straße. Dort wurde diese zur alten, breiten Fernstraße, die nach Magdeburg und Leipzig führte. Dahinter befanden sich das imposante Kammergericht, in dem auch andere behördliche Dienststellen untergebracht waren und dessen Fassade zum Park hin auf die Königskolonnaden ausgerichtet war, sowie der Hochbunker Pallasstraße, ein abscheuliches Ungeheuer.

Nachdem er sein Tagebuch aus dem Hotelsafe geholt hatte, duschte Bora, zog sich um, rief an der Rezeption an, um seine Wäsche bis zum nächsten Morgen waschen zu lassen, und ging zum Abendessen wieder hinunter.

Die Gruppe der Stabsoffiziere, die am Vormittag so aufgeregt miteinander gesprochen hatten, belegte einen langen Tisch am Ende des Saals und machte inzwischen einen deutlich vergnügteren Eindruck. Sie aßen, tranken und unterhielten sich in heiterer Stimmung. Auf Bora wirkten sie erleichtert. *Sie benehmen sich wie Schuljungs, die Angst davor hatten, bei einer Klassenarbeit durchzufallen, diese dann aber mit Bravour bestanden haben. Oder … Nein. Nein, doch noch ein wenig anders: wie Studenten, die erfahren haben, dass ihre Prüfung ausfällt oder verschoben wird.* Ihre Fröhlichkeit wirkte völlig ungezwungen.

Bora saß für sich und hatte wie immer Sorge dafür getragen, dass er den Raum und die Menschen darin im Blick behalten konnte. Er hatte seine Aktentasche dabei, damit er in den Druckerzeugnissen über den Propheten von Weimar weiterlesen konnte.

Klatsch, verklärte Besprechungen und Fotos von Gesellschaften aus der Zeit vor dem Krieg waren die Beilage zu seiner Mahlzeit. Den ausführlichen Artikel, der mit dem Kürzel »Kolo« versehen war, Max Kolowrats Pseudonym als Journalist, hob er sich bis zuletzt auf. Wie sämtliche anderen Artikel zu Niemeyer war auch dieser an die Titelseite der Zeitschrift geheftet, in der er erschienen war. In diesem Fall handelte es sich um eine Ausgabe der *Illustrierten Zeitung*, die zum Zeitpunkt ihres Erscheinens im November 1923 und damit auf dem Höhepunkt der Inflation eine Milliarde Mark gekostet hatte.

Der Beitrag war offenbar Teil einer Serie, die sich den esoterischen Seiten Berlins in der Republik widmete, und trug den Titel: »*Sterne über Berlin* – Teil 7: Sami Mandelbaum«. Die Themen der vorangegangenen Artikel waren in Kursivschrift unter dem Titel »Wie geheimnisvoll sind Berlins geheimnisvolle Orte?« zusammengefasst: »Erik Jan Hanussen: Vorhersage oder Betrug?«; »Das fragwürdige Horoskop der Hauptstadt: Das Verschwinden der Berliner Geister«; »Nostradamus im Rock: Die Seherin Elsbeth Ebertin«; »Der Jazz: Verbrechen, Champagner und Prophezeiungen«. Das klang vielversprechend und deutete auf eine ziemlich zynische und schalkhafte Einstellung des Autors hin.

Bora fing an zu lesen:

In der Großstadt Berlin kann eine moderne junge Frau an ein und demselben Vormittag eine Stulle in ihrem Lieblingscafé auf dem Ku'damm verputzen, ihre besten Strümpfe in der »Strumpfklinik« ausbessern lassen und einem Mann lauschen, der ihr offenbart, welches Geschick in Liebesdingen ihr bevorsteht. Imperien mögen zerfallen, finanzielle Flutwellen sich erheben, die ein ums andere Mal über Atlantis hinwegschwappen, aber für die moderne junge Frau in dieser Hauptstadt zählen nur ihre morgendlichen Gaumenfreuden, die rechtzeitig ausgebesserten Strümpfe für die nächste Runde Foxtrott und Sami Mandelbaums Prophezeiungen. Nein, sie wird sich nicht nach dem Anleihemarkt erkundigen oder nach der Hungersnot in China oder nach den Frauenrechten. Die Kriminalitätsrate und der moralische Zustand des Landes bekümmern sie nicht. Sie möchte wissen, ob der Kavalier, mit dem sie am Abend zuvor getanzt hat, »der Richtige« ist. Wenn man es recht bedenkt, laufen all ihre morgendlichen Besorgungen auf folgende bedeutenden Dinge hinaus: auf den Würfelzucker, der ihre Gestalt so reizend runden wird, die Wiederherstellung des perfekten Zustands ihrer Strümpfe und einen magischen Schlüssel, der die Tür zur Zukunft öffnet.

Doch was, wenn der Magus, der Mann der Sterne, der Hellseher aus dem Osten, zu ihr sagt: Nein, in ihrem Diagramm finde sich kein Hinweis auf ihren Traummann. Enttäuschung? Katastrophe? Werden dann doch plötzlich wichtigere Anliegen ihren Geist und ihre Seele quälen? Hier besteht keine Gefahr. Der Sohn Asiens wird eine verliebte Frau niemals enttäuschen.

Aber wie ist er denn nun, unser Mann, der mystische Geheimnisse stiehlt, der Seher, der vorgibt, eine Abstammung zu haben, die wir, ohne zu zögern, als biblisch bezeichnen? In unserem ersten Artikel haben wir über seine wenig glanzvollen Anfänge berichtet. Seitdem hat der Verfasser dieser Zeilen eine Woche mit ihm verbracht und kann an dieser Stelle nur einen kleinen Teil seiner zahllosen Beobachtungen wiedergeben …

Das anschließende Interview strafte den Sarkasmus der einführenden Worte Lügen. Der Inhalt erschien Bora so bedeutungsvoll, dass Kolowrats Beitrag aus all den kitschigen und für ihn unbrauchbaren Artikeln über Niemeyer hervorstach, weil er möglicherweise entscheidenden Einfluss auf seine Ermittlungen haben könnte. Sorgfältig legte er ihn beiseite.

Inzwischen hatten die Stabsoffiziere ordentlich gebechert und nach diversen Trinksprüchen ein Stadium erreicht, in dem die Fröhlichkeit wehmütiger Düsterkeit weicht. Als Bora den Speisesaal verließ, um auf sein Zimmer zu gehen, waren einige Offiziere wieder in den überspannten Zustand des Vormittags zurückgefallen, während andere den Kopf auf ihre gefalteten Hände gelegt hatten oder zurückgelehnt ins Leere starrten. *Nein, sie haben eindeutig kein Examen bestanden: Die Prüfung wurde nur verschoben, und sie werden sich demnächst wieder damit befassen müssen.* Bevor er sich zurückzog, bat Bora den Portier um das Berliner Telefonbuch. Er suchte nach den Nummern verschiedener Privatpersonen und als Erstes nach der von Max Kolowrat.

22.00 Uhr

In seinem Zimmer brauchte er nicht lang, um seine Sachen zusammenzupacken, damit sie am nächsten Morgen in den *Leipziger Hof* gebracht werden konnten. Die Luft war dumpf, aber Boras Unbehagen hatte einen anderen Grund: Nachdem er wochenlang davon verschont geblieben war, fühlte er sich fiebrig. Ein Mitbringsel aus Stalingrad. Seit er infolge einer Typhuserkrankung eine Lungenentzündung entwickelt hatte, stieg seine Temperatur immer noch am Ende des Tages an, obwohl er als genesen galt. Angezogen saß er auf seinem Bett, er fühlte sich angeschlagen, erschöpft und auf seltsame Weise unzulänglich.

Er sollte das Leben eines Mannes rekonstruieren? Dabei bestand doch seine Aufgabe als Soldat darin, Dinge zu zerlegen. Bei jedem Fall, der ihm bisher anvertraut worden war, hatte er allerdings genau das Gegenteil getan. Niemeyer hatte nicht nur eine Autobiografie hinterlassen, sondern gleich zwei (unzuverlässig, aber detailreich). Stapelweise Bücher und wissenschaftliche Artikel deckten die mehr als zwanzig Jahre seines öffentlichen Wirkens ab. Er hatte Tausende Menschen getroffen, zahllose Interviews gegeben, es gab Aufnahmen aus dem Fotostudio ebenso wie Schnappschüsse, die seine Anfänge in billigen Varietés bis hin zu dem

Glitter seiner letzten Vorstellungen dokumentierten. Das alles zu sichten, würde Monate in Anspruch nehmen. Bora hatte aber nur eine Woche Zeit. Es hatte keinen Zweck, darüber nachzudenken, ob unter Niemeyers besessenen Verehrern ein oder zwei Personen frustriert genug gewesen waren, um ihn umzubringen. Er musste eine andere Frage beantworten: Warum hatte sich der Mord genau zu diesem Zeitpunkt und an genau diesem Ort zugetragen? Damit war der Erfolg natürlich nicht garantiert: Der gefeierte Seher Erik Jan Hanussen, der angeblich den Aufstieg des Dritten Reiches vorhergesagt und den Boden für Niemeyer bereitet hatte, war kurz nach dem Reichstagsbrand ermordet worden. Ein Motiv dafür war nie genannt worden. Auch wurde kein Schuldiger gefunden.

Vielleicht war Niemeyer selbst als Toter noch zu schlau für ihn. Alles an diesem Mann, der unter mindestens drei Namen bekannt war und sich jahrelang glaubhaft als polnischer Jude »ausgegeben« (so Grimm) hatte, war nebulös. Grimm schien anzunehmen, dass Niemeyers Entlarvung sich einem Zufall verdankte, aber jemand wie Niemeyer war gerissen genug, um zu bemerken, wenn das politische Klima sich änderte. Die dramatische Enthüllung in seiner zweiten Autobiografie (genauso fingiert wie die erste), er sei aufgrund der Umstände in der Nachkriegszeit gezwungen gewesen, eine jüdische Identität anzunehmen, könnte sich auf paradoxe Weise zu seinen Gunsten ausgewirkt haben. Allerdings war das auch riskant, und vielleicht hatte seine Neigung, gefährlich zu leben, bei seinem Tod eine Rolle gespielt. Den Unterlagen zufolge war Niemeyer zwei, wenn nicht drei Mal verheiratet gewesen, hatte häufig seinen Wohnsitz gewechselt und am Anfang seiner Karriere bei Privatpersonen und in Absteigen übernachtet. In seiner jüdischen Verkörperung schrieb er, dass er eine Nichtjüdin geheiratet habe und von seiner Familie verflucht worden sei. Dieses Mädchen hatte es tatsächlich gegeben, geheiratet hatte er sie jedoch augenscheinlich nie, und es war ihre Familie, die sie wegen der geplanten Heirat mit ihm verstoßen hatte.

Aus den Kisten, die in dem kleinen Vorraum standen, hatte Bora bereits alles nutzlose Material aussortiert. Darunter waren Niemeyers Autobiografien, mit denen er wenig anfangen konnte: *Hinaus aus dem Schtetl: Mein Leben als Luftmensch* war in den Jahren der Republik veröffentlicht worden (und wurde noch vor dem Machtwechsel aus Bibliotheken und Buchhandlungen im ganzen Land verbannt) und *Magnus Magnusson: Hellseher aus dem Norden*, das weggegangen war wie warme Semmeln und sich in der fünften Auflage befand. Außerdem hatte er zwei Magazine gegründet, die monatlich erscheinende Zeitschrift *Jenseits von Ostara* und die Vierteljahrsschrift *Siegfried lebt: Reinkarnation im heutigen Deutschland*. Beide waren noch immer an Zeitungskiosken erhältlich. Bora setzte sich und sah pflichtbewusst die »Visionen« des Propheten durch (das Wort »Prophezeiung« durfte in Hitlerdeutschland nicht verwendet werden): »Der Führer wird niemals sterben, sondern in eine andere Gestalt ›entrückt‹, er wird wachsam bleiben wie Barbarossa im Kyffhäuser – das wird allerdings nicht vor 1984 geschehen ... Deutschland wird sich so sehr ausdehnen, dass schließlich die Vereinigten Staaten von Deutschland gegründet werden, die bis an den Pazifischen Ozean reichen und über die Aleuten ›den amerikanischen Kontinent berühren werden‹ ...« Ausgebombte Gegenden würden besonders fruchtbar werden, »dank des Phosphors in den Sprengladungen, der als Dünger genutzt wird«. Auf diese Weise sei der Anbau von Obst und Gemüse möglich, von Sorten, die es zuvor in den nördlichen Klimazonen nicht gegeben habe. »Orangenhaine werden sich von der Oder bis zur Elbe erstrecken, Bauern aus Sachsen und Pommern werden mit dem Anbau von Mangos und Bananen reich werden.« In diesem Material nach Todesahnungen Ausschau zu halten, war eine Übung in Vergeblichkeit. Niemeyer arbeitete in dem Wahn, für immer zu leben; vielleicht war er auch bloß abergläubisch – oder schlicht sehr darauf bedacht, niemanden auf dumme Gedanken zu bringen.

Wie hoch mochte üblicherweise der Anteil richtig beantworteter Fragen sein? Rückblickend schien sich die Trefferquote des Hellsehers zwischen fünfundzwanzig und dreißig Prozent zu bewegen und durfte damit kaum über dem Ergebnis liegen, das man durch reine Spekulation erzielen würde. *Er hat zwar einige Ereignisse richtig vorhergesagt, wie die Blitzsiege zu Beginn des Krieges und den raschen Zusammenbruch Frankreichs. Bei Folgendem muss ich mit meinem Urteil noch warten: bei der Entwicklung und Nutzung einer Atombombe »durch die Japaner dank deutscher Technik« in einem Krieg zwischen den Vereinigten Staaten und Russland, der bis in die Siebzigerjahre hinein dauern soll, sowie bei unbemannten Flugzeugen, die die Post zustellen. Mal ganz abgesehen von einem neuen Sternbild in Form des Deutschen Kreuzes, das im Jahr 1965 entdeckt werden soll.*

Die letzte Ausgabe der Zeitschrift *Jenseits von Ostara* aus dem Mai 1944 war trotz der kriegsbedingten Einschränkungen auf erstklassigem Papier gedruckt worden (mit Gewicht und Qualität von Papier war Bora dank der Verlagstätigkeit seiner Familie vertraut) und wies wie immer links neben dem Inhaltsverzeichnis eine kurze Lebensbeschreibung des Propheten auf. Nirgends fand sich der geringste Anhaltspunkt für mögliche Gefahren oder Sorgen im Hinblick auf die nähere Zukunft. Die Titelseite im kostspieligen Vierfarbdruck zeigte eine Art Nibelungenhelden, der unter einem Sternenhimmel am Bug eines langen Schiffes stand. Einen Artikel fand Bora besonders interessant: Darin wurden die betrügerischen »Straßenzauberer« und »Zirkus-Hellseher« lächerlich gemacht. Niemeyer ging dabei so weit, sie als antideutsch anzugreifen. Angesichts dessen, dass er in seiner »jüdischen Phase« selbst in beiden Metiers aktiv gewesen war, ließ sich seine Unverfrorenheit kaum fassen.

Die Luft im Zimmer war stickig, und er hatte ganz sicher Fieber, aber wenn er das Fenster öffnete, würde er das Licht ausschalten müssen, und Bora wollte sein Tagebuch auf den neuesten Stand bringen. Während also kühlere Luft ins Schlafzimmer strömte, saß er bei geschlossener Tür auf dem Badewannenrand. Eine Taschenlampe, die er sich beim Portier beschafft hatte, bot ihm genug Licht zum Schreiben.

Was für ein voller Tag, dieser erste Tag der Ermittlungen. Ob es womöglich auch schon der letzte ist? Es sieht ganz danach aus, als sei der Fall gelöst, ohne dass ich etwas dazu beigetragen hätte.

Der Fund des »Drilling«-Gewehrs, das am Anhalter Bahnhof zur Aufbewahrung gegeben wurde, führt ziemlich sicher zu Roland Glantz. Der letzte Hauch eines Zweifels wird sich morgen verflüchtigen, sobald die Fingerabdrücke auf den drei gelöteten Läufen als die seinen identifiziert werden. Grimm zufolge kennt Glantz sich mit der Großwildjagd aus; als er noch die Mittel dazu hatte, ist er nach Afrika gereist. Also hat eine deutsche Jagdwaffe, die im letzten Jahrhundert konstruiert wurde und die aussieht wie eine elegante zweiläufige Schrotflinte mit einem darunterliegenden Kugellauf, dem Propheten von Weimar den Tod gebracht!

Sofern nun alles seinen Gang geht, dürfte sich mein Aufenthalt in Berlin glücklicherweise nicht in die Länge ziehen. Vielleicht kann ich schon morgen um diese Zeit abfliegen, was ich ganz und gar nicht bedauern würde.

Anmerkung zur Sauer M30, Luftwaffen-Drilling: Soweit ich weiß, wurden nur zwei- oder dreitausend solcher kombinierter Waffen für unsere Luftwaffe hergestellt. Die punzierte Nummer 342 bedeutet, dass sie 1942 produziert wurde. Glantz wird sich dazu verhalten müssen, wie er überhaupt an die Waffe gekommen ist, aber das wird sein geringstes Problem sein.

Ist damit dann alles erledigt? Höchstwahrscheinlich. Aber der Genauigkeit halber und um Bilanz zu ziehen, möchte ich nicht versäumen, die beiden Verdächtigen zu erwähnen, die Grimm und ich zur Rede gestellt haben.

Während Ida Rüdigers hochrangiges Alibi besser vom Chef überprüft werden sollte, ist der Uhrmacher Eppner auf der Liste der Verdächtigen ganz nach unten gerutscht. Ich will den Mann kurz skizzieren: Er ist schleimig und eingebildet, und er hat die lästige Angewohnheit, Adjektive noch zu verstärken: »harte Arbeit, überaus harte Arbeit«, »richtig, überaus richtig«, »fähig, überaus fähig«. Gegenüber seiner Frau hegt er zweifellos großen, überaus großen Groll. Ihm zufolge ist Frau Eppner ein »romantisches altes Mädchen«, das »sich alle zwei Jahre verliebt« und dann zurückkehrt, um sich an seiner Schulter auszuweinen.

»Fuchst Sie das nicht?« Diese Frage konnte ich mir nicht verkneifen. Doch, das tut es, aber im Laufe der Jahre ist das Paar zu einer Übereinkunft gelangt: Frau Eppners Seitensprünge, von denen sie ihm berichtet, dürfen nicht länger als einen Monat dauern. Niemeyer habe sie angeblich »verhext«, indem er die Seele ihres ersten Liebhabers heraufbeschworen habe, eines Dichters, der vermutlich um die Jahrhundertwende an Not und Entbehrung gestorben ist! »Sie müssen verstehen, es war untragbar, überaus untragbar, mit einem Toten betrogen zu werden, vor allem, wenn sein Astralleib in den Körper eines höchst lebendigen Scharlatans geschlüpft ist!« Wenn

ich in der richtigen Stimmung gewesen wäre, hätte ich mir das Lachen nicht verkneifen können.

Als der ihr zugestandene Monat des Techtelmechtels vorüber war, brachte Frau Eppner es nicht über sich, die mystische Verbindung aufzugeben, deshalb also das Hupkonzert ihres Ehemanns. Wie der Zufall es wollte, hatte das Schlafzimmer des Hellsehers im Libanonzederpfad schalldichte Wände, also waren die Nachbarn die Leidtragenden. Ob andere Räume in der Villa ähnlich schallisoliert waren? Das würde erklären, warum niemand die Schüsse gehört hat. Aus den Unterlagen der Dahlemer Polizeiwache geht hervor, dass die Rivalen sich jedes Mal weigerten, sich gegenseitig anzuzeigen. Eine besorgte Nachbarin (Frau Wirth, wer sonst?) hat schließlich ihren Namen unter die Beschwerde gesetzt, die ich Eppner gezeigt habe.

Es sieht also ganz danach aus, als handele es sich bei dem Konflikt zwischen den beiden Männern im Wesentlichen um ein eingespieltes Hin und Her von Provokationen. Sonderbar, aber durchaus möglich.

Wäre der Uhrmacher imstande, einen Menschen zu töten? Meiner Meinung nach brächte das jeder von uns unter den entsprechenden Umständen fertig, aber dieser ehemalige Leutnant des Garde-Regiments zu Fuß ist genau der Typ Mann, der aus sicherer Entfernung heraus agieren oder einen Mörder dingen würde. Ich kann mir nur schwer vorstellen, dass sich heutzutage ein solcher in der Reichshauptstadt finden ließe, ungeachtet all der von Frau Wirth erwähnten »fürchterlichen Russen, Polen und Italiener«, die nachts herumspazieren.

Entlastet diese Vermutung Eppner? Nicht im Mindesten. Sein Alibi hingegen schon. Er schwört, dass er in der Mordnacht mit seiner Frau und seiner Schwägerin zusammen war. Und nicht nur das, es gab auch noch Gesellschaft, weil Frau Eppners Geburtstag gefeiert wurde. Einer der Gäste war der geschätzte Pfarrer einer Kirchengemeinde vor Ort. Grimm und ich haben ihn in seinem Haus aufgesucht, und er hat die Geschichte bestätigt und die zahlreichen Delikatessen aufgezählt, die man für diesen Anlass aufgetrieben hatte. Die Fremdarbeiterin Polina Andrejewna Issakowa, die bis zur Morgendämmerung wach bleiben musste, um nach der Feier aufzuräumen, bestätigt diesen Bericht ebenfalls. Was die Handfeuerwaffe betrifft, so dient sie Eppner angeblich zu seinem eigenen Schutz im Geschäft. Was plausibel klingt, aber doch ein ernsthafter Gesetzesverstoß ist. Grimm war enttäuscht. Ihm blieb für den Moment nur, die Waffe zu beschlagnahmen. Wenn er Eppner zum Alexanderplatz schleppt, dann nicht wegen des Mordes, sondern wegen der versteckten Waffe und dafür, dass er unter seinem Dach eine russische Staatsbürgerin beherbergt (nach Feierabend müssen sie in ihre Lager zurückkehren).

Meine Meinung zu dem Ganzen? Nach dem Fund am Bahnhof sieht es so aus, als würde die Kripo ihren Mann bekommen.

PS: Und was meine kleine Heldentat beim Güterbahnhof betrifft: Ich war mir verdammt sicher, dass in der Kiste keine Sprengladung war. Sonst hätte ich niemals gewagt, meine gesunde Hand aufs Spiel zu setzen.

5

Was vernünftig ist, das ist wirklich;
und was wirklich ist, das ist vernünftig.
HEGEL, *Grundlinien der Philosophie des Rechts*

Hotel Adlon, Mittwoch,
12. Juli, 5.20 Uhr

Am frühen Morgen, noch bevor ich richtig wach war, rief mich der Portier auf meinem Zimmer an und teilte mir mit, dass im Radio Fliegeralarm gemeldet werde. In Privathäusern löst dies einen ganz bestimmten Ablauf aus, wie Nina mir erklärt hat: Strom, Wasser und Gas werden abgestellt, Türen und Fenster weit geöffnet, die nötigen Vorkehrungen getroffen, um in den Keller oder den nächstgelegenen Luftschutzraum zu gelangen. Im Adlon *war schon fünf Minuten später das Stimmengewirr all jener zu hören, die die Treppen hinunterliefen, um Zuflucht in dem Luftschutzraum am Pariser Platz zu suchen.*

Ich hatte zugegebenermaßen kein Bedürfnis, mich der Menge anzuschließen, auch weil ich hoffte, dass die Bomber nicht Berlin anfliegen würden. Ich habe also einfach nur die Fenster geöffnet und bin hinaus auf den Korridor getreten.

Alle schienen nach unten gerannt zu sein, also setzte ich mich auf den Treppenabsatz. Sämtliche Türen waren weit geöffnet, abgesehen von der Tür des Nachbarzimmers, hinter der ich einen japanischen Offizier vermutete. Da ich gestern Abend gehört hatte, wie er sich in sein Zimmer zurückzog, nahm ich an, dass er noch drinnen sein musste. Vielleicht war er aus irgendeinem Grund nicht gewarnt worden? Ich klopfte an seine Tür. Er machte mir fast auf der Stelle auf. Wie ich trug er eine Uniformhose und Stiefel, dazu aber nur ein Hemd. Eine Erklärung war unnötig, wir nickten einander zu, und er setzte sich neben mich auf die Treppe.

Er bot mir eine aromatisierte und unglaublich starke Zigarette an, und wir unterhielten uns, während wir rauchten. Was hätten wir auch sonst tun sollen? Schließlich konnten wir jeden Moment sterben. Wie es Zugreisende gegenüber völlig Fremden gern zu tun pflegen, erzählte er mir in makellosem Deutsch Verschiedenes aus seinem Leben. Er ist ein chusa (oder Oberstleutnant) und heißt Namura; er ist etwas älter als ich und im dreiundvierzigsten Jahr der Meiji-Ära zur Welt gekommen (1910); er hat in Berlin studiert; er hat im 2. Kavallerie-Regiment der 2. Division (auch Sendai genannt) gedient, und er besitzt ein Pferd namens Shimpei, was im Japanischen »Rekrut« bedeutet. Zu diesen nüchternen Fakten fügte er überraschend hinzu, dass seine Frau vor drei Wochen bei einem Luftangriff ums Leben gekommen sei. Sie hatten hier in der Japanischen Botschaft geheiratet, kurz bevor er zu einem Einsatz musste. Er erzählte mir davon, ohne mit der Wimper zu zucken, und ahnte natürlich nicht, dass ich ihn in der Nacht zuvor hatte schluchzen hören. Während wir also darauf warteten, dass uns die Bomben auf den Kopf fielen, hätte ich diese Gelegenheit nutzen können, ihm meinen Kummer wegen Dikta anzuvertrauen, doch ich tat es nicht. Es fällt mir schwer, mich anderen Menschen gegenüber zu öffnen. Außerdem wollte ich nicht den Eindruck vermitteln, mit seinem Schmerz wetteifern zu wollen. Und so habe ich einfach nur zugehört.

Er raucht so viel, dass Zeigefinger und Daumen vom Nikotin ganz gelb sind. Irgendwann sagte er gelassen, doch völlig ernst: »Ich beabsichtige zu sterben, was mein derzeitiges Verhalten erklärt. Und was ist mit Ihnen?«

Ich wusste, was ich darauf hätte antworten können, schwieg aber.

Nachdem wir uns schließlich einander vorgestellt und uns die Hand gegeben hatten, sagte er zu meiner Verwunderung: »Auch Sie, Herr Oberstleutnant von Bora, möchten sterben, müssen aber vorher noch so einiges erledigen.«

Liegt er damit falsch?

Nein.

Der Fliegeralarm lief ins Leere, und wir im Treppenhaus, die wir bereit waren, das Leben hinter uns zu lassen, hatten allen anderen etwas voraus: Wir konnten unseren Arbeitstag einfach im Hemd beginnen.

6.00 Uhr

Da Florian Grimm sich im Präsidium um die Fingerabdrücke kümmern musste, würde er sich erst um 9.00 Uhr zum Dienst melden – »oder etwas später«. Damit hatte Bora drei Stunden, über die er frei verfügen konnte. Dr. Olbertz würde er wohl noch nicht in seiner Praxis antreffen, auch dürfte Max Kolowrat noch nicht aufgestanden sein (in dem Punkt irrte er sich). Mit den anderen Telefonanrufen würde er ebenfalls noch etwas warten müssen. Also kümmerte er sich als Erstes darum, dass seine Sachen – im Wesentlichen die Kisten mit dem Material zu Niemeyer – in Erwartung seines Wechsels in den *Leipziger Hof* in die Gepäckaufbewahrung des Hotels geschafft wurden.

Zu dieser frühen Stunde hielten sich erst eine Handvoll Gäste im Foyer auf. Zwei aufgedreht plaudernde junge Piloten, die auf den Aufzug warteten, erinnerten ihn an seinen Bruder. Die tägliche Gefahr löste ihre Zungen. Die Erinnerung war so schmerzlich, dass Bora wegsehen musste. Ein paar Schritte entfernt, mit dem Rücken zum Ausgang und einer Zeitung unter dem Arm, stand reglos ein Oberstleutnant, einer dieser selbstgefälligen Stabsoffiziere, die er am Vortag gesehen hatte, und zwar derart angespannt, dass es wirkte, als sei sein Unterkiefer am Oberkiefer festgenagelt.

Den unscheinbaren Mann, der in einer Ecke saß und nichts zu tun hatte, hielt Bora für den unvermeidlichen Hoteldetektiv.

Gerade hatte er seinen Zimmerschlüssel an der Rezeption abgegeben, als er von hinten angesprochen wurde: »Morgen, Kamerad. Verzeihen Sie, dass ich mich aufdränge, aber können Sie mir sagen, wie spät es ist?«

Bora drehte sich um. Er hätte nicht damit gerechnet, von dem Offizier des Generalstabs wegen eines derart banalen Anliegens angesprochen zu werden, und dann auch noch mit halblauter Stimme und gequältem Unterton. Seltsamer noch: Die Uhr an der Wand, gut sichtbar für alle, funktionierte tadellos. Dennoch antwortete er automatisch: »Fünf Minuten nach sechs.« Seine Auskunft wurde nur mit einem zerstreuten Nicken quittiert. Die angespannte Mundpartie und die starre Mimik des Mannes, der nun abschwenkte, erinnerten ihn an Salomon: das Gesicht eines Menschen, der mit angehaltenem Atem lebte.

Salomon, richtig, da war doch noch etwas. Nach dem peinlichen Vorfall beim Mittagessen am Vortag hatte sein ehemaliger Kommandeur davon gesprochen, sich eine ärztliche Bescheinigung zu besorgen und »sich zum Ausruhen in sein Zimmer zurückzuziehen«. Bora beschloss, rasch aufzubrechen, bevor er ihm womöglich noch in die Arme lief und ihm würde erklären müssen, warum er das *Adlon* verließ.

Seit Monaten hatte er sich nun schon nicht mehr davonstehlen und ein wenig Zeit für sich herausschinden können. Von seinem kurzen Aufenthalt in Berlin hätte er eine solche Möglichkeit erst recht nicht erhofft, aber hier bot sie sich ihm nun, und er war um beinah drei Stunden reicher, als er hätte erwarten dürfen. Eigentlich war es höchst unwahrscheinlich, um diese Uhrzeit ein Taxi zu erwischen, doch tatsächlich parkte eines vor dem Hoteleingang. In der kühlen Luft des Julimorgens wies Bora den Taxifahrer an, nach Zehlendorf zu fahren. Nachdem sie dreimal abgebogen waren, bemerkte er, dass ihnen ein mattgrauer Wagen folgte. Am Steuer saß der mutmaßliche Hoteldetektiv. Der Wagen trug zwar ein ziviles Nummernschild, doch plötzlich konnte ihn nichts mehr von dem Gedanken abbringen, dass der Generalstabsoffizier, der ihn nach der Uhrzeit gefragt hatte, einen Gestapomann in Zivil auf ihn aufmerksam gemacht oder ihn gar absichtlich auf ihn hingewiesen hatte. *Verdammt, er hat ihn abgeschüttelt, indem er die Aufmerksamkeit auf mich gelenkt hat.*

Der herrliche Morgen zeigte sich nun in einem ganz anderen Licht. Dem Taxifahrer war ebenfalls aufgefallen, dass sie beschattet wurden. »Welche Straße hatten Sie noch mal gesagt, Herr Oberst?«, fragte er, um seinem Fahrgast die Möglichkeit zu geben, die Richtung zu ändern.

Ohne zu zögern, wiederholte Bora sehr vage Zehlendorf als sein Ziel. »Lassen Sie mich bitte in der Machnower Straße aussteigen.«

Bismarckstraße, Zehlendorf

Als Bora dort ausstieg und einen Schreibwarenladen betrat, fuhr der graue Wagen weiter. Er trödelte gut eine Viertelstunde in dem Geschäft herum, dann setzte er seinen Weg zu Fuß in die nahe gelegene Bismarckstraße fort.

Eine Bombe – oder zumindest Teile davon – hatten das aparte Haus seiner Verwandten getroffen, das an einer von Bäumen gesäumten Durchfahrtstraße lag. Das halbe Dach war eingefallen, die Mauern hingegen waren unversehrt. Die ehemals elegante Eingangshalle und das Treppenhaus waren mit eingestürzten Holzbalken aus den oberen Stockwerken übersät. Was auch immer der Feind aus der Luft abgeworfen haben mochte, es hatte ein großes Loch in den Fliesenboden gebohrt und war durch Leitungen und Sandboden gedrungen. Vom dunklen Grund war das Geräusch fließenden Wassers zu hören.

Im Laufe der Jahre hatte Bora diesen Zweitwohnsitz seiner Familie nur selten genutzt. Groß war das Haus nicht, aber schön eingerichtet, drei Stockwerke, dazu eine Garage unter dem Haus und ein Speicher. Letzterer bedeckte nun einen Großteil der Treppe. Er musste sich dicht an der Wand halten, als er zum ersten Stock hinaufging, von wo aus eine Tür zu einer scheinbar unversehrten Wohnung führte. Trümmerteile blockierten den Aufgang zum zweiten Stock.

Bora schob sich an Metallteilen und Schutt vorbei bis zur Tür der Wohnung seines Großvaters, die durch die Explosion aufgedrückt worden war. Drinnen war einiges intakt geblieben, anderes zu Staub zerfallen. Ein Teil der Decke war eingestürzt. Die Treppe im Wohnungsinnern war verzogen und neigte sich zu einer Seite, die oberen Räume waren abgeschnitten. Alles, was sich leicht aus den Zimmern entfernen ließ, war gestohlen worden. Bora ging um einen großen Dachbalken und einen Haufen Dachziegel herum und gelangte zur Bibliothek. Er spähte hinein. Der dunkle Vorhang, der eine zerborstene Fensterscheibe halb verdeckte, legte nahe, dass seine Verwandten zumindest einmal hier gewesen sein mussten, nachdem die Luftangriffe begonnen hatten. Das Haus war vermutlich erst vor Kurzem so verwüstet worden, denn es hatte noch keinen Schaden durch Regenwasser davongetragen. Auch hatten Vögel noch nicht genügend Zeit gehabt, um hier ihre Nester zu bauen und den Boden zu beschmutzen. Bora arbeitete sich durch den Schutt, um ins Zimmer zu gelangen.

In den Bücherregalen, die an die Wand genagelt worden waren, standen einige Bücher noch an Ort und Stelle, andere lagen in Haufen auf dem Boden. Ein alter Lehnstuhl wirkte inmitten der Zerstörung wie ein freundliches Gesicht. Nachdem Bora Staub und Mörtel heruntergewischt hatte, stellte er fest, dass der Lehnstuhl unversehrt geblieben war: Es war Großvater Franz-Augusts »Fauteuil«, der schon vor einem halben Jahrhundert in dessen Studentenzimmer im alten Familiensitz in Borna gestanden hatte. Er hatte nichts Besonderes an sich, abgesehen davon, dass der alte Mann den Lehnstuhl sehr mochte. Er stammte aus England und hatte ursprünglich einen Lederbezug, aber irgendwann hatte der Großvater ihn mit Damast beziehen lassen. Der Lederbezug darunter war erhalten geblieben, sodass man die Lederknöpfe durch den Stoff der Rückenlehne hindurch ertasten konnte. Er war so schwer und sperrig, dass nicht einmal Plünderer ihn hier hatten herausschleppen können.

Bora, der so manche bittersüße Erinnerung mit diesem Lehnstuhl verband, ließ seinen Blick durchs Zimmer wandern. Wenn er sich recht entsann, hatte sein Großvater das Möbelstück kurz nach der Bücherverbrennung 1933 nach Berlin bringen lassen. Das berührte ihn schmerzlich. Er verspürte einen Stich, fast so etwas wie Heimweh oder Angst. Alles schien auseinanderzubrechen. Gebäude, Beziehungen, Menschen. Das lag überwiegend an seiner Erschöpfung. Dabei war er davon überzeugt, dass das Schlimmste erst noch bevorstand. Verwundungen, Krankheiten und Familienkrisen waren mehr als das, wonach sie aussahen: Sie waren Symptome einer größeren Misere, die Menschen wie sein Stiefvater und sein Großvater, die den Weltkrieg überlebt hatten, erkennen konnten.

Wen werden wir diesmal dafür verantwortlich machen? Wie oft kann ein und dasselbe Volk behaupten, einen Dolchstoß in den Rücken erhalten zu haben? Wir ernten das, was wir säen. Am verstörendsten war der Gedanke daran, dass alle dafür würden zahlen müssen, die Unschuldigen ebenso wie die Schuldigen. *Im Westen würde es vielleicht kein Land mehr geben, in das man fliehen könnte, und den Menschen im Baltikum stand die Möglichkeit zur Flucht womöglich gar nicht offen. Die Angst vor den Russen treibt sie an, und dabei wissen sie nicht einmal, dass sie eigentlich noch viel mehr Angst haben müssten. Wer allerdings dort gedient hat, weiß es ganz genau. Diejenigen von uns, die die Gewalt eindämmen wollten, die Befehle missachtet und sich sogar kategorisch geweigert haben, unsägliche Verbrechen zu begehen, die wissen es.* Bora streichelte den Lehnstuhl, als wäre dieser ein geliebtes Tier. Er wollte gedanklich nicht bei den Tausenden panischer Menschen verweilen, die sich zusammendrängten oder vergeblich versuchten, aus Ostpreußen, dem Sudetenland und dem Banat zu fliehen. *Wir an der Front haben das Glück, auf Trab gehalten zu werden, ohne uns den Kopf über den nächsten Tag zerbrechen zu müssen. Für uns gilt der Satz aus dem Matthäus-Evangelium: Es ist genug, dass jeder Tag seine eigene Plage hat.* Das Gefühl der Hilflosigkeit war für Bora besonders unerträglich, also zwang er sich, an etwas anderes zu denken. Die Aussicht darauf, zu dem Kriegsgeschehen in den Bergen zurückkehren zu können, erschien ihm insoweit verlockend, als ihm dort keine Zeit blieb, über die Zukunft nachzudenken. Auf und vor den Regalen standen und lagen Bücher über das Reisen und die Naturwissenschaften, die sein Vater als junger Mann gelesen hatte. Als er durch einen Text aus dem neunzehnten Jahrhundert blätterte, den ein jüdischer Sternforscher verfasst hatte, fiel sein Blick auf den Namen *Friedrich Bora,* der in jungenhafter Handschrift quer über die letzte Seite geschrieben worden war, so wie Jugendliche es tun, wenn sie sich in einer vornehmen, »erwachsenen« Handschrift versuchen. Sein Vater hatte sich offensichtlich bemüht, den Buchstaben einen besonderen Charakter zu verleihen. Zum Ausdruck kam dies vor allem in den Schnörkeln des *F* und der Art und Weise, wie sich das letzte *A* wie eine Schlange oder eine Locke um sich selbst ringelte und dann in einer Schleife zum *B* zurücklief, um auf dessen Längsbalken zu treffen. Diese Unterschrift unterschied sich nicht wesentlich von der Signatur des Maestros, die Bora von Partituren und Porträts kannte.

Ein zusammengefaltetes Stück Papier markierte die Seite, auf der das Kapitel »Die Kometen« begann. Es stand nichts darauf, was Bora enttäuschte (er hielt stets Ausschau nach Botschaften oder Zeichen), aber es gab ein Wasserzeichen, einen Kometen mit Schweif. *Hat Vater es deshalb hier hineingelegt, oder hat er schlicht an dieser Stelle mit der Lektüre aufgehört?*

Hinter einer Tür auf dem Boden eines Eckregals dokumentierten Jahresberichte und Verzeichnisse die letzten zehn Jahre des Bora Verlags. Dahinter entdeckte er eine Reihe abgeschabter Bücher, die sich vom Rest der Sammlung so sehr unterschieden, dass er sich einen Moment lang wunderte. Aber als er die verdächtig angesengten Kanten sah, wusste er gleich, um was es sich hier handelte, ohne dass er einen der Bände aufschlagen musste: Heine, Proust, Gorki, eine Ausgabe des *Zauberbergs*, die ungeschickt in den Schutzumschlag eines anderen Buches eingeschlagen worden war, außerdem eine Druckschrift des Buddhistischen Zentrums in Berlin, das seine schottische Großmutter Jahrzehnte zuvor mit ins Leben gerufen hatte …

Bedrückt kauerte er vor dem Bücherregal. Fünf Jahre zuvor hatte er in Krakau in der von der Wehrmacht beschlagnahmten Wohnung eines Juden gesessen und gelesen. Den Namen des Mannes, eines Dramatikers, hatte er vergessen, aber der Raum war ihm lebhaft in Erinnerung geblieben, sogar der Geruch, der von dem eingeölten Mobiliar ausging. Wer hätte voraussehen können, dass er heute in einer Bibliothek, die der anderen auf seltsame Weise ähnelte und die genauso verlassen war, ähnlich geächtete Bücher entdecken würde?

Wenn er das gewusst hätte, wäre er nicht hergekommen. Die Bücher, die sein Großvater aus dem Feuer der Nazis gerettet hatte, machten seinen harmlosen Besuch verfänglich, und zwar für sie alle – und das konnten sie jetzt ganz und gar nicht gebrauchen.

Herrje, was mache ich hier? Was machen wir überhaupt alle? Ich hätte diese Wohnung nie betreten dürfen.

Mit dem Sternkunde-Buch in der Hand stand er auf. Durch das Fenster hinter dem zerfetzten Verdunkelungsvorhang bemerkte er den grauen Wagen, der in Schrittgeschwindigkeit in die breite Straße eingebogen war, als würde nach jemandem Ausschau gehalten. Warum? Hier gab es nichts Interessantes für die Behörden, es sei denn, sie wussten über die verfemten Bücher Bescheid … oder über ihn. Der Name seines berühmten Vaters, dessen Namenszug so ganz anders aussah als seine eigene kraftvolle, schlichte Unterschrift, starrte ihn von der alten Buchseite aus an.

Ich, der ich nach meinen Vorfahren komme und im Vergleich mit ihnen sehr wenig darstelle, habe schon vor langer Zeit mein Todesurteil unterzeichnet, dachte er überraschend teilnahmslos. Der dahinschleichende Wagen kam nun in dem üppigen Schatten einer Ulme auf der gegenüberliegenden Straßenseite zum Stehen. Bora beobachtete ihn von dem zerstörten Raum aus, und seine Gleichgültigkeit wich Wut. Er war wütend auf jene, die ihm hinterherspionierten, aber – ganz unerwartet – auch auf seinen leichtsinnigen Großvater, auf den Offizier, der ihn im *Adlon* angesprochen hatte, und auf all jene, die – sofern Salomon nicht log – unbeholfen ein Komplott schmiedeten, um dem ein Ende zu machen, was sie selbst miterschaffen hatten. Waren Soldaten, die Plünderei, politisch motivierte Morde und Deportationen zuließen, überhaupt glaubwürdig?

Am meisten graute ihm bei der Vorstellung, dass Salomon die Wahrheit gesagt haben könnte. Ihm kam es so vor, als würde er Blut im Mund schmecken. *Wenn das wahr ist und wenn sie scheitern sollten, dann wird das zu einem Chaos führen, vergleichbar dem, das wir in Stalins Russland mit entfesselt haben, als wir seinen Verfolgungswahn hinsichtlich der Roten Armee genährt und die Säuberungen ausgelöst haben. Prozesse und Blutvergießen, die der Prophet von Weimar in seinen »Visionen« nicht vorhergesehen hatte.*

… Oder hatte er es womöglich doch? Bora trat vom Fenster zurück. Was, wenn die Offiziere, die sich so offenherzig in Salomons Gegenwart geäußert hatten, heimlich Niemeyer befragt hatten? Warum hatte er daran noch nicht gedacht? Verzweiflung konnte einen Mann durchaus dazu bringen, ein Orakel aufzusuchen. Bevor der Reichstag brannte, hatte der Hellseher Hanussen mit den Mächtigen verkehrt, zu viel gewusst, zu viel geredet, und dann war er gestorben. Bora hielt den Atem an.

Er hatte noch so einiges zu erledigen (der japanische *chusa* hatte recht gehabt) und nicht viel Zeit. Bevor Bora die Wohnung verließ, stopfte er rasch noch ein paar Papiere aus dem Arbeitszimmer seines Großvaters in die Jackentasche. Dann sammelte er die verbotenen Bücher auf, trug sie über den Schutt die drei Treppen nach unten und warf sie in das tiefe Loch in der Eingangshalle.

Als er aus dem Haus trat, stand der Wagen nicht mehr unter der Ulme. Er fuhr mit der Straßenbahn zurück. Niemand schien ihm zu folgen, es sei denn, der graue Wagen war von einer dunkelgrünen Limousine mit drei barhäuptigen Männern darin abgelöst worden.

Um acht Uhr versuchte er, Olbertz anzurufen, allerdings nicht vom *Adlon* aus, sondern unauffällig von einer Telefonzelle, die sich in der Nähe des Hotels befand. Der Versuch schlug fehl. Entweder war der Arzt noch nicht in der Praxis, oder er zog es vor, nicht ans Telefon zu gehen. Die anderen Personen auf seiner Liste – Journalisten, die Niemeyer interviewt und dessen Laufbahn im Laufe der Jahre verfolgt hatten – wollte er dann vom *Adlon* aus anrufen.

Abgesehen von den jüdischen Redakteuren – die schon seit langer Zeit möglicherweise nicht nur aus dem Berliner Telefonbuch verschwunden waren –, waren sechs der insgesamt sieben Personen auf der Liste nicht in der Lage, Boras Neugierde zu befriedigen. Er erfuhr, dass zwei von ihnen inzwischen gestorben waren, einer war an der Front, und drei waren hinfällig, besaßen keinerlei Erinnerung an jene Zeit und begriffen nicht, wer sie da anrief und warum.

Max Kolowrat hatte er sich bis zuletzt aufgehoben. Kolowrat ging sofort ans Telefon, als säße er direkt daneben und hätte nur darauf gewartet, dass jemand anriefe.

Den munteren Klang seiner Stimme mochte Bora auf Anhieb. Und ebenfalls auf Anhieb musste er dagegen ankämpfen, nicht verlegen zu klingen, während er sich vorstellte und den Grund seines Anrufs erläuterte. Selbst wenn es die leise Möglichkeit gab, dass Roland Glantz Niemeyer nicht mit seinem Drilling erschossen hatte, so war es doch ein ziemlich schwacher Vorwand für einen Anruf – wenn man bedachte, dass er Ninas Sohn war.

Kolowrat hingegen klang nicht allzu überrascht. »Die Artikel in der *Illustrierten Zeitung*«, sagte er, »selbstverständlich, Herr Oberst. Ich bewahre die ganze Serie bei mir zu Hause auf. Eine Zeit lang habe ich den sogenannten Propheten von Weimar häufiger aufgesucht … Aus beruflichen Gründen, zur Zeit des verkommenen Babylons, das einmal unsere Republik war.« Er lachte, und auch sein Lachen klang sympathisch. Er wartete darauf, dass Bora etwas sagte, aber Bora – dem nur selten unbehaglich zumute war – fühlte sich wie ein kleiner Junge, der keinen Ton herausbrachte. Er hatte nicht erwähnt, warum er sich für die Artikel und für Walter Niemeyer interessierte. Es war besser, am Telefon nicht ins Detail zu gehen.

Dann fand er zurück zu seinem selbstsicheren Auftreten, als hätte er sich selbst mit einem Klaps wieder geweckt. »Meine Gründe sind ebenfalls beruflicher Natur. Ich wäre Ihnen sehr verbunden, wenn ich das Material so bald wie möglich einsehen dürfte.«

Kolowrat klang amüsiert. Das lag an seinem kaum hörbaren österreichischen Zungenschlag, in dem eine unterdrückte Heiterkeit steckte. »Sie dürfen sich gern alles ansehen. Ich hänge nicht an diesen Schmankerln der ›Asphaltliteratur‹, wie solche Stadtgeschichten aus der Weimarer Zeit wohl genannt werden.« Bora hatte das deutliche Gefühl, dass der Mann am anderen Ende der Leitung lächelte. »Außerdem habe ich vieles aus meinem Interview mit dem Propheten nicht zu Papier gebracht, erinnere mich aber noch immer ganz genau daran.« Eine Pause trat ein. Beide Männer bemühten sich zu kaschieren, dass ihnen klar war, worum es bei diesem Anruf *eigentlich* ging. Kam Kolowrat zu dem Schluss, dass Bora ihn nicht nur unter einem Vorwand kontaktierte? »Schau'n wir mal«, fuhr er fort. »Ich bin ein Frühaufsteher, und um diese Zeit habe ich für gewöhnlich nichts vor. Sollen wir uns verabreden, damit ich Ihnen das Material übergeben kann?«

Das zu hören hatte Bora gehofft (und sich auch ein wenig davor gefürchtet). »Ja, sehr gern. Im Telefonbuch ist die Drakestraße im Diplomatenviertel als Ihre Adresse angegeben. Werde ich Sie dort antreffen?«

»Nein. Dank der britischen Air Force bin ich einer aus dem Westend geworden.« Kolowrat nannte ihm eine Hausnummer am Barbarossaplatz im Bayerischen Viertel. »Heute Vormittag bin ich nicht da, aber am späten Nachmittag wieder zurück.«

Bora ging davon aus, dass er Grimm bis 19.00 Uhr würde abschütteln können, und schlug vor, um halb acht zu kommen. Er hängte ein, unsicher, ob er das Richtige getan hatte. Auch fühlte er sich schuldig, dass er das, was die Ermittlungen erforderten, mit etwas vermischt hatte, was er nur schwer benennen konnte, weil es mit Nina zu tun hatte. Er war nicht neugierig, auch wollte er seine Mutter nicht kontrollieren – aber er hatte eindeutig die feste Absicht, Kolowrat spüren zu lassen, dass sie nicht wehrlos war.

8.58 Uhr

Das Hotelpersonal gab niemals Informationen über Gäste preis, außer vielleicht auf Nachfrage der Gestapo. Allerdings konnte man private Dienstmädchen, Hilfskräfte und Dienstmänner nicht gerade als Gäste bezeichnen. Als Bora sich nach dem Mann erkundigte, den er bei der Rezeption und später in dem grauen Wagen bemerkt hatte, sagte ihm der junge Stellvertreter des Portiers, dass der Mann als Chauffeur eines Generals im Ruhestand gedient habe. Doch weder der Name des Generals noch weitere Einzelheiten waren aus ihm herauszubekommen.

Bora hatte sich das Kennzeichen des grauen Wagens notiert, als er unterwegs zum Haus seines Großvaters war. Notfalls würde er Grimm danach fragen. Jetzt äußerte er erst einmal den Wunsch, den General a. D. zu sprechen.

»Verzeihung, mein Herr. Sein Fahrer hat ihn um 8.15 Uhr abgeholt. Er ist fort.«

»Wird er am Abend zurück sein?«

»Der General hat das Hotel verlassen.«

»Verstehe. Und Oberst Salomon? Wir waren für heute Vormittag verabredet«, log Bora.

»Auch der Oberst hat das *Adlon* verlassen.«

War das nun eine gute oder eine schlechte Nachricht? Das kam ganz darauf an. Bora war damit zwar von Salomons lästiger Anwesenheit befreit, aber womöglich irrte nun ein verwirrter Mann durch eine Stadt, in der sein Hang zu Geständnissen in einer Katastrophe enden mochte. »Nun gut«, sagte er ziemlich gereizt, »wo ist *er* denn zu finden?«

»Er hat keine Nachsendeanschrift hinterlassen, Herr Oberstleutnant von Bora.«

Bora war also einigermaßen geladen, Grimm allerdings nicht minder. Er traf zehn Minuten nach neun ein, mit einem auffälligen knallgrünen Schlips, der von einem roten Zickzackmuster durchzogen war. Er war frustriert, weil sich auf dem Drilling keine identifizierbaren Fingerabdrücke nachweisen ließen, abgesehen von den verschmierten Spuren, die Bora hinterlassen hatte.

»Nichts von Nutzen also?«

»Nein. Es bleibt in erster Linie bei der Tatsache, dass Glantz ein Drilling der Luftwaffe besessen hat. Am letzten Mittwoch, also zwei Tage nach Niemeyers Tod, hat er es postlagernd an sich selbst zum Anhalter Bahnhof geschickt. Vorher hat er es sauber gewischt – und das ist schon mal ziemlich verdächtig. Zu neunzig Prozent handelt es sich um das Gewehr, mit dem Niemeyer erschossen wurde.«

»Wurde der Mann ins Präsidium gebracht?«

»Nein.«

»Warum nicht?«

Grimm zog seine fetten Schultern hoch. »Er ist gestern Abend nicht nach Hause gekommen. Seine Frau ist nervlich in schlechter Verfassung. ›Wo ist Roland Glantz?‹, habe ich sie bedrängt. ›Wo ist Roland Glantz?‹ Keine Antwort. Sie weint und sagt keinen Ton. Ich fahre jetzt zu seinem Verlag.«

Räumlichkeiten des Sternuhr Verlags,
Berlin-Mitte, 9.38 Uhr

Roland Glantz wollte sich gerade in seinem Büro das Leben nehmen. Das bekamen Bora und Grimm mit, als sie die Treppe in dem hohen, schmalen Gebäude emporstiegen, in dem der Sternuhr Verlag sein Büro hatte – oder gehabt hatte. Vermutlich hatte keiner der Menschen, die sich gerade im Treppenhaus drängten, für den Verleger gearbeitet. Einige wohnten womöglich nicht einmal hier. Aber die tägliche Anspannung, die Luftangriffe und die ermüdenden Zustände in den überfüllten Wohnungen mochten dafür gesorgt haben, dass der Anblick eines Mannes, der so verrückt war, sich das Leben nehmen zu wollen, als unterhaltsam empfunden wurde. Boras Abneigung gegenüber schwer kontrollierbaren Menschenmengen führte dazu, dass er sich von Florian Grimm überholen ließ, obwohl er selbst erpicht darauf war, rechtzeitig ins Büro zu gelangen. Der Polizist setzte seine Ellenbogen ein, um die Menschen treppabwärts zu schubsen, er drängte voran wie ein Lachs, der sich gegen Hindernisse und die Schwerkraft zur Wehr setzt, um stromaufwärts zu schwimmen. Bora musste beiseitetreten und sich am Geländer festhalten, um nicht von dem einen oder anderen taumelnden Körper aus dem Gleichgewicht gebracht zu werden. In diesem Durcheinander musste er unwillkürlich an seinen Onkel denken, der – sofern Dr. Olbertz die Wahrheit gesagt hatte – in seinem abgeschiedenen Vororthaus in aller Ruhe Selbstmord begangen hatte. So war Onkel Alfred schon immer gewesen, ein Mann von Prinzipien, der tat, was er für nötig hielt, und zwar ohne jedes Trara. Während Grimm mit einer Hand die Meute oben auf dem Treppenabsatz auflöste, dachte Bora anerkennend, dass nur eine ernsthafte Bedrohung für seine Familie oder Patienten den Willen seines Onkels hätte beugen können. *So ist meine Familie nun einmal: Man muss uns schon töten, bevor wir es uns anders überlegen. Und wenn man uns tötet, können wir weiterhin an dem festhalten, woran wir glauben.* Selbst wenn er die Zeit finden sollte, seine Cousine Saskia im Krankenhaus zu besuchen, solange er in Berlin war – er unterließ es besser. Es könnte ihre Lage verschlimmern, wenn er in der Klinik auftauchte, in der sie sich versteckte.

Mit diesen Überlegungen war er beschäftigt, während Grimm in kürzester Zeit den Treppenabsatz räumte. Mit einem Mal standen nur noch sie beide vor einer hohen Tür aus Vogelaugenahorn, an der eine Messingtafel mit dem Namen und dem Firmenzeichen des Verlags angebracht war: ein zwölfzackiger Stern in einem Ziffernblatt.

Bora schob sich vor Grimm. Als er den Knauf drehte, drängelte der Polizist von hinten: »Ist offen?« Hinter der äußeren Tür befand sich eine hölzerne Schwelle, dahinter lag eine weitere Tür. Diese war aus blickdichtem Glas und von innen verschlossen. Ohne zu zögern, feuerte Bora eine Kugel auf das Stahlschloss ab, um es zu durchschlagen. Die Kugel prallte ab und verfehlte ihn nur um Haaresbreite.

Sie betraten einen großen Raum mit mehreren Reihen leerer Schreibtische, der von blendend hellem Tageslicht durchflutet war. Die Aufmerksamkeit der Männer richtete sich auf ein großes, weit offen stehendes Fenster. »Das war's dann wohl«, brummte Grimm und streckte seinen Kopf hinaus, um nachzusehen, was von dem Verleger nach einem Sturz vier Stockwerke hinunter übrig geblieben war. Doch er drehte sich gleich wieder um und rief: »Da ist er nicht! Der Scheißkerl ist gar nicht gesprungen!«

»Ist ein Sims unter dem Fenster?«

»Nein.«

»Aber wo ist er denn dann?« Bora drehte sich um und sah linker Hand einen Korridor hinunter, der zu einem weiteren Büro führte. Bestürzt beobachtete er, wie ein Mann mit einer Schlinge um den Hals von einem Schreibtisch sprang.

»Halt, Kriminalpolizei!«, schrie Grimm, während er in das Büro stürzte, als ob die Warnung einen Mann, der bereits dabei war, sich zu erhängen, von seiner Tat hätte abhalten können.

Die Halterung, an der das Seil befestigt war, zeigte sich den Anforderungen allerdings nicht gewachsen. Als der korpulente Glantz sich fallen ließ, riss er mit seinem Gewicht den Schacht der Warmluftheizung aus der Decke. Zu dieser Jahreszeit war die Heizung glücklicherweise nicht in Betrieb.

Grimm hastete zu dem gestürzten Mann und knurrte etwas von

einem gebrochenen Zungenbein oder dem obersten Rückenwirbel. Glantz setzte sich allerdings sofort zur Wehr, obwohl er nach Luft rang. Dennoch versuchte er, den Polizisten davon abzuhalten, die Schlinge um seinen Hals zu lockern.

Bora stand gleich daneben und verspürte den schäbigen Drang, den Selbstmörder zu treten.

Grimm hatte einen Flachmann in seiner Manteltasche. Diesen nötigte er dem zitternden Glantz auf, der den Alkohol ungeniert hinunterkippte. Hochprozentiges schien ihm nicht gänzlich fremd zu sein.

Bei seinem Sturz hatte er sich am Kopf verletzt. Seine linke Augenbraue war aufgeplatzt, er blutete, und auf der Stirn breitete sich ein blauer Fleck aus. Erst jetzt schien ihm bewusst zu werden, dass ihm ein Polizist und ein Oberstleutnant gegenüberstanden. Als Grimm sich unerwartet behände erhob und den Verleger dabei mit sich hochzog, bemerkte Glantz, dass Bora einen versiegelten Umschlag an sich nahm, der auf dem Schreibtisch lag. »Das sind Privatangelegenheiten!«, protestierte er. »Privatangelegenheiten!« Mit dem Klammergriff eines Ringers hielt Grimm ihn davon ab, einzugreifen.

»Nicht ganz so privat, wenn man bedenkt, was für ein Publikum Sie angezogen haben.« Mit Glantz' Brieföffner schlitzte Bora die obere Kante des Umschlags auf. Der Öffner war einem Stilett nachempfunden, mit einer Florentiner Lilie als Griff. »Wenn wir nicht vorbeigekommen wären, hätte die Menge die Glastür zertrümmert, nur um Ihnen beim Sterben zuzusehen.« Er faltete das Blatt auseinander und überflog es. Dann reichte er es kommentarlos an Grimm weiter. »Ich verabscheue Amateure«, sagte er stirnrunzelnd. »Man sieht doch auf einen Blick, dass der Schacht Ihrem Gewicht auf keinen Fall standgehalten hätte. Das Fenster stand weit offen: Warum haben Sie nicht davon Gebrauch gemacht, um auf der sicheren Seite zu sein?«

Als Grimm seine Umklammerung löste, massierte Glantz sich verlegen den Nacken. Anspannung, Anstrengung oder die Stauchung der Luftröhre hatten dazu geführt, dass Urin abgegangen war, und so stand er nun in seiner peinlicherweise befleckten Hose zwei mitleidslosen Männern gegenüber.

»Haben Sie noch etwas anderes anzuziehen?«, fragte Bora unfreundlich. »Falls nicht, nehmen Sie dies hier.« Er griff einen grauen Staubmantel vom Garderobenständer und warf ihn dem Verleger zu. »Reißen Sie sich zusammen.«

Als Glantz schließlich erfasst hatte, in welcher Lage er sich befand, wirkte er erschüttert. Er tastete auf dem Schreibtisch nach seiner Brille und schnürte sich den Staubmantel mit den Ärmeln um den Leib. »Mein Gott«, seufzte er. »Etwas Absurderes hätte mir nicht zustoßen können.« Die Art und Weise, wie er zu dem geöffneten Fenster im Nebenraum blickte, bewog Grimm, hinzugehen und es zu schließen. Aber Glantz' Bedauern über das gescheiterte Vorhaben hielt nicht lange an. »Ich vermute, man hat Sie herbeigerufen … in dieses Durcheinander … Ich bin beschämt. Danke.«

»Danken Sie uns nicht zu früh«, entgegnete Bora. »Wir sind hier, um Sie zum Tod Walter Niemeyers zu befragen – oder auch zu Magnusson oder unter welchen Namen der Prophet von Weimar noch so bekannt war.«

Diese Worte, die die verschiedenen Ereignisse wie eine gestrichelte Linie bis hin zu dem behördlichen Einschreiten verknüpften, ließen Glantz erstarren. »*Was?* Sie glauben doch nicht wirklich …«

»Doch, das tun wir«, schnitt Grimm ihm das Wort ab. »Wenige Tage nach dem Mord an einem Mann, mit dem Sie sich gestritten haben, wollen Sie sich das Leben nehmen. Doch damit nicht genug: Sie hinterlassen auch noch so einen Brief.« Er wedelte mit dem Blatt vor Glantz' Gesicht herum.

»Der Brief? Der Brief hat nichts damit zu tun –« Das Klingeln des Telefons unterbrach Glantz' Erläuterungen. Grimm hob den Hörer ab, aus dem eine Reihe wehklagender Geräusche zu vernehmen waren, weshalb er den Hörer an den Verleger weiterreichte.

»Nein, mein Schatz«, sagte Glantz und rollte mit den Augen. »Es ist nichts passiert. Nein, mein Schatz, das stimmt nicht. Nein. Ich bin hier mit zwei honorigen Herren. Ich erzähle es dir später.«

Nach diesem kurzen Wortwechsel drehte er sich zu den zwei Männern und sagte – als ob die Erwähnung von Niemeyers Namen einen unerträglich wunden Punkt bei ihm getroffen hätte: »›Für das, was ich nicht getan habe‹ veranschaulicht am besten, wie ich mich gerade fühle, weil ich nicht den Mumm hatte, diese jüdische Drecksau umzubringen.«

»Niemeyer war kein Jude«, merkte Bora an.

»Und überhaupt«, schaltete Grimm sich ein. »Hier haben Sie geschrieben: ›Für das, was ich getan habe.‹ Sehen Sie selbst.« Glantz rückte die Brille auf seiner Nase zurecht, las die Nachricht und brach in ein verärgertes Gelächter aus. »Als wäre es nicht genug, von einer Tragödie zur Farce überzugehen! Das schlägt doch wirklich dem Fass den Boden aus, dass jemand meines Berufsstands bei seinem Selbstmord eine Nachricht mit einem gottverdammten Fehler darin hinterlassen würde!«

Ihn erheitere das nicht, sagte Bora.

»Verzeihen Sie, Herr Oberst, aber wer sind Sie? Sie sind nicht von der Kriminalpolizei.«

»Das geht Sie nichts an, hier bin ich derjenige, der die Fragen stellt.« Bora stand hinter dem Schreibtisch und leerte systematisch eine Schublade nach der anderen, stapelte verschiedene Gegenstände und legte darauf Papiere ab. »Die Zeit drängt, und ich habe keine Lust, sie mit Plaudereien zu verschwenden.«

»So ist es.« Grimm durchsuchte inzwischen den Papierkorb. »Haben Sie ein Gewehr vom Typ Drilling postlagernd an sich selbst in den Anhalter Bahnhof geschickt oder nicht?«

Glantz starrte ihn mit glasigen Augen an. »Das habe ich. Ja. Ich wollte nicht in die Versuchung kommen, es gegen mich selbst zu richten. Das Gewehr hat meinem Schwager gehört, einem Flieger, der vor Kurzem gefallen ist. Ja, ich weiß, dass Waffenbesitz verboten ist, herzlichen Dank. Ein Grund mehr für mich, es nach dem Mord zu verstecken.«

»Wie Niemeyer ermordet wurde, ist nicht an die Öffentlichkeit gelangt«, flüsterte Grimm Bora zu. Laut fragte er Glantz: »Wo waren Sie in der Nacht auf den vierten Juli, und wer kann Ihr Alibi bestätigen?«

»Ich war nicht in der Nähe von Dahlem, wenn Sie darauf hinauswollen. Ansonsten geht es nur mich etwas an, was ich tue: Es ist ja wohl noch nicht verboten, ein Privatleben zu haben, oder?«

Darauf ging Grimm nicht ein. Stattdessen stampfte er in den anderen Raum und riss das Fenster auf.

Dies wirkte so bedrohlich auf Glantz, dass es ihm seine restliche Energie raubte. »Dürfte ich … ich müsste mal zur Toilette«, winselte er.

»Sieht allerdings so aus, als hätten Sie das schon erledigt«, sagte Grimm höhnisch, als er ins Büro zurückkam. »Wenn der Lokus nicht weit weg ist, lasse ich Sie gehen, aber nur, wenn Sie die Tür offen lassen. Und beim Pinkeln beide Hände an die Rute.«

»Oh nein, ich möchte mir nur das Gesicht waschen. Im Nebenraum ist ein Waschbecken, in einem Wandschrank.« Als Glantz das Büro verließ, folgte Grimm ihm. Diese Minuten nutzte Bora, um die Papiere zu durchstöbern, die er in den Schubladen gefunden hatte. Es waren größtenteils überfällige Rechnungen für Strom und Wasser, letzte Zahlungsaufforderungen und Briefe von verärgerten Lieferanten.

Als Glantz zurückkam, klebte ein Stück Löschpapier an der verletzten Augenbraue. Eine seiner Wangen war gerötet. Vermutlich hatte Grimm die kurze Zeitspanne genutzt, Glantz zum Reden zu bringen, oder ihn dafür zahlen lassen, dass er seinetwegen mehrere Stockwerke hatte hochrennen müssen.

»Was ist sonst noch mit Ihrem Gesicht passiert?«, fragte Bora. Nicht, dass er mit einer Antwort von Glantz rechnete. Er wollte lediglich den Kommissar wissen lassen, dass er von dessen Methoden nichts hielt.

Eine Waffe zu besitzen, noch dazu eine Waffe, die im Zusammenhang mit einem Mord stand, reichte aus, um jemanden auf der Stelle festzunehmen. Sobald sie Glantz im Präsidium abgeliefert hätten, könnte man ihm ein Schuldeingeständnis abpressen. Das wolle er aber nicht, sagte sich Bora mit einem gewissen Zynismus, weil er nicht sicher sein konnte, dass dies die Wahrheit wäre. *Jetzt, da Ida Rüdiger und der Uhrmacher bei den Ermittlungen in den Hintergrund getreten sind und solange wir Kupinski noch nicht gefunden haben, ist der Verleger unser Hauptverdächtiger. Ich weiß nicht, ob Nebe eine schnelle und bequeme Lösung von mir erwartet, aber sollte dies der Fall sein, hat er sich geschnitten.*

»Können Sie Steno schreiben?«, fragte er Grimm, der mit dieser Frage nicht gerechnet hatte und höflich verneinte.

»Also, ich kann es. Reichen Sie mir einige leere Blätter vom Schreibtisch und holen Sie dem Mann einen Stuhl.«

»Einen Moment, Herr Oberst.« Verärgert nahm Grimm ihn beiseite. »Das verstößt gegen die Vorschriften. Vernehmungen müssen im Präsidium stattfinden.«

Wie schon bei Salomon warf Bora einen finsteren Blick auf die beringte Hand, die seinen Ellenbogen umfasste, und Grimm zog sie schnell zurück. »Der Chef höchstpersönlich, Gruppenführer Nebe, hat mir diesen Fall anvertraut«, sagte er zu ihm. »Hier mache ich die Regeln. Tun Sie mir den Gefallen und bringen Sie dem Mann einen Stuhl, damit wir anfangen können.«

Es war schwer zu sagen, ob Glantz überhaupt damit gerechnet hatte, zu dem Mord befragt zu werden. Er hatte immer noch den Staubmantel um seine füllige Leibesmitte geschlungen und saß nicht gerade bequem da. Schon bald räumte er ein, mehr zu wissen, als in der Presse bekannt gegeben worden war. Seine Quellen legte er nicht offen, aber es war durchaus möglich, dass er als ehemaliger Reporter über Kontakte zur Polizei verfügte, möglicherweise zur Wache in Dahlem. Das wollte Bora noch herausfinden.

»Sagen Sie mir alles, was Sie wissen. Ich will sämtliche Einzelheiten hören.«

Glantz blinzelte mehrere Male. Er hatte hervortretende blaue Augen, und hinter seinen Brillengläsern konnte man sehen, dass das Weiß seiner Iris gerötet war, als ob er geweint hätte oder durch einen Sandsturm gelaufen wäre. »Ich habe gehört, dass er mit einem Jagdgewehr erschossen wurde. Also habe ich beschlossen, das Drilling einzupacken und es unter meinem Namen am Bahnhof zu hinterlegen. Es war allgemein bekannt, dass wir eine Meinungsverschiedenheit hatten. Ich habe gegen die Drecksau schon prozessiert.«

Grimm konnte nicht an sich halten und fragte: »Aber warum haben Sie denn eigentlich ein Drilling bei sich zu Hause?«

Bora ließ ihn ausreden, zumal ihm dieselbe Frage auch schon auf der Zunge gelegen hatte.

»Weil mein Schwager – er hieß Hauptmann Welzer, Seppi Welzer –

es von der Front in Nordafrika mitgebracht hat. Sie müssen wissen, dass wir in der guten alten Zeit auf die Jagd gegangen sind, am liebsten haben wir Großwild gejagt. Ein feindliches Flugzeug hatte ihn dazu gezwungen, westlich von Tobruk eine Bruchlandung hinzulegen, und da das Drilling ein sehr gutes Gewehr ist … na ja, er hat behauptet, dass das Drilling bei dem Vorfall verloren gegangen ist. Mit der Hilfe eines Kameraden fragen Sie mich nicht nach seinem Namen, ich weiß nicht, wie er heißt – hat er es bis zu seinem Heimaturlaub auf die Seite geschafft. Als er uns im letzten Jahr zu Weihnachten besucht hat, ließ er das Drilling bei uns. Er war Junggeselle und wusste nicht, wo er es sonst aufbewahren sollte. Sie verstehen sicher, dass ich damit nicht gut zu den Behörden gehen konnte, weil ich schon alle Waffen in meinem Besitz abgegeben hatte. Es hätte Argwohn erregt, wenn ein weiteres Gewehr aufgetaucht wäre, und dann auch noch eines, das eigens für die Luftwaffe gefertigt worden war.«

Bora, der rasch mitstenografierte, fragte: »Warum haben Sie es denn dann nicht verschwinden lassen?«

»Es verschwinden lassen, Herr Oberst? Das ist ein Vermögen wert! Ein seltenes Stück. Jedenfalls, nachdem mein Schwager im letzten Februar bei einem Nahkampf über Brunswick ums Leben gekommen ist, fand ich es am besten, es einfach zu behalten. Das ist alles. Weniger kompliziert, als zu erklären, warum ich es überhaupt hatte. Als ich von dem Mord erfahren habe, ist mir natürlich klar geworden, wie gefährlich es sein könnte, ein solches Gewehr zu besitzen, schon wegen des Streits mit der Drecksau. Also habe ich es postlagernd an mich selbst geschickt. Ich hatte keine Pläne damit.«

»Und wenn die Polizei hinter Ihnen her gewesen wäre, was sie ja tatsächlich war?«

»Dann hätte ich noch verdächtiger gewirkt, wenn man mich dabei beobachtet hätte, wie ich das Gewehr in einen Kanal werfe. Meinen Sie nicht auch?«

Bora versah das erste Blatt mit einer Ziffer und nahm das nächste in Angriff. Bislang hatte Glantz nichts Entlastendes vorgetragen. Nachdem er ein fragwürdiges Alibi angeführt hatte (er sei mit seiner Frau zu Hause gewesen, die allerdings wegen Zahnschmerzen ein Beruhigungsmittel genommen und fest geschlafen habe), blieb weiterhin unklar, wo er sich in der Mordnacht aufgehalten hatte.

Er lebte in einer kleinen Villa in der Stendaler Straße, nördlich der Spree. Da es dort keinen Pförtner gab, konnte er kommen und gehen, wie es ihm beliebte. Niemeyers Haus war mit öffentlichen Verkehrsmitteln gut erreichbar, und was die nächtliche Ausgangssperre betraf, so musste selbst Grimm einräumen, dass sie nicht immer eingehalten wurde.

Bora sagte: »Sie werden zugeben müssen, dass Ihr Abschiedsbrief nicht hilfreich ist.«

»Ja«, stimmte Grimm ein. »Er ist praktisch ein Schuldeingeständnis.«

»Ich bitte um Verzeihung, aber er ist nichts dergleichen. Abgesehen davon, dass ich das Gegenteil von dem geschrieben habe, was ich eigentlich sagen wollte. Ich wollte sterben, weil ich ruiniert bin, und hatte nicht den Mumm, meinem ersten Impuls zu folgen: die Drecksau zu töten. Ich habe sogar meiner Frau anvertraut, dass ich möglicherweise einen Mord begehen würde, weil das Geld, mit dem ich meinen Verlag gegründet habe, von ihrer Familie stammt.« Glantz stützte seine Stirn mit der Hand ab, als ob sein Kummer zu schwer wurde. »Ich habe einen scheußlichen Fehler gemacht, als ich Magnusson einen enormen Vorschuss angeboten habe, um mir die exklusiven Veröffentlichungsrechte an seiner *Enzyklopädie des Mythos* zu sichern. Ein gewaltiges Werk, jeder Band sollte tausendzweihundert Seiten stark sein. Das war 1938, verstehen Sie? Die besten Verleger in Deutschland haben ihn umworben. Ursprünglich sollte der Titel anders lauten, nämlich *Enzyklopädie des Übersinnlichen*, aber während der Arbeit am ersten Entwurf haben wir uns stattdessen für ›Mythos‹ entschieden. Im Laufe der Jahre hat Magnusson diverse Artikel zu dem Thema verfasst und veröffentlicht, in seiner Zeitschrift *Jenseits von Ostara* und auch in seiner Vierteljahrsschrift *Siegfried lebt*. Die Enzyklopädie sollte zwölf Bände in alphabetischer Reihenfolge umfassen, dazu ein Register. Außerdem sollte sie mit Karten und Illustrationen im Vierfarbdruck angereichert werden. Für die gesamte Reihe, die in einer Auflage von zwanzigtausend Exemplaren erscheinen sollte, war als Bezugsstoff japanische Seide vorgesehen, während eine begrenzte Anzahl von hundert Exemplaren einen Pergamentbezug mit einer Beschriftung aus echtem Gold erhalten sollte. Alle hundert Exemplare waren bereits reserviert, müssen Sie wissen.« Glantz ballte seine Hand zu einer Faust, mit der er sich gegen die Stirn schlug. »Gott möge mir verzeihen, ich war von diesem Abschluss so sehr überzeugt, dass ich auf der Stelle die Seide von der Seidenfabrik in Tomioka bezogen habe – die liegt in der japanischen Präfektur Gunma –, einmal ganz abgesehen von dem italienischen Papier – 90-Gramm-Papier, Hochglanz –, das ich bei der Papierfabrik Miliani in Fabriano gekauft habe.«

Eine derartige Investition war unvorstellbar in einer Zeit wie dieser, in der die Zeitungen gerade einmal aus vier oder sogar nur aus zwei Seiten bestanden. Boras Großvater wäre bei dem Gedanken an so viel Naivität entsetzt gewesen. »Sollten die Bände nacheinander oder alle auf einmal veröffentlicht werden?«

»Alle auf einmal, Herr Oberst.«

»Und gab es ein Datum, an dem das Manuskript hätte abgegeben werden müssen?«

»Am zwanzigsten dieses Monats, aus Gründen – nun ja, ich möchte nicht sagen, *astrologischer* Natur, aber Magnusson hielt diesen Tag für den günstigsten. Die Veröffentlichung war für den 20. April 1945 geplant – in Rekordzeit, wenn man bedenkt, dass Krieg ist. Der Propagandaminister höchstpersönlich hätte dem Führer an seinem Geburtstag das erste Exemplar überreichen sollen.«

Bora wollte nicht weiter darüber nachdenken, wo sie wohl alle, der Führer eingeschlossen, im Frühjahr 1945 sein würden. »Es ist technisch unmöglich, in neun Monaten zwölf Bände in einer Auflage von zwanzigtausend Exemplaren zu drucken«, stellte er fest.

»Meinen Sie, das wüsste ich nicht? Nicht einmal, wenn man Zwangsarbeiter aus den Lagern in Polen dafür eingesetzt hätte, wie ich es vorhatte. Ich war auch schon so weit, nicht ganz so ehrgeizig an die Sache heranzugehen, und hätte die ersten drei Bände in einer Auflage von dreitausend Exemplaren publiziert: *Aa* bis *Baldur*, *Baucis* bis ...«

»Ich verstehe. Und was geschah dann?«

»Was dann geschah? Die Drecksau hat gerade mal zweihundert Seiten fertiggestellt, das geschah dann! Jedes Mal, wenn wir uns getroffen haben, hat er ganz geheimnisvoll getan: Er zeigte mir Stapel maschinenbeschriebener Seiten, ließ mich aber nur einige wenige Einträge lesen: *Asiatische Gottheiten* und *Das mittelalterliche Glücksrad* und *Die Verehrung der Swastika in Ost und West* … Sie haben auf mich einen ausgezeichneten Eindruck gemacht. Und er war schließlich der Prophet von Weimar! Er besaß eine gigantische Bibliothek, sämtliche Quellen waren stets zur Hand. Warum hätte ich ihm misstrauen sollen?«

»Sie hätten zumindest auf einer Durchsicht des gesamten Textes bestehen müssen!«

Mit seinen blutunterlaufenen Augen sah Glantz fast ein wenig wahnsinnig aus. »Wenn ich so darüber nachdenke, verdiene ich es, festgenommen und enthauptet zu werden, weil ich zugelassen habe, dass diese Drecksau mich zum Narren hält.«

Bora hatte Mühe, ihm zu folgen. »Es fällt mir schwer zu glauben, dass Sie keinen Rat bei Akademikern und anderen Experten gesucht haben hinsichtlich des Materials, das er Ihnen bereits gegeben hatte.«

Glantz verbarg sein rundliches Gesicht in den Händen. In dieser Haltung wiegte er sich vor und zurück und stöhnte vor sich hin. »Wollen Sie sehen, was er mir gegeben hat? Wollen Sie es wirklich sehen? Es liegt auf dem Regal dort, in der himmelblauen Mappe.«

Bora gab Grimm einen Wink. Der holte die Mappe und reichte sie ihm. Zwischen den mit Goldstaub besprenkelten Pappdeckeln, die wie ein gedruckter Sternenhimmel aussahen, lagen etwa einhundert maschinengeschriebene Seiten (beidseitig beschrieben). Sie waren fehlerlos getippt (vermutlich das Werk einer Sekretärin), aber der Inhalt kam Bora bestenfalls banal vor. Jedenfalls stellten diese Seiten nicht einmal ein Fünftel dessen dar, was nötig gewesen wäre, um auch nur einen der zwölf Bände zu füllen.

Glantz, der zu Boden starrte, das Gesicht immer noch in die Hände gestützt, schüttelte den Kopf. »Meine liebe Frau hat mich davon abgebracht, einen Mord zu begehen, und darauf bestanden, dass ich das Gewehr ihres Bruders im Anhalter Bahnhof hinterlege. Aber dank meiner Blödheit habe ich nun wohl auch ihr Leben zerstört.«

»Sie können doch immer noch die Seide und das Papier verkaufen«, sagte Grimm.

Glantz warf ihm einen irren Blick zu. »Ist beides in Rauch und Flammen aufgegangen. Seide und Papier hatte ich eingelagert, und beim Luftangriff vom 21. Juni wurde alles vernichtet. Es ist alles dahin! Was die Bomben nicht geschafft haben, hat das Feuer erledigt. Mein Schwiegervater hatte recht, meine Herren. Einmal Verlierer, immer Verlierer. Ich habe es ja nicht einmal geschafft, mich selbst umzubringen.«

Der Polizist schnaubte. Auf seinem Oberhemd wirkte das grelle Grün seines Schlipses, als hätte er die Haut einer Eidechse um den Nacken drapiert. Er hob die Schlinge auf und legte sie auf den Schreibtisch, als Beweismittel, sollte es zu einem Prozess kommen. »Nichtsdestotrotz ist Ihr Alibi nicht hieb- und stichfest«, hielt er dem Verleger vor. »Ihre Frau hat tief und fest geschlafen, und es gibt keine anderen Zeugen, die Ihre Geschichte stützen. Wer also könnte dann bestätigen, dass Sie in jener Nacht nicht im Libanonzederpfad waren? Der Umstand, dass das Drilling kürzlich gesäubert wurde, macht die Sache für Sie nur noch schlimmer.«

Glantz zuckte mit den Schultern. »Mein Leben ist so oder so vorbei«, sagte er düster. »Ich habe alles verloren. Mein Haus wurde konfisziert, in meiner Tasche steckt der Räumungsbefehl für dieses Büro, und wenn ich jemals einen Ruf in meiner Branche hatte, dann hat diese Drecksau ihn zerstört. Sie wollen mich für diesen Mord verhaften? Tun Sie sich keinen Zwang an.«

»Vorerst wandern Sie ins Gefängnis.«

Glantz nickte zum Telefon hinüber. »Dann sollten Sie keine Zeit verlieren, Herr Kommissar, bevor der Anschluss gesperrt wird.«

Bora war noch immer in die Lektüre des Textes aus der blauen Mappe vertieft. Er blickte hoch und sagte: »Sie haben Magnusson verklagt: Wann genau war das, und wie weit ist das Verfahren vorangekommen?«

Mit einem Heiterkeitsausbruch hätte Bora bei Glantz nun nicht gerechnet. Der Verleger lachte bitter auf und sah dabei mit dem Löschpapier auf seiner Augenbraue, dem Staubmantel um die Hüften und seinen roten Augen einfach lächerlich aus. Er wirkte wie ein boshafter Clown. »Wie gefällt Ihnen der Ausdruck ›dem Untergang geweiht sein‹? Ich kann die

Anwälte nicht bezahlen, und selbst wenn ich einen Auftritt vor Gericht gehabt hätte: Magnussons Vermögen ist verschwunden. Ach, dieses Detail war Ihnen gar nicht bekannt? Im gesamten Reich sind keine Anlagen auf seinen Namen verzeichnet, und Gott weiß, dass er im Laufe der Jahre Millionen gemacht hat.«

Das war natürlich weit mehr als ein Detail, von dem Bora erst jetzt erfuhr. Er drehte sich zu Grimm, der gerade mit dem Präsidium telefonierte und mit den Schultern zuckte, wie um zu sagen, dass er es auch nicht gewusst habe.

Während sie auf den Mannschaftswagen warteten, bat Glantz darum, seine Frau anrufen zu dürfen. Grimm war dagegen, aber Bora hatte nichts einzuwenden.

»Er könnte die Gelegenheit nutzen und Beweise vernichten lassen, Herr Oberst!« Grimms geflüsterter Einwand verärgerte Bora nur noch mehr.

»Sie hatten mehrere Tage lang Zeit, sein Haus durchsuchen zu lassen, und haben es nicht getan. Was erwarten Sie, dort jetzt noch zu finden? Wenn es irgendeinen Beweis gegeben haben sollte, dann hat er ihn doch längst verschwinden lassen.« Bora nickte zum Telefon hinüber. »Rufen Sie an«, sagte er zu Glantz, »aber fassen Sie sich kurz.«

Nachdem der Mannschaftswagen vom Alexanderplatz eingetroffen war, den Verdächtigen übernommen hatte und wieder abgefahren war (es hatte sich nicht verhindern lassen, dass Nachbarn und Passanten herumschnüffelten), kehrte Bora mit Grimm in die Räumlichkeiten des Sternuhr Verlags zurück, um die Durchsuchung abzuschließen. Er nahm einige Dokumente und die himmelblaue Mappe an sich. Die restlichen Schriftstücke würden in die Asservatenkammer der Kriminalpolizei wandern. Die Schlüssel zum Büro würde Grimm vorläufig behalten.

Zurück blieb das eingepackte Material zur Enzyklopädie, die nie das Licht der Welt erblicken würde. Die Kartons, die an Niemeyer zurückgeschickt werden sollten, waren bereits mit dessen Adresse versehen worden (auf dem Etikett stand: »Soll wie vereinbart in den Geräteschuppen geliefert und dort gelagert werden« – nicht gerade ein glorreicher

Verwahrungsort für ein derart geniales Geistesprodukt). Glantz' Korrespondenz mit dem Opfer hingegen war für Bora von einigem Interesse: 1938 war es bei sporadischen Briefen geblieben, doch dann intensivierte sich der Austausch, und während Glantz' zunächst besorgter Tonfall zunehmend in Wut umschlug, gipfelte das Ganze in einer Flut von Beleidigungen, die er in den letzten drei Monaten per Einschreiben verschickt hatte. Niemeyers Antworten auf handgeschnittenem Papier, die sich ebenfalls bei den Unterlagen befanden, versiegten im Sommer 1943. Magnus Magnusson (so stand es in dem kunstvollen Briefkopf) brachte seinen Unmut über die Verbissenheit des Verlegers zum Ausdruck. Seine letzte Nachricht bestand aus einer Visitenkarte, die seinen vollen Namen trug, dem ein feierlicher – und Boras Meinung nach nicht existenter – akademischer Titel vorangestellt war: »Professor Doktor der Kosmologie und der Angewandten Kosmografie«. Die undatierte Karte war an die x-te Mahnung geheftet, die Glantz am 15. Juni 1944 geschickt hatte. Das einzige Wort auf der Visitenkarte, das in violetter Tinte hingeschmiert worden war, lautete alles andere als esoterisch: »Arschloch«.

11.53 Uhr

Grimm verstaute die Niemeyer-Unterlagen und Boras schmales Gepäck im Olympia, als ob er bereits über den Hotelwechsel Bescheid wusste, was vermutlich der Fall war. Während er den Offizier zum *Leipziger Hof* fuhr, berichtete er über die Geschehnisse der letzten Stunden. Seiner Schilderung ließ sich entnehmen, dass das Fehlen verwertbarer Fingerabdrücke auf dem Gewehr nicht der Grund für seine Miesepetrigkeit war. »Jemand vom Propagandaministerium hat gestern Abend im Präsidium angerufen, wegen Ida Rüdiger. Man hat mir den Marsch geblasen.« Grimm sagte das mit einer Art gequälter Überraschung, als hätte er genau damit nicht gerechnet: der fehlenden Unterstützung seitens seiner Vorgesetzten.

Bora nahm das zur Kenntnis. *Das bedeutet, dass Nebe bei brisanten Angelegenheiten normalerweise hinter seinen Leuten steht. Diesmal hat er sich jedoch dagegen entschieden. Warum? Aus demselben Grund, aus dem er mir den Fall übertragen hat? Ich weiß nicht genug über Nebe, um sagen zu können, ob er Joseph Goebbels oder dessen engen Mitarbeitern die Stirn bieten würde. Aber warum wurde ich nicht auch zurechtgewiesen? Goebbels liebt es doch, die Wehrmacht zu demütigen.*

»Wir wussten doch, dass das passieren kann.«

»Verflucht, der Propagandaminister verbürgt sich persönlich für das Alibi dieser Frau.«

Bora musste unwillkürlich grinsen. »Frau Goebbels muss mit Idas Frisierkünsten sehr zufrieden sein.«

Grimm schnaubte verächtlich durch seine kurze Himmelfahrtsnase. »Außerdem habe ich herausgefunden, wen Ida Rüdiger dafür bezahlt hat, sich in Niemeyers Nachbarschaft herumzudrücken und ihn auszuspähen. Eine private Überwachung, nichts Offizielles. Er hieß Gustav Kugler und war mal mein Kollege bei der Kripo.«

»›War‹?«

»Er wurde am 1. Juli in Moabit erschossen. Berufsrisiko in dieser Branche.« Sie fuhren nun an der Grünfläche vorbei, die sich entlang der Anhalter Straße erstreckte, die wuchtigen Hotelbauten rund um den Bahnhof kamen bereits in Sicht. »Vor zwei Jahren wurde er bei einem Kampfeinsatz verwundet und ist aus dem Dienst ausgeschieden. Im letzten Jahr hat er sich seinen Lebensunterhalt als Privatdetektiv verdient, ohne Verbindung zu uns oder zu anderen Regierungsbehörden.«

Dass Kugler gerade jetzt zu Tode gekommen war, als er womöglich etwas über Niemeyer herausgefunden hatte, wäre eigentlich einen Kommentar von Grimm wert gewesen. Aber der hüllte sich in Schweigen.

»Wurde irgendjemand für diesen Mord angeklagt?«, fragte Bora, während er durch das geöffnete Fenster eine junge Frau beäugte, die auf dem Pflaster kniete und das aufgegangene Riemchen ihrer hochhackigen Sandale wieder schloss.

»Nee. Drei Tage nach seinem Verschwinden wurde er aus dem Kanal unter der Eisenbahnbrücke östlich vom Bahnhof Bellevue gefischt. Was er wusste, hat er mit ins Grab genommen: Er hat nie viel notiert. ›Das hab ich alles im Kopf‹, hat er immer gesagt. Und durch das Loch, das sie ihm in den Kopf gepustet haben, wäre sowieso alles entwichen, selbst wenn er überlebt hätte.«

Das Bein des Mädchens und ihr schlanker Knöchel schimmerten wie Butter. Kein Wunder, dass der Kattunrock über ihr Knie gerutscht war und den Oberschenkel freigelegt hatte. Sie bemerkte, dass der Offizier sie beobachtete, und lächelte verschmitzt. Bora, der sich sonst eher seriös gab, grüßte belustigt auf militärische Weise. An Grimm gewandt, sagte er: »Haben Sie auch irgendwelche *guten* Nachrichten?«

»Abgesehen davon, dass wir Niemeyers Mörder höchstwahrscheinlich schon gefasst haben? Na ja, ich habe doch die Schwuchtel Kupinski aufgestöbert. Sein Haus steht unter Beobachtung, wir können ihn also jederzeit einkassieren.«

Bora stellte schnell einige Überlegungen an. Er wollte noch einmal versuchen, Olbertz telefonisch zu erreichen, und hoffte, dass ihm das gelang, bevor der Arzt die Praxis zur Mittagszeit verließ. »Ich brauche eine Stunde, um mich in meinem neuen Zimmer einzurichten und eine Kleinigkeit zu essen«, sagte er. »Dann können wir los.« Aus der Brusttasche zog er ein Stück Papier, auf dem einige Buchstaben und Zahlen standen, und legte es mit der Schrift nach oben auf den Sitz zwischen sie. »Sagt Ihnen das etwas, abgesehen davon, dass es zu einem Berliner Kennzeichen gehört?«

Grimm warf einen raschen Blick auf den Zettel, während er um eine Ecke fuhr. »Nein. Warum?«

»Finden Sie heraus, wer diesen Wagen fährt.«

»Gibt es dafür einen bestimmten Grund?«

»Das kann ich erst sagen, wenn ich weiß, wer den Wagen fährt.«

Der in fußläufiger Entfernung vom Kleistpark gelegene *Leipziger Hof* hob sich nicht nur vom Kammergericht und von den anderen Regierungsgebäuden ab, die direkt am Park standen, sondern auch von dem Hochbunker Pallasstraße, einem fürs Auge schwer zu ertragenden Ungetüm. Die Fassade des vierstöckigen Hotels war frisch gestrichen, was neben den verblassten Farben der anderen Häuser umso mehr auffiel. Das Hotelschild und die Drehtür stammten noch aus einer anderen Zeit, und auch innen ließ alles von den Böden bis hin zu den Leuchtkörpern die späten Zwanzigerjahre erkennen. Boras Zimmer war bereits auf seinen Namen reserviert. Er blieb dabei, als die Niemeyer-Kisten in sein Zimmer geschafft wurden, wechselte sein verschwitztes Hemd und bestellte belegte Brote mit kaltem Braten (das übliche Tagesgericht im Krieg). Das mittelgroße Eckzimmer verfügte über zwei Fenster, die erfreulicherweise nicht auf den Bunker hinausgingen. Durchaus von Vorteil waren das große Bett und die Wanne im Bad, obwohl es – wie einer Mitteilung zu entnehmen war – nur an Samstagen heißes Wasser gab. Wie in den meisten anständigen Etablissements üblich, hatte jeder Raum eine Doppeltür. Das gewährleistete Privatsphäre für den Gast und bot genug Platz, um dort Anzüge aufzuhängen, die gereinigt werden sollten, oder nach dem Frühstück das Tablett abzustellen. Die Tür, die vermutlich zum Nachbarzimmer führte, war zugenagelt, das Schlüsselloch abgedichtet. Rasch überprüfte Bora das Zimmer auf Abhörgeräte, konnte aber nichts entdecken. Dann bat er die Vermittlung, in Olbertz' Praxis anzurufen. Diesmal nahm eine Krankenschwester den Anruf entgegen. Der Arzt war nicht da, also hinterließ Bora die Telefonnummer des Hotels, nicht aber seinen Namen. Kurz darauf trafen die belegten Brote ein, zusammen mit einer Flasche Mineralwasser. Er machte sich darüber her, putzte sich die Zähne und ging dann nach unten, um sich vor Grimms Rückkehr im Gebäude umzusehen. Unten reichte ihm ein Blick auf die Karten und Briefe in den Postfächern hinter der Rezeption, um festzustellen, dass das Hotel ausgebucht sein musste. Die Räume waren einheitlich tapeziert: stilisierte Ananasfrüchte in Olivgrün und Blassgelb, mit zarten roten Tupfen. Das weiß gestrichene Holz verlieh der Täfelung und den Türen einen frischen südlichen Anstrich. Im Souterrain gab es ein Restaurant mit getäfelten Wänden (zu dieser Stunde sehr belebt) und eine gemütliche Bar, an deren hinterer Wand eine riesige Fotografie des alten Leipzigs in Sepiafarben hing: die Paulinerkirche und das *Café Français*. Obwohl der Service einem Vergleich mit dem *Adlon* nicht standhielt, ließ es sich hier doch sehr gut aushalten, vor allem, wenn man wie Bora von der Front kam.

Grimms Mittagessen hatte zwischen den roten Zickzacklinien seines Schlips einen Fleck hinterlassen, der von der Tomatensauce des im Anhalter Bahnhofs liegenden »Itaker-Lokals« stammte, wie er Bora verlegen wissen ließ. Bora hätte den Fleck gar nicht bemerkt. Er jedenfalls verfügte über die Gabe, stets frisch und gepflegt zu erscheinen, unabhängig vom Wetter oder seiner Stimmung. Darauf setzte er, wenn er verbergen wollte, wie ihm eigentlich zumute war.

Wenn er sich jetzt gleich nach dem Kennzeichen des grauen Wagens erkundigte, würde er damit übermäßig besorgt wirken. Das musste er um jeden Preis vermeiden. Er setzte sich also ruhig ins Auto und legte seine Aktentasche auf den Knien ab.

»Dann geht's jetzt zu Kupinski?«

»Ich dachte, Sie interessieren sich für das Kennzeichen.«

»Ach ja. Das auch. Gibt es eine Vermutung?«

Grimm sah ihn nicht an. Seine schmalen Augen waren auf einen Punkt zwischen Bora und dem Armaturenbrett gerichtet. Dennoch war Bora sich sicher, dass der andere seine gleichgültige Reaktion gegen das Interesse abwog, das er ursprünglich mit seiner Frage bekundet hatte. Daher legte er ein wenig nach. »Natürlich bin ich neugierig. Also, wem gehört der Wagen?«

»Er gehört einem General im Ruhestand. Sein Chauffeur fährt ihn.«

Bora hatte mit allem Möglichen gerechnet, aber nicht damit. Er hätte mit einer brauchbaren Antwort aufwarten können, sofern es um die Gestapo oder den Sicherheitsdienst des Reichsführers SS gegangen wäre. Aber es überrumpelte ihn, dass sich die Worte des Portiers bestätigten. »Ja, das habe ich mir schon gedacht«, entgegnete er, weil ihm nichts Besseres einfiel.

In dem Arbeiterviertel zwischen dem Flughafen Tempelhof und den beiden südöstlich verlaufenden langen Straßen, die nach Zossen und zum Flugplatz Schönefeld führten, lagen mehrere Friedhöfe.

Neukölln kannte er nicht. Die ärmliche Vergangenheit mit all den Randalen haftete dem Viertel noch an, trotz der gediegenen Wohnungen, die man um die Jahrhundertwende für die Staatsbediensteten gebaut hatte, um seinen Ruf zu verbessern.

Kaum hatten sie das Gebäude betreten, wurde Bora schwer ums Herz. Jedes Mal, wenn er in einem Mietshaus vor einer Wohnungstür stand, die windig war wie ein Fensterladen und deren Glaseinsätze nur dank des geätzten Motivs oder einer dünnen Gardine etwas weniger verletzlich wirkten, wurde er von Traurigkeit erfasst. Für ihn hatte sich Privilegiertheit schon immer zum Teil an der Sicherheit bemessen lassen, die eine massive Wohnungstür bot. Grimm dagegen, der wahrscheinlich in derartigen Verhältnissen aufgewachsen war, zeigte sich unbeeindruckt und hämmerte an die Tür.

Bubi Kupinski öffnete und stolperte gleich wieder in seine Erdgeschosswohnung zurück, während er ein unterwürfig klingendes »Zu Ihren Diensten« murmelte und Grimm die Tür zuschlug.

Mit dem langhaarigen Burschen auf dem Foto in seiner Akte hatte er nur wenig Ähnlichkeit. Abgesehen von seiner Lebensweise und der Tatsache, dass er eine ganze Weile im Gefängnis gesessen hatte, war auf Anhieb klar, warum dieser Fünfundzwanzigjährige kein Soldat war. Zunächst dachte Bora, sein Humpeln sei angeboren (Goebbels' Klumpfuß kam ihm in den Sinn), aber Kupinski sagte, es sei »ein Andenken an die Straßenkämpfe« in Neukölln. Er trug Segeltuchschuhe ohne Strümpfe und zeigte ihnen unaufgefordert seinen linken Fuß, an dem die drei mittleren Zehen fehlten. Das war ein grotesker und zugleich bitterer Anblick.

Der militärische Haarschnitt – an den Seiten und im Nacken kurz rasiert – ließ ihn streng und traurig aussehen. Bora und seine Männer hatten sich zu Beginn des Russlandfeldzugs ähnlich kurz geschoren, damit sie während ihres ungestümen und unaufhaltsamen Vorrückens keine Zeit beim Friseur vergeuden mussten.

»Herr Oberst, Herr Kommissar – ich habe mich nicht versteckt«, betonte Kupinski. »Ich kann das beweisen. Sobald ich von meiner alten Vermieterin in der Jägerstraße gehört habe, dass man mich sucht, habe ich mich auf der nächstgelegenen Polizeiwache gemeldet.«

»Die in Nummer 57?«, fiel ihm Grimm ins Wort.

»Nein, weiter längs, in Nummer 257. Sie wussten nicht, was sie mit mir anstellen sollten, also habe ich mich nicht weiter darum gekümmert. Es hätte ja auch ein schlechter Scherz sein können, was weiß ich.«

Bora sah sich in der Wohnung um. In dem düsteren Raum gab es gerade einmal zwei Lichtquellen: ein Fenster, das auf einen gepflasterten Hof hinausging, und die dünne Glasscheibe in der Wohnungstür. Genau so hatte Bora es sich vorgestellt. Das alles strahlte Verwundbarkeit aus, ohnehin weitverbreitet in Kriegszeiten, und war besonders schmerzlich spürbar in der Wohnung eines Mannes, dem seit seiner Kindheit übel mitgespielt worden war. *Grimm verabscheut ihn. Wenn er könnte, würde er ihn wie ein Kaninchen im Genick packen. Aber ich kann mir noch andere Szenarien vorstellen, beginnend mit dem Elend eines politischen Waisenkindes bis hin zu all dem, was die SA-Revoluzzer ihm vermutlich angetan haben, als er ihnen in die Hände fiel.*

Dennoch sagte er ungerührt: »Sie hätten damit rechnen müssen, dass jemand Sie aufsucht, nach dem Mord an einem Menschen, der in dem Haus lebte, in dem Sie gelegentlich gearbeitet haben.«

»Natürlich habe ich daran gedacht. Aber es ist das eine, sich zur Verfügung zu halten, und das andere, aus freien Stücken zur Kripo zu gehen.« Das Reizvollste an Kupinski waren zweifellos seine Augen. Sie waren von einem intensiven Blauviolett und erinnerten Bora an die Tinte, die Niemeyer verwendet hatte.

Der junge Mann, der möglicherweise einen so höflichen Umgangston nicht gewohnt war, beobachtete den Offizier angespannt. Bora siezte allerdings grundsätzlich jeden, auch seinen Stiefvater und die Großeltern: Wenn er zu einer vertraulicheren Anrede wechselte, dann nur im Rahmen einer außergewöhnlichen Freundschaft oder Vertrautheit.

»Am Morgen des 4. Juli sollte ich mich um die Tiere von Herrn Magnusson kümmern, weil er Arbeiter von den Gaswerken erwartete. Aber dann gab es Verspätungen im öffentlichen Nahverkehr, und ich war später dran als vereinbart. Als ich ankam, muss es nach halb neun gewesen sein – ich sah die Feuerwehr und die Polizei und bin lieber auf Abstand geblieben. Dann habe ich das Dienstmädchen der Leute gefragt, die an der Ecke wohnen, der Mann ist Doktor in der Irrenanstalt –«

»Wirth?«

»Ja, genau, so heißen die. Sie hat mir erzählt, was passiert ist. Wie die mich angestarrt hat! Sehen Sie, es ist ja nicht so, dass man ein schlechtes Gewissen hätte, aber ... Also habe ich mich verdrückt und mir gedacht, dass die Polizei mich schon finden wird, wenn sie mich braucht.«

»Genau«, unterbrach ihn Grimm. »Als ob Berlin ein Kuhdorf wäre. Nun bist du aufgetaucht, weil du dich schon tagelang nicht mehr auf der Arbeit hast blicken lassen, und wenn du was futtern willst, musst du dich mal ein bisschen ranhalten. Was dein anderes Gewerbe betrifft, so haben wir dir ja schon beigebracht, die Finger davon zu lassen.«

Trotz der Hitze draußen war es hier im Erdgeschoss feucht. Von einem Loch im Putz, in dem einmal ein Nagel gesteckt hatte, breiteten sich sternförmig Risse aus, es sah aus wie eine Spinne. Bora senkte den Blick, um sich von dem Raum zu lösen. Sosehr er sich dagegen zur Wehr setzte, Einzelheiten in seiner Umgebung drohten ihn abzulenken. Wie üblich waren das nicht so sehr Geräusche und Gerüche (die nahm er sowieso immer wahr), sondern unscheinbarere und unbedeutendere Details, die er dann nicht mehr loswurde. Das konnte ein Lichtstrahl sein, der hell und hartnäckig durch halb geschlossene Fensterläden hereindrang, oder der Schatten einer Wollmaus in einer Ecke oder der Staubschleier unter einem Stuhl ... Er nahm die Dinge seltsamerweise so wahr, als wären sie von zentraler Bedeutung, als eröffnete sich von diesem oder jenem scheinbar unbedeutenden Punkt aus unaufhörlich ein ganzes Universum. Und um jeden Punkt kreisten ganze Sternbilder aus Ideen.

Grimm hatte gerade ausgeredet, nun war Bora an der Reihe. Er legte sein Notizbuch aufs Knie und wandte sich Kupinski zu. »Erzählen Sie mir von Ihrer Arbeit im Libanonzederpfad.«

18.00 Uhr, im Leipziger Hof. *Habe Grimm frühzeitig weggeschickt und mich damit entschuldigt, dass ich in meiner neuen Unterkunft noch die Papiere durchsehen müsse. Ich kann fast wortwörtlich wiedergeben, was Kupinski uns heute erzählt hat, und das nicht nur, weil ich mir Notizen gemacht habe. Er ist ein guter Beobachter, und wenn er nicht die unangenehme Angewohnheit hätte, sich so geziert zu benehmen (ausgerechnet gegenüber Männern wie Grimm und mir!), indem er seine Lippen anfeuchtet und mit den Wimpern klimpert, würde er sich von anderen Personen, die ich befragt habe, nicht unterscheiden.*

Der Kontakt zu Niemeyer war schon vor Jahren abgerissen. Die Tage, in denen der Prophet von Weimar auf billigen Werbeprospekten für seine Vorstellungen geworben hatte, waren vorbei. Dabei haben ausgerechnet Werbeprospekte die beiden wieder zusammengebracht. Obwohl er hinkte, hatte Berthold Kupinski sich eine Zeit lang seinen Lebensunterhalt mit dem Verteilen von Handzetteln verdient (Grimm ist davon überzeugt, dass er auch immer noch seinen Körper verkauft, aber das ist für uns hier nicht von Belang). Im letzten Sommer war Kupinski kurz nach dem Luftangriff, der die Post und andere Gebäude in Dahlem zerstört hat, zufällig im Viertel unterwegs und hat Werbezettel für eine Firma verteilt, die Speicherreinigungen anbietet oder Ähnliches. Niemeyer sonnte sich gerade im Vorgarten. Er erkannte den jungen Mann an seinem Gang, bat ihn herein, und nach einem kurzen Gespräch (Kupinski hat schlauerweise gleich begriffen, dass er es mit dem Skandinavier Magnusson zu tun hatte und nicht mit dem Juden Mandelbaum) bot er dem jungen Mann an, sich stundenweise um die Tiere und den Garten zu kümmern. »Ich habe gar nicht groß darüber nachgedacht«, sagte Kupinski. Kurze Zeit später erledigte er bereits Gelegenheitsarbeiten für die gesamte Nachbarschaft, weil »Hausbesitzer lahme Deutsche gesunden Ausländern vorziehen«. Kupinski war überglücklich: Man vertraute ihm, er wurde anständig bezahlt und konnte dank der abgelegten Kleidung seines Auftraggebers sogar seine Garderobe aufstocken (was mir ganz nebenbei ermöglichte, Niemeyers Größe zu berechnen: mittelgroß und nicht übermäßig schlank). Kupinski fand nur ein einziges Haar in der Suppe: Ida Rüdiger. Die Partei-Friseuse verachtete ihn. Sie war bestrebt, sich mit kultivierten Haushaltshilfen zu umgeben, die eine blütenweiße Vergangenheit hatten. Bevor sie sich von ihrem Liebhaber trennte, setzte sie alles daran, dem Alleskönner aus Neukölln das Leben schwer zu machen. Kupinski führte einige Beispiele an: »Sie hat irgendetwas in die Rosensträucher gegossen, damit sie austrockneten«, und: »Sie hat absichtlich die Fenster offen gelassen, als die Papageien nicht in ihren Käfigen waren.« Vom Garten aus wurde Kupinski Zeuge heftiger Auseinandersetzungen zwischen Niemeyer und seiner Freundin und befürchtete schon, dass seine Arbeitstage gezählt waren.

Aber nein. Bald darauf muss die großspurige Ida ihre Koffer packen, allerdings nicht ohne zuvor jeden einzelnen Wasserhahn im Haus aufzudrehen. Zum Glück für Niemeyer gibt es nur zu bestimmten Tageszeiten Wasser, sodass der Schaden an Mobiliar und Nippes überschaubar bleibt. Einige Böden sind allerdings hinüber. Im Haus gehen Arbeiter ein und aus, hier und da wird etwas geklaut, man ruft die Polizei, aber Kupinski ist über jeden Verdacht erhaben und so weiter und so fort. Eines war interessant: Als Florian Grimm einmal das Zimmer verließ (das Bier, das er zu Mittag getrunken hatte, musste irgendwohin) und ich Kupinski eindringlicher befragte, sah er mich verschlagen an und presste die Lippen zusammen. Damit wollte er mir wohl bedeuten, dass er etwas zurückhält. Ich habe den Eindruck, dass er ziemlich viel gelauscht hat und mehr weiß, als er sagt.

Sogar Grimm wird einräumen müssen, dass man mit Telefonüberwachung nicht alles herausfindet. Abgesehen davon wurden die Abhörgeräte bereits im Februar dieses Jahres aus dem Haus entfernt. Auf wessen Betreiben? Dahinter steckt kein Geringerer als Graf von Helldorff, der Berliner Polizeipräsident. Mehr weiß Grimm auch nicht. Soll ich daraus schließen, dass Frau von Helldorff zu Rüdigers Kundschaft zählt und ihren mächtigen Gatten darum gebeten hat, die Intimsphäre der Friseuse nicht zu verletzen? Möglich wäre es.

Auch von Helldorffs Visitenkarte befindet sich in Rüdigers Sammlung. Das erklärt allerdings noch nicht Kupinskis Geheimnistuerei. Ich halte mich für einen ausgezeichneten Vernehmer und habe diverse sowjetische Oberste und Generäle geknackt: Sollte ich noch einmal mit ihm zusammentreffen – dann jedoch ausschließlich unter vier Augen –, dürfte ich keine

Schwierigkeiten haben, Kupinski zum Auspacken zu bewegen. Aber erst einmal muss ich Grimm loswerden.

Zurück zu der Frage, ob Kupinski in den Mord verwickelt sein könnte. Wenn ich dem Gehörten Glauben schenken darf, dann steht einiges fest: a) Prophet und Gärtner hatten keine sexuelle Beziehung (auch wenn der Gärtner es vielleicht gern gehabt hätte); b) Aufgrund seiner privilegierten Stellung wurde Niemeyer Privatsphäre zugebilligt, wenn nicht sogar Immunität; c) Ida Rüdiger hat sich nach stürmischen Auseinandersetzungen von ihm getrennt. Dabei hat sie mit Geschirr geworfen, die Unterwäsche einer jungen Rivalin in der Badewanne verbrannt und schließlich den verstorbenen Privatdetektiv Kugler angeheuert. Wie Frau Wirth hat auch Kupinski den diskret im Viertel geparkten Wagen bemerkt. Zunächst hatte er angenommen, dass es die Gestapo sei, aber dann hatte er gesehen, dass es Kugler war, der ehemalige Kripomann, den er von der unseligen Fritsch-Affäre her kannte.

Als Ida Rüdiger den Schlussstrich unter ihre Beziehung zog, hat sie leider auch Kugler gefeuert. Wir sprechen hier von der dritten Maiwoche, folglich von den letzten gut vierzig Tagen vor der Nacht, in der Niemeyer ums Leben kam. Zu der Zeit wurde er nicht mehr überwacht und konnte einladen, wen er wollte.

Warum also gehört Kupinski überhaupt zur Gruppe der Verdächtigen? Weil er für die Tatzeit kein Alibi hat (er sagt, er sei allein zu Hause gewesen). Soweit man weiß, hegte er allerdings keinen Groll gegen das Opfer, und ein Mann mit seinem Gebrechen dürfte sich kaum unbemerkt mit einem Jagdgewehr quer durch Berlin bewegt haben. Wir wissen, dass Glantz ein Drilling-Gewehr besaß. Kupinski war nie beim Militär, und auch wenn sein Vater ein schießwütiger Kommunist war, er selbst war zur Zeit der Republik noch klein. Und sofern er doch irgendwie Zugang zu einer Waffe gehabt haben sollte, warum hätte das Opfer ihm so spät in der Nacht die Tür öffnen sollen? Aus dem Kreis der Verdächtigen kommt er für mich am wenigsten infrage, obwohl ich gelernt habe, dem Anschein nicht so ohne Weiteres Glauben zu schenken.

Bei der Befragung hatte ich hin und wieder den Eindruck, dass Grimm Kupinski am liebsten den Hals umgedreht hätte, allein für das, was Kupinski war (oder ist). Trotzdem bedient sich die Polizei solcher Leute als Informanten. Und nicht nur die Polizei. Zu Beginn des Krieges in Russland stützte sich einer meiner Kommandeure auf Informationen über den Feind, die wir von einem ukrainischen Transvestiten namens Ljudmila erhalten hatten!

Nachtrag von 18.17 Uhr. Bis morgen früh bin ich den Polizisten los. Ich werde nun Maximilian Kolowrat aufsuchen, zu dessen Wohnung ich von hier aus zu Fuß gehen kann. Was weiß ich über ihn? Ich kenne die biografischen Angaben in der Illustrierten Zeitung *und erinnere mich an einiges, was ich in seinen Büchern gelesen habe. Er ist dreiundfünfzig Jahre alt, stammt aus einem alten österreichischen Geschlecht und hat ein Studium der Rechtswissenschaften abgeschlossen. Nachdem er im Weltkrieg als Kompanieführer gedient hatte, haben ihn die Italiener kurzzeitig inhaftiert. Danach ist er nach Südafrika gereist, wo er seine Frau, eine Afrikaanderin, kennengelernt hat (die Ehe hielt sieben Jahre, dann endete sie zunächst mit der Scheidung, später noch endgültiger mit ihrem Tod während einer Epidemie). Ich würde sagen, er ist ein konservativer Nationalist, obwohl er der Politik seit Jahren abgeschworen hat, soweit ich weiß, und sich seinen Lebensunterhalt als viel publizierter Kriegsberichterstatter (Spanien, China, Mussolinis Afrikafeldzug) und Reiseschriftsteller verdient hat. Nach der österreichischen Niederlage hat er das Familienvermögen verloren und in der Weimarer Zeit für beinah jede Zeitschrift in Deutschland geschrieben. Damit hat er nach und nach seine finanzielle Situation wieder aufgebessert. Als er über den Abessinienkrieg berichtete, war er mit seinem eigenen Flugzeug unterwegs (sein Bericht ist mit interessanten Luftbildaufnahmen illustriert).*

Kleines Schmankerl: Während der Olympischen Spiele in Berlin hat er sich mit unserer Starfilmerin Leni Riefenstahl angelegt. Das hat ihn seinen prominenten Sitzplatz auf der Journalistentribüne gekostet. Ich werde mich ganz schön zusammenreißen müssen, damit er nicht merkt, wie nervös ich bin.

Noch etwas: Bevor ich am Abend in den Leipziger Hof *zurückgekehrt bin, habe ich Grimm gebeten, mich zum* Adlon *zu fahren, obwohl es nicht auf unserer Strecke lag. Ich schwindelte ihm vor, ich hätte mein kostbares*

Fläschchen mit Pelikan-Tinte vergessen. Dann bin ich nach unten in den Speisesaal gegangen, wo die Tische bereits fürs Abendessen gedeckt waren, allerdings waren noch keine Gäste da. Ich habe den Oberkellner gesucht. Es ist immer noch derselbe Elsässer wie zu den guten alten Zeiten mit Dikta. Damals konnte ihn ein ordentliches Trinkgeld redselig machen. Als er mich bemerkte, kam er sofort auf mich zu und wollte wissen, ob er etwas für mich tun könne. Ich wiederholte meine Frage nach Salomons Aufenthaltsort, die am Morgen an der Rezeption unbeantwortet geblieben war.

Wie nicht anders erwartet (der Portier gibt keine Informationen an das Personal im Speisesaal weiter), wusste der Oberkellner nicht, dass der Oberst und ich gar nicht im Hotel speisen wollten, und bedauerte, dass ich versetzt worden sei. Er sagte auch, dass Salomons plötzlicher Aufbruch aus dem Adlon mit einem vonseiten der Küche geforderten Mehrbedarf zusammengefallen sei, da mehrere Offiziere des Generalstabs eingetroffen seien. Tatsächlich? Ich war ganz Ohr. Du liebe Güte, er war auch völlig arglos, als er mir erzählte, dass Salomons frei gewordener Tisch über Mittag von niemand Geringerem belegt worden ist als vom ehemaligen Generalstabschef des Heeres. Er strahlte. »Das Adlon ist immer noch das Adlon, Herr Oberstleutnant!«

Ja, so ist es. Also gehört der Wagen mit Chauffeur Ludwig Beck, General im Ruhestand. Vom Sehen kenne ich ihn gut und kann mich nicht daran erinnern, ihn unter den Offizieren im Speisesaal des Adlon wahrgenommen zu haben. Als ich das Hotel verließ, bereiteten mir zwei Fragen Kopfzerbrechen: Was macht der alte Beck mitten in Berlin, und wieso schickt er mir seinen Chauffeur hinterher? Ich hatte angenommen, er habe sich nach seinem Abschied und der Krebsoperation in seine Wohnung in Lichterfelde zurückgezogen.

Ich habe immer noch keine Ahnung, wo Salomon steckt, aber diese Neuigkeit wird mich in den nächsten Stunden ziemlich beschäftigen.

Gegenüber Grimm, der beim Wagen auf mich wartete, habe ich mir meine Bestürzung nicht anmerken lassen. Ich bin sogar stehen geblieben, um einem Jungen aus der Hitlerjugend einige Anstecknadeln abzukaufen. Er war alt genug, um in den nächsten Monaten weitaus gefährlichere Dinge zu tun, als Propagandanadeln für das Vaterland feilzubieten.

6

Dreißig Speichen treffen die Nabe,
aber die Leere dazwischen macht das Rad.
LAOZI, *Tao-Te-King*

Unweit des Barbarossaplatzes,
Schöneberg, 19.10 Uhr

An einen Ort wie diesen bringt man normalerweise keine Frau. Das war, zusammen mit dem Geruch nach Pfeifentabak, Boras erster Gedanke zu Kolowrats Wohnung, nachdem sie sich flüchtig bekannt gemacht hatten. Sie war klein, aber geschmackvoll eingerichtet (die Bücher und die hochwertigen Kunstwerke mussten aus einer größeren Wohnung stammen – an den Wänden gab es nicht einen freien Platz), man konnte sie mit einem Blick erfassen. Auf dem Weg zum Salon kamen sie am Schlafzimmer vorbei, und Bora sah durch den Türspalt ein spartanisches schmales Bett. *Ordentlich gemacht,* befand er, auf militärische Art. *Wenn ich eine eigene Wohnung hätte, würde ich auch in so einem Bett schlafen.*

Bücherkisten, gerahmte Ölbilder und Entwürfe lehnten an den Wänden und machten den nutzbaren Raum noch kleiner. Das Telefon war gleich im Flur. Kein Wunder, dass er den Eindruck gehabt hatte, Kolowrat hätte darauf gesessen.

Kolowrat ging ihm voran durch den Korridor. Der schlanke Mann mit den dunklen Augen und dem dunklen Haar trug eine legere Strickjacke, die aus England zu stammen schien.

»Offen gesagt, Herr Oberst, war er ein widerwärtiger Mensch.« Diese unerwartete Bemerkung über Niemeyer bildete den Auftakt ihres Gesprächs. Soeben betraten sie den von Bücherregalen gesäumten Salon. »Wie kann ein derart widerwärtiger Mensch eine solche Gabe besitzen?«

Es war eine rhetorische Frage. Bora wartete auf die Fortsetzung.

»Heilige sollten übernatürliche Eigenschaften haben, aber sie sollten keine Schlangenbeschwörer sein, die sich auf Kosten von Menschen bereichern, die so naiv sind, dass sie vielleicht erkennen, wie groß die Gabe ist, aber nicht, wie armselig der Mann, dem sie gehört. Das alles ist sehr ungerecht.«

Als er seinem Gast in dem Zimmer gegenüberstand, das ihm auch als Arbeitszimmer diente, strahlte Kolowrat wie ein Mann, der die ganze Welt bereist hatte, und so ungezwungen benahm er sich auch. Dabei war er auf keinem der Fotos von seinen berühmten Reisen in ferne Länder zu sehen, meinte Bora sich zu erinnern. Betrachtete er sich womöglich in erster Linie als Beobachter? Das könnte aufschlussreich sein und ihn in einem anderen Licht erscheinen lassen.

»Ich glaube nicht, dass ich zynischer bin als die meisten meiner Kollegen«, fügte Kolowrat nun hinzu. »Aber Sie dürfen mir glauben, dass ich einzig aus dem Grund eingewilligt habe, eine seiner Vorstellungen zu besuchen, weil einige zuverlässige Freunde darauf bestanden haben. Schließlich habe ich damals gerade an einer Serie von Artikeln gearbeitet, die die Leichtgläubigkeit entlarven sollten, die unserem Jazz-Zeitalter zugrunde lag.« Er nickte zu einem Beistelltisch hinüber. Neben einer Schreibmaschine, in der ein halb beschriebenes Blatt Papier steckte, lagen einige Zeitschriften. Da Bora keine Anstalten machte, sich zu setzen (es gab nur zwei schmale Lehnstühle, und einer davon war von einer alten getigerten Katze belegt), blieb auch Kolowrat stehen, die Hände in den Hosentaschen vergraben. »Wenn Sie meine Beiträge lesen, werden Sie feststellen, dass ich dumme und naive Frauen nicht ausstehen kann.«

Er fügte nicht hinzu: *Aber ich bewundere intelligente Frauen*. Doch Bora verstand auch so, was er mit der Bemerkung andeuten wollte.

»Und was ist mit dummen Männern?«

»Die erst recht nicht. Wie jeder Mann, der dieser Bezeichnung würdig ist, habe ich im Krieg gekämpft. Ich bin gereist und habe mit eigenen Augen an entlegenen Orten Elend und Verzweiflung gesehen, aber auch an Orten, die weniger weit weg sind, als uns lieb wäre. Der majestätische Anblick dessen, was wir ›unbesiegte Höhen und Tiefen, die noch nicht ausgelotet wurden‹, nennen, hat mich – wie soll ich sagen – unduldsam gegenüber der selbstgefälligen Haltung vieler Menschen werden lassen. Ich verachte den Weimarer Propheten nicht im Besonderen, sosehr er auch seine übersinnlichen Kräfte verschwendet hat. Geärgert hat mich sein hemmungsloser Hedonismus. Die betrogene junge Frau, über die Sie in meinem Artikel gelesen haben, wird aus dem Grund nicht namentlich genannt, weil sie stellvertretend für Hunderte ähnlich betroffener Geschlechtsgenossinnen steht. Ob Tagelöhnerin oder Gattin eines Feldmarschalls, alle wollen unbedingt durch die Augen eines anderen sehen, damit sie ihre eigenen nicht benutzen müssen. Für dieses Vorrecht zahlen sie gern, obwohl manche es sich kaum leisten können.« Bora hatte schon vielen Männern gegenübergestanden. Kolowrat war anders. Er wirkte wie ein Mann, der sich Vergleichen oder Provokationen selbstbewusst verweigerte. Er war völlig mit sich im Einklang. »Bevor Niemeyer auftauchte, wurde behauptet, dass Hanussen den Reichstagsbrand vorhergesehen habe beziehungsweise vom Hörensagen davon wusste und sich getraut habe, darüber zu sprechen. Nun, der Reichstag ist so oder so abgebrannt, und Hanussen ist ums Leben gekommen.«

»Genau wie der Brandstifter Lubbe, der hingerichtet wurde. Doch einmal abgesehen von leichtgläubigen Mädchen, es sieht doch so aus, als hätte eine männliche Kundschaft aus sämtlichen Gesellschaftsschichten sowohl bei Hanussen als auch beim Propheten von Weimar Rat gesucht.«

»Richtig, und das ist umso erbärmlicher.«

»Haben Sie denn nie einen Nutzen aus seinen Ratschlägen gezogen?«

Kolowrat lachte. »Nein, ganz und gar nicht.«

»Aber Sie haben seine Vorstellungen besucht und eine Weile Umgang mit ihm gepflegt.«

»Artikel fürs Feuilleton zu schreiben und über Verbrechen zu berichten, hat mich zu Tode gelangweilt. Ich habe seine Zeit tatsächlich für einige Tage in Anspruch genommen, in der Hoffnung, ihn zu entlarven.«

»Und hatten Sie Erfolg damit?«

»Ja und nein.«

Kolowrat forderte ihn auf, Platz zu nehmen, aber Bora lehnte höflich ab.

»Ich gebe zu, dass es mich nervös gemacht hat, den Sohn Asiens – unter dem Namen war er ja zunächst bekannt – in Fetzen zu reißen. An einem Wintertag wurden wir im *Rest* in der Neumannstraße mit geisterhaften Stimmen, Wahrsagerei und Botschaften aus dem Jenseits beglückt … Ich habe beobachtet, wie Witwen und Backfische bei seinem theatralischen Gehabe in Verzückung gerieten, habe mir ins Fäustchen gelacht und Notizen gemacht. Hatte nicht sein Vorgänger Hanussen eine Ziege in einen Zwerg verwandelt und eine absolut ehrbare Dame dazu verleitet, auf der Bühne einen Orgasmus auszuleben? Nun ja, ein Unteroffizier a. D., der dem Zauber unseres Mannes erlegen ist, hat unter Mühen ein besonders großes Phantom-Ei gelegt, und einer meiner Kollegen, der eigentlich durch und durch Materialist ist, hat das ›Magnificat‹ im Falsett gesungen. Schmunzeln Sie ruhig, das war so gedacht.« Sanft brachte Kolowrat die Katze dazu, seinen Lehnstuhl zu verlassen, und setzte sich, damit Bora es ihm gleichtun konnte. »Ein Wundertäter, von wegen! In dem staunenden Publikum war ich der Einzige, der gelacht hat. Stellen Sie sich meine Verwunderung vor, als er auf mich zutrat, mich fixierte und halblaut zu mir sagte, dass noch vor Ende der Woche eine Frau in Afrika sterben würde, die mir viel bedeutet habe! Dass meine Ex-Frau dahinscheiden würde, hat er nicht im Geringsten wissen können, Herr Oberst. Nicht einmal, wenn er Spione und Informanten auf Berlin losgelassen hätte, denn noch war nichts geschehen, und niemand ahnte, was geschehen würde. Zu dem Zeitpunkt war sie noch bei bester Gesundheit, erst am darauffolgenden Sonnabend sollte die Epidemie sie völlig unerwartet innerhalb weniger Stunden dahinraffen. Zugegeben, für mich war das ein weltanschaulicher Wendepunkt. Kein psychologischer, aber definitiv ein weltanschaulicher. Am Montag darauf habe ich nach ihm geschickt. Über sechs Stunden haben wir in meinem Arbeitszimmer in der Drakestraße zusammengesessen, und am Schluss habe ich ihm einen Scheck über einen nicht unerheblichen Betrag ausgestellt. Er nahm ihn entgegen, ohne mit der Wimper zu zucken, als ob das Geld ihm zustünde.«

»War dem nicht so?«

»Vielleicht.« Kolowrat wiegte den Kopf. »Doch, tatsächlich. Und ich konnte es mir leisten.«

So aufrecht, wie Bora auf dem Lehnstuhl saß, war er der Inbegriff von Aufmerksamkeit, und doch konnte er nicht verhindern, dass seine Gedanken abschweiften. *Abgesehen von meiner Rolle in diesem Kriminalfall, frage ich mich, welche Rolle ich in Zusammenhang mit Max Kolowrat spiele. Rein sachlich gesehen habe ich nichts mit ihm zu tun, ebenso wenig wie er mit mir. Wenn allerdings Ninas Leben anders verlaufen wäre, hätte er mein Vater sein können, oder zumindest mein Stiefvater.*

»Dazu muss ich sagen, Herr Oberst, dass der Mann in diesen sechs Stunden, die vollgestopft waren mit Zauberei und Melodrama, enormes Wissen zur Schau gestellt hat. Er kannte vertrauliche Details, die ich nie jemandem mitgeteilt hatte. Später erzählte er mir Begebenheiten aus meinem Leben, von denen außer mir niemand wissen konnte. Und ich hatte mir vorgenommen, ihn zu entlarven! Dabei bin ich einem *Spiegelbild der Seele* begegnet, um eine alte chassidische Bezeichnung zu verwenden.«

1944 gab es in Berlin kaum Menschen, die auf jüdischen Mystizismus verwiesen. Insgeheim war Bora beeindruckt. »Darf ich fragen, warum genau Sie ihn ›widerwärtig‹ fanden?«

Ohne den anderen unverhohlen anzustarren, prägte er sich Kolowrats Gesicht und dessen Eigenheiten ein – eine Berufskrankheit, die häufig genug reiner Selbstzweck war. Nicht jedoch heute Abend. Kolowrat schien sich voll und ganz der Tatsache bewusst zu sein, dass er genau geprüft wurde, und ließ es geschehen. Seine Selbstsicherheit hielt der Musterung ohne erkennbare Anstrengung stand.

»Weil er eben nicht nur Perlen vor die Säue geworfen hat. Seine billigen Bühnentricks hat er sich teuer bezahlen lassen. Nur selten ging er ernsthaft zur Sache, und anstatt diese Momente zu würdigen, hat er sie verachtet.«

»Zauberer verdienen mehr als Heilige«, merkte Bora an.

»Ganz genau. Wie Hanussen war auch Niemeyer nach außen hin ein

Schausteller. Anders als Hanussen jedoch verlangte es ihn nach echter Macht.« Als die Katze auf seinen Schoß sprang, ließ Kolowrat sie herumtapsen, bis sie eine bequeme Stellung gefunden hatte. »Nehmen wir einmal Sie, Oberstleutnant von Bora. Eines versichere ich Ihnen: Wo auch immer Sie verwundet wurden, Sie wären in der Lage gewesen, diesen Ort zu umgehen, wenn Sie zuvor Niemeyer getroffen hätten. Er hätte Ihnen Ort und Umstände so lebhaft beschrieben, dass Sie ihn hätten meiden können.«

Bora hatte gar nicht die Absicht, die Stirn zu runzeln, das geschah wie von selbst. »Ich hätte mich vielleicht trotzdem auf dieser italienischen Landstraße befunden, wenn auch möglicherweise ohne meine Männer, denn ich habe einige von ihnen bei dem Überfall verloren. Wollen Sie damit andeuten, dass Niemeyer gelegentlich Einzelheiten verschwieg, damit er mit seinen Prognosen ins Schwarze traf?«

»Das weiß ich sogar. Ich nenne Ihnen ein Beispiel: Ich bin ja jahrelang mit meinem eigenen Flugzeug unterwegs gewesen und habe natürlich Nachrichten über Flugzeugabstürze immer besonders aufmerksam verfolgt …« *Ja*, sagte sich Bora, *zweifellos. Einschließlich Peters Absturz, der Nina ihren jüngsten Sohn genommen und dir einen Grund gegeben hat, sie wiederzusehen.* »… Nun, unser Prophet von Weimar war mit Reichsminister und Generalinspektor Fritz Todt gut bekannt und hat ihn regelmäßig vor seinen Reisen beraten. Als sie also Todt beseitigt haben –«

»Verzeihen Sie. Was meinen Sie damit?«

Kolowrat grinste und wirkte dadurch einen Moment lang verjüngt. »Natürlich den Flugzeugabsturz vor zwei Jahren, kurz nach dem Start beim Führerhauptquartier in Ostpreußen – glauben Sie etwa, das war ein Zufall?«

»Selbstverständlich.« Da er Gefahr lief, den Mann zu mögen, wollte Bora diesem Impuls unbedingt etwas entgegensetzen, und sei es, dass er rein um des Widersprechens willen einen Einwand vorbrachte. »Es war nachweislich ein Unfall, schon allein, weil es keine offizielle Untersuchung gab!«

Darauf erwiderte Kolowrat nichts. Ohne die Katze zu verscheuchen, beugte er sich vor und legte nach und nach sorgfältig ausgeschnittene

Papierstreifen als Lesezeichen in die Zeitschriften. Bora konnte sich inzwischen Gedanken über den Umstand machen, dass ein toter Generalinspektor in der Regel den Aufstieg einer anderen Person nach sich zieht, und in der Tat war es Albert Speer gewesen, der als Todts Nachfolger das Ereignis als Unglück bezeichnet hatte, damit man sagen konnte: »Der König ist tot: Lang lebe der König.«

»Ihrer Deutung zufolge, Dr. Kolowrat, hätte sich Niemeyer bewusst oder aus einer Laune heraus dafür entscheiden können, Fritz Todt vor der drohenden Katastrophe zu warnen oder mich vor dem Hinterhalt der Partisanen. Das macht ihn eher zu einem Menschen, der dem Schicksal ins Handwerk pfuscht, als zu einem Propheten. Haben ihn womöglich deshalb einige genug gehasst, um ihn zum Schweigen zu bringen?« Während Bora sprach, spürte er den prüfenden Blick des Gastgebers auf sich ruhen und sah ihn forsch an. Diesem Blick würde er standhalten. *Er hat keine Ahnung (oder er hofft oder glaubt zu wissen), was der wahre Grund meines Besuchs ist, und fragt sich, was dahintersteckt. Natürlich. Ich tue mich schwer damit, mich wohlzufühlen oder ungezwungener zu erscheinen, als ich bin. Im Beisein meines Stiefvaters fühle ich mich niemals ungezwungen. Nicht einmal, wenn ich mit ihm streite und das bessere Argument habe.*

»›Ihn zum Schweigen zu bringen‹ ist eine interessante Wortwahl, Herr Oberst. Vielleicht. Der Täter jedenfalls muss jemand gewesen sein, der keine Angst vor ihm hatte. Ja, ich sage ›Angst‹, denn viele meiner ehemals skeptischen Bekannten haben sich insgeheim von der Gabe des Schaustellers verunsichern lassen. Und was mich betrifft, so habe ich mich nie wieder allein mit ihm getroffen.«

»Jemand, ›der keine Angst vor ihm hatte‹. Das ist interessant.«

»Oder jemand, den eine noch größere Angst angetrieben hat. Schließlich nahmen einige Leute auch an, er sei gar nicht fähig zu sterben.«

»Sie dachten, er sei unsterblich?«

»Unfähig zu sterben. Ich weiß nicht, ob das dasselbe meint.«

Einer von ihnen würde irgendwann den Blick senken müssen. Bora wollte nicht derjenige sein.

»Nun, er *ist* gestorben.«

»Jedenfalls sieht es ganz danach aus.« Kolowrat fand einen nachvollziehbaren Grund, seinen Blick abzuwenden, als die Katze aufsprang und aus dem Raum schlich. »Er war begabt, privilegiert, arrogant und mächtig genug, um nicht nur Kritiker zu ignorieren, sondern auch jene, die wussten, dass er mitnichten im Besitz akademischer Würden war. Mit jedem Freund gewann er auch einen Feind dazu, in der Partei und außerhalb. Viele schuldeten ihm hohe Beträge, was nicht weiter erstaunlich ist. Nicht anders als bei dem *Parteigenossen* Hanussen.«

»Zwischen den beiden scheinen ganz offensichtlich Ähnlichkeiten zu bestehen.« Bora war ein wenig beschämt, dass er das Blickduell für sich entschieden hatte. Schließlich hatte er sich Kolowrat aufgedrängt. Seine langen Beine, ein Hindernis in dem vollgestopften Salon, riefen ihm wieder ins Bewusstsein, wie peinlich ihm die Umstände waren. Nun sah auch er woandershin und richtete seinen Blick auf die gerahmten Fotos mit Ansichten ferner Länder. »Was können Sie mir sonst noch zum Parteigenossen Hanussen sagen?«

Kolowrat folgte Boras Blick. Er erhob sich bedächtig aus seinem Lehnstuhl, um ein etwas schief hängendes Foto wieder gerade zu rücken. »Ich habe genug Umgang mit Hanussen gepflegt, um intuitiv zu erkennen, dass er eines Tages zu einer unerwünschten Person werden würde.« Er nahm wieder seinem Gast gegenüber Platz. »Und das in mancherlei Hinsicht. Er war Jude (aber bedenken Sie bitte, dass selbst die jüdische Presse aus ihrer Verachtung keinen Hehl gemacht hat). Er war ein unvorsichtiger Liebhaber. Er war ein Geldgeber, aber ohne die Diskretion eines Bankiers. Schlimmer noch, er hat den Reichstagsbrand keine vierundzwanzig Stunden vor dem Ereignis vorhergesagt. Großer Marmorsaal, Februar 1933. Ich war dort, Herr Oberst, und habe es mit eigenen Ohren gehört. Der Stabschef der SA in Berlin hatte ihn gefragt, wie die Chancen der Partei bei den nächsten Wahlen stehen. Also woher kam nun die Vision von den Flammen? Jedenfalls ging es in jenem Frühjahr steil mit ihm bergab, als einige seiner Anhänger zeitweise oder endgültig ihre Ämter aufgeben mussten. Darunter waren Strasser, von Helldorff, Schleicher ...«

»Strasser und Schleicher fielen dann im Jahr darauf der blutigen Säuberung in den Reihen der SA zum Opfer.«

»Ja, zusammen mit ihrem Anführer Röhm. Nicht allerdings Graf von Helldorff – und auch nicht Viktor Lutze, der im letzten Jahr bei einem Autounfall ums Leben kam. Wir Presseleute haben uns gefragt, warum Hanussen sie nicht gewarnt hat.«

In dem hübschen kleinen Raum war es warm, selbst jetzt am Abend, obwohl durch das offene Fenster eine leichte Brise hereinwehte, die den schwachen Kriegsgeruch nach Mörtel und Ziegelstaub mit sich trug. Die üppige Krone eines Baumes unten im Garten – eher ein Hof mit Schattenflecken, den die untergehende Sonne nicht erreichte – erzitterte sanft. Beide Männer schwiegen nun, jeder hing seinen Gedanken nach, die mit dem Gesprächsthema nichts zu tun hatten.

Bora wurde den Eindruck nicht los, an diesem Abend, wenn nicht gerade gemocht, so doch wenigstens geduldet zu werden. *So viele Jahre habe ich mich nach der Anerkennung meines Stiefvaters gesehnt. Trotzdem hege ich den allergrößten Respekt für den General*, sinnierte er. *Ich bin ihm dankbar dafür, wie er mich großgezogen hat.* Zuneigung hatte er allerdings nie für den alten Mann empfunden. *Und obwohl er Peter* geliebt *hat, sein eigen Fleisch und Blut, mag mich der General wahrscheinlich auf seine Weise auch. Ohne es zu ahnen, habe ich trotzdem von Anfang an mit ihm um Ninas Zuneigung konkurriert.*

»Was mich betrifft«, fuhr Kolowrat fort, »so kann ich zufrieden feststellen, dass ich gemäß dem Leitspruch meiner Familie gelebt habe: *Et si omnes, ego non.* Selbst wenn alle mitmachen, ich nicht. Zugegeben, manchmal halte ich aus reinem Widerspruchsgeist daran fest: Wenn alle sich auf eine bestimmte Weise gebaren, wenn irgendetwas der letzte Schrei ist, dann halte ich mich aus Prinzip fern. Meine Lieblingsdrogen waren schon immer riskante Sportarten und gefährliche Reisen. Um ehrlich zu sein, habe ich mir den Luxus eines klaren Kopfes und eines boshaften, scharfen Denkvermögens geleistet und war immer mittendrin und gleichzeitig auf Abstand. Perverse Bankiers, berüchtigte Politiker, Scharlatane sämtlicher Couleur, korrupte Beamte, junge Schauspielerinnen, die von ihren Müttern verkuppelt wurden, Spießer, die sich nach einem Nervenkitzel verzehrten … Niemeyer war schlicht einer unter vielen, die ihre Nummern in Weimars großem Zirkuszelt darboten.«

»Korrupte Beamte. Wie meinen Sie das?«

»Wörtlich. Die findet man in jedem Dienstgrad.«

Mehr sagte Kolowrat nicht dazu. Aber die leichte Betonung machte deutlich, dass auch die oberste Führungsriege nicht dagegen gefeit war. Zu insistieren wäre unklug und unhöflich gewesen, daher ließ Bora es auf sich beruhen. »Wenn wir schon mal beim Weimarer Zirkuszelt sind – wurde je herausgefunden, was Hanussen *wirklich* zugestoßen ist?«

»Abgesehen davon, dass er ganz sicher nicht dort getötet wurde, wo man seine Leiche in einem Zustand der fortgeschrittenen Verwesung gefunden hat, irgendwo da draußen auf den Feldern bei Zossen? Nein. Und aus verlässlichen Quellen in der Lokalverwaltung weiß ich, dass ›Müll jenseits der Stadtgrenze beseitigt wird‹.«

»Ich kann mir vorstellen, dass es damals nicht weiter schwierig war, Freiwillige für derartige Dienstleistungen zu finden.«

»Es war sogar ausgesprochen leicht.«

Bora beschloss, das Wagnis einzugehen. »Sagt Ihnen der Name Gustav Kugler etwas?«

»Nein. Wer ist das?«

»Verzeihen Sie, aber wenn Sie ihn weder kennen noch von ihm gehört haben, halte ich lieber meinen Mund. Ich möchte Sie ungern beeinflussen für den Fall, dass Ihnen doch noch etwas zu ihm einfällt. Und wie sieht's mit Walter Niemeyer aus, damals ...?«

»Gute Frage. Damals, als die Republik ihrem Ende entgegenging, schlüpfte Walter Niemeyer aus dem unbequemen Kokon seiner Verkörperung ›Sohn Asiens‹, um Magnus Magnusson zu werden. Als Hanussens Stern sank, ging seiner allmählich auf. Er veröffentlichte seine zweite Autobiografie, in der er sich als reiner Arier ausgab und Hanussen vorwarf, seine jüdische Abstammung nur vorgetäuscht zu haben, um auf der Bühne zu reüssieren! Das Spiel hätte böse für ihn enden können. Doch das Buch wurde ein großer Erfolg. Haben Sie es gelesen? Es ist klug formuliert – jede Zeile atmet Heimat und nordmännischen Stolz.« Er tat seine Bemerkung mit einer Handbewegung ab. »Der vergleichsweise undurchsichtige Magnusson knüpfte direkt an Hanussen an: Prophezeiungen, Wundertaten, Geldverleih ... Einige Leute bildeten sich sogar ein, dass Hanussen noch lebte oder dass seine Seele in seinen Kollegen eingezogen war, den neuen Stern am Firmament. Obwohl Wahrsagerei verboten wurde, hätte so mancher Berliner noch in diesem Juni lieber Hunger gelitten, als auf Niemeyers Rat zu verzichten.« Die Katze kam geräuschlos wieder in den Salon und sprang auf den Schoß ihres Herrchens. Dort putzte sie sich ausgiebig. »Sie glauben nicht an derartige Phänomene, Herr Oberst, oder doch?«

Mit dieser Frage hatte Bora gerechnet. »Ich glaube an Gott.«

»Und an Wunder?«

»Ich glaube an Gott. Was nicht heißen soll, dass ich vom Kopf her von seiner Existenz überzeugt bin. Es heißt lediglich, dass ich an Ihn glaube.«

»Aber Sie geben nicht viel auf Prophezeiungen ...«

»Es genügt zu sagen, dass ich als Soldat eine rein sachliche Beziehung zur Zukunft habe. Was ich persönlich von Niemeyers Talenten halte, spielt bei diesen Ermittlungen keine Rolle. Meine Aufgabe besteht darin, herauszufinden, wer ihn umgebracht hat.«

»Und warum.«

»Das auch. Allerdings in erster Linie, wer. Alles andere obliegt den Staatsanwälten und Richtern. Ich muss zurück an die Front und habe mehr als genug zu erledigen, solange ich hier bin.«

»Hab's kapiert, Herr Oberst. Niemeyers Entourage kannte ich besser als die meisten hier in Berlin, trotzdem habe ich keine Antwort zu bieten. Ich war mehrfach in seiner Villa, allein oder wenn er mit seinen Festen die Nacht zum Tage gemacht hat. Hör auf damit, Krüger.« Plötzlich wirkte Kolowrat vergnügt und wischte sich den Schwanz des Katers aus dem Gesicht. Dieser sprang auf den Tisch und beschäftigte sich mit dem Stück Papier, das halb über der Schreibmaschine hing. »Freunde und Bewunderer hatten erwartet, dass er seinem Anwesen einen exotischen Namen geben würde, wie ›Der Garten der Lüste‹ oder ›Shangri-La‹. Stattdessen nannte er es ganz prosaisch ›Villa Gerda‹, zu Ehren seiner Mutter. Anscheinend haben sogar Propheten solche spießigen Schwachpunkte. Frauen? Na ja, er war tatsächlich promiskuitiv. In den Zeitungen stand nicht, wie er zu Tode gekommen ist, daher kann ich mir keine Vermutung zur Täterschaft erlauben. Eine Frau würde vermutlich eine kleinkalibrige Waffe benutzen, Gift oder einen schweren Gegenstand … Oder sie würde einen Mörder dingen.«

Bora bewahrte Stillschweigen über die Einzelheiten. »Apropos Fritz Todt und dessen vorzeitiges Ende – gab es noch andere Séancen oder Bühnenauftritte, bei denen Niemeyers Erkenntnisse politisch fragwürdige Konturen angenommen haben?« Die Frage klang bedeutungsschwanger, und er bemühte sich, sie etwas abzuschwächen. »Ich frage deshalb, weil solche Visionen zweifellos Aufmerksamkeit erregen würden.«

»Zweifellos. Im Hinblick auf seine Klientel könnte jede Aussage als politisch ausgelegt werden. Bereits vor dem Krieg kursierten in Niemeyers Umfeld verrückte Gerüchte über diese oder jene Verschwörung gegen den Führer im In- oder Ausland, wobei sein wundersames Davonkommen jedes Mal frühzeitigen Vorhersagen zugeschrieben wurde. Meine Meinung dazu?« Kolowrat wiegte den Kopf. »Ich glaube, der Schausteller höchstpersönlich hat diese kühnen Gerüchte in die Welt gesetzt, während er sein Publikum in der *Katakombe* in der Bellevuestraße überreichlich mit Alkohol, Mädchen und Kokain versorgt hat. Seit 1938 habe ich seine Feiern in der Villa nicht mehr besucht. Damals brauchte die Welt meiner Meinung nach etwas anderes als Zauberkünstler und Bühnentricks. Sie werden mir sicherlich zustimmen, dass die Gerüchte schon für sich genommen gefährlich waren: für die Klatschmäuler ebenso wie für den Wahrsager.«

Bora sah dem Kater beim Spielen zu. »Könnten Sie mir diesbezüglich jemanden nennen, der mit Niemeyer vertraut genug war, damit ich –«

»Verzeihen Sie, dass ich Sie gleich unterbreche: Ich kenne niemanden, der den Mund aufmachen würde, Herr Oberst. Nein – in dieser Stadt und zu diesem Zeitpunkt bleibt dieser Weg verschlossen. Ob Geliebte, Bediensteter oder Klient – keiner wird Ihnen irgendetwas erzählen, womit er sich selbst in Gefahr brächte. Vergessen Sie nicht, dass der Emporkömmling, Bestsellerautor und Schwindler Niemeyer nichts mit dem talentierten Weisen gemein hat. Den einen können Sie belächeln, den anderen fürchten. Sie werden höchstens zu hören bekommen, dass der Prophet von Weimar das Unheil herausforderte, ungeachtet dessen, was seinem Vorgänger und Rivalen Hanussen widerfahren ist. Wurde dieser grauenerregende Mord aufgeklärt? Nein. Vor elf Jahren habe ich vergeblich versucht, dazu etwas aus einem gewissen Kommissar Albrecht herauszubekommen, dem dieser Fall routinemäßig übertragen worden war. Doch ich habe nur in Erfahrung bringen können, dass Hanussen kurz vor einem seiner Bühnenauftritte verhaftet worden war, allerdings nicht von der Polizei.«

Äußerlich gab sich Bora gleichgültig, aber seine Neugier war geweckt. »Nicht von der Polizei« – von wem also sonst? Von der Gestapo, der SA, einem Veteranenverband? Alles war gleichermaßen denkbar. Während seiner Zeit bei der Abwehr waren andauernd Gerüchte und Vorhersagen von Verschwörungen gegen das Regime aufgekommen. Da er bei der Gegenspionage tätig war, hatte das mit seiner Arbeit nur am Rande zu tun, doch soweit er wusste, gab Hitler – anders als sarkastische Bemerkungen in der internationalen Presse vermuten ließen – nichts auf Prophezeiungen. Himmler oder auch Rosenberg und andere hochrangige Politiker hingegen schon. Trotzdem hatte die Verbindung zwischen Niemeyer und den jeweiligen Machthabern über zwanzig Jahre lang Bestand gehabt, und zwar nahtlos von der Weimarer Republik bis zum Nationalsozialismus. In diesen zwanzig Jahren hätte er – wie Hanussen – mit Leichtigkeit zum Schweigen gebracht werden können. »Niemeyer wurde mit einem Jagdgewehr getötet«, sagte er nun ganz spontan. »Möglicherweise ein Modell der Luftwaffe.«

Kolowrats Blick wanderte zur Fensterbank, auf die Krüger gesprungen war, um sich dort in gefährlicher Position weiter zu putzen. »Tatsächlich? Das ist ungewöhnlich. Schließt damit eine Frau als Täterin aus. Kein Wunder, dass er sich immer gegen die Jagd ausgesprochen hat. Bei einer Feier in der Villa hat der Prophet einen Oberst der Luftwaffe a. D. hinausgeworfen, weil der regelmäßig ein Wildschutzgebiet südlich von Grodno aufgesucht hatte ... Ich habe vergessen, wie der Veteran hieß, aber ich wette, dass er im Herbst 1938 mit seiner Familie nach Polen gegangen ist.«

Im Herbst 1938? Ein jüdischer Offizier, der nach der Kristallnacht des Landes verwiesen worden war, kam als Tatverdächtiger nicht infrage.

»Hier.« Kolowrat schob ihm die Zeitschriften zu, die auf dem Beistelltisch lagen. »Darin sind sämtliche Artikel aus der Serie *Sterne über*

Berlin. Vielleicht können Sie damit etwas anfangen. Auf jeden Fall bieten sie eine gewissenhafte Momentaufnahme unserer jüngeren Vergangenheit. Dieser lange Beitrag, den ich in Anlehnung an die *Dreigroschenoper* ›Erst das Fressen, dann die Moral‹ überschrieben habe, wird Ihnen eine Vorstellung von dem Milieu vermitteln, in dem sich Bühnenmagier auf dem Höhepunkt der Wirtschaftskrise bewegt haben. Und hier ist schließlich noch ein Exemplar meines Enthüllungsbuches über die Weimarer Gesellschaft, *Der Faktor Klarheit*, in dem ich behaupte, dass Ausschweifung, Trunkenheit und Drogenmissbrauch zu einer ›schwebenden Welt‹ geführt haben, in der die Nation vom Wege abgekommen ist. Vielleicht ist das für Sie eher von geringfügigem Interesse. Bissig formuliert, fürchte ich, aber als Veteran war ich eine Zeit lang sehr unnachsichtig.«

Sorgfältig verstaute Bora das Material in seiner Aktentasche. »Ich weiß es zu schätzen, dass Sie sich die Zeit genommen haben, Ihre Beobachtungen mit mir zu teilen, Doktor Kolowrat.« Er erhob sich. »Sollte Ihnen noch irgendetwas zu Niemeyer einfallen …«

»Selbstverständlich.«

Nachdem er den dicken Kater von der Fensterbank gehoben hatte, schloss Max Kolowrat das Fenster. Dann kramte er eine Flasche und zwei Cognacgläser aus einem Glasschrank, der mit Grammofonplatten vollgestopft war. »Bevor Sie gehen«, sagte er. »Es sei denn, Sie sind im Dienst …« Als Bora verneinte, schenkte er ihnen ein. »Ein alter Jahrgang. Der letzte seiner Art. Ich hätte Ihnen Pflaumenschnaps aus der Heimat angeboten, wenn noch welcher da wäre. Aber Krüger hat ihn vor drei Wochen vom Tisch geschubst.«

Natürlich. Als Kriegskorrespondent war Kolowrat in den ersten Kriegsjahren nicht in Frankreich gewesen, sondern an der gefährlichen Balkanfront. Bora schwenkte vorsichtig das Glas. Der Eindruck, dass Kolowrat ihm in gewisser Weise gewogen war, hatte sich nur noch verstärkt. Keine väterlichen Gefühle, aber Wohlwollen. *Warum? Sieht er in mir einen verzweifelten Detektiv, einen todgeweihten Frontoffizier oder – angesichts meines Alters und meiner Herkunft – den Nachwuchs, den er mit Nina hätte haben können, wenn sie nur Ja gesagt hätte? Ich frage mich, ob ich ihn mögen darf, aber er fürchtet sich nicht davor, mich zu mögen.*

Im Stehen, mit dem Glas in der Hand, hatte er einen besseren Blick auf die üppige Baumkrone da draußen – es war eine Linde, deren Blätter im abendlichen Hauch leicht erbebten. In der Wand neben dem Fenster bemerkte er einen tiefen Riss. Von seinem Platz aus hatte er ihn nicht sehen können, weil die Gardine davor hing. Der Riss verlief von der Decke bis zum Boden, als hätte jemand versucht, den Raum mit einem riesigen Messer in zwei Teile zu schneiden. *Wenn ich wüsste, dass Nina den General liebt (das heißt, ob sie mehr für ihn empfindet als eine pflichtschuldige und vielleicht zärtliche Bindung), dann wäre es beinah untragbar, dass ich heute Abend hier stehe. Dass ich meinen Besuch alles andere als unerfreulich wahrnehme, muss etwas zu bedeuten haben.*

Kolowrat verkorkte die Flasche wieder. Als er sah, dass Bora den Schaden am Gebäude betrachtete, räumte er freundlich ein: »Das war ziemlich knapp Ende Juni. Weniger Platz, weniger Komfort, weniger Freunde ... Wir müssen mit der Zeit gehen, egal was passiert. Sofern nicht außergewöhnliche Umstände dazwischenkommen, werde ich Berlins Schicksal in diesem interessanten Abschnitt seiner Geschichte und des Krieges teilen.« Wieder zuckte er mit den Schultern. »Berlin hat mich adoptiert, Herr Oberst, von Österreich-Ungarn ist mir nur noch eine gewisse spöttische Leutseligkeit geblieben.«

Bora nickte.

»Auf bessere Tage, Oberstleutnant von Bora.«

»Auf bessere Tage, Doktor Kolowrat.«

Bora spürte das samtige Getränk an seinen Lippen. Es war ausgezeichnet, sanft und tröstlich selbst an einem warmen Abend, und er trank es in kleinen Schlucken. Nach außen hin schien er einfach der Kostbarkeit jener letzten Flasche einer importierten Spirituose die Ehre zu erweisen. Dabei war er jedoch plötzlich besorgt, dass sein Besuch geradezu zwangsläufig falsch ausgelegt werden könnte. Am liebsten hätte er gesagt: *Sie müssen bitte verstehen, dass mich nicht jämmerliche Gründe wie Eifersucht oder männliches Kontrollverhalten hierhergeführt haben – so sind wir Bora-Männer nicht. Aber ich musste herkommen, weil ich der Einzige bin, der Ninas Geheimnis kennt, und Sie müssen mich als Friedrichs Sohn, als General Sickingens Stiefsohn und vor allem als Ninas Fürsprecher schätzen und beurteilen.*

Aber dann sagte er nur: »Vielen Dank für die Leihgabe. Ich werde das Material so bald wie möglich in gutem Zustand wieder zurückbringen.«

»Sobald es Ihnen möglich ist. Ich bedauere, Ihnen darüber hinaus keine Hilfe sein zu können, Herr Oberst. Wenn ich jedoch eine Vermutung äußern darf: Ich bezweifle, dass die Sterne etwas mit Niemeyers Tod zu tun haben.«

»Das sehe ich auch so. Soll ich anrufen, bevor ich das nächste Mal komme?«

»Nein.« Kolowrat lächelte, als ob er ahnte, warum Bora fragte. »Nicht notwendig. Kommen Sie einfach vorbei, wann immer Sie wollen.«

Als er Kolowrats Wohnung verließ, fühlte Bora sich fast ein wenig beschwipst. Es war eine Mischung aus Schwermut und Euphorie, die man unmöglich einem einzigen Gläschen zuschreiben konnte. Er ging das kurze Stück bis zum Barbarossaplatz zu Fuß. Dort ließ er sich auf einer Bank nieder, um seiner Verwirrung Herr zu werden und um das Material durchzusehen, das Kolowrat ihm mitgegeben hatte.

Er blieb sitzen, bis es zu dunkel zum Lesen wurde. Nach und nach tauchten nah und fern aus dem Dunkel die phosphoreszierenden Linien auf, die Bürgersteige und Straßenecken markierten. In der geisterhaften Geometrie, die es den Berlinern erlaubte, sich in der verdunkelten Stadt zu orientieren, durchquerten Straßenbahnen die Nacht. Von ihren getönten Scheiben ging ein blau-grüner Schimmer aus, wie von einem Irrlicht oder dem Schweif eines Glühwürmchens.

Bora verstaute Kolowrats Artikel wieder. Er musste damit rechnen, dass ein neugieriger Polizist oder Nachtwächter vorbeikam, also hielt er seine Papiere griffbereit und hatte auch eine entsprechende Ausrede parat. Das Schwindelgefühl war in eine fast gnadenlose Klarheit übergegangen, er fühlte sich ungeschützt und verletzlich.

Die kompromisslose, ironische Feder des Reporters hatte die Zwanzigerjahre heraufbeschworen und in seinem Kopf kleine stille Momentaufnahmen erstehen lassen, wie Seifenblasen, von deren Schillern nichts blieb. Rot gekleidete Pagen im *Kaiserhof*, die Gigolos mit ihren gegelten Haaren im *Adlon*, Kaviar, Pink Gin, lesbische Schäferstündchen in der

Silhouette, Unterwelt-Banden, die als *Immertreu* oder *Die Harmlosen Dreizehn* bekannt waren ... Inwieweit Kolowrat sich an dieser trunkenen Wonne beteiligt hatte, ließ sich unmöglich ergründen. Bestimmt hatte er Orte aufgesucht, wo Ausschweifungen auf der Tageskarte standen, aber durch den klinischen Ton lasen sich seine Aufzeichnungen über Illusionen, Derbheiten und vorgespieltes Entzücken wie eine Auflistung von Krankheiten. *Ich habe,* überlegte er, *in verkommenen Kantinen und Offiziersklubs gesessen und die gleiche Verachtung empfunden, habe mich haltlos und allein gefühlt. Kolowrat hingegen ... es verstimmt ihn nicht einmal, dass er sich daran erinnert. Er ist wie der Polarstern, unveränderlich und ungerührt, und er ist in der Lage, über seinen Hohn zu schmunzeln.*

Der Himmel über Berlin war schwarz und unermesslich weit – ganz unüblich für die einst so funkelnde Stadt. Deutlich erkennbare Sternbilder wie der Adler und der Schwan beruhigten den Blick durch ihre scheinbare Unbewegtheit. *Es gibt keine Fixsterne,* rief Bora sich in Erinnerung. *Das ist eine Annahme aus der Antike. In Wirklichkeit ist das ganze Universum in Bewegung, alles dreht sich, und nur das langsame Zusammenspiel der Umlaufbahnen vermittelt die Illusion, dass wir stillstehen. Sogar das Wort »Kolowrat« bedeutete ursprünglich »Rad«.* Als in einem besonders dunklen Quadranten des Himmels eine Sternschnuppe hell aufleuchtete, konnte Bora sehen, wie der helle Schein an Intensität gewann, die Atmosphäre durchquerte und verblasste. Das war's. Aus Selbstschutz untersagte er sich jegliche Sehnsucht oder Erinnerung. *Jeder Tag ist ein Tag, und ich bin, wer ich bin. Könnte ich wählen, so wäre ich bei meinen Männern in den italienischen Bergen. Aber ich habe keine Wahl. Vor sechs Wochen war ich noch in Rom ... Nein.* Von dem, was kürzlich geschehen war, was er kürzlich gedacht hatte, wandte er sich besser ab. Er verspürte Bedauern. Seit Rom war viel geschehen.

Es gibt im Leben nur zwei Zustände: Ordnung und Chaos. Er neigte zur Ordnung, hatte sich jedoch schon wiederholt im Chaos wiedergefunden. Dazwischen lauerte das Risiko, und in diesem Raum pendelte er hin und her. *Letztlich bleibe ich von beiden Zuständen gleich weit entfernt, auf immer in Gefahr.*

Jetzt, da sie in sicherer Entfernung von Berlin war, fühlte er sich versucht zu glauben, dass die Last auf seinen Schultern ein wenig leichter würde, wenn er Nina im Notfall jemandem anvertrauen könnte. Natürlich hatten weder er noch Max Kolowrat ihren Namen erwähnt.

Als sie sich voneinander verabschiedeten, hatten sie sich lediglich die Hände geschüttelt und einen festen Blick getauscht, wie bei der Stabübergabe beim Staffellauf.

Eine weitere Sternschnuppe huschte über den Himmel, klein und lautlos flimmernd, wie ein Wassertropfen, der auf eine heiße Oberfläche trifft. Klare Luft, Bombenwetter.

Jeder Tag nahm ihm irgendetwas weg. Übrig blieben nur die Prinzipien, wie die Speichen eines Rades, das immer weiter lief – manchmal geradezu dahinraste – und um einen Fixpunkt kreiste: die Nabe, die allem standhielt. Er rief sich die Worte aus dem *Tao-te-king* ins Gedächtnis: »Dreißig Speichen treffen die Nabe, aber die Leere dazwischen macht das Rad.« So war es. Nur Sternschnuppen, diese Bruchstücke zu Staub gewordener Kometen, durchquerten den sich langsam nach Westen drehenden Himmel wie Staub, der rund um ein dahinfliehendes Rad aufsteigt und sich wieder setzt.

Schon seit Langem fühlte er sich mit seinen Wahlmöglichkeiten allein: als er General Blaskowitz Berichte vorgelegt hatte, die ihn seine Karriere und sein Leben hätten kosten können, als er es gefasst auf sich genommen hatte, verbrecherische Befehle zu missachten, als er hier und da menschliches Leben aus dem Fleischwolf des Krieges gezogen hatte. Selbst am heutigen Abend war er allein, gleichermaßen weit entfernt von jenen, die möglicherweise gerade das Unvorstellbare planten, und jenen, die sie vernichten würden. An Salomons Gejammer, dass Wörter wie »Eid« und »Loyalität« keine Bedeutung hätten, war nichts dran: Sie waren bloß weniger eindeutig als angenommen.

Gleich weit von den beiden Zuständen entfernt zu sein, ist für viele gleichbedeutend mit Sicherheit, für mich hingegen war dies immer mit Gefahr verknüpft. Meine Welt der beruflichen Loyalität besteht aus Kommandeuren und Untergebenen. Im Privaten geht es um die Loyalität gegenüber Vätern und Stiefvätern, und um die Loyalität, die von Söhnen und Stief-

söhnen erwartet wird. Wo füge ich mich ein? Ich bin Untergebener und Kommandeur, ein Sohn und ein Stiefsohn, aber kein Vater.

Beziehungsweise – nicht direkt ein Vater.

Dieser schmerzhafte Gedanke traf ihn unerwartet.

Herrgott, das erste ungeborene Kind, das Dikta von ihm erwartet hatte, wäre inzwischen fünf Jahre alt. Wenn Kolowrat heute Abend an meiner Stelle gewesen wäre und ich an seiner, wie hätte er mich wohl betrachtet, welches Urteil über mich gefällt? Dabei war ich gar nicht in der Lage, dieses Kind oder seine beiden Geschwister zu retten, weil ich nichts von ihnen wusste. Ich sollte um meine ungewollten Söhne trauern. Und immer noch, selbst nachdem wir im Schlechten auseinandergegangen sind, gilt meine Hauptsorge Dikta, die mit den Abtreibungen ihr Leben aufs Spiel gesetzt hat … oder zumindest das Risiko eingegangen ist, im Gefängnis zu landen, da das Reich Frauen bestraft, die eine Schwangerschaft abbrechen.

Es war seltsam: Sogar jetzt, da er sich bemühte, sich von Dingen und Menschen zu lösen, landete er gelegentlich wieder bei dem Bedürfnis, Dinge und Menschen zu brauchen, *sie* zu brauchen.

Das Gefühl zu haben, von beiden Zuständen gleich weit entfernt zu sein, konnte eine Illusion sein, wie alles andere auch. Bora fühlte sich einsam, als er die Parkbank verließ und nach Osten durch die Barbarossastraße zum *Leipziger Hof* ging. Zweimal wurde er angehalten, zweimal zeigte er seine Papiere vor, und schließlich bestand ein Polizist darauf, ihn mit der Taschenlampe zu begleiten.

Leipziger Hof, Donnerstag, 13. Juli

Bora war schon um fünf Uhr morgens auf den Beinen. Gut eine Woche nach dem Tod seines Onkels hatte er beim Aufwachen an ein unfreiwillig komisches Ereignis in seiner Kindheit denken müssen. Es war im Herbst 1925, kurz nach seinem zwölften Geburtstag. Während Berlin ausgelassen im amerikanischen Jazz schwelgte, hatte er zu Hause in Leipzig offenbar seinen ersten erotischen Traum gehabt (wenn er denn überhaupt erotisch war – er konnte sich an nichts erinnern), und Dr. Reinhardt-Thoma war der einzige Mensch auf der Welt, dem er je davon erzählt hatte.

Also gut, Onkel, dachte er beim Rasieren, *danke, dass du mich damals nicht ausgelacht hast. Du warst wirklich in Ordnung. Bevor ich Berlin verlasse, werde ich mit deinem Kollegen Olbertz sprechen. Versprochen. Er ist es dir schuldig, mir mehr über deinen Selbstmord zu erzählen, sofern er noch ein Gewissen hat.*

Kurz darauf klopfte ein Hotelbediensteter an die Tür und teilte mit, im Radio sei ein Luftalarm angekündigt worden. Bora, der gerade gelesen hatte, ging in Hemdsärmeln zur Tür und dankte ihm. Dann ließ er beide Türen offen stehen (die Fenster waren der Hitze wegen ohnehin die ganze Nacht hindurch offen gewesen), hastete aber nicht nach unten.

Während missmutige Gäste an seinem Zimmer vorüberzogen, die in die Kellerräume oder zum nächstgelegenen Luftschutzraum unterwegs waren, beendete Bora seine Lektüre von Kolowrats Reportage über den Okkultismuswahn in der Republik. Schon bald fand das unheilvolle Dröhnen der herannahenden Flugzeuge seinen Widerhall in dem Stakkato der Flugabwehrgeschütze rund um die Stadt. Schwer zu sagen, ob an diesem Morgen Berlin das Hauptziel war, in nordöstlicher Richtung fielen einige Bomben. Durch eine Lücke zwischen zwei hohen Gebäuden sah Bora, dass über dem Zentrum, vom Zoo bis zum Alexanderplatz, Rauch aufstieg.

Da er daran nichts ändern konnte und nichts davon hielt, sich unterhalb des Straßenniveaus zu verkriechen, las Bora weiter. Das ausgesprochen treffende Motto in Kolowrats Buch *Der Faktor Klarheit* erfüllte ihn mit grimmigem Vergnügen: »*Macht euren Dreck alleene*« – diese spöttische Bemerkung hatte der König von Sachsen im November 1918 ausgestoßen, als er Dresden dem revolutionären Mob überließ. *Wir alle,* dachte er, *kümmern uns im ganzen Vaterland eindeutig um unseren eigenen Dreck.*

Eine Stunde später waren Luftangriff, Flakfeuer und Alarm vorüber. Stattdessen wurde das Heulen von Krankenwagen und Löschfahrzeugen lauter. Wie Finger stiegen Rauchsäulen von den getroffenen Gebieten auf, als wollten sie nach der Sichel des bleichen abnehmenden Mondes haschen, die noch am Himmel stand, jedoch allmählich verblasste.

Das Frühstück im getäfelten Saal unten (Omelette aus rehydriertem Eigelb) war eine zügige Angelegenheit. Rundherum waren die Gesichter von Schlaflosigkeit und Angst gezeichnet. Menschen, die der Krieg zusammengewürfelt hatte, die kleinlicher geworden waren, ungeduldig und grob. Zweifellos versuchten einige, ihre Angst damit zu kurieren, sich gegenseitig auszuspionieren und übereinander Bericht zu erstatten. Bora trank seinen Ersatzkaffee und behielt dabei die Gäste an den anderen Tischen im Blick, die – in Uniform oder in Zivil – möglicherweise als Informanten eingeschleust worden waren. Die gab es in jedem Hotel.

Ein Gedanke ließ ihm keine Ruhe. *Was auch immer hinter dem Befehl, die Ermittlungen zu führen, stecken mag, aufgedeckt habe ich bisher noch nichts, ich habe mich allenfalls selbst exponiert. Um Himmels willen, seit mein Name im Zusammenhang mit Onkels Trauerfeier in der Zeitung stand, hätte jeder in Berlin, der mit mir ein Hühnchen zu rupfen hat, wissen können, dass ich hier bin. Ich sollte die Sache einfach damit zum Abschluss bringen, dass ich aufs Geratewohl Nebe einen der vier Verdächtigen präsentiere, mit denen ich liebenswürdigerweise versorgt worden bin – vielleicht mit Ausnahme von Ida Rüdiger, die hochrangige Freunde hat. Glantz ist der Favorit, dicht gefolgt von Kupinski. Kupinski wäre perfekt, niemand würde ihn vermissen. Eppners Alibi ist nicht über jeden Verdacht erhaben (auf der Geburtstagsfeier waren nur Freunde von ihm). Außerdem kann ich ganz bestimmt Polina Andrejewna Issakowa, die junge Russin, dazu bringen, zu beeiden, was immer ich möchte, und auf diese Weise den Untergang des Uhrmachers herbeiführen.*

Es war schon nach acht, und noch immer war von Florian Grimm weit und breit nichts zu sehen. Bora billigte ihm noch eine Stunde zu, weil er womöglich wegen beschädigter Straßen irgendwo feststeckte oder der Wagen dem Luftangriff zum Opfer gefallen war. Die öffentlichen Verkehrsmittel hingegen fuhren (worauf die Berliner stolz waren), also rief er um neun Uhr im Präsidium an, um sich zu erkundigen. Er erfuhr, dass Kommissar Grimms Haus zu denen gehörte, die von feindlichen Bomben getroffen worden waren. Darüber hinaus wusste man nichts Näheres über ihn oder seine Familie. Sofern nicht das Schlimmste eingetreten war, konnten noch Stunden vergehen, bevor er sich zum Dienst meldete.

Bora hängte ein. Er überlegte sofort, wie er von Grimms Abwesenheit profitieren könnte. Er wollte Dr. Olbertz aufsuchen, der nicht zurückgerufen hatte, obwohl die Schwester ihm gesagt haben musste, unter welcher Nummer Bora im Hotel erreichbar war. Seine Praxis lag allerdings in der Innenstadt, und selbst wenn sie den Luftangriff unbeschadet überstanden haben sollte, könnte es schwierig sein, dorthin zu gelangen, während überall Trümmer beseitigt wurden. Das andere geeignete Ziel war Berthold »Bubi« Kupinskis Wohnung.

Kopfstraße, Neukölln, 9.38 Uhr

Kupinski öffnete nicht. Bora wartete eine Weile, dann drückte er auf die Türklinke. Die Tür war unverschlossen, und er betrat die Wohnung, ohne zu zögern. Wie am Vortag mit Grimm fand er sich in den unverändert ärmlichen Verhältnissen wieder, noch verschärft durch den Umstand, dass das offen stehende Fenster den vorderen Raum mit Licht flutete. Niemand da. Er stieg über eine Schlafanzughose auf dem Boden hinweg und ging ins Schlafzimmer. In einer Ecke lehnten eine Harke, eine Schaufel und eine Handvoll anderer Gartengeräte. Einige Kleidungsstücke hingen schlaff auf Bügeln, der Gestank von billigem Toilettenwasser vermischte sich mit dem Muff in der Wohnung und dem strengen Geruch zu lange getragener Schuhe. In dem Bett, auf dem eine Bettdecke mit einem grellen Blumenmuster lag, hatte eindeutig jemand geschlafen.

Bora ging wieder in das vordere Zimmer zurück. Nicht ausgeschlossen, dass Kupinski das Haus verlassen hatte, um Besorgungen zu machen. Die hastig abgelegte Schlafanzughose und der Schlüssel, der noch in der Tür steckte, sprachen allerdings eine andere Sprache.

Bora sah aus dem Fenster (diese Seite des Hauses ging auf den gepflasterten Hof). Er schätzte, dass selbst ein hinkender Mann die Wohnung ohne Weiteres über die niedrige Fensterbank verlassen konnte. Doch selbst wenn Kupinski sich auf diese Weise hinausgeschlichen haben sollte, konnte er eigentlich nur in eine andere Wohnung eingestiegen sein. Nirgendwo gab es einen Ausgang, der zur Straße oder anderweitig aus dem Hof herausführte. Abgesehen von einer zerknautschten Zigarettenpackung und einem kleinen Stapel Ziegelsteine an der Wand war in dem durchsonnten Hof nichts zu sehen.

Mit wenigen Schritten war Bora wieder im Treppenhaus. Der farbige Glaseinsatz gegenüber von Kupinskis Wohnungstür erzitterte unter seinem energischen Klopfen. Von drinnen war ein seltsames Schlurfen zu hören, als ob jemand, der gerade noch verstohlen hinter der Tür gekauert hatte, sich nun rückwärtsbewegte, um aufzustehen, auf die Tür zuzugehen und beim Öffnen überrascht zu tun. Auch das gab es in Berlin: Zivilisten, die sich zusammenkrümmten, um unbemerkt durch das Schlüsselloch zu lugen, bevor sie einem Besucher die Tür öffneten.

»Wer ist da?«

Eine stark geschminkte Frau in den Fünfzigern spähte durch den Türspalt. Dass Bora Uniform trug, konnte ihr schwerlich entgangen sein. Daher fielen ihre Antworten sicherheitshalber knapp aus. Der Mann aus 17 B? Wohne erst seit einigen Wochen hier, seinen Namen kenne sie nicht. Für sie sei er schlicht 17 B. Heute habe ihn schon mal jemand sprechen wollen. Wer? Männer in Zivil. Es habe aber kein Theater gegeben, der junge Mann sei ihnen aus freien Stücken gefolgt. Wann das gewesen sei? Na ja, so um sechs Uhr morgens, als ihr Freund zur Arbeit gegangen sei. »Er arbeitet im Schlachthof, müssen Sie wissen. Jetzt, wo laufend Züge mit Vieh aus der Ukraine kommen, um sieben und um halb drei, macht er Überstunden!«

Bora überlegte einen Moment. Freunde oder Bekannte von Kupinski hatten ihn sicherlich nicht abgeholt. Es konnten Zivilfahnder gewesen sein, die Gestapo oder der Sicherheitsdienst des Reichsführers SS ... Was, wenn nun neue Beweise aufgetaucht waren und man Kupinski wegen des Mordes an Walter Niemeyer festgenommen hatte?

»Also gut«, sagte er. »Vielen Dank.« Er wartete, bis die Silhouette der Frau, die sich von der Tür abwandte, nicht mehr hinter dem Glaseinsatz zu sehen war, und ging zurück in Wohnung 17 B.

Aus welchem Grund auch immer sie Kupinski mitgenommen haben mochten, seine Wohnung hatten sie jedenfalls nicht durchsucht. Das konnte ein gutes oder ein schlechtes Zeichen sein, je nachdem, ob sie belastbares Material gegen ihn hatten oder solches nicht brauchten. Bora nahm sich einige Minuten Zeit, um die Habseligkeiten des jungen Mannes durchzusehen. Viel Interessantes war nicht darunter. Eine mit Bleistift geschriebene Übersicht mit Adressen in Dahlem listete auf, welche Gartenarbeiten in Niemeyers Nachbarschaft schon erledigt waren oder noch anstanden: bereits gestutzte Hecken und Stauden, Blumenbeete, die anzulegen oder umzugraben waren, die Pflege von Rasenflächen … Bora fiel auf, dass der wohlhabende Dr. Wirth mit seinen Zahlungen zwei Monate im Rückstand war. Unter den an den Bügeln aufgehängten Kleidungsstücken im Schlafzimmer entdeckte er einen Sommeranzug von guter Qualität, den Kupinski wohl von Niemeyer bekommen hatte. Eine Laubsägearbeit, eine Bücherstütze in Form eines Steinbocks, stand auf einer Kommode, in der Socken und sorgfältig gebügelte und beduftete Hemden verwahrt wurden. Es gab Fotos von Schauspielern und Schauspielerinnen, die aus Zeitschriften ausgeschnitten und an die Wand geklebt worden waren. In der Schublade des Nachttisches lagen einige Süßigkeiten, Zigaretten und etwas, was nach Morphinzäpfchen aussah, sofern man sie bei der Abwehr zutreffend über Drogen und deren Wirkung unterrichtet hatte.

Vielleicht hatte Grimm (der möglicherweise tot unter den Trümmern seines Hauses lag) recht gehabt, und Kupinski setzte seine riskanten Aktivitäten, die ihn in der Vergangenheit schon ins Gefängnis gebracht hatten, fort. Genauso denkbar war es, dass er ein Informant war, dem man gestattete, Männer zu verführen, über die die Obrigkeit gern mehr wissen wollte. Die Anzahl persönlicher Gegenstände war überschaubar. Im Schlafzimmer beliefen sie sich auf wertlose Manschettenknöpfe und billige Schlipse, in die Kupinskis Initialen mit einer Maschine eingestickt worden waren. Nun ging Bora bei seiner Suche mehr in die Tiefe: Wenig begeistert sah er unter der Rosshaarmatratze und im Kissenbezug nach, hinter dem Holzofen, in den Blechbüchsen, die in der Speisekammer standen, unter dem Tisch, den wenigen Stühlen und dem abgenutzten Teppich. Er tastete den Fensterrahmen ab, für den Fall, dass jemand Papiere zwischen das Holz und die Wand gesteckt hatte. Aber da war nichts.

Weil er niemals allein dem äußeren Anschein traute, setzte er sich rittlings aufs Fensterbrett, betrat den gepflasterten Hof, hob die zerknautschte Zigarettenschachtel auf und sah hinein. Sie war leer. Den kleinen Ziegelsteinhaufen hätte er beinah nicht beachtet. Einem Instinkt folgend, hob er einen Stein nach dem anderen hoch und stieß schließlich auf einen versiegelten Umschlag, der sorgfältig so platziert worden war, dass der obere Ziegelstein ihn komplett verdeckt hatte. Auf dem Umschlag standen die maschinengeschriebenen Initialen des Empfängers: E. D. Keine Adresse. Kein Briefkopf, kein Hinweis auf den Absender. Das hochwertige, handgeschnittene Papier ähnelte dem, das Niemeyer bei seiner Korrespondenz mit seinem Verleger verwendet hatte und auf das sie in Glantz' Büro nach dessen fehlgeschlagenem Selbstmordversuch gestoßen waren. Kurz entschlossen steckte Bora den Umschlag ein, kletterte zurück in Kupinskis Wohnung und öffnete mithilfe der Rasierklinge, die er gewöhnlich für eine rasche Rasur dabeihatte, die Lasche des Umschlags entlang des Falzes.

Aus einem Text, den man fieberhaft überfliegt, können einem einzelne, alarmierende Wörter entgegenspringen. So erging es Bora jetzt. Sein Mund wurde ganz trocken, als er zwei mit violetter Tinte geschriebene Sätze las, die so kräftig doppelt unterstrichen worden waren, dass dabei fast das hochwertige Papier zerrissen wäre. »Unverzügliche Beachtung ... Hauptverwaltung des Reichssicherheitsdienstes ... die Wehrmacht ... hochwichtige Staatsinteressen ...« Hinter der unpersönlichen Neutralität der getippten Buchstaben konnte er die Angst förmlich riechen. Wie tief mochten sie alle schon in den Abgrund gestürzt sein, fragte er sich, wenn einem Soldaten an einem Sommertag allein beim Lesen einiger Zeilen der kalte Schweiß ausbrechen konnte?

Niemeyer musste mächtigen Bammel gehabt haben, als er diesen Text schrieb (er hatte sich vertippt und korrigiert), aber er musste auch so rachedurstig gewesen sein, dass er jeden mit sich reißen wollte, sollte er selbst stürzen. Wie mochte der Empfänger darauf reagiert haben, sofern ihn dieser Brief überhaupt erreicht hatte?

Wer war E. D.? Ein Freund? Ein Rechtsanwalt? Ein Notar? Diese Initialen waren ihm in der Mappe zu Niemeyer noch nicht begegnet.

Bora steckte den Brief wieder in den Umschlag, faltete diesen doppelt und ließ ihn in seinem linken Ärmelaufschlag verschwinden. Mehrere Minuten lief er im Zimmer auf und ab, um sich zu beruhigen, und versuchte, verstörende Schlussfolgerungen auf später zu verschieben, bis er sich so weit gefasst hatte, dass er die Wohnung verlassen konnte.

Kaum war er im Treppenhaus, als ihn barsche Stimmen und eine Ansammlung von Schatten, die die Tür zur sonnenbeschienenen Straße verdunkelten, erstarren ließen. Drei kräftige Männer mit harten Gesichtszügen drängten sich gemeinsam ins Treppenhaus. Jeder von ihnen trug die Art von Mantel, unter dem sich Waffen verbergen ließen. Mit einem Wehrmachtsoffizier hatten sie nicht gerechnet. Sie hielten inne, und ihr Zögern führte dazu, dass Bora wagemutig die Initiative ergriff und unverzüglich fragte, ob sie wegen eines Bewohners namens Kupinski hergekommen seien.

Der Bulligste der drei – er hätte als Doppelgänger für Florian Grimm durchgehen können – knurrte: »Was haben Sie mit Kupinski zu schaffen, Herr Oberst?«

Bora zog Nebes Visitenkarte aus seiner Brusttasche und zeigte sie wortlos vor.

Die Männer sahen sich an. »Wir sind nicht wegen Kupinski hier«, sagte der Bullige. »Lassen Sie uns bitte durch.«

Oben schien es zu einem Aufruhr gekommen zu sein, Stimmen waren zu hören. Türen wurden zugeschlagen, jemand lief durch die Wohnung, ein Mädchen kreischte auf und wurde sofort zum Schweigen gebracht. Die drei schoben sich an Bora vorbei und rannten nach oben. Man konnte mit Sicherheit sagen, dass in dem anschließenden Tumult sämtliche Wohnungstüren außer einer verriegelt blieben. Und selbst diese Tür wurde, dem Geräusch splitternden Glases nach zu urteilen, gewaltsam geöffnet.

Der Vorfall hatte nichts mit ihm zu tun. Bora hätte einfach gehen können. Stattdessen wartete er am Fuß der Treppe ab, ob tatsächlich jemand nach allen Regeln der Kunst festgenommen wurde. Kurz darauf zerrten die drei einen Mann im Unterhemd die Treppen hinunter, seine Nase wirkte frisch gebrochen. Er war kreidebleich, Blut tropfte auf sein verschwitztes Unterhemd. Er warf einen panischen Blick zu dem Offizier hinüber, der im Weg stand, während die drei Männer ihn unter den Achseln hochhoben und auf die Straße zerrten.

»Ich schwöre, mir wurde nur Köpenicker Landstraße 76 gesagt«, hörte Bora ihn wimmern.

Gemächlich folgte er den vieren – er wollte weder Interesse bekunden noch so tun, als ließe ihn das Ganze kalt. Draußen waren mehrere schwarze Wagen geparkt, in denen Schlägertypen in Mänteln saßen, die Filzhüte tief in die Stirn gezogen. Angesichts der Benzinknappheit musste es sich bei diesem Einsatz um einen schweren Gesetzesverstoß handeln, um mehr als nur einen Raubüberfall. Sofern der Mann kein Jude war, musste er als Staatsfeind auf der Fahndungsliste stehen: ein Pazifist, ein Kommunist, ein feindlicher Spion ... Nun wurde er in eine Limousine gestoßen, die sofort losfuhr. Die anderen Wagen folgten. Das dritte Auto fuhr ein wenig langsamer an Bora vorbei, und sowohl Fahrer als auch Mitfahrer musterten ihn eingehend.

Ein, zwei Minuten verweilte er noch auf der stillen Straße und dachte: *Das kann jedem von uns passieren. Das kann auch mir widerfahren. Schon gleich zu Beginn des Krieges, als sich uns täglich Tausende ergeben haben und bei uns in Gefangenschaft kamen, bin ich zu dem Schluss gekommen, dass das auch mir widerfahren kann.* Er konnte sich das furchtbare Brüllen des Viehs vorstellen, das nördlich des Flusses geschlachtet werden sollte, und wie sich die Arbeiter beeilen mussten, um diese Ladung zu töten, bevor um vierzehn Uhr dreißig der nächste Zug eintreffen würde. Im Sonnenschein war der Asphalt bereits weich geworden.

Jetzt hätte auch Bora das Viertel wieder verlassen können, doch er ging zurück ins Haus und stieg in den ersten Stock hinauf. Blutstropfen auf den Stufen und den Fliesen auf dem Treppenabsatz führten ihn zur richtigen Wohnung.

Er brauchte nicht zu klopfen. Kaum hatte das Mädchen seine Silhouette durch das zerbrochene Glas hindurch bemerkt, eilte sie auch schon zur Tür, um zu öffnen. Ihr Gesicht war vom Weinen ganz verschwollen und voller Blutergüsse, die Unterlippe aufgesprungen und wund. *Sie hat vergeblich versucht, ihren Mann zu beschützen,* dachte er, *und genug eingesteckt, um sich nicht weiter zu widersetzen.*

Warum er hier war, kümmerte sie nicht. Sie trat in ein Wohnzimmer, das ähnlich aussah wie bei Kupinski, abgesehen von der verblichenen Tapete: Familienfotografien, ein Ofen und ein Regal, aus dem Bücher (darunter ein Wörterbuch) auf den Boden gefallen waren. Laken, Kissen, Wasser- und Stromrechnungen, diverse Gegenstände, sogar ein kleiner Blumentopf mit einem Zweig Minze – alles lag wild durcheinander. An einem Pfosten der Schlafzimmertür bemerkte Bora einen Blutfleck, womöglich die Stelle, gegen die der Kopf des Mannes gestoßen worden war. Um jemandem die Nase zu brechen, musste man sich nicht zwangsläufig selbst die Hände blutig machen.

Das Mädchen war gerade dabei gewesen, einen Koffer aus Pappe zu packen. Ein Paar Riemchensandalen stand noch herum, ein weißer Büstenhalter aus Baumwolle und ein Unterkleid mit einem zerrissenen Träger lagen auf der bloßen Matratze.

»Was ist passiert?«, erkundigte sich Bora, als ob er Anspruch auf eine Auskunft hätte. Das misshandelte Mädchen murmelte, dass der Mieter einige Menschen »vom Sehen« kenne, die in der Woche zuvor verhaftet worden seien. »Flüchtige Bekanntschaft« war eine altbekannte Ausrede: Selbst in Berlin griff die Polizei nicht laufend grundlos ein. Bora nahm an, dass mehr dahinterstecken musste. Ihm fiel auf, dass sie keinen Ehering trug (sie konnte ihn natürlich verkauft oder versetzt haben). »Wie heißt Ihr Mann? Vielleicht kann ich mich nach ihm erkundigen.«

»Er ist nicht mein Mann, ich habe ihn eben erst kennengelernt. Er ist mein Untermieter.«

Das war vermutlich gelogen, aber egal. Bora hob eine der Rechnungen vom Fußboden auf und las den Namen des Adressaten. »Wissen Sie denn zumindest, welcher Beschäftigung Anton Reich nachgeht?«

Das Mädchen, das ohne die Blessuren und in einem hochwertigeren

Sommerkleid bestimmt ganz reizend ausgesehen hätte, warf wütend die Sandalen, den Büstenhalter und das Unterkleid in den Koffer. »Gelegentlich arbeitet er als Fahrer, meistens für die Ärzte in der Charité – wenn es denn einen Wagen gibt und Benzin dazu.«

Das klang nicht gerade nach einer verbotenen Tätigkeit, aber ein ganzer Trupp Zivilfahnder rückte nicht ohne guten Grund mit vier Wagen aus. Die Charité lag jedenfalls nicht in der Nähe der Köpenicker Landstraße – der Adresse, die der Mann gerufen hatte, als sie ihn wegschleppten. »Früher ist er Taxi gefahren. Dann hat er wegen seiner großen Klappe die Arbeit verloren.«

Dieses Detail fügte sie unaufgefordert hinzu, aus lauter Missmut. Bora war nicht danach, sie unter Druck zu setzen, um noch mehr zu erfahren. Eine große Klappe zu haben bedeutete in der Regel, über die Politik zu schimpfen. Das reichte allerdings nicht, um die Gestapo auf den Plan zu rufen. Was auch immer zur Festnahme dieses Anton Reich geführt haben mochte, es war für ihn nicht weiter von Interesse. Bora beobachtete das Mädchen: Sie sah sich suchend nach Dingen um, die sie vielleicht noch mitnehmen könnte, aber als sie nichts von Nutzen entdeckte, riss sie den Zweig Minze aus dem Topf, schüttelte die Erde von den Wurzeln und legte ihn zu ihren Klamotten.

Nun verließ auch Bora das Haus. Eigentlich wollte er zur nächstgelegenen Bushaltestelle gehen. Aber dann erspähte er den Grund für seinen Besuch: Mit den Händen in den Hosentaschen hinkte Kupinski, von der Hermannstraße kommend, die Straße hinauf. Bora kehrte um und betrat eilig erneut Wohnung 17 B, um ihn nicht vorzuwarnen. Womöglich würde er ihm sonst entwischen.

»Guten Tag, Kupinski.«

Der junge Mann erschrak so sehr, dass er gar nicht erst versuchte, die Flucht zu ergreifen. Er betrat die Wohnung, und nach einem Blick hoch ins Treppenhaus (von oben drang das Schluchzen des Mädchens herunter) schloss er die Tür hinter sich. Schwer zu sagen, was ihm durch den Kopf ging: Er musste auf der Stelle jede Hoffnung im Keim erstickt haben, dass den athletischen Wehrmachtsoffizier ein schändlicher Grund hierhergeführt haben mochte. Das kam überhaupt nicht in Betracht. Vermutlich war sein nächster ernüchternder Gedanke der, dass ihn jetzt gleich weitere Fragen erwarteten und er sich eigentlich auch etwas ausdenken könnte.

Bora durchschaute ihn. »Es ist besser, wenn du mir jetzt nicht irgendeine Geschichte auftischst.«

Der auffällige Wechsel vom förmlichen »Sie« zum grob vertraulichen »Du« signalisierte Kupinski, dass es nicht ganz leicht werden würde, sich durch die Befragung zu winden. Verlegen schob er seine Fäuste in die Hosentaschen und brütete finster vor sich hin – wie es kleine Gauner eben tun, wenn sie unter Druck stehen.

»Wenn du den Burschen von oben verpfiffen haben solltest, Kupinski, hättest du etwas später nach Hause kommen sollen. So machst du dich verdächtig.«

»Ich? Oh, nein. Wo denken Sie hin? Ich bin nur kurz –«

»Wer hat dich heute Morgen abgeholt?«

»Ich bin doch gerade auf Bewährung draußen ...«

»Ich kann ohne Weiteres überprüfen, ob das stimmt.«

Kupinski ballte die Fäuste in seinen Taschen noch fester zusammen. Unter seinen schweren Lidern wanderte sein Blick zum Fenster. Genau dort hatte sich Bora aufgebaut, um mit dem hellen Tageslicht im Rücken seinen Gesichtsausdruck besser verbergen zu können.

»Also gut«, sagte er. »Das geht alles mit rechten Dingen zu. Ich hatte kaum die Zeit, mich in diesem Loch hier einzurichten, schon wurde mir gesagt, dass ich den Kerl von oben beobachten und über ihn Bericht erstatten soll. Hier gibt es keinen Blockwart, und von irgendetwas muss der Mensch ja leben.«

Bora wusste, warum Kupinski in den Hof hinausstarrte, und er ließ sich Zeit, damit dessen Furcht größer wurde. *Selbstverständlich setzt ihn die Gestapo als Spion ein. Schon seit Jahren hängt Kupinskis Schicksal an einem seidenen Faden. Trotzdem hat er den Brief auch vor ihnen verborgen gehalten. Und nun fragt er sich, ob die Gestapo oder ich alles durchsucht und den Brief gefunden haben. Es brennt ihm unter den Nägeln, in den Hof hinauszuklettern und nachzusehen, ob der Brief noch da liegt. Schließlich könnte ja auch ich für die Gestapo arbeiten.*

Kupinski zog einen Schmollmund. Unklugerweise versuchte er, an dem Offizier vorbei zum Fenster zu gehen. Bora verstellte ihm den Weg. »Wollen Sie bei dieser Hitze etwa das Fenster schließen …? Ich merke sehr wohl, wenn mir jemand Informationen vorenthält.«

Kupinski hatte seine Hände aus den Taschen gezogen und wusste offensichtlich nicht, wohin damit. Er wedelte mit ihnen herum, als er mit einem beklommenen Grinsen durchs Zimmer lief. »Nein, nein. Ich habe Ihnen alles gesagt, was ich weiß, Herr Oberst. Ich verstehe nicht, was sonst …«

»Erzähl mir was über ›E. D.‹.«

»Über wen?«

»Erzähl mir was über ›E. D.‹, und wir sind sofort fertig. Den Rest kenne ich schon.«

Das kam der Wahrheit nicht einmal annähernd nahe, aber Boras Behauptung hatte einen Keil in Kupinskis Zurückhaltung getrieben. Er stand da in seiner Mischung aus abgetragenen Klamotten und teurer Kleidung aus zweiter Hand, schwankte leicht, war argwöhnisch und hoffnungsvoll zugleich. »Und das ist alles?«

»Das ist alles.«

»Herrje, all die Tage trage ich diese Last schon mit mir herum. Dabei habe ich überhaupt nichts damit zu tun.«

»Ich höre.«

»Da gibt es nicht viel zu erzählen, Herr Oberst. Am Tag vor seiner Ermordung gibt mir Herr Magnusson den Brief. Ich soll mir eine Adresse in Charlottenburg merken, in der Herderstraße. Der Name ist Erhard Dietz. Er gibt mir auch Geld, damit ich öffentlich hinfahren kann, und alles. Mir hat er nur gesagt, dass ich den Brief persönlich in einer Anwaltskanzlei abgeben soll. Aber wer hätte gedacht, dass der Mann für einige Tage nicht in der Stadt ist. Da ich den Brief nur ihm übergeben sollte, habe ich ihn solange mit nach Hause genommen. In derselben Nacht passierte dann die Sache in der Villa Gerda. Ich hatte eine Heidenangst und habe mich immer wieder gefragt, was ich nun mit dem Brief machen sollte: ihn trotzdem da abliefern? Oder ihn wegwerfen? Oder lieber noch ein Weilchen aufheben? Erst mal habe ich gar nichts gemacht. Als ich wieder Mut gefasst hatte, es noch einmal mit der Übergabe zu versuchen, hing ein Trauerkranz an der Tür der Kanzlei. Woher hätte ich denn wissen sollen, dass entlaufene Russen ihm auf seinem Landsitz die Kehle durchgeschnitten haben?« Bora gelang es ziemlich gut, seine Überraschung zu verbergen. »Ich habe den Brief nicht aufgemacht und kein Sterbenswörtchen darüber verloren, Herr Oberst. Ich wünschte, ich hätte ihn nie zu Gesicht bekommen, das ist alles.«

Da war Bora ganz seiner Meinung. »Was mich betrifft, hast du ihn nie zu Gesicht bekommen. Damit ist die Sache erledigt.«

»Das befreit mich von einer großen Last, Herr Oberst.«

11.15 Uhr

Der Tag war noch jung, und Bora war gewillt, ihn bestmöglich zu nutzen. Von einem öffentlichen Fernsprecher aus rief er im *Leipziger Hof* an, um sich zu erkundigen, ob Grimm sich gemeldet hatte. Dem sei nicht so, erfuhr er. Daraufhin beschloss er, keine Nachricht für den Kommissar zu hinterlassen, für den Fall, dass dieser im Hotel auftauchen sollte. Dann schlug er Erhard Dietz im Telefonbuch nach, rief unter falschem Namen in dessen Kanzlei in der Herderstraße an und erhielt von der Sekretärin die Bestätigung, dass Dietz verstorben sei. Da er auf diese Nachricht hörbar bestürzt reagierte, folgten noch einige weitere Auskünfte. Ja, sagte sie, es sei am Abend des 3. Juli passiert. Der arme Dr. Dietz hätte sich gerade erst für einige erholsame Tage in seinem Ferienhaus nahe Großbeeren eingerichtet, als mordlustige russische Flüchtlinge vor Morgengrauen dort eingebrochen seien. Bora drückte sein Mitgefühl aus.

»Ein Raubüberfall?«

»Davon gehen wir aus. Möchten Sie mit dem Juniorpartner sprechen?«

»Nein, danke.«

Es war an der Zeit, sich noch einmal Rat suchend an Bruno zu wenden.

Der deutschen Tüchtigkeit zum Trotz war es an jenem Tag nicht leicht, das Sanatorium mit dem Zug zu erreichen. Nahe Kleinmachnow hatte der nach Süden fahrende Zug einen Maschinenschaden, und nachdem die Fahrgäste eine halbe Stunde in den überhitzten Waggons gewartet hatten, wurde ihnen mitgeteilt, dass die Reparaturarbeiten längere Zeit in Anspruch nehmen würden. Bora stieg aus. Zu Fuß folgte er einer staubigen Straße zum nächstgelegenen Dorf und hielt auf der Suche nach Unterstützung Ausschau nach einer Polizeiwache oder einem Militärposten. Er stieß allerdings nur auf zwei Unteroffiziere vom Luftschutzwarndienst, die ihm gern geholfen hätten, aber nicht konnten. Obwohl er sich ganz in der Nähe der Bosch-Werke befand, vermochte nicht einmal Nebes Visitenkarte irgendein Transportmittel aus dem Nichts hervorzuzaubern. Auch ein Pferd ließ sich nicht auftreiben. Er war noch fast eine Stunde von seinem Ziel entfernt, und einfach wieder zurückzugehen und mit den frustrierten und hitzegeschädigten Reisenden zu warten, kam nicht infrage.

Der Gedanke an Niemeyers Brief in seinem Ärmelaufschlag verstärkte seine Besorgnis nur noch. Als er schließlich in einem klapprigen landwirtschaftlichen Transporter mitfahren konnte, war Bora froh über die eintönige Fahrt nach Stahnsdorf. Dort erstand er einige Zeitschriften und löste einen Fahrschein zu den Beelitz-Heilstätten. Einer Ahnung folgend, rief er im *Leipziger Hof* an. Schließlich müsste ihm die Kripo auch dann bald ein Transportmittel zur Verfügung stellen, wenn Grimm nicht auftauchte. Und tatsächlich hatte sich zwanzig Minuten zuvor ein Fahrer namens Trost im Hotel zum Dienst gemeldet. Bora lieferte keine Erklärung für seinen Abstecher, hinterließ aber eine Anweisung für den Mann: Er solle ihn um 17.00 Uhr am Eingangstor des Sanatoriums abholen.

Nicht weit entfernt vom Sanatorium hatten die SS und ihre geschorenen, bösartigen Hunde die entflohenen russischen Gefangenen eingeholt. Als Bora fast schon beim Tor war, erfuhr er von einem Bauern, dass die SS sie auf dem Gelände eines verlassenen Bauernhofs gefunden und sie in eine Scheune gesperrt habe, die sie schließlich in Brand gesteckt hätten.

»Wurde auch Zeit«, nuschelte der alte Mann, der eine kalte Pfeife im Mund hatte. »Man fragt sich, warum um Himmels willen sie so lange gebraucht haben, bis sie diese Rüpel gestellt haben. Es ist ein Skandal, dass sie so nah bei Berlin frei herumlaufen konnten.«

Dazu sagte Bora nichts. Entflohene, und zwar nicht nur Russen, begingen bisweilen Verbrechen: Wem also konnte man Missetaten besser anhängen? Der beißende Geruch nach Rauch und brennenden Körpern war derselbe wie in Polen, der Ukraine und davor in Spanien. *Das sind wir,* sagte sich Bora. *Auch das sind wir. Oder vielleicht sind wir auch nur das.*

Die SS-Männer leerten im Schatten ihre Feldflaschen. Rauch trübte die Luft, aber er war zart, fast durchscheinend. Strohhalme und brennende Stofffetzen schwebten umher und drohten neue Brände auszulösen. Die Landarbeiter fluchten und schütteten eimerweise Wasser auf die Hecke, die das Grundstück von der verlassenen Scheune trennte, damit die Zweige kein Feuer fingen. Die geschorenen Hunde rannten im Kreis herum.

Kleine Habichte mit grazilen Flügeln oder auch Zwergfalken flogen rund um die Scheune, auf der Jagd nach Feldmäusen und Insekten, die vor dem Feuer flüchteten. Sie erweckten den Anschein, dass man dem Tod auf keinen Fall entkam. Auf keinen Fall.

7

FAUST: Die Pforte knarrt, und niemand kommt herein.
Ist jemand hier?
SORGE: Die Frage fordert Ja!
FAUST: Und du, wer bist denn du?
SORGE: Bin einmal da.
FAUST: Entferne dich!
SORGE: Ich bin am rechten Ort.
GOETHE, *Faust. Der Tragödie zweiter Teil.*

Beelitz-Heilstätten, 14.40 Uhr

Was ist los, fällt Weihnachten in diesem Jahr auf den Juli? Ich dachte, du bist längst zurückgeflogen!«

Bora legte einen Armvoll Zeitungen und Zeitschriften auf Lattmanns Schoß. »Es ist etwas dazwischengekommen.«

»Schön! Eva war gerade mit den beiden Jungs hier, du hast sie knapp verpasst. Sie hätte sich gefreut, dich zu sehen.«

»Ich mich auch. Tut mir leid, Bruno.« Bora nahm seinem Freund gegenüber Platz auf der Veranda, die auf den Park hinausging. Seine innere Unruhe vor Lattmann zu verbergen, war nicht unmöglich, aber es fiel ihm schwerer als bei jedem anderen, schwerer noch als bei seiner Mutter. »Du kommst doch aus Berlin. Hast du jemals vom Propheten von Weimar gehört?«

Lattmann überflog die Schlagzeilen und zog die Nase kraus. »Meinst du den Burschen, der ›Gedanken liest und das schöne schwache Geschlecht verblüfft‹, wie es in dem Gassenhauer heißt?« Er blickte auf. In meiner Jugend waren alle seine Vorstellungen ausverkauft. Sag bloß, er hat in den Sternen gesehen, dass du noch in Berlin bleibst.«

»Das bezweifle ich. Er wurde ermordet. Deshalb hat Nebe mich zu sich bestellt.«

Bora fasste seinen Auftrag kurz zusammen. Die Miene seines Freundes schwankte zwischen Neugierde und Verblüffung. »Du siehst also, dass dank der Vorarbeit einige mögliche Verdächtige in die engere Auswahl gezogen werden konnten. Ich kann diese Liste nicht rundheraus verwerfen, obwohl sie meine eigenen Nachforschungen verzerrt. Angesichts der zweifelhaften Persönlichkeit des Mannes und der zigtausend Menschen, die er in über fünfundzwanzig Jahren unterhalten hat, könnte es neben diesen vier Personen noch weitere geben, die einen Groll gegen ihn hegten. Mit dieser Liste könnte ich auf dem falschen Dampfer sein.«

»Wie kommst du darauf? Ob man Arthur Nebe nun mag oder nicht, man hält ihn für den gerissensten Polizeibeamten von Deutschland, wenn nicht von ganz Europa. Wenn der dir eine Liste mit Verdächtigen in die Hand drückt, dann ist darauf wahrscheinlich Verlass.«

»Ich bestreite ja gar nicht, dass alle auf dieser Liste schuldig sein könnten, außer vielleicht Eppner.« Wie es seine Gewohnheit war, ließ Bora seinen Blick diskret über die lang gezogene Veranda schweifen. Zu dieser Tageszeit hielten sich dort nur wenige Patienten auf, die meisten davon waren von ihrer Krankheit in Anspruch genommen oder vom Nichtstun sichtlich gelangweilt. Nur der griesgrämige Mann im Rollstuhl, der ihn beim letzten Mal so zornig angestarrt hatte, benahm sich, als wäre Boras Besuch, der ihn aus seiner Lethargie riss, nicht nur eine spannende Abwechslung, sondern auch ein Ärgernis. Von Weitem nickte Bora ihm gleichgültig zu. »Trotzdem frage ich mich, Bruno, ob sie sich nicht doch noch verlängern ließe. Ein Mann namens Kupinski ist ganz bestimmt … Ich erzähle dir später von ihm, jetzt muss ich dir erst mal etwas zeigen. Sogar eine Friseuse, die sich um die Haare der Reichen und Mächtigen kümmert, könnte gefährlichen Klatsch mitbekommen haben. Vielleicht will man sie aus dem Weg räumen. Bei den anderen handelt es sich um einen gehörnten Uhrmacher und einen insolventen Verleger – da wundere ich mich schon …«

»Also, dir bleibt – was hast du gesagt? – jetzt eine Woche in Berlin. Tu, was in deinen Kräften steht, Martin.«

»Und genau das macht mir auch Sorgen. Nach seinem Abschied von der Bühne hat der Hellseher eine Art Privatpraxis geführt, und die hat sich als noch lukrativer entpuppt. Viele, die nicht mit ihm zusammen in der Öffentlichkeit gesehen werden wollten, haben ihn ganz unbehelligt in seiner Villa aufgesucht oder ihn zu sich nach Hause gebeten. Ob er Aufzeichnungen aufbewahrt hat? Da bin ich mir ganz sicher. In Deutschland? Wahrscheinlich nicht. Seine Auslandsreisen hätten es ihm ermöglicht, verfängliche persönliche Notizen anderswo zu verwahren und sein Vermögen bei ausländischen Banken zu deponieren.«

Als eine vollbusige Schwesternhelferin eine Teekanne samt Tasse auf dem Korbtisch neben Lattmann absetzte, lächelte dieser sie treuherzig an. »Danke, dass Sie sich gemerkt haben, dass ich den Tee gern hier trinke. Sie sind ein Engel«, sagte er zu ihr. Als sie weg war, wandte er ein: »Ein Schausteller genießt keine diplomatische Immunität. Seine Koffer hätten bei jedem Grenzübertritt kontrolliert werden können, egal in welche Richtung.«

»Das stimmt. Aber wenn man vertrauliche Unterlagen verwahren möchte, kann man das auch in Deutschland tun: Auch hier gibt es Safes und Tresorräume und vertrauenswürdige Anwälte.«

»Wer wird sein Geld erben?«

»Keine Ahnung. Es gibt weder Kinder noch nahe Angehörige. Irgendwo habe ich von entfernten Verwandten rund um Hamburg gelesen. Allein in Deutschland soll er eine Million Reichsmark auf seinem Bankkonto liegen haben, obwohl es keine Spur davon gibt.« Bora schwieg, bis der Mann im Rollstuhl sich mit starr nach vorn gerichtetem Blick und einem sonderbar boshaften Grinsen an ihnen vorbeibewegt hatte. »Bruno, ich habe eigentlich keine Zeit, Ermittlungen durchzuführen, die dieser Bezeichnung würdig wären. Was, wenn ich zu dem Schluss komme, dass der Schuldige gar nicht auf dieser Liste steht? Ich begreife einfach nicht, warum um Himmels willen die Kripo einen gewöhnlichen

Oberstleutnant damit beauftragt, in einem derart prominenten Fall zu ermitteln. Nebe wollte mir das nicht erläutern.«

Lattmann legte die Tageszeitungen und Zeitschriften neben das Aluminiumtablett mit der Teekanne und der Tasse auf den Tisch. »Na ja, gewöhnlich bist du nun nicht gerade, und nach allem, was wir wissen, könnte dich irgendein hohes Tier für diesen Auftrag in der Heimat empfohlen haben. Deine Tätigkeit bei der Gegenspionage qualifiziert dich schließlich auch für die Arbeit als Ermittler. Goerdeler, der ja auch aus Leipzig kommt, könnte ein gutes Wort für dich eingelegt haben.«

Das war durchaus möglich. Vielleicht hatte man ihn auch deshalb im Unklaren gelassen, damit er die Aufgabe nicht mit Verweis auf seine Verpflichtungen an der Front ablehnen konnte. Hatte Nebe nicht von »jungen Obersten« gesprochen, »die wie Schuljungs ihren Dickkopf durchsetzen wollten«? Und wie lautete noch die knappe Nachricht, die für ihn im *Adlon* hinterlegt worden war? *Es ist wichtig. Arrangieren Sie sich damit wenigstens auf philosophische Weise. Viel Glück.* Der Gedanke daran ließ Bora erschaudern.

»Ich werde die Front nicht verlassen«, begehrte er auf. »Ich werde meine Männer nicht im Stich lassen.«

»Doch, das wirst du, wenn sie dich dazu zwingen. Tässchen Tee gefällig? Sie lassen uns hier Pfefferminztee süffeln wie alte Damen.«

»Nein, bloß nicht.«

Die Patienten – ob sie nun laufen konnten oder auf Unterstützung angewiesen waren – verließen nach und nach die Veranda, um in den gewölbten, aquariumgrünen Sälen den nachmittäglichen Imbiss einzunehmen. Lattmann wartete, bis sie allein waren, bevor er einen verschwörerischen Ton anschlug.

»Martin«, sagte er. »Wir sind seit vielen Jahren befreundet. Keine Fragen zu stellen, hat schon immer einen Großteil unserer Freundschaft ausgemacht, wegen unserer Pflichten, wegen des ›Ladens‹. Aber den ›Laden‹, so wie wir ihn kannten, gibt es nicht mehr.« Mit den Fingerspitzen fuhr er über die dickbauchige Teekanne, und als er sich davon überzeugt hatte, dass der Inhalt abgekühlt war, trank er direkt aus der

Tülle, wobei er mit seinem Zeigefinger den Deckel festhielt. »Ich habe immer gemerkt, wenn du dich in Schwierigkeiten gebracht hast.«

»Dito.«

»Allerdings geschah es bei mir aus Verbundenheit – anders als bei dir, das war ja immer eher zufällig. Drohende Gefahr macht einen Mann nervös und misstrauisch, wie sehr er auch seine innere Unruhe mit Stoizismus oder Humor oder sonst was zu verschleiern vermag. Wir sind in diesem System aufgewachsen. Beruflich haben wir nichts anderes kennengelernt, auch wenn wir mit den Anforderungen nicht immer einverstanden waren. Pass bloß auf. Tu so, als seien die Verdächtigen wirklich verdächtig, und finde Beweise, dass einer von ihnen den Mord begangen hat. Und nun sag mir, warum du wirklich hier bist.«

Bora hatte mit dieser Frage zwar gerechnet, antwortete aber nicht gleich. Er griff nach einer der mitgebrachten Zeitschriften – es war die Juni-Ausgabe von Niemeyers *Jenseits von Ostara* – und legte sie auf Lattmanns Schoß. »Es gibt zwei Gründe. Zunächst einmal: Gestern habe ich mit Salomon zu Mittag gegessen, und du ahnst nicht, worum er mich gebeten hat.«

»Ha! Was auch immer der alte Kauz in der Stadt zu erledigen hat, die Luftangriffe haben sicherlich längst das Ihrige dazu getan, um seine angegriffenen Nerven weiter zu strapazieren.«

Bora schüttelte den Kopf. »Das ist es nicht. Ich bin mir ziemlich sicher, dass er tablettensüchtig ist und unter anderem Pervitin, Eukodal und Schlaftabletten schluckt. Aber er hat zufällig im Bendlerblock etwas aufgeschnappt und will Deutschland verlassen. Schlag mal die Zeitschrift da auf.«

Lattmann blätterte durch die Zeitschrift und entdeckte den Brief, den Bora bei Kupinski gefunden hatte. Als er ihn las, wich die Farbe aus seinem Gesicht. »Am Tag vor seinem Tod wollte Niemeyer den Brief seinem Anwalt schicken, aber dort ist er nie angekommen.«

Die Sommersprossen auf Lattmanns sonst rosigen Wangen sahen nun aus wie Altersflecken. »Weiß irgendjemand, dass du das hier hast?«

»Niemand, der darüber sprechen würde. Du hast ihn natürlich nie gesehen.«

»Ist dies das einzige Exemplar?«

»Keine Ahnung. Ich wette darauf, dass ein Durchschlag in Niemeyers Safe liegt. Der allerdings war leer, als die Kripo eintraf. Der Anwalt starb in der Mordnacht, und Niemeyers Villa wurde abgefackelt.«

In seiner Aufregung konnte Lattmann nur mit Mühe flüstern, seine Stimme klang kläglich und heiser. »Herrje, Martin! Was wirst du tun?«

»Ich weiß es nicht. Ich versuche, Klarheit in die Sache zu bringen.«

»Und nun hast du dich auch noch mit Salomon eingelassen? Zum Teufel, halt dich bloß von ihm fern!«

»Das wird vielleicht nicht möglich sein.«

»Halt dich verdammt noch mal fern von ihm. Allein, dass er dich ausfindig gemacht hat, ist schon ein Problem. Was ist er doch für ein rücksichtsloser, eigennütziger Idiot!«

Bora nahm den Brief rasch wieder an sich und steckte ihn in den Ärmelaufschlag. »Ich habe genug von Niemeyers Schriften gelesen, sein Stil ist unverkennbar, mal ganz abgesehen von dem Papier und der violetten Tinte, die er besonders gern benutzt hat. Das hat ganz sicher er getippt. Die Frage ist, wie man das auslegen soll. ›Das Geschäft ist noch nicht abgeschlossen‹, schreibt er. Das legt nahe, dass er gerade mitten in einer Vereinbarung steckte, die er zuvor seinem Anwalt gegenüber erwähnt hatte, der möglicherweise nicht wusste, wer der Geschäftspartner war. Ganz offensichtlich bereitete Niemeyer Kopfzerbrechen, wie das Ganze ausgehen würde, sogar so sehr, dass er ›die unglückliche Möglichkeit eines plötzlichen Ablebens‹ in Betracht zog. In dem Fall sollte Erhard Dietz von Fremdeinwirkung ausgehen und ›das Material, das Ihnen im Mai anvertraut wurde‹, unverzüglich ins Reichssicherheitshauptamt bringen.«

»In einer versiegelten Kassette, ja. Hab ich gelesen. Heißt das, der Anwalt wusste nicht, was sich darin befand?«

»Das nehme ich an. Anscheinend wurde die Kassette außerhalb von Berlin verwahrt, weil von einer Reise die Rede ist. Es ist unklar, ob Dietz mit einem solchen Brief gerechnet hat. Aber er ist wohl Opfer eines Gewaltverbrechens geworden, bevor er die Kassette holen und dem Reichssicherheitshauptamt übergeben konnte. Das Schlimmste ist, dass

Niemeyer die Unterlagen als ›von buchstäblich explosiver Natur‹ bezeichnet hat – vielleicht ist die Beschreibung übertrieben, vielleicht aber auch nicht.«

Allmählich gewann Lattmann seine Gesichtsfarbe und im selben Maße auch seine Gemütsruhe zurück. Aus alter Gewohnheit hätte er vor Nervosität fast wieder Nägel gekaut, also ballte er seine Hände zu Fäusten, um der Versuchung zu widerstehen. »Mist. Niemeyer muss einen stichhaltigen Beweis gehabt haben, sonst hätte er nicht von einer drohenden Gefahr für den Staat gesprochen – in die dann auch noch die Wehrmacht verwickelt ist. Könnte er auch einfach eine Vision gehabt haben, oder ist das nicht realistisch? Dass diese Information durch ›eine junge weibliche Klientin unter Hypnose‹ zu ihm durchgesickert ist – wie glaubwürdig ist das?«

»Durchaus glaubwürdig, wenn diese junge Frau in Berliner Kreisen so bekannt ist, wie er andeutet.« Bora hatte Durst. Er goss lauwarmen Tee in Lattmanns Tasse und stürzte ihn hinunter, ohne auf den Geschmack zu achten. »Warum auch nicht? Niemeyer erwähnt, dass er sie mehrere Wochen lang wegen ihrer kräftezehrenden Migräneattacken behandelt hat, heimlich, weil ihr Freund – zufälligerweise Graf von Helldorff, der Polizeipräsident von Berlin – eine solche Behandlung nicht gutgeheißen hätte. Die Welt um uns herum ist wahnsinnig geworden. Eine lose Zunge bei Frauen *und* Männern hat schon einige Menschen unters Fallbeil gebracht.«

Lattmann verschränkte die Arme und steckte die Fäuste unter die Achseln. »Wenn Niemeyer keine Bedenken hat, von Helldorffs Namen zu erwähnen, könnte man daraus schließen, dass der Polizeipräsident mitten in umfangreichen Ermittlungen steckt. Nicht im Hinblick auf eine ausländische Verschwörung, denn das ist nicht sein Zuständigkeitsbereich … Natürlich würde er es nicht goutieren, wenn sich sein mitteilsames Liebchen einer Hypnose unterzieht.«

Seinem Freund zuliebe hoffte Bora, nicht so besorgt zu wirken, wie er sich fühlte. Der aromatisierte Tee hatte einen unangenehmen Nachgeschmack auf seiner Zunge hinterlassen. Er wählte seine Worte mit Bedacht, als er nun sagte: »Es sei denn, Graf von Helldorffs Beteiligung an dieser Intrige ist von gänzlich anderer Natur.«

»Wie bitte?« Lattmann sah sich auf der verlassenen Veranda um, als könnten aus heiterem Himmel Zuhörer auftauchen. »Das ist ungeheuerlich, Martin!«

»Ist es das wirklich? Man kann Berlin nicht übernehmen, wenn man nicht die städtische Polizei auf seiner Seite hat. Das würde zum Teil erklären, warum Nebe einen Außenseiter wie mich gewählt hat, um seinen Kollegen auf die Finger zu schauen. Die Polizei ermittelt nicht gegen Polizisten, und das gilt auch für einen SS-Gruppenführer.« Bora hielt es kaum noch in seinem Korbsessel. Gern wäre er herumgelaufen, aber er durfte jetzt keine Rastlosigkeit an den Tag legen. »Sieh mal, Bruno, es ist sogar ohne Belang, ob wir es mit einer Verschwörung im eigenen Land zu tun haben oder nur mit Gerüchten darüber. Die SS oder der Sicherheitsdienst des Reichsführers SS hätte schon längst hart durchgegriffen, wenn nach Niemeyers Ermordung eine Abschrift des Briefes aufgetaucht wäre. Wenn Dietz nicht rechtzeitig gestorben wäre, wäre der Brief vermutlich beim Brand der Villa verloren gegangen.« Er wippte mit dem übergeschlagenen Bein leicht auf und ab – das einzige Zugeständnis an seine Unruhe. »Was hältst du von diesem ganzen Wahnsinn, und damit meine ich auch Salomons? Du hast schließlich in der Zentralabteilung gearbeitet. Ich muss wissen, ob wir an das Gleiche denken.«

Lattmann zuckte zusammen. Mit seinen verschränkten Armen und dem eingezogenen Kopf wirkte er zunächst, als scheue er vor der Gefahr zurück. Er fasste sich zwar rasch, konnte sich aber nicht dazu überwinden, seinen Gedanken laut auszusprechen. Mit den Lippen formte er den Namen »Hans Oster«. Der frühere Leiter der Zentralabteilung bei der Abwehr war im Jahr zuvor seines Amtes enthoben und aus der Armee entlassen worden. Dass sein Freund diesen Namen ins Spiel bringen würde, hatte Bora befürchtet.

»Also macht Benno von Salomon ausnahmsweise mal nicht aus einer Mücke einen Elefanten.«

»Verdammt, den hätte ich jetzt beinahe vergessen. Wo steckt er denn überhaupt? Er sollte nicht so allein herumlaufen. Man kann ihm nicht trauen.«

»Er hat das *Adlon* noch vor mir verlassen. Wie hätte ich ihn auch daran hindern sollen? Wenn ich ihn aufstöbere, werde ich mir schon etwas einfallen lassen, um ihn irgendwie unter Kontrolle zu bekommen.« Bora zog eine Zigarette und ein Feuerzeug aus der Tasche, steckte aber beides sofort wieder ein, als ihm Lattmanns Lungenverletzung in den Sinn kam. »Wie ich nun mit den Ermittlungen umgehe, steht auf einem anderen Blatt. Eigentlich darf ich Nebe den Brief nicht vorenthalten, obwohl ich nicht ausschließen kann, dass Niemeyer sich das alles ausgedacht hat, um sich zu rächen, nachdem ein einträgliches Vorhaben mit von Helldorff oder anderen gescheitert ist. Da wäre er in bester Gesellschaft. Was Salomon und sein wirres Gefasel betrifft, weiß ich nicht, was wahr ist und was nicht. Aber du musst mir alles sagen, was du weißt.«

»Verdammt, Martin. Mehr wirst du von mir nicht zu hören bekommen.«

Als die verschlagene Schwester Andrea in Hörweite kam, vorgeblich, um ein Handtuch über dem sonnenbeschienenen Rasen auszuschütteln, wechselte Lattmann einen unwirklichen Moment lang das Thema und schwatzte in einem gänzlich anderen Tonfall vor sich hin. »Wirklich wahr? Russki-Flüchtlinge in unserer Gegend? Im Ernst? Ich bin froh, dass sie eingeäschert wurden. Bevor du kamst, habe ich meinen Jungs gerade erzählt …«

Bora schloss die Augen. Von den Bäumen im Park wehte immer wieder ein sommerlicher Lufthauch herüber. Zum ersten Mal nach so vielen Monaten fühlte er sich außerordentlich wohl. Zumindest körperlich. Wenn er die Augen geschlossen hielt, konnte er sich einreden, dass er sich in einer sicheren Zeit an einem sicheren Ort befand. Die Wirklichkeit löste sich in der beruhigenden Wärme auf seinen Lidern auf, in dem zärtlichen, vertrauten Klang der Vogelstimmen in den alten Beelitz-Bäumen.

Warum wurden ihm ausgerechnet jetzt so viele Sorgen aufgebürdet?

»Die Luft ist rein, sie ist weg.« Lattmanns Stimme schwebte körperlos über diese fleischfarbene Blindheit zu ihm herüber, und als Bora die Augen öffnete, sah alles grün aus. »Ich werde dir sagen, was ich weiß, aber nur, wenn du schwörst, dass du keine Dummheiten machst.«

»Hast du je erlebt, dass ich Dummheiten mache?«

»Ich habe den Überblick verloren. Begleite mich da hinüber, solange wir noch unter uns sind.«

Bora geleitete seinen Freund in eine Ecke der Veranda, wo die Luft frischer war und sie sehen konnten, wer kam und ging. Sie setzten sich.

»Erinnerst du dich noch daran, als du 1938 von deinem freiwilligen Einsatz in Spanien zurückgekommen bist? Damals haben doch einige von uns am laufenden Band in der Zentralabteilung der Abwehr Akten produziert. Auf dich müssen wir gewirkt haben, als wären wir völlig runter mit den Nerven.«

»Habe ich das so gesagt?«

»Etwas in dem Sinne, ja. Also, Martin, dafür gab es einen triftigen Grund. Wir hatten eine böse Ahnung, denn es war durchaus vorstellbar, dass die militärischen Provokationen des Reiches einen Weltkrieg auslösen würden. Die Sorge war natürlich, was passiert, wenn man zu vielen gleichzeitig mit dem Knüppel droht –«

»Ich war als Freiwilliger in Spanien, schon vergessen? Ich verstehe, was du damit sagen willst.«

»Ja, schon gut. Wir ›Oster-Jungs‹ haben an jede Tür geklopft, im In- und Ausland. Auf der Suche nach diplomatischen Wegen, möglichen Abkommen, was du willst. Wir haben nichts ausgelassen: Militär, Zivilisten, Diplomaten, Industrielle, die Kirche. Selbst unser alter Herr war nicht für alle Kontakte zu haben, die wir angebahnt haben.«

Bora stand mit dem Rücken zum Geländer, doch noch nah genug, um nicht lauter sprechen zu müssen. »Das erklärt einiges von dem, was damals in Rom vor sich gegangen ist, als der Führer zu Besuch war. Das habe ich mitbekommen. Aber du hast doch die Zentralabteilung aus freien Stücken verlassen.«

»Zwei Jahre später. Kurz bevor General Oster einbestellt wurde und den Befehl erhielt, sich mal ein bisschen zu entspannen, war er bereit, etwas zu tun, wozu ich nicht die Traute hatte. Es ist das eine, zu versuchen, einen Weltkrieg zu verhindern. Und es ist das andere, Informationen an den Feind durchzustechen, die für unzählige unserer Männer den Tod bedeuten konnten. Das stimmt, Martin, so wahr mir Gott helfe. Um Haaresbreite wäre ich ganz aus dem ›Laden‹ ausgeschieden. Ich bin geblieben, weil du geblieben bist, aber seitdem habe ich mich aus allem herausgehalten. Das Letzte, was ich gehört habe, ist, dass diese vertraulichen Dokumente 1942 den Tresorraum der Preußischen Bank verlassen haben. Ich würde alles dafür geben, um zu erfahren, wo sie sich wohl jetzt befinden.« Lattmann runzelte nachdenklich die Stirn und schien plötzlich um Jahre gealtert. Aus ihrer gemeinsamen Zeit in Russland hatte Bora ihn viel heiterer in Erinnerung. »Manche Kameraden können ihren Mund nicht halten, Martin. Sie reden mit ihren Frauen oder Freundinnen, die sich ihrerseits schnell einmal verplappern. Dann sind da noch die Fahrer, Zimmermädchen, Ordonnanzen ... Als ich im September letzten Jahres auf Urlaub hier war – und dann gerade rechtzeitig an die russische Front zurückgekehrt bin, um verwundet zu werden –, hatte Botschafter Solfs Witwe zu einer ihrer vornehmen Teegesellschaften aus Fahrlässigkeit einen Informanten der Gestapo eingeladen. Er hatte sich als Schweizer Staatsbürger ausgegeben. Den Rest kannst du dir denken. Schwartzenstein und der Unternehmer Nikolaus von Halem waren regelmäßig bei ihr zu Gast. Die beiden sind mit unserem General Tresckow von der Heeresgruppe Mitte eng befreundet und wurden schon 1942 festgenommen. Vor einem Monat hat man sie zum Tode verurteilt.«

»Teegesellschaften sind vielleicht etwas für amerikanische Revolutionäre, aber hier funktioniert so etwas nicht. Berlin im Jahr 1944 kann man nicht mit Boston im achtzehnten Jahrhundert vergleichen.«

»Vielleicht. Was auch immer dieser Schwachkopf Salomon gehört haben mag, es könnte auch so eine Art Unterhaltung gewesen sein, für die Oster und die Abwehr teuer bezahlt haben. Vielleicht wurde die Kapitulation ins Spiel gebracht *oder Schlimmeres.*«

Damit hatte Bora gerechnet, trotzdem traf es ihn wie ein Schlag. Er musste sich abwenden, um sich wieder zu sammeln. Ans Geländer gelehnt, zündete er sich eine Zigarette an und zog einige Male gierig daran, bevor er sie ausdrückte, damit die Schwestern mit ihrem einzigartigen Geruchssinn nichts bemerkten und ihn womöglich zurechtwiesen. Salomons Beklommenheit, die nervösen Stabsoffiziere im *Adlon*, der alte Beck, der aus dem Ruhestand zurückgekehrt war, Niemeyers letzte Nachricht an seinen Anwalt ... Es gab immer mehr Puzzleteile, und der Tod des Hellsehers wurde schon fast zu einem unbedeutenden Detail des Rätsels. Außerdem standen die Amerikaner seit über einem Monat in der Normandie und rückten immer weiter ins Landesinnere Frankreichs vor. Bora drehte sich wieder zu Lattmann um.

»Du hast die Zentralabteilung im Frühjahr 1940 verlassen, richtig? Ich bin froh, dass mich damals niemand befragt hat.«

»Du hast doch bis zum Anschlag in Polen gesteckt und die Machenschaften der SS gegenüber der Wehrmacht-Untersuchungsstelle dargelegt. Damals hat die Zentralabteilung nicht gerade nach Leuten Ausschau gehalten, die kein Blatt vor den Mund nehmen. Wenn sie dir jetzt einen Auftrag in Berlin anbieten, dann greif zu. Vielleicht tun dir auch die Amerikaner den Gefallen und brechen am Arno durch. Dann fahr so schnell wie möglich zurück nach Italien. Ich für mein Teil errichte dem Russki, der auf mich geschossen und mich damit aus dem Spiel genommen hat, ein Denkmal. Ich habe beschlossen, diesen Krieg zu überleben. Für meine Familie und für alles, was nach dem Krieg noch übrig ist. Ich werde Deutschland nicht einfach seinem Schicksal überlassen.«

Bora konnte nun nicht mehr länger stillstehen. Er ging zu Lattmanns Tisch, um die Zeitschriften wieder an sich zu nehmen – ein Vorwand, um etwas überschüssige Energie loszuwerden.

»Und du?«, fühlte ihm sein Freund auf den Zahn, sobald er zurück war.

»Ich habe mich mit etwas ganz anderem abgefunden.«

»Was soll das denn nun wieder heißen?«

»Nichts.« Völlig unerwartet lächelte Bora. »Du weißt doch, dass ich dichtmache, wenn man mich drängt.«

Nach und nach kehrten die Patienten wieder auf die Veranda zurück. Als Schwester Velhagen, ein Mannweib, Lattmann abholte (»Ihre nachmittägliche Untersuchung, Herr Major«), fragte Bora sie, ob es erlaubt sei, im Park zu rauchen. Auf ihr Ja hin versprach er seinem Kameraden, dass er draußen warten und das Sanatorium erst dann verlassen werde, wenn sie Gelegenheit hatten, sich voneinander zu verabschieden.

15.45 Uhr

Bora stand auf einem der Pfade, die durch den Garten führten, und zog wütend an seiner Zigarette.

In manchen Momenten sehnte er sich nach Dunkelheit, und damit meinte er nicht die Dunkelheit der Nacht. *Ich möchte nichts sehen, möchte nichts wissen. Ich weiß schon genug.* Er dachte an Salomons angstvolles unrasiertes Gesicht und an dessen unsteten Blick, den man an so vielen Menschen beobachten konnte. Er saß in den Augen wie Schlafsand, der sich nicht wegreiben ließ ... Seit Jahren schon musste Bora mit der Angst klarkommen. Wenn er sie in den Blicken anderer bemerkte, verärgerte ihn das jedes Mal – und manchmal war er auch beunruhigt. Beunruhigung ist allerdings nicht dasselbe wie Angst. Es ist die Bereitschaft, den Schlag abzuwehren. Wenn er doch nur glauben könnte, dass hinter Salomons Bedrängnis ausschließlich persönliche Gründe steckten, würde er sich bemühen, ihn zu verstehen. Aber da war noch so viel anderes, auch schon vor Brunos Enthüllungen. Ihm kam sein Kamerad Ralph Uckermann in den Sinn, mit dem er vor einem Monat in den Bergen östlich von Rom gesprochen hatte. Wie hatte der seinem Hass auf das Regime Luft gemacht! Er hatte gar nicht mit einer Reaktion Boras gerechnet – es sah Bora nicht ähnlich, seine Gefühle offen zu zeigen. Dann hatte er ihm seine Frau und seine Söhne anempfohlen, für den Fall, dass ihm in den »kommenden Wochen« etwas zustoßen sollte. Er ließ Bora beim Leben seiner Mutter schwören, was unsoldatisch und undeutsch war. Aus Freundschaft hatte Bora eingewilligt und war sich dabei völlig bewusst gewesen, dass Uckermann etwas Größeres und Schlimmeres meinte als den bevorstehenden Rückzug aus Mittelitalien. Und waren dies hier nicht die »kommenden Wochen«?

Mehr und mehr vertraute er seiner Wut, setzte darauf wie auf ein Gegengift gegen die Mutlosigkeit. Dass er wegen der Umstände jeden Morgen mit einem Anflug von Feindseligkeit aufwachte, war eindeutig hilfreich. Manchmal wurde er aus lauter Ungeduld wütend, dann wieder brauchte er nur irgendetwas mitzubekommen oder von einem Vorfall zu hören, und schon sah er rot. Er stellte Gelassenheit zur Schau, um sein

Innenleben zu schützen. Dort konnte er ungestört vor sich hin wüten. Seltsam, seit seiner Kindheit hatte er nicht mehr eine solche Wut verspürt. Aber auch wenn er durchaus streitlustig gewesen war, hatte er schon damals seine Gefühle hinter vordergründiger Folgsamkeit zu verbergen gewusst. Frühe sexuelle Erfahrungen hatten seiner Wut die Spitze genommen, sodass er ein ungewöhnlich angepasster Heranwachsender gewesen war. Auf der Universität und in der Militärschule hielt man ihn für besonnen und selbstbewusst. Polen war der Wendepunkt gewesen, gefolgt von zwei Einsätzen an der russischen Front. Er verstand voll und ganz, was Oster und dessen Kameraden an dem, was sie dort erlebt hatten, so abstoßend fanden. Aber Verschwörung war nicht seine Sache. Er hatte schon früh seine Empörung genutzt, um durch sein Handeln gewissen Entwicklungen entgegenzuwirken, wann immer es möglich war – manchmal jeden Tag. *Wenn es stimmt, was man über die SS sagt, dann haben sie über mich ein Dossier erstellt, das inzwischen weit über einen Kilometer lang sein muss.*

»Sind Sie nicht Martin-Heinz von Bora? Mein Name ist Wilhelm Osterloh – wir haben beide etwas gemein: Benedikta Coennewitz.«

Der Mann im Rollstuhl war Bora über eine sanft abfallende Grasfläche gefolgt, daher hatte er sich unbemerkt nähern können.

So überrumpelt zu werden, verärgerte ihn. Wilhelm Osterloh … Willy. »Willy aus Hamburg«, so hatte Dikta ihn immer genannt. Das Letzte, was Bora von ihm gehört hatte, war, dass er mit den Bauarbeiten an der geplanten Nord-Süd-Achse in Berlin beschäftigt war, und das war Monate vor Kriegsausbruch gewesen. Er hätte jetzt von dem Ingenieur einfach keine Notiz nehmen können oder so tun, als wüsste er nicht, wer er war. Stattdessen sagte er: »Ich bin in der Tat Oberstleutnant von Bora, und soweit ich weiß, gehört Fräulein Coennewitz nur sich selbst und keinem von uns.«

»Na ja, wir haben sie beide gebumst, oder?«

Das klang so hämisch, dass Bora beinahe die Kontrolle über sich verlor, und zwar so rasch, dass er sich nicht dagegen wappnen konnte. Das Blut schoss ihm in den Kopf, und der idyllische Garten verschwamm vor seinen Augen. *Entweder denkt er, dass ich einen Krüppel nicht schlagen werde, oder aber er hofft genau darauf, um einen Zwischenfall zu provozieren.*

Osterloh bekam mit, was in Bora vor sich ging, und grinste spöttisch. Er stand nun mit seinem Rollstuhl auf dem Kiespfad, den er auf ganzer Breite belegte.

»Also.« Mit blutunterlaufenen grauen Augen blickte er zu Bora hoch. »Also du bist der Hengst, der sie mir weggenommen hat. Wie pflegt man zu sagen? ›Fantastisch, Sie hier zu treffen.‹ Ich habe es gleich gewusst, als sie vor sieben Jahren aus Leipzig zurückkam. Ich wusste, dass es da einen anderen gab. Es hat mir keine Ruhe gelassen, nicht wahr. Gesagt hat sie nichts, aber sie war irgendwie anders. Dann hat sie mir eines Tages nach einem Streit mitgeteilt: ›Ich habe mich in einen anderen verliebt, und du kannst nichts dagegen tun.‹ Können Sie sich das vorstellen?«

Bora konnte. Es sah Dikta ähnlich, einen Mann darüber zu informieren, dass er nichts tun könne, nachdem sie ihre Entscheidung getroffen hatte. Genauso hatte sie es mit ihm in Rom gemacht, als sie die Annullierung ihrer Ehe zur Sprache brachte. Willy aus Hamburg. Das erklärte, warum der Amputierte ihn schon bei seinem ersten Besuch hier so ausdauernd und düster angestarrt hatte. Bora konnte nicht leugnen, dass er anfangs ziemlich neugierig gewesen war, um wen es sich bei Diktas Liebhaber handelte, obwohl seine Gespräche mit ihr im Wesentlichen um eine Frage kreisten: »Wirst du ihn jetzt verlassen?«

Mehrere Monate hatte sie mit beiden geschlafen, bevor sie sich schließlich für Bora entschieden hatte, und zwar aus folgenden Gründen: »die heißen Stunden im Bett, dein Aussehen, deine Klugheit und deine Liebe zu Pferden«. Osterloh hier in dieser Verfassung anzutreffen, milderte das Missvergnügen, mit dem er im Falle eines Zusammentreffens gerechnet hatte. Dabei interessierte er sich nicht im Geringsten für den Mann.

Osterloh war noch keine vierzig und ganz bleich – vor Verbitterung und durch den langen Krankenhausaufenthalt. Er behielt sein grimassenhaftes Lächeln bei. »Wir haben uns noch eine Weile lang getroffen, aber ich wusste, dass es vorbei war. Im Bett war sie nicht mehr wie früher, und wenn das kein Zeichen ist … Sie war auch nicht mehr wie früher, wenn wir miteinander geredet haben. Sie hat mich mehr und mehr wie einen Fremden behandelt. ›Er ist Soldat, richtig?‹, habe ich sie gefragt. ›Ich wette, das ist so ein Bock in Stulpenstiefeln, der Frauen den Kopf verdreht. Ich dachte, du magst keine Soldaten.‹ ›Diesen hier schon.‹ Das waren ihre Worte. Aber damals konnte von einem Weltkrieg noch keine Rede sein. Ich sagte: ›Dir ist schon klar, dass Soldaten nie da sind. Klingt für mich nicht nach der Art von Beziehung, die dir gefällt.‹ ›Nun, aber *er* gefällt mir. Ich mag ihn.‹ Und dann habe ich herausgefunden – über den Unternehmer Herrn Dortmüller –, dass es sich um unseren jungen Baron von Bora handelte, von dem alle Welt sprach, weil er so ein ausgezeichneter Reiter und vielversprechender Offizier war. Zugegeben, ich bin am Groll fast erstickt. Aber ich konnte mich so weit beherrschen, keine Szene zu machen, geschweige denn mit meinem Rivalen Kontakt aufzunehmen. Und ich war weitsichtig genug, Benedikta zu warnen, dass sie auch dich sattbekommen würde. Ich hatte recht, nicht wahr?«

Bora war gereizt, und die Bitterkeit, die sich in Osterloh angestaut hatte, ekelte ihn ebenso sehr, wie sie ihn wütend machte. Er kannte Dikta. Die Chancen, dass sie zu einem alten Liebhaber zurückkehrte, lagen bei null. Zuletzt hatte er gehört, dass sie nach Portugal gegangen war, um fernab des Krieges zu leben – und fernab von Männern, die im Krieg verwundet werden konnten.

»Dieses Gespräch mag Ihnen wohltun«, schnauzte er zurück. »Mir hingegen geht es auf die Nerven. Bitte kommen Sie zum Punkt, sofern Sie einen haben. Ansonsten werde ich mich jetzt verabschieden.«

Es war klar, dass sich Osterloh diese Gelegenheit, seine Meinung kundzutun, auf keinen Fall entgehen lassen wollte. Er wandte den Blick ab. »Der Punkt ist, dass ich gehofft hatte, sie würde mich besuchen, sobald die Annullierung durch ist. Um mit dir quitt zu sein, wenn schon sonst nichts. Ob du's glaubst oder nicht, ich habe damit gerechnet. Dumm von mir. Sie hat sich nie gemeldet – und dann haben die Bombenangriffe im März mir das hier angetan, also kannst du dir vorstellen … Dich hat sie verlassen, nachdem du eine Hand verloren hast. Stell dir mal vor, was sie von mir in meinem Zustand halten würde.«

»Das möchte ich mir nicht ausmalen, und ich habe Ihnen nichts zu sagen.«

Diese zufällige Begegnung hatte ganz unverhofft und rücksichtslos den Verband heruntergerissen, den die Zeit auf seinen Liebeskummer gelegt hatte. Plötzlich spürte Bora, dass die Wunde wieder offen war, als wäre sie ganz frisch. Der Schmerz war kaum auszuhalten. Er klammerte sich an seinen Stolz, um seine Gefühle zu verbergen, auch wenn das bedeutete, dass er jetzt nicht einfach weglaufen konnte, sondern noch bleiben musste.

Es waren viele Insekten in der Luft, sie schwärmten von irgendwelchen blühenden Hecken herbei. Als ein Marienkäfer auf der Armlehne von Osterlohs Rollstuhl landete, zerquetschte der ihn mit seinem Daumen.

»Wenn es mit dem Krieg so weitergeht, Herr Oberst ...« Er wischte den Daumen an der karierten Decke ab, die über seinen Oberschenkelstümpfen lag. »Ich mache mir keine Illusionen. Wie steht es mit dir? Ich gebe zu, dass ich mich hin und wieder bei der Vorstellung ertappe, dass früher oder später ein russischer Soldat unserem Mädel eine Lektion in Demut erteilt.« Wie eine Flüssigkeit stieg Rachsucht aus Osterlohs entstelltem Körper in seine Augen hoch. Sie schienen überzulaufen, wurden ganz schmal und waren dermaßen rot, dass es schien, als würde er gleich blutige Tränen vergießen. »Ich sehe es förmlich vor mir: Dikta ist wieder in Berlin, sie trägt eines ihrer Kleider aus Paris, und ein Russe in schmuddeligen Unterhosen ...« Sein Blick folgte Boras Hand, die zur Pistolentasche fuhr, ein sarkastischer Ausdruck erschien auf seinem Gesicht. »Genau hierhin«, sagte er und deutete mit seinem Zeigefinger so fest auf die Stelle zwischen seinen Augenbrauen, dass sich sein Fingernagel in die Haut eingrub. »Oh, *bitte*. Du weißt ja gar nicht, welchen Gefallen du mir damit tätest.«

Und so hielt letztlich nur die reine Niedertracht Bora davon ab, Willy Osterloh zu töten.

Als dieselbe Schwesternhelferin, die den Tee gebracht hatte, die Feindseligkeit zwischen den beiden bemerkte, eilte sie mit einem besorgten Gesichtsausdruck in ihre Richtung. Osterloh rief ihr zu, es sei alles in Ordnung, und brachte sie mit einer Geste zum Stehen. Bora, dessen verräterische Blässe er genossen haben musste, gurrte er provozierend zu:

»Ich wollte nur wissen, ob du das bist, Martin-Heinz von Bora, der im Bett so gut ist wie im Sattel. Das wär's erst mal.« Das Lächeln verschwand aus seinem Gesicht, als er der Schwesternhelferin mit einem Nicken bedeutete, dass sie ihn nun holen könne. Während sie ihn in den Schatten eines Baumes rollte, in dem eine Vogelschar munter zwitscherte, reckte er immer wieder seinen Hals, um einen Blick zurückzuwerfen. Er weinte.

16.15 Uhr

Nach seiner Untersuchung saß Bruno Lattmann wieder auf der Veranda und blätterte durch die Zeitschriften, die Bora ihm mitgebracht hatte. Dass sein Freund verstimmt war, bemerkte er sofort und wertete es als Zeichen einer großen Besorgnis über die politischen Begleiterscheinungen seiner Ermittlungen. »Na gut«, sagte er. »Ich werde dich nicht gehen lassen, solange du in dieser Verfassung bist.«

»Mir geht's gut.«

»Quatsch.« Lattmann fingerte in der Brusttasche seines Schlafanzugs. »Während du beim Rauchen warst, habe ich etwas notiert.« Er zog ein Stück Papier hervor, das er doppelt faltete. »Erinnerst du dich noch, dass ich dir bei deinem ersten Besuch hier von einem Mädchen erzählt habe? Die mit dem kranken Freund? Triff dich mit ihr – da ist doch nichts dabei.«

»Du bist ein lausiger Kuppler, Bruno.«

»Wieso? Sie ist ein anständiges Mädchen, das einfach mal eine Nummer schieben muss.«

»Und ich bin dann wohl ein anständiger Junge, der einfach mal eine Nummer schieben muss, oder wie?«

»Stimmt das etwa nicht?«

Nach der Begegnung mit Willy Osterloh hatte Bora sich noch nicht wieder beruhigt, aber Lattmanns gut gemeinte Anteilnahme fand er plötzlich unwiderstehlich. »Ich bin kein anständiger Junge«, sagte er. »Aber ich sollte in der Tat mal wieder eine Nummer schieben.«

»Halleluja. Für den Fall, dass du in der richtigen Stimmung bist – hier ist ihre Telefonnummer.«

Kaum hatte Bora den Papierfetzen auseinandergefaltet, änderte er seine Meinung.

»Das ist doch die Telefonvermittlung des Ersatzheeres. Arbeitet sie etwa dort?«

»Erinnerst du dich nicht mehr an den Evakuierungsbefehl für Frauen und Kinder? Hiergeblieben sind meist die, die wie Eva in den Vororten wohnen oder die einen Arbeitsplatz haben.«

Bora steckte den Zettel ein. »Wenn ich Zeit haben sollte, rufe ich sie an.«

»Warte mal. Welchen Wochentag haben wir heute?«

»Donnerstag. Wieso?«

»Weil Emmi Pletsch ihn immer donnerstags besucht. So haben Eva und sie sich überhaupt kennengelernt. Ich wette, sie ist noch drinnen.«

»Jetzt mach mal einen Punkt, Bruno. Ich ruf sie an, wenn ich Zeit habe. In der anderen Sache hast du aber recht. Ich kann Salomon nicht frei herumlaufen lassen und muss die Angelegenheit vertraulich mit denen klären, deren Gespräch er mutmaßlich mitbekommen hat. Was meinst du, mit wem vom Ersatzheer sollte ich sprechen?«

Lattmann sah aus wie jemand, dessen gut gemeinter Ratschlag mehr als erwartet bewirkt hat. »Du könntest auch gleich um ein außerdienstliches Gespräch mit Stauffenberg höchstpersönlich bitten, sofern er dich empfängt.« Er deutete auf die Tasche, in der Bora den Zettel mit der Telefonnummer verstaut hatte. »Frag Emmi Pletsch, sie kann es einfädeln.«

Zufälligerweise brachen gerade eine Handvoll Besucher, Verwandte und Mitarbeiter auf. »Was für ein Glücksfall, da ist sie ja!« Lattmann nickte zu einer blonden jungen Frau hinüber, die gerade die Veranda betrat. Bevor Bora ihn daran hindern konnte, winkte Lattmann ihr schon zu, um sich bemerkbar zu machen. »Sie kommt immer auf einen Sprung bei mir vorbei.«

Es würde leichter sein als vermutet, förmlich zu bleiben, das sah Bora gleich. Sie trug Uniform, und uniformierte Frauen mochte er grundsätzlich nicht. Sie unterschieden sich in nichts von seinen Kameraden und Untergebenen und waren damit für ihn völlig uninteressant. Er hatte durchaus schon junge Hilfskräfte kennengelernt, allesamt hübsch und überaus dienstbeflissen, aber das war zu Diktas Zeit. Er hatte nicht einmal in Erwägung gezogen, mit einer von ihnen etwas anzufangen.

Abgesehen von dem Feldgrau, konnte er allerdings an Emmi Pletsch nur wenig entdecken, was ihm nicht gefiel. Sie war gepflegt und hatte einen hellen Teint, war alles andere als hässlich und ganz sicher noch keine dreißig. Sein erster, rein praktischer Gedanke war: *Ich bin schlank, aber groß und kräftig, und sie ist ziemlich klein.* Als sie näher kam, um Lattmann zu begrüßen, fand er sie aber doch interessanter als aus der Ferne. Bora bemerkte, dass der Blauton ihres rechten Auges sich leicht von dem des linken unterschied. Diese Eigenart verlieh ihrer Erscheinung etwas Ungewöhnliches, Asymmetrisches, dessen sie sich vielleicht bewusst war, denn sie wandte rasch ihren Blick ab. Ein leichter Abdruck auf ihrem Nasenrücken verriet, dass sie zum Lesen eine Brille trug. Ihre breiten Hände mit den kurzen Fingern waren die eines Bauernmädchens und bildeten einen Kontrast zu ihren dünnen Beinen.

»Herr Oberst, Herr Major«, sprach sie die Offiziere an. »Wie geht es Ihnen heute, Major Lattmann?«

»Fragen Sie mich etwas anderes, Stabsführerin Pletsch«, sagte Bruno spöttisch. »Kein Tabak, kein Alkohol, kein Weib. Wenn ich könnte, würde ich die Wände hochgehen. Darf ich Ihnen meinen geschätzten Kameraden Oberstleutnant Martin von Bora vorstellen?«

Es entging Bora nicht, dass sie zögerte. Hätte sie seinen Namen nur aus Brunos oder Evas Mund gehört, wäre sie sicherlich weniger überrascht gewesen. Ob sie ihn in der Bendlerstraße aufgeschnappt hatte, genau wie Salomon? Jedenfalls hatte sie sich rasch wieder in der Gewalt.

»Oberstleutnant von Bora.«

»Stabsführerin Pletsch.«

»Der Oberst wird nur wenige Tage in Berlin sein«, erläuterte Lattmann.

»Oh. Ich wünsche Ihnen einen angenehmen Aufenthalt, Herr Oberst.«

»Danke.«

Das war alles. Als sie ging, wirkte sie auf Bora wie ein Mensch, der seine Belastungen nicht länger mit Geduld, sondern mit Resignation ertrug. Nicht einmal ein Anflug von Auflehnung gegen das eigene Schicksal, wie sie in der Geduld oft verborgen liegt, war an ihr noch spürbar. Etwas an ihrer Schulterpartie und an der Art, wie sie ihren Kopf hielt, deutete auf eine stolze und stille Kapitulation hin. Im Übrigen – und so etwas entging ihm selbst dann nicht, wenn er vor sich hin grübelte – war sie wohlproportioniert und zierlich (Boras Vergleichsmaßstab war immer noch Diktas sportliche Figur).

»Und?« Lattmann sah Bora eindringlich an. Der schwieg.

»Und?«, wiederholte er.

»Sie trägt Uniform.«

»Sicher nicht im Bett.«

»Lass gut sein, Bruno. Du hast für heute deine gute Tat getan.« Ein hübsches Mädchen würde nicht reichen, um ihn von dem Berg von Problemen abzulenken, der sich vor ihm auftürmte. Herauszufinden, womit er sich vorrangig beschäftigen sollte, würde ihm jedes Fitzelchen an Konzentration abverlangen. Er warf einen Blick auf die Uhr an seinem rechten Handgelenk. »Nebes Mann dürfte nun jeden Augenblick hier sein, um mich abzuholen. Ich muss los.«

Inzwischen drehten tadellos gekleidete Schwesternhelferinnen in weißen Strümpfen schweigend ihre Runden auf der Veranda und verteilten den unvermeidlichen Pfefferminztee.

»Statt von Walküren werden die deutschen Helden nun von Schwestern gepflegt, die Spülwasser servieren«, nörgelte Lattmann bei ihrem Anblick. »Bevor sie mir meine Portion Plörre bringen, solltest du wissen, dass ich auch dichthalten würde, wenn du mich nicht darum gebeten hättest. Du hast mich dazu gebracht, dir zu sagen, womit du es zu tun hast, Martin. Also schuldest du mir nun auch die Wahrheit.«

Bora atmete langsam aus. Verstümmelte und verwundete Männer saßen hier herum und warteten auf die dauerhafte Invalidität oder den Tod oder die Wiederherstellung ihrer Gesundheit und eine Rückkehr zum Dienst an der Front. Willy Osterloh war nirgends zu sehen. *Ich hätte ihm wirklich einen Gefallen damit getan, wenn ich ihn erschossen hätte,* sagte sich Bora. *Aber so barmherzig bin ich nicht.*

»Die Wahrheit?« Er klopfte Lattmann auf den Rücken. So ungezwungen gab er sich selten. »Dieser Auftrag ist der letzte Tropfen, der das Fass zum Überlaufen bringt, Bruno. Ich bin gewitzt, verwische meine Spuren – aber ich bin nicht schlauer als die, die hinter mir her sind. Du hattest recht mit Russland und Italien: Ich bin zu weit gegangen, das wusste ich damals schon. Das ist das ›andere‹, mit dem ich mich abgefunden habe.«

»Sag jetzt bitte nicht, dass es genauso schlimm ist.«

»Sagen wir mal so: Es ist eine Frage der Zeit. Wie mein verstorbener Onkel kann ich niemanden dafür verantwortlich machen, wie ich mich gebettet habe.«

Lattmann schluckte. »Gib mir eine Zigarette. Verdammt, Mann, gib mir eine Zigarette! Ich brauche jetzt unbedingt Tabakgeschmack im Mund, auch wenn ich nicht richtig rauche.« Er schnappte sich die Zigarette, die Bora ihm widerstrebend reichte, und saugte heftig daran. »Es darf einfach nicht so schlimm sein«, stöhnte er. »Was wird deine Familie dazu sagen?«

»Meine Familie wird die Dinge akzeptieren, so wie ich es von ihnen erwarte.« Bora schämte sich so sehr dafür, so viel gesagt, so viel von sich preisgegeben zu haben, dass er unter seiner Sonnenbräune errötete und den Blick senken musste.

Der peinliche Augenblick drohte in Düsternis umzuschlagen. Lattmann kaute auf der Spitze der nicht angezündeten Zigarette herum. »Das hier sollte ich dir eigentlich nicht erzählen, aber vor elf Jahren, als mein Vater seine eigene Radiosendung in Berlin hatte, ging das Gerücht um, dass die SA oder von Helldorff ihre Finger bei Hanussens Tod mit im Spiel hatten. Zwei Jahre später wurde von Helldorff Chef der Berliner Polizei. Mein Vater hat die Geschichte für sich behalten. Dass ein Gerücht über den Tod eines Juden kursierte, der einflussreiche Schuldner hatte, war brandgefährlich. Trotzdem hat es nicht zu einer landesweiten Krise geführt … ob er nun wie sein arischer Nachfolger Niemeyer in die Zukunft blicken konnte oder nicht.«

»Wenn das stimmt, wäre es ganz schön unverfroren von Nebe, mir die Aufgabe aufzuhalsen, seinen Amtskollegen bei der Polizei bloßzustellen.«

»Kannst du dir einen schlaueren Schachzug vorstellen? Komm näher ran.«

Mit einem gezwungenen Lächeln zog Lattmann drei flache Päckchen aus der Tasche seiner Schlafanzugjacke und stopfte sie in Boras Brusttasche. »Zur Erinnerung an früher, als wir in Charkow vor Angst kotzen mussten oder scharf wurden. Für künftige Verwendung.«

Bora erhob keinen Einwand. Schweigend knöpfte er die Tasche zu, in der die Armeekondome steckten.

16.50 Uhr

Als er durch den Park zum Tor ging, erblickte er auf halbem Weg vor sich Emmi Pletsch. Sie stand neben einer hohen, in voller Blüte stehenden Hecke und war in ein Gespräch mit Schwester Velhagen vertieft. Auf eine Frage von Emmi hin schüttelte die Schwester gerade den Kopf. Es folgte allerdings kein dramatischer Gefühlsausbruch, Emmi sackte nur sichtlich tiefer in jene kontrollierte Mutlosigkeit, die schon von Weitem nicht zu übersehen gewesen war. Einen flüchtigen Moment lang schien Bora der Krieg nichts anderes zu sein als der unverzeihliche Missbrauch durch gedankenlose, selbstgefällige Männer. *Wir werden verwundet, wir sterben, und wir zwingen tiefbekümmerte Frauen dazu, an unseren Betten zu stehen und nur im Flüsterton zu sprechen.*

Er wartete in taktvoller Entfernung, bis sich die beiden Frauen trennten, und schloss dann zu der Hilfskraft auf.

»Stabsführerin Pletsch, einen Augenblick, bitte: Besteht die Chance, dass ich heute noch Oberst von Stauffenberg treffen kann?«

Sie fuhr herum. Ihre Augen waren feucht, und als sie sah, dass er direkt hinter ihr stand, reagierte sie ein wenig unwirsch. »Der Oberst ist heute nicht abkömmlich, Oberstleutnant.«

»Und morgen?«

»Unwahrscheinlich, leider.«

Verdammte Bürokratie. Darum verachtete er Verwaltungen. Bora blieb geduldig, weil sie offensichtlich einen Moment brauchte, um sich zu sammeln, und er wollte schließlich sein Ziel mit ihrer Hilfe erreichen. »Wie sieht es mit dem Rest der Woche aus?«

»Nein. Unmöglich.«

Die blühende Hecke am Wegesrand verströmte einen sanften Duft. Bienen und golden schimmernde Fliegen umschwärmten sie. Der Wohlgeruch und ihre steife Reaktion flossen seltsamerweise in Boras Kopf zusammen, als wollte die Natur die abschlägige Antwort abmildern. Dass sie weder einen Grund nannte noch ihn etwas fragte, sondern einfach Nein sagte, gab ihm zu denken: Hilfskräfte ihres Ranges waren mehr als nur Sekretärinnen oder Assistentinnen. Ihre entschiedene Ablehnung legte nahe, dass Stauffenberg tatsächlich unabkömmlich war. Sie musste entsprechende Anweisungen erhalten haben. Bora, der mit Zurückweisung nur schlecht umgehen konnte, baute sich dräuend vor ihr auf.

»Ist das so? Ich habe jedenfalls die feste Absicht, ihn zu treffen, mit oder ohne Termin. Teilen Sie ihm das mit.«

»Jawohl, Herr Oberst.«

17.00 Uhr

Der Ersatzmann für Grimm war noch nicht da. Bora schritt vor dem Tor auf und ab. Während er Ausschau hielt, fiel sein Blick auch auf die Stelle, wo die Flüchtigen gefasst und hinter einer Reihe dicht belaubter Bäume vermutlich bei lebendigem Leibe verbrannt worden waren. Taubengrauer Rauch stieg bis zu einer gewissen Höhe auf und verteilte sich dann waagerecht, als ob eine unsichtbare Decke ihn daran hinderte, weiter aufzusteigen. In Russland oder in der Ukraine hätte Bora sich bei solchen Spuren des Grauens nichts weiter gedacht. Derartige Gräueltaten begegneten ihnen Tag für Tag, und sie wurden von beiden Seiten verübt. Dort sagte man sich: *Das hier ist die Ostfront. Seit Menschengedenken haben wir einander an diesen Grenzlinien abgeschlachtet.* Aber doch nicht hier! Hinter der Baumreihe und den schwelenden Resten der Scheune war es leicht hügelig, dann kam der Blankensee, und dahinter, südlich von Groß-Berlin, lag der alte Artillerieschießplatz. Die Stadtgrenze verlief gerade einmal dreißig Kilometer nördlich von hier. Es war sinnlos, sich Gedanken darüber zu machen, ob die Flüchtigen tatsächlich Russen waren und irgendein Verbrechen verübt hatten (darunter auch den Mord an Erhard Dietz, genau zur rechten Zeit). Bora war es leid, sich gegen Brutalität wappnen zu müssen.

Und er war immer noch wütend. Osterlohs Gehässigkeit und dann auch noch Brunos gut gemeinte Einmischung gaben seiner Verbitterung darüber, dass er Dikta verloren hatte, neue Nahrung (auch wenn es sich mehr nach Schuld als nach Verbitterung anfühlte). Er war natürlich wütend auf sie, aber noch wütender war er auf sich selbst, weil er sich so verlassen fühlte. *Ich vermisse sie und werde sie immer vermissen,* musste er sich eingestehen. *Sosehr ich mich auch darum bemühe, mich und andere davon zu überzeugen, dass ich schon zurechtkomme und mich mit der Annullierung unserer Ehe abgefunden habe, so unerträglich ist der Gedanke, für immer von ihr getrennt zu sein.*

Von dem Gelände des Sanatoriums hinter ihm wehte eine duftende, beruhigende Wärme zu ihm herüber. Und doch fegte in der kalten Jahreszeit durch dieselben stolzen Bäume der Wind mit einem wütenden Heulen hindurch.

Bora stand mit dem Rücken zum Sanatorium am Tor und wartete. Er löste seinen Blick vom aufsteigenden Rauch und atmete bewusst langsam, um seine Fassung wiederzugewinnen. Daher bemerkte er die Schwester erst, als sie direkt neben ihm stand.

In ihrem Seersuckerkittel sah Schwester Velhagen aus wie eine Mischung aus Nonne und Köchin in einer Großküche. Genau deshalb wirkten einige deutsche Krankenschwestern so steril und unattraktiv.

»Werden Sie abgeholt, Herr Oberst? Und fahren Sie nach Berlin?«

Als Bora beides bejahte, fragte sie ihn, ob er damit einverstanden sei, drei Personen mitzunehmen. »Es wären ein Leutnant der SS mit gebrochenem Bein, der an Krücken geht, ein chilenischer Radiologe, der in das Rotkreuz-Krankenhaus in der Landhausstraße in Wilmersdorf muss, und Stabsführerin Pletsch vom Ersatzheer. Ich mute es Ihnen nur ungern zu, aber sie haben keine andere Möglichkeit, rasch in die Stadt zu kommen.«

Es war in der Tat eine Zumutung. Bora schwankte einen Moment und gab dann seine Zustimmung.

Über Schwester Velhagens Gesicht huschte ein säuerliches Lächeln. »Ausgezeichnet. Sie sind alle damit einverstanden, am Rotkreuz-Krankenhaus abgesetzt zu werden – von da aus kommt jeder auf eigene Faust weiter.«

An dieser Stelle schien es durchaus angemessen, im Gegenzug auch um einen Gefallen zu bitten: »Schwester«, fragte Bora (ohne genau zu wissen, warum er eigentlich fragte. Der Einfall war ihm plötzlich gekommen.), »wie geht es dem Ingenieur Osterloh?«

»Osterloh, Wilhelm.« Die Schwester streifte Boras behandschuhte linke Hand mit einem Blick. Das war typisch für medizinisches Personal, an diese Angewohnheit hatte er sich im vergangenen Jahr gewöhnt: Sie sahen immer nur die Wunden und Narben. »Sind Sie mit ihm verwandt? Oder ist er ein Kamerad?«

»Wir haben eine gemeinsame Freundin.«

So für sich genommen besagte dieser Satz gar nichts. Warum also schien sie gleich zu erfassen, was sich dahinter verbarg, so wie Bora sofort den ungelöschten Brand hinter der Baumreihe bemerkt hatte? *Sie wittert, dass wir Rivalen waren und dass ich – wozu auch immer es gut sein mochte – gewonnen habe.*

»Die Infektion lässt sich nicht in den Griff bekommen«, sagte sie, »und sie müssen immer mehr von seinem Bein entfernen. Aus medizinischer Sicht können sich die Ärzte darauf keinen Reim machen.«

»Und was denken Sie?«

»Ich glaube, dass ein Groll ihn bei lebendigem Leibe verzehrt.«

Es war derselbe Wagen – der liebevoll gepflegte Olympia –, aber der Beamte in Zivil, der am Steuer saß, ähnelte Florian Grimm nicht im Geringsten. Trost war schlank und hatte hängende Schultern. Den deutschen Gruß entbot er mit derart ostentativer Trägheit, dass Bora ihn dafür schalt und sich sofort fragte, ob dies womöglich ein Trick war, um Offiziere aufzuspüren, die nur halbherzig bei der Sache waren. Der SS-Mann Nebe (wenn schon nicht der Polizist Nebe) würde vor solchen Methoden nicht zurückschrecken.

Was Trost über diese Fahrt denken oder darüber berichten würde, war Boras geringste Sorge. Während er auf die Mitfahrenden wartete, die ihm der Zufall beschert hatte, fragte er den Polizisten nach Grimm. Er erfuhr – in dieser Reihenfolge –, dass Kommissar Grimm leichte Verletzungen erlitten habe und seinen Dienst so bald wie möglich wieder aufnehmen werde; dass das bei dem Luftangriff zerstörte Haus Grimms Bruder gehöre; dass sich zu diesem Zeitpunkt beide Familien dort aufgehalten und bis zum Mittag in dem eingestürzten Keller festgesessen hätten.

Als alle da waren, ließ Bora den SS-Mann vorn sitzen, weil die Krücken und der Gips viel Platz beanspruchten, während er alles andere als bequem im Fond mitfuhr – gemeinsam mit dem dunkelhäutigen chilenischen Arzt namens Ybarri, der in der Mitte saß, und Stabsführerin Pletsch. Der Chilene roch stark nach Phenol. Diesen Geruch brachte man in der Regel nicht mit Radiologie in Zusammenhang, aber er erinnerte Bora an seine Aufenthalte im Krankenhaus.

Sie mussten die Fenster hochkurbeln, als sie an der schwelenden Scheune vorbeifuhren, von der nur noch schwarze Stümpfe unter einer fettigen Rauchschicht übrig geblieben waren. Es stank nach Tod. Aus sicherer Entfernung besah sich eine Handvoll flachsblonder Bauernjungs den Schauplatz des Geschehens. Ihre Gesichter waren ausdruckslos, dabei jedoch alles andere als unschuldig. Sie waren mager und barfuß, nicht anders als die russischen Jungs, die Sonnenblumenkerne gekaut hatten, während Peters abgeschossenes Flugzeug mit dem toten Piloten darin in der Sommerhitze vor sich hin dampfte. Verlassene Felder, Rauch, Gestank: All diese Bilder trug Bora noch in sich. *Wie alt mochten die Jungs sein – zwölf, dreizehn? In den letzten fünf Jahren haben sie nichts anderes erlebt als Krieg. Nebenan verkaufen ihre Mütter Eier unter der Hand. Ihre Großväter haben die Hecke mit Wasser begossen, um die Flammen abzuhalten, und werden später eine flache Grube ausheben, um das, was von den Flüchtigen noch übrig ist, dort hineinzuschaufeln. Ihre Väter wiederum sind an der Front umgekommen oder könnten noch fallen – und dann werden fremde Burschen gaffend um sie herumstehen.*

Aus den Augenwinkeln beobachtete Bora, wie seine Mitfahrer auf diesen Anblick reagierten: Die Männer starrten ähnlich ungerührt wie er, und Emmi Pletsch hatte ihren Kopf müde in die Hand gestützt, wie ein Mensch, der an Schlaflosigkeit leidet.

Die Fahrt wurde immer wieder durch die üblichen Kontrollen, Stopps und Umleitungen unterbrochen. Eine Unterhaltung wollte nicht recht in Gang kommen, hin und wieder wurden ein paar belanglose Worte gewechselt. Der SS-Mann, ein begeisterter Sportler, sorgte sich sehr um den Zustand seines Schienbeins und piesackte Ybarri mit seinen Fragen zu Knochenbrüchen und deren Heilung. Er war jung und einer jener Ehrgeizlinge, die heißblütig an die Dinge herangehen und dann weinerlich werden, sobald ihnen selbst etwas wehtut. Ybarri ließ ihn ausreden, antwortete unverbindlich und fuhr sich mit seiner wächsern aussehenden Hand immer wieder übers Haar. Schließlich kam man auf nichtssagende Dinge zu sprechen, wie das Wetter, die Hitze, die Jahreszeit. Jedes Thema war besser als der Krieg. Einmal fragte Emmi den Arzt, wie es ihm in Berlin gefalle.

Ybarri drehte sich zu ihr. »Abgesehen von den Luftangriffen sehr gut. Ich bin Ihnen sehr verbunden, dass Sie danach fragen.« Er gestand, dass er unter Klaustrophobie leide, was ihn daran hindere, in unterirdischen Schutzräumen Zuflucht zu suchen. Emmi sagte, das verstehe sie gut, ihr gehe es genauso.

»Möchten Sie lieber am Fenster sitzen, Doktor?«, schlug Bora vor, aber der Chilene lehnte ab. »Nein, nein. *Muy obligado, coronel.* Über der Erde habe ich keine Probleme.«

Bora war erleichtert. Nachdem Emmi so ablehnend auf seine Bitte um eine Unterredung mit Stauffenberg reagiert hatte, war er nicht gerade erpicht darauf, so dicht neben ihr zu sitzen. Lattmanns dramatische Enthüllungen lasteten schwer auf ihm und erstickten jedes Interesse an einer Unterhaltung. Trost wiederum blickte immer wieder argwöhnisch in den Rückspiegel.

Ybarris stockendes Deutsch hatte keinerlei Einfluss auf seine Redseligkeit. Er fragte Emmi Pletsch nach dem Leiden ihres Verlobten aus und überlegte laut, ob man ihn nicht für eine ausgiebige Röntgenuntersuchung in das Rotkreuz-Krankenhaus bringen solle, in dem er nun schon einige Monate tätig sei. Auf diese Weise erfuhr Bora, dass Obersturmführer Leo Franke, ein Alter Kämpfer, am 20. April nach einer Feier anlässlich des Führergeburtstags einen Schlaganfall erlitten hatte. In der Kaserne der NSKK, wo er als Fahrschullehrer arbeitete, bemerkten seine Kameraden erst einen Tag später, dass er die Parade gar nicht verschlafen hatte, sondern im Koma lag. Emmi urteilte nicht, während sie dies erzählte, aus ihrer ruhigen Stimme klang Fürsorge. Feierlich verwies sie darauf, dass Franke 1933 versucht habe, das Leben ihres Vaters zu retten, als der alte Mann den »Märtyrertod« für die Partei gestorben sei.

»Leo hat die erste Kugel abgefangen, die für meinen Vater bestimmt war. Seitdem sind wir beide zusammen.«

Sie konnte kaum älter als siebenundzwanzig oder achtundzwanzig sein, also dürfte sie sechzehn oder siebzehn Jahre alt gewesen sein, als sie begonnen hatte, mit Franke auszugehen. Boras Neugier war geweckt. Er kam zu dem Schluss, dass »zusammen sein« alle möglichen Formen der Intimität abdecken konnte und nicht notwendigerweise eine sexuelle Beziehung einschließen musste. Aber als der sympathische Ybarri sich erkundigte, ob die beiden Kinder hätten, antwortete Emmi: »Noch nicht.«

Also ist sie mit ihrem heldenhaften Haudegen ins Bett gegangen. Bora drehte sich zum Fenster. Ließ sich daraus schon ableiten, dass sie jetzt einen Mann brauchte?

Als der Großteil der Strecke endlich hinter ihnen lag, mussten sie noch einen Umweg über Großbeeren machen. In der Gegend hatte der unglückselige Erhard Dietz ein Sommerhaus besessen. Im Ort stand ein nadelähnlicher Turm zum Gedenken an die Schlacht gegen Napoleon. Sein Anblick veranlasste den SS-Leutnant, gegenüber Ybarri von einem deutschen Sieg zu prahlen. Bora, dessen Vorfahren hier gekämpft hatten, hielt den Mund und sah aus dem Fenster: Sie fuhren an verstreut liegenden Ferienhäusern mit großen Gärten vorbei. Selbst wenn Dietz Niemeyers Brief nicht erhalten haben sollte, gab es keinen Grund zu der Annahme, dass er den Inhalt der Kassette seines Klienten den Behörden ausgehändigt hatte. Er wollte wohl einfach ein paar Tage auf dem Land verbringen und hatte Bubi Kupinski verpasst – und damit die Rolle, die die Geschichte für sie beide bereitgehalten hatte. Lediglich die Tatsache, dass er passenderweise nur einige Stunden nach dem Mord an Niemeyer durch die Hände geheimnisvoller Angreifer ums Leben gekommen war, weckte Zweifel daran, dass es sich um einen Zufall handelte. Schließlich konnte Niemeyers Mörder einen Durchschlag in dessen Räumlichkeiten gefunden haben. Einmal angenommen, er hätte den Empfänger identifizieren können, hätte er entweder die Behörden alarmiert oder sofort selbst gehandelt, in der Hoffnung, dass der Anwalt den Originalbrief noch nicht erhalten hatte.

Im Rückspiegel begegnete Boras Blick dem von Trost, es war nur ein kurzer Blickwechsel, der nichts besagte. Im Wagen war es heiß und unbequem, das perfekte Sinnbild für die verfahrene Situation, in der Bora steckte: Die Ermittlungen im Mordfall überschnitten sich möglicherweise mit einer politischen Affäre, bei der sehr viel auf dem Spiel stand. *Was die geflohenen Russen betrifft,* überlegte er, *so sind sie die idealen Sündenböcke: Was auch geschieht, man kann es ihnen in die Schuhe schieben. Ach, ich bin mir sicher, dass der Staat sich genau darauf vorbereitet hat: einen Aufstand oder Unruhen zu unterdrücken, indem Ausländer für etwas verantwortlich gemacht werden – oder auch deutsche Staatsbürger. Der Mord an Niemeyer in Dahlem allerdings ist einfach zu ungeheuerlich, um ihn blutrünstigen Kriegsgefangenen anhängen zu können, wohingegen hier draußen, wo die Häuser so weit voneinander entfernt liegen …*

Wieder kam eine Straßensperre in Sicht und verhieß weitere Verspätung. Nun saßen sie in Kleinbeeren fest. Der Ort wirkte verlassen. Der

SS-Leutnant hatte seinen rasierten Schädel an das halb geöffnete Fenster gelehnt und döste. Ybarri schwatzte unaufhörlich weiter. Emmi Pletsch beschränkte sich darauf, gelegentlich zu dem Gesagten zu nicken, während sie mit ihren Gedanken ganz woanders zu sein schien.

Auf der letzten Etappe blieb Bora genügend Zeit, seine Meinung über den fülligen, leutseligen Chilenen zu ändern. Er sah in ihm nun nicht länger die Nervensäge, die das Gespräch an sich riss, sondern beobachtete mit Interesse, wie Ybarri auf unverwechselbar südländische Art den Charmeur gab. Und Emmi? Im Profil wirkte sie verletzlich und zurückhaltend, ganz in ihre Gedanken versunken. Zugleich schien sie eine gut gehütete Zärtlichkeit auszustrahlen. Oder etwas anderes, das Bora ohne Umschweife als Zärtlichkeit bezeichnen würde. *Das erklärt, warum Bruno glaubt, dass sie einen Mann braucht. Na ja, das sieht man ja auch ein bisschen: Ihr ist diese sehnsuchtsvolle Reserviertheit zu eigen, die so typisch ist für anständige Mädchen. Das ist tatsächlich ziemlich reizvoll.*

Das Rotkreuz-Krankenhaus in der Landhausstraße,
Wilmersdorf, 18.32 Uhr

Fakt ist: Manchmal reicht ein einziger Moment. Für gewöhnlich dauert dieser vielsagende Moment nur den Bruchteil einer Sekunde länger, als wir erwartet hätten. Oder aber er deutet nur eine einzige Sache an, diese jedoch unmissverständlich. Als Emmi Pletsch mit dem höflichen Satz »Vielen Dank für die Mitfahrgelegenheit, Herr Oberst« aus dem Wagen stieg, sah sie Bora an, und etwas in der Art, wie sie innehielt, bevor sie sich abwandte und auf den Bürgersteig trat, ließ sein Herz einen Schlag aussetzen. Bora registrierte, dass er ihren Blick festhielt, als sie sich schon umdrehen wollte, und obwohl er Lattmann nicht den Kuppler hatte spielen lassen wollen, verriet er sich damit.

Hätte Lattmann seinen Mund gehalten, wäre das nicht geschehen. Dass er mit Frauen Blicke austauschte, war nichts Neues, jedenfalls nicht, seit Dikta ihn verlassen hatte. Aber an diesem Abend lag in der Art, wie sie einander ansahen, dieser unerwartete Funken Komplizenschaft: Von den anderen im Wagen und ihren Gemeinplätzen unterscheiden wir beide uns. Wie genau, spielte keine Rolle.

Auf seine zurückhaltende, ernste Art wandte Bora als Erster den Blick ab. Er sagte sich: *Ich werde sie nie mehr wiedersehen. Die Welt ist voller Blicke, und dieser hier unterscheidet sich nicht wesentlich von all den anderen.* Doch das tat er, und plötzlich war nichts mehr wie zuvor.

Niemand hatte etwas bemerkt, nicht einmal Trost. Ybarri half dem SS-Mann mit seinen Krücken die Stufen zum Krankenhauseingang hoch, während Emmi Pletsch ihnen die Tür aufhielt. Bora und sie schenkten einander schon keine Beachtung mehr, und doch war er wider Erwarten froh, dass ihre Telefonnummer in seiner Tasche steckte. *Warum? Weder hat sie freundlich reagiert, noch war sie mir behilflich, als ich sie gebeten habe, für mich einen Termin mit Stauffenberg zu machen. Trotzdem habe ich weiterhin vor, mit ihm in Verbindung zu treten, ob nun mit ihrer Hilfe oder nicht. Woran liegt es dann? Frauen in Uniform lassen mich kalt, ganz zu schweigen von jungen Frauen, deren Liebhaber halb tot sind! Verschlossenheit, Zärtlichkeit, die Art, wie ihre unterschiedlich gefärbten Augen unterschiedliche Botschaften senden … So deute ich es zumindest. Oder hat Bruno doch recht? Mit dem, was meine sexuellen Bedürfnisse betrifft und mit der Tatsache, dass sie im Bett keine Uniform tragen würde? Richtig. Als ob sie sich darauf einlassen würde. Als ob dafür überhaupt Zeit wäre. Na ja, für eine schnelle Nummer ist immer Zeit. Im Krieg (und vielleicht sogar im Leben generell) kommt immer ein Zeitpunkt, an dem sich alles beschleunigt. Das hat mein Stiefvater mir einmal gesagt. So wie sich unser Dasein und die Ereignisse um uns herum beschleunigen, so tun es auch unsere Reaktionen darauf. Liebe und Hass entstehen und intensivieren sich schneller, unsere Bedürfnisse verlangen nach sofortiger Aufmerksamkeit, weil man es sich als Soldat nicht leisten kann, Zeit zu verlieren. Wo mag sie wohl wohnen? Nein. Nein. Reiß dich mal zusammen, Martin. Sie ist eine Hilfskraft im Stabsquartier, die du außerdem ausnutzen möchtest, damit du an eine Unterredung kommst. Es gibt militärische Etikette, es gibt Grundsätze. Tritt mal auf die Bremse.*

Alles, was Trost sah, war ein stirnrunzelnder junger Mann, der nun auf dem Beifahrersitz Platz nahm.

»Wo soll's hingehen, Herr Oberst?«
»Irgendwohin, wo es etwas Kaltes zu trinken gibt.«

Als Bora ins Hotel zurückkehrte, erwartete ihn doch tatsächlich eine Nachricht von Olbertz. Damit hatte er schon gar nicht mehr gerechnet. Der Arzt schlug ein Treffen in einem kleinen Café vor, das in der Nähe des Potsdamer Bahnhofs lag (und den pompösen Namen *La Scala* trug). Bora ging hoch in sein Zimmer, um zu duschen und sein verschwitztes Hemd zu wechseln. Dabei ließ er seine Uniformjacke, in der Niemeyers Brief steckte, nicht einen Moment aus den Augen. Trotzdem war natürlich nicht daran zu denken, den Brief durch Berlin zu tragen. Es kam nicht einmal infrage, ihn im Hotelsafe zu verwahren. Bora verwarf auch die Ecken und Winkel in seinem Hotelzimmer, die er in einem solchen Fall als Erstes durchsuchen würde, wie er es in Kupinskis Wohnung getan hatte. Hinter verschlossenen Türen und zugezogenen Gardinen nahm er die überwiegend nutzlosen Dokumente und Zeitungsausschnitte aus Niemeyers Villa aus den Kisten und breitete den Inhalt auf dem Fußboden aus. Da er nun schon seit Tagen das Material, das er von der Kripo bekommen hatte, durchsiebte, erkannte er auf den ersten Blick, was in den einzelnen Mappen steckte. Er klemmte den Brief an ein Bündel unverfänglichen Werbematerials, das sich in einem von mehreren nahezu identischen Umschlägen mit unterschiedlichen Papieren befand.

Dann setzte er sich für einen Moment ans Fußende des Bettes und ließ seinen Blick über das Tapetenmuster wandern. Die Ananasfrüchte sahen aus wie exotische Gesichter ohne Augen und mit einem wilden Haarknoten auf dem Kopf, ein auf eigentümliche Weise beruhigendes blindes Publikum, das in den Zimmerecken aufeinander zustrebte. Bevor er wieder aufbrach, öffnete er die Fenster gerade weit genug, dass die Luft zirkulieren konnte, ohne dass die abendliche Wärme ins Zimmer drang.

Vor dem Hotel wartete Trost im Wagen auf ihn. Er sprang eilig heraus, um seinem Fahrgast den Schlag zu öffnen, und als Bora – anstatt einzusteigen – die Tür bedächtig schloss, stand er in nachlässiger Habachtstellung da. Sein Gesicht war ausdruckslos, und wie bei einem Halbwüchsigen zeigte es kleine Narben von Hautunreinheiten. In seinen braunen Augen, die rund waren wie Kastanien, lag ein für einen Deutschen ungewöhnlich warmherziger Ausdruck. Er war auf eine beinah schon sture Weise pflichtbewusst. Als Bora ihn um die Schlüssel bat, sträubte er sich, ohne explizit abzulehnen. Dafür benötige er die Erlaubnis von einem halben Dutzend Vorgesetzter, behauptete er. Mindestens.

»Man hat mir Florian Grimm zugeteilt«, entgegnete Bora, als spräche er von einem Gegenstand, der ihm übergeben worden war. »Nicht Sie. Die Schlüssel überlassen Sie mir, bis Florian Grimm wieder zurück ist. Es sei denn, Sie haben die Anweisung, mich zu überwachen, was absurd ist, weil man mich mit den Ermittlungen beauftragt hat. Gibt es irgendwelche Einwände«, fügte er hinzu, »dass ich den Wagen benutze?«

Trost schwieg, ihn überzeugte das Ganze nicht. Dem Blick nach zu urteilen, mit dem er verstohlen Boras Prothese streifte, bangte er vielleicht um den Olympia.

»Ach, darum geht es?« Bora lachte freiheraus. Das war in letzter Zeit selten vorgekommen. »Ich kann ganz ausgezeichnet mit einer Hand die Berge rauf und runter fahren. Im Vergleich dazu sind die Berliner Straßen ein Kinderspiel.«

Trost ließ sich jedoch nicht umstimmen, er musste erst ein längeres Telefonat mit seinem Vorgesetzten am Alexanderplatz führen. Schließlich überließ er Bora mürrisch die Schlüssel. Während er auf dem Weg zur Straßenbahnhaltestelle um die Ecke bog, blickte er sich noch einige Male um.

Bora hatte seine Gründe, warum er sich Grimms Abwesenheit zunutze machen wollte, selbst wenn diese nur noch zehn oder zwölf Stunden dauern sollte. Fürs Erste stellte er den Wagen allerdings nur vor dem Nebeneingang des Hotels ab. Er wollte zu Fuß zum Café *La Scala* gehen.

19.45 Uhr

Die länger werdenden Schatten ließen das Licht der tief stehenden Sonne nur noch greller wirken. In dem überfüllten Café war es vergleichsweise schummrig. Bora war noch nie dort gewesen. Entlang der Wände zogen sich grün gepolsterte Bänke, vor denen kleine Tische standen. Wie das Mobiliar in allen Vierteln, die häufig von Luftangriffen betroffen waren, hatte auch dieses hier bessere Tage gesehen. Die gerahmten Fotos von Opernsängern und bekannten Musikern – darunter auch Boras Vater – waren so geschickt angeordnet worden, dass sie die Risse in den Wänden verbargen. Die Signaturen darauf waren gefälscht, jedenfalls, was den Maestro anging: Friedrich von Bora hatte nie auch nur ein einziges Porträt für seine Verehrer signiert. Um diese Uhrzeit hielten sich vorwiegend Frauen im Café auf, Büroangestellte oder Verkäuferinnen, die sich nach Feierabend den kleinen Luxus eines kühlen Getränks gönnten.

Bora fand die Heimlichtuerei um dieses Treffen offen gesagt übertrieben, ließ sich aber darauf ein. Er entdeckte Olbertz, der umsichtig eine flache Ledertasche links von sich zur Seite geschoben hatte, um ihm Platz zu machen. Eine unauffällige Geste, denn es gab sonst keine freien Plätze mehr. Bora nickte ihm zur Begrüßung zu und setzte sich.

Olbertz sah, als er zu sprechen begann, auf den halb leeren Bierkrug vor sich. »Eines gleich vorweg, Herr Oberst. Ihr Onkel hat sich eine tödliche Dosis Morphium injiziert. Was erwarten Sie sonst noch zu hören?«

Diesen Auftakt fand Bora unpassend. »Bei der Trauerfeier haben Sie angedeutet, dass dies nicht ganz freiwillig geschehen sein könnte. Lassen Sie mich wenigstens nachvollziehen, ob es dafür private Gründe gab, oder –«

»Nein.«

»›Nein‹ in dem Sinne, dass seine Gründe nicht privater Natur waren, oder ›Nein‹ in dem Sinne, dass Sie die Frage nicht beantworten wollen?«

»Ich möchte die Frage nicht beantworten.«

Davon ließ sich Bora nicht aus der Ruhe bringen. »Schön«, sagte er. »Hat die Haltung meines Onkels zur Euthanasie eine Rolle bei seinem Tod gespielt?« Das anschließende Schweigen sprach für sich. »Also ja«, sagte er. »Möglicherweise auch im Zusammenhang damit, dass er eine Jüdin adoptiert hat.«

»Wenn Sie die Antworten schon kennen, sollten Sie keine Fragen stellen.« Der Arzt strich über die Ledertasche auf seinen Knien und blickte weiter unverwandt auf den Tisch, als ob der Bierkrug sein Gesprächspartner wäre. »Viel hat Ihr Onkel nicht gesagt. Nur dass er bereit sei, Selbstmord in Kauf zu nehmen, obwohl das nicht von ihm ausging. Ich habe versucht, es ihm auszureden. Zugegeben, nur halbherzig, weil er offensichtlich wirklich keine Wahl hatte.« Ein wenig Bier war auf den Pappuntersetzer gelaufen und verströmte einen bitteren Geruch, den Bora von seinem Platz aus wahrnehmen konnte. »Jetzt ist kein guter Zeitpunkt, das zu erörtern. Überhaupt kein guter Zeitpunkt.«

»Warum treffen wir uns denn dann? Sie hätten meine Anrufe ignorieren können.«

»Das habe ich auch. Ich bin aus einem anderen Grund hier.« Olbertz ließ die beiden Schnallen seiner Ledertasche aufschnappen und schlug die Klappe zurück. Zum Vorschein kamen zwei maschinengeschriebene und zusammengeklammerte Blätter aus Kohlepapier. »Ein Durchschlag der vollständigen Ergebnisse der Obduktion des Weimarer Propheten. Wenn mich nicht alles täuscht, könnte Ihnen das von Nutzen sein.« Bora überflog den Bericht. Zu erwähnen, dass ihn die Existenz eines inoffiziellen Obduktionsberichts überraschte, wäre müßig gewesen. »Darf ich fragen, wer ihn erstellt hat?«

»Dr. Wirth von der Charité, wo die Obduktion durchgeführt wurde. Wirth hat erfahren, dass Sie seine Frau zur Mordnacht befragt haben, und daraus geschlossen, dass nicht pure Neugierde Sie antreibt. Er macht sich Gedanken, dass sich Frau Wirth Ihnen gegenüber feindselig verhalten haben könnte, und da wir beide mit Ihrem Onkel zusammengearbeitet haben, hat er mir zugeredet, Ihnen das hier zu übergeben. Sie können den Bericht haben.«

Bora war verwirrt. Er hatte Olbertz für einen Freund seines Onkels gehalten, und nun saß der hier und überreichte ihm das Friedensangebot eines Nazi-Arztes. »Das ändert nichts an meiner Meinung über das Ehepaar Wirth«, sagte er. Die Unterschrift auf der zweiten Seite hielt eine weitere Überraschung für ihn bereit. »Da steht ja Ihr Name, Dr. Olbertz.«

»So ist es. Als ich Ihnen bei der Trauerfeier begegnet bin, und erst recht, als man mich mit der Obduktion betraut hat, hatte ich keine Ahnung, dass Sie im Mordfall Niemeyer ermitteln würden. Sie werden keine wesentliche Diskrepanz zwischen den beiden Berichten finden: zwei Schüsse mit verheerenden Folgen ... Der erste wurde abgegeben, als das Opfer seinem Mörder direkt gegenüberstand. Er ist in seinem Zuhause überrascht worden ... Der Mann ist vornüber auf einen kleinen Tisch gefallen und hat sich dabei Hämatome zugezogen ... Der zweite Schuss hat ihn getroffen, als er bereits auf dem Boden lag und womöglich schon tot war.« Während Bora zügig den Text las, zog Olbertz ein weiteres Blatt Papier aus der Ledertasche, die er mit den Schnallen nach oben auf seinen Knien ablegte. »Die eigentliche Überraschung ist aber etwas anderes: Der Prophet war beschnitten. Und das sollte angesichts seiner öffentlichen Stellung besser nicht bekannt werden.«

Bora konnte kaum einen Blick auf das Foto erhaschen, als der Arzt es auch schon wieder in der Tasche verstaute. »Und ich dachte ... ein Zeuge hat einen Vorfall erwähnt, bei dem Niemeyer von zwei jüdischen Zuschauern entblößt wurde und, nun ja, sich als ›vollständig‹ erwiesen hat. Was halten Sie davon?«

Olbertz ließ die Schnallen seiner Ledertasche wieder zuschnappen. »Nun ja, es gibt diverse medizinische Gründe für eine Beschneidung. Abgesehen davon legen einige Forschungsergebnisse nahe, dass in hohem Maße promiskuitive Männer sich seltener mit einer Geschlechtskrankheit infizieren, wenn sie ›ihr Werkzeug von Ballast befreien‹. In diesem Fall nehme ich an, dass die Operation im Erwachsenenalter erfolgte, und zwar ganz sicher nach dem Vorfall, den Sie erwähnt haben.«

»Wer war Niemeyers behandelnder Arzt?«

»Ich glaube, das war Dr. Carl von Eicken, ein Hals-Nasen-Ohren-Spezialist – der beste, den man aufsuchen kann, wenn man Sänger oder Redner ist. Er hat sogar einmal den Führer behandelt. Aber eine Beschneidung ... Ein derart unpopulärer chirurgischer Eingriff dürfte nicht im Vaterland durchgeführt worden sein, eher vielleicht während einer der längeren Tourneen des Opfers im Ausland. Ich denke dabei an Italien, Griechenland oder die Türkei.«

Diese Überlegungen veränderten die Sachlage nicht nennenswert. Es war eher unwahrscheinlich, dass ein Antisemit den nackten Niemeyer in dessen eigenem Zuhause für einen Juden gehalten hatte. Diese Zensur behördlicherseits schrieb Bora der Beliebtheit des Hellsehers in hochrangigen Kreisen zu.

»Möchten Sie noch etwas ergänzen, Herr Doktor?«

»Ja, aber nicht zu meinem Bericht.« Nachdem Olbertz seinen Blick rasch durch den Raum hatte schweifen lassen (niemand schenkte ihnen Beachtung), legte er ein Schlüsseletui aus Saffianleder vor Bora auf den Tisch. »Dies ist der Schlüssel zum Büro Ihres Onkels in Dahlem. Obwohl er ihn mir anvertraut hat, lege ich keinen Wert darauf, ihn zu behalten.« Er wartete, bis Bora das Etui eingesteckt hatte, dann fügte er hinzu: »Wenn es dort irgendetwas gibt, was Sie retten wollen, rate ich Ihnen dringend, es morgen früh noch vor halb sieben zu erledigen.«

Bora schluckte eine gereizte Frage hinunter, deren politische Andeutungen ganz gewiss auf taube Ohren stoßen würden. »Ich nehme an, die Klinik wechselt den Besitzer.«

»So könnte man es nennen, ja.«

Das war zu erwarten gewesen. Die Belastungen, die dieser Tag mit sich gebracht hatte, drohten Boras sorgfältig aufrechterhaltene Selbstkontrolle zunichtezumachen. Er zählte bis zehn, dann bis zwanzig und atmete langsam. Als eine traurig aussehende Kellnerin an ihren Tisch trat, um seine Bestellung aufzunehmen, fragte er sie sofort danach, was es außer Bier gab, um ihr Antworten wie »Ich bedauere, aber das haben wir nicht …« oder »Das haben wir nicht mehr …« zu ersparen. »Fanta«, sagte sie. Er lehnte ab. Olbertz leerte seinen Krug. Er stellte ihn sorgfältig mittig auf den Untersetzer.

Als sich eine Fliege auf einem Klecks Schaum am Glasrand niederließ, schien der Arzt sie zunächst verscheuchen zu wollen, unterließ es dann jedoch. Den Blick auf das gierige Insekt geheftet, sagte er leise zu Bora: »Sie wären gut beraten, darauf zu achten, mit wem Sie Umgang pflegen.«

Mit diesem Ratschlag konnte Bora, der in den letzten Tagen etlichen

Menschen unterschiedlicher Überzeugungen begegnet war, nicht viel anfangen. Da er Warnungen grundsätzlich nicht mochte, entgegnete er: »Das Gleiche dürfte für Sie gelten, Herr Doktor.« Er dachte dabei an Wirth und andere politisierte Ärzte, doch Olbertz erschrak. Vergeblich versuchte er, seine Reaktion zu kaschieren: Bora hatte es bemerkt. Auch Deutsche hatten in jenen Tagen genug Gründe, sich vor Indiskretionen zu fürchten. Vielleicht bedauerte Olbertz nun die wenigen Worte zu einem erzwungenen Selbstmord, die er ihm beim Staatsbegräbnis zugeflüstert hatte.

20.33 Uhr

Der Fußmarsch zurück zum Hotel tat Bora gut. Es gab stets einen Moment, in dem die Angst eine unsichtbare Grenze erreichte und sich nicht weiter steigerte – ähnlich wie bei der brennenden Scheune, wo sich der Rauch nur noch horizontal ausgebreitet hatte. Solange er dringende Probleme zu lösen hatte, trat die Angst in den Hintergrund. Es kam darauf an, keinen Blick über die unmittelbare Zukunft hinaus zu werfen, und auf eine willkommene Ablenkung hier und da zu hoffen.

Und tatsächlich kam in diesem Moment die Ablenkung direkt auf ihn zu. Als er gegenüber von der Elisabeth-Klinik in die Potsdamer Straße einbog, nahm er aus dem Augenwinkel eine junge Frau an einer Straßenbahnhaltestelle wahr, die ihn an Emmi Pletsch erinnerte. Sie war es nicht, aber allein, dass er eine andere mit ihr verwechselt hatte, war bezeichnend.

Das liegt daran, dass ich ihren Geruch mag, dachte er aus heiterem Himmel.

Wie bitte? Ihren *Geruch?* Er hatte keine Ahnung, wie er darauf kam. Parfüm benutzte sie nicht, soweit er das beurteilen konnte. Sie wirkte sehr reinlich, und außerdem war er ihr gar nicht so nahe gekommen. Verhielt es sich so wie bei Jungtieren, die sich gegenseitig beschnupperten und aufgrund des Duftes entschieden, mit wem sie sich paarten? Wie immer in seinem Leben kamen ihm Selbstkontrolle und Regeltreue dazwischen

(Mitarbeiterinnen, Sekretärinnen sowie die Frauen anderer Männer waren tabu). Bora blieb reglos stehen und bemerkte, dass der Schatten der jungen Frau an der Haltestelle halb auf die Straße hinausreichte.

Erst als er genauer hinsah, begriff er überrascht, dass es doch Emmi war. Jetzt, nach Feierabend, war sie in Zivil, mit offenem Haar. Sie trug ein hoch tailliertes, ärmelloses Kleid in gedecktem Orange, darunter eine kurzärmelige weiße Bluse und Sandalen mit Korksohlen. Sie sah sauber und ordentlich aus, von Eitelkeit keine Spur.

Kurz entschlossen überquerte Bora die Straße. Die Straßenbahn kam gerade. Als Emmi nach der Haltestange griff, um einzusteigen, zeichnete sich der Verschluss ihres Büstenhalters unter dem dünnen Stoff ihrer Bluse als schmaler wulstiger Grat zwischen ihren Schulterblättern ab. *Ich wette, sie trägt Baumwollunterwäsche, und jetzt im Sommer kann sie auf Strümpfe verzichten, wenn sie nicht im Dienst ist.*

Bora dachte nicht lange darüber nach, wohin sie unterwegs sein mochte, er stieg einfach nach ihr ein. Als er sich seinen Weg durch die Menge in ihre Richtung bahnte, schob er kurzerhand eine Hausfrau mit breiten Hüften beiseite und drängte ein älteres Paar, das sich an den Händen hielt, auseinander. Mitten in der Woche war um diese Zeit jeder Sitzplatz mit einem erschöpften Berliner belegt. Emmi stand eingezwängt in dem verschwitzten Gedränge, ihre linke Hand hatte sie umsichtig über die Lasche ihrer Handtasche gelegt. Als Bora sie ansprach, sah sie ihn überrascht an und wandte ihren Blick dann ab.

»Stabsführerin Pletsch, ich muss wirklich darauf bestehen, eine Unterredung mit Ihrem Kommandeur zu führen.«

»Der Terminkalender meines Kommandeurs ist für den Rest der Woche randvoll, Herr Oberst.«

Wieder verriet ihr entschiedener Ton, dass es diesbezüglich genaue Anweisungen geben musste. Von dieser Hürde ließ Bora sich nicht beeindrucken. »Nun gut, dann sollte es möglich sein, ihn nach Dienstschluss zu sprechen.«

»Ganz im Gegenteil, Herr Oberst.«

In der überfüllten Straßenbahn standen die Fahrgäste dicht an dicht und stießen während der ruckelnden Fahrt unweigerlich aneinander – in einer Zeit schlechter Ernährung und spärlicher Körperpflege war dies eine Herausforderung für den Geruchssinn. Das Weiß von Emmis Bluse wirkte fehl am Platze und eigenartig unberührt, wie ein Fleckchen Schnee in einer stinkenden Brühe. Bora konnte sich vorstellen, was für ein Aufwand erforderlich war, um angesichts des chronischen Mangels an Wasser und Seife Haare, Nägel und Kleidung in Ordnung zu halten. Er war einen Kopf größer als die meisten Fahrgäste und ragte daher über die drängelnde Meute hinaus, vor der er sie teilweise abschirmte.

Gereizt hielt Emmi den Blick auf ihre Handtasche gerichtet. »Ich versichere Ihnen«, fuhr sie fort, »dass es äußerst schwierig wäre, ein Treffen zu arrangieren. Zu neunundneunzig Prozent unmöglich.«

Neunundneunzig Prozent waren unwesentlich besser als hundert Prozent. Die Straßenbahn kam quietschend zum Stehen und brachte die Menge ins Taumeln. Aus Emmis Haar stieg Bora ein flüchtiger Duft nach süßen Mandeln in die Nase – so kam es ihm jedenfalls vor. Hatte er diesen Duft im Sinn gehabt?

Sie waren nun irgendwo im Viertel rund um den Barbarossaplatz, ganz in der Nähe von Max Kolowrats Wohnung. Niemand stieg aus. Dafür zwängten sich einige durchgeschwitzte Hilfsarbeiter hinein, die mit ihren Päckchen und Taschen unterwegs zum Innsbrucker Platz waren, um den Abendzug zu erwischen.

Bora war ernstlich geneigt, so rasch wie möglich auszusteigen. »Stabsführerin Pletsch«, sprach er leise in ihr Ohr, eine entschlossene Annäherung, die vielleicht hätte dreist wirken können, wären da nicht seine Worte gewesen. »Ist es wirklich nötig, dass ich mich beim Ersatzheer vor die Tür lege, um ihn zu treffen? Wenn ich muss, mache ich das.«

Sie wich ein wenig zurück und hob ihre rechte Schulter, als wollte sie ihn abwehren. Dabei streifte eine Strähne ihres blonden Haares seine Lippen.

»Wenn ich muss, mache ich das«, wiederholte Bora.

Emmi verschaffte sich den Platz, den sie brauchte, um mit ihrer rechten Hand ein kleines Notizbuch aus ihrer Handtasche zu ziehen.

»Wo sind Sie untergebracht, Herr Oberst?«, fragte sie und schrieb die Adresse auf, die Bora ihr nannte. »Es ist höchst unwahrscheinlich, und ich kann nichts versprechen, aber ich melde mich, sollte sich daran etwas ändern. Gute Nacht.« An der nächsten Haltestelle stieg sie rasch im Strom anderer Fahrgäste aus, doch nicht so rasch, dass nicht auch Bora noch die Straßenbahn verlassen konnte, bevor diese sich wieder in Bewegung setzte.

Er folgte ihr unauffällig, denn er war gespannt, wohin sie ging. *Eine Berufskrankheit*, sagte er sich, *sonst nichts*. In ihrem orangefarbenen Kleid eilte Emmi Pletsch dahin, ohne sich umzublicken. Nun, da sie allein war, legte sich wieder die Sorge auf ihre Schultern und drückte sie nieder, aber langsamer wurde sie dadurch nicht. Sie überquerte den Lauterplatz und ging weiter bis zur Niedstraße, die sie nach rechts einschlug.

Erwartungsgemäß war ihr Ziel eine ehemalige Mädchenschule, in der nun die Hilfskräfte untergebracht waren.

Der Abend war mild, und durch die geöffneten Fenster konnte man Stockbetten sehen. Von Wand zu Wand spannten sich Leinen, an denen Frauenkleidung zum Trocknen aufgehängt war. Über der prunkvollen Wilhelminischen Fassade spannte sich der Abendhimmel in hellem Rosa, wie verwässertes Blut.

Bora wartete, bis Emmi im Gebäude verschwunden war, dann setzte er seinen Nachhauseweg fort.

Leipziger Hof, 21.34 Uhr

Bora beschloss, sein Abendessen an einem Ecktisch einzunehmen, von dem aus er einen freien Blick auf die Bar mit ihrer riesigen Fotografie der Paulinerkirche und des *Café Français* aus dem Leipzig der Jahrhundertwende hatte. Er fühlte sich fiebrig und hatte großen Durst. Da kein Mineralwasser zu bekommen war, trank er »sorgsam abgekochtes« Leitungswasser, wie der Kellner ihm erklärte.

Hatte sein Stiefvater nicht gesagt, im Krieg beschleunige sich alles? Dieser Tag jedenfalls schien sich endlos in die Länge gezogen zu haben.

Hatte er wirklich mit einer zärtlichen Erinnerung an Onkel Reinhardt-

Thoma und mit einem Luftangriff in aller Frühe begonnen? Wie Standfotos aus einem Stummfilm überblendeten sich die einzelnen Szenen: Kupinskis Bude, der Mann mit der blutigen Nase, der von der Gestapo geschnappt worden war, Niemeyers unheimlicher Brief an einen toten Anwalt, die russischen Gefangenen, die bei lebendigem Leibe verbrannten, Willy aus Hamburg, Lattmann und Olbertz mit ihren verstörenden Enthüllungen ... Das letzte Bild war Emmi Pletsch, Stabsführerin Emmi Pletsch.

Bora war in genau der Gemütsverfassung, die er nicht leiden konnte.

In all den Wochen, die er mit dem Regiment in der Gotenstellung verbracht hatte, war der Kontakt mit weiblichen Lebewesen sehr eingeschränkt gewesen: eine Handvoll Bauernmädchen, hier und da eine Italienerin, die aus der Stadt geflüchtet war, Stuten und weibliche Maultiere. Nachdem er in seinem Leben immer wieder lange Phasen unter Männern verbracht hatte, war er an den Mangel weiblicher Stimmen und Blicke gewöhnt, und trotzdem fehlten sie ihm.

Nachdenklich versenkte sich Bora in die sepiafarbenen Umrisse der längst verstorbenen Kunden vor dem *Café Français* und überlegte, wann er das letzte Mal mit einer Frau im Bett war. Ende März war das gewesen. Damals hatte Alkohol eine gewisse Rolle gespielt. Er erinnerte sich weder an ihr Gesicht noch an ihren Körper und auch nicht an ihren Namen. Dennoch erlaubte ihm die Kluft zwischen der behutsamen und komplexen Einzigartigkeit seines Verlangens nach Dikta und der käuflichen Nummer am Rande der Bewusstlosigkeit, nun zum falschen Zeitpunkt ersatzweise ein Interesse für das Mädchen mit den seltsamen Augen zu entwickeln. *Als sie aus dem Wagen ausstieg, haben wir Blicke getauscht, als ob wir einander plötzlich begehrten. Ob sich die Dinge nun beschleunigen oder nicht, wir sind beide einsam, und ich stecke in Schwierigkeiten.* Lattmann hatte recht: Diese wenigen Tage in Berlin nicht für sich zu nutzen, wäre Wahnsinn. Also? Hier in Berlin musste man sich nur umschauen, genau wie in Paris 1940 oder vor drei Monaten in Rom. Die Frauen, die dageblieben waren, schienen alle bereit zu sein für ein kleines Abenteuer. Was sonst sollten die beiden langbeinigen Brünetten im Sinn haben, die gerade die Bar betraten?

Für einen introvertierten Mann, erst recht für einen pedantischen und sehr nüchternen introvertierten Mann war das alles gar nicht so leicht.

In seinem Zimmer überzeugte Bora sich davon, dass Niemeyers Brief noch an Ort und Stelle lag. Das Licht schaltete er nicht ein. Bei geöffnetem Fenster saß er da und trank Leitungswasser aus dem Zahnputzbecher.

Seine Gedanken rasten (es galt, ein Verbrechen aufzuklären, Salomon zu finden, sich einen Termin bei Stauffenberg zu verschaffen und sich auf das Schlimmste gefasst zu machen, wenn er am Morgen zur Klinik seines Onkels käme) und mussten zum Schweigen gebracht werden, bevor sie eine neue Welle der Angst auslösten.

Wer hatte eigentlich gesagt, dass Wasser nach nichts schmecke? Aus dem Wasser in seinem Steingutbecher jedenfalls konnte Bora die Eisenrohre, den Ziegelstaub und die Schmach des bombardierten Berlins herausschmecken. Er trank aus und setzte sich ans Fenster. Voll angekleidet, lauschte er auf seine überdrehten Sinne.

Wenn er Fieber hatte, empfand er alles viel intensiver. Wie so viele Dinge, die eine größere Bedeutung haben, als ihnen eigentlich zusteht, schienen selbst die Kondome, die Lattmann in seine Brusttasche gesteckt hatte (erstklassige der Marke Blausiegel), mehr Raum zu beanspruchen, als ihre Größe vermuten ließ, und lagen wie ein Gewicht auf seinem Herzen. Er zog sie heraus und betastete ihre flache, unromantische Verpackung.

Vor und während ihrer Ehe hatte Dikta den Gebrauch von Kondomen abgelehnt, deshalb war sie auch drei Mal schwanger geworden. Bora erinnerte sich daran, auf einem Verhütungsmittel bestanden zu haben, bevor er nach Russland aufbrach, weil es an der Front gefährlich war und es damals zu riskant gewesen wäre, ein Kind zu zeugen. Trotzdem waren sie bei seinem ersten Heimaturlaub zu ihrer alten Freiheit zurückgekehrt, ohne Vorsichtsmaßnahmen miteinander zu schlafen. Und wenn er von seiner Frau getrennt war, hatte er es erst gar nicht zu einer Situation kommen lassen, in der er ein Kondom hätte benutzen müssen. Jetzt war im Gegensatz zur offiziellen Propaganda nicht der richtige Zeitpunkt, ein

Kind zu zeugen, und womöglich überhaupt unklug, ausgerechnet in diesen Tagen mit einem Mädchen zu schlafen.

Es geht nicht darum, dass ich die körperliche Liebe ganz allgemein vermisse – an der Front war ich daran gewöhnt. Ich vermisse die körperliche Liebe mit ihr, mit meiner Frau. Wie kann es sein, dass sie mich nicht vermisst? Ich weiß, dass sie mich vermisst. Das ist eine Frage der Größe, des Rhythmus, des Fleisches und des Verlangens nach dem anderen. Wir können es aushalten, getrennt voneinander zu sein, aber nicht, ohne das zu sein. Nach der Begegnung mit Willy Osterloh war die Vorstellung, *ohne das zu sein,* wieder unerträglich geworden. Umso mehr, als er Dikta besser weder sah noch von ihr hörte. Das brachte er nicht fertig. Er wollte gar nicht wissen, wo sie war (zuletzt hatte er erfahren, sie sei wohlbehalten in Lissabon angekommen und mit ihrer Mutter zusammen). Und trotzdem war es allein sie, die zwischen ihm und dem Verlangen nach einer anderen Frau stand.

Er, der sonst nie weinte, hatte in Rom Tränen um seine ungeborenen Söhne vergossen, um seinen Bruder, den er in Russland verloren hatte, um den endlosen Krieg und darum – und dafür schämte er sich –, dass er sich nach der Trennung von Dikta verwaist fühlte. Tausend Gründe hatte er gefunden, traurig zu sein, sich selbst hatte er immer ausgenommen. Er war nicht in der Lage gewesen, sich zu bemitleiden, bis zu der Nacht vor anderthalb Monaten, als er mit seinen Männern Rom verlassen hatte.

Das alles schien zu einem anderen Leben zu gehören.

Er wollte sein Tagebuch auf den neuesten Stand bringen. Bevor er die Uniformjacke auszog, leerte er die Taschen. Das Etui aus Saffianleder mit dem Schlüssel zum Büro seines Onkels legte er neben Peters Feuerzeug, zwei der drei Kondome und den Füllfederhalter mit der Goldfeder, den Dikta ihm geschenkt hatte, auf den Tisch. Es folgten die Brieftasche, die Wagenschlüssel für den Olympia, die Fahrkarte für die Straßenbahn … Bora räumte alles ordentlich in die Schublade, mit Ausnahme des Füllfederhalters und Onkel Reinhardt-Thomas Schlüssel.

Donnerstag, 13. Juli, 23.07 Uhr. Der Schlüssel, den mein Onkel jahrelang jeden Tag in der Hand hatte, und mein Vorhaben, gleich morgen früh seiner

Klinik einen Besuch abzustatten, bringen mir wieder in den Sinn, woran ich mich heute Morgen beim Aufwachen erinnert habe, eine Episode aus meiner Kindheit. Ich berichte im Folgenden darüber, nicht aus Ichbezogenheit (so sehr mag ich mich selbst nun auch wieder nicht), sondern weil es verdeutlicht, was für ein Mann er war und warum wir ihn geliebt haben.

Erotische Träume und überhaupt das Begehren als solches waren bei uns zu Hause kein Thema. Als ich zwölf war, habe ich bestenfalls mit offenen Augen vor dem Bild Das Gänsemädchen geträumt, eine Art arturisches Gemälde, das im Sommerhaus meiner Großeltern hing, oder vor dem Bildnis Die ertrinkende Ophelia im Stile des Malers Burne-Jones. Ich konnte mich nicht entscheiden, welche der beiden mir besser gefiel: die untergehende Schönheit oder das nackte Mädchen, das zu einem gefiederten Wesen wurde. Aber meine Träumereien gingen nicht über einen möglichen Kuss hinaus. Schließlich sollte es noch einen ganzen Monat dauern, bis mein Spielkamerad Waldo Preger und ich heimlich das polnische Mädchen beobachteten, eine Saisonarbeiterin in Ostpreußen, die gerade ihr Neugeborenes stillte.

Oh ja. Jeden Sonntag ging es zur Kommunion, und ich habe mich auf die Firmung vorbereitet. Das hielt uns Jungs in so großer Unwissenheit, dass ich an jenem schrecklichen Morgen zuerst dachte, ich hätte ins Bett gemacht, und dann, ich sei krank. In meiner Bedrängnis bin ich gar nicht erst aufgestanden. Es war Sonntag, daran erinnere ich mich, und meine Eltern waren mit Peter auf dem Land. Die Ordonnanz des Generals war ziemlich beunruhigt und rief meine Großmutter an, die wiederum Onkel Alfred anrief, der damals Leitender Chirurg im Krankenhaus St. Jakob in der Liebigstraße war. Liebenswürdig, wie er war, fuhr er sofort herüber nach Lindenau, und bald schon hörte ich ihn von unten in seinem Bariton fragen: »Wo steckt denn unser Patient?«

Ich glaube, er erfasste binnen Sekunden, was mit mir los war. Als junger Arzt hatte er in den Kasernen in Gohlis praktiziert und kannte sich mit jugendlicher Verschlossenheit gut genug aus, um allen Ernstes zu sagen: »Du wirst nicht blind, wenn du es machst.« Und da ich beteuerte, nichts gemacht zu haben (was der Wahrheit entsprach), setzte er sich an mein Bett und sagte: »Dann wollen wir uns das mal ansehen.«

Das ließ ich nicht zu, was ihn natürlich in seiner Diagnose bestätigte.

Merkwürdig, dass einem manche Ereignisse bis ins kleinste Detail in Erinnerung bleiben. Ich sehe uns beide förmlich vor mir, so wie wir damals waren. Onkel Alfred trug einen Knebelbart, was ihn in meinen Augen verwegen wirken ließ. »Ist es feucht und klebrig?«, fragte er. »Ja? Dann bist du nicht krank und wirst auch nicht daran sterben. Das nennt man Sperma oder Samenflüssigkeit. Es fühlt sich schmutzig an, aber das ist es nicht, und wenn du ein Mädchen wärst, dann wäre es Blut.« (Das war nicht gerade das, was ich hören wollte, das Ganze war an sich verstörend genug). »So wie ich das sehe, Martin, hast du jetzt zwei Möglichkeiten: Entweder pflegst du diese Gewohnheit in Maßen, oder du verwendest keine Zeit darauf und machst Sport und widmest dich anderen gesunden Tätigkeiten. Lass es jedenfalls nicht in ein Mädchen geraten, weil sie dann schwanger werden kann.«

Es nicht in ein Mädchen geraten lassen? Ich glaube, an dem Punkt habe ich zu weinen begonnen, teils aus Erleichterung darüber, dass ich nicht sterben würde, teils, weil mich seine Worte erschreckten. Ich fühlte mich elend und habe bestimmt etwas dahin gehend gesagt, dass ich nicht wisse, wie ich auch nur irgendetwas davon am nächsten Tag bei der Beichte erwähnen sollte. Onkel Alfred war schon damals ein Freigeist. »Warum solltest du denn überhaupt etwas davon erwähnen?«, rief er aus. »Erzählst du dem Priester auch, wie oft du niest? Wenn du nichts Falsches getan hast, gibt es auch nichts zu beichten. Nein, nein. Das bleibt unter uns Männern.« Wie hat er es bloß geschafft, dabei nicht zu lachen? »Du musst doch Schulkameraden haben, die sich schon einen Schnurrbart stehen lassen, und du musst mitbekommen haben, wie Hengste Stuten besteigen. Was denkst du denn, woher die Fohlen kommen?«

Schnurrbärte, Hengste und blutende Mädchen – an jenem Morgen klang eines schlimmer als das andere. Ich hatte in der gesegneten Blase der Kindheit gelebt und wollte unbedingt dort bleiben. Der gute Arzt hatte meine Gedanken gelesen, oder vielleicht hatte ich auch über meine Gefühle gesprochen. »Das geht nicht«, sagte er. »Damit ist es jetzt vorbei. Der kleine Topf hängt nun überm Feuer und wird von Zeit zu Zeit überschäumen.« Überschäumen? Um Himmels willen! Vermutlich habe ich geheult, als ich ihn anflehte, dem General nichts zu sagen.

»Ich werde weder dem General noch deiner Mutter etwas sagen. Aber

nun komm, steh auf. Du bist nicht krank. Putz dir die Nase, geh unter die Dusche und mach mit deinem Leben weiter.« Während er sich eine Zigarre anzündete, ließ er seinen Blick durch das Zimmer schweifen, das mit meinen Jungssachen vollgestopft war. Ob er noch einmal den Rat überdachte, den er mir kurz zuvor gegeben hatte? »Obwohl – wenn ich es recht bedenke«, sagte er dann, »lautet mein Rezept: Bleib noch ein wenig länger ein Kind.«

Das habe ich versucht, aber ein Jahr später war ich schon 1,55 m groß, und mit fünfzehn Jahren hatte ich die 1,80 m überschritten. Ich glaube, der einzige Sport, den ich nicht ausübte, war Damenturnen. Das Feuer, das er erwähnt hatte, flammte unter dem kleinen Topf, und dabei ist es geblieben. Solange Dikta in meinem Blickfeld war, konnte ich es ziemlich gut unter Kontrolle halten. Ohne Dikta habe ich mir so manches Mal gewünscht, dass es weder Töpfe noch Feuer darunter gäbe.

Jener Sonntag im Leipziger Stadtteil Lindenau liegt nun schon neunzehn Jahre zurück, Onkel. Ich vermisse dich und betrauere die Tatsache, dass du keine Wahl hattest und einsam sterben musstest.

8

Wer sterben gelernt hat, der hat das Dienen verlernt.
MICHEL DE MONTAIGNE,
»Philosophieren heißt sterben lernen«

Dorothea-Reinhardt-Thoma-Kinderklinik,
Dahlem, Freitag, 14. Juli, 5.46 Uhr

Bora war noch nie hier gewesen. Es war eine imposante Villa aus den Zwanzigerjahren, mit moosgrünen Spitzgiebeln aus Schiefer, die auf einem Walmdach saßen. Hellgrauer Stuck ließ die vierstöckige Fassade frisch und schlicht wirken. Die Krankenstationen waren in einem L-förmigen Gebäudeteil untergebracht, der sich an das Haus anschloss und von der gegenüberliegenden Straßenseite aus nicht zu sehen war. Das Erdgeschoss, in dem sich vermutlich die Verwaltung und Reinhardt-Thomas Büro befanden, hatte Rundbogenfenster. Hinter den großen Glasscheiben im Obergeschoss hingen keine Vorhänge, dort mussten die Sprechzimmer sein.

Es überraschte ihn, dass zu so früher Stunde (ein feuchter Dunst lag in der morgendlichen Luft, und die dicht belaubten Bäume am Straßenrand erbebten unter der Fülle von Spatzen in ihrem Geäst) ein offiziell aussehender Lieferwagen und eine rußschwarze Limousine vor der Klinik parkten. *Aber*, so überlegte er, *das hier ist schließlich der Dohnenstieg, wo kein Geringerer als Reichsinnenminister Heinrich Himmler ein Anwesen besitzt.*

Von dem Gedanken kam er wieder ab, als er bemerkte, dass die Haustür der Klinik halb offen stand. Von drinnen schimmerte elektrisches Licht – und es bewegte sich etwas.

Bora hielt sich gar nicht erst mit dem hoffnungsvollen Gedanken auf, dass es einer der Angestellten seines Onkels sein könnte, der auf Olbertz' Rat hin gekommen war, um zu retten, was noch zu retten war. *Olbertz hat sich ja nicht einmal mit mir treffen wollen, er wird ganz bestimmt nicht Gefahr laufen –*

Jeder Zweifel wurde von dem Geräusch splitternden Glases im Obergeschoss ausgelöscht. Ein Aktenschrank flog aus dem Fenster, es regnete Mappen und lose Blätter. Ein Schreibtisch, aus dem man die Schubladen herausgezogen hatte, folgte ihm. Dann flogen auch die Schubladen hinterher.

Prospekte, Gummistempel, Rezeptblöcke schneiten herab.

Beim ersten Geräusch waren die Spatzen aus den Bäumen aufgeflogen. Bora sah zu, wie die Papiere heruntersegelten und manchmal wieder aufstiegen, als wollten sie das Gesetz der Schwerkraft herausfordern. Aber schon ging eine weitere Fensterscheibe scheppernd zu Bruch. Stühle und Untersuchungsliegen, Laken und weiße Kittel fielen herunter auf den Rasen.

Zwischen einer Idee und ihrer Umsetzung liegen oft nur wenige Sekunden. Bora hätte die Polizisten in Zivil, die in der Limousine saßen, fragen können (aber was gab es da noch zu fragen?). Stattdessen – und niemand hielt ihn davon ab – ging er hinüber zum Haus und trat durch den offenen Haupteingang in ein Wartezimmer, das ihm fremd war und doch ganz vertraut vorkam: Das lag an den Reproduktionen berühmter Ansichten aus Sachsen, die an den Wänden hingen und die er flüchtig wahrnahm, als er die Treppe hochstürmte.

Verglichen mit dem Halbdunkel des Treppenhauses, war das Sprechzimmer geradezu durchflutet von Tageslicht. Eine Handvoll barhäuptiger Schlägertypen, die in den kurzen Hosen der Hitlerjugend steckten, hakten mühsam ein Metallregal von der Wand. Der berauschende Geruch von verschüttetem Desinfektionsmittel und Phenolsäure stieg von dem glitschigen Boden auf, der mit Glasscherben und chirurgischen Instrumenten übersät war.

Ein junger Mann in schwarzer SS-Uniform führte das zerstörerische Treiben an. Als Bora ihm wütend entgegentrat, schnauzte er zurück: »Was geht es Sie an, was wir hier machen? Wir haben unsere Befehle!«

Gott sei Dank gab es die Hierarchie. Mit dem Handrücken schlug Bora ihm quer übers Gesicht, und zwar so heftig, dass der andere in seinen schlecht sitzenden Stiefeln aus dem Gleichgewicht kam. Seine Kumpane, die mit dem Rücken zu ihnen standen, bekamen davon zunächst nichts mit. Keiner von ihnen trug eine Waffe, von ihrem Fanatismus einmal abgesehen.

Der verblüffte junge Mann in Schwarz konnte sich gerade noch auf den Beinen halten. Er rieb sich die linke Wange. Erst als er begriff, dass ein Oberstleutnant ihn nach dem Namen seines direkten Vorgesetzten gefragt hatte, schien er aus der blinden Wut, die ihn eben noch erfüllt hatte, aufzutauchen.

Er stand stramm und stotterte in seinem näselnden Berlinerisch: »'tschuldjung, Herr Oberst. Wir hatten's eilich, ham jesacht jekricht, dit is' jüdischet Eijentum.«

Die nacktbeinigen Jungs in seinem Trupp wirkten wie Katzen, die man beim Mausen erwischt hatte. Sie wurden blass, als Bora sagte: »Diese Klinik gehörte dem verstorbenen Professor Doktor Reinhardt-Thoma, dessen Staatsbegräbnis am letzten Sonntag vom Führer persönlich angeordnet wurde!« Hitler gegenüber einem Mitglied der Hitlerjugend zu erwähnen, war so, als hätte man Gott erwähnt. Der junge Mann in Schwarz wusste nicht, wohin mit sich. Sein Kommandeur sei ein gewisser Korpsführer Schmitz. Er bedeutete seinen Kameraden, ihrer Zerstörungswut Einhalt zu gebieten. Ihm fiel keine weitere Rechtfertigung ein, aber Bora verstand so viel, dass der Befehl vom Reichsgesundheitsamt ausgegangen sein musste, vielleicht sogar von Reichsgesundheitsführer Leonardo Conti selbst, der jahrelang der erbittertste Feind seines Onkels gewesen war.

Von den Jungs erfuhr Bora, dass die Patienten die Klinik bereits vor drei Tagen verlassen hatten. Die heutige Aktion war zwar von Korpsführer Schmitz genehmigt worden, aber auf keinen Fall sollten die Krankenstationen und das Erdgeschoss beschädigt werden, weil der Einzug des neuen Direktors unmittelbar bevorstand.

Im Erdgeschoss stieß Bora auf die Beamten in Zivil aus der rußfarbenen Limousine. Sie sagten, sie seien von der nahe gelegenen Polizeiwache in der Cecilienallee, und stellten ihm einige höfliche Fragen, die er mühelos beantworten konnte. Sie schienen nicht zu wissen, dass Bora ein Angehöriger war, denn sie erklärten ihm, dass die Katastrophe im Obergeschoss der langen Freundschaft zwischen dem verstorbenen Besitzer und »dem Juden Goldstein« zuzuschreiben sei. Eigentlich warteten sie hier auf Dr. Wirth, den frisch ernannten Chefarzt der Klinik.

»Und Sie sind hier einfach so vorbeigekommen, Herr Oberst?«

»Ich glaube nicht, dass ein deutscher Offizier Rechenschaft über sein Einschreiten ablegen muss, wenn es aus Berliner Fenstern Möbel regnet und ein aufsässiger Hitlerjunge es wagt, sich ihm gegenüber respektlos zu verhalten!«

Polizisten der hiesigen Wache mochte dieses Argument überzeugen. Eine dienstliche Beschwerde hingegen würde nichts bewirken, weder bei ihnen noch bei sonst jemandem.

Bora verließ das Haus. Hier gab es nichts, was er vor Wirth retten wollte, nicht einmal die Reproduktionen mit den Motiven aus dem alten Sachsen. Er war nur hergekommen, um zu sehen, welche Form der Wachwechsel annehmen würde. Dass Niemeyers Nachbar darin verwickelt war, der zu knickerig war, um seinen verkrüppelten Gärtner zu entlohnen, und zu feige, um selbst vor Ort zu sein, war bitter. Seiner Mutter würde er hiervon lieber nichts erzählen. Als er durch den Garten ging, überlegte er es sich anders, bückte sich und hob eine leere kleine Phiole auf. Die würde er als Andenken mitnehmen.

Es war ein nutzloser Gegenstand, der zudem unter allen Dingen den geringsten Wert aufwies.

In den Straßenbäumen tschilpten die Spatzen schon wieder. Bora warf einen Blick nach oben auf die graue Schar. Seltsam, seit seiner Kindheit waren ihm die Bäume nicht mehr so hoch vorgekommen. Tupfen aus Morgensonne sprenkelten ihre dunklen Köpfe, als er davonging.

An der Straßenbahnhaltestelle steckte er sich eine Zigarette zwischen die Lippen, rauchte dann aber doch nicht. Im Juni hatte er eigentlich damit aufgehört, getreu der Maxime, dass es im Feld von Vorteil war, einen guten Geruchssinn zu haben. Er hatte trotzdem immer ein Päckchen dabei, als Zahlungsmittel. Aber er kämpfte immer noch gegen den Automatismus an, nach einer Zigarette zu angeln, wenn er unter Druck stand, und gab oft genug der Versuchung nach.

Wie oft hatte er als Erwachsener jemanden geschlagen? Das konnte er an den Fingern seiner noch vorhandenen Hand abzählen. Es sah ihm so gar nicht ähnlich, daher beunruhigte ihn der Kontrollverlust, der zu einer solchen Angriffslust geführt hatte, zutiefst. Nikotin würde da nicht helfen. Mürrisch musste er einsehen, dass beide Vorfälle – die Zerstörung der Klinik und die Ohrfeige, die er dem Hitlerjungen verpasst hatte – weitere Anzeichen dafür waren, dass alles zusammenbrach und der Auflösung entgegenstrebte. *Wenn Stauffenberg sich weigert, mich zu empfangen, muss ich mich vielleicht wirklich vor die Tür zu seinem Büro legen. Wenn es nämlich stimmt, was Hölderlin schreibt, »Es brauchet aber Stiche der Fels«, dann müssen noch einige Dinge ausgesprochen werden, bevor alles zerfällt.*

Allerdings musste er gar nicht zu einer derart drastischen Maßnahme greifen. Als er wieder zurück im *Leipziger Hof* war und beim Frühstück gerade etwas zu sich nahm, was nach sehr schlechtem Kaffee schmeckte, teilte ihm ein Kellner mit, dass er am Telefon verlangt werde: ein Anruf vom Ersatzheer. Es war nicht Emmi Pletsch, wie Bora vermutet hatte, sondern Oberleutnant der Reserve von Haeften, Stauffenbergs Adjutant. Er kam gleich zur Sache und bat Bora ohne Umschweife, um 14.00 Uhr ins Büro des Obersten zu kommen.

»Gut«, sagte Bora ebenso knapp. »Ich werde da sein.«

7.35 Uhr

In den knapp sieben Stunden bis zu seinem Termin in der Bendlerstraße hatte Bora noch allerlei zu erledigen. Er musste – nicht zwangsläufig in dieser Reihenfolge – Erkundigungen zu Salomon in dessen Dienststelle einziehen, das vor zwei Tagen von Max Kolowrat geliehene Material zurückgeben und bei Glantz anrufen, für den Fall, dass die Kripo den glücklosen Verleger inzwischen freigelassen hatte. Er musste ihn etwas fragen, was nach außen hin mit dem Mordfall zu tun hatte, aber, soweit es Bora betraf, eher politischer Natur war. Als Geldgeber der *Enzyklopädie des Mythos* wusste Glantz vielleicht, ob Niemeyer seine Manuskripte oder andere wichtige Unterlagen in einem Tresor oder Bankschließfach verwahrt hatte, darunter möglicherweise auch eine Abschrift des Briefes, der für das Reichssicherheitshauptamt bestimmt war.

Da es noch früh am Tag war und der Barbarossaplatz in der Nähe lag, beschloss Bora, als Erstes bei Kolowrat vorbeizuschauen.

Dort bot sich ihm ein ungewöhnlicher Anblick. Auf der Straße, auf der mit Ausnahme eines Wagens der Technischen Nothilfe keine Autos zu sehen waren, biwakierte eine kleine Gruppe Menschen auf dem Bürgersteig. Auch Max Kolowrat war darunter. Um sie herum lagen einige ihrer Habseligkeiten.

In Kolowrats Fall waren dies ein Hocker, auf dem seine Schreibmaschine stand, und Krüger, der mit einem indignierten Gesichtsausdruck, wie ihn nur Katzen haben können, auf der Schreibmaschine saß. Der Schriftsteller stand dicht daneben, eine erloschene Pfeife zwischen die Zähne geklemmt, und blickte zu den Fenstern seiner Wohnung hinauf. Als er Bora bemerkte, erwiderte er dessen Gruß mit einem Nicken.

»Die Rückseite des Gebäudes hat sich über Nacht ein bisschen verschoben«, erläuterte er. »Die TeNo überprüft gerade die Wohnungen, um sicherzugehen, dass wir gefahrlos zurückkehren können.« Gelassen deutete er mit seiner Pfeife auf die anderen Hausbewohner. »Wir können da nicht viel machen. Wenigstens ist es um diese Tageszeit kühl und schattig.«

Bora betrachtete die anderen. Eine ältere Dame in einem Morgenrock mit federnbesetztem Kragen und Pantoffeln saß strickend in einem Sessel, über den ein Schonbezug gestülpt war; ein Paar in mittleren Jahren spielte auf einem Koffer Karten; einige Schritte weiter drückte ein Mann mit dem kurz geschnittenen Haar eines Veteranen zärtlich einen Topf mit Farnkraut an sich. Dieser unvorhergesehene Umstand kam Bora entgegen: Der Gedanke an ein weiteres Gespräch mit Kolowrat machte ihn verlegen, und diese Begegnung auf dem Bürgersteig war wie dafür gemacht, das Ganze kurz zu halten. Er fragte, wo er das geborgte Material ablegen solle. Einfach auf dem Bürgersteig, sagte Kolowrat. »Die Techniker werden sicher so freundlich sein, es hineinzutragen, so wie sie auch unsere Sachen herausgetragen haben.«

Bei diesen Worten sah er Bora direkt an, sodass dieser gar nicht anders konnte, als ihn zu fragen, ob er ihm behilflich sein könne.

»Nein, danke. Wie Sie sehen, sind weder Krüger noch ich außer Fassung. Er ist mit mir schon um die halbe Welt gereist. Ihn wird nun nicht gerade ein Morgen auf dem Bürgersteig einschüchtern. Allerdings … Hätten Sie Feuer?«

Ohne nachzudenken, zog Bora das Feuerzeug seines Bruders heraus. Sollte Kolowrat, der von Peters Tod wusste, darauf den Adler, das Abzeichen der Luftwaffe, bemerkt haben, so war er taktvoll genug, es sich nicht anmerken zu lassen. Er entzündete den Tabak in seiner Bruyère-Pfeife und sagte dann: »Der Name, den Sie neulich erwähnt haben, Gustav Kugler … Ich glaube, ich weiß, wer das ist.«

Bora, den bis jetzt nur eine Frage umgetrieben hatte *(Soll ich nun davon ausgehen, dass er meine Mutter mag, oder nicht? Und dass er hofft, sie eines Tages zu heiraten?)*, spürte, wie ihm die Aufregung in die Glieder fuhr.

»Ach ja?«

»Ja. Im Zeitalter des Jazz konnten zwielichtige Gestalten zwar kein Mitglied beim Tennis-Klub Blau-Rot sein oder auf dem Wannsee-Golfplatz spielen, aber Sie können getrost davon ausgehen, dass sie schicke Partys in den erstklassigsten Kabaretts besucht haben. Die Berichterstattung über Verbrechen habe ich nun nicht gerade bevorzugt verfolgt, trotzdem habe ich mir regelmäßig Notizen gemacht. Das weibliche Lesepublikum hatte eine Schwäche für Verbrecher, wie sie in den Romanen von Rex Stout vorkommen, oder für den Typ des ›korrupten Polizisten‹ in Kinofilmen. Amerikanische Jagdgewehre und Maschinenpistolen waren der letzte Schrei. Nach Ihrem Besuch neulich habe ich meine alten Unterlagen durchgesehen, und siehe da … Wie gesagt, ich glaube, ich weiß, wer Kugler ist. Um genau zu sein: Ich weiß nicht, wo er sich gerade aufhält oder was er macht. Aber in der Weimarer Zeit war er Polizist bei der Sitte und eigentlich nicht bestechlich.«

Diesen Angelhaken hatte Bora zwar neulich ausgeworfen, aber ohne allzu viel Hoffnung darauf, dass überhaupt Fische im See waren. Er verbarg seine Begeisterung, indem er sich bückte und eine Stricknadel aufhob, die die alte Dame hatte fallen lassen.

»›Eigentlich nicht bestechlich‹, Dr. Kolowrat? Das heißt –«

Kolowrat zuckte mit den Achseln. Im Tageslicht waren die kleinen Falten um die Augen, wie sie typisch sind bei Menschen, die sich gern im Freien aufhalten, gut sichtbar. Seine Mundwinkel wiederum verstärkten den Eindruck, dass er gern und oft lächelte. »Das heißt ... anscheinend hat er nie Geld von Zuhältern angenommen, um wegzuschauen, anders als einige seiner Kollegen. Und wenn er die Gelegenheit ergriffen haben sollte, sich mit einer Bordsteinschwalbe zu vergnügen, nachdem er sie einkassiert hatte, wäre dies lediglich als geringfügiger Verstoß angesehen worden. Nein, der Mann war in anderer Hinsicht unredlich: Man munkelte, dass er Personen, die der Obrigkeit als verzichtbar galten oder ihnen im Weg waren, ›entfernt‹ habe: kaltschnäuzige Kriminelle, Doppelinformanten, und Gott weiß, wen noch. Ich bin ihm nie begegnet. Hier und da hat man mich auf ihn hingewiesen, in einer Kneipe oder bei ziemlich zwanglosen Zusammenkünften. Erschütternd, nicht wahr? Inzwischen dürfte ihn jemand ins Jenseits befördert haben, oder er hat sich für höhere Aufgaben empfohlen.«

Bora zog das Material über die Weimarer Zeit, das Kolowrat ihm geliehen hatte, aus seiner Aktentasche und legte es in einem ordentlichen Stapel neben den Hocker. »Ihre erste Annahme ist zutreffend.«

»Oh, na so was. Damals hätte das in neun von zehn Fällen bedeutet, dass sein Arbeitgeber einen anderen Totschläger auf ihn losgelassen hat.« Wie eine Reihe von Professoren und Dozenten, mit denen Bora zu tun gehabt hatte, untermalte Kolowrat seine Worte mit leichten Schwüngen seiner Pfeife, die er in der Hand hielt. »Auch auf diese Weise kann man Müll beseitigen. Das ist nicht weiter verwunderlich. *In der Republik* sind mehr als nur eine Handvoll Berliner auf diese Weise umgekommen.«

Die leichte Betonung, mit der er das sagte, ließ Bora vermuten, dass Kolowrat damit eigentlich etwas anderes sagen wollte. Einer derart augenzwinkernden Ironie begegnete man nicht alle Tage. Gleichwohl verlangten seine Uniform wie auch seine Funktion als Ermittler, dass er diese Äußerung wörtlich nahm.

»Er starb nicht zur Zeit der Republik«, merkte er an. »Kugler wurde erst vor wenigen Tagen ermordet. Er hat eine Detektei betrieben.«

»Ach, tatsächlich? Interessant. Hat Kugler einen Klienten erpresst, oder ist er zu seinen alten Gepflogenheiten zurückgekehrt, und jemand hatte den Auftrag, den Mülleimer zu leeren, in dem er sich befand? Man fragt sich, ob ein Auftragsmörder jemals seine Gewohnheiten ablegt.« Als sich ein TeNo-Vorarbeiter mit gelber Armbinde aus einem Fenster lehnte und Entwarnung gab, nickte Kolowrat. An Bora gewandt, der dicht neben ihm stand und an seinen Lippen klebte, sagte er: »Ich hatte nie eine hohe Meinung von Auftragsmördern. Sie sind meist nicht bedeutsamer als die Waffen, die sie schwingen, und sich mitunter kaum dessen bewusst, was sie anrichten. Die Müllmänner, die ihnen hinterhergeschickt werden, sind weniger verkommen.«

Plötzlich geriet Bora ins Grübeln. Der Prozess des Tötens, den Kolowrat da schilderte, war ihm vertrauter, als er sich eingestehen wollte – Russland, Rom … Erfahrungen aus erster Hand, an die er sich besser nicht erinnerte. Bei der Abwehr hatte man es »Aufräumen« genannt. Er sagte: »Am meisten interessiere ich mich für den Drahtzieher.«

»Oder *die* Drahtzieher. Nur bei Auftragsmorden im privaten Bereich ist es nicht ganz so kompliziert, darin sind in der Regel nicht mehr als zwei Männer verwickelt.«

8.37 Uhr

Also hatte Kugler Gerüchten zufolge im Auftrag der »Obrigkeit« Morde begangen. So ähnlich hatte sich Kolowrat schon bei ihrer ersten Begegnung ausgedrückt, als es um Niemeyers Vorläufer Jan Hanussen ging. Er hatte erwähnt, dass Hanussen aus dem Verkehr gezogen worden sei, »allerdings nicht von der Polizei«. Nach seinem Besuch bei Kolowrat dachte Bora über diese Informationen nach, zwischen denen ein

Zusammenhang zu bestehen schien. War es denkbar, dass der Ermittler auf eigene Rechnung aktiv geworden war, nachdem er die Kripo verlassen hatte? Ein Auftragsmörder dürfte seiner Veranlagung treu bleiben, hatte Max Kolowrat gemutmaßt. Aber das war natürlich nur der Kommentar eines Reporters.

Vielleicht könnte er Grimm darauf ansprechen, obwohl das natürlich ein heikles Thema war für jemanden, der einen Teil seines Berufslebens mit Gustav Kugler verbracht hatte. Bevor Grimm nicht wieder im Dienst erschien, war dies eine nützliche Information, aber mehr auch nicht.

Bora sah auf die Uhr. In den Dienststellen des Heeres wurde bereits gearbeitet, also könnte er sich eigentlich im Hauptquartier des OKW in Zossen nach Salomon erkundigen. Er suchte eine Telefonzelle auf, von der er wusste, dass sie funktionstüchtig war, und wies sich wahrheitsgemäß als ehemaliger Offizier aus Salomons Stab aus. »Ich bin auf Heimaturlaub in der Stadt und würde gern kurz mit ihm sprechen, wenn es möglich ist.«

Zu hören, dass der Oberst krankgeschrieben sei, überraschte ihn nicht, aber es beunruhigte ihn zutiefst. »Nichts Ernstes, so hoffe ich«, sagte er. »Hat er sich in ein Krankenhaus begeben, wo ich ihn besuchen kann?«

Darüber läge keine Mitteilung vor. Er könne es ja einmal im *Adlon* probieren, wo Salomon bis vor Kurzem logiert habe.

Das werde er tun, sagte Bora, obwohl er bereits wusste, dass der Oberst das Hotel verlassen hatte. Soweit ihm bekannt war, hatte Salomon keine Verwandten in Berlin. Seiner Frau hatte er sich seit seinem ersten Russlandeinsatz entfremdet, es hätte keinen Zweck, ihn über sie ausfindig machen zu wollen. *Verdammt*, dachte er, *soll ich heute Nachmittag Claus von Stauffenberg auf ihn ansprechen? Schließlich hat Salomon durch ihn von mir erfahren. Er könnte wissen, wo er steckt.*

Es wurde rasch wärmer. In der Telefonzelle stellte Bora sich mit dem Rücken zur Sonne, um durch sein Notizbuch zu blättern. Bei der Befragung von Roland Glantz hatte er sich dessen Privatnummer notiert – es war dieselbe, unter der er seine besorgte Frau angerufen hatte. Sollte Glantz inzwischen vom Alex zurück sein, wäre er bestimmt nicht gerade in Plauderlaune, aber er würde es kaum wagen, den Hörer auf die Gabel zu knallen, wenn am anderen Ende der Leitung ein Ermittler war.

Es klingelte geraume Zeit (sieben Mal, zählte Bora mit), bevor Glantz' Gattin den Hörer abhob. An ihrer Stimme erkannte er gleich, dass sich die Lage des Ehepaars verschlechtert hatte. Er ging zwar davon aus, dass der Verleger noch nicht freigelassen worden war, fragte aber sicherheitshalber nach. Frau Glantz begann zu schluchzen. Sie sprach abgehackt, doch Bora hörte heraus, dass Glantz nicht nur immer noch im Gefängnis war, sondern in der vergangenen Nacht einen weiteren Selbstmordversuch unternommen hatte. Das war durchaus vorstellbar, wenn man bedachte, in welchem Zustand sich der Mann befand. Allerdings vermutete Bora, dass der unmittelbare Auslöser Misshandlungen seitens der Vernehmungsbeamten bei der Polizei gewesen sein mochten.

Jetzt fiel ihm auf, dass er zwar seinen Namen genannt, sich der Gattin aber nicht als der ermittelnde Offizier aus der ersten Befragung zu erkennen gegeben hatte. Das holte er nach und fügte noch hinzu: »Ich war am Mittwoch im Büro des Sternuhr Verlags, als Sie Ihren Gatten angerufen haben. Wissen Sie, ob Herr Glantz noch immer im Präsidium der Kriminalpolizei festgehalten wird?«

»Ich wünschte, ich wüsste es«, stöhnte sie. »Ich fürchte, dass sie es als Schuldeingeständnis seinerseits werten werden. Das hätte er nicht tun sollen, Herr Oberst, das hätte er nicht tun sollen!«

Bora stimmte ihr grundsätzlich zu. Laut fragte er allerdings nur: »Können Sie bestätigen, dass Ihr Bruder etwas in Ihrem Haus zurückgelassen hat, bevor er gefallen ist? Ich stelle Ihnen diese Frage aus einem ganz bestimmten Grund.«

»Das kann nur dieses verdammte Gewehr sein! Ich habe Roland gesagt, dass er es loswerden muss, nachdem Seppi in der Nähe von Tobruk abgeschossen worden war ... Ich konnte ihn aber nur dazu überreden, es an einem sicheren Ort aufzubewahren, postlagernd. Oh Gott, er hat den Verstand verloren, nachdem uns Magnusson oder Niemeyer, oder wie er auch in Wirklichkeit heißen mag, diesen bösen Streich gespielt hat ... Ich wollte nur sichergehen, dass er nicht in Versuchung gerät, es für einen Racheakt zu verwenden.«

Der Rest des Telefonats war nicht mehr sehr ergiebig. Frau Glantz konnte ihm nicht sagen, ob ihr Gatte Kenntnis von einem Ort hatte, an dem Niemeyer Durchschläge seiner Manuskripte aufgehoben haben könnte, einschließlich der *Enzyklopädie des Mythos*. Bora wollte schon auflegen, machte dann aber doch einen letzten Versuch. Haben Sie schon einmal von einem Rechtsanwalt namens Erhard Dietz gehört?«

»Nein. Ist das jemand, der meinem Mann helfen könnte?«

»Ich fürchte, nein.«

»Können *Sie* denn meinem Mann helfen?«

Mit dieser weinerlichen Bitte hatte Bora gerechnet. »Ich kann nur eins tun: mich nach seinem Gesundheitszustand erkundigen und vielleicht herausfinden, wo er gerade ist. Ich melde mich nur dann, wenn ich Ihnen etwas mitzuteilen habe.«

Als Bora aus der Telefonzelle trat, war die Temperatur weiter nach oben geklettert. Es roch nach warmem Asphalt und offenen Abwasserkanälen – Letzteres wäre im Berlin der Vorkriegsjahre undenkbar gewesen. Der dritte Anruf würde mehr Zeit in Anspruch nehmen und sollte besser nicht von einem öffentlichen Fernsprecher aus erfolgen. Er kehrte zurück sein Zimmer im *Leipziger Hof* und wählte Arthur Nebes Durchwahl.

Der SS-Gruppenführer war nicht an seinem Platz. Anderenfalls hätte er den Anruf direkt entgegengenommen. Daraufhin versuchte es Bora bei der Zentrale im Präsidium der Kripo und wünschte Nebes engsten Mitarbeiter zu sprechen. Der Mann bestätigte, dass der Chef außer Haus war, erteilte jedoch keine Auskunft zu seinem Tagesablauf. Auf Boras diskret gestellte Frage nach dem Häftling Roland Glantz reagierte er mit der Verärgerung eines Bürokraten, der keinen Grund für eine Antwort sieht.

»Worum geht es bei dem Häftling Roland Glantz, Herr Oberst?«

Bora erläuterte es kurz, obwohl er bezweifelte, dass ein Selbstmordversuch im Alex etwas Neues für Nebes rechte Hand war.

»Ach ja. Er hat noch einmal versucht, sich zu erhängen.«

»Und ist es ihm gelungen?«

»Nein, aber beim Sturz hat er sich am Kopf verletzt und ist ohne Bewusstsein. Unsere Ärzte auf der Krankenstation befürchten, dass er nicht so bald wieder zu sich kommt, wenn überhaupt.«

Das war nicht gerade das, was Bora hatte hören wollen. »Ist er noch auf der Krankenstation?«

»Nein, ist er nicht ... Hören Sie, Herr Oberst. Ich habe keine Ahnung, wohin er gebracht wurde. In Berlin gibt es zahllose Krankenhäuser und Kliniken.«

Das konnte nur bedeuten, dass Glantz der Gestapo übergeben worden war. »Darf ich eine Nachricht für den Leiter der Kripo hinterlassen?«

»Sie scheinen ja seine Durchwahl zu kennen. Versuchen Sie, ihn heute Abend nach sechs zu erreichen.«

Zwei Anrufe, zwei Fehlschläge. Bora hatte etwas mehr Glück, als er sich nach Florian Grimm erkundigte.

Den Anruf nahm Trost entgegen, offensichtlich Grimms Untergebener. Ja, Kommissar Grimm erhole sich rasch und werde sich voraussichtlich morgen wieder zum Dienst melden. (Von dieser Auskunft war Bora nun nicht gerade begeistert. Er hatte gehofft, noch etwas mehr Zeit für sich zu haben und auch noch länger über den Wagen verfügen zu können.) Er verlangte, Grimm möge detaillierte Informationen über die Vernehmung des Häftlings Roland Glantz mitbringen, außerdem Angaben über dessen Gesundheitszustand und Verbleib. Dann legte er verärgert auf.

Größere Hoffnungen setzte er auf den nächsten Anruf, vor allem weil dieser nicht rein dienstlicher Natur war. Er zog Emmi Pletschs Nummer aus seiner Brusttasche. Dabei fiel auch das Kondom mit heraus, ein kleiner, verräterischer Zwischenfall, der ihn aber nicht sonderlich in Verlegenheit brachte. Er hatte vor, ihr zu danken, ohne ins Detail zu gehen. Sie würde schon verstehen, worum es ging: dass sie den Termin mit Stauffenberg möglich gemacht hatte.

Eine Kollegin nahm den Anruf entgegen. Stabsführerin Pletsch habe gerade ihren Schreibtisch verlassen. Ob der Oberstleutnant es noch einmal um zehn versuchen wolle?

Schon wieder war jemand nicht an seinem Platz. Dies ließ einen doch an der viel gerühmten Tüchtigkeit deutscher Büroangestellter zweifeln. Bora war enttäuscht, sagte aber, er werde sich wieder melden.

In der Zwischenzeit machte er sich an die nächsten Telefonate, um herauszufinden, wo Salomon abgeblieben war. Da die Charité bekannt dafür war, Nervenerkrankungen zu behandeln, rief er dort als Erstes an. Fehlanzeige. Dann folgte eine Reihe von Militär- und Privatkrankenhäusern, von denen er wusste, dass sie noch in Betrieb waren. Ob nun seine Gesprächspartner bezweifelten, dass er bloß auf der Suche nach seinem früheren Kommandeur war, oder ob Salomon sich in keines dieser Häuser begeben hatte (oder vielleicht gar nicht mehr in der Hauptstadt war), jedenfalls kam bei Boras Bemühungen rein gar nichts heraus. Das einzig Gute daran war, dass die Zeit bis zehn Uhr nicht sinnlos verstrich.

Er rief noch einmal im Stab des Ersatzheeres an.

Diesmal war Emmi da. Ihre Reaktion auf seinen Dank fiel gar nicht einmal so kurz angebunden aus. Dabei wollte Bora es nicht belassen, also wagte er spontan einen Vorstoß und fragte: »Könnten wir nicht heute zu Mittag essen, Stabsführerin Pletsch? Ich könnte Sie abholen.«

Sie ließ ihn kaum ausreden: »Nein, Herr Oberst. Ich glaube nicht.«

Auf ihre Absage reagierte Bora frustrierter, als ihm zustand. »Also gut, wie Sie wünschen«, sagte er und wollte schon auflegen.

Er war es nicht gewohnt, von Frauen zurückgewiesen zu werden, und maß daher Emmis Absage eigentlich eine zu große Bedeutung zu. Andererseits konnte sie wohl kaum so unbedarft sein und aus seiner Stimme nicht ein gewisses Verlangen heraushören, das sich hinter seiner korrekten Wortwahl verbarg. Normalerweise akzeptierte er ein Nein, daher traute er kaum seinen Ohren, als er sich fragen hörte: »Und was ist mit einer Tasse Kaffee?«

Sie antwortete nicht gleich, und ihm tat es schon leid, so beharrlich gewesen zu sein. Dann sagte sie schlicht: »Ja, gern.«

Damit blieb Bora noch eine freie Stunde. Er saß in seinem frisch gereinigten Zimmer (ein solcher Luxus würde schon bald der Vergangenheit angehören, wenn er es zurück an die italienische Front schaffte) und durchdachte die Neuigkeiten, die er bisher an diesem Vormittag zusammengetragen hatte.

Was er von Max Kolowrat über Kuglers Nebentätigkeit als halb offizieller Mörder in der Weimarer Zeit erfahren hatte, streute Sand ins Getriebe. Das begrüßte er.

Grimm hatte ihm davon nichts erzählt, aber er hatte vielleicht auch nichts davon gewusst – oder keine Veranlassung gesehen, eine Verbindung zwischen seinem alten Partner und Niemeyers Tod herzustellen. Schließlich hatte er auch nicht gezögert, die Identität des S-Bahn-Mörders Paul Ogorzow preiszugeben, seines alten SA-Kameraden, als Bora ihn nach berüchtigten Mördern in Berlin gefragt hatte. Dass eine Spur zu Kugler führen könnte, war ebenso weit hergeholt wie bestechend. Doch einmal angenommen, der Ermittler hatte aus irgendeinem Grund eine Rolle bei dem Mord gespielt, so hatte er dies ganz bestimmt auf Anweisung getan. Lattmann zufolge verwies der Klatsch vor elf Jahren auf den hoch verschuldeten von Helldorff als möglichen Drahtzieher hinter der Erschießung von Jan Hanussen, dessen Platz als Mystiker der Partei danach Niemeyer eingenommen hatte. Schon damals war von Helldorff tief in die Stadtpolitik verstrickt. Hatte er Kugler damals in irgendeiner Form beschäftigt und daran festgehalten? In seiner Uneindeutigkeit war die Erwähnung des »Berliner Polizeipräsidenten Graf von Helldorff« in Niemeyers Brief durchaus von Belang. Schließlich war es von Helldorffs Freundin gewesen, die Niemeyer unwissentlich mit Hinweisen zu einer Verschwörung in der Wehrmacht versorgt hatte … Im Geiste malte Bora ein Dreieck, an dessen Winkeln drei Namen standen: »Hanussen«, »von Helldorff« und »Kugler«; dann ein weiteres mit einer anderen Variante: »Niemeyer«, »von Helldorff« und »Kugler«, sowie ein drittes, das die gewagtesten Verbindungen aufwies: »Niemeyer«, »von Helldorff« und »Verschwörung«.

Das letzte Dreieck barg jede Menge Zündstoff, und zwar ganz gleich, ob Niemeyer sich nun alles ausgedacht hatte, und auch unabhängig davon, welche Rolle von Helldorff in dem Ganzen spielte: War er ein erpresster Schuldner, ein Schnüffler oder ein Verschwörer? Vielleicht schuldete er Niemeyer Geld, so wie er Hanussen Geld geschuldet hatte. Wenn er dann herausgefunden hatte (wie? Kam der Hinweis von Niemeyer persönlich?), dass seine Freundin etwas über laufende Ermittlungen wegen

Hochverrats hatte durchsickern lassen, hätte sich damit die ideale Gelegenheit geboten, ihn zu beseitigen. Andererseits konnte Niemeyer zum Beispiel auch Mitverschwörer erpresst haben – etwa jene Männer, deren Gespräch Salomon zufällig mitbekommen hatte.

Bora spürte, wie das verschwitzte Hemd unter seinen Achseln und am Leib klebte. Er zog Niemeyers Brief wieder aus der unbeschrifteten Mappe, in die er ihn gelegt hatte, steckte ihn zusammen mit seinem Tagebuch in einen wasserdichten Beutel und schickte sich an, zu duschen, den Beutel fest im Blick.

Er schnallte seine Prothese ab, die in der Sommerhitze unangenehm an seinem Handgelenk scheuerte. Und wenn er nun falschlag? Niemeyer konnte sich den Inhalt seines Briefes auch ausgedacht haben, zumindest was sein Wissen hinsichtlich einer Verschwörung in der Wehrmacht betraf. Er konnte eine Vision oder eine Intuition als glaubwürdiges Gerücht ausgegeben haben, damit nach seiner Ermordung auch sein Feind (oder seine Feinde) vernichtet würden. Worte, die man hinterließ, wenn man fürchtete, eines gewaltsamen Todes zu sterben, können nicht lügen. Oder doch?

Ich könnte diesen verdammten Brief verbrennen, und die Sache hätte sich erledigt. Bubi Kupinski würde niemals erzählen, dass er in seinem Besitz war oder dass ich ihn zu Gesicht bekommen habe. Soll ich ihn Stauffenberg gegenüber erwähnen, oder wäre das mein Untergang? Wenn ich keine Skrupel hätte, könnte ich ihn sogar so einsetzen, wie Niemeyer es versucht hat. Allerdings stecke ich bis zur Halskrause in Skrupeln.

Bora stand unter dem strömenden kalten Wasser, die Verabredung um 14.00 Uhr machte ihn unsagbar nervös – und seltsamerweise (wenn auch aus einem völlig anderen Grund) auch die Aussicht darauf, in einer halben Stunde mit Emmi Pletsch zusammenzusitzen. Unter den zahlreichen Fragen, die er in seinem Kopf wälzte, war tatsächlich auch eine harmlose, an ihn selbst gerichtete, deren Antwort er schuldig blieb: Warum duschte er, warum zog er sich um? Tat er das für den Stabschef des Befehlshabers des Ersatzheeres oder für Emmi Pletsch?

Jedenfalls zog er als Glücksbringer das maßgeschneiderte Hemd an, das seine Mutter ihm von zu Hause mitgebracht hatte.

Kurz darauf nahm er die Prothese in die Hand und betrachtete sie nachdenklich. Sie war ein Fremdkörper, an den er sich immer noch nicht gewöhnt hatte, obwohl er doch eigentlich fest entschlossen war, nicht an seinen Verlust zu denken. Während des Rückzugs aus Rom hatte er seine gesamten Noten weggeworfen, darunter auch jene, die sein Vater fürs Klavier komponiert oder arrangiert hatte. An der Ostfront war er bereit gewesen zu sterben, daher hatte er auch nicht darüber nachgedacht, eine Verstümmelung zu erleiden oder diese zu überleben. Mit seiner rechten Hand konnte er zwar die mit fein gearbeiteten Gelenken ausgestatteten Finger der künstlichen Hand, die in einem ansehnlichen schwarzen Handschuh steckte, bewegen oder zu einer Faust schließen. Und bei Kälte, wenn Handschuhe getragen wurden, war die Prothese auf den ersten Blick nicht von seiner gesunden Hand zu unterscheiden. Aber im Sommer war das anders.

»Sie hätten auch Ihren Unterarm verlieren können oder sogar den ganzen Arm«, hatte man im Krankenhaus in Verona zu ihm gesagt, um ihn ein wenig aufzumuntern. »Seien Sie dankbar, dass Sie nur eine Hand eingebüßt haben.«

Nun ja, Dankbarkeit nahm heutzutage merkwürdige Formen an. Mit dem Rücken zum Spiegel befestigte Bora die Prothese wieder. *Ich glaube an innere Stärke,* sagte er sich, *und versuche, danach zu leben. Aber was macht diese Verletzung tief drinnen mit mir, wie beeinflusst sie mein Wesen?*

Claus von Stauffenberg hat ein Auge und seine rechte Hand verloren, und an seiner linken Hand sind ihm nur drei Finger geblieben.

Im letzten Augenblick, eine Viertelstunde vor dem Treffen mit Emmi in einem kleinen vornehmen Café in der Nähe der Bülowstraße, beschloss Bora, Niemeyers Brief mitzunehmen. Das war gefährlich, und ihm war klar, dass er – unabhängig vom Ausgang des Treffens mit Stauffenberg – vor Einbruch der Nacht ein besseres Versteck dafür finden musste. Als er rasch die Treppe hinunterging, entschied er, dass die Wohnung seines Großvaters genauso wenig infrage kam wie die Klinik seines Onkels. Nicht einmal Banken, ja nicht einmal Kirchen waren sicher, und momentan konnte er sich nicht unbedingt auf eine größere Zahl von ehemaligen

Kameraden bei der Abwehr verlassen. Auch wollte er die Menschen, denen er am meisten vertraute, nicht in Gefahr bringen. Auf dem Weg zum Wagen dachte Bora sogar an den japanischen Offizier, den er im *Adlon* getroffen hatte. Auf dessen uneingeschränkten Sinn für Loyalität unter Offizieren konnte er bauen, und Angst vor dem Tod hatte der Mann auch nicht. Das war wohl seine beste Wahl, sofern der andere noch am Leben war.

Aber nun genug mit der Grübelei. Er wollte nicht als jämmerlicher Angsthase bei einem Kaffee mit Stabsführerin Pletsch zusammensitzen.

Café Die Dame, 11.05 Uhr

In den Jahren, über die Kolowrat in seinen Artikeln geschrieben hatte, hieß dieses Café *Kaugummi*, und William Wrigley höchstpersönlich hatte amerikanische Dollar in das Unternehmen investiert, das für die jungen, modernen Deutschen konzipiert worden war, die Kaugummi kauten. Die Braunhemden hatten es verwüstet und den jüdischen Geschäftsführer ins Gefängnis gesteckt. Seit Kriegsausbruch hatte es wieder geöffnet, im Biedermeierdekor, mit einer üppigeren Speisekarte als gemeinhin üblich und einer neuen Geschäftsführung, der Gerüchten zufolge Hermann Göring als stiller Teilhaber angehörte. Der vollständige Name des Cafés lautete *Die Fliegende Dame*, nach einem großen Leinwandgemälde, das Europa auf einem weißen Stier reitend zeigte. Allgemein war es aber einfach als *Die Dame* bekannt.

»Wie schön«, sagte Emmi mit Blick auf das Gemälde. Angesichts der Auswahl auf der Speisekarte (Bora hatte das Café wegen seines erstklassigen Service ausgewählt) fragte sie ihn: »Darf ich mir eine Tasse echten Bohnenkaffee mit echter Sahne bestellen? Den habe ich seit über einem Jahr nicht mehr getrunken. Sie werden mich sicher für provinziell halten, aber ich vermisse so einige unserer leckeren, ganz alltäglichen Gerichte, wie zum Beispiel *Arme Ritter* mit viel Butter zum Frühstück.«

»Bestellen Sie, was Sie mögen.«

Sie sah ihn nicht direkt an, während Bora sie genau im Blick behielt.

Sie steckte ihre Lesebrille wieder ein. Der zarte blonde Flaum auf ihren Unterarmen erinnerte ihn an die Mädchen in Russland und in der Ukraine, von denen er sich Dikta zuliebe ferngehalten hatte – auch weil ihr Liebreiz und der kehlige Gesang ausgesprochen verführerisch waren. Am linken Handgelenk trug sie eine schlichte Armbanduhr mit einem Riemchen aus Kunstleder. Sie war in Zivil, möglicherweise also hatte sie am Nachmittag frei wegen ihres kranken Freundes. Ihre ansonsten schmucklose Bluse war am Kragenrand mit feinen, cremefarbenen Blumen bestickt. Sie sah selbst genäht aus, vielleicht von einer Freundin, vielleicht aber auch von ihr selbst.

Als der Ober kam, bestellte Bora Bohnenkaffee mit Sahne für Emmi und für sich einen Eiskaffee. Auf die Frage hin, ob sie auch etwas essen wolle, blickte sie kurz auf und schüttelte den Kopf.

Bora fragte sich, ob sie schlecht schlief oder häufig weinte. Wahrscheinlich beides. Unter ihren Augen lag ein zarter blauer Schatten, den man nur dank ihrer Jugend nicht als Makel wahrnahm. Ja, dass sie ihn nicht ansah, lag bestimmt an seinem prüfenden Blick. *Bin ich gemein? Glaubt sie wirklich, ich habe sie eingeladen, um mich bei ihr zu bedanken? Möglich. Ich bin ein Oberstleutnant, und sie ist gar nicht darauf gefasst, dass ich ihr den Hof mache. Ich wollte doch nur, dass sie die Scharte mit der abgelehnten Essenseinladung wieder auswetzt, weil eine Hilfskraft sich einem Offizier gegenüber nicht verhalten kann wie gegenüber Gleichrangigen.*

Ist sie wirklich so zurückhaltend? Hat ihr Mann ihr denn gar nichts beigebracht? Nein. Sie weiß, dass ihr Schweigen mich neugierig macht. Sie fragt mich nichts Persönliches, und das liegt nicht daran, dass sie im Rang unter mir steht, sondern weil sie Anspruch auf ihren kleinen, unantastbaren weiblichen Raum erhebt, der uns Männer dazu treibt, in ihn einzubrechen.

»Also, erzählen Sie mir etwas über sich«, ermunterte er sie, als der Ober wieder weg war. »Woher kommen Sie, und was hat Sie nach Berlin verschlagen?«

»Ich klinge nicht wie eine Berlinerin, nicht wahr?« Sie lächelte verlegen, noch immer mit gesenktem Blick. »Ich bin in der Nähe von Breslau aufgewachsen, meine Familie lebt noch dort. Über mich gibt es nicht viel zu erzählen: Ich war auf der Mittelschule und hatte ganz gute Noten, als mein Vater, der die örtliche SA leitete, umgebracht wurde. Also habe ich die Schule verlassen und einen Schreibmaschinenkurs belegt: ganz üblich für ein Mädchen meiner Herkunft, könnte man sagen. Ich war durchaus ehrgeizig, aber Mutter wollte, dass ich in der Nähe bleibe und so weiter.«

»›Und so weiter‹?«

Bora hatte nur ihre Worte wiederholt und damit unerwartet ins Schwarze getroffen. Emmi hob den Blick und sah ihn mit ihren ungleichen Augen an. Ihm kam es so vor, als würden zwei Mädchen durch einen schmalen Spalt spähen. Das rechte Auge, das hellere, wirkte unschuldig und naiv, das linke hingegen düster, von ihm schien Verlangen auszugehen. »Ich sage für gewöhnlich ›und so weiter‹, um nicht hinzufügen zu müssen, dass ich damals schon mit Leo zusammen war, von dem Mutter nichts hielt. Oh, nicht in politischer Hinsicht, Herr Oberst, das muss ich ganz deutlich sagen. Sondern weil er verheiratet war und doppelt so alt wie ich. Also bin ich mit siebzehn Jahren von zu Hause ausgezogen. Fühlt sich an, als wäre das eine Ewigkeit her.«

Nina war im gleichen Alter, als sie sich mit meinem Vater verlobt hat, dachte Bora und untersagte sich diesen Gedanken sogleich.

Emmi legte ihre Hände auf die Tischkante. Das machte sie vermutlich auch, wenn sie hinter ihrer Schreibmaschine saß und auf das Diktat wartete. Ihre Fingernägel waren kurz geschnitten. Wenn sie nach unten sah, bildete sich zwischen ihren strohblonden Augenbrauen eine kleine Falte, wie man es manchmal auch bei unzufriedenen oder schmollenden Kindern beobachten konnte. Sie fuhr sich mit der Zunge über die Lippen, bevor sie weitersprach.

»Ist Ihnen aufgefallen, dass selbst die Dinge, die in sich ziemlich geschlossen wirken, eines Tages auseinanderfallen?«

»Ja.«

»Darüber denke ich oft nach.«

»Ich auch.«

Man stelle sich das einmal vor: Plötzlich befanden sie sich in einer Blase, die sie von allen anderen trennte, nicht anders als am Vortag in dem voll besetzten Auto. Doch als der Kaffee gebracht wurde, schien es, als hätte Emmi die Einladung nur aus diesem Grund angenommen – so glücklich sah sie beim Anblick der Tasse aus.

»Bitte sehen Sie es mir nach, wenn ich ihn löffelweise zu mir nehme, wie ein Bettler oder eine alte Dame.« Sie wirkte auf einmal richtig heiter. Wenn sie lächelte, rollte sich ihre Oberlippe ein wenig nach innen und legte ihre kleinen, ebenmäßigen Zähne und ihr Zahnfleisch frei. Es war ein ungekünsteltes und kindliches Lächeln, das Bora an Frauen normalerweise nicht mochte, aber heute hinnehmen konnte. *In gewisser Weise dränge ich mich ihr auf. Hätte ich das noch vor einem Monat gemacht? Nein. Aber die Dinge ändern sich. Sie fallen auseinander.*

Aber was hatte sich denn eigentlich verändert? Er machte Emmi Pletsch schließlich keinen Heiratsantrag und ließ auch nicht durchblicken, dass er mit ihr ins Bett gehen wollte. Er war so zurückhaltend wie immer. Nicht unsicher, das nicht, im Gegenteil. Oder vielleicht doch unsicher. *Ich habe ihr nicht mehr anzubieten als sie mir. Wir kennen uns erst seit wenigen Stunden, aber uns stehen auch nur Stunden zur Verfügung. Jedenfalls, was mich betrifft.*

Emmi betrachtete sinnend das Gemälde, auf dem die wohlgeformte Europa mit einem Lächeln über die Wolken und das Meer schwebte, als wäre es eine willkommene Abwechslung, von Zeus in Tiergestalt entführt zu werden. Gewissenhaft und verlegen fischte sie noch nach dem kleinsten Sahnefleck, der auf ihrem Kaffee schwamm, und behielt ihn genießerisch im Mund.

»Er ist sogar noch besser als in meiner Erinnerung.«

An den anderen Tischen saßen Männer, vor allem Offiziere, und nippten an Wein oder Bier. Emmi beäugte sie, während sie mit Bora sprach.

»Was werden die über Sie denken, dass Sie hier mit einer Frau sitzen, die sich so einfältig benimmt?«

»Für gewöhnlich mache ich mir nichts aus der Meinung anderer Leute.«

Bora wunderte sich über sich selbst. So viel hatte er gar nicht preisgeben wollen, und seine Worte konnten auch auf ein gewisses Maß an Geringschätzung schließen lassen. »Lassen Sie sich so viel Zeit, wie Sie mögen«, fügte er rasch hinzu. »Wir sind nicht im Dienst.«

Er folgte Emmis Blick, als sie wieder zum Gemälde sah. Europa reiste von Ost nach West, darauf wies der sich verdunkelnde Himmel auf der linken Seite hin. Dort, inmitten bauschiger Wolken, hingen eine Mondsichel und eine Sternschnuppe oder ein Komet, passend zur strahlenden Sonne auf der rechten Seite.

Ob sie mich mag? Schwer zu sagen. Es ist für sie nicht zu übersehen, dass ich ernstlich verwundet wurde. Ich verberge nichts vor ihr. Auf gutes Aussehen braucht man sich nichts einzubilden, wenn die Alternative ein Mann ist, der im Koma liegt. Wenn Bruno sie für ein anständiges Mädchen hält, dann heißt das doch, dass sie sich anscheinend bisher noch nicht nach einem anderen Mann umgesehen hat. Trotzdem hat er sie durchschaut, genau wie ich. Und wennschon. Ich habe nicht vor, meine Gefühle zu offenbaren oder ein Nein zu kassieren bei einer Sache, die weit über die Einladung zu einem Kaffee hinausgeht. Gefühle müssen dabei nicht zwangsläufig eine Rolle spielen. Es läuft nur auf die Frage hinaus, ob ich sie genug mag, um es zu versuchen. Ich könnte den Dingen auch einfach ihren Lauf lassen.

Das warme, süße Getränk entspannte sie. Emmi erzählte ihm, dass sie nach Berlin gezogen sei, als Leo Franke nach seiner Beförderung zum Fahrschullehrer der NSKK-Dienststelle in der Graf-Spee-Straße zugewiesen worden war. »So habe ich eine Stelle in der nahe gelegenen Bendlerstraße gefunden.« Weitere Einzelheiten aus ihrem Leben folgten als Antwort auf die Frage, die er eingangs gestellt hatte. Dabei klang sie, als würde sie über fremde Menschen sprechen oder über ein Leben, das unwiderruflich vorüber war. »Es ist merkwürdig«, unterbrach sie sich einmal. »Ich weiß gar nicht, was ich von den Jahren erzählen soll, die wir gemeinsam verbracht haben. Und doch haben wir Dinge unternommen, wir hatten Pläne, wir haben uns aneinander gewöhnt. Am 20. Juli wollten wir heiraten.«

»Weil Sie sich aneinander gewöhnt hatten?«

Vorsichtig legte sie den Löffel ab, darauf bedacht, dass kein klirrendes Geräusch entstand, als er auf das Porzellan traf. Ihre Befangenheit hätte man darauf zurückführen können, dass sie im Rang unter ihm stand, doch Bora deutete ihr Verhalten zutreffend als eine Form von Gewissenhaftigkeit und Selbstbeherrschung – so ging übrigens auch er durch diese Welt.

»Hm, ja.« Sie warf ihm einen verstohlenen Blick zu. »Ich glaube schon. So machen es viele Menschen, und Gewohnheit hält die meisten Ehen zusammen. So ist es auch bei meinen Eltern und bei meinen Schwestern. Mutter sagt, dass Gewohnheit weniger schmerzt als Liebe.«

»So ist es in der Tat«, rutschte Bora heraus. Schon wieder hatte er mehr preisgegeben, als er wollte. Als Vernehmender war er darin geschult, sich Gefangenen gegenüber freundschaftlich zu geben, um sie zum Reden zu bringen, aber diese Situation hier war eine vollkommen andere. Oder, nein – anders war sie nur in einer Hinsicht: Er wollte etwas *über* sie wissen, nichts *von* ihr erfahren.

»Ich danke Ihnen, dass Sie mein Treffen mit Oberst von Stauffenberg ermöglicht haben, Frau Stabsführerin.«

»Zu Befehl.«

Nach und nach löffelte Emmi ihren Kaffee aus. Das bisschen Lippenstift, das sie trug, hinterließ keinen Fleck auf dem Porzellan, aber sie hielt ihren Blick so konzentriert auf den Tassenrand gerichtet, als wäre damit etwas nicht in Ordnung oder böte Anlass zur Sorge. Bora hatte ihr einfach danken wollen, nicht mehr und nicht weniger. Warum also presste sie nun ihre Lippen zusammen? Bereute sie etwas?

Emmi starrte in ihre leere Tasse, nicht anders als Dr. Olbertz, der am Vorabend nachdenklich in seinen Bierkrug geblickt hatte. Das konnte ein Zeichen von Verlegenheit oder Schuldgefühl sein, aber auch von Angst. In gedämpftem Ton sagte sie: »Ich kenne Sie nicht, aber ... Gestatten Sie mir, Ihnen vorzuschlagen, den Termin abzusagen, Herr Oberst. Zu Ihrem eigenen Besten.«

Die Worte hallten in Boras Ohren, als hätte sie ihn angeschrien. *Sie sagt da gerade ein, nein, zwei Ungeheuerlichkeiten. Dass es ihrer Meinung nach das Beste wäre, wenn ich Stauffenberg nicht träfe, obwohl ich doch genau das möchte, und dass sie sich zugesteht, darüber nachzudenken, was für mich das Beste sei, obwohl sie doch gerade eingeräumt hat, mich überhaupt nicht zu kennen.*

Er dachte einen angespannten Moment lang über das Gehörte nach, bevor er vorsichtig und ebenso leise sagte: »Sie sind über das unterrichtet, was los ist, nicht wahr.«

Ihre Reaktion verblüffte ihn. Emmi stand plötzlich auf, sodass er sie von Kopf bis Fuß sehen konnte, ein gesundes, anständiges Mädchen in Panik, das nicht versucht, verführerisch zu sein. »Verzeihen Sie, aber ich muss gehen.«

»Wenn Sie jetzt gehen, heißt es, dass Sie wirklich Bescheid wissen.«

Mit einem Anflug von Traurigkeit nahm sie wieder Platz. Sie wirkte, als säße sie in der Falle. So erging es häufig auch Boras Gefangenen, die sich beim Verhör verraten hatten.

Er setzte sie nicht unter Druck. »Keine Sorge. Ich bin verantwortungsbewusst, zuverlässig und verschwiegen. Zumal für einen Sachsen.« Er grinste, ganz ohne Hintergedanken. »Allerdings wird es wirklich das Beste sein, wenn ich Ihren Vorgesetzten treffe, glauben Sie mir.«

»Aber mein Vorgesetzter hat kein Interesse daran, Sie zu treffen.«

»Das wird mich nicht daran hindern, mich an die Vereinbarung zu halten. Es macht mir nichts aus, wenn man mir die Tür weist, aber erst möchte ich den Grund meines Kommens erläutern.«

So standen die Dinge also. Hastig suchte sie nach einem Grund, sich zu verabschieden, und brachte gleich eine ganze Reihe von Entschuldigungen vor (sie müsse eine Kollegin treffen, einen Zug erreichen, außer der Reihe Kleidung zum Wechseln zu Leo Franke bringen) ... Gefangene, denen beim Verhör die Argumente ausgingen, gerieten genauso ins Schwafeln und kamen dann aus dem Konzept.

»Auch wenn Leo gar nicht richtig mitbekommt, dass ich da bin, ich habe den Nachmittag frei, also ...« Das sei eine Frau ihrem Mann schuldig, nicht wahr. Zufälligerweise sei ihre Freundin Marika so nett, sie auf der Zugfahrt zu begleiten, weshalb sie jetzt dringend losmüsse und so weiter.

So selbstsicher, wie Bora wirkte, war er nicht. Die Geschichte, die hier in der Luft lag und Salomon solche Angst einjagte und in die inzwischen sogar junge Hilfskräfte verwickelt waren, musste ein solches Ausmaß angenommen haben, dass sie sich nicht mehr kontrollieren ließ. Vergeblich versuchte er, sich auf das Mädchen zu konzentrieren, das ihm gegenübersaß. Von ihrem nervösen, weitschweifigen Gerede bekam er nur noch das Ende dessen mit, was eine Rechtfertigung ihrerseits gewesen sein musste.

»… bitte verstehen Sie mich nicht falsch. Was ich über mich und Leo gesagt habe, und dass ich ihn nicht vermisse … Er ist dort, er klammert sich ans Leben, und ich werde mich um ihn kümmern, egal, wie lange es dauert.«

Warum erzählt sie mir das, und was habe ich eben nicht mitbekommen? Bora zögerte mit einer Antwort, sodass sie schon fürchtete, ihre unaufgeforderte Enthüllung habe ihn verärgert.

»Wenn Franke für Sie eine Gewohnheit war«, sagte er dann ohne Umschweife, »ist es verständlich, dass Sie ihn nicht vermissen. Man vermisst *anderes.*«

»Genau.« Ihr Mund und das unschuldige Auge signalisierten Zustimmung. »Da haben Sie recht.« Das glänzende Blau ihres düsteren Auges besagte, dass sie sich fragte, was wohl dieses »andere« sein mochte. »Es ist nur so, sein Zustand macht mich so traurig. So hoffnungslos traurig. Können Sie das verstehen?«

»Ich glaube schon. Ich habe meinen einzigen Bruder an der Ostfront verloren. Meine Schwägerin Margaretha würde das verstehen.«

Zum dritten Mal stutzte Bora. Was redete er da? Margaretha ging vermutlich schon mit einem anderen aus. Das tat zweifellos auch Dikta. Die Dinge änderten sich. Und wie stand's mit ihm? Hatte er nicht auch gerade … Nein, das hier war kein Rendezvous. Aber was war es dann? … Er trank in sehr gefährlichen Zeiten einfach eine Tasse Kaffee mit einer jungen Frau.

Emmi Pletsch war offensichtlich höchst unbehaglich zumute. Vielleicht hatte sie verstanden, dass Bora auf den Liebesakt anspielte, auch wenn keiner der beiden es aussprechen würde.

»Meine Freundin Marika wartet sicher schon auf mich. Ich muss jetzt wirklich gehen.«

»Verstanden.« Bora sprang von seinem Stuhl auf, bevor sie sich erhob. »Ich werde noch ein Weilchen in der Stadt sein. Werden wir uns wiedersehen?«

Nicht: können wir, sondern: werden wir. Es war eine Frage und damit weit weniger als die Bitte um ein Wiedersehen.

»Das glaube ich nicht, Oberstleutnant von Bora.«

Sie streckte ihre Hand über dem Tisch aus, um die seine zu schütteln, sie dankte ihm für die Einladung. Jetzt, da sie gehen konnte, fand sie allmählich zu ihrer Gelassenheit zurück. Aus ihrem hellen Auge, dem zurückhaltenden und naiven rechten, warf sie ihm einen letzten Blick zu, während sie sich zum Gehen wandte. Ihre Handtasche hielt sie fest umklammert – es war dieselbe, die sie auch in der Straßenbahn dabeigehabt hatte – und ging schnell fort, damit er gar nicht erst auf den Gedanken käme, sie nach draußen zu begleiten.

Bora blieb noch ein wenig am Tisch sitzen und dachte darüber nach, was er nun gern in sein Tagebuch geschrieben hätte.

Wenn Emmi Pletsch recht hat und Stauffenberg mich nur ungern empfängt, dann stecken mindestens zwei Gründe dahinter. In jedem Fall ist es eine Gratwanderung für mich. Nach außen hin läuft alles wie gewohnt, die Wehrmacht steht ergeben und geschlossen hinter ihrem Führer. Dabei gibt es in Berlin anscheinend keinen Kreis, in dem nicht über Verschwörungen und Geheimpläne geraunt würde. Vielleicht wurden auch absichtlich Gerüchte in Umlauf gebracht, getreu dem Motto, dass echte Verschwörer nicht so dumm wären, sich in die Karten blicken zu lassen. Aber schon bevor ich Niemeyers Brief gefunden habe, war ich mir fast sicher, dass Salomon ganz richtig gehört hatte. Und ich glaube, Stabsführerin Pletsch befindet sich in derselben Zwickmühle, sie weiß Bescheid und gehört doch nicht dazu, und wahrscheinlich ist sie sehr verängstigt. Sie hat von »meinem eigenen Besten« gesprochen. Was soll ich denn davon halten? Sie kennt mich nicht, also hat sie das nicht aus Zuneigung oder Eigennutz gesagt. Ihr Rat legt nahe, dass es möglicherweise riskant ist, den Stabschef des Befehlshabers des Ersatzheeres zu treffen.

Auf der Rückfahrt zum Hotel grübelte er weiter, kam aber zu keinem Ergebnis.

Alles scheint sich um Fritz-Dietlof von der Schulenburg zu drehen, wie ein Rad um die Nabe. Er hat durch Stauffenberg von mir gehört. Warum also ist Stauffenberg dann so wenig erpicht darauf, mich jetzt zu treffen? Entweder hat Schulenburg, der mit dem ehemaligen deutschen Botschafter in Moskau verwandt ist und schon 1941 ins Visier der Abwehr geriet, ihm gesagt, dass ich nicht vertrauenswürdig bin, oder er hat aus anderer Quelle erfahren – möglicherweise durch den närrischen Salomon –, dass ich mit der Partei mehr über Kreuz liege als die meisten. Nicht, dass es im Moment viel ausmachen würde, aber ich muss das wissen. Und ich muss eine Entscheidung treffen, was ich mit Salomon anfange, der nun jederzeit einen Nervenzusammenbruch erleiden kann. Wäre er kein deutscher Offizier und mein ehemaliger Kommandeur, wüsste ich genau, was zu tun wäre.

Und Stabsführerin Pletsch? So wie sie mit mir geredet und mich mit ihrem schillernden himmel- und dunkelblauen Blick angesehen hat … Ob Bruno mit ihr über mich gesprochen hat? Sie konnte nicht ernsthaft annehmen, dass sie mich würde umstimmen können, was ihren Chef betrifft. Nicht einmal, wenn er sie in dieser Absicht zu unserem Treffen geschickt hat. Nein, es geht um etwas anderes, viel Elementareres. Ich war greifbar. Es war offensichtlich, dass sie genauso interessiert ist wie ich, und doch gibt sie sich so zögerlich.

Was für ein Jammer. Es ist mir nie schwergefallen, mal auf ein Mädchen zu verzichten, aber Zurückweisung kann ich nicht ertragen – nicht einmal jetzt. Gerade jetzt nicht.

Intime Überlegungen dieser Art würde Bora vielleicht später in sein Tagebuch notieren, einmal ganz davon abgesehen, dass das, was heute in Berlin auf dem Spiel stand, sich mehr und mehr konkretisierte und alles andere überlagerte. Er vollführte einen Drahtseilakt zwischen Entschlossenheit und Panik. Hatte er nicht gespürt, dass ein Sturm aufzog? Nun kreiste er schon über ihren Köpfen.

Als er bei einem spartanischen und einfallslosen Mittagessen an seinem Ecktisch saß, kam er hinsichtlich der Stabsführerin zu einem für ihn sehr typischen Schluss: *Also, es hat gerade erst angefangen, aber ich werde die Sache mit Emmi nicht weiterverfolgen, egal, was sich daraus entwickeln könnte. Ich gefalle ihr, aber nicht so sehr, dass sie mit mir ins Bett geht. Ich finde sie nicht so anziehend, dass ich ihr nicht widerstehen könnte, aber doch reizvoll genug, um mit ihr schlafen zu wollen. Das ist der Unterschied zwischen Mann und Frau, und es spricht nicht gerade für uns Männer.*

Verdammt noch mal: Das machen Frauen mit uns Männern. Onkel Alfred hatte recht, es ist dieser kleine Topf über dem Feuer, der von Zeit zu Zeit überschäumt. Man hält sich für darüber erhaben, setzt auf Verstand und Disziplin, und dann braucht dir nur eine von ihnen gegenüberzusitzen – nein, nicht irgendeine. Wenn eine Frau eine solche Wirkung auf einen Mann hat, dann gibt es einen Grund dafür, das liegt nicht nur an den Hormonen.

Als ich in die Armee eingetreten bin, war ich trotz meiner Belesenheit noch grün hinter den Ohren. Unser Ausbilder, ein Feldwebel, hat sich gern über Frauen ausgelassen und kluge Sprüche geklopft. Er hat uns immer wieder gesagt: »Einige muss man einfach flachlegen, um sie glücklich zu machen, und vielleicht werdet ihr dabei schließlich auch euren Spaß haben.« Das war eine vulgäre Einstellung, aber letzten Endes … Wer weiß, vielleicht suche ich ja doch immer nach mehreren Geliebten? Ich bin doch nichts Besonderes. Manchmal komme ich mir vor wie ein übermütiger Jagdhund: Ich folge einer Spur, aber es ist nicht unter meiner Würde, einer neuen Fährte zu folgen, die mich davon ablenkt.

Stab des Ersatzheeres,
Bendlerstraße, 13.54 Uhr

Der Stab des Ersatzheeres war in demselben Gebäude untergebracht, in dem Bora gearbeitet hatte, als er bei der Abwehr diente. Seitdem hatten die Bomben allerdings Teile des Gebäudes zerstört.

Bora suchte das Zimmer des diensthabenden Offiziers auf, der wie die meisten seiner Kameraden in vergleichbarer Position eine ausdruckslose Miene zur Schau trug und jede persönliche Äußerung vermied. Er überprüfte die Namensliste und stellte unbeteiligt fest, dass für Bora zum jetzigen Zeitpunkt kein Termin mit dem Stabschef vorgesehen sei. Bora wollte gerade darauf pochen, als ein blonder junger Mann aus dem Obergeschoss herunterkam. Er stellte sich als Leutnant von Haeften vor, Stauffenbergs Adjutant.

»Bitte, Herr Oberst«, sagte er und ging Bora voran die Treppe hinauf. Sie schritten auf einen weitläufigen Warteraum zu, dem in besseren Tagen fünf unversehrte Fensterscheiben die Anmutung eines lichtdurchfluteten

Landhauses verliehen hatten. Bora wusste, dass die geschlossene Tür vor ihm in ein kleineres Eckbüro führte, in dem Stauffenbergs Schreibtisch stand. Von Haeften drehte sich um, machte aber keine Anstalten, die Tür zu öffnen. »Oberst von Stauffenberg erwartet Sie am Tirpitzufer.« Er nannte eine Hausnummer. »Darf ich Sie bitten, freundlicherweise denselben Weg zurück zu nehmen, den Sie gekommen sind?«

»Selbstverständlich.«

Bora ließ sich seine Verärgerung nicht anmerken. *Sie wollen nicht, dass ich durch den Korridor zurückgehe, weil mich dabei möglicherweise diverse Oberste und Oberstleutnants sehen könnten, die hier arbeiten und unter Umständen wissen, was vor sich geht. Gott bewahre, dass ich mich womöglich nach links wende und plötzlich General Fromm gegenüberstehe, der diese Dienststelle leitet und dessen Büro direkt neben dem Stauffenbergs liegt und von diesem nur durch eine Schiebetür getrennt ist.*

Ergeben legte er die kurze Strecke bis zum Eingang zurück und verließ das Gebäude. Er ging am linken Ufer des Landwehrkanals nach Osten, kam an der übertrieben futuristisch wirkenden, geschwungenen Fassade des Bürogebäudes eines Mineralölunternehmens vorbei, in dem mittlerweile das Hauptquartier der Marine seinen Sitz hatte. Sein Ziel lag nahe der Stelle, an der sich früher einmal eine Doppelbrücke befunden hatte. Die Viktoriabrücke hatte man allerdings bereits vor fünf Jahren abgerissen und durch eine Notbrücke ersetzt, eine Maßnahme im Rahmen der umfangreichen Vorarbeiten für den Bau der Nord-Süd-Achse. Vielleicht hatte Willy Osterloh sie erdacht. Dass das Treffen nicht in Stauffenbergs Büro, sondern in einem Privathaus stattfinden sollte, betonte den inoffiziellen Anstrich des Ganzen.

Die Sonne stand nun hoch am Himmel und schien unerträglich grell (Bora war froh, dass er frisch geduscht zu der Verabredung mit Emmi gegangen war), und er spürte, wie die Hitze vom Bürgersteig aufstieg und einen geschlossenen Kreislauf aus Schwüle entstehen ließ. Seltsamerweise schwitzte er nicht. Als er seine Uniform zurechtrückte, streifte er seinen Nacken und stellte fest, dass seine Hand eiskalt war.

Unterwegs kristallisierte sich aus seinem Gedankenwust eine Mutmaßung heraus, als würde sich ein geisterhaftes Spiegelbild, das die flirrende Hitze eines Sommertags erzeugt hatte, beim Näherkommen in etwas Greifbares verwandeln.

Stauffenberg gehört zu der kleinen Gruppe, die direkten Zugang zum Führer hat. Sollte tatsächlich etwas im Gange sein, ist er bestimmt der Hauptakteur. Wenn, wie ich annehme, ein Sprengkörper im Spiel ist, dürfte die Tat angesichts des Kriegsverlaufs nicht in Berlin ausgeführt werden, sondern in einem der Führerhauptquartiere. Herrgott, ich hatte doch schon Probleme, mit nur einer Hand Tinte in meinen Füllfederhalter zu füllen. Es muss doch wesentlich komplizierter sein, eine Bombe scharf zu machen, wenn man lediglich drei Finger hat und nur noch ein Auge? Sofern er nicht vorhat, sich verdammt noch mal mit allen anderen in die Luft zu jagen, ist es der blanke Wahnsinn, auf eine erfolgreiche Durchführung zu hoffen. Wenn dem Drachen nicht sämtliche Köpfe abgeschlagen werden, und ich kann mir nicht vorstellen, wie das möglich sein sollte, würde auf einen gescheiterten Versuch ganz sicher ein Blutbad folgen. Dann würden nicht nur Neurotiker wie Salomon die Namen der Verschwörer unter Folter gestehen – sondern sogar die Namen von Menschen, die gar nichts damit zu tun haben.

14.07 Uhr

Stauffenberg empfing ihn persönlich an der Tür. Die Wohnung war typisch für Berlin, mit einem sogenannten »Berliner Zimmer« in der Mitte. Durch Türen und Fenster drang unterschiedlich viel Licht herein, sodass sich ein wechselvolles Spiel aus Licht und Schatten in den Innenräumen ergab.

Der Anlass wie auch die Tatsache, dass sie so manches gemeinsam hatten, machte den Austausch von Höflichkeiten überflüssig, und so beließen sie es bei einem Gruß und einem flüchtigen Lächeln. Ihre letzte Begegnung lag neun Jahre zurück. Stauffenberg war ganz der Alte und doch verändert. Das hing nicht nur mit den sichtbaren Verwundungen zusammen, die er in Nordafrika erlitten hatte. Anders als früher ging von dem gut aussehenden und vortrefflichen Reiter, den Bora 1935 – um

Haaresbreite – bei den Pferdeprüfungen in Heiligenhaus geschlagen hatte, eine spürbare Zurückhaltung aus. Stauffenberg behauptete, sich nicht an ihn erinnern zu können, aber darauf war Bora gefasst gewesen. Sein Selbstwertgefühl brauchte keine Bestätigung von außen, und überhaupt war seit jenen sorglosen Tagen zu viel passiert.

»Oberst von Stauffenberg«, setzte er an, »ich würde Sie nicht von Ihren Aufgaben abhalten, wenn ich es nicht für unerlässlich hielte. Um es ganz offen zu sagen: Während meines Aufenthalts in Berlin, insgesamt keine vier Tage, habe ich – aus vollkommen unterschiedlichen Quellen – hartnäckige und beunruhigende Gerüchte über die Stimmung beim Ersatzheer vernommen.« Stauffenberg erbleichte, seine Miene drückte Verärgerung aus. Auch darüber musste Bora hinweggehen. »Ich versichere Ihnen, dass ich das nach acht Jahren unter Admiral Canaris weder leichtfertig dahinsage noch dem Ganzen gleichgültig gegenüberstehe.«

Einen Moment lang schwiegen beide. Was auch immer Stauffenberg durch den Kopf gehen mochte, er wusste es gut zu verbergen.

»Hat Oster Sie geschickt?«, fragte er bewusst leise. »Denn wenn Oster Sie geschickt hat …«

»Das hat er nicht.«

»Kommen Sie von Goerdeler oder Gisevius?«

Bora hatte keine Ahnung, wer Gisevius war, fragte jedoch nicht nach. »Keineswegs. Ich bin aus einem völlig anderen Grund in der Stadt.«

Ein freimütiges Gespräch war riskant. Namen zu nennen, ohne weitere Details anzuführen, eröffnete den beiden immerhin einen gewissen Spielraum.

»Dann hat Sie bestimmt Salomon ausfindig gemacht.« Stauffenberg lächelte gezwungen. »Ein Kamerad hat mir berichtet, dass der Idiot genau in dem Moment den Raum betrat, als dort etwas Vertrauliches besprochen wurde.«

Diese hochmütige Äußerung stellte die Möglichkeit einer Verschwörung nicht gerade in Abrede. Bora pflegte sich für gewöhnlich der Angst zu stellen, aber diesmal wäre es fast missglückt. An die Stelle der Angst trat ein stechender Schmerz im Nacken, heiß und kalt zugleich. Er trat einen Schritt zur Seite, wo das grelle Sonnenlicht einem Halbschatten wich.

»Ich bezweifle, dass Oberst von Salomon mich von sich aus ›ausfindig gemacht‹ hätte. Es sei denn, Fritz-Dietlof von der Schulenburg hat im Bendlerblock ihm gegenüber meinen Namen erwähnt.«

Noch deutlicher konnte Bora nicht ausdrücken, was er von Salomon erfahren hatte, nämlich dass ihn eigentlich Stauffenberg ins Gespräch gebracht hatte.

»Das wäre an sich kein Problem«, führte er weiter aus, »wenn sich Oberst von Salomon nicht in einem Zustand äußerster nervlicher Anspannung befände, und zwar in einem Maße, dass er den voreiligen Schluss zog, ich wisse Bescheid über das, was offensichtlich gerade geplant wird.«

Stauffenberg fing sich augenblicklich, so wie ein meisterhafter Reiter sein Pferd im richtigen Moment zügelt und einem Hindernis ausweicht, das sich nicht so ohne Weiteres nehmen lässt. Er stand mitten im unbarmherzigen nachmittäglichen Sonnenlicht und sagte: »Sehr interessant, dass ausgerechnet Sie jemandem Unbesonnenheit vorwerfen, wenn man bedenkt, wie Sie sich im Laufe der Jahre selbst geschadet haben.«

Diese Abfuhr ließ Bora überraschenderweise kalt. Trotzdem wurde sein Spielraum immer kleiner, sodass er es wagen musste, das Hindernis aus dem Weg zu räumen. »In all den Jahren habe ich so gehandelt, weil es sein musste.«

»Oder weil Sie es für richtig hielten. Ist Ihnen nie in den Sinn gekommen, dass es nach außen so wirkte, als hätten Sie sich absichtlich so verhalten, um nicht herangezogen zu werden, wenn es an der Zeit wäre?«

»Ich wollte nicht darauf warten, dass jemand mich zu irgendetwas *heranzieht*.«

»Oh, Arbeitsbiene und Wespe in einem.« Stauffenberg nahm ihm seine Worte übel. In dem kleinen Arbeitszimmer stieß er mit dem Kopf beinah an die Kristalle der Deckenlampe. Die beiden waren fast gleich groß und sich in ihrer Art so ähnlich, dass Bora seine Angst in dem anderen widergespiegelt fand. Stauffenberg wirkte gequält und gereizt zugleich, so sehr unter Druck, dass es ihm körperlich wehzutun schien. »Das wird Sie auch nicht retten.«

»Ich erwarte gar nicht, gerettet zu werden.«

Eine lastende Pause entstand. Es sich gegenseitig immer noch schwerer zu machen, war sinnlos. Aber, wie es eben so ist, wenn zwei einander ebenbürtige Sportler zu weit gegangen sind, um dem anderen den Sieg zu überlassen, setzte Stauffenberg nun die Sporen ein.

»Sie sind aus dem Spiel, Bora. Wir haben keine Verwendung für Sie.«

Bora musste blinzeln, und er hasste sich dafür. Seine Reaktion war dem angeschlagenen Stauffenberg bestimmt nicht entgangen.

»Das ändert nichts an der Tatsache, dass Salomons Selbstbeherrschung bei null liegt, Herr Oberst.«

Stauffenberg ging auf und ab, versperrte mal der Sonne den Weg und ließ dann wieder Lichtsäulen den Raum fluten. Mit einem akkurat gefalteten Taschentuch betupfte er die leere Höhle unter der Augenklappe aus Leder. »Wo steckt er überhaupt?«

»Ich weiß es nicht. Er hat das *Adlon* am Mittwochmorgen verlassen.«

»Sie müssen ihn aufspüren.«

»Muss ich das, Oberst von Stauffenberg? Mir wurde hier eine andere Aufgabe übertragen. Und Salomon wird besser nicht mit einem Offizier zusammen gesehen, der politisch so kompromittiert ist wie ich – Ihre Worte.«

»Das wollte ich damit nicht sagen, Kamerad.«

Nun konnten sie sich nicht länger hinter Anspielungen verstecken. Vor lauter Ungeduld gerieten beide in ihren schmucken Uniformen ins Schwitzen. Trotzdem wartete Bora einen Moment, ehe er antwortete.

»Ich habe Sie sehr wohl verstanden. Aber ich habe nicht die Absicht, meinen früheren Kommandeur aus dem Weg zu räumen.«

»Das würden Sie, wenn Sie wüssten, was auf dem Spiel steht, und es Sie interessierte, was wir danach zu erreichen trachten.« Also stimmte es. Da war ja nicht nur Salomons Geschwafel im Flüsterton bei Tisch gewesen, bevor Bora ihn energisch zur Herrentoilette geleitet hatte, damit er sich wieder fangen konnte. Schon vorher hatte es die versteckten Hinweise seines Kameraden Uckermann in Italien gegeben und Brunos Warnungen … und dann war da noch der nicht zugestellte Brief Niemeyers an seinen Anwalt, der sie alle vernichten sollte. Instinktiv war Bora klar, dass er Stauffenberg den Brief besser nicht zeigte, ja nicht einmal erwähnte. Der stechende Schmerz in seinem Nacken ließ ihn wie festgenagelt stehen bleiben. Er hielt den Atem an, bis der Schmerz nachließ. Salomon hatte davon gefaselt, dass die Verschwörer fest entschlossen seien und am Abgrund stünden, oder etwas in der Art. Ein Springreiter jedoch wusste, wer von den Teilnehmern auch die letzte Hürde nehmen würde, und wer nicht – und das selbst unter den Besten. Seit Stalingrad hatte Bora dafür gesorgt, dass man ihn in dieser Hinsicht nicht durchschauen konnte. Er hatte sich dem Tod geweiht und – je nach Stimmung – jeden neuen Tag entweder freudig begrüßt oder schlicht erduldet als nützlich für die Ausübung seiner Pflicht, worauf auch immer diese hinauslaufen mochte.

Zunehmend entmutigt, musste er einsehen, dass der stolze Offizier, der vor ihm stand und das Risiko so entschlossen auf sich nahm, offenbar nicht vorhatte, bei der Aktion zu sterben (oder nicht die Erlaubnis dazu erhalten hatte). Dass Stauffenberg davon überzeugt war, dass jenseits des Abgrunds die Rettung liege, machte das Ganze noch riskanter – und ihn verwundbar. Bora sah darin das Zeichen einer bevorstehenden Katastrophe.

Unter dem alten Canaris hatten in der Abwehr stets zwei Kategorien von Offizieren gedient. Da waren jene, die seit den ersten Tagen des Krieges, ohne zu zögern, einschritten, um den Exzessen der SS auf dem Schlachtfeld und denen der Gestapo hinter den Linien entgegenzutreten, und die im Laufe der Zeit mehr und mehr ideologisch motivierte Vergehen verzeichneten. Und da waren die anderen, die Loyalität heuchelten und merkwürdige und bisweilen verwerfliche Verbindungen innerhalb und außerhalb der Wehrmacht unterhielten, in einem Glücksspiel, das nach und nach zum Selbstzweck wurde und bei dem sie den Bezug zur Wirklichkeit zu verlieren drohten. Dies waren Offiziere alter Schule – einschließlich der jüngsten –, die einander vorbehaltlos vertrauten, und zwar so sehr, dass sie ganz offen und zu viel redeten; eine scheinbar unantastbare Kaste. Selbst Admiral Canaris, der Inbegriff von Scharfsinnigkeit, hatte letztlich die Achtung vor seinen Kameraden über die Besonnenheit gestellt und dafür bezahlt.

Bora war nicht Teil dieser geschlossenen Gruppe. Trotz des Einflusses seines Stiefvaters – oder vielleicht auch gerade deshalb – gehörte er zu dem neuen Typus regimetreuer Soldaten. In seiner Zeit bei der Abwehr konnte man ihn der ersten Kategorie zuordnen: entschlossen, bisweilen unverschämt, aber in politischer Dialektik bewandert, nicht zu Vertraulichkeit neigend und im Hinblick auf militärische Richtlinien derart pingelig, dass man es ihm fast schon als Schwäche auslegen konnte.

»Man weiß nicht, was Töten bedeutet, bis man es kaltblütig tut.« Das Offensichtliche ließ er unerwähnt: *Ein Mord zieht so einiges nach sich. Man muss mit der Moral jonglieren, auf einzigartige Weise entschlossen sein und dazu bereit, seine Existenz zu verwirken, sollte es nötig sein.*

Stauffenberg begriff, warum Bora ihm dies offenbarte. »Sie werden mir zustimmen, dass es manchmal geboten ist, das eigene Leben zu schonen.«

Nein, nein und nochmals nein. Wie warm es doch im Zimmer war. Und wie unmenschlich diese Stunde. Das lastete noch zusätzlich auf Bora: Es war wie ein Vorgeschmack auf das Fegefeuer und ein Zeichen dafür, dass keiner von ihnen verschont bleiben würde – komme, was da wolle.

»Ich kann hier nur für mich selbst sprechen«, sagte er. »Ich bin zu dem Ergebnis gekommen, dass ich kein persönliches Interesse an künftigen Vorteilen habe.«

Stauffenberg zerknüllte das Taschentuch, bevor er es wieder einsteckte. »Wie bitte, Sie machen einen Unterschied zwischen der Tat und ihrem erfolgreichen Ausgang? Sie erinnern mich an die Brüder Boeselager und das Draufgängertum der Kavalleristen an der Ostfront. Oder an den römischen Reiter Marcus Curtius, der sich zum Wohle Roms selbst opferte. Sprechen Sie ganz offen, Kamerad: Macht Ihnen der Gedanke an Hochverrat als solcher zu schaffen, oder haben Sie Angst?«

Diesmal konnte Bora seinen Ärger nicht verbergen, er lief rot an. »Wenn ich Angst hätte, dann hätte ich den Mund gehalten oder mich an jemand anderen gewandt, anstatt Sie aufzusuchen, Oberst von Stauffenberg. In Ränkespielen bin ich geschult, und unabhängig von meiner persönlichen Meinung zu dieser Angelegenheit bin ich verpflichtet, Ihnen zu sagen, dass die zahlreichen Gerüchte ziemlich ins Detail gehen und dass man es gar nicht erst versuchen sollte, sofern die Zeichen nicht eindeutig auf Erfolg stehen.«

Bei einem anderen wäre Stauffenberg wahrscheinlich wütend

geworden. Stattdessen las Bora in seiner Miene nur blanke Enttäuschung und den Widerwillen, auf die Stimme der Vernunft zu hören.

»Gestatten Sie mir, meinen Standpunkt zu untermauern«, fuhr er fort. »Wenn das Unternehmen fehlschlägt, wäre das eine Katastrophe. Der Krieg ist schon so weit fortgeschritten, dass eine solche Tat niemanden überzeugen wird, selbst wenn Sie wider Erwarten erfolgreich sein sollten, es sei denn, Sie haben Unterstützer außerhalb des Vaterlands. Es wird die Russen nicht davon abhalten, Deutschland vor den Amerikanern zu erreichen – das wird es ganz sicher nicht. Ich habe Familie und Freunde im Osten und weiß, wovon ich spreche. Und eine solche Tat wird Deutschland nicht vor einer erbärmlichen Niederlage *und* der bedingungslosen Kapitulation bewahren. Das wissen Sie ebenso gut wie ich. Sofern unsere Offizierskameraden daran ein faktisches Interesse haben und sich nicht aus anderen Gründen mit Hochverrat befassen –«

»Das glaube ich jetzt nicht.« Das oder etwas in der Art meinte Bora den aufgebrachten Stauffenberg flüstern zu hören.

»Sie vergessen die Ehre der Wehrmacht.«

»Die ist leider schon längst dahin.«

»Was ist mit der Ehre des Einzelnen?«

»Nach all den Jahren, in denen jeder sich gefügt hat, ist auch die verloren. Die westlichen Alliierten trauen keinem von uns. Das ist eine Tatsache. Und wir können es ihnen nicht verdenken.«

»Falsch.« Stauffenberg ging wieder auf und ab, seine Schritte hallten auf dem Parkett. »Sie vergessen, dass Sünden vergeben werden können.«

»Nachdem die Opferzahlen in die Millionen gehen?« So schwer es Bora auch fiel, die Stimme zu senken, jetzt musste er flüstern. »Wir sind beide katholisch. Ich habe nicht vergessen, dass Sünden vergeben werden können, und ich leugne es auch gar nicht. Aber es gibt Grenzen. Niemand kann erwarten, dass Gott uneingeschränkt vergibt. Oder der Feind.«

»Für Reue ist es nie zu spät.«

»Nicht, was unsere eigene Seele betrifft, aber das hilft Deutschland nicht. Ihre Erfolgschancen im Widerstand gegen die Partei liegen praktisch bei – wo? Haben Sie das einmal berechnet? Sieben zu eins? Acht?

Neun zu eins? Um Himmels willen, Herr Oberst! Es ärgert mich, dieses Wort bemühen zu müssen, aber ich *flehe* Sie an, das Ganze noch einmal zu überdenken.«

»Sind Sie verrückt? Entweder sind Sie verrückt oder ein Offizier, der gegen Ekel gefeit ist.«

Boras Hoffnung, dass er sich würde Gehör verschaffen können, schwand. »Ich bin in dem Sinne gegen Ekel gefeit, als das Ganze nur die Kehrseite dessen ist, was wir zuvor genossen haben.«

»Halten Sie sich ja nicht für einen Heiligen.«

»Das tue ich nicht. Und ich bin auch kein reuiger Sünder, trotz meiner Schwächen.«

»Aber Sie und Ihresgleichen schlagen keine Alternative vor: Ihre Alternative lautet, die Hände in den Schoß zu legen.«

Wen mochte Stauffenberg damit meinen? Bora hoffte, er beziehe sich damit auf Offiziere, die nichts mit der Verschwörung zu tun hatten, und habe dabei keine Feiglinge im Sinn. Oder Schlimmeres. »In Klischees zu sprechen, ist unter unserer Würde, Oberst von Stauffenberg. Stehen uns wirklich keine anderen Argumente zur Verfügung? Es kann immer noch vieles getan werden, und zwar tagtäglich – selbst wenn es eine undankbare Aufgabe ist.«

»Ich will nichts mehr davon hören.« In seiner Erregung verfehlte Stauffenberg im ersten Anlauf die Türklinke. »Gehen Sie. Unser Gespräch ist hiermit beendet. Und ich warne Sie, Bora, was immer Sie oder andere ungläubige Thomasse vorhaben, Sie sollten wissen, dass nichts und niemand mehr das stoppen kann, was bereits in Gang gesetzt wurde.«

»Dann helfe uns Gott.«

»Das wird er. In diesem Leben haben wir uns nichts mehr zu sagen.«

»Da bin ich ganz Ihrer Meinung.«

Im letzten Moment – die Tür stand bereits weit offen – gab Bora irgendetwas in Stauffenbergs Gebaren Anlass zu der Befürchtung, dass er womöglich noch etwas ganz Bestimmtes hinzufügen könnte. Diese Ahnung überkam ihn mit einer derart herzzerreißenden Gewissheit, dass er tatsächlich gegen Tränen ankämpfen musste.

»Beleidigen Sie mich nicht mit der Frage, ob ich vertrauenswürdig genug bin, das Geheimnis zu wahren, Herr Oberst. Sie wissen sehr gut, dass ich es tun werde.«

Draußen ließ es sich in einem leichten Windhauch freier atmen als in dem stickigen Zimmer. Ganz benommen ging Bora zur Brüstung am Kanal, stieg die Stufen hinunter und zündete sich am Ufer eine Zigarette an. Er starrte in die träge Strömung.

Sobald er sich wieder gefangen hätte, würde der Schmerz über ihn hereinbrechen. Daher wollte er möglichst lange in der Benommenheit verharren, die von seiner Bestürzung herrührte. Aus all den Gedanken, die ihm durch den Kopf schossen, kristallisierte sich immer wieder Salomons Bild heraus, der zwischen zwei Möglichkeiten schwankte: Sollte er die Verschwörung aufdecken und damit seine Offizierskameraden verraten oder Hochverrat begehen, weil er das Geheimnis für sich behielt? In seiner derzeitigen Beklemmung konnte Bora nun ermessen, was sein ehemaliger Kommandeur durchmachte. Es wäre ein Wunder, wenn Salomon unter dieser Belastung nicht bereits zusammengebrochen wäre. Stauffenberg hatte recht: Er musste ihn finden, bevor es einem anderen gelang. Das war absolut vorrangig – und nahezu unmöglich.

Tief inhalierte er den Zigarettenrauch, um seine Übelkeit im Zaum zu halten. Das letzte Mal, als er darüber nachgedacht hatte, »verschont« zu bleiben, war vor Stalingrad gewesen. Trotzdem hatte er bereits 1942 Wind von inoffiziellen Treffen und geheimen Kontakten bekommen, die nichts mit den Erfordernissen des Krieges zu tun hatten ... Dass von Offizieren wie Oster oder General von Tresckow ein Hauch von Rebellion ausging, hatte er lange vor Lattmann wahrgenommen. Bora hatte nicht versucht, Näheres herauszufinden. Außerdem hätten sie ihn ohnehin nicht ins Vertrauen gezogen: Er war bereits zu exponiert, um ihnen nützlich sein zu können. Wie hatte Stauffenberg es formuliert? Er war aus dem Spiel. Er hatte alle Brücken hinter sich abgebrochen, das stimmte. Aber er erkannte den beißenden Rauchgeruch wieder und wusste, dass etwas anderes – oder ein anderer – gerade in Flammen stand.

Was ihm eben zu Ohren gekommen war, musste er als erschreckende Bestätigung dessen auffassen, was er schon längst wusste.

Genau in diesem Moment speit der Nachmittagszug aus dem Osten Vieh für den Schlachthof aus. Wie passend. Dies war einer der Momente, in denen Bora dankbar dafür gewesen wäre, wenn jemand aus einer gnädigen Entfernung auf ihn geschossen und damit seinem Leben ein Ende gesetzt hätte. Dankbar nicht für die Tat als solche, sondern für das Vergessen: auf einen Schlag nicht mehr hier zu sein. In Zeiten wie diesen war es nicht einmal hilfreich, »auf Distanz zu gehen«. Hilflosigkeit zu empfinden, erlaubte er sich nicht. Früher hatte er sich aus allem herausgewunden, ganz gleich, wie ausweglos die jeweilige Situation war. Aber auch die eigene Fähigkeit zur Realitätsverweigerung hatte ihre Grenzen. Aus dieser Klemme sah er keinen Ausweg. Wenn zu vieles auf ihn einstürmte, war sein nächster Schritt für gewöhnlich ein physischer. Also ging er zügig am Ufer des Kanals entlang und fragte sich, ob der Schrecken einen Geschmack hatte, und falls ja, ob man diesen Geschmack erkennen könne.

9

Alle Wahrheit ist krumm.
NIETZSCHE

Hotel Adlon, 16.16 Uhr

Bora gab sich alle Mühe, sie nicht anzustarren. Im Foyer stand eine Gruppe von Offizieren aus Generalstab und Verwaltung mit Dokumententaschen und Reisegepäck. Er war sich sicher, einige von ihnen hier bereits vor einigen Tagen gesehen zu haben. Eine angespannte Erwartungshaltung lag in der Luft, als müssten sie sich einer seit Langem verschobenen Prüfung unterziehen.

Bora tauschte mit der Gruppe nur einen mechanischen Gruß, als er zur Rezeption ging. Dort musste er warten, bis eine auffällig gekleidete junge Frau mit einem roten Turban ihre Beschwerde vorgebracht hatte: Aus ihrem Zimmer sei ein Stück Seife verschwunden. Bora bezweifelte, dass so etwas im *Adlon* vorkam. Vielmehr konnte man davon ausgehen, dass sie die Seife eingesteckt hatte und nun noch eine haben wollte. Wäre der Portier da gewesen, hätte sie unter keinen Umständen gewagt, ihn hinters Licht zu führen. Doch anscheinend kam sie nicht einmal bei seiner Vertretung, einem pfiffigen Grünschnabel, damit durch.

Noch bevor sie beleidigt abzog, hatte Bora beschlossen, sich doch nicht danach zu erkundigen, ob Oberstleutnant Namura noch Gast des Hotels sei. Seine Neugier könnte Aufmerksamkeit erregen, und genau das wollte er vermeiden. Er stieg die Treppen hinauf bis zu der Etage, auf der auch er bis Mittwoch gewohnt hatte. Er wollte sein Glück direkt versuchen.

Es war noch nicht spät, und die meisten Offiziere mit militärischen oder diplomatischen Verpflichtungen würden ihren Arbeitsplatz nicht vor siebzehn Uhr verlassen. Sofern der Luftangriff Ende November den Sitz der Japanischen Botschaft in Berlin nicht dem Erdboden gleichgemacht hatte, befände sie sich nach wie vor neben der repräsentativen Italienischen Botschaft in der Tiergartenstraße. Mit dem Taxi wäre er schnell dort.

Wenn Namura seinen Arbeitsplatz pünktlich um fünf verlässt, dürfte er nicht vor halb sechs hier sein. Aber ich kann eigentlich nicht viel länger als eine halbe Stunde warten. Bora klopfte an die Zimmertür seines früheren Nachbarn. Vermutlich war es reine Zeitverschwendung. Wie erwartet, erfolgte keine Reaktion. *Und wenn er nun doch nicht mehr im Hotel ist? Oder sogar tatsächlich Selbstmord begangen hat? Dann kann ich hier bis zum Sankt-Nimmerleins-Tag warten. Inzwischen könnte jemand anderes in dem Zimmer untergebracht worden sein. Schlimmer jedoch wäre, wenn sich der Hoteldetektiv wundert, was ich so lange hier oben mache, obwohl ich kein Gast mehr bin, und mir unten auflauert, um mich zu befragen.*

Um zehn nach fünf, als Bora gerade auf dem Weg nach unten war, kam ihm Namura entgegen.

»Namura-Chusa, guten Tag.«

Diese Anrede, bei der der Rang dem Nachnamen nachgestellt wurde, war formal korrekt. Das wussten – wenn überhaupt – nur wenige Menschen im Westen, und am flüchtigen Zucken von Namuras Augenlidern merkte Bora ihm seine Überraschung an.

»Bora-Chusa«, erwiderte er. »Ich dachte, Sie hätten das *Adlon* verlassen.«

»Ich bin hier, weil ich Sie sehen wollte. Hätten Sie einen Augenblick für mich?«

In Friedenszeiten wäre eine solche Bitte ungewöhnlich gewesen, wenn nicht gar aufdringlich. Aber vielleicht galten die Anstandsregeln für sie nicht mehr nach der kleinen Weile, die sie während des Luftangriffs gemeinsam rauchend auf der obersten Treppenstufe verbracht hatten?

Namura runzelte die Stirn, signalisierte dann jedoch seine Zustimmung mit einem knappen Ton, der wie ein Grunzen klang und typisch für seinen Kulturkreis war. Er ging Bora auf der Treppe voran zu seinem Zimmer.

Der Raum war in tadellosem Zustand und sah dem, in dem Bora logiert hatte, zum Verwechseln ähnlich. Es lagen keinerlei persönliche Gegenstände herum. Die einzige Ausnahme bildete ein großes, gerahmtes Hochzeitsfoto auf dem Bett, das gegen das Kissen gelehnt stand. Bora musste nicht einmal näher treten, um darauf Namura zu erkennen, der breitbeinig dasaß und das mit Bändern umschlungene Heft eines Schwertes in den Händen hielt. Neben ihm stand seine Braut in einem traditionellen Hochzeitsgewand. Verlegen wandte er seinen Blick ab, waren ihm doch die Fetische eines verliebten Mannes nur allzu vertraut. Bis vor einem Monat hatte er noch Fotos von Dikta bei sich getragen. Erst nachdem er sie weggeworfen hatte, war er in der Lage gewesen, mithilfe seiner Zähne den Ehering vom rechten Ringfinger abzuziehen.

»Dōzo.« Mit einer kleinen Handbewegung bat Namura ihn, Platz zu nehmen. Bora lehnte jedoch ab und erläuterte, er sei in einer dringenden Privatangelegenheit gekommen. Da er nicht wusste, ob der Raum abgehört wurde, bat er mit einem Kopfnicken um die Erlaubnis, das Fenster öffnen zu dürfen. Der japanische Militärattaché begriff sofort, worum es ging. Schwungvoll öffnete er das Fenster und wartete darauf, dass Bora sich zu ihm gesellte.

»Namura-Chusa, als Offizierskamerad möchte ich Sie um einen Gefallen bitten«, begann er. Sein Gesichtsausdruck war so ernst, dass Namura ihn auch diesmal wieder durchschaute.

»Und als ein Mann, der – so wie ich – sterben möchte?«

»Ja.«

Vor dem Treffen mit Stauffenberg hatte Bora den an E. D. adressierten Umschlag mit Niemeyers Brief in einen größeren, nicht verschlossenen beige-braunen Manila-Umschlag gesteckt, den er nun dem japanischen Offizier überreichte. Ohne den Inhalt zu prüfen, verschloss Namura den Umschlag, ging zum Schreibtisch, an den er beim Betreten des Raumes seine Aktentasche gelehnt hatte, und legte ihn zu seinen Unterlagen. Es bedurfte keiner weiteren Worte. Namura schloss das Fenster wieder.

»Neulich haben Sie mir erzählt, dass Ihr ehrenwerter Großvater als Konsul in Japan gedient hat«, sagte er. »War sein Aufenthalt ersprießlich?«

»Das war er, Namura-Chusa.«

»Lassen Sie uns bei Gelegenheit einmal darüber sprechen.«

In der Zwischenzeit hatte Bora auf eine Seite seines Notizbuchs eine Frage gekritzelt: *Wie lange können Sie den Umschlag aufbewahren?*

In perfekter westlicher Handschrift notierte Namura darunter: *Ich werde bis zum Ende des Monats in diesem Zimmer logieren.*

Gerade noch rechtzeitig betrat Bora den *Leipziger Hof*, in der festen Absicht, Arthur Nebe zur vereinbarten Zeit telefonisch zu erreichen.

Um achtzehn Uhr klingelte Arthur Nebes Privatanschluss ins Leere. Wenn er nicht Feierabend gemacht hatte, dann war er zumindest nicht am Platz. In der Telefonvermittlung des Präsidiums der Kripo sagte man Bora, dass der Chef auf jeden Fall früh am nächsten Morgen da sein werde.

»Der Chef hat Ihre Nummer. Sollte der Chef sich entschließen, Sie zurückzurufen, wird er es tun. Aber das ist nicht die Regel.«

Bora legte den Hörer zurück auf die Gabel. Warum versuchte er überhaupt, Nebe zu erreichen? Schließlich hatte er keinen Lagebericht zu bieten, der in irgendeiner Form nützlich gewesen wäre. Aber er hätte gern Erkundigungen über Gustav Kuglers Vergangenheit als Vollstrecker in Berlin eingezogen. Andererseits würde Grimm am nächsten Morgen wieder im Dienst sein, und wenn er bereit war, über seinen ehemaligen Kollegen zu tratschen, so wie er es auch im Fall des S-Bahn-Mörders getan hatte, würde er seine Fragen beantworten.

Der düstere Kern der Angelegenheit war Niemeyers Brief. Vorläufig war er bei seinem japanischen Offizierskollegen sicher aufgehoben, aber nach der Begegnung mit Stauffenberg konnte Bora seinen Inhalt nicht mehr als das irre Gerede eines von Angst erfüllten und rachedurstigen Mannes abtun. Indem Niemeyer die Verschwörer oder von Helldorff oder alle zusammen beschuldigte, lieferte er Täter und eine Lösung, der zu trauen Bora nicht gewillt war. Schon allein deshalb konnte er ihn dem Kripo-

Chef nicht übergeben, denn das würde unweigerlich eine Hexenjagd in den Reihen der Wehrmacht nach sich ziehen.

Gott sei Dank hatte er seine Kaltblütigkeit wiedergewonnen. Bevor er das *Adlon* verließ, hatte er den Oberkellner aus dem Elsass zu sich gewunken (und ihm ein Trinkgeld gegeben). Er hatte ihn darum gebeten, in Erfahrung zu bringen, ob irgendjemand im Hotel – Zimmermädchen, Hoteldiener oder Pförtner – wusste, wo Salomon sich jetzt aufhalten könnte. Der alte Mann versprach, dies herauszufinden und sich in jedem Fall zu melden.

Bevor er am Nachmittag aufgebrochen war, hatte er im Café *Die Dame* noch eine Flasche Apollinaris-Wasser geleert, die unerhört teuer gewesen war. Europa, die auf dem Gemälde an der Wand rittlings auf ihrem weißen Stier saß, schien ihm hämisch zuzugrinsen, als wollte sie sagen: *Was bist du doch für ein Trottel, dass du Emmi hast gehen lassen.*

Sein Hotelzimmer lag nach Westen, mittlerweile drang die Hitze ins Zimmer. Bora schloss die Fenster, aber das brachte keine spürbare Besserung. Er entschied sich für einen Kompromiss: Er ließ die Fenster offen, zog aber die Verdunkelungsvorhänge vor. Er brauchte nicht hinauszusehen, um daran erinnert zu werden, dass der Zug nach Paris und der über Leipzig nach Wien kaum einen Kilometer entfernt abfuhren, gleich hinter der Potsdamer Straße. Paris war noch in deutscher Hand, doch es hatte keinen Zweck, sich etwas vorzumachen: Die Amerikaner würden in Kürze Paris erreichen. Was Leipzig und Wien betraf, so wollte er lieber nicht darüber nachdenken, wie es um die zukünftige Existenz der Städte bestellt sein mochte, da beide auf dem Weg der Roten Armee lagen. Genau wie Berlin.

Bora legte sich aufs Bett, ohne seine Stiefel auszuziehen. Sein einziges Zugeständnis an gute Manieren bestand darin, dass er eine Zeitung auf der hellgelben Tagesdecke ausbreitete, bevor er seine Füße ablegte. Wenn er in den nächsten Stunden funktionieren wollte, musste er Stauffenbergs Worte aus dem Kopf bekommen. Und auch Emmi, die er dazu gebracht hatte, ihm von sich zu erzählen, während er sich zurückgehalten hatte.

Er stopfte das Kissen hinter seinen Kopf und versuchte, auf diese Weise seine Schultern zu entspannen. Er war schon immer eher einsilbig gewesen. Das ließ sich nicht bestreiten. Nicht, weil er nichts zu sagen gehabt hätte, sondern weil er vorsichtig war und darin geschult, einem anderen nicht so ohne Weiteres zu vertrauen. Aber, Herrgott noch mal, das tat er, um notfalls andere zu schützen, nicht sich selbst. Vor vier Jahren in Paris hatte er den Befehl, einen Patrioten auf Abwegen namens Ernst Jünger zu verfolgen, und seit dieser gemeinsamen Zeit in Frankreich korrespondierte Bora hin und wieder mit ihm. Jünger schickte ihm Briefe dramatischen Inhalts, ohne sich groß Gedanken darüber zu machen. Sie waren versiegelt und wurden ihm eigenhändig zugestellt. Trotzdem fand Bora eine derart lässige Missachtung der Sorgfalt unangebracht. Ernst Jünger, der herausfordernd davon schrieb, dass man sich nach außen hin nichts anmerken lassen dürfe, unterschied sich in seiner Einstellung nicht allzu sehr von Oster, ganz zu schweigen von Claus von Stauffenberg.

Diese Männer verhalten sich wie Offiziere des Deutschen Heeres im Kaiserreich, eine privilegierte Schicht, der ein gewisses Maß an Aufsässigkeit zugestanden wurde, weil sie zum selben gesellschaftlichen Milieu gehörte wie der Monarch. Auf diese Weise bereitet man keinen Staatsstreich vor. Wir sind allesamt Offiziersbrüder, doch selbst unter Brüdern kann es Verrat geben. Oder einer ist das schwache Glied in der Kette und bricht unter Bedrohung oder Folter zusammen. Wenn ich Salomon aufstöbere, werde ich ihn vielleicht töten müssen.

Kurz nach halb zehn wachte er auf, und der Anblick des Buches von *Magnus Magnussen: Hellseher aus dem Norden* auf seinem Schoß sagte ihm, dass er beim Lesen eingeschlafen war. Es war nicht seine Art, vor der Schlafenszeit ein Nickerchen einzulegen, also musste die langwierige Aufzählung der frei erfundenen nordischen Abstammungslinie Niemeyers ihn müde gemacht haben. Noch stahl sich Abendlicht durch eine Lücke zwischen den Verdunkelungsvorhängen, die in der windstillen Luft schlaff herunterhingen. Bora ging ins Badezimmer, um sich zu waschen. Wie immer in den letzten zehn Monaten war er im ersten Moment überrascht, dass er sich die *Hände* genau genommen nicht mehr waschen konnte. Dann nahm er es hin. Aus dem Spiegel blickte ihm ein ernstes und jungenhaftes Gesicht entgegen. Es hatte eine gewisse Ähnlichkeit mit Stauffenberg, allerdings mit dem Stauffenberg von vor neun Jahren. In dem stickigen Zimmer hatte er sich im Vergleich mit ihm wie ein Jüngling gefühlt (und gefürchtet, auch so zu wirken). Kommandeure schätzten ihn gelegentlich jünger als seine dreißig Jahre, was ihn ein wenig störte. Er hatte schließlich Leid erfahren, Herrgott noch mal! Vielleicht nicht in dem Maße wie Claus von Stauffenberg (oder Willy Osterloh), aber er hatte Leid erfahren – und wie! Er spritzte sich etwas Wasser ins Gesicht und vermied es, seinem Blick im Spiegel zu begegnen.

14. Juli 1944, 23.38 Uhr. Das schreibe ich in Großvater Franz-Augusts zerstörter Wohnung. Hierher bin ich gekommen, um etwas Ruhe zu finden.

Ich kann alles ertragen. Davon bin ich inzwischen überzeugt. Ich würde nur gern wissen, warum das so ist, damit ich es an all jene in dieser Stadt und in diesem Volk weitergeben kann, die noch mehr zu leiden haben werden als ich und dringend lernen müssten, wie man Leid aushält. Fakt ist allerdings, dass sich Durchhaltevermögen nicht lehren lässt.

In der dunklen Bibliothek war er vom sanften Knacken der ramponierten Regale umgeben. Ein wohlriechender, frischer Duft von den Pflanzen im nahe gelegenen Park drang durch die zerbrochenen Fensterscheiben herein. Bora schaltete die Taschenlampe aus, in deren Schein er geschrieben hatte, und zog die Vorhänge auseinander, um in die Nacht hinauszuschauen. Dies könnte auch gut und gern das alte Haus seiner Familie südlich von Leipzig sein, in dessen Garten eine Linde stand, die Katharina von Bora, Luthers Frau, gepflanzt hatte. Dies könnte eine Welt sein, in der menschliche Bande noch hielten, in der Niemeyer noch immer die Massen verzauberte und noch alles möglich war. Eine Zeit der Ganzheit und der Zuversicht, in der man die Sturmwolken gefahrlos ignorieren konnte.

Er erwachte kurz nach eins, unbequem zusammengekauert im Sessel seines Großvaters. Um zur Ruhe zu kommen, war die zerstörte Bibliothek mit diesem alten Möbelstück der falsche Ort. Er hatte von Dikta geträumt, von jener schicksalhaften Nacht, als er sie auf dem Ball der Wehrmacht getroffen hatte. Ihr Kleid mit dem schwindelerregend tiefen Rückenausschnitt war unpassend für eine Einundzwanzigjährige gewesen, hatte aber dazu geführt, dass er im April 1937 den Kopf verlor.

Müde knöpfte Bora seine Uniformjacke auf, durchsuchte die Taschen nach Zigaretten, fand sie und zündete eine mit dem Feuerzeug seines Bruders an. Ob Frauen ihn jemals verstanden hatten? Auch heute noch mochte er es nicht, berührt zu werden, bevor er erregt war. Er musste erst eine gewisse rastlose Unruhe entwickelt haben, ein Verlangen nach Aggression, und selbst dann ertrug er die Berührung durch eine Frau nur, sofern sie nicht versuchte, ihn zu zügeln.

Er hatte sich niemals für fähig gehalten, eine Frau zu vergewaltigen, das nicht. Grob zu werden, das schon, vor allem, wenn er auf Widerstand traf. Das war einmal in Borna vorgekommen, im Sommer 1938, nachdem er aus Spanien zurückgekehrt war. Diesen Heimaturlaub hatte er ganz allein mit Dikta verbracht, in einem Zimmer, das die alte Linde mit ihrem berauschenden Duft erfüllte.

»Lass uns doch mal so tun, als wollte ich gar nicht«, hatte Dikta fröhlich vorgeschlagen.

»Nein, Dikta. Lieber nicht.« Er fühlte sich angriffslustig, und ihm war nicht danach, seine Selbstbeherrschung auf die Probe zu stellen. Obwohl sie sich nicht davon abbringen ließ und versuchte, ihn zu bezirzen, verließ er das Bett. Er trat hinaus auf den Balkon, um die Sterne zu betrachten und den öligen Duft einzuatmen, der von der dunklen, ungebärdigen Krone der Linde herüberzog.

»In Ordnung, Liebling, komm zurück. Ich werde ganz brav sein.« Sie war seine Freundin und log ihn trotzdem an. Sie gab sich verführerisch und raufte mit ihm und reizte ihn. Dann stieß sie ihn tretend, beißend und lachend von sich. Doch noch während sie lachte, geriet die Sache außer Kontrolle. Hinterher waren sie beide erschöpft. Dikta hatte Schrammen und Bissspuren auf seinem Körper hinterlassen, die glücklicherweise von der Uniform verhüllt werden konnten, und eine ärztliche Untersuchung der hocherfreuten Dikta hätte ergeben, dass einiges an Gewalt angewendet worden war.

Die blauen Flecken an der Innenseite ihrer Oberschenkel bereiteten ihm Pein. »Lass uns das niemals wieder machen, Dikta.«

»Warum nicht? Mir hat es gefallen. Das war lustig.« Doch an den folgenden beiden Tagen war sie zu wund fürs Liebesspiel, was ihn sogar noch mehr bekümmerte.

In den beiden darauffolgenden Nächten schlief Bora nicht bei ihr im Bett. Er saß in der Bibliothek im Sessel seines Großvaters, las und döste. In der dritten Nacht kam Dikta herein. Sie setzte sich auf seinen Schoß und küsste seine blauen Flecken, und er küsste die ihren.

Bis heute hatte er nichts erlebt, was ihn mehr beschämt hätte. Bora konnte nicht daran zurückdenken, ohne rot zu werden. Dabei kannte er sich selbst gut genug, um zu ahnen, dass er vor körperlicher Aggression keineswegs gefeit war.

Nach diesem Vorfall war er sich sicher, dass der Feldkaplan ihm auf keinen Fall Absolution erteilen würde. Doch der gewitzte Geistliche – ein Veteran der Schlacht an der Somme – klang überhaupt nicht schockiert und nahm die Gelegenheit wahr, ihm eine längere Moralpredigt über die Wonnen der ehelichen Liebe im Dienste der Fortpflanzung angedeihen zu lassen. Bora ging in dem Gefühl, dass es für die römisch-katholische Kirche sogar in Ordnung wäre, die eigene Freundin zu vergewaltigen, sofern sie nur geschwängert würde. Also hatte er sich selbst eine Buße auferlegt: Anstatt Ave-Marias aufzusagen, versagte er sich einen Monat lang das Mittagessen, duschte kalt und verzichtete auf Alkohol und Zigaretten. Dikta sagte er davon nichts. Sie hätte über solchen Unfug nur gelacht, so wie sie auch gelacht hatte, als er sie mit Blumen und Entschuldigungen überschüttete.

»Wirst du wohl damit aufhören, Martin? Ich habe noch nie ein so herrliches, schmerzhaftes Durcheinander erlebt. Eines Tages werde ich dich genau deshalb heiraten, du Dummerchen.«

Und so war es auch gekommen.

Sonnabend, 15. Juli

Um sechs Uhr früh war Bora wieder zurück im *Leipziger Hof.* Grimm sollte sich um acht zum Dienst melden, und Bora wollte bis dahin unbedingt im Speisesaal mit der sepiafarbenen Stadtansicht von Leipzig beim Frühstück gesehen werden. Seit er in der Bibliothek seines Großvaters aufgewacht war, hatte er das beklemmende Gefühl einer unmittelbar bevorstehenden Gefahr. Daher war er sicher, dass Stauffenberg heute handeln würde, wo und wie auch immer. Es war nur eine Ahnung – wobei er sein Überleben schon häufiger einer Vorahnung zu verdanken hatte. *Ich werde die Augen offen halten und dabei nicht nach Vorzeichen Ausschau halten, sondern nach Anzeichen dafür, dass etwas geschehen wird.*

Die ersten Neuigkeiten waren erfreulich: Um 6.45 Uhr (Bora war gerade im Foyer und notierte sich einige Dinge, die zu erledigen waren) kam ein Botenjunge vom *Adlon* herübergeradelt und überbrachte eine mündliche Botschaft des dortigen Oberkellners. Anscheinend hatte Salomon ein Taxi bestellt, als er am frühen Mittwochmorgen überstürzt das Hotel verließ. Sein Gepäck war ihm in die Elisabeth-Klinik in der Lützowstraße nachgeschickt worden.

Das große evangelische Krankenhaus, das nicht weit von der Reichsstelle für den Außenhandel lag, belegte einen Häuserblock gleich hinter der Potsdamer Straße. Wegen der religiösen Ausrichtung des Hauses und der Nähe zum Hauptquartier des Ersatzheeres hatte Bora es am Vortag ganz nach unten auf seine Liste gesetzt. Diesem Krankenhaus hatte sein letzter Anruf gegolten, und er erinnerte sich genau, dass man ihm gesagt hatte, es sei kein Patient namens Salomon aufgenommen worden. Womöglich gewährten die rechtschaffenen Diakonissen verzweifelten Ausreißern dort Asyl?

Er beschloss, zum Krankenhaus zu fahren, und war zuversichtlich, rechtzeitig genug zurück sein zu können, um an seinem Ecktisch einen Ersatzkaffee zu trinken, wenn Grimm eintraf.

Bora hatte sich einen Vorwand ausgedacht: Er wolle dem Oberst ein Buch zurückbringen – ausgerechnet Niemeyers Werk *Magnus Magnusson: Hellseher aus dem Norden.* Zwanzig Minuten lang war er im Wartezimmer auf und ab gegangen (die ihm wie eine Ewigkeit vorkamen), bevor er erfuhr, dass Salomon zwar kurzzeitig aufgenommen worden war, sich jedoch nicht mehr in der Klinik aufhielt.

Ein junger Arzt teilte ihm mit: »Es war nur eine Verstimmung des Magen-Darm-Traktes. Er war dehydriert, und wir haben einen unregelmäßigen Herzschlag festgestellt, also haben wir ihn über Nacht zur Überwachung hierbehalten. Am nächsten Morgen brauchten wir das Bett und haben ihn entlassen.«

Das war also am Donnerstagmorgen gewesen. Ein Vorsprung von zwei Tagen, der entscheidend sein konnte. Bora spielte Enttäuschung vor. Dabei war er ungehalten. »Haben Sie eine Adresse – oder zumindest eine Nachsendeanschrift, an die ich das Buch schicken kann? Ich würde die Stadt nur sehr ungern verlassen, ohne das Buch zurückgegeben zu haben.«

»Dabei kann ich Ihnen nicht helfen, Herr Oberst.«

»Für mich ist es eine Frage des Prinzips. Wenn ich das Buch hier bei Ihnen lasse, gibt es dann eine Möglichkeit, dass es den Obersten erreicht?«

»Ich wüsste nicht, wie. Er hat uns gesagt, dass er krankgeschrieben ist und nach Hause fährt. Mehr kann ich Ihnen dazu nicht sagen. Wenn Sie wissen, wo der Oberst wohnt, können Sie ihm das Buch natürlich schicken.«

Abgesehen von dem längst verlorenen Anwesen in Masuren, hatte Bora keine Ahnung, wo Salomon sich aufhalten könnte. Wenn er herumtelefonierte, könnte er vielleicht eine Nachsendeanschrift ermitteln, aber die Chancen standen zehn zu eins, dass der Oberst nicht dorthin unterwegs war.

Er kehrte in den *Leipziger Hof* zurück. Jetzt hätte er gern einen echten Bohnenkaffee getrunken.

Leipziger Hof, 8.00 Uhr

Unauffällig behielt Bora den Speisesaal im Blick, der zur Frühstückszeit halb besetzt war. Grimm dürfte nun jeden Moment auftauchen, und er würde seine ganze Kraft aufwenden müssen, um nichts von seiner Unrast nach außen dringen zu lassen: Wer darin geschult war, hinter einer zur Schau gestellten Selbstbeherrschung die innere Unruhe zu erkennen, ließ sich schwerlich hinters Licht führen. Wie so oft, wenn man auf jemanden wartete, sah er den massigen Polizisten schon vor sich, seinen billigen Anzug und den unmöglichen Schlips, und er sonderte automatisch jeden Neuankömmling aus, auf den diese Beschreibung nicht zutraf.

Daher übersah er zunächst auch einen Mann im grauen Kleppermantel, obwohl er von der Statur her Grimm glich. Ihm folgte ein weiterer Mann, und Bora begriff, dass es sich um zwei der drei Männer handelte, denen er in Kupinskis Wohnhaus begegnet war. Bora wappnete sich. Das Duo ließ suchende Blicke durch den Raum wandern, aber das geschah nur zum Schein, denn sie waren seinetwegen hier und hatten ihn längst erkannt. Dem zuvorkommenden Kellner zeigten sie ihre Dienstmarken nicht vor; einer der beiden machte eine ablehnende Handbewegung, nicht anders als jeder beliebige Gast, der keine Zeit hat, sich hinzusetzen und etwas zu essen.

Bora schluckte den Kaffeeersatz hinunter, der sich noch in seinem Mund befand, und setzte die mit dem Monogramm »L. H.« versehene Tasse auf die Untertasse. Nach außen demonstrierte er Gelassenheit und machte sich zu einem Lächeln bereit – genauso bereit war er allerdings, die Pistole auf sein eigenes Kinn zu richten und abzudrücken, sollte es nötig sein.

Aus den Augenwinkeln nahm er wahr, dass zu seiner Rechten ein Hauptmann der Luftwaffe mit vorgetäuschtem Gleichmut aufstand. Dabei rutschte ihm allerdings die Serviette vom Schoß und fiel unter den Stuhl. Auch ließ er seine Sonnenbrille auf dem Tisch liegen. Kurz darauf standen die beiden schon vor ihm, und er musste ihnen irgendwie die Stirn bieten.

»Guten Morgen. Kann ich Ihnen behilflich sein?«

Es war unmöglich zu sagen, ob die beiden Männer von seiner Reaktion überrascht waren. Bora war klar, dass alles Mögliche passiert sein konnte, seit er am Vortag bei Stauffenberg aufgebrochen war. Niemeyers Brief, Salomon und der Oberkellner aus dem Elsass, all diese unterschiedlichen Fährten wirbelten in seinem Kopf herum.

Der stämmigere Mann, unter dessen Hutkrempe ein mürrischer Gesichtsausdruck zu sehen war, bejahte.

»Eine berufliche Frage? Möchten Sie sich nicht setzen?«

»Nein.«

So also machen sie es. Er hatte es im Laufe der Jahre immer wieder beobachtet. Sie setzten auf bedrohliches Schweigen, um die Menschen, die sie festnahmen und verhörten, einzuschüchtern ... *Nein, ich kann es mir nicht leisten zu lächeln, und schon gar nicht darf ich mir anmerken lassen, dass ich nicht nur aus einem Grund ahne, warum sie hier sind.*

»Wann haben Sie Berthold Kupinski zuletzt gesehen?«

Also, mit dieser Frage hatte er nun wirklich nicht gerechnet. Bora fragte sich gar nicht erst, wie die Gestapo ihn hier ausfindig gemacht hatte (das war sein geringstes Problem). Wichtiger war, herauszuhören, ob sie Kupinski schon geschnappt und ihn so lange ausgequetscht hatten, bis er ihnen von dem Brief erzählt hatte. Im Speisesaal war es still geworden. Die ehrfürchtig schweigenden Menschen, die noch beim Frühstück saßen, waren nur deshalb nicht aufgestanden, weil ein hastiger Aufbruch hätte Verdacht erregen können.

Bora sagte: »Am Donnerstagmorgen, als Sie mit Anton Reich, seinem Nachbarn von oben, beschäftigt waren.«

Es war ungeheuerlich von ihm, anzudeuten, dass er wusste, welchem Geschäft sie an jenem Tag nachgegangen waren. In den Augen des zweiten Gestapomannes funkelte flüchtig Bewunderung auf. Er war weniger massig und vielleicht auch weniger brutal als sein Partner.

»Und was wissen Sie über Anton Reich?«

»Gar nichts. Sein Name steht nicht auf der Liste mit den Mordverdächtigen, die ich von SS-Gruppenführer Arthur Nebe erhalten habe.«

Zu seinen Ermittlungen stellten sie keine Fragen. Das konnte etwas zu bedeuten haben – oder auch nicht.

»Woher kennen Sie denn dann den Namen?«

Bora schwitzte Blut und Wasser, aber er antwortete mit einer Ruhe, die ihn selbst überraschte. »Ich habe Kupinski nicht zu Hause angetroffen, also habe ich an der Wohnung gegenüber geklopft und erfahren, dass er das Haus um sechs Uhr morgens verlassen hat. Nachdem Sie da waren, bin ich nach oben gegangen und habe den Namen ›Anton Reich‹ auf einem Umschlag gelesen, der in der Wohnung des Mannes lag.«

»Und warum sind Sie in Anton Reichs Wohnung gegangen?«

»Weil ich gehört habe, dass jemand weinte.«

Die Antwort war entwaffnend. Hätte Bora gewusst, dass Reichs Verhaftung im Zusammenhang mit der Festnahme dreier Staatsfeinde in der Köpenicker Landstraße 76 erfolgt war, die sich kurz darauf mit Stauffenberg hätten treffen wollen, hätte er sich lieber die Zunge abgebissen, als zu antworten. Glücklicherweise waren die Männer – Kommunisten, die seit Januar flüchtig waren – aus anderen Gründen festgenommen worden, die nichts mit der Verschwörung zu tun hatten.

Da die Gestapomänner Bora nicht befahlen aufzustehen, blieb er sitzen, während der Ersatzkaffee in seiner Tasse kalt wurde. *Wohl oder übel ist Kupinski zu einem Gestapo-Informanten geworden. Warum befragen sie mich nicht zu ihm? Ich darf jetzt weder übermäßige Neugierde bekunden, aber auch nicht gleichgültig wirken.*

»Für den Fall, dass es von Nutzen ist«, sagte er, »Kupinski hatte seiner früheren eidesstattlichen Aussage nichts hinzuzufügen.«

Das war glatt gelogen. Bora hatte den Satz vor Angst kaum über die Lippen gebracht, und dass die beiden nicht reagierten, hieß gar nichts. Vielleicht wussten sie schon alles über Kupinski, Niemeyer, sogar über von Helldorff und dessen Rolle in der Intrige. Sie wussten möglicherweise genug, um ihn auf der Stelle festzunehmen. Bora war froh, umsichtig genug gewesen zu sein, seine Pistolentasche zu öffnen, bevor er sich an den Frühstückstisch gesetzt hatte. Wichtig war einzig und allein, dass sie ihm nicht seine Waffe abnahmen.

Wo blieb Grimm bloß? Die elektrische Uhr an der Wand zeigte zehn Minuten nach acht an. Während er die Tasse zum Mund führte, sagte Bora: »Verzeihen Sie, dass ich eben austrinke, ich möchte nicht, dass etwas weggeschüttet wird.« *Und wenn sie mich nicht festnehmen, werde ich sofort nach oben stürzen und mich ins Waschbecken übergeben, denn es fühlt sich so an, als kämen mir gleich die Eingeweide hoch.*

Die beiden traten noch dichter an seinen Tisch heran, machten dann eine plötzliche Kehrtwende und gingen, ohne sich zu verabschieden. Bora fingerte eine Zigarette heraus und steckte sie sich zwischen die Lippen, in der Hoffnung, damit seine Übelkeit unter Kontrolle zu bringen. Er fürchtete, es nicht mehr rechtzeitig in sein Zimmer zu schaffen und den Kaffee an Ort und Stelle zu erbrechen. Kaum hatte er einmal an der Zigarette gezogen, sah er Grimm auch schon in der Tür stehen.

Irgendwie brachte er genügend Unverfrorenheit auf, um anmerken zu können: »Ach, da sind Sie ja. Ich hatte Sie bereits vor fünfzehn Minuten erwartet, Herr Kommissar.«

Florian Grimm sah aus wie ein Bullterrier, der mit einem anderen Hund aneinandergeraten war: Seine Hände waren voller Schrammen, und auf seinem fleischigen Schädel klebte ein blutiges Heftpflaster. Als Bora ihn fragte, ob er Lust auf eine Tasse Kaffee habe, verneinte er und blieb stehen. Der heutige Schlips passte zur Farbe seiner Blutergüsse, das gewagte Paisley-Muster kam noch erschwerend hinzu. Zögerlich trat er vor, wie ein begriffsstutziger Schuljunge, der an die Tafel gerufen wurde. Verstohlen schloss Bora seine Pistolentasche und lehnte sich auf dem Stuhl zurück. *Grimm könnte jetzt erwidern: »Ich mische mich nicht ein, wenn die Gestapo da ist«, oder er könnte so tun, als hätte er nichts mitbekommen. Beides würde darauf hindeuten, dass er lieber auf Abstand zur Geheimpolizei bleibt. Aber wenn er sagt: »Ich habe gesehen, dass Sie Gesellschaft hatten«, gibt er mir zu erkennen, dass er weiß, mit wem ich es zu tun hatte, und es vorgezogen hat, draußen zu warten.*

»Ich habe gesehen, dass Sie Gesellschaft hatten«, sagte Grimm.

Bora nickte beiläufig. »Schön zu sehen, dass Sie noch ganz sind. Sind Ihre Angehörigen wohlauf?«

»Ja, vielen Dank.«

Als er ihn nach dem Luftangriff fragte, gab Grimm unwirsch Auskunft. Beide Familien seien mit kleineren Verletzungen davongekommen. Das Haus sei fast hinüber, aber sein Bruder samt Frau und Kindern hätten bei

Verwandten in Neukölln unterkommen können. Er verlor kein Wort über Trosts Abberufung oder den Olympia, der direkt vor dem Hotel geparkt war. Er wartete, bis Bora vom Tisch aufstand. Dann überreichte er ihm einige zusammengeheftete Blätter.

»Das Protokoll von Glantz' Vernehmung, Herr Oberst.«

»Aha. Lebt er noch?«

»Ja. Hat einen Kieferbruch.«

Eine solche Verletzung zog man sich in der Regel nicht zu, wenn man versuchte, sich zu erhängen. In Polen und Russland hatte Bora bei Gefangenen genügend ausgerenkte und gebrochene Kiefer gesehen. Ob Glantz sich in einer Zelle im zweiten Stock des Alex, dem Dienstsitz der Gestapo, befand?

»Er hat gestanden, den Mord begangen zu haben«, fügte Grimm hinzu, woraufhin Bora rasch durch die Seiten blätterte. »Ein unterschriebenes Geständnis ist ein unterschriebenes Geständnis. Sie können ja selbst sehen, welches Motiv und welche Einzelheiten er genannt hat.«

Bora blickte von dem Protokoll auf.

»Hat er gestanden, bevor oder nachdem er sich den Kiefer gebrochen hat?«

»Soweit ich weiß, hat er sich verletzt, als er auf dem Boden seiner Zelle aufschlug. Das Geständnis hatte er eine halbe Stunde zuvor unterschrieben. Tatsache ist, dass er sich jetzt in den Händen der Gestapo befindet. Der Chef bemüht sich darum, dass er wieder zu uns überstellt wird. Er hat gestanden, und er gehört uns.«

Das macht möglicherweise keinen großen Unterschied, dachte Bora. Das Schriftstück, von einem Angestellten mit der Schreibmaschine geschrieben und eigenhändig vom Gefangenen unterzeichnet, umfasste vier nummerierte Seiten. Bora legte es auf den Tisch und las. Darin wurden ausführlich die Gründe beschrieben, die hinter Glantz' Absicht steckten, Niemeyer zu ermorden: persönlicher Groll, wirtschaftlicher Verlust, sein beschädigter Ruf als Geschäftsmann, hochgradige Belastung. Er versuchte, seine Tat zu rechtfertigen, indem er steif und fest behauptete, dass Niemeyer tatsächlich Jude sei und deshalb seit Jahren das deutsche Publikum betrogen habe. Der Verleger führte dafür auch einen Beweis ins Feld: Bei einer Landpartie im Jahr 1942 seien Niemeyer und er nach einem Abstecher in einen Bierausschank einem körperlichen Bedürfnis nachgekommen. Im Gebüsch sei sein Blick »ohne jede böse Absicht« auf jenen Teil von Niemeyers Anatomie gefallen, der »eine Beschneidung aufwies«. Niemeyer habe sich daraufhin abrupt weggedreht. Glantz hatte jedoch beteuert: »Ich weiß, was ich gesehen habe.«

Drei der vier Seiten enthielten eine vor Gehässigkeit triefende Auflistung der Vergehen, derer sich der Prophet ihm gegenüber schuldig gemacht haben sollte. Ab dem letzten Absatz der dritten Seite folgte eine knappe, aber glaubhafte Rekonstruktion des Mordes. Bora blieb bei einigen Details hängen: die unverschlossene Hintertür – das auseinandergebaute Gewehr, das zuvor im Gebüsch versteckt worden war – das Abwischen der Fingerabdrücke von den Gewehrläufen und dem Schaft … Glantz schien mit der Villa und mit Niemeyers Gewohnheiten vertraut zu sein. Von Reue keine Spur.

Während Bora las, war der Hauptmann der Luftwaffe in den Speisesaal zurückgekehrt. Mit einer gemurmelten Entschuldigung, die sich an niemanden im Besonderen richtete, nahm er seine Sonnenbrille vom Tisch und verschwand wieder. Grimm sah ihm verdrossen nach.

»Nicht zu fassen, dass Niemeyer an sich hat herumschnippeln lassen, nachdem er von echten Juden bloßgestellt worden war«, merkte er an. »Wissen Sie schon das Neueste von Kupinski, Herr Oberst?«

Bora nahm seine Aktentasche vom Stuhl auf der anderen Seite des Tisches und steckte das Protokoll hinein.

»Nein.« Die Zigarette nahm er beim Sprechen nicht aus dem Mund. »Gibt es denn etwas Neues?«

»Er ist wieder abgängig. Als am Freitag ein Polizist des Reviers vor Ort routinemäßig nach ihm sehen wollte, waren seine Kleidung und persönliche Gegenstände verschwunden. Im Morgengrauen wurden unten an der Warschauer Brücke ein Paar Schuhe gefunden. Bei einem war die Sohle auf merkwürdige Art abgetragen. Könnten der Schwuchtel gehört haben.«

Deshalb also hatte sich die Gestapo nach Kupinski erkundigt. Sie verließen den Speisesaal. Bora, der vorausging, zog weiterhin an seiner

Zigarette, um die Übelkeit in Schach zu halten. Er sagte: »Ertrunkene tauchen doch für gewöhnlich am Ufer bei der Sternwarte im Treptower Park wieder auf, oder?«

Das mochte herzlos klingen, aber eigentlich bezweifelte er, dass Kupinski sich umgebracht hatte. Bestimmt hielt sich der Gelegenheitsarbeiter irgendwo versteckt, und seiner Meinung nach war das auch gut so.

»Lassen Sie uns zu Glantz' Haus fahren, Herr Kommissar.«

Stendaler Straße, Moabit

Durch das Haus schien ein Wirbelsturm gerauscht zu sein. Selbst Grimm wirkte verblüfft, als er seine Blicke umherwandern ließ: Kein Möbelstück, nicht ein einziger Gegenstand befand sich noch an seinem Platz. Die Einrichtung war ziemlich luxuriös und wies die Bewohner als Angehörige der oberen Mittelschicht aus. Ganz offensichtlich fehlten etliche Einrichtungsgegenstände: Nach der Verhaftung des Paares waren zweifellos sofort Plünderer zur Stelle gewesen. Dass Jagdtrophäen von den Wänden verschwunden waren (zurückgeblieben waren nur die Halterungen), schien wenig einleuchtend: Was sollte ein Berliner heutzutage mit ausgestopften Tieren anfangen? Man konnte sie nur verkaufen – sofern sich ein Käufer fand, der wiederum ebenfalls nichts mit ihnen anfangen konnte. Leichter nachvollziehen ließ sich da schon, dass Bettwäsche und Tischzeug mitgenommen worden waren, von deren Existenz nur noch handgeschriebene Etiketten an den geleerten Regalen zeugten.

Es war ein Widerhall der Verwüstung in Großvater Franz-Augusts Wohnung und Reinhardt-Thomas Klinik. Bora hatte genug gesehen. Mit gesenktem Kopf schob er mit der Stiefelspitze hier und da Bruchstücke beiseite.

»Die Ehegatten sind wegen des Drillinggewehrs schließlich beide im zweiten Stock gelandet«, sagte Grimm, als ob er genau diese Frage von

Bora erwartet hatte. »Aber er hat den Mord gestanden, bevor er überstellt wurde.«

»Hat er noch etwas anderes zum Drilling gesagt, außer dass es seinem Schwager gehört hat?«

»Er hat gesagt, dass er damit Niemeyer ermordet hat.«

Ja, vielleicht. Oder vielmehr: Ja, natürlich. Es sei denn, Glantz' Geständnis eines Verbrechens, das er nicht begangen hatte, war der verzweifelte Versuch, sich keiner weiteren Gewalttätigkeit mehr ausgesetzt zu sehen. Oder auch einer Überstellung zur Gestapo, wo man ihm ein politisches Vergehen vorwerfen würde. Bora wollte Nebe danach fragen, sollte er den Kripochef jemals an dessen Schreibtisch antreffen. Aber auch dann wäre nicht gewährleistet, dass er eine Antwort bekäme.

»Damit ist der Fall dann wohl abgeschlossen.«

»Sieht ganz danach aus, Herr Oberst. Aber wir müssen Glantz wieder in unseren Gewahrsam bekommen.« Schweren Schrittes ging Grimm durch die Räume und zog dabei den Geruch nach Jod, mit dem sein Schädel behandelt worden war, hinter sich her. »Halten wir nach etwas Bestimmtem Ausschau?«

Bora las ein Foto vom Boden auf, es zeigte eine kräftige Frau mit sanftem Gesicht. Sie war das körperliche Gegenstück zu ihrem Ehemann. »Was ist mit Glantz' Frau?« In dem Pelzmantel, den sie auf dem Foto trug, sah sie aus wie eine Bärin, die gerade aus dem Winterschlaf erwacht war.

»Die hätten sie sowieso in den zweiten Stock befördert, selbst wenn er die Tat nicht gestanden hätte. Sie wurde ins Frauengefängnis in der Barnimstraße gebracht, da sitzt sie bis zum Prozess. Schließlich hat das Gewehr ihrem Bruder gehört, und sie hat geduldet, dass ihr Gatte es zu Hause aufbewahrt.« Vor einem Einbauschrank lagen Prospekte auf dem Boden verstreut, die das baldige Erscheinen der *Enzyklopädie des Mythos* »aus der Feder des angesehenen Prof. Dr. Magnusson« ankündigten. Bora hob einen auf und las den hochtrabenden Text. Hatte Niemeyer aus reiner Bosheit seinen Verleger übervorteilt und Geld für einen Auftrag erhalten, den auszuführen er nie vorgehabt hatte? Oder hatte er schlicht etwas versprochen, was er gar nicht leisten konnte? Im Alleingang eine

Enzyklopädie zusammenzustellen! Wie hatte Glantz darauf hereinfallen können? Max Kolowrat hatte erwähnt, dass der Magier einzelne Personen aus seinem Publikum gefügig gemacht hatte, sodass sie sich öffentlich der Lächerlichkeit preisgaben. Aber es war das eine, einen Menschen im Rahmen einer Bühnenvorstellung zu hypnotisieren, und das andere, einen gestandenen Verleger über viele Monate, wenn nicht Jahre hinweg zu täuschen. Durchaus möglich, dass Glantz ihn ermordet hatte. Und nein, sie hielten nach nichts Bestimmtem Ausschau.

»Ich wüsste gern, wie Sie das Ganze einschätzen, Herr Kommissar.«

»Das hängt davon ab, ob wir ihn wieder zurückbekommen, und von dem Richter, der diesen Prozess leitet«, merkte Grimm bedeutungsvoll an. »Wenn es sich um Mord handelt, steht von vornherein fest, dass er zum Tode verurteilt wird. Sollten mildernde Umstände zum Tragen kommen, obwohl ich nicht sehe, wie, wäre es lebenslange Zwangsarbeit. Was immer noch besser ist, als einen Kopf kürzer gemacht zu werden.«

War es das wirklich? Einigen Berichten zufolge gab es Arbeitslager, in denen ein Gefangener gerade einmal zwei Monate überlebte. So schlecht es auch um den Kriegsverlauf bestellt war, mit zwei Monaten wäre es nicht getan. Bora würde keine müde Mark auf das Leben des Ehepaars Glantz setzen.

»Sie haben mich nach meiner Meinung gefragt. Der Büchermann könnte Niemeyer getötet haben, das ist meine Meinung«, sinnierte Grimm, während er sich rittlings auf ein Trümmerteil setzte. »Er hat selbst gestanden, das Drilling Stück für Stück auf das Grundstück des Opfers gebracht zu haben, und an der Art, wie das Gewehr verpackt war, haben wir erkannt, dass er sich darauf verstand, ein Gewehr zu zerlegen. Angeblich war die Hintertür unverschlossen. Durchaus möglich. Wir haben nichts gefunden, was darauf hindeutete, dass das Schloss gewaltsam aufgebrochen wurde. Er will durch Gerüchte erfahren haben, dass geschossen wurde. Das hat er am Anfang gesagt. Mit diesem Detail sind wir aber nicht an die Öffentlichkeit gegangen. Vielleicht wusste er es einfach deshalb, weil er der Mörder ist. Hat er nicht versucht, sich zu erhängen, als wir aufgetaucht sind?«

»Wäre er der Täter, hätte er das Gewehr beseitigt, anstatt es postlagernd an sich selbst zu schicken.«

»Nicht unbedingt. Glauben Sie mir, Herr Oberst, Mörder haben tausenderlei Gründe, warum sie nicht alles gestehen, bevor man nicht mit der Faust nachhilft. Das gilt für abgebrühte Verbrecher ebenso wie für Feiglinge, die im Affekt abgedrückt haben. Hier haben wir es mit jemandem zu tun, der den Mund aufgemacht hat, bevor sie ihn im zweiten Stock zusammengeschlagen haben – was im Übrigen auch dem Uhrmacher blüht. Oh ja … Das ganze Geschwafel vom Garde-Regiment zu Fuß hat Eppner nichts genützt. Mit der Pistole im Bad und dem russischen Dienstmädchen im Haus hat er gleich gegen mehrere Gesetze verstoßen.«

Bora starrte auf Grimms Schlips, einen Strudel aus Violett, Lila und Flieder mit knalligen orange- und purpurfarbenen Tupfen.

»Wie lang ist Eppner schon in Gewahrsam?«

»Seit letztem Dienstag, dem Elften.«

»Warum haben Sie mich darüber nicht in Kenntnis gesetzt?«

»Seine Gesetzesverstöße haben mit diesem Fall nichts zu tun. Außerdem könnte Eppner mit einigen Jahren Zwangsarbeit davonkommen, wenn er sich eine glaubhafte Erklärung für die Pistole und die Russin ausdenkt und einen guten Anwalt auftreibt.«

»Lassen Sie mich raten. Er ist nicht zufälligerweise bereits in ein Lager …«

»Bis gestern jedenfalls nicht.«

Als sie im Auto in südliche Richtung fuhren, versuchte Bora, sich einen Reim auf die jüngsten Entwicklungen zu machen. Die lästige Einmischung der Gestapo könnte der Grund gewesen sein, warum Nebe einen Außenseiter auf den Fall angesetzt hatte. Niemeyers politische Verbindungen, vor allem in der Vergangenheit, rechtfertigten diesen Grad der Aufmerksamkeit. Gäbe es tatsächlich entsprechende Verwicklungen, würde ein polizeilicher Ermittlungsbeamter in der Klemme stecken. Ein mit den Ermittlungen betrauter Soldat hingegen könnte den Konflikt zwischen zwei unterschiedlichen Organen entschärfen. Oder auch nicht. *Warum suche ich eigentlich noch nach weiteren Anhaltspunkten und Verdächtigen, darunter auch Kugler, wenn doch schon jemand den Mord gestanden hat und im Gefängnis sitzt?*

Laut sagte er bloß: »Gruppenführer Nebe erwartet keine bequeme Regelung.«

»Und das heißt was, Herr Oberst?«

»Das weiß ich noch nicht.«

Bora kurbelte das Fenster herunter. Es war ein klarer Morgen, der Himmel strahlend blau. Es wäre pure Dummheit, wenn feindliche Bomber diese Wetterlage nicht ausnutzten. Kaum ließ er es zu, dass seine Konzentration vom Kriminalfall abschweifte, schloss sich auch schon eine Vorahnung dessen, was dieser Tag noch so bringen mochte, wie eine Hand um seine Kehle. Vielleicht bildete er es sich nur ein, aber an den Straßenecken schienen weniger Polizisten zu stehen als sonst. Falls dem so sein sollte, wusste er allerdings nicht, wie er es deuten sollte. Oder wollte es nicht wissen.

»Ihr ehemaliger Kollege, Herr Kommissar, der tote Ermittler – was können Sie mir über den sagen?«

In diesem ehemals roten Arbeiterviertel durchfuhren sie gerade eine kurze Straße, die nach Herbert Norkus umbenannt worden war, einen jungen Heiligen der Partei, der vor fast zwölf Jahren den Märtyrertod erlitten hatte. Die Frage passte gut zu diesem Viertel.

Grimm warf ihm einen Blick zu. »Kugler? Nicht viel. Wir haben nicht mehr in derselben Abteilung gearbeitet, als er verwundet wurde und aus dem Dienst ausgeschieden ist. Sie wissen, wie das so ist mit Kumpels, die man in jungen Jahren gekannt hat. Und in der letzten Zeit bestand kein Anlass, dass man einfach mal vorbeischaute.«

»Aber zur Zeit der Republik waren Sie doch Partner, oder?«

»Damit haben Sie verdammt recht, Herr Oberst. Das waren noch Zeiten! Gustl war hart im Nehmen. Sehen Sie die Verletzungen an meinem Schädel? Das ist noch gar nichts! Jede zweite Woche hat man uns den Schädel eingeschlagen, und Sie können sicher sein, dass wir uns revanchiert haben, und zwar doppelt und dreifach. Damals war ich gut dreißig Kilo leichter.«

»Dann war es für Sie beide ja folgerichtig, bei der Polizei einzutreten, für Recht und Ordnung zu sorgen …«

»Ja, aber mich hat man nicht der Sittenpolizei zugeteilt«, sagte Grimm, knöpfte seinen Mantel auf und nahm seine Dienstmarke ab. Das tat er immer, wenn er sie nicht vorzuzeigen brauchte. Als er sie in das Handschuhfach legte, angelte er nach seinen Zigaretten.

In dem kleinen Park zu ihrer Linken, der inzwischen Norkusplatz hieß, gossen einige Mädchen eine ansehnliche Menge an Gemüsepflanzen, die vermutlich vom Blut des Jungen gesegnet waren.

»Kugler hat fünf Jahre bei der Sitte gearbeitet.« Grimm blies den Zigarettenrauch aus, während er sprach. »Er hatte Mumm genug, sich jeden Tag mit Nutten und Luden herumzuschlagen, und hat dabei nicht einmal die Hand aufgehalten. Sagen Sie, Herr Oberst, interessiert Sie das wirklich? Sie waren damals doch noch ein Dreikäsehoch.«

Bora zog es vor, diese Bemerkung nicht als Seitenhieb dahin gehend aufzufassen, dass er nicht am Aufbau des neuen Reiches beteiligt gewesen war.

»So ist es. Ein Dreikäsehoch in Leipzig.« Sein Blick verweilte auf den gärtnernden Mädchen und den flüssigen silbrigen Zungen, die aus ihren Gießkannen rannen. »In Sachsen war es damals nicht unüblich, dass Polizisten einer Nebenbeschäftigung nachgingen. Viel haben sie nicht verdient.«

»So ist es immer noch. Aber es hängt davon ab, was Sie mit ›Nebenbeschäftigung‹ meinen. Gustav Kugler hat kein Geld dafür genommen, dass er wegschaute. Ich auch nicht.«

»Nichts für ungut, Herr Kommissar.«

»Schon gut. Nur dass Sie es wissen.«

Das passte zu dem, was Bora bisher von Kolowrat erfahren hatte. Sie überquerten nun die breite Straße Alt-Moabit und fuhren auf das kurvenreiche Spreeufer zu. *Ich tue mich leicht damit, darüber zu urteilen. Schließlich habe ich mich nicht in diesen schwierigen Zeiten durchschlagen müssen.*

»Das Schlimmste ist«, fuhr Grimm fort, »dass er eine Witwe und drei Kinder hinterlässt. Wenn es noch dieselbe Frau von früher ist, dann hat sie echt keinen Grips.«

Bora drückte sein Mitgefühl aus. Die Frage nach einer illegalen Nebenbeschäftigung, was auch immer man darunter verstehen mochte, blieb unbeantwortet. Aber er bohrte nicht weiter.

»Wo kann ich Aspirin kaufen?«, fragte er stattdessen. Die Frage war angesichts seiner Versehrung gerechtfertigt.

Grimm deutete auf eine Apotheke an der nächsten Ecke. Dort hielten sie. Bora brauchte nicht lange. Als er zurückkam, bemerkte er auf der anderen Straßenseite eine kleine Kneipe von der Art, wie es sie auch schon zu Norkus' Zeiten gegeben hatte. Sie war eher an einer Nummer erkennbar als an einem Namen. Er schlug vor, dort etwas zu trinken.

Kurz darauf saßen sie in einem ausgedörrten Hof hinter dem Haus unter einer Markise, die mit handgemalten Klecksen in Grau und Braun getarnt war.

Bei einem Wasser beziehungsweise Bier konnte Bora dem Polizisten noch einige weitere wehmütige Erinnerungen an die Revolution entlocken, obwohl Kuglers Name nicht mehr fiel.

»Nach dem Weltkrieg führte mein Stiefvater in Sachsen ein Freikorps an«, trug er zum Gespräch bei. »Kein Vergleich zu den Straßenkämpfen in Berlin, aber trotzdem …«

Grimm stimmte ihm zu, hielt sich aber bedeckt, was die Einzelheiten anging. Bora war nervös. Dieser Dummkopf war durch und durch der Partei ergeben. Er würde aus Grimm nichts herausbekommen, was der für sich behalten wollte.

Er kehrte auf sichereres Terrain zurück: die Verhaftung von Glantz und Eppner. Er war auf ein wichtiges und pikantes Detail gestoßen. Zwischen der Gestapo und der Kriminalpolizei war es zu einem Zwist über die Inhaftierung von Frau Glantz gekommen, weil die Kripo über die Einmischung in einen Mordfall seitens der Politik verärgert war.

»Sehen Sie, Herr Oberst, der Fall Niemeyer fällt in unseren Zuständigkeitsbereich.«

Bora, der auf der Wachstuchdecke mit der rechteckigen Aspirin-Dose spielte, stimmte bereitwillig zu. »Sie haben mich beim Frühstück zu Berthold Kupinski befragt.«

»Ach, *darum* ging es also.«

»Ja. Ich hätte nichts Neues zu Kupinski beitragen können, selbst wenn ich gewollt hätte.« Geschickt balancierte Bora die graue Büchse auf ihrer Schmalseite. »Warum haben sie wohl ausgerechnet mich zu ihm befragt?«

»Der Fall Niemeyer fällt in unseren Zuständigkeitsbereich.«

»Eben. Ich sehe keinen Grund, warum die Geheimpolizei ein Interesse daran entwickeln sollte.« In manchen Momenten täuschte Bora Schwerfälligkeit vor, während er in anderen deutlich machte, wie clever er wirklich war, ungeachtet seiner Versehrung. Ohne die Büchse aus der Balance zu bringen, zog er mit seinem Daumennagel das Siegeletikett ab. »Der guten Ordnung halber werde ich dem Chef von diesem morgendlichen Gespräch berichten.«

Grimm beobachtete Bora dabei, wie dieser die Büchse auf die Seite legte, sie aufklappte, zwei Tabletten herausfischte und diese mit etwas Wasser hinunterschluckte. »Damit tun Sie das Richtige, Herr Oberst.«

Als überraschend ein Lüftchen in den Hof wehte, hob sich die Markise wie ein Segel. Bora sah hoch. »Vor allem, wenn man bedenkt, dass ich genau jetzt bei meinem Regiment sein sollte, anstatt in Berlin meiner eigenen Art von Nebenbeschäftigung nachzugehen.«

Der große Bierkrug, der vor Grimm auf dem Tisch stand, war bis auf einen schaumigen Rest leer. Wahrscheinlich wären fünf weitere nötig, bevor sich seine Zunge lockerte. Wenn er also nun seinen fleischigen Kopf hängen ließ, musste etwas anderes dahinterstecken. Rund um die vom Jod braun gefärbte Gaze auf seinem Schädel waren verschiedene Narben zu sehen, die Bora zuvor nicht aufgefallen waren. Einige Wunden waren genäht worden, andere leidlich von selbst verheilt.

Grimm, der ihn aus seinen schmalen, schief stehenden Augen anstarrte, sagte zögerlich: »Ich weiß nicht, wie es für Sie in Russland war, Herr Oberst –«

»Für mich war es Stalingrad«, unterbrach ihn Bora trocken.

»Für uns ist es darauf hinausgelaufen, das Gebiet von Roten und Juden zu säubern, vor oder hinter Ihren piekfeinen Divisionen.«

An dieser Stelle wäre selbst ein »Ja« zu viel gewesen. Bora unterließ alles, was auf eine Anerkennung hätte hindeuten können.

Grimm blinzelte. »Bin ich stolz darauf? Nein. Schäme ich mich dafür?

Noch weniger. Es musste getan werden. Wir haben Hunderte auf einmal getötet, egal, wie alt. Hunderte? Tausende. Alle splitterfasernackt, sie haben geschwitzt oder gezittert oder sich angepinkelt.« Mit seinem Kinn deutete er auf Boras behandschuhte Prothese. »Eine Frage: Was haben Sie gefühlt, als Ihre Hand weggepustet wurde?«

»Daran erinnere ich mich nicht. Meistens sage ich, dass ich nichts gefühlt habe.«

»Sehen Sie. Ich habe auch nichts gefühlt. Nach der ersten Woche war es einfach so. Töten, und weiter geht's. Routine. Verdammte Scheiße, man kommt ins Grübeln.« Er gab einen missbilligenden Laut von sich. »Manchmal habe ich in den verdreckten Lumpenhaufen gewühlt, um herauszufinden, ob ich irgendetwas fühlen kann. Nichts. Rein gar nichts. Schon merkwürdig, oder? Nützlich, aber merkwürdig.«

Er legte den Kopf in den Nacken, um auch noch die letzten Schaumreste zu erwischen. »Warum haben Sie nach Kugler gefragt? Er ist schon lange keiner Nebenbeschäftigung mehr nachgegangen.«

Als sie wieder im Wagen saßen, fragte Grimm nicht, wo es nun hinginge, und Bora gab ihm keine Anweisung. Schweigend fuhren sie bis zum nächsten Kontrollpunkt, wo eine verunfallte Straßenbahn einen Umweg erforderlich machte. Also kehrten sie um und fuhren am Friedhof St. Johannis vorbei. Dort mussten sie auch wieder warten. Bora stieg aus, während Grimm, der die Sonne mied, hinter dem Steuer sitzen blieb. Er musste sich bewegen, musste sich durch das Herumlaufen vorgaukeln, sich einer Lösung des Falls zu nähern. Die Dinge – der Mord eingeschlossen – lagen womöglich einfacher, als er sich das dachte. Es mochte an seiner Schulung bei der Abwehr liegen, dass er sich so schwer damit tat, das Geständnis eines Mannes zu akzeptieren, der sowohl ein Motiv als auch die Gelegenheit dazu gehabt hatte, Niemeyer zu töten.

Dieses Viertel kannte er gut aus seiner Zeit an der Kriegsakademie und von seinem Dienst in Berlin. Wie ein Kettenhund kauerte vor ihm der düstere Bau des Kriminalgerichts, gleich daneben befanden sich die Kasernen und dahinter der größte Militärkomplex der Stadt.

Er hielt sich möglichst im Schatten und ging an den Garnisonskasernen entlang. Auf der gegenüberliegenden Straßenseite lag eine weiterführende Schule. Dort weckte etwas seine gespannte Aufmerksamkeit. Er hätte schwören können, aus dem Komplex Appelle zu hören, Aufstellung zu nehmen. Zu dieser Tageszeit? Das war ungewöhnlich. Hatte das etwas zu bedeuten? Sonst war es überall still. Am Ende der Straße hatte Grimm im Auto das Radio angestellt. Der blecherne Klang eines beliebten Liedes schwoll an und wieder ab, wie eine unsichtbare, unregelmäßige Welle, die aus dem Olympia getragen wurde und irgendwann in der Luft auf das Echo desselben Liedes stieß, das aus einem hoch gelegenen Fenster kam.

Bora merkte sich den Zeitpunkt: *15. Juli 1944, 11.00 Uhr.*

Zwanzig Minuten später war das Hindernis beseitigt. In der Zwischenzeit hatte Bora einen nicht gerade perfekten, aber umsetzbaren Plan ausgearbeitet.

»Herr Kommissar, wie lange würden Sie brauchen, um die Eppner-Unterlagen zu beschaffen? Vielleicht sind sie für den Fall unerheblich, aber ich muss sie einsehen. Wer weiß, vielleicht stellt sich heraus, dass der ehrenwerte Pastor und die anderen Gäste hinsichtlich der Geburtstagsfeier beim Uhrmacher gelogen haben. Wir könnten es letztlich nicht nur mit einem, sondern gleich zwei geständigen Mördern zu tun haben.«

Wie man es von seinem Berufsstand erwarten durfte, hatte Grimm keinen Sinn für Ironie. »Es würde nicht länger dauern, als ich brauche, um zum Alex und zurückzufahren«, sagte er ausdruckslos. »Länger natürlich, wenn Eppner woandershin überstellt worden ist oder der Chef mir befiehlt, Glantz von der Gestapo wegzuholen. Er hat gestanden, also gehört er uns.«

»Gut. Lassen Sie mich hier raus und fahren Sie los. Ich gehe den Rest des Weges zu Fuß.«

»Aber bis zum Hotel sind es über drei Kilometer, Herr Oberst! Ich kann Sie an der U-Bahn-Haltestelle rauslassen.«

Bora gab sich ungehaltener, als er tatsächlich war. »Wissen Sie, es ärgert mich, wenn Menschen mich behandeln, als wäre ich ein Krüppel. Ich werde zu Fuß gehen. Wir treffen uns dann später im Hotel.«

Kaum hatte sich der Olympia Richtung Osten in Bewegung gesetzt, nahm Bora auch schon die U-Bahn zu Kuglers Büro in der Mainzer Straße.

Mainzer Straße,
Neukölln, 11.46 Uhr

In diesem Viertel mit seinen riesigen Arbeitermietshäusern teilte eine schwermütige Pförtnersfrau mit einem nassen Feudel in der Hand Bora mit, dass er Frau Kugler im Büro antreffen werde. »Konnte die Miete nicht mehr bezahlen, also ist sie hierher umgezogen, wo ihr Mann früher gearbeitet hat.«

Das keilförmige Büro mit der gelben Fassade war wie ein Stück undefinierbaren Käses zwischen zwei modernen mehrstöckigen Scheiben Brot. Es hatte zwei übereinanderliegende hässliche Fenster in Metallrahmen, deren Scheiben mit dunkelblauer Farbe überstrichen waren. Bestimmt musste man innen auch tagsüber das Licht einschalten.

Rechts neben der Tür war das Namensschild (eigentlich einfach Kuglers Visitenkarte) abgeändert worden. Die Bezeichnung »Privatdetektiv« war durchgestrichen und Kuglers Vorname Gustav durch das Wort »Witwe« ersetzt worden.

Bora drückte auf den Klingelknopf. Eine verstörend laute Klingel ertönte. Noch bevor ihr Echo verstummt war, wurde die Tür geöffnet. Er stand einer hageren, abgespannt wirkenden kleinen Frau unbestimmten Alters gegenüber. Sie trug ein eng anliegendes Kopftuch, das über der Stirn zusammengeknotet war. Einige Strähnen ihres glanzlosen Haars von undefinierbarer Farbe waren dem Tuch an den Schläfen entschlüpft.

»Die Detektei gibt es nicht mehr«, sagte sie sofort, und noch bevor Bora erklären konnte, dass er nicht direkt ein Klient sei, begann sie zu schniefen, mit aller Würde, die sie unter derart ärmlichen Umständen aufbringen konnte.

»Ihr Verlust tut mir leid, Frau Kugler. Darf ich eintreten?«

»Ich weiß nicht, warum Sie das wollen, aber kommen Sie rein.«

Als er die Wohnung betrat, öffnete sie das Fenster im Erdgeschoss weit. Bora erkannte auf einen Blick, dass es sich insgesamt um zwei Räume handeln musste, einer über dem anderen: Oben lag vermutlich das Schlafzimmer, eine Wendeltreppe führte hinauf. Und das hier war Kuglers ehemaliges Büro. Sein Schreibtisch war nun übersät mit Rüben und verschiedenen Küchenutensilien. Der Kalender an der Wand zeigte immer noch den Juni an und war vermutlich seit dem Todestag des Mannes nicht mehr angerührt worden.

Bora begründete seinen Besuch mit einer frei erfundenen Familienangelegenheit. Er sei auf der Suche nach privaten Unterlagen, die der verstorbene Ermittler zusammengetragen habe. Frau Kugler starrte ihn verständnislos an. Sie wirkte zu entmutigt und zu erschöpft, um Einwände zu erheben. Ihre drei Kinder waren nirgends zu sehen, daher vermutete Bora, dass sie wie so viele andere junge Berliner aufs Land geschickt worden waren. Sie brauchte gut eine Minute, bis sie die Frage verdaut hatte und eine Antwort geben konnte. Den Saum ihrer Schürze benutzte sie als Topflappen, um eine kleine Auflaufform mit kochendem Wasser von einem Eisenofen zu nehmen, der selbst bei dieser Hitze vor sich hin bullerte.

»Nur zu«, sagte sie. »Wenn das, wonach Sie suchen, noch hier ist, dann werden Sie es im Archiv finden.«

Wenn es noch hier ist. Beunruhigt nahm Bora das Kleinholz, das in einem Pappkarton neben dem Ofen stand, in Augenschein: überwiegend Stücke ausrangierten Mobiliars, lackiert und muffig riechend, aber auch zusammengerollte Mappen und zerrissene Akten.

»Archiv« war ein hochtrabendes Wort für den Aktenschrank, der an der hinteren Wand stand. Bora hatte keine Vorstellung davon, was Kugler alles während des Krieges angesammelt haben mochte, und das mit deutlich weniger Mitteln. Die beiden obersten Schubladen waren leer. Als er die dritte Schublade aufzog, wurde ihm klar, dass Frau Kugler die Unterlagen systematisch verbrannte, angefangen beim Buchstaben A. Beklommen zog er die unterste Schublade heraus. Unter dem Buchstaben R fand sich keine Akte »Rüdiger«. Seine einzige Hoffnung war, dass Kugler das Material unter den Namen derer abgelegt hatte, die er beschattete, und nicht unter dem Namen des jeweiligen Klienten. Der Ordner M in der dritten Schublade war leer. Bora durchsuchte den mit N gekennzeichneten Ordner, dem offensichtlich verschiedene Papiere entnommen worden waren. In der Mappe, die einem gewissen Neumann zugeordnet war (eheliche Untreue), waren nur noch zwei mit Daten und Adressen eng beschriebene Seiten übrig geblieben. Wer weiß, vielleicht hatte gerade dieser Fall Kugler das Leben gekostet. Die Akte Niemeyer an Ort und Stelle vorzufinden, munterte Bora ungeheuer auf.

Frau Kugler, die dieser Fund ungerührt ließ, räumte ihm auf dem Schreibtisch zwischen den Rüben und einem kleinen Stapel Teller mit Goldrand etwas Platz frei. Sie hatte in der Zwischenzeit ein Paar Galoschen angezogen, die für dieses Wetter völlig ungeeignet waren.

»Heute ist die Brotschlange dran«, verkündete sie. »Ich muss gehen. Wenn Sie fertig sind, ziehen Sie bitte die Tür fest hinter sich zu.«

Wie Berlin sich doch verändert hatte. Früher hätte die untere Mittelschicht, die so viel auf Grundsätze und Selbstachtung gab, niemals einem Fremden Zutritt zu derart ärmlichen Verhältnissen gewährt und ihm dazu noch gestattet, allein in der Wohnung zu bleiben und nach Belieben herumzustöbern.

Bora kam dieser Umstand allerdings gerade recht, zumal Kugler offenbar auf Ordnung gehalten hatte. Er vergewisserte sich, dass die Tischfläche sauber war, bevor er die Mappe darauf ablegte. Zuoberst lag ein Vertrag, der Ira Rüdigers schnörkelige Unterschrift trug (Bora konnte sich ihre rachedurstige Bosheit beim Unterschreiben genau vorstellen). Es folgten einige Karteikarten, von denen jeweils vier von einer Büroklammer zusammengehalten wurden. Darauf waren die Beobachtungen nahe der Villa Gerda verzeichnet: Tag, Ankunfts- und Abfahrtszeit, Anmerkungen. Eine Handvoll Umschläge enthielt weitere Papiere und Fotografien. Bora durfte nichts entgehen. Es würde allerdings mindestens eine Stunde dauern, den Inhalt gründlich durchzusehen. Daher beschloss er, die Mappe mitzunehmen. Im Gegenzug schob er einige Geldscheine unter den Tellerstapel. Da er weder seinen Namen noch seine Adresse genannt hatte, könnte Frau Kugler das Geld nicht zurückgeben, selbst wenn sie wollte.

Er war drauf und dran zu gehen, als er über den Pappkarton mit Kleinholz stolperte und sich aus der Mappe, die er unter den Arm geklemmt hatte, einige kleine Fotos lösten und zu Boden fielen. Neugierig hob Bora sie auf. Sie waren aus einer gewissen Entfernung aufgenommen worden, wahrscheinlich aus den Sträuchern am Rand des Teiches, wo ein schmaler Grünstreifen an den Garten grenzte. Auf allen war der Hintereingang zu Niemeyers Villa zu sehen, den er von den Fotos in den Klatschzeitungen aus der Weimarer Zeit wiedererkannte. Auf einem Foto steckte Niemeyer, der weniger eindrucksvoll wirkte als auf seinen offiziellen Porträts, gerade seine Nase aus der Tür, andere zeigten ihn in einer Smokingjacke oder in Sportbekleidung neben einer großen jungen Frau.

Frau Eppner konnte es nicht sein, weil die romantische Gattin des Uhrmachers die vierzig schon weit überschritten hatte. Es könnte sich also um die Geliebte handeln, deren Kleidung Ida Rüdiger (jedenfalls Kupinski zufolge) in der Badewanne in Brand gesetzt hatte. Bora ging zum Tisch zurück, um die Fotos zu überfliegen. Auf einer Vergrößerung war die Frau aus einer günstigen Perspektive aufgenommen worden und zu drei Vierteln zu sehen. Allerdings war ihr Gesicht mit Tinte unkenntlich gemacht worden. Er befeuchtete seinen Zeigefinger und versuchte, die Stelle frei zu wischen, doch ohne Erfolg. Er würde es später mit Seife oder Alkohol versuchen.

Auf der Rückseite eines jeden Fotos waren mit einem Bleistift Datum und Uhrzeit vermerkt. Alle waren in etwa zur gleichen Zeit aufgenommen worden, um halb drei oder um halb vier am Nachmittag. Abgesehen von den beiden Vergrößerungen, trug die junge Frau stets einen Hut, der zum Teil ihre Gesichtszüge verdeckte, und eine Sonnenbrille mit runden Gläsern. Vielleicht gab es dafür triftige Gründe. Bora schob die Mappe in seine Aktentasche. Bevor er ging, durchsuchte er noch gründlich die Schreibtischschubladen. Er stieg auch die Wendeltreppe zu dem verdunkelten oberen Zimmer hoch, wo einfach nur eine Matratze auf dem Boden lag. Verschiedene Kartons enthielten Kleidung und sonstige Gegenstände, die die Witwe hierher mitgebracht hatte.

Als er Kuglers Büro verließ und auf die breite Straße trat, die zu beiden Seiten von den ramponierten alten Arbeitermietshäusern gesäumt wurde, war dort niemand zu sehen. Der Schatten lag in schmalen, hellen Streifen auf dem Gehweg, von dem drückende Hitze aufstieg. Die Luft stand. Unter sengender Sommerhitze hatte Bora auch schon in der Ukraine und in Spanien gelitten. Jetzt wurde ihm abwechselnd heiß und kalt, und wenn er schwitzte, war es kalter Schweiß.

Er betrat eine einfache, aber kühle Gaststätte in der Jägerstraße: Hier konnte er seine Gedanken sortieren. Vor dem Krieg war es ein italienisches Restaurant gewesen, das Kadetten der Luftwaffe gern mit ihren Freundinnen aufgesucht hatten. Er bestellte eine Flasche Limonade, dann ließ man ihn in Ruhe.

15. Juli. Geschrieben bei Mutti Maria. *Gott sei Dank gehört Kuglers wunderliche Witwe zu der Sorte ordentlicher Menschen. Nur ein Tag später, und das Feuer hätte die Dinge, die hier vor mir liegen, zu einem Häuflein nutzloser Asche verbrannt.*

Zwei interessante Beobachtungen: Die Fotos (insgesamt sechzehn) zeigen sämtlich eine junge Blondine, die das Opfer offensichtlich einmal in der Woche um 15.30 Uhr herum besucht hat und nach einer Stunde wieder gegangen ist. Dem Kalender in meinem Notizbuch zufolge war es immer ein Mittwoch. Die Besuche wurden von Mitte Februar bis zum 17. Mai erfasst (einen Tag später hat Ida Rüdiger Kugler gefeuert). Die beiden vergrößerten Aufnahmen wurden wohl aus einem im Libanonzederpfad geparkten Auto heraus gemacht. Auf beiden ist die junge Frau zu sehen, während sie allein auf Niemeyers Grundstück zugeht (hinter ihr kann man den Garten der Wirths erkennen). Wenn ich bloß die Tinte wegwischen könnte, die ihre Gesichtszüge verdeckt … Kugler hat beim Schwärzen die Spitze seines Füllers auf das Papier gedrückt. Darum kümmere ich mich später.

Noch interessanter ist die Feststellung, dass drei Fotos aus der ersten Februarhälfte stammen (vom 2., 9. und 16. Februar). Kuglers Vertrag mit Ida Rüdiger datiert allerdings erst vom 23. Februar. Muss ich annehmen, dass er die junge Frau beschattete, noch bevor der Vertrag offiziell unterzeichnet worden war? Oder hatte er schon damit begonnen, Niemeyer und dessen Besucher zu beobachten? Warum? Auf wessen Anweisung?

Ich kann mit keiner konkreten Theorie aufwarten. Sie könnte eine x-beliebige Frau sein. Aber warum hat er ihre Gesichtszüge unkenntlich gemacht? Wem hat das genutzt? (Oder vor wem hatte er Angst?) Ida Rüdiger hätte mit einem überschmierten Foto nichts anfangen können. An keiner Stelle geht Kugler auf die Identität der jungen Frau ein. Der einzige Hinweis, aus dem ich vielleicht etwas schließen könnte, ist die Adresse einer Vermittlungsagentur für Fotomodelle in Pankow.

Noch eine Frage stellt sich mir: Warum fanden die Treffen so regelmäßig statt, Woche für Woche? Mich erinnert das an die Termine, die man mit einem Arzt, einem Zahnarzt oder einem Masseur ausmacht.

Liebespaare verabreden sich schließlich zu einem Stelldichein, wann immer es möglich ist, vor allem, wenn es noch einen eifersüchtigen Galan gibt.

Ich kann hier nur spekulieren, dabei stehe ich unter Zeitdruck (die Woche ist bald um). Nebe wird mich nicht ewig hierbehalten, und ich kann jeden Augenblick zurück an die Front gerufen werden. Ich versuche, den Gedanken daran zu verdrängen, aber ich komme schier um vor Ungeduld: Mich erfüllt die Sorge um meine Männer. Mein Platz ist bei ihnen auf dem Feld. Sie wissen, dass ich nicht wegfahren wollte, ganz gleich, wie gern ich meinen verstorbenen Onkel hatte.

Wie gesagt, das ist alles reine Spekulation, aber ich denke mir Folgendes: Von der jungen Frau auf den Fotos habe ich bereits in einem anderen Zusammenhang erfahren.

Bora hielt nicht fest, dass er aus Niemeyers wie im Fieberwahn geschriebenen Brief an seinen Anwalt von ihrer Existenz wusste –

Sie hat Niemeyer regelmäßig einmal in der Woche aufgesucht (für eine Hypnose-Sitzung?).

Kuglers Interesse (oder vielmehr das Interesse derjenigen, die ihn tatsächlich beauftragt haben) …

Hier ließ Bora die Worte »vermutlich von Helldorff oder andere« weg –

… ging zeitlich dem Vertrag mit Ida Rüdiger voraus. Dahinter könnte derselbe Beweggrund (Eifersucht?) stecken oder aber auch ein völlig anderer.

Ich muss heute unbedingt noch einmal die Friseuse aufsuchen. Ich sollte sie wohl vorher anrufen, um sicherzustellen, dass sie auch zu Hause ist. Andererseits möchte ich sie nicht warnen und damit Gefahr laufen, dass sie absichtlich wegbleibt. 12.34 Uhr. Jetzt muss ich aber los, damit ich vor Grimm im Hotel bin.

10

Das Überleben ist nur ein Aspekt des Kampfes.
HANS BERND GISEVIUS, *Wo ist Nebe?*

Leipziger Hof, 13.32 Uhr

Bora saß im Foyer mit dem Rücken zu einem Erkerfenster, dessen Risse fachgerecht überklebt worden waren. Da ihn das Sonnenlicht sehr störte, musste er wohl hohes Fieber haben. Seit Jahren schon schlug sich Unbehagen bei ihm in körperlichem Unwohlsein nieder. Wären Vorahnungen eine Ware, er hätte sie en gros verkaufen können. Grimm hätte längst hier sein müssen. Vielleicht war Eppner ins Präsidium der Kriminalpolizei überstellt worden, oder man hatte Kupinskis Leiche aus der Spree gefischt ... Bürokratische Hürden wollte Bora jedenfalls nicht mehr gelten lassen. Was also dann? Weiter gingen seine Ahnungen nicht. Obwohl er in geistiger Selbstzensur geschult war, tauchte immer wieder dieselbe unerfreuliche Überlegung auf: Treffen im Führer-Hauptquartier pflegten nie vor dem Mittag zu beginnen und dauerten in der Regel nicht länger als eine Stunde. Sofern Stauffenberg heute zur Tat geschritten war, müsste es jetzt eigentlich schon vorüber sein. Abgesehen von der Geschäftigkeit hinter den Mauern der Garnisonskasernen, die er sich wohl mehr eingebildet hatte, entbehrte sein ungutes Gefühl jeder Grundlage. Zwar fuhren Fahrzeuge der SS und der Wehrmacht durch die Straßen, aber nichts deutete auf Alarmbereitschaft hin. Die Offiziere, denen er begegnet war, hatten nicht besorgt gewirkt. Die Zivilisten waren genau wie sonst mit ihrem Alltag beschäftigt. Schwer zu sagen, was in den Kriegsschulen vor sich ging. Das waren große, verschwiegene Gebäude hinter undurchdringlichen Mauern.

Sollte heute tatsächlich der große Tag sein, müssten sie im Anschluss auch noch die Stadt übernehmen, sämtliche Kommunikationswege kappen sowie SS und Polizei ausschalten. Das kann nur das Militär tun, aber dafür benötigt es Verstärkung von außerhalb. Zwei bis drei Stunden müsste man dafür einkalkulieren, was den Überraschungseffekt mindern würde. Natürlich ließe sich auch frühzeitig der Alarmzustand ausrufen und die Truppenbewegung als Übung kaschieren.

Die nordwestlichen Stadtteile Berlins strotzten nur so vor Kasernen. Dann waren da noch die Kriegsschulen in Potsdam und Döberitz, die Preußische Kriegsakademie, die Truppen des Ersatzheeres ... Wenn das Bataillon der Militärpolizei von Groß-Berlin sein Quartier in der Ziegelstraße linker Hand verließe und sich nach Süden in Bewegung setzte, könnte es direkt zur Straße Unter den Linden marschieren. Das Wach-Bataillon Großdeutschland war etwas weiter nördlich in Moabit stationiert, gleich hinter dem Poststadion in der Kruppstraße. Dort hatte er selbst die Generalstabslehrgänge besucht.

Welche Männer kommandierten derzeit die Bataillone? Da sie politisch auf Linie sein mussten, konnte er sich kaum vorstellen, dass sich diese Gruppe an einem Putsch beteiligte – es sei denn, man konnte sie davon überzeugen, dass ihr bewaffnetes Eingreifen (gegen ihre Landsleute zumal!) dazu diente, einen Umsturz *abzuwehren*. So wie zehn Jahre zuvor, als die SA auf einen Schlag ihrer Führungsspitze beraubt wurde, unter dem Vorwand, sie plane einen Putsch.

Bora untersagte sich weitere staatsfeindliche Gedanken. Sofern die Gestapo Grimm nicht aus reiner Bosheit von Pontius zu Pilatus geschickt hatte, war er längst überfällig. Hatte das etwas zu bedeuten? Und würde der Erfolg einer Verschwörung davon abhängen, dass die Polizei in ihre Wachen und Präsidien verbannt wurde? Der leuchtend gelbe Sofastoff tanzte vor seinen Augen. Er hätte gern eine Chinintablette genommen, war sich aber nicht sicher, dass er sie bei sich behalten konnte. Er zwang sich, wieder über Walter Niemeyer nachzudenken.

Verlier ihn nicht aus dem Blick, Martin. Was geschah an jenem Abend? Das ist entscheidend. Stell dir den Schauplatz vor. Zweites Gesicht hin oder her, jedenfalls verlässt Niemeyer am Abend seelenruhig sein Bad und sieht sich plötzlich einem auf ihn gerichteten Jagdgewehr gegenüber. Wie konnte es dazu kommen? Ganz einfach.

Ein Mann wie Kugler hätte gewusst, wie er ins Haus gelangt. Jeder Polizist oder ehemalige Polizist, SS-Mann, Gestapo-Angehöriger oder Spionageoffizier weiß, wie man eine Tür öffnet, ohne Gewalt anzuwenden. Ich kann das auch. Und ich habe es auch schon getan.

Es geht ganz schnell, Niemeyer bleibt keine Zeit zu reagieren. Der erste Schuss streckt ihn nieder (laut Olbertz), der zweite erledigt ihn (oder ist sogar überflüssig). Dann muss sich der Mörder nur noch aus dem Haus schleichen (vielleicht lässt er dabei etwas mitgehen oder sucht etwas). In derselben Nacht stirbt Erhard Dietz durch die Hand russischer Entflohener, die so nützlich sind, weil wir ihnen alle möglichen Verbrechen anhängen können. Und was ist mit der gesichtslosen Blondine, mit ihrer Migräne und ihren kompromittierenden Enthüllungen? Sie hat Berlin bereits verlassen – es sei denn, sie wurde beseitigt. Ist das möglich? Durchaus. Onkel Alfreds Freund Dr. Olbertz wirkte sehr beunruhigt, als wir ein paar spitze Bemerkungen über unseren jeweiligen Umgang austauschten.

Schon wieder hing Bora riskanten Gedanken nach. Ob Olbertz ebenfalls …? Wie viele Offiziere und wie viele Zivilisten in Berlin waren in irgendeiner Form kleine Rädchen im großen Rad einer Verschwörung? *Vielleicht hat Nebe mich ausgewählt, um das Komplott zu ergründen und seinem Kollegen von Helldorff zuvorzukommen … oder zu beweisen, dass dieser darin verwickelt ist. Doch selbst wenn ich mit diesen Machenschaften nichts zu tun habe, kann ich meine Offiziersbrüder nicht verraten. Warum hält der Kripo-Chef mich nicht ebenfalls für verdächtig? Goerdeler, auf dessen Empfehlung er mich vermutlich ausgewählt hat (?), wird schon seit Jahren mangelnder Linientreue bezichtigt. In dem Fall könnte Nebes Spiel sogar noch ruchloser sein.*

Es war kurz vor zwei. Bora hielt es nicht länger auf dem Sofa. Er hatte keinen Hunger, aber er nahm trotzdem einen späten Imbiss in dem verlassenen Speisesaal des Hotels zu sich. Dann machte er sich auf den Weg. Er hatte noch etwas zu erledigen.

Landgrafenstraße, 15.16 Uhr

Ida Rüdiger hatte sich aufgedonnert. Ihr tiefes Dekolleté war so verführerisch, dass Bora nicht umhinkonnte, einen verstohlenen Blick darauf zu werfen. Auf ihrer Frisur saß ein breitkrempiger Hut mit einem Büschel seidener Mohnblumen. In der Hand hielt sie eine mit einem Granat geschmückte Hutnadel, lang genug, wie es schien, um sie ihm ins Herz stoßen zu können, sollte ihr danach sein.

»Ich habe nicht damit gerechnet, Ihnen noch einmal zu begegnen«, sagte sie verärgert.

Bora entschuldigte sich. *Ich hatte angenommen, sie sei auf dem Sprung, dabei ist sie gerade zurückgekommen. Sie ist erhitzt, auf ihren eindrucksvollen Möpsen stehen Schweißperlen.*

»Nur noch einige Fragen, bitte. Herr Niemeyer hat bei sich zu Hause private Hypnosesitzungen abgehalten, ist das richtig?«

Sie begriff sofort, worauf er eigentlich hinauswollte, vielleicht, weil sie so besessen war von dem falschen Spiel ihres Liebhabers. »Ja, aber nicht für Frauen.«

»Was heißt das?«

»Das heißt, dass seine Hypnosesitzungen männlichen Klienten vorbehalten waren.«

»Warum?«

»Warum?« Ida Rüdiger tupfte ihren Busen mit einem winzigen Taschentuch ab. »Weil ich darauf bestanden habe.« Sie nickte zu dem Zeitschriftenstapel hinüber, der auf einer blank polierten Kredenz lag. »Schlagen Sie eine beliebige Zeitschrift auf Seite sechs auf. Dort stehen die Anzeigen.«

Bora wählte aufs Geratewohl eine Zeitschrift, auf deren farbiger Titelseite ein reizendes Mädchen eine Straßenlaterne hinaufkletterte – Gott allein mochte wissen, warum (vielleicht sollten auch einfach ihre Oberschenkel zur Schau gestellt werden). Besagte Annonce nahm das gesamte untere Drittel der Seite sechs ein. Geworben wurde für hypnotherapeutische Sitzungen und Beratungen »in beruflichen und geschäftlichen Fragen, bei körperlicher Schwäche, geistiger Erschöpfung und so weiter«. Ein fett gedruckter Hinweis präzisierte: »Nur für ein distinguiertes männliches Klientel.«

»Dort steht ja gar nicht, wer der Therapeut ist«, bemerkte Bora.

»Selbstverständlich nicht. Es wäre ungeschickt gewesen, wenn Prof. Dr. Magnus Magnusson die Annonce unter seinem Namen neben Anzeigen für Enthaarungscreme und Haarfestiger platziert hätte. Sie werden feststellen, dass Adresse und Telefonnummer jene der Villa Gerda sind.«

»Ja, das sehe ich.«

»Nennen Sie es einen kleinen Sieg, Herr Oberst. Wir haben uns zwar getrennt, aber Walter hat sich zumindest nach außen hin an die Vereinbarung gehalten.«

Bora nickte. In dem Fall war es sogar noch unwahrscheinlicher, dass eine x-beliebige junge Frau eine Klientin in diesem Sinne gewesen sein könnte. War sie eine bekannte Persönlichkeit, hatte Kugler ihre Züge deshalb unkenntlich gemacht? Oder war sie vielmehr die Gattin oder Geliebte eines mächtigen Mannes? Ob Kugler Ida Rüdiger die Fotos gezeigt hatte? Wohl eher nicht. Vorerst würde er sie jedenfalls nicht erwähnen.

»Darf ich die Anzeige behalten?«

Sie blätterte die Seite um, weil es dort vielleicht einen Artikel gab, den sie gern aufgehoben hätte. »Nicht diese, aber Sie können eine Seite aus einer anderen Zeitschrift herausreißen. Der Anzeigentext ist immer identisch.«

Das tat Bora. Ida sah zu, wie er die Seite unbeholfen mit einer Hand herausriss.

»Sie müssen wissen, dass Ihr Lakai mich in Angst und Schrecken versetzt hat«, sagte sie.

Bora fiel es leicht zu lächeln (und er wusste um die Wirkung, die sein Lächeln für gewöhnlich hatte).

»Aber *ich* verdächtige Sie nicht im Mindesten, gnädige Frau. Ich erkenne meine Fehler, wenn ich welche mache.«

Mit beneidenswerter Zielsicherheit schleuderte sie ihren Hut quer durch den Korridor auf einen eleganten Sessel.

»Versuchen Sie, mir zu sagen, dass eine bestimmte Frau dort war? Ist Walter von einer seiner Schlampen ermordet worden?«

Ihre Reaktion legte nahe, dass Kugler ihr die Fotos nicht gezeigt hatte.

»Das beabsichtige ich herauszufinden. Apropos, warum haben Sie Ihren Privatdetektiv erst Ende Mai gefeuert? Sie haben Niemeyer doch zuletzt am sechsten Mai getroffen?«

Ida Rüdiger konnte nicht länger mit ansehen, wie er ungeschickt versuchte, die Zeitschriftenseite mit einer Hand zusammenzufalten, und entriss sie ihm, um es selbst zu übernehmen.

»Hier.« Sie warf ihm einen vielsagenden Blick zu. »Fragen über Fragen. Sie sind beim militärischen Nachrichtendienst, richtig? Oder Sie waren es zumindest. Sie müssen wissen, ich habe schon seit langer Zeit Umgang mit Männern, die an der Macht sind. Mir machen Sie nichts vor.«

»Ich bin nicht beim militärischen Nachrichtendienst. Warum haben Sie Gustav Kugler erst Ende Mai gefeuert?«

»Weil ich immer noch neugierig war, was Walter so trieb. Allerdings kam Kugler auf keinen grünen Zweig. In drei Monaten habe ich bloß fünf miserable Fotos von einer Brünetten bekommen, mit der Walter sich gelegentlich in einem Café getroffen hat. Aber die kannte ich schon. Eine Komparsin aus den UFA-Studios. Das ist die, die ihre Unterwäsche zurückgelassen hat, die ich mit Freuden im Gästebadezimmer verbrannt habe – so wie auch die Fotos von ihr.«

Das klang nicht nach der jungen Frau auf Kuglers Fotos. Vielleicht hatte sie eine Perücke getragen?

»Ist sie groß?«, fragte Bora.

»Was meinen Sie damit? Sie ist geradezu winzig. Ich habe keine Ahnung, wer Walter getötet hat, aber eines kann ich Ihnen sagen: Mal abgesehen von seinen Frauengeschichten steckt er in Schwierigkeiten, seit er sich als Jude ausgegeben hat.«

Diese unerwartete Bemerkung brachte Bora eine derart unverschämte Frage in den Sinn, dass er zögerte, sie zu stellen. Aber Ida Rüdiger war eine lebenskluge Frau. Er brauchte nur mit einer neutralen Bemerkung anzusetzen (»Da wir gerade davon sprechen …«), und schon griff sie das Thema auf.

»Selbstverständlich. Wenn die sich bei der Obduktion gewundert haben, warum er sich das hat antun lassen, so müssen Sie wissen, dass es vor dem Krieg in Kairo gemacht wurde, wegen einer Infektion, die er sich sonst wo geholt hat. Juden haben damit nichts zu tun.«

»Na ja, seine erste Autobiografie klingt ziemlich überzeugend.«

»Sie meinen *Hinaus aus dem Schtetl?* Was für ein Blödsinn! Sie glauben doch wohl nicht ernsthaft, dass ich mich in einen Juden verlieben würde! Obwohl Walter gesagt hat, er habe dieses Leben tatsächlich gelebt. Ein anderes Leben, verstehen Sie? Ein früheres Leben.«

Bora verzichtete auf den Hinweis, dass Niemeyer dieses Thema in seiner überarbeiteten Autobiografie als skandinavischer Weiser sorgsam vermieden hatte.

Bevor er zurückweichen konnte, umkreiste ihn Ida Rüdiger auch schon frech, als wollte sie seinen Haarschnitt beurteilen.

»Steif *und* borniert«, verspottete sie ihn. »Sollten Sie herausfinden, dass er von einer Frau umgebracht wurde, lassen Sie es mich wissen. Beim Prozess möchte ich in der ersten Reihe sitzen.«

15.41 Uhr

Auf seiner Liste stand jetzt nur noch die Vermittlungsagentur für Fotomodelle, deren Visitenkarte er in Kuglers Akte gefunden hatte (sie lag in Pankow in der Thulestraße, an der Ecke zur Schönhauser Allee). Bora, der sich immer noch über Ida Rüdigers plumpe Vertraulichkeit ärgerte, beschloss, von einer nahe gelegenen Telefonzelle aus dort anzurufen. Er stellte sich ganz allgemein als Bewunderer einer jungen Frau vor, die ihm diese Nummer gegeben habe, und fügte hinzu, er habe schon seit einer Weile nichts mehr von ihr gehört.

»Ist sie zufällig da?«

Am anderen Ende der Leitung ertönte Gelächter.

»Wir sind doch kein Internat! Wir machen Modeaufnahmen. Mädchen kommen und gehen am laufenden Band. Wie heißt Ihre denn?«

»Na ja, das hat sie mir nicht gesagt. Wir haben nur einen Abend miteinander verbracht.«

»Können Sie sie denn wenigstens beschreiben?«

Bora gab sich redlich Mühe. »Bitte verstehen Sie: Ich muss sie unbedingt sehen. Morgen fahre ich zurück an die Front.«

»Tut mir leid. Ihre Beschreibung passt auf gleich mehrere unserer Mädchen. Ohne den Nachnamen hat es keinen Sinn. Wenn Sie mir Ihren nennen, vielleicht ...«

Ungeniert spann Bora seine erfundene Geschichte weiter. »Den kennt sie ebenfalls nicht. Ich habe von ›einem Abend‹ gesprochen, aber das stimmt nicht ganz. Tatsächlich haben wir eine Nacht miteinander verbracht. Ich möchte sie gern wiedersehen, bevor ich abfahre.«

Dies war die einzige Angabe, die der Wahrheit einigermaßen nahekam, abgesehen davon, dass er dabei an eine andere junge Frau dachte.

Nun entstand eine mitfühlende Pause. »Also, da war tatsächlich ein Mädchen, das fristlos gekündigt hat, aber sie hat Berlin schon vor über einem Monat verlassen. Sie hat nicht einmal den Scheck für ihre letzten Fotoaufnahmen abgeholt. Nicht, dass sie das Geld gebraucht hätte, wenn Sie verstehen, was ich meine. Ich möchte Ihnen nicht Ihre Illusionen rauben, aber die junge Dame war nicht auf eine Beschäftigung angewiesen. Zur Arbeit kam sie in einem Privatwagen mit Chauffeur. Kurz und gut ... ich würde mir an Ihrer Stelle keine Hoffnungen machen. Nein, ich kann Ihnen ihren Namen nicht nennen, das ist eine vertrauliche Information. Wenn Sie gern einige Fotos von ihr als Andenken haben möchten, kaufen Sie sich die Juni-Ausgabe von *Die Berlinerin*. Ich glaube, sie ist auf den Seiten sechzehn bis neunzehn zu sehen. Tut mir leid. Alles Gute für die Front.«

Bora hängte ein. Ein Privatwagen? In Kuglers Beschattungsnotizen hatte er Folgendes gelesen: *Privatwagen – unterschiedliche Chauffeure – setzt sie an der Ecke zum Libanonzederpfad ab – holt sie eine Stunde später wieder ab, hat nur eine Straße weiter geparkt*. Das war alles. Das Autokennzeichen war nicht erfasst worden – warum nicht? Ein Ermittlungsbeamter pflegte sich jedes Nummernschild zu notieren, selbst eine ausländische Plakette oder ein Diplomatenkennzeichen. Es sei denn natürlich, der

Wagen hatte ein nicht nummeriertes Schild, was Ministern und hochrangigen Beamten vorbehalten war.

Er ging zu einem Zeitschriftenkiosk auf der anderen Straßenseite. Dort war die Juni-Ausgabe der *Berlinerin* ausverkauft, aber der Verkäufer wies ihn auf einen besser ausgestatteten Kiosk in der Nähe hin. Kaum war Bora im Besitz der Zeitschrift, blätterte er sie auf Seite sechzehn auf.

Der Titel der Fotogeschichte lautete: »Kennen Sie sie wirklich?«

Wie passend. Zweifellos war dies die junge Frau, die Kugler beschattet hatte. Sie posierte in schmeichelhaftem Licht und schien sich in dieser Art der Zurschaustellung zu gefallen, die man in Journalen aus der Friedenszeit bewundern konnte, und sogar noch zu Beginn des Krieges in *Signal* und anderen militärischen Monatsmagazinen. Im Juli 1944 wirkte eine derartige Extravaganz ziemlich unzeitgemäß. Neunzehn Posen in Schwarz-Weiß waren über drei volle Seiten verteilt. Auf jeder war die junge Frau – nach Boras Schätzung zwischen zwanzig und fünfundzwanzig Jahre alt – mit unterschiedlichem Make-up und wechselnden Kopfbedeckungen zu sehen, von einer Mütze über eine Tiara bis hin zu dem karierten Kopftuch eines Bauernmädchens. Auf einem Foto posierte sie sitzend und trug ein Band mit Perlen über der Stirn, wie eine Frau auf einem Renaissance-Porträt, auf einem anderen ahmte sie Marlene Dietrich nach, auf einem weiteren erinnerte sie Bora an den sowjetischen Filmstar Ljubow Orlowa in dem Film *Wolga, Wolga*. Angesichts der derzeitigen Papierknappheit würden Verleger nicht einem x-beliebigen Mädchen so viel Platz einräumen.

Bora steckte die Zeitschrift in seine Aktentasche. *Verdammt*, dachte er, *wenn das Gesicht der schönen Helena »tausend Schiffe in Bewegung zu versetzen vermochte«, dann könnte dieses Gesicht einer Frau gehören, die uns mit ihrem Leichtsinn alle an den Galgen bringen kann. Wenn das, was Niemeyer seinem Anwalt geschrieben hat, auch nur zur Hälfte stimmt, werden nicht einmal mehr die Knochen dieser dämlichen Blondine vorhanden sein.*

Dann rief Bora im Hotel an. Grimm war noch immer nicht aufgetaucht, gemeldet hatte er sich auch nicht. Bora hinterließ eine Nachricht an der Rezeption, für den Fall, dass Kommissar Florian Grimm oder sonst jemand nach ihm fragte: Er sei in der katholischen Kirche am Winterfeldtplatz.

St. Matthias,
Schöneberg, 16.18 Uhr

Er betete nicht, dachte auch nicht nach. Er saß einfach nur da, in dem wohltuenden Zwielicht der Kirche, die Bismarck den Katholiken im erzprotestantischen Berlin zu bauen gestattet hatte. Bisher war sie vom Kriegsgeschehen verschont geblieben.

Vor Jahren, als er noch die Kriegsakademie besuchte, und auch während seiner Tätigkeit für Canaris war er gern hierhergekommen, um der Orgelmusik zu lauschen. Heute kniete eine Handvoll älterer Herrschaften in den ersten Reihen. Gemeinsam sprachen sie im Flüsterton den Rosenkranz.

Bora starrte auf den Hauptaltar, ohne ihn wirklich wahrzunehmen. Nichts konnte ihn von dem Gedanken abbringen, dass der Sturm bereits dräuend über ihren Köpfen kreiste. Auch wenn der Feind noch nicht vor den Toren stand – da draußen nahm das Schicksal Deutschlands seinen Lauf. Zumindest schien ein Attentat in die Wege geleitet zu werden. Was sollte er sich erhoffen?

Erst als sich ihm ein älterer Priester näherte und ihn fragte, ob er warte, um die Beichte abzulegen, wurde Bora bewusst, dass er gegenüber von einem Beichtstuhl Platz genommen hatte. Er schüttelte wortlos den Kopf. *Ich kann ihm nicht sagen, dass ich danach nicht das geringste Verlangen habe.* In Rom hatte er wieder damit begonnen, die Messe zu besuchen und die Kommunion zu empfangen, hauptsächlich, weil er als Verbindungsoffizier zum Vatikan tätig war und Kirchenmänner eine Gegenleistung verlangten, wenn man mit ihnen reden wollte.

Langsam schlurfte der Priester zum Hauptaltar, kniete dort nieder und stimmte in den Rosenkranz der Gruppe mit ein. Die gemurmelten

Worte erreichten Bora wie Bienengesumm. »*Stella matutina ... Foederis arca ...*« Als wäre die Muttergottes tatsächlich ein Stern, der den Morgen ankündigte, oder die Bundeslade eines unwiderruflichen, ewigen Paktes.

Aber was bedeutet schon unwiderruflich? Es fällt doch alles auseinander. Bora bekreuzigte sich – ganz geflissentlich, anders als die meisten Männer, die es verstohlen taten – und verließ die Kirche um keinen Deut weniger beunruhigt.

Leipziger Hof, 17.34 Uhr

Zehn Minuten nach Boras Rückkehr ins Hotel rief Grimm an. Es habe eine Verzögerung gegeben, sagte der Polizist knapp, er habe sich erst jetzt melden können. Bora war nicht danach, Spekulationen über die Ursache der Verzögerung anzustellen, und so blieb er einsilbig. Er wartete im Foyer auf Grimm, als hätte er den ganzen Tag nichts anderes gemacht, um sich herum eine Auswahl an Zeitungen.

Der Kommissar tauchte erst über eine Stunde später im Hotel auf. Er war schlecht gelaunt und sah aus wie ein misshandeltes Zugtier, von dem erwartet wurde, dass es auch mit eingeschlagenem Schädel noch arbeitete. Ein Übungsalarm habe ihn aufgehalten, erläuterte er. Einzelheiten nannte er nicht, und Bora fragte nicht weiter nach. Als er ihm Unpünktlichkeit im Dienst vorwarf, machte Grimm keine Anstalten, sich dafür zu entschuldigen, dass er den Offizier ohne Wagen und ohne Nachricht zurückgelassen hatte. Die linkische Handbewegung, mit der er ihm die Unterlagen zu Eppner reichte, sprach hingegen für sich.

»Eine schöne Bescherung. Sie waren weg und mit Ihnen der Wagen – und Sie haben sich nicht gemeldet. Ich habe einen ganzen Tag vergeudet.« Bora wusste, wann er den Preußen herauskehren musste. Er sprang von seinem Platz auf, setzte sich die Schirmmütze auf den Kopf und ergriff den Henkel seiner Aktentasche. Schroff streckte er sie dem Polizisten hin: »Dann tragen Sie wenigstens die Tasche.«

Ganz zerknirscht ging Grimm ihm voran zum Wagen. »Wohin, Herr Oberst?«

»Wo können wir denn um diese Zeit überhaupt noch hin? Ich muss die Akte des Uhrmachers durchsehen. Was ist mit Glantz?«

»Der Chef höchstpersönlich bemüht sich darum, dass er heute Abend an uns rücküberstellt wird. Auch zu Kupinski gibt's Neuigkeiten.«

Bora spitzte die Ohren. »Habt ihr ihn gefunden? Tot oder lebendig?«

»Schön wär's. Sieht ganz danach aus, als hätte die Schwuchtel Selbstmord vorgetäuscht und die Biege gemacht. Wir haben einen Tipp bekommen und ihn gerade mal um so viel verfehlt.« Er presste seinen fleischigen Daumen und den Zeigefinger fest zusammen. »Es ist nur eine Frage der Zeit, bis wir ihn fassen.«

Das war jetzt nicht eben die Neuigkeit, die Bora hatte hören wollen. *Noch so ein armes Würstchen, das ich hätte ausschalten sollen, um uns allen größeren Ärger zu ersparen.* Wenn Kupinski in die Fänge der Polizei oder, Gott bewahre, der Gestapo geriet, konnten die Dinge rascher aus dem Ruder laufen als bei Benno von Salomon. »Gibt es neue Anschuldigungen gegen ihn, abgesehen davon, dass er untergetaucht ist, während er auf Bewährung draußen war?«

»Unterzutauchen, während man auf Bewährung draußen ist, sagt doch schon so einiges.« Grimm wartete hinter dem Steuer auf die Ansage, wo es hingehen solle. »Ich frage mich, ob wir ihn unterschätzt haben.«

Aus seiner Warte hatte Grimm nicht ganz unrecht. Im Vergleich dazu war Eppners eidesstattliche Aussage ziemlich bizarr. Bora las, dass der Uhrmacher (anders als Glantz) zunächst erfolgreich geltend machen konnte, eine Waffe zu besitzen und in seinem Haus verborgen zu halten – dank eines im Präsidium anwesenden Beamten, der früher auch einmal dem Garde-Regiment zu Fuß angehört hatte. Dass die Fremdarbeiterin Polina Andrejewna Issakowa entgegen sämtlichen Verordnungen unter seinem Dach lebte, war schon problematischer. Noch schwieriger hingegen war die eidesstattliche Erklärung eines Gastes auf der Geburtstagsfeier –

»Bitte?« Bora unterbrach die Lektüre. »Jemand hat beschlossen, Eppners Alibi nicht zu stützen?«

»Schlimmer noch. Anscheinend hat Eppner an jenem Abend einige abfällige Bemerkungen über unsere Luftwaffe gemacht, und damit nicht genug.«

Bora las weiter. Im Laufe der Feier waren die Tischgespräche dank der Geselligkeit und des schwarz beschafften Alkohols immer unbedachter geworden. Jeder, dessen Haus oder Geschäft (oder beides) bei den Luftangriffen im Juni zerbombt worden war, beklagte sich. In diese Schimpftirade hatten wahrscheinlich auch die übrigen Anwesenden eingestimmt, aber sobald bekannt wurde, dass Eppner verhaftet worden war, fand einer der Gäste zurück zu seinem Patriotismus und tauchte aus eigenem Antrieb am Alexanderplatz auf, um an Eppners Untergang mitzuwirken. Der Gastgeber habe sich auch über andere Teile der Streitkräfte negativ geäußert. Und selbst die Regierung sei von seinen Schmähungen nicht ausgenommen gewesen.

»Im Augenblick«, sagte Grimm, während er den Knoten seines hässlichen Schlipses lockerte, »ist er unserem Zugriff entzogen. Er sitzt im KZ Sachsenhausen.«

Auch das noch. Was war Eppner doch bloß für ein Idiot! Und was für eine vertrackte Geschichte ... Missmutig legte Bora die Mappe beiseite. Noch zwei Tage, höchstwahrscheinlich jedenfalls, und eine Lösung war nicht in Sicht. Zu gerne hätte er gewusst, was Grimm im Präsidium aufgehalten hatte, aber der Polizist schien darüber nichts verlauten lassen zu wollen.

»Zurück zu Kupinski, Herr Oberst. Jetzt, wo wir wissen, dass er kein Fischfutter ist, lässt sich nicht leugnen, dass er von den vieren der Schlaueste ist. Diese kommunistische Schwuchtel könnte ein gerissener, kaltblütiger Mörder sein. Mir sind mehr als genug Schwächlinge begegnet, die gemordet haben.«

»Na ja, im Moment ist alles möglich.«

Grimm schien sein Hirn nach Vorschlägen zu durchforsten, die dem Offizier gefallen oder ihn wenigstens ein wenig aufheitern konnten. »Soll ich zum Geschäft des Uhrmachers im Zentrum fahren? Wir sind spät dran, aber es liegt in der Krausenstraße, und vielleicht erwischen wir Frau Eppner noch hinter der Ladentheke.«

Es wäre ein Wunder, wenn sie nicht auch inzwischen verhaftet und die drei Läden beschlagnahmt worden wären. Entgegen seiner Überzeugung, dass sie hier auf dem Holzweg waren, erklärte Bora sich einverstanden.

Es war kurz vor Geschäftsschluss. Nachdem Grimm den Wagen vor dem Laden geparkt hatte, erkannte Bora das Geschäft wieder. Hier war er einmal mit Dikta gewesen, die sich in eine goldene Uhr im Schaufenster verliebt und es sich dann doch anders überlegt hatte – wie so oft. Überraschend einsatzfreudig sprintete Grimm vom Olympia zum Laden, um den Angestellten daran zu hindern, den Rollladen ganz herunterzulassen.

Als Bora sich zu ihnen gesellte, erfuhr er, dass Frau Eppner sich nach Nassenheide begeben hatte, um näher bei ihrem Mann zu sein. Dem Angestellten zufolge hatte sie Anwalt Ronge eingeschaltet, damit dieser die Verteidigung übernahm und das Familienunternehmen vor der Beschlagnahmung rettete. Mehr wisse er auch nicht.

Ronge (einer der einschüchternden Namen in Ida Rüdigers Visitenkarten-Sammlung) war ein Staranwalt, der die Eppners vermutlich ihr gesamtes Vermögen kosten würde. Mit einer verärgerten Geste bedeutete Bora dem Kommissar, wieder zu fahren.

Kurz nach zwanzig Uhr wies Bora Grimm an, ihm den Olympia zu überlassen. Dagegen konnte Grimm sich nicht sperren.

»Nur für den Fall, dass noch mehr Übungen oder Bomben dazwischenkommen. Ist genug Benzin im Tank?«

»Der Tank ist fast voll, Herr Oberst.«

»Gut. Dann sehe ich Sie morgen früh Punkt acht.«

Damit kehrte er nicht nur den Vorgesetzten heraus. Möglicherweise deutete der Übungsalarm darauf hin, dass es in letzter Minute Einwände gegen Stauffenbergs Plan für den heutigen Tag gegeben hatte. In dem Fall wollte Bora doch gern wissen, wie die Stimmung unter den Offizieren des Generalstabs war, die sich vielleicht noch immer im *Adlon* aufhielten. Er wartete, bis Grimms Straßenbahn außer Sichtweite war, und fuhr zum Pariser Platz.

Er sah auf Anhieb, dass Namura noch unterwegs war. Der Schlüssel zu seinem Zimmer hing hinter dem Tresen der Rezeption. Im Erdgeschoss reichte ein Blick, um festzustellen, dass nur wenige Offiziere zu Abend aßen. An dem Tisch, an dem es in den letzten Tagen vor Messing nur so gefunkelt hatte, saßen vier Oberste mit leerem Gesichtsausdruck, als ob ein Zug, auf den sie lange gewartet hatten, ohne sie abgefahren wäre. Sie wirkten verzagt, wie Männer, deren Hoffnungen sich zerschlagen oder noch nicht erfüllt hatten. War es also doch kein Übungsalarm gewesen?

Was mochte schiefgelaufen sein? Bekanntermaßen änderte Hitler ständig seinen Terminplan. Vielleicht waren seine leitenden Minister – die man auch auslöschen musste, wenn man wirklich Erfolg haben wollte – bei dem Treffen gar nicht zugegen gewesen. Die Begrüßung des Oberkellners erwiderte Bora nur mit einem Blick und gab ihm mit einer Handbewegung zu verstehen, dass er kein Abendessen einnehmen werde. Stattdessen nahm er die Dienstbotentreppe, um unbemerkt in das Stockwerk zu gelangen, in dem Namuras Zimmer lag. Vor die Tür des Oberstleutnants legte er ein zweisprachiges Buch, das er aus der Wohnung seines Großvaters mitgenommen hatte. Es war eine erlesene illustrierte Ausgabe, die der Bora Verlag vor dem Krieg veröffentlicht hatte, die deutsche Übersetzung der *Chūshingura*, der Legende von den siebenundvierzig Rōnin. Der Geschichte der Samurai, die ohne ihren Herrn zurückgeblieben waren und diesen rächten, bevor sie rituellen Selbstmord begingen, war ein Motto vorangestellt, ein Katauta aus der Feder des Kaisers Meiji Mutsuhito. Er hatte es während des siegreichen Krieges geschrieben, den Japan vor vierzig Jahren gegen das zaristische Russland geführt hatte. Mit der Erzählung hatte das Katauta anscheinend wenig zu tun, spiegelte aber Franz-August von Boras Weltanschauung voll und ganz wider:

Kämpf fürs Vaterland,
Zerstör die, die es zerstör'n
Denk an Erbarmen.

Als Bora in den *Leipziger Hof* zurückkehrte, war er nicht darauf gefasst, so viele Menschen im Foyer anzutreffen. Mitglieder der NS-Frauenschaft, darunter würdige ältere Damen, waren offenbar zusammengekommen, um irgendein Ereignis zu feiern. Viele von ihnen trugen Brillen und außerordentlich reizlose Männerschuhe.

Bora stand nicht der Sinn danach, sich in die Gesellschaft von Frauen zu begeben, und er wollte auch ihre Gespräche und ihr Gelächter nicht hören, erst recht nicht, wenn es sich um junge Frauen handelte. Er bestellte sich sein Abendessen aufs Zimmer, samt einem Gläschen Brandy, mit dem er das Chinin hinunterspülen wollte.

Er musste beide Türen schließen, um das Gekreische der jungen Frauen zu dämpfen. Als der Kellner das leere Tablett abholte, bestellte Bora gleich noch einen Brandy, obwohl er den ersten noch gar nicht angerührt hatte. Unten war endlich Ruhe eingekehrt – vielleicht saßen sie beim Essen –, aber von Zeit zu Zeit kündete eine silberhelle Stimme auf der Treppe vom Eintreffen einer Nachzüglerin.

Wie immer überprüfte Bora, ob die Tür zum Nachbarzimmer verschlossen war. Dann setzte er sich ins Badezimmer, um bei Licht noch einmal Kuglers Aufzeichnungen durchzugehen. Viele Notizen hatte sich der Detektiv tatsächlich nicht gemacht, genau wie Grimm es gesagt hatte. Fotos der jungen Frau, die Daten ihrer Besuche bei Niemeyer sowie einige ergänzende Vermerke – den Rest musste Bora sich selbst zusammenreimen. Als Nächstes nahm er sich den Obduktionsbericht vor, den er von Olbertz bekommen hatte. Der Beschluss, in der offiziellen Version nicht zu erwähnen, dass Niemeyer beschnitten war – was für den Fall gar keine Rolle spielte –, konnte nur auf höchster Ebene getroffen worden sein, möglicherweise von einer Person, die im Rang noch über dem Kripochef stand. Dieses Detail war Grimm zweifellos nicht bekannt, weil das Opfer ein Handtuch um die Hüften geschlungen hatte. Der ursprüngliche Obduktionsbericht war weitestgehend identisch mit der zweiten Fassung, enthielt darüber hinaus jedoch noch zwei Informationen: das schändliche Detail und die Feststellung, dass das Opfer gegen einen kleinen Tisch geprallt war. Bora erinnerte sich an das protzige Möbelstück aus Messing in Form eines Elefanten, er hatte es auf den Fotos vom Tatort gesehen. Im Schein der Taschenlampe konnte er auf einer Nahaufnahme an einem der Stoßzähne kleine Blutspuren des Opfers ausmachen – nicht, dass ein Hämatom mehr oder weniger noch etwas ausgemacht hätte bei einem Mann, der tot war, bevor er auf dem Boden aufschlug.

Der zweite Brandy wurde gebracht. Bora schüttete den Inhalt der beiden Gläser in seinen Zahnputzbecher und gab dem Kellner das leere Glas zurück. Es war zu früh, um ins Bett zu gehen. Da samstags warmes Wasser verfügbar war, nutzte er die Gelegenheit und duschte ausgiebig. Anschließend rasierte er sich und zog sich, mit Ausnahme der Stiefel, wieder an, die Knöpfe seiner Uniformjacke blieben offen. Dann ließ er die Badewanne mit Wasser volllaufen (das dauerte ewig, weil aus dem Hahn nur ein dünner Strahl kam), um sicherzustellen, dass er am nächsten Morgen ausreichend Wasser haben würde, falls es in der Nacht abgedreht werden sollte.

Gegen halb zwölf erschallten die drei Heultöne der öffentlichen Luftwarnung. Gleichzeitig fiel im ganzen Viertel der Strom aus. Während er auf den zweiten Sirenenalarm wartete, spulte Bora geduldig das übliche Prozedere ab und öffnete Fenster und Türen. Er fühlte sich noch immer fiebrig und beschloss, im Zimmer zu bleiben. Die Arznei wollte er erst kurz vor dem Zubettgehen nehmen. Chinin verursachte bei ihm Schweißausbrüche und Ohrensausen, und weder der einen noch der anderen Nebenwirkung sah er freudig entgegen.

Nach dem dreimaligen wilden Heulen des zweiten Fliegeralarms (die Bomber näherten sich) waren die schlurfenden Schritte der Hotelgäste zu hören, die hinunter in den Luftschutzkeller stiegen. Bora wusste, dass erst kürzlich einer unter dem Hotel eingerichtet worden war, aber noch sicherer war es, das Bunkerungetüm in der Pallasstraße aufzusuchen. Die NS-Frauenschaftlerinnen waren inzwischen vermutlich nach Hause gegangen, es sei denn, ihre Feier hatte über die Sperrstunde hinaus gedauert. In dem Fall mussten sie noch im *Leipziger Hof* sein, und er konnte sich lebhaft vorstellen, wie eine Schar beschwipster Weiber einen Luftschutzkeller betrat, in dem sich Männer und Frauen im Dunkel zusammendrängten. Die Vorstellung stimmte ihn melancholisch, anstatt ihn aufzuheitern.

Als es an die Tür klopfte, dachte Bora nur deshalb nicht gleich an die Gestapo, weil er seit geraumer Zeit damit rechnete, und wusste, dass jedes

Klopfen an der Tür das letzte sein konnte. Er legte sich im Geiste eine Entschuldigung dafür zurecht, sein Zimmer nicht verlassen zu haben. Gleichwohl ließ er das Feuerzeug aufflammen, weil er es sich zur Regel gemacht hatte, jedem Menschen, der ihm begegnete, ins Gesicht zu blicken, vor allem zu dieser Uhrzeit.

Vor ihm stand Emmi Pletsch in Uniform. Emmi Pletsch, an die er tagsüber immer wieder hatte denken müssen. Emmi Pletsch, die nicht gerade in der Nähe wohnte und unter Platzangst litt.

»Ich kann nicht hinunter in den Luftschutzkeller, Herr Oberst. Haben Sie etwas dagegen, wenn ich bei Ihnen bleibe?«

Er erinnerte sich daran, ihr seine Zimmernummer genannt zu haben, als er sie um einen Gesprächstermin mit Stauffenberg gebeten hatte. Ob sie wohl zu der Gruppe von NS-Frauenschaftlerinnen gehörte, die der Luftangriff im Hotel überrascht hatte? Höchstwahrscheinlich. Trotzdem hatte sie an seine Tür geklopft.

Das war weder ein Versehen noch ein Zufall. Es war schon Nacht, und es gab nur ein Bett. Dennoch trat Bora einen Schritt zurück und bat sie herein. Er wollte ihr keineswegs zu verstehen geben, dass er begriff, warum sie hier war, und gab ihr damit die Möglichkeit, ihr Tun zu überdenken und es sich anders zu überlegen. Mehr nicht.

Emmi war ein wenig außer Atem, wohl weil sie zu schnell die Treppen hinaufgelaufen war – oder vielleicht auch aus einem anderen Grund. Sie wich seinem Blick aus, trat ein und setzte sich auf die Bettkante. Noch immer hasteten verdrossene Menschen durch den Korridor. Daher blies Bora die Flamme seines Feuerzeugs aus und setzte sich neben sie.

So vergingen ein oder zwei Minuten. In der Zeit wurde es im Gebäude totenstill. Durch die offenen Fenster waren die tastenden Strahlen der Suchscheinwerfer zu sehen, wie Nordlichter oder Wetterleuchten.

Bora musste sich vorsehen, denn die Nähe der jungen Frau erregte ihn, und er war versucht, sich ihr ohne Umschweife anzunähern. Als sie ihn fragte, ob sie sich waschen dürfe, fühlte er sich ermutigt, erhielt aber ihr zuliebe den Schein aufrecht.

»Ja, selbstverständlich. Heute gibt es warmes Wasser, zumindest bis vor einer halben Stunde noch. Die Badewanne ist voll.«

»Danke.«

Emmi stand auf und bewegte sich mühelos durch die Dunkelheit. Wie die meisten Berliner war sie an die häufigen Stromausfälle gewöhnt. Bora musste daran zurückdenken, wie er als Kind nachts durchs Haus gestreift war, ein Geschicklichkeitsspiel, das ihm später, im Krieg, sehr zugutegekommen war.

Durch die geöffnete Tür des Badezimmers hörte er, wie sie sich auszog. Voller Verlangen erkannte er das kaum wahrnehmbare Rascheln beim Ablegen von Jacke und Bluse, das flüchtige Wispern des Reißverschlusses am Rock. Bora konnte die einzelnen Schritte genau verfolgen. Wie viel würde sie wohl ausziehen? Da nichts mehr zu hören war, hatte sie sich wohl gegen ein Bad entschieden. Wahrscheinlich stand sie einfach nur da.

Sein Verstand wollte das eine, sein Körper das andere. Vorsicht traf frontal auf Begierde. Alles verlangsamte sich, verdichtete sich, als würde er sich in einer Flüssigkeit befinden, die träge auf ihn zuschwappte, durch die er sich vorwärtsbewegte, der Geist benommen, der Körper hellwach. Was auch immer dem Fliegeralarm folgen mochte, und sei es der Tod, es ging ums Hier und Jetzt.

Bora schloss und versperrte beide Türen zum Korridor und zog die Verdunkelungsvorhänge vor die Fenster. Rasch entledigte er sich seiner Uniform bis auf die Unterhose, in der er für gewöhnlich schlief. Er tastete nach den Kondomen im Nachttisch, nahm eines heraus und legte es auf die Marmorplatte.

Barfuß kam Emmi ins Zimmer zurück, sie bewegte sich trittsicher zwischen der Badezimmertür und dem Bett. Wieder saß sie neben ihm. Mit einer Umarmung hätte Bora herausfinden können, ob sie noch Kleidung am Leib trug, aber er wartete, bis sie so nah an ihn heranrückte, dass sie ganz sacht seinen Oberschenkel berührte. Auch sie wollte wissen, ob er noch etwas anhatte. Dann musste er nur noch mit zwei Fingern über ihre Schultern streichen und sie zielstrebig, aber nicht zu hastig, bis zu ihrer Hüfte hinuntergleiten lassen, um festzustellen, dass sie auch ihre Unterwäsche ausgezogen hatte.

Ist sie wirklich so ein anständiges Mädchen? Er legte seinen Arm um ihre

Taille und ließ zu, dass sie ihren Kopf an seine Brust lehnte. So verharrten sie vielleicht eine halbe Minute, während ihrer beider Atem schneller ging. *Ist sie bereit?* Bora legte seine Hand in die Mulde über ihrem Nacken, gleich unter der Haarlinie, genau dorthin – so musste er absurderweise denken –, wo eine rasche Drehung des Halses jemanden auf der Stelle töten konnte. Sie küssten sich, und zu seiner Überraschung verstand sich Emmi gut darauf.

So ging es wohl eine Minute lang, in der seine Ungeduld wuchs, weil sie zwar keinen Widerstand leistete und doch nicht nachgab, erschauerte und doch nicht bereit schien, über das Küssen hinauszugehen.

»Bitte«, sagte sie irgendwann, »haben Sie etwas Starkes zu trinken?«

Bora wusste genau, wo er den Brandy auf dem Nachttisch abgestellt hatte. Als er seine Hand danach ausstreckte, musste er nicht lange umhertasten. Ihre Hände berührten sich, als er ihr das Glas gab. Ihrem zaghaften Schlucken entnahm er, dass sie offenbar keinen Alkohol gewohnt war. Beim nächsten Kuss schmeckte er das holzige Aroma des Brandys auf ihrer Zunge.

Doch Emmi schmiegte sich einfach nur an ihn. War sie denn keine richtige Frau und er kein ansehnlicher Mann? Bora hatte das Gefühl, weniger galant zu sein als sonst, aber er wusste, dass die meisten Frauen – Dikta bildete hier eine Ausnahme – es nicht mochten, wenn man sie drängte. Also stimmte er seine Berührungen auf ihre Atemzüge ab. Sanft legte er sie auf den Rücken und beugte sich über sie, um sie weiter zu küssen.

Draußen wurde Entwarnung gegeben, aber er nahm es gar nicht wahr. Im Zimmer war es heiß. Beide schwitzten – Bora fieberte zudem –, aber Schweiß kann bisweilen gelegen kommen und sogar angenehm sein. Emmi war ungeschickt, ständig waren ihre Knie im Weg (Bora kam der Gedanke, dass er mit fünfzehn so gewesen sein musste wie sie jetzt), und sie lag mit fest überkreuzten Knöcheln da. Um nicht nur zu mutmaßen, dass sie bereit war, ließ er seine Hand mit Bedacht über ihren Körper gleiten. Er wollte sichergehen, dass sie zumindest physisch ihre Vorbehalte abgelegt hatte. Inzwischen war er so entflammt, dass er nicht darüber nachdenken wollte, was nach dieser Nacht sein würde. Nun musste er nur noch seine Unterhose ausziehen. Er spürte die erste Feuchtigkeit, und es war an der Zeit, ein Präservativ überzustreifen. Seit dem Verlust seiner linken Hand hatte er keines mehr benutzt, aber auch das hatte er geübt. Mit den Zähnen riss er vorsichtig die Packung des *Blausiegel*-Kondoms auf, das sich trocken und staubig anfühlte und sich nur deshalb mühelos überstreifen ließ, weil seine Haut vor lauter Erregung feucht war.

Kaum war er in sie eingedrungen, hatte sie völlig unerwartet einen Orgasmus. Also musste er wieder ganz von vorn anfangen, darauf bedacht, sich zu beherrschen, damit er nicht aggressiv wurde. Als er sie küsste und seine Zunge über ihren Hals gleiten ließ, stellte er fest, dass sie nach Mandeln schmeckte.

Offenbar hatte er es mit einer jungen Frau zu tun, deren Liebhaber ihr womöglich absichtlich nichts beigebracht hatte. Emmi war fügsam und unbeholfen, so wie einige Studentinnen, mit denen er geschlafen hatte, als er an der Universität war. Vielleicht hatte sie vor Leo Franke nie einen anderen gehabt, nie einen anderen vor dieser Nacht. Was für eine Überraschung: Sie war wirklich ein anständiges Mädchen. Bora machte es nicht kompliziert und blieb geduldig. Das war ganz anders als mit Dikta und überraschend angenehm, sogar befriedigend. Er hörte sich zu ihr sagen: »Bleib ganz ruhig. Lass mich nur machen.« So sprach man mit einer Stute, die vor einem Hindernis scheute. Als sie nach einer Weile kühner wurde, konnte er sich etwas heftigeres Drängen leisten, ohne sie zu erschrecken. *Ich verderbe sie nicht, ich bringe ihr etwas bei.*

Wenn er an die riesigen, tödlichen Schwierigkeiten dachte, in die er sich gebracht hatte, war es am besten, ohne liebevolle Gefühle neben dieser empfänglichen jungen Frau zu liegen. Auch ohne Liebe war es angenehm. Dass es sie nach einem Mann verlangte, war für sie Grund genug, und für ihn bedeutete es eine Entlastung nach dem Besäufnis in Rom, wo er eine Frau mit auf sein Hotelzimmer genommen hatte und bis heute nicht wusste, wer sie überhaupt gewesen war. Es war so tröstlich, hier zu liegen und es einfach zu tun, weil beide es brauchten. *Ich darf nicht daran denken, wie vollkommen es mit Dikta war, das ist vorbei. Dieses Liebesspiel ist vorüber.* Aber Emmi duftete und schmeckte nach Mandeln, ein angenehmer Geruch und so ein lieblicher Geschmack.

Ob sie an Leo dachte? Einige Male hatte sie »mein Liebster« geflüstert, aber auf heisere, achtlose Art. Nicht so Bora. Bisher hatte er nur Dikta seine »Liebste« genannt, im Bett und auch sonst. Es würde mehr als einer Stunde oder auch einer gemeinsamen Nacht bedürfen, ehe er dieses Wort bei einer anderen in den Mund nehmen konnte.

Inneres Feuer, Erfahrung und ein gerüttelt Maß an Frustration ließen ihn gut funktionieren. Auch die Dunkelheit tat das Ihre. Nicht nur wegen der amputierten Hand, wie es Lattmann vermutet hatte – der Rest seines Körpers machte das wett, und von nun an würden deutsche Frauen ohnehin mit der Tatsache umgehen müssen, dass ihre Männer versehrt waren. Nein. Es lag an etwas anderem: Im Dunkeln konnte man sich körperlich lieben, ohne einander ansehen zu müssen. Dikta und er hatten sich in die Augen gesehen, wenn sie miteinander schliefen, und sich immer zuerst mit Blicken geliebt, von Anfang an. Die Warnung im Matthäus-Evangelium: »Wer eine Frau ansieht, ihrer zu begehren, der hat schon mit ihr die Ehe gebrochen in seinem Herzen« galt ganz bestimmt für Dikta und ihn. *Sollte das je wieder geschehen*, dachte Bora, während sich diese unbedarfte junge Frau an ihn schmiegte, *werde ich wissen, dass ich über Dikta hinweg bin. Bis dahin werde ich die Frauen weiter im Dunkeln lieben oder ihnen nicht in die Augen sehen.*

Später schlief sie neben ihm ein. Auch hinter ihr dürften zahlreiche schlaflose Nächte liegen. Bora stand auf. Das Wasser in der Badewanne wollte er Emmi überlassen, doch er wusch sich gründlich und warf das benutzte Präservativ weg. Dieser Tage mussten die Berliner Abfalleimer voll mit arischem Sperma sein, ganz gleich, was der Führer so predigen mochte. So brachten sie auf ihre Art zum Ausdruck, was sie davon hielten, dass ihre Welt zusammenbrach – und das war auch nicht unpassender als alles andere. Jetzt ergab alles um ihn herum einen Sinn – Ort und Zeit wurden wieder wesentlich, und zwischendrin hatte er mit einer Frau geschlafen, was ihm ziemlich gutgetan hatte. Er hatte den Eindruck, als habe ein Schleier über seiner Konzentrationsfähigkeit gelegen, der nun weggezogen worden war.

Bora legte sich wieder ins Bett. Lange schlief er nicht, aber es war ein guter Schlaf. Als er im Morgengrauen aufwachte, schlummerte Emmi noch. Im Zimmer herrschte Zwielicht. Sie lag auf der Seite, ihre linke Hand steckte zwischen den Schenkeln. Das mochte eine Schutzhaltung sein oder auch gerade nicht – als wäre sie in vielen Nächten in dieser Stellung eingeschlafen, vielleicht nachdem sie sich zur Beruhigung selbst gestreichelt hatte.

Leipziger Hof,
Sonntag, 16. Juli, 6.20 Uhr

Der Anstand erforderte es, dass er vor ihr nach unten ging, um ihr Zeit zu geben, sich fertig zu machen und ihm dann diskret zu folgen. Bora schloss geräuschlos beide Türen auf und legte ihr den Schlüssel auf den Nachttisch.

Völlig unvermutet traf er zu dieser unchristlichen Zeit vor der Tür seines Zimmers Benno von Salomon im Morgenmantel an.

»Darf ich eintreten?« Derselbe drängende Ton, halb Befehl, halb Bitte. Bora war zwar erleichtert, ihn endlich zu sehen, aber er empfand die Störung als unzumutbar.

»Das dürfen Sie nicht, Herr Oberst.«

»Ist jemand bei Ihnen?« Boras Gesichtsausdruck legte nahe, dass er sich dazu nicht äußern würde. Also wurde Salomon fordernder.

»Sagen Sie, ist jemand in Ihrem Zimmer? Sitzen Sie gerade mit jemandem zusammen? Wer ist es? Lassen Sie mich rein.«

Bora richtete sich zu voller Größe auf und zog die innere Tür hinter seinem Rücken zu. *Nicht auszudenken, wenn er in meinem Zimmer eine junge Frau entdeckt, die er möglicherweise ausgerechnet in der Bendlerstraße schon einmal gesehen hat …*

»Lieber nicht, Herr Oberst.«

Misstrauisch und aufgewühlt, wie er war, konnte Salomon ihm hier durchaus eine Szene machen. Bora dirigierte ihn zur Treppe. »Ich nehme an, Sie haben hier ein Zimmer: Lassen Sie uns dorthin gehen.«

Salomon sträubte sich nicht lang.

»Wenn es sein muss. Mein Zimmer ist den Gang hinunter. Folgen Sie mir.«

Bora blieb ihm dicht auf den Fersen, er wollte auf jeden Fall vermeiden, dass der andere lauter sprach und womöglich jemand mithörte. Im Zimmer des Obersts war es noch dunkel, die Fenster waren geschlossen, die Vorhänge zugezogen. Salomon knipste die Schirmlampe neben dem Bett an. »Alle glauben, dass ich Berlin verlassen habe, dabei habe ich Sie in den letzten Tagen überall gesucht.«

»Ist das so? Ich hatte den Eindruck, dass Sie alles darangesetzt haben, sich zu entziehen.«

»Hören Sie, dies ist nicht der richtige Zeitpunkt für gegenseitige Schuldzuweisungen. Die Zeit wird entsetzlich knapp, und ich muss unbedingt hier raus. Raus aus Berlin, raus aus Deutschland. Und zwar heute noch.« Er stand da mit seinem ungekämmten, kurz geschnittenen ergrauenden Haar, das vom Schlaf und vom Schweiß in alle Richtungen abstand, wie Hundefell. »Wenn Sie wissen, was gut für Sie ist, werden Sie einen Weg finden, mich außer Landes zu schaffen.«

Eigentlich hätte Salomon sich mit seinem Hilfegesuch an die Verschwörer wenden müssen. Befürchtete er, dass sie ihn für immer zum Schweigen bringen wollten? Bora war klar, dass er rasch reagieren musste, so oder so. Allerdings war Salomons Bitte unerträglich anmaßend. Er empfand sie als Beleidigung. »Sind Sie noch ganz regulär bei der Deutschen Wehrmacht, Herr Oberst? Falls ja, dann begehen Sie mit Ihrem Ansinnen gerade Hochverrat.«

»Oh, tun Sie mir den Gefallen und verschonen Sie mich mit dieser Wortklauberei!«

»Sie waren doch derjenige, der mich danach gefragt hat, ob mir Wörter wie Loyalität und so weiter ein Begriff sind. Ich werde Ihnen bestimmt nicht dabei helfen, zum Feind überzulaufen, Oberst von Salomon.«

Salomon musste damit gerechnet haben, dass er formelle Einwände erheben würde.

»Ihre Familie hat doch Beziehungen in diplomatischen Kreisen«, drängte er Bora. »Die Botschaft eines neutralen Landes reicht schon, oder irgendeine ausländische Gesandtschaft … Muss ich noch deutlicher werden? Wenn ich auf deutschem Boden bleibe, *kann sich keiner darauf verlassen, dass ich meinen Mund halten werde.*«

Bora sah ihn stirnrunzelnd an, er schwankte zwischen Egoismus und einem erdrückenden Pflichtgefühl. Diese unliebsame Begegnung drohte seine Hochstimmung nach der Nacht mit Emmi zu trüben. Sie würde bald aufwachen und nach unten zum Frühstück gehen. Dann wollte er auch dort sein. Herrgott, seit Monaten hatte er sich schon nicht mehr so wohlgefühlt, und dieser gepeinigte Mann konfrontierte ihn unmittelbar mit der Realität. Weit davon entfernt, etwas zu empfinden, was Mitleid auch nur nahekam, zog er für einen Moment ohne die geringsten Gewissensbisse in Erwägung, Salomon einfach an Ort und Stelle zu erschießen. Wäre das machbar? Zweckdienlich und endgültig, das ja, aber nahezu undurchführbar. Besser nicht.

Trotzdem konnte er jetzt nicht das Risiko eingehen, ihn wieder aus den Augen zu verlieren.

»Ich vertraue Ihnen«, sagte Salomon mit einer Bestimmtheit, die der Verzweiflung geschuldet war. Er ging vor dem Bett auf und ab und wiederholte: »Ich *vertraue Ihnen*. Sollte bei dem Vorhaben irgendetwas schiefgehen … sollten sie ihr Ziel verfehlen … der Druck ist unerträglich. Ich bin in Ihrer Hand.«

Bora straffte die Schultern. »Also gut«, sagte er nach einer Pause, die wirkte, als würde eine Zustimmung folgen. Dem war allerdings nicht so. »Wir treffen uns heute Abend um elf Ecke Lutherstraße/Augsburger Straße vor dem *Horcher*.« Als Bora die Adresse nannte, hatte er noch keine klare Vorstellung, wie es danach weitergehen sollte. Oder vielmehr: Er hatte nur eine, und die war ausgesprochen unerquicklich. »Kommen Sie allein und in Zivil.«

Wie ein hoffnungsfroher Schuljunge wiederholte Salomon die Adresse. »In Zivil. Allein. Heißt das, Sie werden mir helfen?«

»Im Augenblick heißt das nur, dass Sie in der Zwischenzeit davon absehen müssen, Fragen zu stellen, und niemanden treffen dürfen.«

»Versprechen Sie mir, dass Sie mir helfen werden. Dann werde ich diesen Raum den ganzen Tag lang nicht verlassen.«

»Wenn Sie mir vertrauen, Herr Oberst, bedarf es keines Versprechens.«

Gruppenführerin Pletsch kam zusammen mit anderen jungen Hilfskräften und NS-Frauenschaftlerinnen zum Frühstück herunter. Von seinem Ecktisch aus nickte Bora ihrer Gruppe einen Gruß zu. Emmi war wie gehabt zurückhaltend und wirkte wieder so, als sei sie mit den Gedanken woanders. Ihre Begleiterinnen schienen auffällig besorgt um sie zu sein. Warum? Hatte sie ihnen etwas erzählt? Er wollte sich Zeit lassen und kurz mit ihr sprechen, sobald die anderen vom Tisch aufgestanden wären. Grimm würde erst um acht hier sein, es sollte sich also einrichten lassen.

Bora zog seinen Ersatzkaffee in die Länge. Als Emmi eine halbe Stunde später allein am Tisch saß, gesellte er sich zu ihr. »Guten Morgen.«

»Guten Morgen.«

»Darf ich mich setzen, Frau Gruppenführerin?«

»Bitte.«

Im Speisesaal, der sich im Souterrain befand, brannte selbst bei Tag Licht. Doch die leichte Röte um ihren Mund, die von den nächtlichen Küssen herrührte, war unverkennbar und so verräterisch, dass Bora dachte: *Wenn sie mich ließe, könnte ich gleich schon wieder mit ihr schlafen.*

»Müssen Sie gleich zur Arbeit?«, fragte er.

Bei seinen Worten senkte sie den Blick.

»Heute nicht. Und Sie?«

»In zwanzig Minuten.«

Sie siezten sich wieder genau wie an dem Tag, als sie einander im Café *Die Dame* gegenübergesessen hatten. Beide erröteten. *Wir könnten uns eigentlich offen ins Gesicht blicken, aber sie weiß, was in meiner Hose steckt, und ich weiß, was sich unter ihrem hübschen Baumwollschlüpfer verbirgt.* Doch er mochte es, nach einer Liebesnacht mit etwas ungestilltem Appetit aufzustehen, genau wie nach dem Essen. *Ja, wenn sie mich ließe, könnte ich gleich wieder mit ihr schlafen.*

Was Emmi dann sagte, traf ihn völlig unvermittelt. »Leo ist in der Nacht gestorben.«

Bei diesen Worten wirkte ihre Mundpartie angespannt, die Mundwinkel zogen sich nach unten, wie bei einem Kind, das im nächsten Moment in Tränen ausbrechen wird.

»Wann genau?«

»Das spielt keine Rolle. Wann auch immer es geschah, ich war zu dem Zeitpunkt an dem Ort, an dem ich sein wollte.«

»Das tut mir sehr leid, Emmi.«

Dass er sie beim Vornamen nannte, stellte wieder ein wenig Vertrautheit zwischen ihnen her, obwohl sie keine Ahnung hatten, was ihnen das jetzt nützen könnte.

»Das Schlimmste ist«, sagte sie, »dass in den ganzen zehn Jahren ...« Ihr liefen die Tränen übers Gesicht, ohne dass sie schluchzte. Sie war untröstlich. »... dass ich in all den Jahren kein Kind mit ihm gemacht habe. Nun habe ich gar nichts mehr.«

Sie flüsterten. Im Krieg kam es häufig vor, dass in einem Gespräch die Gefühle die Oberhand gewannen. Die Handvoll uniformierter Männer, die im Speisesaal saßen, schenkte ihnen keine Beachtung. Hilflos betrachtete Bora die weinende Emmi.

»Ich verstehe«, sagte er. »Viel besser, als du dir vorstellen kannst.« Er hatte nicht bedacht, dass seine nächsten Worte missdeutet werden könnten – oder vielleicht doch. »Kann ich irgendetwas tun?«

Worte sind mächtig. Wie ein kleines Mädchen, das sich um eine Verletzung kümmert, hörte Emmi auf zu weinen und hielt den Atem an. Als sie wieder aufblickte, bemerkte Bora, dass der feine Farbunterschied ihrer Augen, der sie so merkwürdig wirken ließ, fast nicht mehr zu erkennen war. Zurückhaltung und Verlangen bildeten nicht länger einen Gegensatz in ihr.

»Ja«, sagte sie langsam, während sie ihm seinen Zimmerschlüssel zurückgab. »Ja, da gibt es tatsächlich etwas.«

Bora war ganz benommen. Er hörte seinen Freund Lattmann sagen: »*Das* habe ich nicht gemeint, als ich euch beide zusammengebracht habe. Hast du den Verstand verloren?« *Ja, so ist es wohl. Alles fällt auseinander, und ich habe den Verstand verloren.*

»Dann täte ich es sehr gern«, sagte er.

Einige Nachzügler kamen in den Speisesaal, um zu frühstücken, darunter die würdigen älteren Damen der NS-Frauenschaft. Bora und Emmi verließen nacheinander den Tisch, blieben aber beide auf der Treppe zum Foyer stehen. Sie tauschten einen militärischen Gruß aus. Dann gaben sie ihrem Verlangen nach, einander zu küssen. Ein flüchtiger Kuss besiegelte das verrückte Versprechen zwischen ihnen. Damit sie es sich nicht womöglich anders überlegten, mussten sie es rasch tun, so rasch wie möglich.

»Am späten Vormittag«, flüsterte sie in sein Ohr. »Danach kann ich meine Versetzung aus Berlin nicht länger hinauszögern. Mein Zug geht am frühen Nachmittag.«

Bis Grimm eintraf, konnte Bora an nichts anderes mehr denken. Er dachte allerdings nicht über den Akt als solchen hinaus, als gäbe es nicht eine Vielzahl möglicher Konsequenzen neben jener, die Emmi und ihm vorschwebte. Als wäre sein Vorhaben, eine junge Frau zu schwängern, deren Schenkel er erst wenige Stunden zuvor behutsam dazu bringen musste, sich zu öffnen *(Wie reizvoll war das gewesen)*, nicht unzeitiger und unbedachter als alles, was er jemals in Betracht gezogen hatte. Sie hatten sich für elf Uhr verabredet, in einem Zimmer, aus dem eine Kollegin von Emmi zwei Tage zuvor ausgezogen war, in Marikas Haus, ganz in der Nähe der Charlottenburger Bahnhöfe. Bora wäre am liebsten gleich dorthin gegangen, um auf sie zu warten, hätte es da nicht diverse Unannehmlichkeiten gegeben: Nebe auf der einen und die Verschwörer auf der anderen Seite. Darüber hinaus musste er sich auch noch um Salomon kümmern.

Fieber hatte er jedenfalls nicht mehr. In der Nacht hatte er in einem Moment regelrecht gespürt, wie es aus seinem Körper wich. Als hätte die sexuelle Entlastung den Nebeneffekt gehabt, ihn aus einer völlig verfahrenen Situation herauszuholen, in der er bei den Ermittlungen bis jetzt geschmort hatte. Während er völlig entspannt neben Emmi lag, hatte sich in dem erdrückenden geschlossenen System ein Riss aufgetan, der zu einer weit offen stehenden Tür geworden war. Wie hatte er die Lösung seit Tagen übersehen können?

Es war höchste Zeit. Er war bereit, in den nächsten Stunden der

Gefahr – und zwar einer Gefahr der tödlichsten Sorte – die Stirn zu bieten, um zu beweisen, dass er recht hatte. Sterben wollte er nun nicht mehr, seit er davon träumte, etwas von sich im Bauch eines Mädchens zurückzulassen. Oberstleutnant Namura würde dies gutheißen.

Er verließ das Hotel, um von einer öffentlichen Telefonzelle aus im *Adlon* anzurufen. Das konnte er noch gut erledigen. Grimm traf ihn schließlich mit einer Zigarette zwischen den Lippen im Foyer an.

Der Kommissar schien Neuigkeiten loswerden zu wollen. Er machte einen Erfolg für die Kripo geltend: Die Gestapo würde ihnen Frau Glantz und Gerd Eppner überstellen. Noch vor Einbruch der Dunkelheit säßen die beiden wieder in ihren Zellen am Alexanderplatz.

»Und was ist mit Roland Glantz?«, erkundigte sich Bora, während Grimm ihm den Wagenschlag öffnete. Es war bereits schwül. Emmi Pletsch saß jetzt gerade in der überfüllten Straßenbahn, der Nacken mit den blonden Härchen schweißfeucht, und sie trug ihr Geheimnis mit sich. »Um elf bei Marika«, hatte sie wiederholt, als sie die Treppe vom Frühstücksraum hocheilte. »Vergiss es nicht.« Als ob er das könnte.

»Und Glantz?«, wiederholte Bora und zensierte seine Gedanken, als könnte Grimm sie erraten. Dabei konnte dieser Büttel, der darin geschult war, in Gesichtern zu lesen, bestenfalls erahnen, dass er mit einer Frau geschlafen hatte, weil er weniger und auf andere Weise angespannt war. Aber noch war es im Dritten Reich nicht verboten, Liebe zu machen.

»Der noch nicht«, räumte Grimm ein, als er sich hinter das Steuer zwängte. An diesem Morgen trug er einen Schlips, der noch greller war als die anderen, mit hellblauen und grünen Klecksen sowie Silhouetten von Palmen in Tintenschwarz. »Der Chef ist noch dran. Hier ermitteln *wir*«, raunzte er. Dabei blieb abzuwarten, was man überhaupt noch aus einem Todeskandidaten herausquetschen konnte.

Im Wagen war die Hitze unerträglich. Sitz und Lehne waren brennend heiß, und Grimms Pranken nach zu schließen, traf das offenbar auch auf das Lenkrad zu, da er seine Hände ein paar Mal schnell wieder zurückzog, bevor er es entschlossen umfasste.

»Es gibt noch eine Neuigkeit, Herr Oberst«, sagte Grimm, bevor er wie üblich »Wohin?« fragte. Bora war sofort klar, dass es sich um etwas Wichtiges handelte.

»Lassen Sie hören.«

»Die Nachricht kam gerade rein. Beim Osthafen haben sie eine Leiche rausgefischt. Männlich, fünfundzwanzig bis dreißig Jahre alt. Ohne Schuhe.«

»Kupinski?«

Grimm zuckte mit den Schultern. »Das ist sein altes Viertel. Wir sollten besser mal nachsehen.«

Sein erhitzter massiger Körper dünstete den Geruch nach fettem Mann aus, da halfen auch die geöffneten Fenster nicht.

Vom Kleistpark fuhren sie über die Göbenstraße nach Osten. Es war eine tägliche Herausforderung, sich mit dem Auto seinen Weg durch die Stadt zu bahnen: gesperrte Durchfahrtsstraßen, frische Straßeneinbrüche, Arbeitergruppen, die Gas- oder Wasserleitungen reparierten. Man vergaß darüber ganz, wie rasch sich Berlin mit der U-Bahn durchqueren oder mit dem Zug umrunden ließ, und zwar ohne Verspätungen und Fahrtunterbrechungen.

Bora war nicht unbedingt daran gelegen, dass es sich bei dem Ertrunkenen um Kupinski handelte. Bei ihrer letzten Begegnung war er nervös gewesen, aber auch dankbar dafür, Niemeyers Brief loszuwerden. Bora hatte es für möglich gehalten, dass er in die Anonymität des kriegsgeschüttelten Berlin zurücksinken würde – aber doch nicht buchstäblich.

»War er der Typ Mensch, dem man zugetraut hätte, dass er sich das Leben nimmt?«, fragte er.

Sie fuhren gerade an einem riesigen Gasometer aus der Zeit der Jahrhundertwende vorbei, das in den letzten zwei Jahren als Luftschutzraum benutzt worden war.

»Nee«, sagte Grimm, ohne den Blick von der Straße zu nehmen. In der Hitze drohte sich die Gaze von seiner Kopfwunde zu lösen. Unaufhörlich lief ihm der Schweiß übers Gesicht, den er immer wieder mit seinem haarigen Handrücken wegwischte. »Aber das kann man nie so genau wissen.«

Bora nickte. An diesem Morgen sah er seinen Partner in einem anderen Licht. Er hatte das Gefühl, ihn besser zu verstehen, und musste sich nicht länger fragen, ob er ihm vertrauen könne. Sie waren beide in Russland gewesen, wenn auch mit unterschiedlichen Aufgaben. Dort lernte man, was das menschliche Leben wert war, selbst wenn sich herausstellte, dass dieser Wert bei null lag.

Hinter der Hasenheide bogen sie nach links in die Pannierstraße ein und fuhren an der katholischen Kirche und den städtischen Lagerhäusern vorbei. Vor einigen Geschäften standen Hausfrauen Schlange, fächelten sich Luft zu oder zankten sich, und alte Männer auf Bänken starrten ausdruckslos ins Leere. Der Flusshafen, den Grimm und Bora ansteuerten, lag hinter dem Busbahnhof in Treptow. Dort befanden sich lange Ziegelgebäude in unterschiedlichen Stadien des Verfalls. Der Anlegeplatz an der Spree, nördlich des kleinen öffentlichen Parks, war im vorangegangenen Winter schwer getroffen worden. Dabei hatte es unter den Zivilisten fast ebenso viele Todesopfer gegeben wie unter den feindlichen Piloten. Hier und da hatten sich auf den Grünflächen, die bis zum Luftangriff gut gepflegt gewesen waren, wilder Mohn und Wollkraut breitgemacht. An einigen Stellen war auch etwas ausgesät worden. Auf einem ausgedehnten, eingezäunten Areal wetteiferten Salat und Gräber um einen Platz an der Sonne.

Am Ufer standen ein Polizeiwagen und ein Sanitätsfahrzeug. Dort, wo sich die Leiche verfangen hatte, empfing sie der ranzige Geruch des Wassers. Insekten schwärmten umher. Ein Polizist berichtete, ein Gleisarbeiter habe den Toten um sieben Uhr morgens entdeckt.

»Der muss schon ein paar Tage im Wasser gelegen haben. Von daher ist schwer zu sagen, wo er hineingefallen ist. In seiner Tasche steckte ein Brief.«

Boras Herz begann, heftig zu pochen, doch er ließ sich nichts anmerken. Gab es womöglich noch weitere Abschriften von Niemeyers Brief an Erhard Dietz oder andere gefährliche Botschaften? Wenn der Tote Kupinski war – und sofern Kupinski einen derartigen Brief bei sich gehabt hatte –, konnte dies katastrophale Folgen haben. Verstohlen warf er einen prüfenden Blick zu Grimm hinüber.

»Was für einen Brief?«, erkundigte der sich ungeduldig.

»Durch das Wasser ist er fast unleserlich. Er war mit der Hand geschrieben.«

»Haben Sie ihn da?« Diesmal fragte Bora, und der Polizist überreichte ihm ein durchweichtes Blatt Papier, das in der Sonne rasch trocknete.

Grimm sah Bora über die Schulter. »Hat das Schreiben in einem Umschlag gesteckt?«

»Ja, aber der Umschlag war nicht verschlossen, und es stand keine Adresse darauf.«

Die schwarze Tinte, die inzwischen ins Bräunliche changierte, hatte nichts mit Niemeyers charakteristischem Violett gemein. Boras Anspannung ließ nach. Es war ein kurzer Text, nur wenige hingekritzelte Zeilen, völlig unleserlich. Wahrscheinlich ein Abschiedsbrief oder eine Erklärung. Nicht einmal die Unterschrift ließ sich entziffern.

»Hatte er noch andere Papiere bei sich?«

Der Polizist führte sie über eine mit Schutt übersäte Fläche zu der Stelle, an der die Leiche lag.

»Nur ein Zugticket und einen affigen Taschenkamm.«

»Könnte Kupinski sein.« Grimm beschleunigte seinen Schritt.

Aber er war es nicht. Vor ihnen lag ein abgemagerter junger Mann in einem Unterhemd und einer Hose, die von einem Gürtel mit Zweidornschnalle gehalten wurde, wie man ihn auch bei der Wehrmacht trug. Seine Schuhe fehlten, ebenso die Hälfte seines Gesichts.

»Er muss gegen den Zementschaft am Anleger geprallt sein, als er in Ufernähe wieder hochgekommen ist. Dort drüben, Herr Oberst.«

Bin ich traurig?, fragte Bora sich. Seit Spanien wurde er im Angesicht des Todes schwermütig, und das, obwohl er als Soldat weiterhin getötet hatte. Jedes Mal hatte er gedacht, was für eine Verschwendung es doch sei, wenn nicht gar eine Tragödie. Jedenfalls bis Stalingrad. Dort hatte er damit aufgehört, die Toten zu zählen, und war fast nicht mehr imstande gewesen, Mitleid zu empfinden.

»Das ist nicht der Mann, den wir suchen«, sagte Grimm zu dem Polizisten. »Unserem fehlen drei Zehen am linken Fuß.«

»Ach, na ja, dann ... wenn er ein Krüppel ist, wundert es mich nicht, dass er sich umgebracht hat«, sagte der Polizist gedankenlos. Bora tat so, als sei alles in bester Ordnung. Grimm warf seinem tölpelhaften Kollegen trotzdem einen warnenden Blick zu.

Dabei hatte Bora dem Mann die Bemerkung gar nicht übel genommen. Aus lauter Erleichterung darüber, dass fürs Erste keine verfänglichen Briefe im Umlauf waren, schob er noch einen Scherz hinterher: »Einige Krüppel können schwimmen. Die müssen sich dann erschießen.«

Kurz nach ihrem Aufbruch vom Osthafen hatten Grimm und Bora eine Reifenpanne. Das raubte ihnen den letzten Rest Humor. Grimm machte sich an die Arbeit. Er legte seinen Schultergurt mit der Pistole ab, krempelte die Ärmel hoch und schnaufte wie ein Ochse. Zu allem Überfluss steckten sie danach fast eine Stunde lang in der Dieselstraße fest, weil dort im Schutt Brandbomben entdeckt worden waren. Ungeduldig verließ Bora den Wagen, um bei den Arbeitern Genaueres in Erfahrung zu bringen. Er blieb fast eine halbe Stunde weg. Grimm beobachtete, wie er durch die Ruinen lief.

Als sie dann mit weit geöffneten Wagenschlägen in der prallen Sonne warteten, fragte Grimm aus heiterem Himmel: »Ist mit Ihnen alles in Ordnung, Herr Oberst?«

»Ja. Warum fragen Sie?«

»Sie wirken so, ich weiß nicht, als wären Sie nicht ganz auf dem Damm.«

So wirkte er ganz bestimmt nicht, dessen war sich Bora sicher. Es bedurfte schon mehr als einer einzigen Liebesnacht, damit er am nächsten Tag angeschlagen aussah. Das war vermutlich nur eine willkürliche und boshafte Bemerkung. So etwas konnte allerdings auf unerklärliche Weise den anderen dazu bringen, sich tatsächlich abgespannt zu fühlen.

»Mir geht's gut«, erwiderte er brüsk. »Und anders als Ihnen macht mir die Hitze nichts aus.«

Aber wahrscheinlich wirkte er durchaus ein wenig nervös. Er konnte es kaum erwarten, Emmi anzurufen und ihre Verabredung für 11.00 Uhr zu bestätigen, und brauchte dringend eine Ausrede, um von Grimm wegzukommen. Als die Minuten so verrannen, sah er laufend auf die Armbanduhr an seinem rechten Handgelenk. Das war natürlich verräterisch. Ihm blieb eigentlich keine Wahl: Er konnte sich von Grimm fragen lassen, ob er zu einem Termin müsse, oder die Information von sich aus preisgeben. Schließlich sagte er mürrisch: »Ich muss einen privaten Anruf tätigen.«

»Dann lassen Sie uns doch zum Hotel zurückfahren.«

In Grimms Ton lag nichts Kumpelhaftes, das wäre auch völlig undenkbar. Auch keine Beunruhigung. Hätte Bora erwähnt, dass er Streichhölzer kaufen müsse, so hätte der Polizist ganz ähnlich geklungen.

»Wie denn? Die Straße ist schließlich gesperrt.«

»Ich fahre Sie zur nächstgelegenen U-Bahn-Station.«

Emmis Freundin wohnte im Norden von Charlottenburg, ganz in der Nähe der Städtischen Frauenklinik in der Sophie-Charlotte-Straße. Daher hatte Bora gar kein Interesse daran, zurück zum Hotel zu fahren, von dem sie ziemlich weit entfernt waren. »Fahren Sie mich bitte zur nächsten funktionstüchtigen Telefonzelle.«

Marika, eine Krankenschwester, deren Nachnamen Bora gar nicht kannte, nahm den Anruf entgegen. Hektisch berichtete sie ihm, dass sie seit einer Stunde versuche, ihn im Hotel zu erreichen. Emmis Zug fahre früher als geplant ab.

»Sie dürfte jeden Moment losfahren, Herr Oberst … Vom Bahnhof Westend.«

Bora rief im Bahnhof an. Die Station war nicht besonders groß, aber trotzdem würde man Emmi über Lautsprecher ans Telefon rufen, inmitten des Gewühls aus ankommenden und abreisenden Fahrgästen (»Gruppenführerin Emma Pletsch, bitte …«). Er sah sie vor sich, wie sie zum Telefon eilte.

Als sie am Apparat war, konnte er kaum verstehen, was sie sagte, weil sie völlig in Tränen aufgelöst war. Er entnahm ihrem Gestammel, dass der Zug jeden Moment abfahren werde; ihr Gepäck sei schon eingeladen, es bleibe keine Zeit mehr.

»Oh Emmi. Das tut mir sehr leid, Emmi.«

Das Gleiche hatte er am Morgen gesagt. Diesmal allerdings meinte er seine Worte ernst.

»Vergiss mich nicht«, schluchzte sie und legte auf. Die junge Frau in Uniform, die er eigentlich gar nicht mögen sollte, die unbeholfene junge

Frau mit den seltsamen Augen, die ebenso bereit war für ein Kind wie er, verließ Berlin und fuhr Gott weiß, wohin. *Ich werde sie niemals wiedersehen*, sagte sich Bora betrübt. *Und wir werden beide die letzte Nacht und einander vergessen.*

Berlin wirkte einsamer und leerer. Auch der Tod schien weniger weit weg zu sein als noch fünf Minuten zuvor.

Bora war verzagt, wollte aber nicht, dass Grimm das mitbekam. Es kostete ihn einige aufgewühlte Minuten, bis er seine unergründliche Haltung zurückgewonnen hatte. Er kannte sich nur zu gut: Sexuelle Frustration hatte ihm schon so manchen Streich gespielt, und die Aggression, die er normalerweise gut unter Kontrolle hatte, stieg gefährlich dicht an die Oberfläche. Dann lief er Gefahr, etwas Falsches zu sagen oder etwas Dummes zu tun. Ihn trieb die Frage um, ob man Emmi aus Berlin verschwinden ließ, weil der Putsch unmittelbar bevorstand. Nur deshalb behielt er einen klaren Kopf. Jeden Moment nun konnte ein landesweiter Alarm ausgelöst werden, und er würde dann in die gewaltsame Unterdrückung hineingeraten, und zwar ganz unabhängig vom Ausgang des Umsturzes. Schließlich lief Salomon nach wie vor frei herum und drohte damit, alle zu verpfeifen.

Er war völlig durcheinander. Statt zu denken: *In diesem Augenblick sollte ich mit der jungen Frau einen Sohn zeugen*, wechselte er zu dem folgenden Gedanken: *Jeden Augenblick kann nun eine Katastrophe über uns hereinbrechen. Vergiss Emmi Pletsch.* Trotzdem kreiste sein Denken immer wieder um Emmi. Wie musste sie sich gefühlt haben, als sie in den Zug stieg und wusste, sie würde ihn nie wiedersehen? *Sie wird einen anderen finden. Wenn es das ist, was sie möchte, einen Mann, mit dem sie einen Sohn zeugen kann, wird sie ganz sicher einen finden. Aber es hätte auch mit uns klappen können. Entgegen aller Vernunft hätten Emmi und ich einander alles bedeuten können.*

Als er zum Wagen zurückkehrte – Grimm hatte ihn inzwischen im Schatten abgestellt und stand daneben, mit gelockertem Schlips und einer brennenden Zigarette in der Hand –, hatte Bora seine Nerven wieder im Griff und sich bereits den nächsten Schritt überlegt.

»Konnten Sie Ihren Anruf erledigen, Herr Oberst?«

»Konnte ich, danke.«

»Die Straße ist wieder frei.«

»Gut.«

Bevor sie weiterfuhren, verstaute Bora die Aktentasche, von der er sich nur selten trennte, im Kofferraum.

Kurz darauf, an der Kreuzung zur Braunauer Straße, kam er Grimms Frage nach dem »Wohin« zuvor.

»Sie müssen wissen«, sagte er ganz ungezwungen, wobei ihm nur zu bewusst war, dass er nach einem Ventil für seine Aggression suchte, »ich bewerte gerade einige meiner Überlegungen zu dem Fall neu. Wir beide mögen immer noch daran zweifeln, dass Glantz schuldig ist, aber Tatsache ist, dass er gestanden hat.«

»Das denke ich auch.«

»Aber eine Möglichkeit haben wir bisher übersehen.«

Grimm warf ihm einen Blick zu. »Meinen Sie den Uhrmacher?«

»Nein.«

Emmi entfernt sich weiter und weiter von Berlin. Noch vor Einbruch der Dunkelheit baumeln wir vielleicht alle am Galgen. Wie oft schon hatte er Kameraden und Mitarbeiter (oder auch Gefangene, die er vernommen hatte) absichtlich im Ungewissen gelassen mit seiner Art, immer nur Andeutungen zu machen und nie etwas Konkretes zu sagen?

Doch Grimm war zu gerissen, um darauf hereinzufallen. »Also, Herr Oberst, wenn Sie an jemanden Bestimmten denken, dann raus mit der Sprache. Wir sind doch schon lange genug damit beschäftigt.«

»Mir ist in den Sinn gekommen, dass wir Gustav Kugler nicht auf unsere Liste der Verdächtigen gesetzt haben.«

»Kugler? Was hat denn Kugler damit zu tun?«

»Das weiß ich noch nicht. Ich erwäge nur die Möglichkeit, dass er in die Sache verwickelt sein könnte, mehr nicht.«

»Entschuldigen Sie bitte, aber wie soll er denn darin verwickelt sein? Mal ganz abgesehen von Glantz – haben Sie vergessen, dass Kupinski von der Bildfläche verschwunden ist? Wenn man bedenkt, dass die Schwuchtel seine Bewährungsauflagen verletzt hat, muss er einen guten Grund dafür gehabt haben, sich aus dem Staub zu machen.«

»Das sehe ich auch so.«

»Und wenn er nicht in den Fluss gehüpft ist, Herr Oberst, dann hat er sich irgendwo verkrochen. Und wenn er einen Grund hat, sich zu verstecken, dann hätte ich schon eine Idee, wo wir ihn finden könnten.«

»Ach, tatsächlich? Warum sagen Sie mir das denn erst jetzt?«

»Weil ich dachte, dass der ertrunkene Bursche Kupinski ist.«

Wenn es nach Bora ginge, so bliebe Kupinski besser in der Versenkung verschwunden. Sollte er in die Fänge der Justiz geraten, dann war die Gefahr, dass er plauderte, fast so groß wie bei Salomon. Vielleicht wäre es vernünftig, Grimms Hinweis weiterzuverfolgen.

»Klären Sie mich auf.«

Grimm erzählte ihm von einem Schlupfwinkel, in dem sich in den Wirren nach dem Ende der Republik so mancher versteckt hatte. »Und auch danach noch haben ihn Reaktionäre und Kommunisten immer wieder mal aufgesucht, und später wurde er gelegentlich zu einem Zufluchtsort für Juden und andere Verbrecher.«

»Warum reißt ihr das Gebäude denn dann nicht ab?«

»Es steht auf dem Gelände eines alten kaiserlichen Anwesens. Die Leute von der Kunstakademie oder so haben uns daran gehindert. Wir haben die Eingänge zugenagelt, aber Sie wissen ja, wie es läuft. Man kann nicht jeden Quadratzentimeter Boden kontrollieren.«

»Dann fahren wir dahin.«

»Es liegt allerdings außerhalb von Berlin.«

»Haben wir genug Benzin?«

»Dafür reicht es, und wir haben hinten noch einen vollen Kanister.«

Das von großen Seen und dem sich dahinschlängelnden Fluss umschlossene Köpenick hatte sich lange Zeit großer Beliebtheit unter Sommerfrischlern erfreut. Vor ihrer Heirat hatte Dikta hier gerne Bootstouren mit Willy aus Hamburg unternommen. Die Gegend hatte sich ihren Charme bewahrt. An den Villen und Ferienhäusern inmitten üppiger Gärten war der Krieg bisher spurlos vorübergegangen. Sie schienen zu einem anderen Planeten zu gehören. Doch Bora betrachtete die Welt aus der Perspektive eines Soldaten. Er konnte sich gut vorstellen, dass man in diesem oder jenem großzügigen Haus einen deutschen (oder feindlichen) Kommandoposten einrichten konnte. In den Denkmälern – darunter die ehrwürdige und hässliche Bismarckwarte – sah er Landmarken, die man niederreißen müsste, bevor russische Infanteristen sie zur Orientierung nutzten. Selbst in diesem friedlichen Panorama ließ ihn der Krieg nicht los.

Das Versteck der Roten, das Grimm so auf Touren gebracht hatte, war eine Sternwarte aus dem achtzehnten Jahrhundert. Wie passend. Sie lag am Rande des Köpenicker Waldes. Im Volksmund wurde sie wegen ihres Aussehens einfach nur »der Turm« genannt. Dabei ähnelte die Sternwarte mit ihren verzierten und völlig zweckfreien umlaufenden Barocksimsen eher einem gedrungenen Glockenstuhl.

Schwer zu sagen, wie viele Sternbilder die laienhaften Astronomen vor zwei Jahrhunderten im nebligen Brandenburger Klima zu betrachten gehofft hatten. Vielleicht war das Gebäude auch bloß ein Zierbau im italienischen Stil, von dem aus Besucher die Silhouette des alten Berlins mit seinen roten Dächern und hohen Kuppeln bestaunen konnten.

Die Sternwarte lag abgeschieden auf einem abgeholzten Gelände und grenzte an ein Grundstück, das wie viele andere Ende des achtzehnten Jahrhunderts in verschiedene kleinere Anwesen unterteilt und nach dem Weltkrieg vielleicht zu öffentlichem Grund geworden war.

Sie gehörte zu einem großzügigen Jagdhaus, auf das ein feindlicher Bomber aufs Geratewohl seine restliche Ladung abgeworfen hatte, nachdem eines der Triebwerke auf dem Rückflug von einem Angriff in Brand geraten war. Das habe den Piloten allerdings nicht gerettet, erklärte Grimm mit einer gewissen Genugtuung. Er deutete auf das Gerippe des Flugzeugrumpfes, das am anderen Ende eines langen Streifens gerodeter Fläche lag und schon halb von wild wachsenden Bodenkriechern überwuchert war.

Von dem Jagdhaus waren nur die beschädigten Wände übrig geblieben. Fein säuberlich behauene Quadersteine und andere architektonische Bruchstücke waren im Umkreis der Absturzstelle fast einen Kilometer weit durch die Luft geschleudert worden. Für Bora bestand kein Zweifel daran, dass die seit Langem verlassene Sternwarte allen möglichen

Stelldicheins diente, und zwar vermutlich überwiegend nicht politisch motivierten. Dank der Nähe zum See und den Anlegeplätzen für Freizeitboote war das Gelände seit jeher wohl eher ein Paradies für eine schnelle Nummer gewesen – nicht nur für heterosexuelle Paare.

»Der Eingang scheint versperrt zu sein«, sagte Bora, der Grimm voranging. »Aber dahinten ist ein Fenster, durch das wir vielleicht einsteigen können.«

Doch wie sich herausstellte, war auch das Fenster zugenagelt. Bora, der es nicht leiden konnte, wenn jemand hinter ihm stand, trat beiseite, sodass er die Schultern des Polizisten im Blick hatte.

»Kupinski wäre niemals in der Lage, bis zur Öffnung im ersten Stock hochzuklettern, und dann ist da noch das Gitter.«

Grimm, der in kniehohem Unkraut stand, durch das schon seit Tagen niemand mehr gegangen war, brummte: »Zeitverschwendung.«

Spuren in der Ruine des Jagdhauses deuteten darauf hin, dass sich hier vor noch nicht allzu langer Zeit jemand aufgehalten haben musste: In den Ecken fanden sich Reste von kleinen Lagerfeuern, außerdem lagen Kondome und menschliche Exkremente herum. Grimm sah sich mit gesenktem Kopf um, stieß mit der Schuhspitze hier und da einen Stein beiseite, als ob sich jemand darunter verbergen könnte. Der einzige interessante Gegenstand – der ihnen bei ihrer Suche allerdings nichts nützte – war eine hübsche Metalltafel mit dem Köpenicker Stadtsiegel darauf: der Petrusschlüssel, rechts und links flankiert von zwei einander zugewandten Fischen, dazu die sieben Sterne der Plejaden. Wo mochte sie früher einmal angebracht gewesen sein? Jedenfalls war sie von Bomben aus ihrem ursprünglichen Platz herausgerissen worden, dabei aber intakt geblieben.

11

Wie oben, so unten.
HERMES TRISMEGISTOS *zugeschriebener Ausspruch*

13.45 Uhr

Nach einem Zwischenstopp in Marienhain, wo sie eine Kleinigkeit aßen und sich einige Flaschen Wasser besorgten, ging es schon auf zwei zu, als sie wieder Richtung Berlin fuhren. Dann fiel Grimm ein, dass sie erst kürzlich bei einer Razzia im nahe gelegenen Rotberg Entflohene und andere unerwünschte Subjekte gefasst hatten. Doch auch das entpuppte sich als fruchtloses Unterfangen. Und so fanden sie sich schließlich auf einer einsamen Schotterstraße unter einer hoch am Himmel stehenden und erbarmungslos niederbrennenden Sonne wieder, immer noch außerhalb der Stadt. Weit und breit war nur ein Bahnübergang zu sehen.

Grimm schüttete Wasser in den Kühler. Zu beiden Seiten der Straße erstreckten sich verblühte Rapsfelder. Zwei Monate zuvor musste man sich hier wie in einem Meer aus hellem Gold gefühlt haben. Bora hatte keine Ahnung, wo sie waren oder wie weit es noch bis Berlin war. Er zwang sich, langsamer zu atmen, um sich zu beruhigen, wie er es schon früher vor Klassenarbeiten und Reitturnieren getan hatte. Ihm wurde warm, als er sich entspannte, aber seltsamerweise nicht so sehr, dass ihm der Schweiß ausgebrochen wäre. Es schien Jahrhunderte her zu sein, seit er seiner Mutter im *Adlon* gegenübergesessen hatte und seit er von Willy Osterloh beleidigt worden war. Emmi würde bald weit fort sein, und das nicht nur physisch. Am weitesten entfernt allerdings schien die italienische Front, und das in jeder Hinsicht.

Als Grimm sich wieder hinter dem Lenkrad eingerichtet hatte, sagte Bora beiläufig: »Mal ehrlich, Herr Kommissar, wenn wir in diesem Fall nicht zusammenarbeiten würden, käme mir allmählich der Verdacht, dass Sie mich so weit von Berlin weggebracht haben, um mich aus dem Weg zu räumen.«

Grimm wischte sich den Schweiß aus dem Gesicht und griff dann nach dem Zündschlüssel. Er musste Bora gehört haben, denn seine Augenlider zuckten. Aber einen Moment lang mied er den Blick des Offiziers.

»Soll das ein Witz sein?«, fragte er dann, wobei er sich weder zu Bora drehte noch ihn mit seinem Dienstgrad ansprach. »Wenn das ein Witz ist …« Aber er blieb sitzen und machte keine Anstalten, den Motor anzulassen.

Bora lächelte, als wolle er Grimm ein wenig aufziehen: »Na ja, ich habe den Eindruck, Ihnen zu nahe getreten zu sein, als ich Kugler erwähnt habe. Das verstehe ich, wir haben ja alle einen gewissen Korpsgeist. Ich wäre wohl gut beraten, mich der Meinung anzuschließen, dass Glantz der Schuldige ist. Wir haben seine Waffe, und er hat sein Geständnis unterschrieben, also wird er ohnehin seinen Kopf verlieren. Unter uns gesagt, glaube ich, dass es sich bei Ihrem ehemaligen Kollegen um den wahren Schuldigen handeln könnte.«

»Das ist nun aber wirklich ein Witz.«

»Warum? Er hat das Opfer eine Weile lang beobachtet und kannte Niemeyers Tagesablauf. Rein von Berufs wegen dürfte er sehr wohl in der Lage gewesen sein, ein Schloss zu knacken, ohne sich dabei erwischen zu lassen.«

Bora musste nicht einmal die Augen schließen, um sich Emmis sauberen Mandelduft vorzustellen.

»In der letzten Nacht ist mir so einiges klar geworden. Kugler könnte Niemeyer durchaus ermordet haben. Natürlich nicht mit dem Drilling, das wir sichergestellt haben, aber mit einer vergleichbaren Waffe vom selben Kaliber, sagen wir mal, einer Mauser G98 vom Typ GeCo oder GeHa, die auf zwölf Kaliber umgearbeitet worden ist, wie es in der Weimarer Zeit üblich war. Diese Waffe werden wir womöglich nie finden. Leider hat uns sein Tod in eine Sackgasse geführt, aus der wir nur rückwärts wieder herauskommen.«

Grimm hörte zu und dünstete dabei einen intensiven Schweißgeruch aus. Der säuerliche Geruch war jedoch ein anderer als an den vorangegangenen Tagen und sogar anders als noch am Vormittag, und das lag nicht an dem anstrengenden Reifenwechsel. Unsicherheit und Angst verleihen Schweiß eine besonders beißende Note. Was mochte ihm gerade durch den Kopf gehen? Auf jeden Fall grübelte er vor sich hin, während er auf das Lenkrad klopfte. Nach außen hin blieb Bora freundlich.

»Ich weiß ja nicht«, sagte Grimm unvermittelt, nachdem es in ihm gebrodelt hatte wie in einem Vulkan kurz vor dem Ausbruch. »Wenn ich so darüber nachdenke, könnte es durchaus möglich sein. Wie Sie sagen, wir haben Glantz' Geständnis, obwohl es in gewisser Weise auch Hand und Fuß hätte, wenn die Rüdiger dahintersteckte. Sie hat Gustl Kugler angeheuert, und auch wenn er bei einem Unfall ums Leben gekommen ist, haben wir immer noch *sie*. Andererseits, mit ihren Freunden auf höchster Ebene und guten Anwälten und allem kommt man möglicherweise gar nicht an sie heran. Ich kann nachvollziehen, warum Sie mit Glantz einverstanden wären. Aber hatten Sie nicht gesagt, Sie wollten dem Chef keine Lösung präsentieren, die einfach nur bequem ist?«

»Manchmal müssen wir Dinge sagen, die wir nicht so meinen.«

Weiter äußerte sich Bora nicht dazu. Grimm, der vergeblich auf Einzelheiten wartete, lehnte sich auf dem Fahrersitz so weit zurück, wie sein Umfang es ihm gestattete. Bora beobachtete ihn aufmerksam, als er dem Handschuhfach ein Päckchen Zigaretten entnahm, eine Zigarette herauszog und zwischen die Lippen steckte. Mit einem Kopfnicken fragte er Bora, ob der auch eine wolle. Bora wollte.

Das blendende Tageslicht wirkte irgendwie verwaschen. Es war zu heiß für die Vögel und Insekten, in den Rapsfeldern war weder Gezwitscher noch Gezirpe zu hören. Über allem lag eine Einsamkeit, die beide Männer aus Russland kannten. Sie rauchten bedächtig und sahen einander nicht an – zwei Menschen auf engem Raum, die sich nichts zu sagen haben. Grimm starrte auf einen Punkt, der irgendwo vor der fliegenverklebten Windschutzscheibe lag. Bora sah aus dem Fenster, ohne etwas wahrzunehmen. Ihm kam es so vor, als würde er in einen Ofen blicken, obwohl ihm das Blut in den Adern zu gefrieren schien.

Trotz der geöffneten Fenster nahm er den Mief wahr, der von Grimms walförmigem Körper ausging. Dennoch hielt er nicht die Luft an. Er hatte den Instinkt eines Jägers, obwohl er noch nie Tiere gejagt hatte. *Oder vielleicht nicht den Instinkt eines Jägers*, sagte er sich. *Ich habe den Instinkt eines* Raubtiers. *Dass ich bisweilen selbst für Beute gehalten werde, ändert nichts daran.*

Grimm warf den noch glimmenden Zigarettenstummel aus dem Fenster und nahm das Gespräch wieder auf. »Keine Ahnung, wie Sie je beweisen wollen, dass Kugler in die Geschichte verwickelt ist, Herr Oberst. Wenn es wirklich so war, wie Sie sagen, dann bin ich neugierig zu erfahren, wie Sie zu dieser Schlussfolgerung gekommen sind.«

Bora beugte sich vor, um die aufgerauchte Zigarette mit dem Stiefel auszutreten.

»Ich meine, dass nicht Ida Rüdiger Kugler angeheuert hat – oder vielmehr, dass sie ihn nicht für das angeheuert hat, was er getan hat.«

Näher führte er es nicht aus.

Grimm verlor allmählich die Geduld. »Ja, und?«, blaffte er. »Zum Teufel noch mal, seit Tagen kutschier ich Sie durch ganz Berlin, während Sie nach einer Lösung suchen. Ich glaube, ich habe das Recht –«

»Ich werde nur dem Chef einen ausführlichen Bericht vorlegen.«

»Aber ich kapier's nicht. Jeder andere der vier Verdächtigen, einschließlich der Schwuchtel, passt viel besser als Kugler!« Grimm räusperte sich und sah weiter finster auf den Punkt irgendwo vor der Windschutzscheibe. »Egal, Kugler ist tot. Ohne ein Motiv, eine Waffe oder einen Mörder, der strafrechtlich verfolgt werden kann, haben Sie gar nichts in Händen. Ein erfahrener Polizist wie SS-Gruppenführer Nebe wird Ihnen das niemals abkaufen.«

»Irgendwie bin ich davon überzeugt, dass er sich meine Hypothese anhören wird.«

»Wie kommen Sie darauf?«

»Sagen wir mal so: Ich bin bei diesen Ermittlungen schon weiter vorangekommen, als Sie meinen, Herr Kommissar. Es ist wohlbekannt«, fügte Bora mit einiger Übertreibung hinzu, »dass Gustav Kugler zur Weimarer Zeit die Drecksarbeit für die Oberschicht übernommen hat.«

Grimm lachte gezwungen. »Meinten Sie das, als Sie von einer ›Nebenbeschäftigung‹ sprachen? Keine Ahnung, wo Sie diese Geschichte ausgegraben haben, aber Ihnen fehlt damit noch immer ein Motiv – und das ist das Einmaleins der Polizeiarbeit!«

»Was das betrifft, so glaube ich, dass weder Kugler noch der Mann, der Kugler hinterhergeschickt wurde, um aufzuräumen, das Motiv kannten. Es war eine Selbstreinigungsaktion – nennt man das nicht so?«

»Das ist völliger Unsinn. Bei allem Respekt, Herr Oberst, ich verstehe nicht, dass der Chef einen Außenstehenden wie Sie für diesen Auftrag auswählen konnte ... Sie jagen bloß irgendwelchen Einfällen nach.«

Bora hatte das Gefühl, den Tod berühren zu können, wenn er seine Hand ausstreckte, und er fühlte sich unbeschreiblich gelassen. »Warum haben Sie mir nicht gesagt, dass es noch eine zweite Version des Obduktionsberichts gibt? Ich weiß es, ich habe ihn gelesen.«

»Na und? Was haben Sie denn gelesen? Dass Niemeyer sich seinen Schwanz auf jüdische Weise hat beschneiden lassen? Das hat uns Glantz doch auch schon erzählt. Es wurde beschlossen, dieses Detail außen vor zu lassen, weil er in politischen Kreisen so beliebt war – wenn das die Runde gemacht hätte, wäre es zu einem Skandal gekommen.«

»Tatsächlich hat mich genau dieser Punkt hellhörig werden lassen.« Boras Gesichtsausdruck blieb unverändert freundlich. »Dabei hätte ich dem anderen ausgesparten Detail mehr Aufmerksamkeit widmen sollen: der Schnittwunde in Niemeyers Gesicht. Ich glaube nicht, dass er bei seinem Sturz mit dem Kiefer auf diesen kitschigen Messingelefanten geknallt ist. Ich glaube, er wurde in seinem Zuhause überrascht, hat sich zur Wehr gesetzt, und sein Angreifer hat ihm mit der Faust eine verpasst. Als er zurücktaumelte, wurde er aus kurzer Distanz mit einer zwölfkalibrigen Kugel erschossen, mit der man auch Großwild erlegen kann. Die zweite Kugel war überflüssig – er lag schon tot auf dem Boden.«

»Aber Sie haben doch sicher auch in dem Obduktionsbericht gelesen, dass sein Blut auf dem Messingelefanten gefunden wurde?«

»Ich bitte Sie. Sie wissen doch, wie das läuft. Ein routinierter Mörder braucht nur zwei Finger in das Blut zu tauchen und die scharfe Kante eines Gegenstands damit zu beschmieren, und schon meint man, die Ursache der Verletzung zu kennen.« Bora holte tief Luft. »Wenn es so ist, wie Sie gesagt haben, und Gustl Kugler seiner Nebenbeschäftigung nicht mehr nachgegangen ist, dann muss das nicht auch für Sie gelten. Was, wenn ich Gruppenführer Nebe mitteile, dass es Kugler war und Sie hinter ihm aufgeräumt haben, wie früher auch schon?«

»*Wie bitte?* Das kann doch nicht Ihr Ernst sein! Sie vergessen, dass ich Beamter bei der Kriminalpolizei bin. Ich bin Ida Rüdiger vor diesen Ermittlungen noch nie begegnet!«

»Interessant, dass Sie gerade diesen Punkt hervorheben, anstatt zu bestreiten, dass Sie Gustav Kugler ermordet haben.«

»Jetzt reicht's aber! Wenn das nicht einfach nur so dahingeredet ist, dann lasse ich das nicht auf mir sitzen, Oberstleutnant von Bora!«

»Womit Sie es nicht abstreiten.«

Vor Ärger lief Grimm rot an und stieß einen Fluch aus. So etwas ging Bora immer auf die Nerven. »Was ist bloß in Ihren Soldatenschädel gefahren? Ich habe Kugler nicht ermordet. Kugler war längst weg vom Fenster, er wurde von irgendeinem herumhurenden Ehemann in einem dunklen Hinterhof umgebracht. Geben Sie es zu, Herr Oberst, Sie sind mit Ihrem Latein am Ende und haben nicht den blassesten Schimmer, wer Niemeyer getötet hat.«

»Doch, habe ich.«

»Ja, klar – *Kugler.*«

»Nein. Ich habe nur gesagt, dass er es *hätte* tun können. Es wirkt alles so plausibel. Sein Tod deutet darauf hin, dass irgendjemand das Ganze eingefädelt hat. Der andere mögliche Täter sind *Sie.* So oder so, aus meiner Sicht hat die ganze Sache einen Pferdefuß: Sie können mir keine nützlichen Details liefern. Sie haben einfach nur Befehle befolgt.«

»Das geht mir jetzt zu weit!«

»Und was wollen Sie nun tun? Mich erschießen? Das würde Gruppenführer Nebe dann allerdings so einiges erklären.«

Trotz seiner Dickleibigkeit zog Grimm erstaunlich behände die Waffe unter seinem Mantel hervor, wobei ihm auffiel, dass diese ungewöhnlich leicht war. Jemand musste die Munition entfernt haben – die Patrone im Magazin eingeschlossen –, während er das Rad gewechselt hatte. Dann beugte er sich zum Handschuhfach hinüber, um die Mauser HSc herauszuholen, die er für alle Fälle dort verwahrte. Als er feststellte, dass auch hier die Patronen fehlten, wühlte er in seiner Tasche nach der Walther. Bora ließ ihn gewähren.

»Herr Kommissar, es reicht doch schon, dass man Ihnen die Aufgabe übertragen hat, den Dreck aufzukehren. Ich habe so was auch schon gemacht. Spaß macht es nicht, selbst wenn einem gesagt wird, warum man es tun muss. So liegen die Dinge nun mal. Eine derart schlechte Meinung haben die von Ihnen. Jetzt können Sie mich erschießen und in einen Graben werfen, aber ich bin nicht irgendein russischer Bauer, auch kein ehemaliger Kumpel oder ein Zauberer, der einmal vorgegeben hat, Jude zu sein. Wenn Sie mich erschießen, können Sie sich mit nichts vor Ihrem Vorgesetzten rechtfertigen, der mich Ihnen anvertraut hat. Sie können weglaufen, sich verstecken oder sich umbringen. Aber Sie werden niemals wieder an den Alexanderplatz zurückkehren können.«

»Ha! Kommen Sie mal von Ihrem hohen Ross runter, Herr Oberst. Regimentskommandeure mit Ritterkreuz gibt es in Berlin wie Sand am Meer. Man wird Sie nicht einmal vermissen. Sie kennen den Ablauf: Als Erstes übergeben Sie mir mal Ihre Waffe.«

Boras Plan war weniger ausgeklügelt, als er sich eingestehen mochte. Er konnte nur auf Zeit spielen.

»Die Gaze auf Ihrem Kopf«, wollte er jetzt wissen, »verbirgt sich darunter tatsächlich ein Schnitt, oder haben Sie sich die Geschichte mit dem Bombentreffer nur ausgedacht, um mir unbemerkt ein paar Tage hinterherspionieren zu können? Ich für mein Teil glaube ja, dass Sie im Präsidium waren und Glantz das Geständnis aus dem Leib geprügelt und ihm dabei einen Schlag auf den Kiefer verpasst haben, wie an dem Tag, als er zum ersten Mal versucht hat, sich das Leben zu nehmen – nur viel heftiger. Ihr mörderischer Goldring kann großen Schaden anrichten, da fließt schnell mal Blut ... genau wie bei dem Schlag, mit dem Sie Niemeyer niedergestreckt haben, bevor Sie ihn töteten.«

»*Her mit der Waffe!* Herrgott, wenn ich einen Mogeljuden mit Millionen auf der Bank kaltmachen kann, dann kann ich auch einen verkrüppelten Scheißkerl von der Wehrmacht umlegen. Aber nicht in diesem gottverdammten Dienstwagen.«

Wollte ein Lakai der Partei es wirklich vermeiden, eine Sauerei im Dienstwagen anzurichten? Langsam schob Bora seine Hand zu seiner Pistolentasche und löste die Lasche.

»Nein, warten Sie, das übernehme ich.« Mit seinen Wurstfingern zog Grimm die Walther P38 am Griff heraus und warf sie auf die Rückbank. Dann richtete er den gedrungenen Lauf seiner PPK auf Bora und bedeutete ihm, aus dem Olympia auszusteigen. »Und versuchen Sie ja nicht, wegzulaufen.«

Bora befolgte die Anweisung. Helligkeit und Hitze überwältigten ihn förmlich. An diesem Ort war er noch nie gewesen – ein ganz gewöhnlicher Bahnübergang an einer ganz gewöhnlichen Schotterstraße –, und doch kam ihm irgendetwas daran vertraut vor. Aber was? Das wollte ihm partout nicht einfallen. Mit gezogener Waffe kam Grimm um den Wagen herum auf ihn zu, er blinzelte im Sonnenlicht. *Wenn er ganz bis hier heraus gefahren ist, um mich zu erschießen, dann hat er begriffen, dass ich ihm auf die Schliche gekommen bin. Möglicherweise war ihm das schon klar, bevor es mir überhaupt in den Sinn gekommen ist. Ist es das, woran ich mich zu erinnern versuche?*

»Haben Sie irgendwelche Aufzeichnungen bei sich?«

Neben dem, was er *hinterher* in Boras Aktentasche zu finden hoffte, meinte Grimm damit offensichtlich Material zum Mordfall.

Er könnte doch einfach meine Leiche absuchen, nachdem er mich erschossen hat, dachte Bora. Vermutlich liegt es an einem letzten Fünkchen Respekt für Uniform und Rang, dass er mich bittet, ihm die Sachen von mir aus zu übergeben. Ich trage allerdings keine Aufzeichnungen mit mir herum. Es steht alles in meinem Tagebuch, oder ich habe es im Kopf.

Trotzdem bejahte er die Frage. »In der Innentasche meiner Uniformjacke.«

Grimm traute ihm nicht. Über der Brust oder in der Achselhöhle ließ sich hervorragend eine Pistolentasche verbergen. Er näherte sich Bora, die Waffe weiterhin im Anschlag. »Knöpfen Sie die Uniformjacke auf«, befahl er ihm. »Und nun ziehen Sie sie aus.«

Als Bora der Aufforderung nicht gleich nachkam, überlegte Grimm es sich anders: Schließlich ließ sich eine Handfeuerwaffe ohne Schwierigkeit unter der Kleidung verstauen, auch ohne Pistolentasche. Er stürzte sich auf den Offizier, damit dieser nicht womöglich auf dumme Gedanken kam, während er das Kleidungsstück ablegte.

Bora trug zwar keine versteckte Pistole bei sich, hatte aber auf eine solche Gelegenheit gewartet. Mit der Kante seiner rechten Hand versetzte er Grimms Handgelenk von unten einen derart heftigen Schlag, dass die hässliche kleine PPK davonflog. Beide hechteten ihr nach. Sie war links vom Bahnübergang auf die Gleise gefallen. Dort verliefen die Schienen etwas oberhalb der Straße. Sie knallten auf das mit Schotter gefüllte Gleisbett. Bora kam auf dem linken Knie auf, an dem er einige Monate zuvor verwundet worden war und das immer noch nicht richtig ausgeheilt war. Ihn durchfuhr ein derart greller Schmerz, dass er fast ohnmächtig geworden wäre. Er konzentrierte sich darauf, bei Bewusstsein zu bleiben, damit Grimm ihm nicht zuvorkam, denn nichts würde den Kommissar davon abhalten, auf ihn zu schießen.

Sie rollten herum, stießen sich an den unbarmherzigen Schrauben und Klemmen, mit denen die Schienen verankert waren, drückten einander mit dem Gesicht voran auf die splitterigen Schwellen und die scharfkantigen Steine dazwischen. Normalerweise war Bora dank Körperbau und Größe der Überlegene, aber Grimm war deutlich schwerer als er. Es gelang ihm einfach nicht, die Oberhand zu gewinnen. Er schlug zu und musste Schläge einstecken, und der Schmerz stachelte seinen Zorn nur noch an, als hinge von diesem Handgemenge nicht die Aufklärung eines Verbrechens ab (Was scherte ihn schon Walter Niemeyer?) oder gar sein Leben, sondern das Schicksal einer ganzen Generation – seiner Generation disziplinierter und doch rebellischer junger Männer. Grimm und er hatten unterschiedliche Ziele: Grimm wollte sich der Pistole bemächtigen, um damit zu schießen, Bora wollte dies verhindern. *Ich muss mich erinnern, ich muss mich unbedingt erinnern …* Erregtheit und Gefühllosigkeit wechselten sich ab, noch verstärkt durch das vom Chinin verursachte

Ohrensausen. Am liebsten hätte Bora einen Stein gepackt und damit Grimms Kopf eingeschlagen, aber er brauchte jetzt seinen rechten Arm, um nicht selbst getötet zu werden. Das Gefühl, sich an etwas erinnern zu müssen, kannte er schon von früher her, wenn er sich in einer ähnlich verzweifelten Lage befunden hatte. Es musste nicht unbedingt etwas bedeuten. Er erspähte die Walther, sie steckte mit dem Lauf nach unten im Schotter. Grimm könnte sie dort mit Leichtigkeit herausziehen, also versuchte er unter größter Anstrengung, den Polizisten wie ein riesiges Insekt auf den Rücken zu drehen. Dabei tastete er nach dessen unanständig knalligem Schlips und bekam ihn schließlich auch zu fassen. Das war ein riskanter Schachzug, weil er Grimm mit seinem linken Arm nur auf Abstand halten, aber keine Gewalt anwenden konnte, um ihn zu bändigen. Daran hinderte ihn seine Prothese. Hastig wickelte Bora den kunstseidenen Stoff um seine rechte Faust und zog so fest daran, dass er jedem anderen das Genick gebrochen hätte.

Nicht so Grimm. Dessen Körpermasse widerstand sowohl dem Ruck an seiner Kehle als auch Boras Versuch, ihn auf den Rücken zu wuchten. Es war, als wollte er einen wild gewordenen Stier unterwerfen. Plötzlich befand sich Bora in einer noch misslicheren Lage, als nämlich der Polizist sein massiges rechtes Bein über ihn legte und ihn auf dem Boden festhielt – die Situation erschien aussichtslos und würde möglicherweise tödlich enden. Bora konnte sich lediglich an den Schlips klammern wie an eine Hundeleine. Er ließ seine Hand langsam an dem Material nach oben wandern und drehte die beiden Stoffstreifen immer weiter zusammen, näher und näher an die Kehle seines Gegners heran. Trotzdem gelang es ihm nicht, die Situation unter Kontrolle zu bringen. Atemlos und schweißüberströmt drückte Grimm ihn mit seinem ganzen Gewicht zu Boden, während er immer näher zur Waffe kroch. Bora konnte sich nur an ihn hängen und auf diese Weise versuchen, Grimm am Vorwärtskriechen zu hindern. *Ich muss mich erinnern …* Er bekam kaum Luft, ein gut platzierter Tritt würde dafür sorgen, dass er die Böschung hinunterrollte. Ohne die fürchterlichen Schmerzen in seinem linken Knie wäre er längst halb bewusstlos, und dann konnte alles Mögliche passieren. Nach einem Hieb auf die Schläfe dröhnte sein Kopf, das Blut rauschte in seinen Ohren.

Unter seiner Wange spürte er die Hitze, die von der stählernen Schiene ausging, es roch widerlich nach Schmierfett, Dreck, Metall und Holz. Als Grimm über ihn hinwegrobbte, hätte er um ein Haar die Pistole erhascht.

In dem Moment ließ Bora den Schlips los. Dadurch prallte Grimm weit genug zurück, dass Bora ihm zuvorkommen konnte. Mit seiner rechten Hand konnte er die Pistole gerade so ergreifen, aber es reichte, um sie wegzuschleudern. Er konnte nicht sagen, wo sie gelandet war, ob auf der anderen Seite des Bahnübergangs oder vielleicht irgendwo hinter ihm. Aber er hatte sie Grimm vor der Nase weggeschnappt und sie weggeworfen.

Benommen, erschöpft von der Hitze und den Schlägen, die sie einander verpasst hatten, brachen beide erst einmal zusammen. Doch Bora war jünger als Grimm und womöglich wütender als der Kommissar. *Ich muss mich erinnern, ich muss mich unbedingt erinnern ...* Er wühlte im Gleisbett nach einem Stein. Eine schlichtere Waffe gab es nicht. Als er sich auf die Knie hochziehen wollte, um damit zuzuschlagen, schoss ein derart heftiger Schmerz durch sein linkes Bein, dass ihm das Blut aus dem Kopf wich. Einen Moment lang war ihm alles egal, und ihm wurde schwarz vor Augen. Als er wieder klar sehen konnte, kauerte auch Grimm da und hielt in seiner kräftigen Faust ebenfalls einen Stein.

Trotzdem wollten beide lieber die Pistole in die Finger bekommen, als sich mit Steinen bekämpfen zu müssen. *Ich muss mich an etwas erinnern ...* Von allem losgelöst, was sich bis zu diesem Vormittag ereignet hatte, und von allem, was noch geschehen würde, begriff Bora vage – als ob es zu diesem Zeitpunkt eine Rolle spielte –, dass wir uns nur dann wirklich spüren, wenn wir die Lebenswirklichkeit erfassen. Tun wir das nicht, sind wir haltlos, erfüllt von Schmerz und Wut, und wüssten nicht einmal, was es ist, das davon erfüllt ist. Er wusste, dass sein linkes Knie sofort nachgeben würde, sollte er versuchen, es zu belasten. Hilflos musste er zusehen, wie Grimm auf den Schienen herumkroch und nach der Pistole Ausschau hielt. Er schnüffelte mit seiner blutigen Nase und saugte an seinen blutverschmierten Lippen, bis er sie endlich auf der anderen Seite der Gleise entdeckte.

Bora kroch ihm hinterher. Er hatte die Hoffnung aufgegeben, Grimm besiegen zu können, da er sich nicht genug gegen den Schmerz stemmen konnte, um sich aufzurichten. Er nahm weder die Landschaft noch den Himmel oder sonst etwas in der Umgebung wahr – nur das betäubende Rauschen des Blutes in seinen Ohren und eine völlige Gleichgültigkeit gegenüber allem mit Ausnahme von Grimm. Der mühte sich wieder in die Hocke hoch und ließ den Stein fallen. Dann streckte er sich zu der Stelle hinüber, an der die Pistole lag.

Ich muss mich an etwas erinnern ... Bora unternahm einen verzweifelten Anlauf, sich aufzurichten, und taumelte zurück.

Die Druckwelle und der ohrenbetäubende Lärm des Zuges, der dicht an ihm vorbeiraste, brachten ihn wieder zu Fall.

Umherfliegende Steine, Staub, Hitze, der Aufprall am Fuße der Böschung – Bora hätte vor Schmerzen geweint, wenn er gekonnt hätte. In einer Sinnestäuschung sah er den bunten Schlips durch die Lüfte flattern. Er sackte neben dem Gleisbett zusammen und wimmerte durch die zusammengebissenen Zähne hindurch, während die fürchterlichen Viehwaggons aus der Ukraine, die mit Tieren für den Schlachthof beladen waren, Grimm mit sich rissen, wohingegen er am Leben blieb.

Er wandte sein Gesicht ab, um nicht zu sehen, wie der Zug vorbeidonnerte. Nicht wegen Grimm, sondern weil der Zug unschuldige Tiere transportierte, die geschlachtet werden würden, so wie auch Millionen Menschen in den vergangenen fünf Jahren zur Schlachtbank gegangen waren. *Ich bin ein Zeuge – Ich bin ein Zeuge – Ich bin ein Zeuge* ... sang der Zug, während er über die Stahlschienen ratterte und alles andere mit seinem Dröhnen erstickte.

Bora schleppte sich zurück in den Wagen. Wie schwer mochte die Verletzung am Knie sein? Das Gelenk war intakt, so viel konnte er sagen. Waren es also die Sehnen? Die Bänder? Es tat jedenfalls höllisch weh, und als seine Anspannung allmählich nachließ, begann auch sein linker Arm zu schmerzen. *Das wird vorübergehen*, sagte er sich. *Es muss vorübergehen.*

Durch die offenen Fenster und die offen stehende Tür drangen Staubwölkchen und eine unerträgliche Hitze in den Olympia. Bora saß auf dem Beifahrersitz und stellte betroffen fest, wie schwer es ihm fiel, wieder zu

Atem zu kommen, und welche Pein er empfand. Die Gleise vor ihm wirkten wie das Ende einer Welt, der der Tod buchstäblich sein Siegel aufgedrückt hatte – das blutige Wachs waren die zermalmten Überreste Florian Grimms, aus dem er Hackfleisch gemacht hatte und den er nun Richtung Berlin mitschleifte.

Die zarten Wildblumen, die am Rand des Gleisbettes wuchsen, bildeten einen kaum erträglichen Gegensatz zu diesem Bild. Wegwarte und Habichtskraut. Diese Pflanzen gediehen auch in Polen und Russland, am Rande jener Massengräber, die Bora heimlich fotografiert hatte, während er bis zu den Knöcheln in der weichen Erde versank, in der sich Tannenzapfen und Wurzeln mit menschlichem Haar verknäuelt hatten. Die Landschaft jenseits der Bahnlinie schien er erst jetzt wahrnehmen zu können: ein gleichmütiger Horizont mit sanft geschwungenen Hügeln und verstreut liegenden Häusern. Er machte sich gar nicht erst die Mühe, zu überlegen, um welche Dörfer es sich hier handeln mochte oder um welche Vororte im äußersten Randgebiet von Berlin.

Bora schloss die Augen. Als er im Sanatorium seinem Freund Lattmann gegenübergesessen hatte, war es ihm ganz recht gewesen, dass das grelle Licht ihn so geblendet hatte, aber jetzt lag kein Trost darin, dass er rein gar nichts erkennen konnte. Genau wie diese sonnenbeschienene grüne Gegend mit Häuschen und Feldern schienen auch seine nächsten Schritte in einer anderen Welt zu liegen. Dabei war es von entscheidender Bedeutung, was er als Nächstes tun würde. *Ich könnte einfach auf dieser Seite bleiben.* Allerdings hatte er schon immer Grenzen überschritten.

Als er wieder zum Himmel aufblickte, segelte gerade eine hohe Wattewolke gemächlich auf die Sonne zu. Bald würde sie sich vor die Sonne schieben und einen Augenblick lang diesen prachtvollen Tag trüben. Die Spitzen der Wildblumen erzitterten leise. Seinen Atem hatte er nun wieder unter Kontrolle, die Schmerzen allerdings nicht.

Erst jetzt bemerkte Bora, dass seine Schirmmütze, die er bei der Auseinandersetzung verloren hatte, auf der Schotterstraße lag. Von der Mütze schienen ihn mehrere Kilometer zu trennen, doch sobald er den Schmerz ertragen könnte, wäre er mit vier, fünf Schritten dort. Während der Zug gleichgültig seinem Bestimmungsort entgegenraste, senkte sich wieder

Stille über die Gegend. Vom Wagen aus konnte Bora Kleidungsfetzen mit rotem Brei ausmachen, einen Schuh und gut zehn Meter vom Bahnübergang entfernt etwas, was eher nach einem Körperteil aussah. Der Lokführer, ein ukrainischer Kriegsgefangener oder ein Volksdeutscher, der nach der endlos langen Fahrt hundemüde war, hatte bestimmt nicht bemerkt, dass er einen Mann getötet hatte. Darauf hätte er wetten mögen. Als Bora aus dem Auto stieg, hatte er beinah laut aufgeschrien. Dann sammelte er seine Mütze auf, humpelte um den Olympia herum zur Fahrerseite, warf das durchgeschwitzte Kissen, auf dem der Kommissar gesessen hatte, nach hinten und nahm Grimms Platz hinter dem Lenkrad ein.

Erschöpft knöpfte er seine Uniformjacke zu. Auf der Rückbank tastete er nach der P38 und nahm sie wieder an sich. Dann entfernte er aus dem Handschuhfach zwei Gegenstände, steckte den einen ein und warf den anderen aus dem Wagen.

Gott steh mir bei, dachte er. Jetzt weiß ich wieder, woran ich mich so unbedingt erinnern wollte: Es war der nach Westen fahrende Zug um halb drei. Habe ich unterbewusst darauf gebaut? Sonst gab es ja nichts, auf das ich hätte bauen können. Seit Kupinskis Nachbarin mir davon erzählt hat, dass ihr Freund Überstunden im Schlachthof schiebt, habe ich immer wieder an diese täglich eintreffenden Züge denken müssen, voll mit ukrainischem Vieh, um sieben und um halb drei … Plötzlich war Bora von einem allumfassenden Grauen erfüllt.

Er biss die Zähne zusammen, um den Schmerz auszuhalten, ließ den Motor an, fuhr über den Bahnübergang und folgte den Straßenschildern nach Berlin. *Dass ich diese Nacht überleben werde, ist noch ganz und gar nicht ausgemacht*, gestand er sich ein. *Ganz und gar nicht. Dennoch muss eine Entscheidung her.*

Der heraufziehende Sturm, dessen bedrohliche Vorboten er noch vor der Landung in Schönefeld gespürt hatte, sorgte an diesem Nachmittag für drückende Luft. Bora hatte in den letzten Tagen zu ignorieren versucht, was sich da zusammenbraute, da er in allzu konkreten Anliegen feststeckte. Jetzt, auf dem Weg in ein Krankenhaus, in dem er seine Verletzung behandeln lassen wollte, überkam ihn diese Empfindung erneut. Was in Gottes Namen sollte er Nebe berichten? Noch am Morgen hatte er sich bildlich vorstellen können, womit er beginnen würde, wenn er erst einmal vor dem Mann stünde, der ihn mit den Ermittlungen beauftragt hatte: »Ich bin zu dem Schluss gekommen …« Inzwischen wollte ihm nicht einmal mehr das erste Wort für seinen Bericht einfallen, sosehr er sich auch bemühte.

Kurz vor Berlin hielt Bora bei einem Bauernhaus an, weil er im Hof einen Veteranen in der blaugrauen Uniform der Technischen Nothilfe bemerkt hatte. Es war ein väterlicher Typ, der nun schon den zweiten weltweiten Krieg auf dem Buckel hatte. Energisch trat Bora auf ihn zu und sagte ihm, dass er sich säubern und seine Uniform in Ordnung bringen müsse. Dafür musste er nicht einmal ins Detail gehen (die Erwähnung eines »Unfalls« deckte eine Fülle möglicher Szenarien ab, wenn man das Dienstgradabzeichen eines Oberstleutnants trug). Sein Erscheinungsbild sprach für sich. Der alte Mann bat Bora herein und reichte ihm Wasser und Handtuch. Er erbot sich sogar, Boras erbärmlich zugerichteten Uniformrock abzubürsten.

Während Bora an einem wackeligen Waschtisch stand und sich gründlich mit selbst gemachter Waschseife wusch, hörte er, wie die Frau des Bauern zu ihrem Mann sagte: »Der arme Junge, nicht auszudenken, was der Krieg ihm schon angetan hat.«

Diese aufrichtigen Worte trafen ins Schwarze, verletzten Bora aber nicht. *Es ist kein Defätismus, wenn ich ihnen leidtue. Wenn diese Leute wüssten, wo ich vor einer halben Stunde noch gewesen bin! An ein und demselben Tag bin ich von einem verkrüppelten Scheißkerl von der Wehrmacht zu einem armen Jungen geworden. Das muss etwas zu bedeuten haben.* Die Frau machte ihm einen Ersatzkaffee, den Bora dankbar im Stehen trank. Sein Knie schwoll allmählich an, und es würde eine Herausforderung werden, sich für den Rest der Strecke wieder in den Wagen zu setzen. Bevor er aufbrach, bat er den alten Mann noch um einen Gefallen: Er möge ihm dabei helfen, etwas Benzin aus dem Reservekanister in eine leere Wasserflasche zu füllen, damit er später damit Schmierfett und Grasflecken aus seiner Uniform entfernen könne.

Als er durch Friedenau kam, hielt ihn am Schillerplatz eine Polizeistreife an, ließ ihn aber gleich weiterfahren. Sie hatten ihn schon einmal in Grimms Begleitung gesehen – vielleicht gab es eine Ausnahmegenehmigung für dieses Kennzeichen, und diejenigen, die die Straßensperren überwachten, kannten es. Seine Papiere taten ihr Übriges.

Dr. Ybarri war im Wilmersdorfer Rotkreuz-Krankenhaus in der Landhausstraße im Dienst, obwohl es Sonntag war. Als der Chilene erfuhr, dass der Offizier, der ihn einige Tage zuvor in seinem Wagen mitgenommen hatte, vor der Tür stand, ließ er ihn sofort ein.

Dass Bora so mitgenommen aussah, wunderte ihn weniger als die Tatsache, dass dieser ihn auf Spanisch ansprach. Nur wenige Deutsche, die während des Bürgerkriegs in Aragonien und Kastilien gekämpft hatten, hatten Spanisch gelernt.

Er erwiderte: »*Que pasò?* Was in aller Welt ist Ihnen denn zugestoßen?«

Bei seiner Schilderung blieb Bora ungenau und beschrieb das Ganze vage als einen Unfall. Er sagte einfach nur, er habe sich bei einem Sturz verletzt, was in gewisser Hinsicht ja auch der Wahrheit entsprach.

Ybarri untersuchte die Blutergüsse an Boras Fingerknöcheln. Als er sagte: »Diese Ekchymose an Ihrem Oberschenkel …«, sah er ihm direkt in die Augen und deutete damit an, dass er Bora die lächerliche Ausrede mit dem Sturz nicht abnahm. »Was hatten Sie in Ihrer Hosentasche?«

Bora würde ihm natürlich nicht erzählen, dass er dort Magazin und Patronenlager der PPK verstaut hatte, um sie vor Grimm zu verstecken.

Der Radiologe bestand nicht darauf, mehr zu erfahren. Er machte persönlich eine Röntgenaufnahme von Boras linkem Arm und Bein und las ihm anschließend die Leviten – wie jeder Arzt, mit dem er seit dem letzten September gesprochen hatte: »Sie dürfen Ihr Knie nicht belasten. In der Heilungsphase dürfen Sie eine bestimmte Grenze nicht überschreiten …« Das wusste Bora schon. Und auch diesen Ratschlag hatte er bereits gehört und umgehend in den Wind geschlagen.

Aus dem Gesagten schloss er, dass er eine böse Quetschung an seinem linken Ellenbogen hatte (»Wenn es allerdings wieder stärker wehtun sollte, dann liegt es an der Verstümmelung«) und sein Knie verstaucht und übel zugerichtet war.

»Das wird Sie eine Weile lang beeinträchtigen, Kamerad. Das Knie muss mit Eis gekühlt und ruhig gehalten werden. Ich werde Ihnen ein Schmerzmittel spritzen und einen Verband anlegen. Damit sollten Sie fürs Erste zurechtkommen. Aber wenn Sie zu Ihrer Einheit zurückkehren oder wo auch immer Sie tätig sind, sollten Sie unbedingt einen Spezialisten aufsuchen.«

Bora nickte zustimmend und musste dabei an den Chirurgen seines Regiments denken, der im Zivilleben Gynäkologe war.

»Danke.« Obwohl er dringend ein Mittel brauchte, das die Schmerzen linderte, fragte er trotzdem nach: »Was ist da drin?«, als Ybarri die Spritze vorbereitete.

»Sie brauchen es.«

»Ja, schon, aber was ist das?«

»Ich bin sicher, dass Sie es *danach* schon bekommen haben.« Mit dem Kinn deutete Ybarri auf Boras Prothese.

»Wie heißt der Wirkstoff? Ich muss in den nächsten Stunden einsatzfähig sein.«

Ybarri stach die Nadel in die Haut. »Es ist Pethidin, und Sie werden wunderbar zurechtkommen.«

Kurz darauf geleitete Ybarri, der vor der Tür eine Zigarette rauchen wollte, Bora aus der radiologischen Abteilung. Bevor sie sich voneinander verabschiedeten, nutzte er die Vertraulichkeit, die sich durch ihren Dialog auf Spanisch ergeben hatte, und fragte Bora: »*Dígame, colega* ... haben Sie irgendetwas von der kleinen Blonden gehört, die mit uns im Wagen saß – Stabsführerin Pletsch?«

»Nein.«

»Das ist eine Hübsche.« Der Chilene schnalzte. »Ich hatte gehofft ... *Bueno*, ich habe ihr meine Telefonnummer gegeben, aber sie hat sich nicht gemeldet.«

Bora antwortete auf Deutsch und mit der schwerfälligen Ernsthaftigkeit eines Deutschen: »Ja, sie ist wahrscheinlich ein anständiges Mädchen. Solche gibt es tatsächlich.«

Er ging noch bei der Krankenhausapotheke vorbei, um sich auf Ybarris Geheiß Nachschub an Aspirin zu besorgen. Bei der Gelegenheit erkundigte Bora sich auch nach dem Pethidin.

»Sie meinen Dolantin?«, wollte der Sanitäter hinter dem Tresen wissen. »Das ist ein Opiat, Herr Oberstleutnant, ein starkes Schmerzmittel. Es wirkt gut, aber fahren sollten Sie damit besser nicht.« Stimmte das? Dann sollte er sich wohl besser sputen und losfahren.

16.55 Uhr

Als Bora den *Leipziger Hof* betrat, bemühte er sich nach Kräften, nicht zu humpeln. Mit einem mürrischen Gesichtsausdruck unterband er die Frage, die dem Mitarbeiter an der Rezeption auf den Lippen gelegen haben mochte. Auf Lifte war in Kriegszeiten kein Verlass, und so musste er die Treppe in den dritten Stock nehmen, wo sein Eckzimmer lag. Abgesehen von den Prellungen an seiner Hand, die er unmöglich verbergen konnte, war er ganz vorzeigbar. Die Beule hinter seinem linken Ohr, wo Grimm ihm einen ordentlichen Schlag verpasst hatte, würde man bei einem flüchtigen Blick gar nicht bemerken. Problematisch war nur, dass die Wirkung des Pethidins nun jeden Moment einsetzen würde. Ihm wurde bereits übel, und er fühlte sich benommen. Er hielt seinen Kopf unter den kalten Wasserstrahl, um sich irgendwie munter zu machen. Der Tag kam ihm vor wie ein dicht gewebtes Stück Stoff mit einem Loch in der Mitte: der Vorfall am Bahnübergang. Daran durfte er jetzt nicht denken, wenn er nicht in Panik geraten wollte. Eigentlich durfte er überhaupt nicht denken, schließlich musste er noch drei Dinge erledigen, die unumgänglich waren. Dafür brauchte er jedes Quäntchen seelischer Energie, das er aufbringen konnte.

Ich muss verrückt sein. Noch heute Morgen wollte ich ein Mädchen schwängern, das ich gerade erst kennengelernt habe, damit etwas von mir bleibt. Dabei wird rein gar nichts von mir bleiben.

Nachdem er sich umgezogen hatte, beobachtete er fast eine halbe

Stunde lang, wie sich seine Übelkeit entwickelte (Kam sie vom Schmerzmittel? Oder von der Angst?). Es beunruhigte ihn, dass zusammen mit dem Schmerz auch seine geistige Klarheit dahinschwand. Er kannte sich gut genug mit bewusstseinsverändernden Substanzen aus, um zu wissen, dass es große Unterschiede in der Wirkweise gab. In der folgenden Stunde könnte er einschlafen oder übermäßig munter werden (oder auch angriffslustig). Er musste die Ruhe bewahren, durfte nicht länger über den Tag nachdenken. Er saß am Fenster und blätterte nervös in seinem Tagebuch, bis er aufs Geratewohl bei einer Seite innehielt, die er gut zwei Jahre zuvor geschrieben hatte, als es in Russland noch gut lief. Aus irgendeinem Grund musste er jedoch Heimweh gehabt haben.

Ich erinnere mich, dass meine achtzehnjährige Mutter auf dem Foto ihrer ersten Hochzeit wie ein kleines Mädchen aussieht. Allerdings wie ein ernsthaftes, würdevolles kleines Mädchen. Und mein Vater mit seinen achtundvierzig Jahren sieht wie Zar Nikolaus II. aus, oder wie König George V., Nikolaus' Cousin. Makelloses volles Haar, dichter Bart. Auf dem Foto, das fünf Jahre später bei Ninas zweiter Hochzeit aufgenommen wurde, wirkt sie immer noch ernsthaft, und mir erscheint sie außerordentlich schön. Mein siebenundvierzigjähriger Stiefvater glänzt in seiner neuen Uniform – er ist gerade zum Generalmajor befördert worden. Er trägt keine Mütze, und sein kurz geschorenes Haar ist schon grau. In beiden Fällen liegt eine ganze Generation zwischen den Brautleuten. Ich frage mich, wie sich Max Kolowrat in die dazwischenliegenden Jahre einfügt. Den biografischen Angaben zufolge ist er nur fünf Jahre älter als Nina. Als Dikta und ich uns auf Drängen meiner Eltern elf Tage nach der standesamtlichen Trauung auch kirchlich haben trauen lassen, war schon absehbar, dass es Krieg geben würde. Mein Freund Bruno, der mein Trauzeuge war, hat das einzige Foto von der Zeremonie gemacht – es liegt hier vor mir: Wir schreiten gerade aus der Militärkirche, Dikta in einem perlfarbenen Kleid, ich in meiner Rittmeister-Uniform (auch ich war erst kürzlich befördert worden). Es war Sonntag, der 27. August 1939. Obwohl Dikta blond ist, ähneln wir uns seltsamerweise, als wären wir Bruder und Schwester. Das ist mir vorher nie aufgefallen. Man könnte denken, wir lächelten für die Kamera. Dabei haben wir gerade über etwas sehr Intimes gesprochen, das wir so schnell wie möglich ausprobieren wollten.

Stammten diese Worte wirklich von ihm? Was er da mit ruhiger, entschiedener Schrift zu Papier gebracht hatte, las sich wie das Vermächtnis einer untergegangenen Welt. Alles fällt auseinander. Einfach alles.

Nachdem er sich ins Toilettenbecken übergeben hatte, fühlte Bora sich besser. Dann wandte er sich dem erstbesten unbeschriebenen Platz zu (er konnte es sich nicht leisten, in einem fast vollen Tagebuch auch nur eine halbe Seite zu verschwenden) und schrieb:

16. Juli 1944, 17.58 Uhr. Zu dem mir anvertrauten Fall werde ich mich später äußern. Wenn schon alles um mich herum auseinanderfällt, kann ich mir selbst das nicht erlauben. Das darf ich nicht vergessen. Umso mehr mache ich es mir zum Vorwurf, Emmi in einem Anfall männlichen Egoismus verführt zu haben – ein armes Mädchen, das zu verlegen war, um ihre Schenkel zu öffnen, und sich Mut antrinken musste, bevor sie zu mir hoch aufs Zimmer kam. Es überrascht mich nicht, dass sie hinterher gleich eingeschlafen ist, was ja im Allgemeinen das postkoitale Privileg des gefühllosen Mannes ist. Ich kann nur hoffen, dass sie sich jemandem hingeben wird, der es wert ist.

Als ich heute Vormittag nach der Fahrt an den Osthafen in den Trümmern herumgelaufen bin, habe ich mehrere Klumpen weißen Phosphors gefunden, die von Brandbomben stammen. Sie wirken erstaunlich harmlos, sehen aus wie Bernstein. In alldem steckt eine Lektion. Ich habe vorsichtig ein paar Klumpen in die kleine Phiole gefüllt, die ich seit meinem letzten Besuch in Onkel Alfreds Klinik bei mir trage.

Und was das Zeug betrifft, das ich genommen habe, so will ich verflucht sein, wenn der Schmerz in meinem Knie nicht zurückkommt. Ich bin auf der Hut, aber geistig nur halb da.

Um 18.15 Uhr ließ Bora die Kisten mit Niemeyers Unterlagen in den Kofferraum des Olympia laden. Um 18.30 Uhr kam Namura vorbei, um ihm den Brief zurückzugeben, den er ihm anvertraut hatte – darum hatte er ihn bei seinem morgendlichen Anruf aus der Telefonzelle gebeten. Als sie auseinandergingen, wünschten sie sich gegenseitig alles Gute, ohne recht daran zu glauben. Um 18.40 Uhr war Bora so weit, einen Bericht für Nebe zu entwerfen. Um 19.00 Uhr rief er am Empfang an und bat um eine Schreibmaschine. Das Angebot, ihm die Schreibkraft des Hotels zu schicken, lehnte er ab (nicht nur wegen der Art seines Berichts, sondern weil er nicht ausgerechnet jetzt eine junge Frau sehen wollte, die ihn nur an Emmi Pletsch erinnern würde). Er tippte den Text also selbst, ziemlich flott sogar, aber in der Eile machte er Fehler und musste wieder von vorn anfangen.

Um 20.16 Uhr war er fertig. Grimms Dienst endete für gewöhnlich um 20.00 Uhr, also würde es noch eine Weile dauern, bevor man ihn am Alexanderplatz vermisste. Bestimmt hatte seine Frau keinen unmittelbaren Zugang zu einem Telefon, und da sie an seine Abwesenheiten und Verspätungen gewöhnt sein musste, würde sie erst am nächsten Tag bei seinen Kollegen nachfragen. Als Bora Nebes Büronummer wählte, war besetzt. Bei der Vermittlung meldete sich einer seiner Mitarbeiter. Anstatt den Anruf zu Nebe durchzustellen, legte er den Hörer hin und ging persönlich zum Chef. Und Bora konnte sich aus gutem Grund in den nächsten Minuten besorgt alle möglichen dramatischen Folgen ausmalen.

Doch dann erhielt er einfach einen Termin für 21.00 Uhr, genau wie an seinem ersten Abend in Berlin. Er wurde allerdings nicht darauf hingewiesen, irgendwelche Vorsichtsmaßnahmen zu treffen oder einen bestimmten Eingang zu benutzen. Bora steckte den Bericht in eine leere Mappe, die er bei den Niemeyer-Unterlagen gefunden hatte, und verließ das Hotel.

Trotz der abendlichen Stunde war es draußen immer noch schwül. In Italien hatte in dem schwindenden Licht das Zirpen der Zikaden noch schöner geklungen, und die Gerüche hatten sich intensiviert. Hier in der Stadt roch es nach weich gewordenem Asphalt und gelöschten Bränden. In dem klaren, hellen Abendhimmel wuchsen Ambosswolken in große Höhen. Von wo waren sie bloß hergezogen? Über den westlichen Stadtteilen dürfte noch vor Einbruch der Dunkelheit ein heftiger Regenguss niedergehen.

Im Präsidium der Kriminalpolizei erwartete ihn eine Überraschung. SS-Gruppenführer Nebe sei noch beschäftigt, vor ein Uhr nachts werde er nicht mit ihm sprechen können. *Ein Uhr nachts?* Nun gut, es war schließlich Krieg. Bora war ganz froh, wieder gehen zu können, ohne dass ihn jemand nach Florian Grimm fragte. Erst als er mit seinem steifer werdenden schmerzenden Knie wieder im Olympia saß, kam ihm der Gedanke, dass Nebe möglicherweise genau jetzt Durchsuchungen in den Büros und Wohnungen unbotmäßiger Offiziere und Politiker anordnete. So entsetzlich diese Vorstellung auch war, er konnte darauf keinen Einfluss nehmen. Er würde jedenfalls weitermachen, bis ihn jemand aufhielte. Die hohen Wolken hatten sich am westlichen Horizont ausgebreitet und vor die untergehende Sonne geschoben. Damit nahmen sie die Dämmerung vorweg und lösten zwar die Schatten auf, schufen aber ein umso düstereres Zwielicht.

Bora fuhr zurück zum Hotel, öffnete wieder die Mappe mit seinem Abschlussbericht und döste dann unruhig vor sich hin, bis er aufbrechen musste, um zur Verabredung mit Benno von Salomon zu fahren.

Ecke Lutherstraße/Augsburger Straße,
23.00 Uhr

Um diese Uhrzeit trieb sich niemand mehr vor Otto Horchers berühmtem Restaurant herum. In dem schmalen Streifen, den das Scheinwerferlicht warf, tauchte Salomon auf. Er stand da in derselben Zivilkleidung, die er einige Tage zuvor im Restaurant getragen hatte. Auf seinem Kopf saß ein Strohhut, der offensichtlich aus Italien stammte. Er hatte einen kleinen und anscheinend brandneuen Koffer bei sich. Obwohl sie vereinbart hatten, sich zu zweit zu treffen, zögerte er aus irgendeinem Grund, als er sah, dass Bora allein im Wagen saß. *Keine Zeugen*, dachte er wahrscheinlich, und das mochte seine Besorgnis verstärken. Bora bedeutete Salomon, hinten einzusteigen, doch kaum hatte der seinen Koffer auf der Rückbank abgelegt, herrschte ihn Bora mit schneidender Höflichkeit an: »Nein, Herr Oberst. Sie setzen sich zu mir nach vorn.«

Nervös gehorchte Salomon. Er kurbelte sofort das Fenster hoch, als ob er Angst hätte, dass ihn jemand von außen packen oder schlagen würde. Doch durch das weit geöffnete Fenster auf Boras Seite drang weiterhin der Geruch blühender Bäume, der zu dieser nächtlichen Stunde und in dem leichten Regen, der gerade eingesetzt hatte, noch stärker war.

Als er losfuhr, stand Bora die Route klar vor Augen. Er war die Strecke zwar erst einmal gefahren (und das lag Jahre zurück), aber er war sich dennoch sicher, dass er zunächst nach Tegel fahren und dann das Tegeler Fließ durchqueren müsse, um den nördlichen Stadtrand zu umgehen. Von den Schäden, die die Bomben auf den Straßen angerichtet hatten, einmal ganz abgesehen, war es ratsam, die großen Durchgangsstraßen zu meiden, da dort sicherlich mehr Streifen unterwegs waren. Von Lattmann wusste er, dass man in den dünner besiedelten Randgebieten der Stadt lichtscheue Gestalten antreffen konnte, entflohene Gefangene oder schwer bewaffnete Personen, die es sich zur Aufgabe gemacht hatten, Kontrollgänge in ihren Vierteln durchzuführen. Das alles beunruhigte Bora nicht im Mindesten. Der Zeitdruck hingegen schon.

»Wo fahren wir hin?« Salomon bemühte sich, selbstsicher zu klingen, aber seine Stimme war kaum mehr als ein heiseres Flüstern.

»Vertrauen Sie mir.«

»Ja, schon, aber wo fahren wir hin?«

Das würde Bora ihm sicher nicht auf die Nase binden. Er hatte Schmerzen und keine Zeit zu verlieren und sah nicht die geringste Veranlassung, auf seinen Fahrgast einzugehen. Schon häufiger war er mitten in der Nacht mit einem verängstigten Mann im Auto unterwegs gewesen – zuletzt Ende März außerhalb von Rom. Das Wichtigste war, das eigene Tun nicht zu nah an sich heranzulassen.

»Nehmen Sie doch ein Beruhigungsmittel.«

Diese verächtlichen Worte schienen Salomon zu entmutigen. Bedrückt durchsuchte er seine Taschen, dann hielt er für gut zehn Minuten den Mund, sah aus dem Fenster und versuchte, sich zu orientieren. Als ihm das nicht gelang, konnte er nicht mehr an sich halten.

»Wir fahren doch heraus aus Berlin, richtig?«

Es wirkte zwar so, als wären sie bereits auf dem Land, denn die mit phosphoreszierender Farbe markierten Gehsteige und Straßen lagen längst hinter ihnen. Doch tatsächlich fuhren sie gerade durch einen Wald in einem Vorort. Dass sie einigermaßen zügig vorankamen, lag an dem guten Zustand der Schotterstraße. Bora schwieg hartnäckig. Auf Fragen würde er nicht reagieren. Noch hatte er nicht beschlossen, was er als Nächstes tun würde. Fest stand nur eines: Er würde ohne Salomon zurückfahren.

»Ganz bestimmt fahren wir aus der Stadt heraus. Ganz sicher.« Der Oberst schwieg einen Moment, dann nahm er seinen Strohhut ab. »Mein Glücksbringer«, murmelte er, als er den Hut vorsichtig zu dem Koffer auf die Rückbank legte. Es klang fast wie eine Entschuldigung. Was er sonst noch sagte, war nicht zu verstehen, es war kaum mehr als der Versuch, die quälende Stille zwischen ihnen zu füllen. Bora war bewusst, dass Salomon Angst vor ihm hatte, und beachtete ihn nicht weiter. Während er sich darauf konzentrierte, in der Dunkelheit nicht von der Straße abzukommen, war er mit seinen Gedanken ganz woanders. Die durch das Medikament ausgelöste Benommenheit schien allmählich zu weichen, aber sein Orientierungssinn hatte sehr gelitten. Bruchstückhafte Erinnerungen tauchten in ihm auf und flossen ineinander. Die vorbeirasenden Viehwaggons auf dem Weg zum Schlachthof, die verbotenen Bücher in der Wohnung seines Großvaters, das Spiel von Licht und Schatten in dem Zimmer, in dem Stauffenberg gestanden hatte … Emmi, die weggefahren war, ohne dass er die Gelegenheit hatte, einen Sohn mit ihr zu zeugen. *Würde es mir jetzt besser gehen, wenn wir es getan hätten? Wahrscheinlich nicht. Wahrscheinlich – nein, ganz sicher – würde ich mir bereits Sorgen um sie machen, und daran habe ich weiß Gott keinen Bedarf.* Als Salomon am Ende einer verschlungenen Gedankenkette angekommen war und halblaut sagte: »Ich habe nur einen Scherz gemacht, als ich sagte, dass ich Ihnen in der Ukraine auf der Spur war. Ich weiß rein gar nichts über Sie oder über das, was Sie möglicherweise getan haben«, legte Bora eine Vollbremsung hin. Obwohl sie nicht schnell gefahren waren, wurde der Oberst durch den plötzlichen Halt nach vorn gerissen und prallte mit der Stirn gegen die Windschutzscheibe.

Sollte Bora je erwogen haben, Salomon zu bedauern, so lag ihm jetzt nichts ferner. Vielmehr verspürte er das wahnsinnige Verlangen, den anderen umzubringen. Dieser Drang tat ihm geradezu körperlich weh, er war wie ein zusätzlicher Schmerz. Einen Moment lang wollte er einfach töten, um den Schmerzen ein Ende zu bereiten.

»Geben Sie mir Ihre Papiere«, verlangte er. »Urlaubsschein, Reisepass, Soldbuch – alles. Ich will das nicht zwei Mal sagen müssen.«

»Aber – ohne Papiere komme ich doch nirgends hin.«

»Sie werden ja auch nirgends hingehen.«

Dass Salomon versuchen könnte, den Wagenschlag aufzustoßen und in die Nacht hinauszuspringen, hatte Bora nicht bedacht. Es war reiner Zufall, dass der Olympia nach dem Bremsmanöver auf dem feuchten Untergrund am Straßenrand neben einem großen Baum zum Stehen gekommen war und so die Flucht seines Beifahrers vereitelte. Vergeblich drückte Salomon immer wieder gegen die Tür.

»Geben Sie mir Ihre Papiere.«

Entmutigt zog der Oberst ein Bündel Dokumente hervor, die von einem Gummiband zusammengehalten wurden. Bora wies ihn an, eines nach dem anderen hochzuhalten. Er richtete den Strahl seiner Taschenlampe darauf, um sicherzugehen, dass nichts fehlte.

»Ohne Papiere bin ich ein toter Mann«, begehrte Salomon auf.

»Ganz im Gegenteil. *Mit* Papieren sind Sie ein toter Mann, Herr Oberst. Sie sind ein Deserteur.«

Bisher hatten sie es vermieden, diese unstrittige Tatsache zu erwähnen. Bei jeder Straßensperre, bei jedem Bahnübergang würde ein uniformierter Mann, der nach Beginn der Ausgangssperre einen Oberst in Zivil herumfuhr, auf dessen Urlaubspapieren ein Zielpunkt angegeben war, der in einer völlig anderen Richtung lag als der, in der sie nun unterwegs waren, sofort Verdacht erregen. Je nachdem, wer an dem jeweiligen Kontrollposten eingesetzt war, würde man sie unverzüglich festnehmen oder aber auf der Stelle hängen – und zwar beide. Salomon ließ sich in den Sitz zurücksinken. Bora hingegen war unter der anhaltenden Wirkung des Medikaments wütend geworden und konnte nicht so klar denken, wie es nötig gewesen wäre. *Dabei mache ich das hier alles ja nur, weil ich nicht klar denken kann.*

Er fuhr weiter auf Landstraßen durch eine einsame Gegend, von der er annahm, dass es der Tegeler Forst sei, bis ihm aufging, dass er falsch abgebogen sein musste. Schon zweimal hatte er rückwärts aus Nebenstraßen wieder herausfahren müssen. Inzwischen war es stockdunkel, das Scheinwerferlicht fing verschwommen den Regen ein. Bora schaltete wieder in den Rückwärtsgang, ohne zu wissen, ob sie nicht womöglich von der Straße abkamen und in einem Graben landeten. Diese feuchte Ebene war von Kanälen, Teichen und lichten Wäldern durchzogen.

Das Mittel, das Salomon geschluckt hatte, schien ihn ziemlich schläfrig gemacht zu haben. Doch als der Wagen rückwärts über eine Bodenwelle rumpelte, schreckte er hoch. Er sah nach rechts und links, konnte aber nichts erkennen. Als Bora wendete, kam eine kleine Gruppe heller, regennasser junger Bäume in Sicht. Man hätte meinen können, die nächste Ortschaft sei hundert Kilometer entfernt. Nicht ein Haus war zu sehen. Aus den Schatten tauchte ein Holzzaun auf, er sah aus wie eine Reihe langer Zähne.

Ein Stück weiter längs machte ein einsames Straßenschild Bora darauf aufmerksam, dass sie sich einer Brücke näherten, wo um diese Uhrzeit bestimmt eine Wache stand. Wieder wendete er. Salomon vergrub sein Gesicht in den Händen: Diese Geste wirkte so trostlos, dass sie Boras Mitleid geweckt hätte, wenn er Salomon nicht schon aus seiner Zeit in Russland gekannt hätte – gerade ein Jahr war es her. Schon dort war er mit den Nerven am Ende und auf absurde Weise abergläubisch gewesen. Dieser hilflose Mann war derselbe Kommandeur, der ihm befohlen hatte, das Hängen von Partisanen und Saboteuren zu überwachen. Einer von ihnen hieß Onegin. An diesen Tag im Sommer 1943 dachte Bora immer noch höchst ungern zurück. Sein Bruder war gerade gestorben, und der Befehl, einen russischen Bauern hinzurichten, kam sehr ungelegen. Dieser Vorfall hatte seinen schmerzlichen Verlust und seine Trauer mit einer Vergeltungshandlung befleckt, nach der es ihn gar nicht verlangte.

Hermsdorf. Endlich waren sie wieder auf Kurs. Zuversichtlich steuerte Bora den Wagen durch die Vorortstraßen und Seitenwege der bewaldeten Gegend, bis es an der Zeit war, die Geschwindigkeit zu drosseln. Jetzt ging es nur noch langsam voran, als hielte er nach etwas Ausschau. Er bremste immer weiter ab, bis der Wagen zum Stehen kam.

Salomon war zu verunsichert, um seine Stimme im Griff zu haben. »Wo sind wir jetzt? Bora, wo sind wir hier?«, kiekste er.

»Steigen Sie aus«, wies Bora ihn an. Als der andere nicht reagierte, verließ er den Wagen und ging zur Beifahrertür. »Nun mal los, Herr Oberst. Raus mit Ihnen.«

»Nein.« Salomon sträubte sich. »Ich werde nicht aussteigen. Auf keinen Fall.«

»Dann ziehe ich Sie eben heraus.«

Salomon rührte sich nicht vom Fleck. So zusammengekauert und steif, wie er dasaß, würde man ihn schon mit zwei Männern aus dem Wagen zerren müssen.

Bora sagte: »Gott ist mein Zeuge, ich zähle bis drei.« Was er dann tun würde, begriff Salomon, als die Mündung der P38 sein Ohr berührte. Doch er war so starr vor Angst, dass er nicht einmal um sein Leben kämpfen würde. Dann sackte er voller Selbstmitleid auf dem Sitz zusammen.

Bora zog ihn mit einem Ruck am Arm aus dem Wagen. »Nun führen Sie sich mal nicht so auf.« Mit seiner linken Schulter drückte er Salomon gegen den Wagen, damit dieser nicht davonstürzen konnte, zog seine Taschenlampe heraus und schaltete sie ein.

Aus dem feuchten, duftgetränkten Dunkel tauchten über ihnen steinerne Rosetten und fantastische Tiergestalten auf. Sie bildeten einen ebenso exotischen wie abstoßenden Torbogen, der zu einem schaurigen Friedhof führen mochte. In der Dunkelheit über dem Tor zwinkerte der Strahl einer anderen Taschenlampe, die in der Luft zu schweben schien. Dann wurden beide Lichter ausgeschaltet.

»Das ist das Buddhistische Haus in Frohnau, Herr Oberst. Hier wird man Sie aufnehmen. Sehen Sie zu, dass Sie Ihre Nase erst wieder herausstecken, wenn der Krieg vorbei ist«, sagte Bora kühl. Dabei konnte er vor Wut kaum an sich halten.

Das Tor wurde geräuschlos von innen geöffnet. Kaum war Bora einen Schritt zurückgetreten, schlängelte sich Salomon auch schon wie ein Fisch davon. Im Nu hatte er wohlbehalten die Schwelle übertreten, nicht einmal an seinen Koffer dachte er noch. Als Bora ihm das Gepäckstück hinterherstieß, schlug Salomon vor: »Vielleicht, je nachdem, wie die Lage sich entwickelt … kann ich ja vielleicht in ein paar Tagen …«

»Herr Oberst, ich habe hier draußen jemanden postiert, der Sie auf der Stelle erschießen wird, wenn Sie versuchen sollten, das Gelände vor Ende des Krieges zu verlassen.«

Das hatte er sich spontan ausgedacht, aber Salomon nahm ihm das ab. In der Finsternis stolperte er die Treppe hinauf, die zum feierlich daliegenden Buddhistischen Haus führte.

Bora wechselte einige höfliche Worte mit dem Mönch, der sie eingelassen hatte, und bat ihn, dem Abt seinen Dank dafür zu übermitteln, dass er seiner zuvor am Telefon geäußerten Bitte entsprochen hatte. Dann ging er zurück zum Wagen.

Er musste sich nicht besonders anstrengen, um sich auf den Wahlspruch des Hauses zu besinnen, er kannte ihn nur zu gut: *Was wir tun, soll jeder sehen können. Was wir sagen, soll jeder hören können. Was wir denken, soll jeder wissen können.*

Schon seit Jahren traf nichts davon mehr auf ihn zu. Im Gegensatz zu den Verschwörern: Auf sie schien alles zuzutreffen (oder würde es bald). Er konnte nur hoffen, dass er es nicht eines Tages bedauern müsste, Salomon am Leben gelassen zu haben. Manchmal war eine unvollkommene Lösung besser.

Plötzlich fühlte er sich viel zu erschöpft, um sich dem zu stellen, was die Nacht noch für ihn bereithalten mochte. Aber dieser Moment ging rasch vorüber. Er hatte schließlich keine Zeit, konnte nicht mal eben hier im Sitzen die Augen schließen.

Wo Emmi wohl hingefahren ist? Irgendwohin, wo es sicher ist, hoffe ich, wo sie das Ende des Krieges abwarten kann. Ich vergesse sie schon allmählich. Mein Körper hat den ihren bereits vergessen, weil er sich gar nicht an ihn gewöhnen konnte. Wir waren wie zwei durstige Menschen, die einander etwas zu trinken angeboten haben. Hinterher erinnert man sich weder an den Becher noch an den Inhalt. Man weiß nur eines: Der Durst ist gestillt.

Präsidium der Kriminalpolizei,
Montag, 17. Juli, 0.55 Uhr

Auf der Rückfahrt in die Stadt warf Bora irgendwo Salomons Glücksbringer-Hut aus dem Fenster. Über Wittenau und Reinickendorf fuhr er auf direktem Weg zum Alexanderplatz. Später hätte es auch nicht sein dürfen. Hier war es trocken geblieben. Er bog in die Dircksenstraße ein. Als er ausstieg, hatte er das Gefühl, auf ganzer Linie gescheitert zu sein, als hätte er den Fall gar nicht gelöst.

Alles versank in einem riesigen Meer der Ernüchterung. *So steht es nun also,* sagte er sich. *Meine Generation, die geschworen hat, ihr Leben zu geben, muss zusehen, wie ihre Überzeugungen sich Stück für Stück auflösen, und selbst wenn wir nicht die Einzigen sind, die scheitern, haben wir doch teil an dem gewaltigen Scheitern des Neuen Deutschlands.*

Ein unerträglicher Gedanke. Er musste sich irgendwie aus seiner Seelenqual befreien und einfach daran glauben, dass in dieser Katastrophe nicht alles zugrunde ging. »In ein paar Tagen ...«, hatte der unvorsichtige Salomon hoffnungsvoll gesagt, sobald ihm klar war, dass er am Leben bleiben würde. Es konnte nun jeden Moment zum Attentat kommen. Und wenn die Verschwörer erfolgreich wären? Schließlich war Niemeyer zum Schweigen gebracht worden, bevor er jemanden hätte erpressen oder verraten können. Es könnte durchaus klappen. Trotzdem erfüllte Bora der Gedanke an die Männer, die sich im Geheimen darum bemühten, diese Welt zu verändern, mit großer Traurigkeit. *Was sagt das über uns aus, wenn der Ausweg darin besteht, Hochverrat zu begehen und dabei den Verlust menschlichen Lebens mit einzukalkulieren?*

Acht Stunden nach der Dolantin-Injektion tat ihm zwar alles weh, aber er fühlte sich wieder klar im Kopf. Er würde nicht zulassen, dass ihn die Erschöpfung bei seiner vorletzten Aufgabe in Berlin beeinträchtigte. Weiter konnte er nicht denken. Er war so konzentriert auf das, was er sagen wollte, dass er kaum wahrnahm, welche Hallen, Korridore und Treppen er auf dem Weg zu Nebes Büro passierte.

Trotz der späten Stunde las Nebe in einem zusammengehefteten Schriftstück – oder tat zumindest so. Ohne aufzublicken, forderte er Bora mit einer kleinen Bewegung seiner linken Hand auf, näher zu treten. Für Boras müde Augen hatte das milchige Glas des Schirms der Schreibtischlampe einen Grünstich und wirkte weich und nachgiebig wie eine Qualle im Brandungsschaum. Um seine Prellungen zu verbergen, legte Bora die Mappe mit nach oben gedrehter Handfläche vor sich auf den Tisch.

In dem Schriftstück unterstrich Nebe gerade einen Satz. Auch als er jetzt mit seinem Füller auf die Mappe deutete, blickte er nicht auf. »Am Telefon haben Sie einen Abschlussbericht erwähnt. Ist er das?«

»Ja.«

Da er nicht aufgefordert worden war, sich zu setzen, blieb Bora stehen. Das störte ihn nicht weiter – sein Knie schmerzte weniger, wenn er es nicht beugen musste. Nebe drängte ihn nicht, Platz zu nehmen. Das war möglicherweise seine Art, Untergebene zu zwingen, selbst das Wort zu ergreifen. Folglich fiel der Eröffnungssatz, den Bora sich zurechtgelegt hatte, dann doch ganz anders aus.

»Ich bin Soldat, Herr Gruppenführer, und als solcher kann ich stur sein. Das ist möglicherweise eine negative Eigenschaft, die sich aber unter Beschuss ins Positive wendet. Als Offizier der Abwehr habe ich noch diverse andere Fähigkeiten erworben, von denen einige unter moralischen Aspekten zweifelhaft, aber sonst sehr nützlich sind. Ich weiß nicht, ob Sie in mir den Soldaten oder den Geheimagenten gesucht haben, aber von Anfang an hat sich mir immer wieder eine Frage gestellt, die nicht laut ausgesprochen werden durfte: Warum sollte mir eine Koryphäe, nein, *die* Koryphäe bei der deutschen Polizei, einen Mordfall anvertrauen? Ich hatte nichts zu bieten, was Ihr Team aus Kripobeamten nicht zehnmal besser hinbekommen hätte.«

Nebe zog mit seinem Füller (ein amtliches Schreibgerät aus Bakelit, ganz schlicht) eine dünne Linie unter den maschinengeschriebenen Text, der vor ihm lag. »Und, haben Sie eine Antwort darauf gefunden?«

»Möglicherweise.« Mit den Fingerspitzen und nach oben gedrehter Handfläche schob Bora die Pappmappe so weit in Nebes Richtung, bis sie mit einer Ecke das Schriftstück berührte, das vor dem SS-Gruppenführer lag. »Der Mordfall eines berühmten und umstrittenen Mannes stellt schon für sich genommen ein Dilemma dar. Angesichts der politischen Verbindungen des Opfers war es sinnvoll, einen Außenstehenden mit den Ermittlungen zu betrauen, um auf diese Weise eine gewisse Neutralität sicherzustellen. Der für die Ermittlungen angesetzte Zeitraum war erbärmlich knapp bemessen, aber praktischerweise waren schon vier glaubwürdige Verdächtige bei der Hand.« Nebe schob die Mappe beiseite, damit er weiter an dem zusammengehefteten Schriftstück arbeiten konnte. Er blätterte eine Seite um und unterstrich einen weiteren Satz. »Eine davon, Ida Rüdiger, ließ sich wegen ihrer Verbindungen zum Propagandaministerium nur schwerlich dem Kreis der Verdächtigen zuordnen. Glücklicherweise habe ich den Gedanken, dass sie an der Tat beteiligt gewesen sein könnte, nicht gleich verworfen, denn als sitzengelassene Geliebte hat sie tatsächlich eine wichtige Rolle gespielt, und zwar über ihren Privatdetektiv, einen Mann namens Gustav Kugler. Zwei weitere Verdächtige, der Uhrmacher Eppner und der Buchverleger Glantz, die sich derzeit beide in Haft befinden, hatten jeder für sich einen triftigen Grund, Niemeyer zu hassen. Beide hielten bei sich zu Hause Waffen versteckt. Der Verleger hat schließlich den Mord gestanden. Kupinski, der vierte Verdächtige, ist ein körperbehinderter Herumtreiber. Möglicherweise wurde er vor elf Jahren entsprechend beeinflusst, damit er unseren General Fritsch verleumdet ...« Nebe warf ihm einen gereizten Blick zu. »... und vor Kurzem wurde er von der Gestapo angeheuert, um seine Nachbarn auszuspähen. Er hegte Walter Niemeyer gegenüber offensichtlich keine Feindschaft, hatte aber wie die drei anderen Zugang zu dessen Haus. Für einen Amateurermittler, der weder Zeit noch belastbare Beweise hat, ist das eine geradezu überreiche Auswahl an Verdächtigen. Erst heute Vormittag hat mir Kommissar Florian Grimm vorgeworfen, dass ich noch keinen Schuldigen vorweisen könne. Und es stimmt: Ich habe fast eine Woche lang im Nebel gestochert. Seit dem heutigen Tag bin ich jedoch sicher, die Lösung zu kennen, und das habe ich ihm auch gesagt.«

Nebe legte den Füller hin, ohne die Kappe aufzustecken – das einzige Anzeichen dafür, dass sein Interesse ansatzweise geweckt war.

Bora verlagerte sein Gewicht auf das gesunde Bein. »Als ich allerdings heute Abend damit begonnen habe, meinen offiziellen Bericht zu entwerfen, kam mir der Gedanke, dass ein Teil des Bildes noch fehlt – ein bedeutsames Teil. Jemand wie Sie würde eine angreifbare oder unvollständige Lösung niemals billigen! Ich muss zugeben, dass mich das fast in Panik versetzte. Verständlich, ich bin schließlich bloß Soldat, kein Kriminalbeamter. Schlimmer noch, da meine Familie im Verlagswesen tätig ist, bin ich von klein auf an fantasievolle Szenarien gewöhnt, was bei einem Ermittler wohl kaum ein Vorzug ist. Und da habe ich mir gedacht: Niemeyer hatte genauso viele Feinde wie Freunde. Was also, wenn er nicht einem Einzeltäter zum Opfer gefallen wäre, sondern es ihm gleich eine ganze Gruppe heimgezahlt hätte? Das war durchaus im Bereich des Möglichen, und es gab ja auch schon eine Besetzung für das Stück. Ich habe mir also Verschiedenes ausgemalt: wie Ida Rüdiger ihrem Liebhaber hinterherspionierte; wie Eppners untreue Gattin die Hintertür offen ließ; wie der Gärtner Kupinski eine Waffe im Garten versteckte; wie der ruinierte Verleger Glantz den tödlichen Schuss abfeuerte. Ein blutiges Rachekomplott, in dem sich alle schuldig machen und doch keiner schuldig ist. Das hat mich an einen englischen Roman erinnert, den der Goldmann Verlag vor zehn Jahren in meiner Heimatstadt Leipzig veröffentlicht hat: *Der rote Kimono*. Wenn ich mich nicht irre, lautete der Titel im Original *Mord im Orientexpress*. Hat man mir also von Anfang an die Lösung auf einem Silbertablett serviert? Ja und nein. Das Ganze ist nicht ganz so abgelaufen, wie ich es beschrieben habe, Herr Gruppenführer, aber doch recht ähnlich. In gewisser Hinsicht war es tatsächlich eine gemeinschaftliche Vergeltungstat.«

Bora hatte auf eine Geste der Bestätigung gehofft, und sei es lediglich eine ungeduldige Handbewegung, aber Nebe steckte einfach nur die Kappe auf den Füller.

»Meine Theorie«, zwang er sich fortzufahren, »setzt bei der tatkräftigen Frau Rüdiger mit ihrer krankhaften Eifersucht an. Sie kümmert sich um die Damen der Partei und zeigt gern die Visitenkarten von deren mächtigen Ehegatten vor. Eines Tages vertraut sie sich einer guten Kundin an, Frau von Helldorff, und bittet diese, ihr einen seriösen Privatermittler zu empfehlen. Auf den Rat ihres Mannes hin, des Polizeipräsidenten von Berlin, schlägt Frau von Helldorff Gustav Kugler vor.

Kugler, früher Mitglied der SA, ist ein ehemaliger Polizeibeamter. Das passt gut, denn eigentlich möchte Graf von Helldorff seine jüngste Flamme von Kugler beschatten lassen, eine hübsche Blondine, die zufälligerweise häufig in Niemeyers Haus verkehrt.« Als Nebe nach seinem Füller griff, befürchtete Bora schon, dass sein Zuhörer das Interesse verloren hatte. Aber der Kripochef steckte nur das Schreibgerät in den Stifthalter aus Messing und Marmor. »Auf diese Weise dient Kugler zwei Herren. Lassen Sie mich fürs Erste nur hinzufügen, Herr Gruppenführer, dass die namenlose Blondine, deren Migräne Niemeyer mit Hypnose behandelt, Sachverhalte preisgibt, die nicht an die Öffentlichkeit gelangen sollten. Kugler berichtet Ida Rüdiger zwar nicht von der Blondine, aber sie erfährt genug über Niemeyers andere Schäferstündchen, darunter auch die mit Gerd Eppners Frau. Ich könnte mir vorstellen, dass sie und der gekränkte Uhrmacher sich getroffen haben, um sich gegenseitig zu bedauern. Sie wollen Rache nehmen und binden schließlich auch Glantz in ihr ausgefuchstes Vorhaben ein, den unglücklichen Verleger, den der Prophet von Weimar in den Ruin getrieben hat. Kupinski ist bei diesem Komplott außen vor, obwohl er rein zufällig in der Lage wäre, logistische Unterstützung zu leisten. So weit, so gut. Jeder kann etwas beitragen, und sobald Ida Kugler gefeuert hat, kann es losgehen. Eppner, der ehemalige Leutnant beim Garde-Regiment zu Fuß, besorgt die Munition und, wichtiger noch, einen Nachschlüssel für den Hintereingang von Niemeyers Villa. Mit diesem Schlüssel hat sich seine Frau immer Zutritt zu ihrem Liebesnest verschafft. Glantz bewahrt in Missachtung der Gesetze des Reiches bei sich zu Hause ein Drilling der Luftwaffe auf und ist fest entschlossen, den Hellseher damit zu erschießen.«

»Reine Spekulation.«

Oder eine Arbeitshypothese. Bora musste all seine Entschlossenheit aufbieten, um sich von der respektlosen Bemerkung nicht den Schneid abkaufen zu lassen. »Die erste Hürde: Wie lässt sich ein Gewehr unbemerkt zur Villa Gerda schaffen? Darum kümmert sich Glantz. Mit Niemeyer hat er abgesprochen, dass er den Entwurf für die totgeborene *Enzyklopädie des Mythos* zurückgibt und ihn im Geräteschuppen hinterlegt – die Kartons standen in seinem Büro schon bereit. Und in einem solchen Karton wollen sie auch die Waffe transportieren, die in ihre Einzelteile zerlegt worden ist. Dem Verleger, der in glücklicheren Tagen Großwild gejagt hat, fällt die Aufgabe zu, sich nachts aufs Grundstück zu schleichen, das Drilling wieder zusammenzusetzen und den Mord zu begehen.«

»Das hat Glantz ja auch gestanden.« Mit dieser spöttischen Bemerkung ließ Nebe erstmals Unmut erkennen. Einen Augenblick lang fürchtete Bora, er würde ihn wegschicken.

»Unter Zwang, Herr Gruppenführer«, fügte er trotzdem hinzu, »und es fehlen ein, zwei Details. Zunächst einmal konnte er nicht wissen, dass die Telefonanschlüsse sämtlicher Beteiligter abgehört wurden, spätestens nachdem Ida Kugler beauftragt hat. Kommissar Grimm hat mir zwar gesagt, dass dies nicht der Fall war, aber ich glaube, dass er auf diesem Wege von dem Vorhaben erfahren hat, ebenso wie von der Tätigkeit seines früheren Partners Kugler.«

Nebe konnte kaum entgehen, was Bora mit dieser Äußerung andeutete. Stille senkte sich über den Raum, und dieses Schweigen dauerte unangenehm lange, als wären sie von allem anderen abgekapselt. Da spielte es auch keine Rolle, dass sich rechts und links, über und unter diesem dumpfen Raum das unüberschaubare Labyrinth des Polizeipräsidiums erstreckte, mitsamt seinen Archiven, Verhörräumen, Gefängniszellen im Keller und der Gestapo im zweiten Stock. Hier standen sich zwei Männer im Auge des Sturms gegenüber.

»Ja, und? Sie befeuchten Ihre Lippen, Herr Oberst. Sind Sie etwa nervös?«

Bora, der bis jetzt auf die Mappe geblickt hatte, hob seinen Blick. »Über Nervosität bin ich längst hinaus. Aber Angst hält mich nicht davon ab, ausdrücklich Florian Grimm des Mordes an Niemeyer zu beschuldigen.«

»Soso … Setzen Sie sich.«

»Ich stehe lieber, Herr Gruppenführer.«

»Setzen Sie sich!«

Das war ein Befehl, und Bora gehorchte. Angst konnte man riechen und schmecken; im Wagen hatte Grimm förmlich gestunken vor Angst.

Und nun legte Nebe es darauf an, dass er es so richtig mit der Angst bekam und sich machtlos fühlte.

»Kommen Sie mit Ihrem Bericht zum Ende.«

Bora straffte seine schmerzenden Schultern. Gott sei Dank gab es den Schmerz und die Erschöpfung. Beides dämpfte seine Panik, beides verankerte ihn in seinem Körper und ermöglichte es ihm, sich zu sammeln, ganz gleich, wie die Nacht ausgehen mochte. Er beobachtete, wie Nebe die Mappe über das Schriftstück legte, in dem er gerade Unterstreichungen vorgenommen hatte, mit der Beschriftung nach unten, als wollte er ihren Inhalt leugnen oder entschärfen.

»Ihnen ist bekannt, Herr Gruppenführer, dass Grimm bei der SA war, genau wie Gustav Kugler, und dann bei der Berliner Polizei unter Graf von Helldorff. Er ist ein alter Fuchs. Als ihm die Details des Racheplans zu Ohren kommen, einschließlich der Waffe, die die Mörder in spe verwenden wollen, kommt er ihnen zuvor. Für ihn mit seiner Fronterfahrung im Osten ist das ein Kinderspiel. In seinem Metier kommt er ohne Weiteres an Munition des passenden Kalibers, darunter auch Mauser-Gewehre aus dem Weltkrieg, die auf zwölf Kaliber umgerüstet worden sind, und andere Jagdgewehre, die im Laufe der Jahre von Verbrechern und linkspolitischen Personen beschlagnahmt wurden. Nun gut! Als bekannt wird, dass Niemeyer ermordet wurde, ist niemand überraschter und erschrockener als Glantz, der drauf und dran ist, das Drilling in Niemeyers Geräteschuppen zu bringen. Als er läuten hört, dass die verwendete Munition zu zweien der drei Läufe des Drillings passt, verlässt ihn der Mut. Dummerweise verpackt er das Gewehr neu und schickt es postlagernd an sich selbst zum Anhalter Bahnhof. Vielleicht ist er ein Feigling, aber letztlich macht er es wieder gut. In Haft hier am Alex wird er geschlagen und dann – entgegen dem Wunsch der Kriminalpolizei – in den zweiten Stock befördert und der Gestapo übergeben. Trotzdem nimmt er die ganze Schuld auf sich, ohne Rüdiger, Eppner und Kupinski mit hineinzuziehen.«

Nebe spitzte die Lippen. Das konnte alles Mögliche bedeuten. »Sie erwähnten, dass Glantz in seinem Geständnis *zwei* Einzelheiten ausgelassen hat – welche denn noch?«

»Das Wichtigste überhaupt. Allerdings ist es etwas, wovon der Verleger nichts wissen konnte: dass Walter Niemeyer versucht hat, einen Nutzen aus dem zu ziehen, was die Blondine unter Hypnose gesagt hatte. Er trat an Graf von Helldorff heran, und möglicherweise auch noch an weitere Personen, verlangte Geld oder anderweitige Vergünstigungen – sonst würde er verraten, was er von der jungen Frau erfahren hatte. Aus Sicht des Berliner Polizeichefs reichte das verständlicherweise aus, um sein Todesurteil zu besiegeln. Sobald Niemeyer samt dem Rechtsanwalt, den er schriftlich damit beauftragt hatte, im Falle seines gewaltsamen Ablebens die Wahrheit ans Licht zu bringen, tot wären, ließe sich noch alles zum Guten wenden. *Aber der Brief an E. D. – Erhard Dietz – hat diesen nie erreicht.* Meiner Meinung nach hat Grimm ihn in einem versiegelten Umschlag in Niemeyers Villa gefunden (mir hat er gesagt, der Tresor sei leer gewesen, aber das erscheint mir wenig glaubhaft). Als von Helldorff den Brief gelesen hatte, räumte er den Anwalt aus dem Weg und wies Grimm an, die Villa in Brand zu stecken, damit weitere mögliche Verwahrorte zerstört würden.« *Wie klug doch der menschliche Körper ist,* dachte Bora. *Der Schmerz verscheucht die Angst, und die Müdigkeit verscheucht den Schmerz.* »Es gibt nur ein Problem, Herr Gruppenführer: Obwohl Graf von Helldorff in dieser Angelegenheit einen wichtigen Part innehatte, wurde Niemeyer nicht auf seinen Befehl hin getötet.« Während er seine Worte abwog, musste Bora der aberwitzigen Versuchung widerstehen, mit dem Zeigefinger an den milchigen Lampenschirm zu tippen. Er war sich sicher, dass dieser nachgiebig wie eine Qualle war. »Leider sitze ich gerade vor dem wahrhaft genialen Meister dieser Partie. Auf Ihren Befehl hin fiel es Florian Grimm zu, Niemeyer hinzurichten. Ich kann meine These begründen.«

Nebes einzige Reaktion bestand in einer kleinen, abrupten Bewegung seines Beins. Das versuchte er zu verbergen, indem er seine Sitzposition veränderte. Die geruchlose, sterile Atmosphäre in dem Raum verdichtete sich. Die wenigen Gegenstände auf dem Schreibtisch – der Stifthalter, ein dokumentenechter Stift, das gerahmte Foto, das Telefon – wirkten wie in Sirup getaucht, und der Abstand zwischen den beiden Männern drohte auszuhärten wie Glas. Dabei herrschte lediglich Schweigen, aber dieses Schweigen zeigte Bora, was der Ausdruck »Mauer aus Schweigen« wirklich besagte. Als Nebe diese Mauer durchbrach, klang seine Stimme völlig ungerührt.

»*Hinzurichten*. Sie können Ihre These nun begründen.« Es war keine Frage, er sagte es ohne jede Neugier. Wie Boras Worte, so war auch dies eine Feststellung. »Und das sollten Sie auch, Herr Oberst.«

Die fürchterlichen letzten Stunden forderten allmählich ihren Tribut. Bora saß steif auf seinem Stuhl, um nicht in sich zusammenzusacken. Gern hätte er sein schmerzendes Bein ausgestreckt und seinen Nacken gerieben, aber in Gegenwart von Arthur Nebe konnte er sich kein Zeichen der Schwäche leisten.

»Es war nicht ganz leicht. Die vier Verdächtigen waren einfach nur Köder – ein geradezu genialer Schachzug. Sie passten tatsächlich gut in die Intrige. Grimm … ach, Grimm war über jeden Verdacht erhaben. Warum auch hätte ich dem burschikosen Polizeibeamten misstrauen sollen, der mir als Partner an die Seite gestellt worden war? Schließlich hatte er die Leiche entdeckt. Und wie er sich dabei amüsiert hat, als er mir von Niemeyers schäbigen Anfängen als selbst ernannter Ostjude erzählt hat und vom Grölen der Menge, als der Hellseher entblößt wurde und sich herausstellte, dass er nicht beschnitten war! Das steht übrigens auch in dem offiziellen Obduktionsbericht. Hätte ich mir keinen Zugriff auf den erweiterten Obduktionsbericht verschafft, hätte ich es nie kapiert. Dabei hätte ich einem anderen Detail im Bericht mehr Aufmerksamkeit schenken sollen: dem Bluterguss im Gesicht des Opfers. Die Ärzte in der Charité nahmen fälschlicherweise an, dass Niemeyer sich diese Verletzung bei seinem Sturz zugezogen hat. Das wiederum hätte verdächtig wirken können, also ließ man es im offiziellen Dokument lieber weg. Als wir Glantz vor seinem Selbstmord ›bewahrt‹ haben und Grimm ihn geschlagen hat, habe ich gesehen, wie sein klobiger Ring die Haut des Verlegers aufgerissen hat. Ich behaupte, dass Grimm Niemeyer einen Faustschlag versetzt hat, als Niemeyer ihn in seinem Haus überraschte. Ich möchte sogar noch ergänzend hinzufügen, dass die jüngsten Prellungen an den Händen des Kommissars meiner Meinung nach nicht darauf zurückzuführen sind, dass er seine Familie nach dem Bombentreffer ausgebuddelt hat, sondern weil er unter diesem Dach Glantz zusammengeschlagen hat, in guter alter Polizeimanier, damit der sagte, was Grimm von ihm hören wollte.«

»Das alles betrifft Grimm, nicht aber den Chef der Kriminalpolizei.«

»Abgesehen davon, dass Grimm Befehle ausgeführt hat, die ihm jemand gegeben haben muss. Und obwohl wir in unserem Neuen Deutschland alle so bedingungslos diszipliniert sind, musste ich immer wieder darüber nachdenken, was mich in Ihren Augen für diese Aufgabe qualifizierte, bis ich es begriffen habe. Und das war maßgeblich eine für mich besorgniserregende Tatsache, nämlich alles, was Sie über mich wussten, Sie als hochrangiger SS-Offizier und Bekannter des früheren Leipziger Bürgermeisters Carl Friedrich Goerdeler. Darüber bin ich mir voll und ganz im Klaren, Herr Gruppenführer: Mehr als einmal musste ich mich für meine sogenannte politische Unzuverlässigkeit verantworten. Warum also sollte der Chef der Kriminalpolizei Ermittlungen einleiten und seinem Ersatzermittler sagen, wenn er den Fall vor seiner Abreise nicht löse, dann *sei's drum?* War der Fall Niemeyer doch nicht so ungeheuerlich? Es konnte doch unmöglich erstrebenswert sein, den Fall nicht zu lösen!«

»Sie schweifen ab.«

»Keineswegs. Wenn ich nicht erfahren hätte, dass Gustav Kugler Drecksarbeit für den Staat erledigt hat, und zwar lange bevor er für die eifersüchtige Frau Rüdiger herumspionierte, dann hätte ich ihn niemals mit Niemeyers Tod in Verbindung gebracht. Aber früher einmal war Kugler auch Grimms Partner, das hat Grimm mir selbst erzählt. Kugler führte zu Grimm, Grimm führte zu Ihnen. Sie, Herr Gruppenführer, haben Grimm und mich von Anfang an aufeinander angesetzt. Wenn Grimm den Sieg davongetragen hätte – nun ja, Unfälle kommen immer mal vor. Im fünften Jahr des Krieges sind Oberstleutnants genauso entbehrlich wie jeder andere. Wahlweise hätte man Grimm auch beschuldigen können, mich getötet zu haben: ein ausgezeichneter Vorwand, um einen Mörder zu beseitigen, der lästig werden könnte. Immerhin hat Grimm Niemeyer widerspruchslos aus dem Weg geräumt, einzig und allein, weil der Kripochef es für notwendig erachtete: Das war Teil der Arbeit, reine

Routine. Ähnlich wie an der russischen Front hat Grimm rein gar nichts empfunden, als er Niemeyer erschossen hat, da bin ich mir sicher.« Bora hatte den Eindruck, als würde jemand durch ihn hindurch sprechen, jemand, der die Sachlage unmissverständlicher erklären konnte als er selbst.

»Mit meinen Zweifeln an der vorgefertigten Liste mit Verdächtigen habe ich nicht hinterm Berg gehalten, und dennoch: Solange ich von diesen vier Personen nicht abgelassen habe, musste Grimm den Eindruck gehabt haben, die Ermittlungen würden nur pro forma durchgeführt. Vielleicht nahm er es mir übel, dass ich ein Außenstehender war, nicht zur Polizei gehörte, aber davon abgesehen war er nicht weiter beunruhigt. Doch je mehr Zeit ich darauf verwendet habe, auch noch in anderen Richtungen nach einem Schuldigen zu suchen, desto größer wurde sein Unbehagen, das war von Tag zu Tag deutlicher spürbar. Dass ich seinen alten Kumpel Kugler mit Niemeyer in Verbindung gebracht habe und mit den Morden, die dieser in der Weimarer Zeit im Auftrag der Obrigkeit verübt hat, hat ihn aufgeschreckt. Er muss sich irgendwann gefragt haben, was mit ihm passieren würde, sollte ich den Fall lösen. Gegen Ende wusste er, dass er überführt war, und diese Erkenntnis hat ihn wütend gemacht. Sollte ich mit einer Lösung aufwarten, die seine Beteiligung offengelegt hätte, sei es nun direkt oder indirekt, oder sollte sich die Gestapo einmischen, wegen meiner Art, die Ermittlungen zu führen, dann wäre er fällig gewesen. Kein Wunder, dass er heute die glänzende Idee hatte, mit mir aufs Land zu fahren, um mich loszuwerden. Grimm mag ein alter Fuchs gewesen sein, aber ich bin auch ein Fuchs, wenngleich ein junger.«

Nebe rührte sich nicht, er saß da wie eine Fotografie seiner selbst, als hätte er keinen Körper. »Ihnen ist klar, dass einer von Ihnen beiden sterben muss.«

»Das ist bereits erledigt, Herr Gruppenführer.« Als Bora Grimms Dienstmarke auf den Schreibtisch legte, gerieten seine zerschlagenen Fingerknöchel ins Blickfeld. »Sollten Sie Bedarf haben: Grimms Überreste finden Sie an den Gleisen östlich des Bahnübergangs.« Neben die Dienstmarke legte er eine mehrfach gefaltete Landkarte, auf der die Stelle mit blauer Tinte markiert war.

Es folgte eine lange Pause, in der Nebe ins Leere starrte. Und obwohl Bora ihm gegenübersaß, war er in Gedanken nicht mit dem Offizier beschäftigt. Hier und da zuckte es in Nebes zerfurchtem Gesicht. Es war das Gesicht eines Arbeiters, der im Dienst von Justiz und Tod stand. Bora fühlte sich wie ein heimlicher Beobachter, der mitverfolgte, wie sich ein intimes Gefühl nach dem anderen auf Nebes Gesicht abzeichnete und dessen Wangen- und Stirnmuskeln zwang, den Mann hinter der Fassade zu offenbaren. Bora hingegen vertraute darauf, dass seine Miene wie gewöhnlich undurchdringlich war, selbst für einen SS-Gruppenführer. Nur ein kleiner Vorteil zwar, aber doch ein Vorteil, wenn auch der einzige.

Schließlich sagte Nebe langsam und mit einiger Anstrengung: »Das ist ... gut.«

In einem Fall wie diesem drückte das Wort »gut« nicht einmal im Entferntesten das aus, was es eigentlich bezeichnen sollte. An diesem Abend war nichts um sie herum *gut*.

»Gut« war von diesem Raum ebenso weit entfernt wie die Startbahnen, von denen ganze Schwärme feindlicher Bomber abhoben, um Berlin in Grund und Boden zu bombardieren. Es bedeutete vielmehr das Ende all dessen, woran beide Männer – jeder auf seine Weise – geglaubt hatten.

Nebe zog eine Schreibtischschublade auf, streckte seine rechte Hand nach Grimms Dienstmarke aus und legte sie hinein. Die Landkarte folgte, nachdem er einen flüchtigen Blick darauf geworfen hatte. Dieses Büro war vermutlich das einzige in ganz Berlin, in dem es keine Abhörgeräte gab. Trotzdem beschloss Bora, nichts mehr zu sagen. Er wartete, bis Nebe wieder das Wort ergriff.

»Und haben Sie auch herausgefunden, welches Motiv hinter Niemeyers Tod steckt?«

»Ich habe das *wahre* Motiv herausgefunden, Herr Gruppenführer. Als Sie sich bei unserer ersten Begegnung so despektierlich über die ›jungen Obersten‹ geäußert haben, meinten Sie nicht mich damit. Das habe ich gespürt. Doktor Goerdeler, der meine Familie seit Jahren kennt, hätte mich Ihnen nicht empfohlen (wovon ich ausgehe), wenn er nicht den Eindruck gehabt hätte, dass Sie beide politisch auf einer Linie sind. Ein in Ungnade gefallener früherer Bürgermeister und ein SS-Gruppenführer treffen nicht zufällig aufeinander, vor allem nicht in dieser Zeit.«

Zweimal löste Nebe seine Lippen voneinander, als müsse er tief durchatmen. Bora, der ihn an diesem Abend erst zum zweiten Mal sah, kam es so vor, als wäre der andere binnen Minuten um Jahre gealtert.

»Ich kann nicht dulden, dass Sie Berlin verlassen, Herr Oberst. Das verstehen Sie sicher.«

»Mit Verlaub, das war mir schon klar, als Sie mich neulich einbestellt haben.«

»Und …?«

»Es verärgert mich über die Maßen, da ich die feste Absicht habe, zu meinem Regiment zurückzukehren. Ich bin selbstsüchtig genug, Ihnen und Ihren Verbündeten vorzuwerfen, mich in diese missliche Lage gebracht zu haben.« Er sagte bewusst *Verbündete*, nicht *Kameraden*. Dass Bora damit weder die SS noch die Kriminalpolizei meinte, begriff Nebe voll und ganz. Er war bestürzt. Ein Zivilist an seiner Stelle hätte nun nervös an einem Hemdknopf genestelt, um diesen zu öffnen. »Vielleicht bin ich selbstgefällig, aber ich glaube, Sie wussten, dass ich den Mord an Niemeyer aufklären würde. Das wollten Sie zwar gar nicht von mir, aber noch deutlicher konnten Sie nicht werden. Das wäre Hochverrat gewesen.«

Unwillkürlich wich Nebe in seinem Lehnstuhl zurück. Er vermittelte den sonderbaren Eindruck eines Mannes, der jeden Moment entweder schreien oder in eisiges Schweigen versinken würde.

»Was die Selbstgefälligkeit angeht …« Er hielt inne, aber nur einen schmerzlichen Moment lang. »Was die Selbstgefälligkeit angeht, daran mangelt es mir und *meinen Verbündeten* gewiss nicht.« Bedächtig schob er den dokumentenechten Stift zur Seite. »Haben Sie den Brief gefunden?«

»Ja.«

»Wo?«

»Verzeihen Sie mir, dass ich Sie zitiere, aber das ist genau die eine Frage, auf die Sie keine Antwort erhalten werden.«

»Goerdeler sagte, Sie würden ihn finden. Geben Sie ihn mir.«

»Ich trage ihn nicht bei mir.«

»Geben Sie mir den Brief. Es ist gefährlich, wenn er irgendwo herumliegt.«

Völlig unerwartet und aus der Verzweiflung heraus wurde Bora von jugendlicher Anmaßung erfasst. »Dort, wo er im Augenblick liegt, ist er gut aufgehoben, Herr Gruppenführer.«

Wie spät mochte es sein? Bora hatte jegliches Zeitgefühl verloren. Plötzlich verspürte er ein geradezu animalisches Verlangen nach Schlaf. Nebe saß ihm gegenüber zurückgelehnt auf seinem Stuhl im Halbdunkel, wo ihn der Schein der Schreibtischlampe nicht erreichen konnte. Für Bora, der mit Verhörmethoden vertraut war, deutete dieser Versuch, dem Lichtschein zu entgehen, eine Verlagerung des Gleichgewichts zwischen ihnen an, als würde Nebe kaum merklich wieder Oberwasser bekommen.

»Was ist mit Ihrem unzuverlässigen Kameraden?«

Obwohl er keinen Namen nannte und Salomon einen höheren Rang bekleidete als Bora, konnte Nebe nur ihn meinen. Mit dieser Frage hatte Bora nicht gerechnet, aber er würde nicht rundheraus lügen.

»Von all meinen Fähigkeiten, die mir bei diesem Auftrag zugutekamen, haben mir die, die ich während meiner Schulung bei der Abwehr erworben habe, die besten Dienste geleistet: Ich kann skrupellos sein und kaltblütig töten, wenn es nötig ist.«

Nebe starrte finster vor sich hin. Die Worte fielen auf fruchtbaren Boden. Mit dem Kinn deutete er auf Boras rechte Hüfte, wo sich dessen Pistolentasche befand. »Legen Sie Ihre Dienstwaffe auf den Tisch, Herr Oberst.«

Das tat Bora, wobei er Nebe den Griff zudrehte. Neben die P38 legte er das Ersatzmagazin. Jeden Augenblick konnte Nebe den Telefonhörer abheben und ihn verhaften lassen. Er hoffte nur, das würde erst der Fall sein, wenn er alles gesagt hatte, was er loswerden wollte.

»Mich haben Sie ausgewählt, weil man mich für *zuverlässig* hielt, ein Köder, den man anschließend wegwerfen kann. Sie wollten so lange Zeit schinden, bis im Lichte eines einschneidenden Regierungswechsels im Vaterland Niemeyers Tod unbedeutend erscheinen würde. Die ganze Zeit haben Sie sich Gedanken darüber gemacht, ob Sie mit Ihrer *Unternehmung* erfolgreich sein würden – und Sie tun es noch. In dem Fall dürfte es so aussehen, als sei Niemeyers Beseitigung rechtzeitig erfolgt und dienlich gewesen. Schließlich hat er kaltschnäuzig versucht, Kapital aus seinem Schweigen zu schlagen. Im anderen Fall würde er sich durch seinen Tod selbst rehabilitieren, weil er eine echte Verschwörung gegen den Führer aufgedeckt hätte. Man musste ihm das Handwerk legen, und er ist verdientermaßen zu Fall gebracht worden. Aus Sicht eines Soldaten hat er eine ausgezeichnete Strategie verfolgt, die nur ein ihm ebenbürtiges Genie durchkreuzen konnte. Sie haben sich für einen größeren Vergeltungsschlag entschieden: wie oben, so unten. Im Falle eines Scheiterns, Herr Gruppenführer, dürfte der Fall Niemeyer Ihr geringstes Problem sein.« Bora beobachtete, wie sich Nebes Hand dem Telefon näherte. Aber der wischte nur ein unsichtbares Staubkörnchen weg. »Ihre Verbündeten, ausgenommen vielleicht Graf von Helldorff, haben keine Ahnung, wie Sie mit etwaigen Verrätern umgehen, und würden Ihre Methode auch nicht billigen: Ich bin mir sicher, dass Erhard Dietz und von Helldorffs Freundin wie Niemeyer endeten. Trotzdem waren Doktor Goerdeler und andere – verzeihen Sie, dass ich niemanden namentlich erwähne, ich bin schließlich ein Soldat unseres Neuen Deutschlands – Ihrer Meinung, ich könne in dieser Woche in Berlin von Nutzen sein, indem ich die Aufmerksamkeit auf mich lenke, während ich kreuz und quer durch die Stadt wiesele. Polizisten in Zivil, Hoteldetektive und sogar der Chauffeur eines Generals im Ruhestand haben mich im Auge behalten. Erst als ich nach und nach dahintergekommen bin, worum es eigentlich ging, und mich den wahren Beweggründen näherte, wurde ich nicht nur entbehrlich, sondern möglicherweise sogar gefährlich, sollte mich die Gestapo vorher in die Finger bekommen. Und wenn ich mich an dem Bahnübergang nicht gegen Grimm behauptet hätte, wäre ich spurlos verschwunden.«

Aus dem Zwielicht auf der anderen Seite des Schreibtisches tauchten nur Nebes Unterarme und seine knochigen Hände auf. »Trotzdem ist Ihnen noch nicht jedes Detail bekannt.«

»Nun ja, ich weiß nicht, wohin Niemeyers Vermögen verschwunden ist. Auf seinen deutschen Konten liegt kein Geld mehr. Entweder hat es sich unser verschwendungssüchtiger Graf von Helldorff unter den Nagel gerissen oder das Reich. Ich habe keine Ahnung, ob Bubi Kupinski, der Einzige der vier, der nicht direkt in das Komplott verwickelt war, mit dem Leben davongekommen ist oder den Weg des Anwalts und der Blondine gegangen ist. Auch kann ich nicht mit Sicherheit sagen, ob Gustav Kugler auf die gute alte Weimarer Art von Grimm beseitigt wurde oder aus Gründen sterben musste, die mit seiner Tätigkeit zu tun hatten.«

»In Wahrheit ist keiner von euch wichtig.«

Die Spitze des dokumentenechten Stifts auf Nebes Schreibtisch (ein Arbeitsgerät, mit dem sich Urteile ohne Berufungsmöglichkeit unterzeichnen und Todesfälle zusammenzählen ließen) war stumpf. Bora bemerkte es aus den Augenwinkeln und fand diese Kleinigkeit sowohl vielsagend als auch tröstlich. »Das wichtigste Element, das mir fehlt, ist die Antwort auf die Frage, *wann* Sie handeln werden. Vorgestern war etwas im Gange, vielleicht ein Probelauf, vielleicht wurde auch in letzter Minute der Befehl zum Losschlagen abgeblasen, und ich wette, dass es noch weitere Fehlstarts gegeben hat. Admiral Canaris hat mich gut geschult. Immerhin bin ich einer seiner Jungs.«

Die Aufmerksamkeit der beiden Männer richtete sich auf Boras Dienstwaffe, die zwischen ihnen lag.

»Ich sollte Sie jetzt töten«, sagte Nebe.

»Das sollten Sie wahrscheinlich.«

Nun wird Nina ihre Trauerkleidung gar nicht mehr ablegen. Dieser Gedanke fügte Bora seltsamerweise keinen Schmerz zu, als wäre es nicht sein Leben, das an einem seidenen Faden hing. *Nebe allerdings vermutet, dass ich mich in einer derart verzweifelten Notlage befinde, dass ich jedes Risiko eingehe, das Feuer auf ihn eröffne und die Verschwörung aufdecke.* Reglos saßen sie einander gegenüber und starrten auf die Waffe. Doch gerade diese ruhige Leidenschaftslosigkeit, die nichts mit Resignation zu tun hatte, führte dazu, dass Arthur Nebe den Blick senkte und dabei den nutzlos gewordenen Stift bemerkte. Gereizt räusperte er sich, als kämen ihm lästige Kleinigkeiten wie ein stumpf gewordener Stift und Boras Selbstbeherrschung in die Quere. Er legte die P38 und das Ersatzmagazin in seinen Schreibtisch.

»Wenn es nur nach mir gegangen wäre, hätte ich Sie schon längst erschossen.«

Das bedeutete, dass andere – Goerdeler oder womöglich sogar Stauffenberg? – sich dagegen ausgesprochen hatten. Diese Erkenntnis milderte Boras Feindseligkeit ein wenig.

»Den Brief, Herr Oberst.«

»Der Brief liegt vor Ihnen in der Mappe, Herr Gruppenführer.«

Außer Niemeyers Brief enthielt die Mappe nichts. Nebe prüfte ihn sorgfältig mit einem Vergrößerungsglas, bevor er ihn zerriss. Die Fetzen legte er in ein leeres Tintenfass und zündete sie mit einem Streichholz an. Das Gleiche hatte Bora mit dem Kugler-Material, Olbertz' Obduktionsbericht und seinem sorgsam getippten Abschlussbericht im Waschbecken seines Hotelzimmers getan, bevor er zu der Verabredung mit Salomon gefahren war.

»Wie auch immer es ausgehen mag, Herr Oberst – und Sie liegen falsch, denn die Unternehmung wird erfolgreich sein –, Sie werden weder die Reue noch den Ruhm teilen.«

Diese Auffassung war Bora nicht neu, in dieser Richtung hatte sich bereits Claus von Stauffenberg geäußert. Zugeknöpft dachte er: *Ich habe meine eigenen Gewissensbisse und Verdienste. Die der anderen gehen mich nichts an.* Als Nebe sich erhob, sprang Bora trotz seiner Müdigkeit sofort von seinem Stuhl auf, wie er es in der Gegenwart eines Ranghöheren stets zu tun pflegte. Er war sich voll und ganz im Klaren darüber, dass es allen Versprechen des Gruppenführers zum Trotz noch unzählige Gelegenheiten gab, ihn zwischen dem Berliner Stadtzentrum und einem der umliegenden Flugplätze zu töten. Noch war kein Licht am Ende des Tunnels zu sehen – und vielleicht gab es dort auch gar keinen Durchlass.

Tatsächlich war Nebe noch längst nicht mit ihm fertig. Erstmals an diesem Abend war Bora überrascht von dem, was er sagte. »Sie sollten unbedingt Oberst von Salomons Papiere hierlassen. Wir wollen doch nicht, dass irgendjemand denkt, er sei ein Deserteur, oder dass Sie ihm bei seinem Versuch, einer zu werden, geholfen haben.« Boras Überraschung nahm er auf, als stünde sie ihm zu. »Hatten Sie getrunken? Meine Männer hatten jedenfalls den Eindruck, so wie Sie im Kreis gefahren sind, bevor Sie endlich das Buddhistische Haus in Frohnau gefunden haben.« Mit halb geöffneter Hand forderte er die Papiere. »Ihr früherer Kommandeur ist vor einer halben Stunde gestorben. Man wird ihn in den nächsten Tagen im Wald finden, am Ufer des Hubertussees. Nach offizieller Lesart wird er sich in einem Akt der Verzweiflung erschossen haben, weil sich sein schlechter nervlicher Zustand, der bereits 1941 diagnostiziert wurde, weiter verschärft hat. Selbstverständlich nur, sofern nicht der Verdacht aufkommt, er habe sich das Leben genommen, nachdem er den Stricher – wie hieß er noch gleich? Kupinski? – erschossen hat, den er an diesem einsamen Ort getroffen hat. Nun schauen Sie nicht so geknickt. Ich musste diese Vorkehrungen treffen, eben weil Sie einer von Canaris' Jungs sind. Sie sagten es ja bereits: Sie sind und bleiben Soldat. Da liegen Ihre Grenzen.«

Boras nicht ganz perfekter Plan hatte vorgesehen, Salomon zu verstecken und dessen Papiere auf unbestimmte Zeit aufzubewahren – oder zumindest, bis sich die Lage geklärt hatte. Als er nun betrübt dessen Dokumente überreichte, bemerkte er, dass das Gummiband, das sie zusammengehalten hatte, durchgescheuert und gerissen war. »Für diese Grenzen danke ich Gott an jedem Tag meines Lebens.«

Nun hatte Nebe Oberwasser. »Sind Sie eigentlich mit dem Dienstwagen hergekommen? Gut. Ich vermute, dass Sie auch die Niemeyer-Kisten mitgebracht haben, die Ihnen anvertraut worden sind. Gut. Lassen Sie den Olympia hier. Händigen Sie die Schlüssel aus.«

Was hatte das zu bedeuten? Würde er den Alex doch nicht lebend verlassen? Oder erwartete Nebe, dass er mitten in der Nacht zu Fuß einmal quer durch Berlin gehen würde? Bora war zu ausgelaugt und zu angeekelt, um Fragen zu stellen, aber er beanspruchte doch ein kleines bisschen Selbstachtung.

»Die Niemeyer-Kisten werde ich hierlassen, Herr Gruppenführer, nicht aber den Wagen. Ich möchte lieber mit dem Wagen zurückfahren.«

Diese Bitte zeugte einerseits von unerhörter Arroganz, war andererseits aber durchaus legitim. Stirnrunzelnd prüfte Nebe dieses Anliegen. Dann erteilte er seine Zustimmung.

Als ihre Wege sich trennten, riss Nebe zackig den Arm hoch. Bora antwortete mit militärischem Gruß.

»Bald wird einer der beiden Grüße über den anderen obsiegt haben«, knurrte der SS-Gruppenführer und zeigte auf die Tür. »Morgen werden Sie abgeholt.«

Als Bora ging, war er auf alles gefasst: eine Kugel in den Nacken, einen Dank oder eine Beleidigung. Doch nichts dergleichen geschah. Trotz der Jahreszeit war es draußen ziemlich frisch. In Kürze würde der Morgen heraufdämmern. Noch standen die Sterne am Himmel, aber schon bald würde sich der Himmel über den Häusern und Ruinen verfärben und eine helle, fleischartige Tönung annehmen.

Natürlich würden sie ihm folgen. Als er das Polizeipräsidium verließ und durch das Stadtzentrum fuhr, bog er trotzdem nicht von der Potsdamer Straße nach links Richtung Hotel ab, sondern fuhr weiter in südwestlicher Richtung nach Dahlem.

Im morgendlichen Zwielicht kam Onkel Reinhardt-Thomas Klinik in Sicht. Sie würde erst in einigen Tagen unter neuer Leitung wiedereröffnet werden, aber Bora hätte wetten mögen, dass Wirth seine Sachen bereits in das Büro im Erdgeschoss geschafft hatte.

Obwohl sein Knie sehr wehtat, stieg er rasch aus dem Olympia aus. Ermüdet, wie er war, bewegte er sich mechanisch, war sich dabei aber jeder Bewegung bewusst. Inzwischen war auch der Zivilwagen der Kripo in die Schatten des Dohnenstiegs geglitten und parkte mit ausgeschalteten Scheinwerfern am gegenüberliegenden Straßenrand. Bora benutzte den Schlüssel, den Olbertz ihm gegeben hatte. Das Schloss war nicht ausgetauscht worden, also gelangte er ohne Schwierigkeiten ins Haus.

Das Büro stand voller Kisten und Kartons mit Papieren, die erst noch einsortiert werden mussten. Bora stellte die Taschenlampe in eine Ecke. So hatte er gerade genug Licht zum Arbeiten. Als Erstes schob er den schweren Schreibtisch an die mit Eichenholz getäfelte hintere Wand. Mit dem rechten Fuß stieß er einen Karton nach dem anderen durch den Raum, bis sie alle um den Schreibtisch herumstanden. Die nagelneuen Baumwollgardinen, die zum Teil noch verpackt waren, legte er bis auf eine zusammen mit verschiedenen Mappen, die er in den Schubladen gefunden hatte, auf den Schreibtisch. Außerdem stellte er noch zwei gut gepolsterte Stühle dazu. Bora hob einen Schraubenzieher vom Boden auf – der war heruntergefallen, als die Hitlerjungs die Möbel herumgeschoben hatten – und steckte ihn in seinen Gürtel. Dann öffnete er seine Aktentasche und nahm die Wasserflasche heraus, die er bei dem alten Bauern, der früher einmal Soldat gewesen war, mit Benzin gefüllt hatte. Er hatte sie mit der Wundgaze verpfropft, mit der Ybarri sein Knie versorgt hatte. Auch die bernsteinähnlichen Phosphorklumpen, die er beim Durchstöbern des Schutts gefunden hatte, lagen bereits in der Flasche. Aktentasche und Taschenlampe stellte er nun vor der Haustür ab. Dann entzündete er mit Peters Feuerzeug das benzingetränkte Gewebe und warf die Flasche mit voller Wucht gegen den Schreibtisch.

Gleich darauf verließ er das Haus. Er verschloss die Haustür und stopfte die übrig gebliebene Gardine in den unteren Spalt, damit der Rauch nicht zu schnell nach außen drang. Der Schlüssel steckte noch im Schloss. Bevor er in den Vorgarten hinuntertrat, schlug er kräftig mit dem Griff des Schraubenziehers darauf, sodass er abbrach. Als Bora zurück zum Olympia ging, loderten im Gebäude bereits die Flammen auf. Achtlos ging er an dem Polizeiwagen vorüber, in dem die beiden Beamten in Zivil aufgeregt darüber berieten, was sie nun machen sollten.

Auf der Rückfahrt zum *Leipziger Hof* warf er nicht einen Blick in den Rückspiegel, um zu überprüfen, ob er beschattet würde. Vom Zimmer aus bestellte er einen Schnaps, um eine Schmerztablette zu schlucken, die er sofort wieder erbrach. Mit einem Glas Leitungswasser ließ sie sich besser hinunterspülen. Noch halb bekleidet, schlief er auf der Stelle ein. In seinem unruhigen Schlaf kam es ihm so vor, als hörte er das Sirenengeheul eines Feuerwehrwagens, der im Dunkeln zum Dohnenstieg raste. Aber vielleicht war es auch bloß die erste Fliegerwarnung.

17. Juli, 5.50 Uhr

Am Morgen konnte er sich zunächst nicht daran erinnern, was am Vortag geschehen war, als hätte er sein Gedächtnis verloren. Er wusste, dass er in Berlin war und auch, warum, aber er fand keine Erklärung für die Blutergüsse an seiner rechten Hand und sein gequetschtes, steifes Knie. Sein spärliches Gepäck stand bereit, also wollte er wohl abreisen. Vor seinem geistigen Auge erschien ein verschwommenes Bild: Er war irgendwo mit Florian Grimm im Wagen unterwegs. Sonst war da nur quälende Leere.

So etwas war ihm bisher erst zwei Mal passiert, nach exzessiven Trinkgelagen in der Deutschen Botschaft in Moskau. Aber das war noch vor dem Krieg gewesen, als die Sowjets den jungen Militärattachés ordentlich eingeschenkt hatten, um deren Zungen zu lösen (in seinem Fall vergeblich). Dieser höchst unersprießlichen Empfindung versuchte er zu begegnen, indem er die Einträge der letzten Tage in seinem Tagebuch las. Es war seiner eigenen Zurückhaltung und der selbst auferlegten Zensur zuzuschreiben, dass er nur teilweise nachvollziehen konnte, was geschehen war. Wie klar umrissene Eisblöcke, die aus einem unbewegten Meer auftauchen, stiegen die endlosen letzten Stunden wieder in ihm hoch. Grimm, Nebe, Salomon, Kupinski. Sie suchten ihn heim wie eine Abfolge endloser Schrecken.

Trotzdem gehörten sie in ein anderes Leben, als wäre er gestorben und an diesem Morgen ein anderer Bora zur Welt gekommen, einer, der gegen Risiken, Angst und Schmerz völlig gleichgültig war. Plötzlich kehrte die Erinnerung zurück, und er fühlte sich ungewöhnlich gelassen.

Nebe würde nun bald jemanden schicken, der ihn abholte – wohin auch immer. Erst als er sich rasierte, traf ihn mit voller Wucht der Gedanke an Salomon, den man aus dem Buddhistischen Haus fortgeschleppt hatte. Stille Tränen liefen ihm über die Wangen, und er musste seinen Blick vom Spiegel abwenden, um sich nicht weinen zu sehen. *Er war mein Kommandeur. Er hat mir vertraut. Wie verängstigt muss er gewesen sein, er muss geglaubt haben, dass ich ihn verraten habe.* Dunkelheit, das einsame Seeufer, der herbe Geruch des Wassers – er nahm alles so deutlich wahr, als wäre er vor Ort. Und Kupinski, wieder einmal das schwache Glied in der Kette, war ebenfalls getötet worden.

6.30 Uhr: Die Sonne war vor gut einer Stunde aufgegangen und stand rot und riesig am Himmel. Als er am Fenster den Hornknopf seines Kragens schloss, erschien sie Bora wie ein riesiges Rad, wie die Beschreibung im *Tao Te King*. Ach ja. Bedeutete Max Kolowrats Nachname nicht »Rad«? Dasselbe uralte Wort bezeichnete die Sonnenscheibe, das Hakenkreuz, alles, was um eine unbewegliche Nabe kreiste und in seinem Lauf gestaltete oder zerstörte.

Als Bora das Hotel verließ, konnte er sich wieder bis ins kleinste Detail an alles erinnern, was er in der vergangenen Woche getan und erlebt hatte.

Draußen wartete ein Zivilfahrzeug auf ihn. Am Steuer saß eine Hilfskraft, die den Befehl erhalten haben musste, auf Fragen nur einsilbig zu antworten.

Auf der Rückbank entdeckte Bora seine P38 und das Ersatzmagazin, das einzige verlässliche Zeichen dafür, dass man ihn zumindest vorläufig nicht hinrichten würde. Der Tag brach an. Feindliche Piloten ließen die Motoren aufheulen, bevor sie den nächsten Angriff auf Deutschland flogen. Schon oft hatte Bora eine Stadt verlassen, ohne die Gewissheit zu haben, sie jemals wiederzusehen. Diesmal war seine Wehmut besonders ausgeprägt. In *dieses* Berlin würde er ganz sicher nie zurückkehren. Das stand längst fest. Im Laufe seiner Karriere hatte er schon oft auf ähnliche Weise Abschied nehmen müssen: ohne vorherige Ankündigung, als würde er mit roher Gewalt aus dem Kiefer der Zeit gezogen werden. Paris, Moskau, Rom ... inzwischen waren das kaum mehr als Namen auf seiner inneren Landkarte.

Die Hilfskraft warf keinen einzigen Blick in den Rückspiegel. Zwischen ihren Schultern, die durch die Uniform kantig wirkten, war ihr zarter Hals zu sehen. Ein Hals, den man leicht brechen, den man aber auch bei einem Kuss nach hinten biegen konnte. Bora betrachtete das schimmernde Haar der jungen Frau, das unter ihrem Käppi zusammengefasst war – nicht, weil er sich für sie interessierte, sondern um nicht nach draußen zu schauen. Er wollte nicht, dass sich ihm die Bilder der vom

Krieg ausradierten Stadtteile einprägten, denn dann liefe er Gefahr, das, was war, mit dem, was sein würde, zu vergleichen.

Wie lange können wir noch durchhalten, ganz unabhängig vom Ausgang der Verschwörung? Höchstens neun oder zehn Monate. Dann werden die Russen kommen. Onkel Reinhardt-Thoma, den man gezwungen hat, Selbstmord zu begehen, ist der Katastrophe entgangen. Aber meine Eltern werden ebenso wie der Rest von Deutschland nicht verschont bleiben.

Die einzige Lösung war, zu den Menschen wie zu den Dingen auf Distanz zu gehen. Kameraden, Offiziersbrüder, die ihm so viel bedeutet hatten, entließ er nicht aus seiner Obhut – er würde für sie sein Leben geben –, sondern aus seiner Verbundenheit. Er besaß nur wenig, abgesehen von den Büchern und anderen Habseligkeiten, die in den Räumen der Familienwohnsitze in Leipzig, Borna und Ostpreußen zurückgeblieben waren, in denen er seine Kindheit und Jugend verbracht hatte. Führte diese Erkenntnis dazu, dass er sich frei fühlte? Nein.

Zu seiner Überraschung erwartete ihn in Schönefeld ein Militärarzt mit einer Erste-Hilfe-Ausrüstung. Bora wusste, worauf das hinauslaufen würde, und sagte sofort: »Lieber nicht. Schmerzmittel vertrage ich nicht so gut.«

»Offen gestanden, ist uns das egal, Herr Oberst.«

Die Dosis, die ihm verabreicht wurde, setzte ihn für die Dauer des Fluges außer Gefecht. Nach der Landung in Italien machte ihn eine weitere Spritze schnell wieder munter.

Donnerstag, 20. Juli 1944, 5.30 Uhr. Kleine Anmerkung: Wenn der Prophet von Weimar Glantz gegenüber Wort gehalten hätte, dann hätte er heute das Manuskript der Enzyklopädie des Mythos *abgeben müssen. Weiß Gott, wo das Ehepaar Glantz (und Eppner und auch seine russische Ostarbeiterin) heute sind!*

Seit meiner Rückkehr nach Italien schreibe ich zum ersten Mal wieder. Die Männer waren außer sich vor Freude, mich wiederzusehen, vor allem mein Zweiter Generalstabsoffizier. Er war erleichtert, das Befehlskommando wieder mir übergeben zu können, und es bot sich sofort ein Anlass, es umgehend auszuüben.

Die zweite Spritze hatte mich übermäßig aktiv gemacht, sodass ich unverzüglich die Vorposten an der Frontlinie aufgesucht habe. Die derzeitige Lage dürfte uns Tag und Nacht beschäftigt halten. Das Knie plagt mich, aber was soll's. Wenigstens kann ich hier bequem in kurzen Uniformhosen herumlaufen, und als ich einen »kleinen Autounfall« in Berlin erwähnt habe, hat niemand weiter nachgefragt.

Apropos kleinere Unfälle, im selben Jahr, als Onkel Reinhardt-Thoma mich aufgeklärt hat, hatten Peter und ich in Trakehnen die großartige Idee, den Abbruch einer alten Scheune zu beschleunigen. Ich schlug meinem kleinen Bruder vor, dass wir Feuer zum Einsatz bringen sollten. Also haben wir dank meiner (spärlichen) Chemiekenntnisse Benzin (aus einem Traktor) mit Phosphor, das als Düngemittel für die Felder diente, vermengt. Das alles kam in ein provisorisches Behältnis, eine leere Wodkaflasche, die die polnischen Saisonarbeiter zurückgelassen hatten. Nachdem wir den Flaschenhals mit Sackleinen zugestopft hatten, tränkten wir das Ganze mit Kraftstoff und zündeten es an. Dann habe ich die Flasche mit ordentlichem Schwung gegen die Scheunenwand geworfen, um zu sehen, was passiert. Das Resultat hat alle Erwartungen übertroffen, denn das Feuer griff rasch um sich und hätte fast das Roggenfeld hinter der Scheune mit vernichtet.

Müßig zu erwähnen, wie schwierig es war, dies dem General zu erklären, der bei dieser Gelegenheit Nina gegenüber anmerkte, dass ich besser in die Armee eintreten solle, da ich sonst als Erwachsener sicherlich ein lupenreiner Krimineller werden würde.

Jedenfalls war das eine richtig gute Idee, einmal abgesehen von der Strafe. Vor vier Nächten kam mir diese Methode in Dahlem sehr gelegen.

Da ich in dem Ruf stehe, ein vom Glück verwöhnter Kommandeur zu sein, sind meine Männer entgegen aller Vernunft optimistisch. Aber ich – ich warte einfach. Ich warte wie jemand, der im Dunkeln liegt und von einem Geräusch irgendwo im Haus aufgeschreckt wurde: Wer ist das, was wird er tun, wann wird er zuschlagen? Ich sehe deutlich vor mir, was für eine Art von Soldat ich in unserem Neuen Deutschland bin: unbequem, aber loyal, skrupellos, aber rechtschaffen, eng genug eingebunden, um schuldig zu werden, aber nicht so eng, dass meiner Seele ewige Verdammnis drohte.

Bis die Schraubzwinge noch einmal fester angezogen wird, kann ich nur noch meine Seele retten. Ich kann nur den Atem anhalten.

Den Atem anzuhalten, war allerdings nicht so einfach. Es strengte ihn an, sich nichts anmerken zu lassen. Bora war heilfroh, dass eine Stunde nach seinem Tagebucheintrag ein erbitterter Angriff des Feindes auf seine Stellung erfolgte, weil er dann nicht mehr angespannten Grübeleien über die Verschwörung nachhängen musste.

Erst spät in der Nacht erfuhr er durch das Militärradio und offizielle Verlautbarungen von dem gescheiterten Attentat auf Hitler und den ersten Hinrichtungen, darunter Stauffenberg (und gewiss auch von Haeften). In den kommenden Wochen und Monaten sollten ihnen Tausende folgen, unter ihnen von Helldorff, Olbertz, Dr. Bonhoeffers Sohn und die beiden Schulenburgs sowie auch Arthur Nebe und sogar der alte und kränkelnde General Beck, dessen Chauffeur Bora in Berlin beschattet hatte.

In seinem Abschnitt war der Tag mit einem blutigen Sieg zu Ende gegangen, und zwar dergestalt, dass aus dem Hauptquartier der Division Glückwünsche gekabelt wurden. Bevor er diese an seine Männer weitergeben konnte, musste Bora erst eine vorgefertigte Mitteilung verlesen, in der die Verschwörung verurteilt wurde, zunächst seinen entgeisterten Offizieren und dann seinen Soldaten, die nach Stunden erbitterter Kampfhandlungen weniger um das Leben des Führers in Sorge schienen als um ihr eigenes. Es lag in seinem Ermessen, auch den ebenfalls gekabelten Zusatz zu verkünden, den ein Dichter aus der Gegend von Leipzig verfasst hatte. Da er ihn für unlesbar hielt, verzichtete er darauf:

Und Volk und Führer sind vermählt,
Das Dritte Reich versteint, gestählt,
Steht festgefügt im Morgenglanz,
Umbaut als köstlichste Monstranz
Dein glückliches Lächeln, mein Führer!

Um zwei Uhr nachts saß Bora vor seinem Zelt, zum ersten Mal binnen zwanzig Stunden untätig. Innerhalb seines Regiments war er derjenige, den die Ereignisse am wenigsten überrascht hatten, doch sein Kummer darüber, wie alles vonstattengegangen war, war intensiv genug, um ihn in einen Schockzustand zu versetzen. Am Fuße des Abhangs vor ihm wimmelten in einer Bodensenke jede Menge schwacher Lichtpunkte. Es mochten Glühwürmchen sein, obwohl sie eigentlich ein wenig zu spät dran waren. Jedenfalls drängten sich die leuchtenden Punkte Irrlichtern gleich zusammen, so wie sie über Sümpfen und flachen Gräbern schwebten. Bora sah hinab in die Senke, um nicht nach oben in den Himmel blicken zu müssen. Dieses Widerstreben war für ihn ganz ungewöhnlich. Er wusste, welche Sternbilder über ihm am Nachthimmel standen. Doch eines wollte er lieber nicht sehen: die sich auflösenden Bögen der Meteore, das unausweichliche Schicksal der Sternschnuppen. Sternschnuppen sind kurzlebig. Aber wenigstens sind sie in Bewegung, während das Firmament einen glauben lässt, nichts werde sich je ändern.

Er war todtraurig, einsam und ohne Liebe, und ausnahmsweise einmal völlig verloren. Vier Tage später – aber das wusste er jetzt noch nicht – sollte der Hitlergruß in den Streitkräften als einzig zulässiger Gruß vorgeschrieben werden, eine unerhörte Demütigung. Hunderte sollten bei der anschließenden Säuberung sterben. Der Krieg war noch nicht vorbei. Die Russen waren nur noch wenige Tagesmärsche von Ostpreußen entfernt. Bestenfalls noch sechs Monate, dann würde die SS, die ihre Netze immer weiter auswarf, auch ihm auf den Leib rücken. Bora war dankbar für diesen Flecken italienischen Bodens, den er immer noch verteidigte; am liebsten hätte er jeden Felsen und jede Schlucht und jeden Höhenpfad geküsst.

In seinem Zelt verwahrte Bora ganz unten in seinem Militärkoffer Niemeyers erste Autobiografie, die jener in seiner Personifizierung als Sami Mandelbaum geschrieben hatte. Dorthin legte er sie auch jedes Mal zurück, wenn er die Lektüre unterbrach (er hatte das Buch an sich genommen, bevor er Nebe das Material zurückgegeben hatte). Aus irgendeinem Grund hatten sich ihm die ersten Sätze eingeprägt: »Schon von Kindesbeinen an wusste ich, dass ich anders war als die anderen. Meine

Gabe habe ich lieber unterdrückt, damit ich nicht sah, nicht womöglich erkannte, was mir bevorstand. Der Name meines teuren verstorbenen Vaters war Isaak, der meiner verehrten Mutter Perl –«

Jene Welt, dachte er an diesem Abend, *mit deren Federn Niemeyer sich so lange geschmückt hat, wie es ihm zuspass kam, haben wir zerstört. Und nun zerstören wir unsere eigene Welt. Dank Männern wie Nebe (da hilft auch seine späte Reue nicht) haben wir überallhin Verwüstung gebracht. Was können wir im Gegenzug erwarten? Mein Stiefvater hat einmal zu mir gesagt, meine Generation bestehe aus Giftschlangen. Wenn dem so ist, wer hat dann die Eier gelegt, aus denen wir geschlüpft sind? Giftschlangen können nur von Giftschlangen gezeugt werden. Oberfeldwebel Nagel, der hart ist wie Stahl und den ich nun seit vier Jahren kenne, Stalingrad inbegriffen, hat es als Einzigem die Sprache verschlagen, nachdem die Nachricht über das gescheiterte Attentat bekannt wurde (für viele von uns ist Hitler eine Vaterfigur). Stattdessen nahm er mich nach einer Weile beiseite und flüsterte: »Ich bin so froh, dass Sie wieder da sind, Herr Oberst.« Mein Gott, er hat um mich gebangt, als würde ihm alles durch die Brille seiner Loyalität mir gegenüber verständlich! In dem Moment haben mir seine Worte mehr bedeutet als alles andere auf der Welt.*

Als besagter Oberfeldwebel lautlos aus dem Dunkel auftauchte, um ihm eine halb gefüllte Feldflasche mit Kaffee zu bringen, dankte Bora ihm und nahm einen Schluck. Er legte den Kopf in den Nacken, um das lauwarme Getränk durch die Kehle rinnen zu lassen, und schloss dabei die Augen, als ob er auf diese Weise den sternenübersäten Nachthimmel ausblenden und auslöschen könnte.

Gemeinsam mit seinem guten Freund, dem Mitverschwörer Hans Bernd Gisevius, gelang Arthur Nebe die Flucht. Auf diese Weise entging er der ersten Verhaftungswelle. Während jedoch Gisevius schließlich mit Unterstützung der Amerikaner in die neutrale Schweiz emigrieren konnte, war Nebe in Deutschland untergetaucht. Dank seiner polizeilichen Fähigkeiten gelang es ihm zunächst, seinen eigenen Tod zu inszenieren. Allerdings kam ihm die Gestapo auf die Spur und richtete ihn für seine Beteiligung an der Verschwörung des 20. Juli im Strafgefängnis Plötzensee hin, in das Nebe im Laufe der Jahre selbst so viele Menschen gebracht hatte. Am 21. März 1945, gut acht Wochen vor Kriegsende, starb er durch den Strang.

Nina Sickingen blieb bis zum Kriegsende an der Seite ihres Ehemanns in Leipzig, als die Stadt nach erbitterten Kämpfen an die Amerikaner fiel, die in Robert Capas Fotografien von den Gefechten verewigt wurden. In ihrem Haus fotografierte Capa die bekannte Serie des von einem Nazi-Scharfschützen tödlich getroffenen G. I. Bevor Sachsen von den westlichen Alliierten an die vorrückende Rote Armee übergeben wurde, zogen Nina und die überlebenden Mitglieder ihrer Familie nach Bayern, so wie es ihr ältester Sohn ihr geraten hatte. Nach dem Tod des Generals im Jahr 1951 nahm sie Max Kolowrats Heiratsantrag an und ließ sich mit ihm in München nieder.

Max Kolowrat blieb während der qualvollen letzten Wochen des Krieges in der deutschen Hauptstadt – ganz wie er es Martin Bora zugesichert hatte. Er gehörte zu den Berlinern, die mutig, wenn auch vergeblich versuchten, ihr Stadtviertel vor dem Ansturm der Sowjets zu schützen. Während der Besatzungszeit konnte er sich dank seiner Sprachbegabung und seines Schreibtalents eine Stellung als Dolmetscher im britischen Sektor sichern. In der Folge, noch vor seiner Hochzeit mit Nina Sickingen, war er wieder erfolgreich als Journalist und Reiseschriftsteller tätig.

Emmi Pletsch heiratete im September 1944 einen jungen Feldscher, den sie erst kurz zuvor kennengelernt hatte. Einen Monat später wurde er an der dem Untergang geweihten italienischen Front als vermisst gemeldet. Sie lebte in der Nähe ihrer Heimatstadt. Obwohl sie unter Einsamkeit und Entbehrung litt, bewahrte ihre fortgeschrittene Schwangerschaft sie davor, im Frühling 1945 vergewaltigt zu werden. Kurz darauf wurde sie in einem Armeelazarett unter sowjetischer Leitung von einem Jungen entbunden. 1946 war sie mit ihrem Mann wieder vereint. Das jüngere der beiden Kinder, die sie in den frühen 1950er-Jahren zur Welt brachte, nannte sie übrigens Martin.

Roland Glantz wartete bei Kriegsende immer noch auf seinen Prozess. Er wurde befreit und traf auf wundersame Weise seine Frau wieder. In den folgenden Jahren entschädigte das Schicksal den Verleger zumindest teilweise für seine Verluste. Die Kartons mit Niemeyers esoterischen Schriften, die immer noch in seinem Besitz waren, boten ihm genügend Material, um eine erfolgreiche Zeitschriftenreihe über Astronomie und Prophezeiungen zu begründen, mit der er schließlich erheblichen finanziellen Erfolg hatte.

Ida Rüdiger hatte tatsächlich Freunde auf höchster Ebene. Wenige Tage, bevor die Rote Armee bis an die Berliner Außenbezirke vordrang, floh sie aus der Stadt und erreichte an der Grenze zur Tschechoslowakei General Pattons Truppen. Die vielen Frauen, die bei den westlichen Alliierten beschäftigt waren, ermöglichten es ihr, sich rasch neu zu erfinden: als Kosmetikerin. Schließlich schuf sie ihre eigene Kosmetiklinie, die sie »Ostara« taufte, zum Andenken an ihren ehemaligen Liebhaber Walter Niemeyer.

Gerd Eppner war das Glück nicht so gewogen. Nachdem er Haft, Internierung und Befreiung überlebt hatte, wurde er einige Tage nach der bedingungslosen Kapitulation Deutschlands von einem herumstreunenden Soldaten, den die kostbaren Uhren, die er mit sich herumtrug, angelockt hatten, überfallen und ermordet. Zu allem Übel war der Mörder des einst so stolzen Leutnants eines Garde-Regiments zu Fuß kein betrunkener Russe, sondern ein versprengter deutscher Soldat auf dem Weg nach Hause.

Oberstleutnant Namura kehrte kurz vor dem Fall Berlins nach Japan zurück. In den schrecklichen Tagen nach dem Atombombenabwurf auf Hiroshima und Nagasaki beteiligte er sich unvernünftigerweise, aber im vollen Bewusstsein seines Tuns an einem Komplott von Offizieren, die die bedingungslose Kapitulation Japans ablehnten. In der Nacht zum 15. August 1945 versuchten die Aufständischen erfolglos, den Kaiserpalast zu stürmen und Hirohitos auf Schallplatte aufgezeichnete Kapitulationsrede sicherzustellen. Der von einem verzweifelten Patriotismus diktierte Aufstand scheiterte, die Anführer der Verschwörung begingen Selbstmord. In Namuras Jackentasche fand man eine deutsch-japanische Ausgabe von *Chūshingura*, der Legende von den siebenundvierzig Rōnin.

Dr. Wirth und seine Frau kamen bei den letzten verheerenden Luftangriffen auf Berlin um. Das gleiche Schicksal ereilte Willy Osterloh in seiner Heimatstadt Hamburg. Peters Witwe Margaretha überlebte, heiratete wieder und bekam fünf Kinder. Mit der Zeit wurde sie all dessen überdrüssig, aber das ist eine andere Geschichte.

Polina Andrejewna Issakowa verschwand bei Kriegsende. Damit teilte sie das Schicksal unzähliger Zwangsarbeiter aus den von den Deutschen besetzten Gebieten der Sowjetunion. Ihr Name steht in keinem Dokument verzeichnet, weder in Deutschland noch in Russland.

In der Nacht nach Stauffenbergs gescheitertem Attentat auf Hitler fügte Martin Bora seinem Tagebuch einen Eintrag hinzu, der seine Gefühle offenbarte und in dem er darüber nachdachte, was ihm wohl in den kommenden Monaten widerfahren mochte:

Die traurigste Stunde ist die Stunde kurz vor der Morgendämmerung. Sie erinnert an die abendliche Dunkelheit. Es gibt nicht das geringste Anzeichen, dass der Tag kurz bevorsteht. Ich glaube, eine ganze Reihe von uns hat seit Jahren in dieser Dämmerung gelebt. Wir sehen uns nicht um, weil wir befürchten, womöglich keinen Lichtschein im Osten zu erkennen, und uns ängstigen, dass stattdessen eine dunkle Nacht heraufzieht.

Das ist alles richtig, abgesehen vielleicht vom übermäßigen Pessimismus der letzten Worte.

Anmerkung der Autorin

Stürzende Feuer ist ein Roman. Das gescheiterte Attentat auf Hitler vom 20. Juli 1944 hat sich allerdings tatsächlich zugetragen. Arthur Nebe, Wilhelm Canaris, Ludwig Beck, Hans Oster, Carl Friedrich Goerdeler, Wolf-Heinrich von Helldorff, Henning von Tresckow, Dietrich Bonhoeffer, Albrecht Olbertz, Werner von Haeften, die beiden Grafen von der Schulenburg (Fritz-Dietlof und Friedrich-Werner) sowie Claus Schenk Graf von Stauffenberg sind historische Personen. Für ihre Verschwörung gegen das Nazi-Regime zahlten sie mit ihrem Leben, einige von ihnen noch in der darauffolgenden Nacht, viele andere erst gegen Ende des Krieges, nachdem sie Folter, Prozesse und Gefangenschaft erlitten hatten. Die Gespräche, die Martin Bora in diesem Roman mit Nebe und Stauffenberg führt, sind frei erfunden. Ich habe allerdings versucht, mich dabei an das zu halten, was von ihrer Weltanschauung bekannt ist, vor allem, was die deutsche Gesellschaft und Politik betrifft.

Unzählige Historiker (unter anderem Peter Hoffmann, Herbert Molloy Mason, Wolfgang Benz und Walter H. Pehle) verweisen darauf, dass sich die Verschwörer, die überwiegend einen militärischen und aristokratischen Hintergrund haben, in ihren Ansichten zu Politik und Moral sowie in ihrer persönlichen Einstellung dramatisch voneinander unterschieden. Diese Gegensätze sind spürbar in den Memoiren zweier Männer, die Widerstand geleistet haben: Hans Bernd Gisevius und Philipp Freiherr von Boeselager. Sie gehören zu den wenigen, die die Säuberung überlebt haben.

Angesichts dessen darf man sich die Frage stellen, ob innere Konflikte und Differenzen bezüglich der Durchführung im Zusammenspiel mit einem Hauch von Narzissmus und gut belegten einzelnen Fällen fahrlässiger Indiskretion zum Scheitern von Stauffenbergs Staatsstreich beigetragen haben.

In diesem Punkt gehen die Meinungen der Historiker auseinander. Dieser Knoten in der Geschichtsschreibung wird wohl niemals gelöst werden.

Auf jeden Fall gilt, was Gisevius am Schluss eines seiner Erinnerungsbände schreibt: *Lassen wir jenen, deren Asche verstreut wurde, zumindest ihren unbefleckten Glauben an eine bessere Welt.*

Worterklärungen

Abwehr Kurzbezeichnung für den militärischen Nachrichtendienst im Dritten Reich

Alex Kurzname des Berliner Alexanderplatzes, der im Roman hauptsächlich zur Kennzeichnung des damaligen Sitzes des Polizeipräsidiums verwendet wird

Alter Kämpfer Bezeichnung für Mitglieder der NSDAP, die der Partei vor 1933 beigetreten sind

Braunhemd Mitglied der paramilitärischen Sturmabteilung (SA)

Einsatzgruppen paramilitärische SS-Sondereinheiten, die als Todesschwadronen an der Ostfront eingesetzt wurden

Garde-Regiment zu Fuß Infanterieverband der Preußischen Armee

NSKK Abkürzung für »Nationalsozialistisches Kraftfahrkorps«, eine paramilitärische Unterorganisation der NSDAP, die Fahrer, Mechaniker und Motorradfahrer zur Verfügung stellte

OKW Abkürzung für »Oberkommando der Wehrmacht«

Ostarbeiter Menschen aus den besetzten Gebieten in Osteuropa, die als Zwangsarbeiter eingesetzt wurden

Ostjude ein aus Osteuropa stammender Jude

Ritterkreuz gemeint ist das Ritterkreuz des Eisernen Kreuzes, eine begehrte militärische und paramilitärische Auszeichnung

RSHA Abkürzung für »Reichssicherheitshauptamt«, die zentrale Behörde für sicherheitspolitische und nachrichtendienstliche Belange im Dritten Reich. Sie wurde 1939 durch die Zusammenlegung von Sicherheitspolizei und des Sicherheitsdienstes des Reichsführers SS von Heinrich Himmler gegründet

Schejner Jid jiddisch; wörtlich: »ein schöner Jude«, wobei sich der Ausdruck nicht auf ein attraktives Aussehen, sondern auf einen rechtschaffenen Charakter bezieht

SD Abkürzung für »Sicherheitsdienst«, den Geheimdienst der SS

Schtreimel eine Kopfbedeckung, die vor allem von chassidischen

Juden getragen wird – eine Samtkappe mit einem breiten Rand aus braunem Pelz, der meistens von Zobeln stammt

Sonderausweis ein spezielles Dokument, das Soldaten ausgehändigt wurde, die dienstlich unterwegs waren

TeNo Kurzform von »Technische Nothilfe«, eine paramilitärische Organisation, die bei technischen Notfällen zum Einsatz kam

Zdrawstwujte Russisch, ein höflicher Gruß, der »Hallo« oder auch »Guten Tag« bedeuten kann

Danksagung

Die Arbeit an diesem Roman machte viele Recherchen erforderlich, vor allem im Zusammenhang mit der Situation in Berlin 1944 und den Ereignissen rund um das Attentat vom 20. Juli 1944. Hier habe ich etlichen Menschen in verschiedenen Ländern sehr vieles zu verdanken. Mein Dank gilt dem Deutschen Bundesarchiv (Abteilungen R/Deutsches Reich und MA/Militärarchiv), der Gedenkstätte Deutscher Widerstand, Robert Kirchner und Ernest Gill. Für ihre Forschungen danke ich Norman Ohler, Richard Bassett, Mel Gordon, Robert P. Watson und Danny Orbach. Außerdem geht ein herzliches Dankeschön an die Mitarbeiter der Libreria Militare in Mailand sowie an General Giorgio Battisti, Barbara Biagi, Marina Pagnussat, Silvia Musso, Marco Patricelli, Lia Beretta, Mariano Del Preite, Francesca Marcelli, Paola Pallottino, Giorgio Galli, Cesare Carrà und an die besten Unterstützer überhaupt: Luigi Sanvito, meinen Übersetzer aus dem Englischen, sowie meinen Literaturagenten Piergiorgio Nicolazzini.

Jürgen Heimbach im Unionsverlag

Die Rote Hand

Der ehemalige Fremdenlegionär Streich verbringt seine Tage als Wachmann schäbiger Garagen. Was darin geschieht, interessiert ihn nicht. Als aber ein Waffenhändler, der die algerische Befreiungsfront beliefert, ermordet wird, kann er die Machenschaften nicht mehr ignorieren und stößt auf Vorgänge, die besser im Verborgenen geblieben wären.

Vorboten

Wieland Göth kehrt nach dem Ersten Weltkrieg in sein Heimatdorf zurück. In den schlammigen Straßen patrouillieren französische Soldaten, ein Mord an einem Separatisten sät Unruhe. In Hinterzimmern fordern nationale Kräfte die Freiheit des deutschen Volkes. Wieland gerät zwischen die Fronten und muss bald nicht nur sein eigenes Leben schützen.

Waldeck

Als Silvia in den Unterlagen ihres Vaters eine erschütternde Entdeckung macht, flieht sie auf das Waldeck-Festival, in das Aufbegehren einer neuen Generation gegen den Starrsinn der Nachkriegszeit. Gleichzeitig heftet sich der Journalist Ferdinand Broich auf die Fersen eines ehemaligen SS-Arztes. Eine gefährliche Suche nach der Wahrheit beginnt.

»Ein feiner Beobachter und ein Fachmann des literarischen Kriminalromans.« *We Want Media*

Mehr über Autor und Werk auf *www.unionsverlag.com*